KB113617

네 입술이
움직일 때

네 입술이 움직일 때 1

초판 1쇄 인쇄일 2018년 11월 07일
초판 1쇄 발행일 2018년 11월 16일

지은이 | 옐로피쉬
펴낸이 | 김기선

편집장 | 김은지
편집부 | 김아름, 박신혜, 김에너벨리, 유기웅, 배영주, 신현정, 전유정
디자인 | 금장미

펴낸곳 | 와이엠북스(YMBOOKS)
출판등록 | 2012년 7월 17일 (제382-2012-000021호)
주소 | 서울시 도봉구 노해로 379, 802호(창동, 대성빌딩)
전화 | 02)906-7768 / **팩스** | 02)906-7769
E-mail | ymbooks@nate.com

ISBN 979-11-322-4727-2 (04810)
ISBN 979-11-322-4733-3 (set)

값 10,000원

YMBOOKS
ROMANCE STORY
네 입술이
움직일 때
1
옐로피쉬 장편소설
Ym
BOOKS

차 례

1화. 고통 속에 사는 남자

온 세상이 알록달록 물감을 끼얹은 듯 산천초목이 청량한 가을을 뽐내는 아침. 꽃들이 저마다의 향기로 사람들의 발목을 잡는 사랑스러운 바깥 날씨와는 대조적으로 외관이 아름다운 저택 안은 어둡고 어딘지 모르게 냉기마저 감돌았다.

일정한 간격으로 위치한 높이, 2미터가 넘는 아치 모양의 창문에는 두꺼운 커튼이 햇살을 거부하며 빗장처럼 굳게 쳐 있었다. 짙은 월넛 색상의 고급 원목으로 만들어진 커다란 침대 위에서 식은땀을 흘리던 수혁은 오늘도 출구 없는 미로 속을 헤매고 있었다.

"제발, 멈…… 멈춰. 안 돼. 안 돼!"

고통 섞인 목소리로 소리치던 수혁은 오늘도 쫓기듯 잠에서 깨어났다. 그는 이마에 흐르는 흥건한 땀을 손으로 닦으며 침대에 쳐 있는 얇은 천 사이로 몸을 내밀었다. 입 안이 바짝바짝 타는 듯한 느낌이 모래알이라도 들어 있는 것처럼 꺼칠하다. 넓은 방 한쪽에 있는 둥근 테이블 위에 놓인 투명 글라스에 물이 없자 방문 쪽으로 방향을 틀었다. 문고리를 잡고 밖으로 나가려는데 어디선가 수군거리는 여자들의 음성이 그의 발목을 잡았다.

"그런데 안채는 화려하고 보기 좋은데, 여기 별채는 왜 이렇게 분위기가 싸해요? 적막하기도 하고. 일하다가 가끔 한기 때문에 놀란 적도 있어요. 참! 근데 이곳엔 작은 도련님만 계시나 봐요. 비밀이 많으신지 방에서 나오시는 걸 도통 못 본 거 같은데. 큰 도련님이란 분은 어디에……."

"쉿! 큰일 나려고."

이야기를 듣고 있던 동료 메이드가 유난스럽게 행동하며 단단히 주의를 주었다.

"자네 여기서 일한 지 얼마 안 됐지?"

"이제 한 달쯤 됐어요."

"그럼 아직 모를 만도 하네."

"눈치껏 물어봐도 다들 입에 자물통을 채운 것처럼 말을 안 하니까 제가 궁금해 미치겠다니까요."

맞은편에 있던 여자가 자신의 뒤를 돌아보고 혹시라도 듣는 귀가 없는지 확인한 후 어렵게 말을 꺼냈다.

"나도 이곳에서 일한 지는 이제 1년 정도 됐어. 워낙에 월급이 많아서 그런지, 다들 오래 자리를 지키고 싶어 하거든."

"아무렴요. 그거야 저도 잘 알죠."

"자네도 아마 일하시던 분들이 나이가 차서 빠진 탓에 그나마 채워진 케이스일 거야. 나도 눈치껏 몰래 주워들은 이야기라 정확하진 않지만……."

여자가 좀 전에 살핀 복도를 한 번 더 둘러보자 이야기를 듣고 있던 여자가 재촉했다.

"아고 참, 몇 번을 확인하시는 거예요? 지금 여기 우리 말고 아무도 없어요."

"나도 모르겠다. 실은 그러니까, 이 집에 사고가 있었어."

"사고요?"

벌어진 문틈으로 점점 더 선명하게 들려오는 소음 속 '사고'란 말에 수혁의 깊은 눈매가 단숨에 구겨졌다.

'뭘 안다고……. 당신들이 뭘 안다고 함부로 떠들어.'

쨍그랑.

순간 어디선가 제법 둔탁한 물건이 깨지는 소리가 고요한 복도에 총성같이 울려 퍼졌다.

'그래. 사고였어. 분명 사고였다고. 내가, 내가…….'

이야기를 하고 있던 두 사람이 흠칫 놀라며 뒤를 돌아봤다. 그러자 어느새 방 안에서 나온 수혁이 서슬 퍼런 눈빛을 하며 깨진 도자기 앞에 서 있었다.

"에그머니나!"

"작, 작은 도련님."

직원들은 깨진 도자기 앞에 서 있는 그를 보며 크게 당황했다.

수혁은 복도 카펫 위로 여기저기 떨어진 유리 조각을 맨발로 밟고 메이드 앞으로 걸어갔다.

작은 파편 조각이라도 맨살에 찔려 아플 법도 한데 눈 하나 깜짝하지 않는 그의 표정은 다가올수록 살기가 가득해 보였다.

갑작스레 벌어진 일에 어찌할 바를 모른 채 서 있던 두 사람은 날 선 그의 모습 때문에 절로 겁에 질렸다.

"도련님!"

수혁과 여직원들의 거리가 가까워졌을 때, 복도 끝에서 다급한 외침이 들렸다.

“수혁 도련님! 고정하세요.”

“이게 다 무슨 일이야!”

턱시도를 갖춰 입은 안경 낀 중년의 신사와 머리를 단정하게 묶은 검은색 정장 차림의 여자가 다급하게 뛰어오며 수혁을 막아섰다.

그의 손에 들려 있는 유리컵의 진동이 육안으로 보일 만큼 강한 분노가 느껴졌다.

뛰어온 여자는 위태롭게 떨리는 유리컵을 두 손으로 조심스럽게 빼냈다.

“도련님, 발에 피가 납니다.”

중년 남자는 그의 발을 쳐다보며 걱정 어린 눈빛으로 말했다.

“…….”

피가 난다는 말에 수혁의 시선이 아래로 향했다.

닫혀진 커튼 사이로 스며든 여린 햇살에 반사된 조각들이 붉게 빛났다.

‘피 조금 흐르는 게 뭐라고. 그때에 비하면…….’

카펫 위로 번지는 선혈을 바라보던 눈동자가 미약하게 흔들리며 쓰린 기억을 삼켰다.

“빨리 들어가셔서 상처를 소독해야 합니다. 그만 들어가세요.”

중년 남자의 설득에 수혁은 그제야 경직된 몸의 힘을 풀고 천천히 발길을 돌렸다.

수혁의 뒤를 따르던 남자는 발길을 멈추고 급히 고개를 돌려 두 메이드를 무섭게 쏘아봤다. 그리고 동행한 여자에게 말했다.

“나머지는 진 비서 자네가 알아서 정리해주게.”

"알겠습니다."

수혁과 집사장이 방으로 들어가자 진 비서가 고개를 숙이고 있는 두 사람에게 화를 억누르며 최대한 침착하게 말했다.

"두 사람 일단 빨리 복도부터 치우도록 하세요."

"네."

두 사람은 재빨리 청소도구를 가져와 복도의 널린 유리 파편을 치웠다. 뒷정리를 마친 두 사람은 메이드 휴게실에 기다리고 있던 진 비서 앞으로 천천히 다가가 앉았다. 진 비서는 테이블 위로 종이 한 장을 내밀었다.

"두 사람 맨 윗줄 읽어봐요."

그녀의 말에 두 사람은 함께 종이의 내용을 읽어 내려갔다.

"어떠한 일이 있어도 이 집안의 가정사를 궁금해하지 말 것. 알려고 하지도 말며 퇴사 시에도 어느 곳에서도 이야기하지 말 것을 약속한다."

"분명히 면접 볼 때 방금 말한 조건만 잘 지켜달라고 부탁했던 걸로 기억하는데, 내 기억이 잘못된 건가요?"

"아닙니다. 죄송합니다. 제가, 너무 궁금함을 못 참고 그만."

진 비서의 이야기를 듣고 있던 여자가 진심으로 미안해하며 사과를 하자 그 옆에 있던 여자도 거들었다.

"제 불찰이 더 큽니다. 좀 더 주의했어야 하는데……. 뭐라 드릴 말씀이 없습니다. 정말 죄송합니다."

여자들은 자신들의 실수를 인정하면서도 행여 일자리를 잃을까 봐 전전긍긍했다.

"두 사람 때문에 도련님이 폭주라도 했으면 어쩔 뻔했습니까?

당분간 별채 일은 손 떼고 본채 일을 보도록 하세요. 그리고 이번 한 번만 넘어갈 테니 입단속 철저히 하세요."

"네. 명심하겠습니다."

두 사람은 다시 한번 사과를 하며 휴게실을 빠져나갔다.

수혁을 부축하며 방에 들어온 집사장이 그의 눈치를 살피며 조심스럽게 말을 꺼냈다.

"도련님, 총회 참석하시려면 준비하셔야 해요. 욕실에 들어가서 상처를 닦고 오세요. 그냥 두면 덧날 수 있습니다."

집사장은 안타까운 눈빛으로 욕실 문을 열었다.

그는 갈 곳 없이 궁지에 몰린 수혁이 온전하게 자신을 내보일 수 있는 유일한 사람이다. 샤워부스에 흘러내리는 뜨거운 물줄기로 욕실 안에 희뿌연 수증기가 가득했다. 눈을 감았다 떠도, 손을 들어 허공에 흔들어도 눈앞을 가로막은 수증기는 또다시 금세 차올랐다. 온 사방에 안개가 낀 것 같은 모습이 마치 현재 자신을 투영하는 것과 같이 느껴졌다.

수혁이 거울에 가득한 수증기를 손바닥으로 쓸어내리자 표정 없는 얼굴이 선명하게 보였다. 거울 속에 비친 멀쩡한 자신을 마주하기가 괴로운 듯 그는 미간을 좁히며 고개를 돌렸다.

"실장님, 분명히 말씀드리지만 다음부터 사전 약속 없이 이렇게 일방적으로 장소를 옮기시는 건 삼가주세요."

일주일에 한 번, 대양그룹 사무실에서 개인 스피치 수업을 진행하고 있는 라엘은 오늘 사무실이 아닌 셀튼호텔 레스토랑 VIP룸에서 수업을 하고 있었다.

"Ok. I got it. 오늘 중요한 미팅이 있는데, 그 바이어가 이 호텔에 묵고 있어서 도저히 시간이 안 돼서 어쩔 수 없었어요. 최 선생, 쏴리."

"일단, 저번 시간에 작성하신 연설문부터 읽어보세요."

오늘이 세 번째 수업인데 볼 때마다 저 실장이라는 인간의 눈빛이 불쾌하다. 함께 일하는 친한 선배의 간곡한 부탁으로 하고는 있지만, 도대체 수업할 생각이 있긴 한 건지.

일대일 PPT 클래스 수업을 요청해놓고 수업 시간 내내 발사하는 끈적한 느낌이 영 꺼림칙하다.

"저번 시간에도 말씀드렸지만 실장님께서 말씀하실 때 아직도 발음이 뭉개지는 느낌이 강해요. 또한 전체적으로 속도도 너무 빠르고 문장과 문장 사이에 호흡이 짧아서 듣는 사람으로 하여금 불편하며 의사 전달이 잘 되지 않고 있죠. 이러한 점을……."

"Stop, 거기까지. I know. 그나저나 최, 선생?"

실장이 마치 버터에 삼겹살을 말아먹은 느끼한 목소리로 수업에 집중하고 있는 라엘의 말을 싹둑 잘라 먹었다.

"……네?"

수업하고 있는 사람을 불렀으면 말을 할 것이지. 눈에서 유전을 터트리는 것도 아니고 연신 느끼한 눈빛만 발사하는 턱에 김치 생각이 간절했다.

"저, 실장님? 딱히 하실 말씀 없으시면 수업 계속 진행하겠습니다."

드르륵.

의자 끄는 소리와 함께 갑자기 일어난 실장이 라엘의 옆으로 자리를 옮겼다.

“난 최 선생 옆에 앉아서 수업 듣고 싶은데……. 여기 이렇게 앉을게요.”

그가 의자를 들더니 조금씩 라엘의 몸으로 밀착했다. 첫날부터 대놓고 노골적인 눈빛을 쏘아대던 실장은 라엘을 유혹하려 하고 있었다. 하긴 라엘은 뭇 남성이라면 눈길 한번 줄 만큼 매력적인 여성임에는 틀림없다.

168㎝, 55㎏. 어깨까지 내려오는 풍성하고 탄력 있는 웨이브 머리. 렌즈를 착용한 착각이 들 정도의 갈색빛이 맴도는 투명한 눈동자를 덮은 깊은 쌍꺼풀. 그리고 고속도로같이 쭉 뻗은 다리와 늘씬한 몸매까지 완벽했다.

그런데 저, 실장이란 남자는 그녀를 들판에 피어 흩날리는 예쁜 꽃으로 착각하고 있었다. 돈과 자신의 위치로 그깟 꽃쯤이야 쉬이 꺾어서 손에 쥘 수 있으리라 생각한 것이다. 하지만 최라엘 그녀는 누구인가? 반전이 있는 여자였다. 여성스럽고 예쁜 겉모습과 달리 태권도 3단의 실력으로 여대생을 괴롭히던 지하철 변태남도 때려잡을 만큼 정의롭고 당찬 그녀를 저 남자는 모르고 있었다.

“실장님, 모든 스피치 수업은 제가 수강생의 말하는 모습을 정확히 봐야 교정도 정확하게 할 수 있습니다. 그러니 맞은편에 앉아주세요.”

“그런 이유라면, 최 선생이 지금처럼 바로 옆에서 봐주면 더 정확한 거 아닌가? 더 가까이서 볼 수 있잖아?”

“후- 우.”

라엘은 멘탈이 끊어지지 않도록 짧은 심호흡을 내뱉으며 마인드 컨트롤을 하고 있었다.

‘최라엘, 집중하자. 참자. 조금만 참자…….’

"실장님 다시 한번 말씀드리지만 맞은편에서 봐야 호흡도 잘 볼 수 있고 말할 때, 습관이나 제스처를 잘 파악할 수 있어요."

침착하게 자리에서 일어난 라엘이 맞은편에 앉으며 말했다. 그와 동시에 아직까지 분위기를 파악하지 못한 실장이 그녀를 따라 또다시 자리를 옮기며 옆에 와 앉았다. 한술 더 뜬 실장은 가녀린 어깨에 살짝 손을 올리며 지그시 눌러 잡았다.

"최 선생? 남자 친구 있어요? 아, 뭐 있어도 상관없고. 나 어때요? 난 그대가 너무 맘에 드는데……. 우리 장소를 옮겨서 수업 계속하면 어떨까? 여기 아무나 올 수 있는 곳 아니야. 라운지에 로맨틱한 곳 알고 있는데. 나와 당신, 우리 두 사람…… 로맨틱 성공적?"

로맨틱 성공적? 에로틱 신고각이다!

순간 어깨에 올라온 더러운 손이 눈 깜빡할 새에 원래 있던 자리로 떨어졌다.

"실장님, 수업 시간에 말씀이 지나치시네요. 곧 결혼하실 분이 이러시는 거 실례 아닌가요? 자꾸 이러시면 수업에 방해됩니다."

라엘은 최대한 단백하고 침착하게 대응했다.

"에이, 알 만한 사람이 왜 이래? 결혼이랑 무슨 상관이야. 그대와 나, 우리 두 사람만 해피하면 되는 거 아냐?"

3…… 2…… 1…….

순간 간신히 잡고 있던 그녀의 멘탈 끈이 '뚝' 하고 끊어졌다.

'참을 만큼 참았다. 쓰리 아웃, 체인지다.'

자리에서 벌떡 일어난 라엘은 마른세수를 한 뒤 남자를 매섭게 내려다봤다.

"이것 보세요. 김변남 실장님? 내가 그 끈적하고 기분 나쁜 눈빛

첫날부터 참았는데, 오늘은 그냥 못 넘어가겠네요. 당신 지금 이러는 거 성희롱이야, 알아?"

"서, 서, 성희롱? 최, 최 선생 뭔가 오해한 거 같은데……."

"오해? 말씀 참 쉽게 하시네요."

"내가 장난 좀 친 거야. 농담한 거라고. I am just kidding."

생각지도 못한 라엘의 당당한 태도와 말투에 실장은 크게 당황하며 얼버무렸다.

"허, 참! 농담? 이것 보세요. 배울 만큼 배우고 높은 자리에 앉아 있는 사람이 뭐, 장난? 돈 많은 재벌이라 모든 사람이 다 우스워 보이셨나? 아님 여자라서 더 쉽게 보인 건가?"

"최 선생, 기분 상했다면 내가 사과할게. 난 그냥 최 선생이 여동생 같고 편한 마음에. 이거 내가 본의 아니게 실수를 했네. 미안해. 그만 화 풀고 우리 수업 계속하자고. 응?"

구렁이 담 넘어가듯 대수롭지 않게 말하는 모습에서 진심이 느껴지는 사과는 찾아볼 수 없었다. 남자는 괜히 일이 커지기 전에 대충 넘어갈 생각이었지만 최라엘, 그녀 사전엔 대충이란 없었다. 따가운 시선이 정확히 남자의 중심을 향했다.

'너도 한번 느껴봐, 이 변태 놈아.'

실장은 당당하게 팔짱을 끼고 자신의 중심 부분을 노골적으로 쳐다보는 라엘을 보며 아까보다 더 당황하기 시작했다.

"아니, 최 선생 지금 어, 어디를……."

"에게, 고작. 어때요? 똑같이 당해보니까 알겠죠? 얼마나 기분 나쁘고 민망한지. 어떻게, 더 해볼까요?"

"……."

"당신 아까 나한테 한 말 내가 휴대폰에 녹음했어."

"녹, 녹, 녹음이라니요? 무슨 그런 무서운 말씀을 하세요."

실장은 있지도 않은 녹음 파일에 말까지 더듬으며 존댓말을 내뱉었다. 이미지가 중요한 기업 특성상 이번 일이 외부로 알려지면 생각보다 후폭풍이 심할 걸 잘 알고 있었기 때문이다.

"만약 두 번 다시 이딴 행동 했다가는 인터넷에 전부 올려서 재벌 3세 만행이라고 개망신을 줄 거야. 정신 차리고 똑바로 살아. 알겠어?"

"……네. 그럼요. 물론이죠. 절대 안 그러겠습니다."

"후."

라엘은 짧은 호흡으로 심신을 진정시킨 뒤, 언제 그랬냐는 듯 수업용 상냥한 표정으로 실장을 쳐다봤다.

"실장님, 다음부터는 씩씩한 남자 선생님이 로맨틱하고 성공적인 수업을 계속해주실 거예요. 그럼, 전 이만 가보겠습니다. 하루에 한 번씩 소리 내서 읽는 연습도 꼭 하시고요."

마치 녹음 파일이 존재하는 것처럼 한쪽 눈썹을 들썩이던 라엘은 손안에 쥔 휴대폰을 흔들며 사무실을 나왔다. 실장은 폭풍이라도 지나간 듯 혼이 빠진 표정으로 문만 바라봤다.

엘리베이터 문이 열리자마자 곧장 안으로 들어간 라엘은 번쩍이는 황금색 벽에 머리를 기대며 긴 한숨을 내쉬었다.

"후우!"

저런 대놓고 뻔뻔한 변태남을 만날 때면 기가 다 빨리는 기분이다.

스피치 일을 시작하고 어느 정도 이름이 알려지면서 여러 종류의 사람들을 겪어봤지만 저런 인간들은 몇 번을 마주쳐도 영 적응이 되질 않는다. 작은 머리를 벽에 '콩콩' 박아가며 혼잣말을 내뱉던 라엘은 생각할수록 분노가 가시질 않았다.

"어휴, 저질. 뭐, 둘만의 파라다이스? 웃기고 있네."

"뭐야? 어머, 어머. 웬일이야? 선배, 저기, 정문 좀 보세요."

"왜? 또 연예인 왔어?"

예약 일정을 확인하던 여직원은 후배의 반응에 하루에도 숱하게 들어오는 연예인일 거라며 시큰둥하게 답했다.

"아뇨. 그보다 더한 사람이요. 저분 본부장님 아니에요?"

본부장이란 단어에 모니터를 확인하던 여직원의 고개가 빛의 속도로 정문을 향했다.

"어머! 네. 본부장님이시네."

셀튼호텔 프런트에 서 있던 여직원들이 굉장한 아우라를 풍기며 등장한 남자를 보며 수군거렸다. 웬만한 여자도 울고 갈 깨끗한 피부와 샤프하고 날렵한 턱선, 그 아래 태평양을 품은 듯한 넓게 펼쳐진 어깨. 훤칠한 키, 긴 다리에서 느껴지는 완벽한 비율과 짙은 눈썹 밑을 수놓은 우수에 찬 눈매까지. 일반 남자들을 오징어로 보이게 하는 수혁의 외관은 모든 이목구비가 서로 잘났다고 싸울 만큼 독보적이었다.

"이게 얼마 만이지, 1년 만인가?"

"작년에 외국으로 발령 나서 미국 지사에 계신 거 아니었어?"

"총회 때문에 오셨나 보네."

"근데, 진짜 마스크가 국보급이다. 어쩜! 저 신비로운 분위기."

"좀 핼쑥해지신 거 같지 않아? 어딘가 날카로워 보이기도 하고."

속닥거리던 직원들은 그가 다가오자 언제 그랬냐는 듯이 깍듯하게 고개를 숙이며 인사를 했다.

프런트 직원뿐만 아니라 호텔 로비에 있던 다른 직원들까지 수혁을 보며 인사를 전했다. 그 풍경이 그가 단순한 본부장이 아니라 회사 내에서 꽤나 힘이 있는 사람임을 대변하고 있었다.

이른 시간이라 한산한데도 불구하고 가장 안쪽에 있는 엘리베이터를 기다리던 수혁의 미간이 설핏 구겨졌다.

'다른 일도 아니고 임시총회인데 그날만큼은 반드시 참석해라. 괜히 호텔에 이상한 소문나게 하지 말고 정신 바짝 차리고 최대한 멀쩡한 모습으로 들어와. 언제까지 저러고 있을 건지…….'

원망 섞인 눈빛과 남보다 못한 차갑고 이질적인 태도. 자신을 바라보던 이 회장의 불편한 표정과 신경질적인 말투가 머릿속에 가득했다.

"하아."

답답한 마음이 굳게 닫힌 입술을 비집고 튀어나왔다. 넓은 공간, 그를 의식하는 사람들의 시선, 웅성거리는 소리까지. 어쩔 수 없이 시작된 위태로운 외출이 수혁의 잠재된 불안감을 키우기 시작했다. 서서히 차오르는 손바닥 안의 땀을 주먹으로 숨기며 가까스로 마음을 다스리려는 순간,

"……수호야, 이수호? 뛰지 마. 넘어져."

뛰어다니는 아이를 달래는 여자의 말 속에서 생각조차 두려운 이름이 그의 귓가에 칼날같이 꽂혀들었다. 갑자기 머리에 깨질 듯한 통증과 함께 수혁의 가슴이 상승하기 시작했다.

'여기선 안 돼……!'

조금씩 구겨지던 그의 미간은 점점 더 크게 일그러지고 심장을 억누르는 짓눌림이 또다시 몰려오고 있었다.

"본부장님? 괜찮으십니까?"

수혁의 곁에 있던 직원이 걱정 가득한 얼굴로 그에게 다가가려는 순간,

엘리베이터 문이 열리고 넓은 공간을 피해 빠르게 들어서려던 수혁이 강한 힘에 이끌려 뒤로 확 넘어지고 말았다.

"……어, 어!"

쿵!

분명 벽에 머리를 기댔는데 왜? 반대편 문이 열리는 건지. 양쪽 문이 모두 열리는 관통형 엘리베이터라는 것을 잊고 있던 라엘은 벽에 기대고 있던 힘에 쏠려 그대로 넘어지고 말았다. 라엘은 넘어지는 동시에 눈을 감아버렸다.

'어랏! 분명 넘어졌는데.'

그것도 번쩍번쩍 황금색 대리석 바닥 위로 넘어졌는데. 이상하게도 전혀 아픔이 느껴지지 않았다. 거기에 더해 뭔가 부드럽고 말캉거리는 감촉이 입술에 전해졌다.

'입술? 입수우우울?'

고개를 들어 재빨리 눈을 뜨자 까만 눈동자의 인상 깊은 남자가 얼굴을 찡그리고 있었다. 그것도 아주 살벌한 표정과 함께.

"어머! 미쳤나 봐. 죄송해요. 엘리베이터 문이 갑자기 열리는 바람에……."

"하!"

사과를 하고 일어서려던 라엘의 얼굴 위로 남자의 가쁜 호흡이 느껴졌다.

'이 남자…… 왜 이렇게 숨을 몰아쉬지.'

수혁은 대리석 바닥에 뒤로 넘어진 물리적 고통보다 또다시 시

작된 신호에 괴로워하고 있었다.

"하아……."

점점 목소리가 안 나오고 숨쉬기가 쉽지 않았다.

'제발…… 좀 멈춰.'

"저기요, 괜찮아요! 숨 쉬세요. 후……."

그 순간 그의 귓가에 낯선 여자의 목소리가 들어왔다. 통증의 주기가 짧아지기 전에 여길 벗어나려고 어깨를 일으킨 찰나,

"여기, 여기가 불편하신 거 맞죠?"

작은 손길이 고통을 호소하는 그의 가슴 위로 내려앉았다.

"죄송하지만, 호흡에 도움이 되도록 일단 셔츠 단추 좀 풀게요."

허락이 아니라 안내였다. 여자는 가느다란 손가락으로 넥타이를 느슨하게 만든 후 완벽하게 채워진 셔츠 윗단 단추를 빠르게 풀어나갔다. 갑자기 이게 무슨 짓이냐며, 따져 묻고 싶었지만 밧줄에 몸이 묶인 것처럼 굳어버린 입술처럼 수혁의 표현은 자유롭지 못했다.

"제, 입 모양 보고 저를 따라서 숨 쉬어봐요. 후! 하!"

"후……!"

지금 자신이 얼마나 우스운 꼴일지 생각하며 하기 싫었지만, 본능에 이끌리듯 저도 모르게 여자의 말에 귀를 기울이며 집중했다.

"잘하고 있어요."

따뜻한 음성과 부드러운 손길이 어르고 달래는 것처럼 가슴 중앙을 조심스럽게 토닥거렸다.

"천천히 한 번만 더요."

어루만지듯 부드러운 손길로 성난 호흡을 잠재우는 것 같았다. 제멋대로 날뛰던 성난 호흡이 점차 잦아들고, 수혁은 서서히 안

정을 찾아가고 있었다. 그의 일그러진 얼굴이 제자리를 찾고 그가 눈을 뜨니 처음 본 여자가 따뜻한 눈빛으로 자신을 쳐다보고 있었다.

이상한 일이었다. 한번 시작되면 쉬이 끝나질 않았는데 어이없이 일면식도 없는 이 여자 덕분에 마치 거짓말처럼 괜찮아졌다. 목구멍을 옭아매던 무게감도 가슴의 압박도 사라진 기분이었다.

"이제 괜찮으세요? 조금 놀라셨나 봐요."

라엘이 남자를 보며 미안한 표정으로 말을 건네는 순간,

"그만 일어나지?"

중저음의 섹시하고 허스키한 목소리가 울렸다.

불과 조금 전까지 호흡곤란으로 괴로워했던 사람이었다는 게 의심스러울 정도로 수혁의 얼굴은 완벽한 포커페이스로 표정을 감추고 있었다.

그제야 라엘은 자신이 아직도 남자의 가슴 위에 엎어져 있다는 사실과 함께 검은 양복을 입은 여러 명의 남자들에게 둘러싸여 있다는 것을 깨달았다.

"이봐? 난 당신 침대가 아냐."

"그러게요. 죄송해요. 무거우셨죠? 금방 일어…… 아!"

남자의 상체에서 내려와 몸을 일으키려는데, 머리카락이 바짝 당겨지며 정수리 끝까지 짧은 고통이 느껴졌다.

"괜찮으십니까?"

수혁의 곁에 있던 직원이 흩어진 가방을 집어 들며 그녀에게 다가왔다.

"아, 네. 감사합니다. 저는 괜찮은데 제 머리카락이 이분 어딘가에 끼인 거 같아요."

곁에 있던 남자들이 각기춤처럼 꺾인 라엘의 머리 부분으로 모여들었다.

"아가씨 머리카락이 넥타이핀에 엉킨 거 같습니다."

"넥타이핀이요? 잠깐만 실례할게요."

하필이면 머리카락 중간이 엉키는 바람에 고개가 잘 돌아가지 않자, 라엘은 손을 들어 넥타이를 잡아 사태 파악에 나섰다.

'아오, 쪽팔려.'

머리를 강제로 숙이고 두 팔을 엉거주춤하며 허공을 휘젓는 꼴이 영락없는 주유소 앞 풍선 인형과 흡사했다. 라엘은 지금 자신의 모습이 얼마나 웃긴지 누구보다 잘 알고 있었다. 손가락에 신경을 집중시켜 만져본 결과 눈으로 확인하지 않아도 제법 많은 양의 머리카락이 엉켜 있다는 것을 가늠할 수 있었다.

'오늘 일진이 왜 이러지?'

변태남에, 처음 본 남자 품에 엎어져 키스하질 않나, 거기에 더해 넥타이에 머리카락은 인질로 잡혀 있고.

"잠시만요. 제가 이런 거 잘 풀거든요. 금방 풀게요."

눈 밑에 고급스러운 구두가 보이자 그녀의 마음이 점점 더 다급해졌다. 수혁의 시야에 동그랗고 작은 머리통이 왔다 갔다 하며, 꽤나 부산하게 반복적으로 움직이고 있었다.

'성가시네.'

눈앞에 여자가 꽤나 안간힘을 쓰고 있는 것이 느껴졌지만, 더 이상 시간을 지체할 수가 없었던 그는 옆에 있는 직원을 향해 검지와 중지를 펼쳐 보였다.

"가져와."

"가위요? 네. 바로 가져오겠습니다."

"가위? 저기요! 잠시만. 거의 다 풀리고 있거든요."

'가위'란 단어에 자신의 머리카락을 자른다고 생각한 라엘은 다급함을 토로하며 좀 더 빠르게 손가락을 놀렸다.

"여자들은 머리 자주 엉켜서 이런 건 일도 아니에요. 물론 저 때문에 넘어지고 원치 않게 입술이 부딪혀서 기분 상하신 건 알겠는데……."

"여기 가위 가져왔습니다."

"저, 저기요? 선생님! 진짜 가위를 가져오시면 어떡해요? 잠깐만요."

프런트를 다녀온 직원이 가위와 함께 돌아오자 커다란 눈동자가 좌우로 요동쳤다. 작년 언어치료를 담당했던 초등부 남자아이가 초반에 라엘에게 심통을 부리며 머리에 껌을 붙인 일이 있었다. 안 그래도 늦게 자라는 머리카락을, 어쩔 수 없이 자르고 다시 기르기까지는 꼬박 1년이 걸렸다.

"여자에게 헤어는 패션과도 같은 거라고요. 바쁘신 거 같은데 그렇다고 여자의 머리카락을 막 자르면 안 되죠."

"움직이지 마."

1년 동안 곱게 기른 머리카락이 잘리게 생겼는데 아무렇지 않게 움직이지 말라는 수혁의 말이 라엘을 더 당황스럽게 만들었다.

"1분, 아, 아니 30초만……."

스걱스걱.

소름 끼치는 소리와 함께 팽팽하게 당겨졌던 머리카락이 제자리로 돌아오며 라엘의 머리가 살짝 뒤로 밀렸다 돌아왔다.

"헉! 내 머리카락?"

급히 상태를 확인하려 손을 뻗는 순간, 얼굴 옆으로 반짝거리는 넥타이핀과 함께 잘린 넥타이 조각이 머리카락에 달랑달랑 매달려 있었다.

"멀쩡하네. 다행이다."

수혁은 머리카락이 아닌 자신의 넥타이를 자르려고 가위를 찾았던 것이다.

"가지."

"네. 그럼, 실례했습니다."

"저기요? 저기."

머리카락이 엉키는 바람에 막상 전할 말을 하지 못한 라엘은 급히 이동하는 직원을 불렀다.

"죄송합니다. 지금 좀 바빠서."

그녀가 부르는 소리에 곁에 있던 비서가 예민하게 반응하며 그와 함께 엘리베이터에 탑승했고, 결국 라엘은 혼잣말로 속삭였다.

"저 남자 panic……인 거 같은데."

서서히 닫히는 엘리베이터 문 사이로 날카로운 수혁의 시선이 멀어지는 라엘에게 꽂혔다.

한편, 반대편 코너에서 지금까지의 일을 지켜보던 우아한 중년 여성이 라엘의 뒷모습을 보며 시선을 움직였다.

"어떡할까요, 사모님?"

"진 비서, 자네도 봤지? 저 아가씨 하는 거."

"네. 봤습니다."

"다른 직원들 눈에 띄지 않았으니 일단은 넘어가고, 혹시 모르니까 저 아가씨에 대해 알아봐둬."

"알겠습니다."

수혁이 의식적으로 가장 안쪽 엘리베이터 앞에 서 있기도 했지만, 때마침 들어온 중국인 단체 관광객들로 자연스럽게 바리케이드가 쳐져 오늘의 일을 목격한 호텔 직원들은 거의 없었다.

"본부장님, 어디 불편하신 곳은 없으십니까?"

부동자세로 문을 향해 서 있던 비서가 고개를 살짝 돌려 수혁의 상태를 살폈다.

"괜찮아."

'괜찮아'라는 의사표현에도 불구하고, 비서는 계속해서 엘리베이터 문에 비치는 그를 보며 눈치를 보고 있었다.

[진 비서님, 본부장님은 괜찮으신 거 같습니다. 지금 회의장으로 이동 중입니다.]

허벅지에 휴대폰을 딱 붙인 채 비서는 조심스럽고 빠르게 메시지를 작성했다. 오전에 별채에서부터 일어난 한바탕 소란 때문에 수혁이 극도로 예민해져 있었기에 무슨 일이 벌어지진 않을까 노심초사했었다. 약간의 문제가 있었지만 결과적으로 큰 문제없이 잘 넘어간 게 얼마나 다행인지. 잘 대처해준 생전 처음 본 여자에게 고마운 마음까지 들었다.

수혁은 정면을 바라보다 반 이상 잘려나간 자신의 넥타이를 확인하고 곧바로 풀어헤쳤다.

'괜찮아요! 괜찮아.'

괜찮다고……?

넥타이를 움켜쥐는데 왠지 모르게 방금 전 여자의 말이 문득 입가에 맴돌았다. 별로 대단할 것도 없고 보통 사람들은 하루에도 몇 번이나 주고받기도 하는 저 말을 우연히 마주친 여자에게서 1년 만에 들었다.

"……님? 본부장님?"

생각에 감긴 수혁의 귓가에 계속되는 비서의 목소리가 파고들었다.

"오늘 중요한 자리인 만큼 지금 상태로는 조금 힘들 거 같습니다. 일단 급한 대로 제 넥타이를 하세요."

보는 눈이 많은 주주총회는 중요한 자리였기에 수혁은 비서가 건넨 넥타이를 말없이 받았다. 지금 입고 있는 슈트에는 다소 어울리지 않았지만 그 공간에 완벽하지 않은 차림으로 들어가는 게 더 큰 문제가 될 것 같았다.

"잘린 넥타이는 주시죠. 제가 버리겠습니다."

"됐어. 이건 내가 처리하지."

"네. 도착하기 전에 전달 사항이 있습니다. 오늘 주주총회는 회장님의 특별 요청으로……."

작은 수첩을 펼쳐든 비서가 기다렸다는 듯이 쉴 새 없이 일정에 대해 말했지만 수혁의 귀에는 어느 단어 하나 제대로 들어오지 않았다. 대신 손에 꼭 쥐고 있던 잘린 넥타이 조각을 쳐다보다 주머니에 넣었다.

라엘은 커다란 화장실 유리를 쳐다보며 엉킨 머리카락을 조심스럽게 풀고 있었다.

"어휴! 최라엘 또, 직업병. 쓸데없이 오지랖 나섰다. 그 남자, 얼굴은 문화유산인데 분위기는 히말라야처럼 살벌하네. 그나저나 나 때문에 세게 넘어졌는데 다치진 않았겠지?"

문득 강렬한 수혁의 얼굴이 떠올랐던 라엘은 이내 고개를 가로저었다.

"괜찮겠지. 아! 뭐가 이렇게 꽉 엉켜서……. 살살, 조금만 더. 됐다."

공들여 푼 것치고는 몇 가닥의 긴 머리카락이 뽑혀 있었다.

"아오, 아파라. 근데 무슨 넥타이핀이 이렇게 번쩍거려. 설마, 에이, 보석은 아니겠지. ……어?"

화장실 조명에 영롱한 빛을 발하는 넥타이핀을 살펴보다 넥타이 뒷면을 펼쳐본 라엘의 시선이 한 곳에 머물렀다.

넥타이 끝자락에 대각선을 따라 황금색 실로 멋스럽게 새겨진 영문 필기체가 눈에 띄었다.

〈LEE SU HYEOK〉

이수혁? 아까 그 남자 이름인가?

"일단, 로비에 맡기자."

넥타이핀과 더불어 고급스러운 소재는 물론 이름까지 새겨진 걸 보니 뭔가 의미 있는 건 아닐까 하는 생각이 들었다. 하지만 그날 라엘은 결국 그 넥타이와 넥타이핀을 호텔에 맡기지 못했다.

"왜 이렇게 사람이 많아. 안 되겠네."

한산했던 넓은 로비는 300명이 넘는 중국 관광객들로 인해 안내 데스크에 진입하는 것조차 쉽지 않았다. 또한 강의 시간을 알리는 알람 때문에 계속 기다릴 수 없었던 그녀는 다음번에 맡기기로 하고 호텔을 나섰다. 이때까지만 해도 라엘은 저 넥타이의 주인공을 다시 만나게 되리라고는 전혀, 상상조차 할 수 없었다.

한 달 뒤.

대시보드 위에 놓여 있는 휴대폰 진동 소리가 울리자 라엘이 블루투스로 전화를 받았다.

"네. 행복스피치 최라엘입니다."

-최라엘 씨 휴대폰 맞나요?

"네. 제가 최라엘인데요. 실례지만 어디시죠?"

-다름이 아니라, 스피치 문제로 상담을 받고 싶은데요? 가능한 빨리요.

"아, 네. 그럼 내일 오전은 어떠세요?"

-죄송한데 제가 좀 급해서요. 오늘 저녁은 힘들까요?

"아니요. 괜찮아요. 장소는 편하신 곳으로 말씀하세요. 네. 거기 알아요. 그럼 오늘 7시에 거기서 뵙겠습니다."

오늘 저녁이라……. 새로운 사무실로 첫 출근 날, 걸려온 전화에 어떤 상담자를 만날지 평소보다 더 두근거렸다. 라엘은 누군가에게 나의 생각을 전달하고 감정을 표현하며 목적의 수단이 되는 '말'로 힘들어하고 고민하는 사람들을 도와주는 자신이 뿌듯했다.

그렇게 일주일에 두 번씩 친한 선배 학원에서 심화반 강사로, 나머지 시간에는 기업체나 개인 수업 등 프리랜서로 열심히 활동한 지 3년 만에 드디어 작은 오피스텔을 계약하게 됐다.

물론 오빠인 라준에게 돈을 빌리긴 했지만 본인 스스로 일궈낸 값진 성과기에 오피스텔로 향하는 오늘 이 길이 다른 날보다 더욱 특별했다.

"주차 오케이. 자, 이제 들어가볼까."

라엘은 빌린 라준의 차를 주차장에 주차한 뒤 건물 안으로 들어갔다.

띵.

엘리베이터 문이 열리고 작은 박스를 손에 든 라엘이 3층에서 내렸다. 오피스텔 복도에 웅성거리는 소리와 함께 한 무더기의 사람들이 모여 있었다. 모여 있는 사람들은 전부 오피스텔을 임대받은 사람들이었다. 심각한 표정으로 이야기를 하던 사람들 틈에서 중년 여자가 라엘을 보며 잰걸음으로 다가왔다.

"안녕하셨어요."

"최 선생? 왜 인제 와. 큰일 났어?"

"네? 무슨……."

"놀라지 말고 들어. 우리 부동산 사기 맞았어."

"사……기요?"

"그 부동산 업자가 건물주 몰래 인감 도용해서 이중계약 하고 분양받은 사람들 돈 갖고 오늘 새벽에 날랐대."

"……."

탁.

너무 놀란 라엘이 들고 있던 박스를 바닥에 떨어뜨렸다.

"최 선생, 괜찮아? 우리도 지금 놀라 자빠지겠는데, 젊은 아가씨가 오죽할까? 나쁜 놈."

"아이고. 우야노. 우야면 좋노."

1층에 상가를 임대했던 한 아주머니는 결국 바닥에 주저앉아 울음 섞인 한탄을 하기 시작했다.

'사기? 이중계약? 내 사무실은, 내 돈…….'

라엘이 마른세수를 하며 얼굴을 문질렀다. 젊은 아가씨가 큰 충격으로 우는 건 아닌가? 하고 걱정하며 그녀를 달래던 아주머니는 순간 자신의 귀를 의심했다.

"아! 이런 개나리 조카 색연필 뻬리리 식빵 같은 놈. 이 돈이 어떤 돈인데……. 감히 내 돈을 갖고 사기를 쳐?"

생전 들어보지 못한 정체불명의 걸쭉하고 살벌한 단어들이 복도에 울려 퍼지자 사람들의 시선이 일제히 그녀에게 집중됐다.

"어떻게 됐지?"

책상에 앉아 있던 연이가 서재 한쪽에 마련된 작은 테이블로 발걸음을 옮기자 진 비서가 따라 걸으며 맞은편에 앉았다.

"오늘 저녁 7시에 강남에서 약속 잡았습니다. 그리고 조사한 파일입니다. 한번 보시죠."

진 비서가 검정색 파일을 건네자 그녀가 종이에 적힌 글자를 천천히 읽어 내려갔다.

〈이름: 최라엘. 가족관계: 부모님과 4살 터울의 고등학교 교사 오빠. 서울시 관악구 ㅇㅇ동 거주. 부친은 평생 철물점을 운영하고 있으며 모친은 피아노 전공을 하였고 현재 복지센터에 재능기부로 무료 강습을 나가고 있는 상태.

20년도 넘은 낡고 작은 건물 1층에 부친이 운영하는 철물점이 있고 2층에서 온 가족이 거주하고 있다.

건물 상태: E등급(건물 땅이 부모님의 소유이긴 하나 굉장히 작은 면적이며, 낡은 건물을 허물고 다시 세울 정도의 재정은 없음.)

남매 모두 서울대 출신으로 학교를 다니는 동안 두 사람 모두 장학금을 받고 다님. 국문학과 출신으로, 대학원에서 언어 심리학을 배웠음. 졸업 후 언어치료 자격증과 스피치 자격증을 취득하며 현재도 계속 자기계발을 게을리하지 않는 타입.

3년 동안 스피치 학원에서 심화반 강사로 일을 함. 기업체 강의나 재벌 자제들, 유명 연예인 아이돌을 상대하며 프리랜서로 활동함.〉

"조사하다가 알게 됐는데 일전에 대양그룹 둘째 아들의 개인 스피치 수업을 하던 중 치근덕거려서 사무실에서 대놓고 망신을 줬다고 합니다."

"대양그룹 둘째라면 그 소문이 안 좋다던?"

"네. 맞습니다. 알아주는 망나니죠."

"젊은 아가씨가 대찬 면도 있고, 진 비서 얘기를 들으니까 내가 점점 기대하게 되네."

연이는 진 비서의 이야기를 들을수록 라엘에 대한 궁금증이 늘어갔다.

"개인적인 생각이지만 느낌이 아주 좋습니다."

"나도 그랬으면 좋겠어. 일단 이따 만나보면 알겠지."

"네, 사모님."

인적이 드문 한강 고수부지 광나루 지구 다리 밑에서 영혼까지 탈탈 털린 라엘의 모습이 보였다.

"제발, 잘 해결되게 해주세요. 후!"

벤치에 앉아 머리카락을 한 가닥 뽑아 손에 쥔 라엘은 눈을 감고 간절히 속삭이며 허공으로 머리카락을 힘껏 불었다. 어린 시절부터 안 좋은 일이 있을 때마다 하던 습관이 절로 나왔다.

"하……."

땅이 꺼져라 깊은 한숨을 연신 내뱉던 라엘은 계속해서 울려대는 휴대폰 소리에 시선을 옮겼다.

지잉. 지잉.

[오빠다. 우리 상또, 사무실 어떠냐? 새 건물이라 좋지? 암튼 그동안 고생 많았다. 열심히 더 열심히 악착같이 해서 오빠님께 빌린 돈 플러스 이자 빨리 상환하자. 하하하!!]

이런 귀신 같은 촉의 소유자. 오빠인 개또의 연락이었다. 메시지를 확인한 순간 라엘은 손에 들린 맥주 캔을 입으로 직행했다.

안 그래도 계약할 때부터 부동산 사기가 많다면서 꼭 따라와서 확인하겠다는 걸 걱정하지 말라고 큰소리쳤는데……. 하필 진짜 부동산 사기를 당하다니.

벌컥벌컥 마시던 캔 맥주를 벤치 위에 내려놓은 그녀는 아까부터 슬슬 취기가 오르는지 혼잣말로 계속해서 중얼거리고 있었다.

“가만두지 않을 거야. 잡히기만 해봐라. 나쁜 놈. 감히 나한테 사기를 쳐?”

세상 모든 짐을 혼자 짊어진 것처럼 처량한 표정으로 한탄하던 라엘은 갑자기 밀려드는 생각에 두려움이 가득했다.

“어쩌지? 어떡하지? 이 사실을 알면 개또가 가만있지 않을 텐데. 미치겠다.”

마치 무대 위의 모노드라마를 찍는 것처럼 혼자서 슬펐다가 화내고, 그러다가 또 갑자기 무섭게 웃는 모습이 그녀의 멘탈이 붕괴됐음을 말해주고 있었다.

“엄마? 저기 저 언니 이상해.”

엄마와 함께 산책을 나온 여자아이가 라엘의 모습을 보고 불쌍한 듯 제 엄마에게 물었다.

“사람한테 손가락질하면 안 돼. 저 언니가 정신이 온전치 못해서 그래.”

“정신이 뭐야?”

“머리가 아야 해서 그래. 그러니까 가까이 가면 안 돼. 어서 가자.”

“저기요? 아주머니? 저 멀쩡하거든요. 꼬마야, 언니 멀쩡해. 아직은 미치지 않았어.”

이미 시야에서 사라진 모녀에게 하소연이라도 하듯 고래고래 소리쳤다. 그때였다.

"아니. 매우 충분히 그래 보이거든?"

뒤에서 들려오는 익숙한 소리에 라엘이 고개를 돌렸다.

"종인아?"

바로 라엘의 소꿉친구이자 한동네 살고 있는 종인이었다. 두 사람은 어릴 때부터 친한 모습 때문에 주변에서 사귀는 사이냐고 골백번도 더 들어왔지만 서로 간에 개미 눈물만큼도 이성으로 보지 않는 담백하고 깔끔한 사이다.

"어떻게 된 거야?"

세미나를 마치고 집으로 가던 종인은 휴대폰 너머 들려오는 친구의 괴성을 듣고 걱정스러운 마음에 곧장 한강으로 달려온 것이다. 라엘은 오늘 있었던 일을 토씨 하나 빠뜨리지 않고 차례차례 설명했다.

"경찰에서는 뭐라는데?"

"도박에 빠져서 사채까지 손을 댔나 봐. 그래서 사채 빚에 허덕이다 상가 사람들한테 이중 계약하고 계약금 싹 다 들고 날랐대."

설명을 마친 라엘은 풀 죽은 듯 고개를 숙였다.

"뭐! 그런 말도 안 되는 놈이 다 있냐?"

라엘이 3년 동안 열과 성을 다해 얼마나 일에 매달렸는지 잘 알고 있는 종인은 자신의 일처럼 걱정했다.

"일단……."

어깨에 들려 있던 가방을 벤치에 내려놓던 그는 맥주 캔을 발견하곤 멈칫했다.

"최라엘? 너 술 마셨어?"

"어. 맥주 한 캔. 아니, 두 캔인가?"

"내가 너 이럴 줄 알았어."

종인이 가방에서 가글을 꺼내며 라엘에게 권했다.

"생전 술은 먹지도 않는 애가 술 먹고 냄새 풍기면 아주머니가 걱정하시잖아. 빨리 가글하고 여기 껌 씹어."

얌전히 껌을 받아 오물오물 씹던 라엘은 잔잔하게 흐르는 강물을 바라보며 말했다.

"더 큰일은 뭔지 알아?"

"왜? 또 다른 일 있어?"

"내가 오빠한테 이천만 원이나 빌렸다는 거야. 개또가 분명 그랬거든. 요새 부동산 사기 많으니까 같이 안 가도 되겠냐? 혼자 괜찮겠냐? 그때마다 내가 콧방귀 뀌면서 걱정 말라고 큰소리 땅땅 쳤는데."

종인은 라엘의 어깨를 '툭툭' 치며 위로했다.

"괜찮아. 형도 사실대로 말하면 이해하실 거야. 사기당하고 싶어서 당하는 사람이 어디 있겠어. 정 걱정되면 내가 지금……."

라엘이 느닷없이 자리를 박차고 일어났다.

"안 돼. 안 돼애애애!! 으아."

"최라엘."

갑자기 머리를 부여잡고 소리 반 공기 반을 더해 거칠게 분을 토해내는 라엘에게 종인이 차분한 음성으로 불렀다.

"너 지금 굉장히 충동적인 거 알아? 이래 봐야 아무 도움도 안 된다고."

"이거 보세요? 난 지금 생각지도 못한 갑작스런 충격에 이성적인 사고 회로가 중지된 상태거든요."

자신보다 머리 하나 더 큰 종인을 올려다보며 라엘이 쏘아붙였다.

"어이, 친구. 정신과 의사 앞에서 설교하세요?"

"아……."

종인이 자신의 직업을 들먹이자 그제야 순응하는 라엘이었다.

"그럼 우선 경찰한테 맡기고 일단 집에 가서 하루 이틀 기다려 보자."

"너, 부모님은 물론이고, 오빠한테도 절대로 말하지 마."

"나보다 너나 표정관리 잘해."

라엘은 조수석에 앉아 한숨을 푹푹 쉬며 무거운 발걸음으로 집으로 향했다.

클래식이 흐르는 한산한 카페. 구석진 자리에 앉은 고운 얼굴의 중년 여성이 눈에 띄었다. 그녀는 셀튼호텔 안주인인 고연이 여사였다.

〈최라엘: 행복스피치 강사. 스피치 교정 & 언어 심리치료. 010-XX26-XXX8〉

손에 들린 종이를 응시하던 연이는 며칠 전 일을 떠올렸다.

"임 박사님? 수혁이 이대로 괜찮을까요?"

"사실 저도 오늘 사모님을 뵙자고 한 이유가 거기에 있습니다. 아시다시피 본부장님의 증상은 질병의 원인이 기질적인 것이 아니라 심리적인 요인에 따른 심인성(心因性, psychogenesis)으로 인해 불안 장애가 생겨 원인이 된 것입니다."

임 박사의 설명은 계속 이어졌다. 그로 인해 PTSD(외상 후 스트레스 장애)가 수혁의 심리 상태를 흔들고 죄책감에 사로잡혀 그 사건과 관련하여 특정한 상황이나 특정 인물이 떠오를 때마다 불안감을 느끼게 된다고 했다. 또한, 그때마다 스위치가 켜지듯 그 순간부터 진정될 때까지 간헐적으로 언어 표현의 제한이 오는 거라고 덧붙였다.

"뿐만 아니라 벌써 일 년 가까이 자신을 괴롭히며 고립시키고 있어요. 죄의식에서 비롯된 끔찍한 기억을 마주할 때마다 더욱 입을 닫아버리는 거죠. 계속 이 상태라면 마음의 병으로 몸까지 상할까 봐 걱정입니다."

"그럼 어떻게……."

"해서 방법을 바꿔볼까 합니다."

임 박사의 이야기를 듣고 있는 연이의 동공이 미세하게 떨렸다.

"사람들은 가끔 가족이나 가까운 친구가 아닌 전혀 다른 타인에게 자신의 속 얘기나 비밀 이야기를 쉽게 털어놓는 경우가 있습니다. 이 사람이 나와의 연결 고리가 없으니 오히려 불안감을 덜고 편하게 느껴지는 거죠. 본부장님과 연결 고리가 없는 사람으로 이야기를 들어주고 대화를 이끌어낼 사람이 필요합니다."

마지막으로 임 박사는 수혁의 증상은 단계별로 나뉘었을 때 초기 증상에 가깝다고 했다. 그의 심리 상태가 안정되고 본인의 의지만 있다면 빠른 시간에 좋은 성과를 낼 수 있다는 희망의 메시지도 곁들었다. 더불어 허락만 해준다면 본인이 적임자를 찾아본다고 했다.

종이 위로 연이의 깊은 한숨이 묻어났다. 집안의 오랜 주치의인 임 박사를 믿고 있지만 그와 연관된 사람이라면 이쪽 세계 사람들을 상대하는 사람일 게 분명했기 때문이다. 그렇게 되면 공식적으로 미국에 머물고 있는 수혁의 이야기가 도마 위에 올라 세간에 알려질 것이고, 더욱 안 좋은 일을 초래할 수 있었기 때문이다.

뭔가 방법이 필요했다. 그러던 중 한 달 전 총회 참석차 호텔에 들른 수혁과 마주친 젊은 아가씨의 모습이 머릿속에 딱 떠올랐다. 그때 연이는 직감적으로 알 수 있었다. 조금만 늦었어도 쉽지 않았다는 것을.

거리가 있어서 자세히 보진 않았지만 분명 예민하고 날카로운 수혁을 침착하게 진정시켰다. 어쩌면 그것 하나만으로 임 박사가 말한 그 적임자일지도 모른다는 생각이 들었다. 연이는 그만큼 절박했고 지푸라기라도 잡고 싶은 심정이었다. 다행히 진 비서를 통해 알아본 상대는 생각보다 유능한 아가씨였고, 어제 급하게 연락을 취한 뒤 약속을 잡을 수 있었다.

“사모님, 아무래도 다시 연락을 취해야 할 거 같습니다.”

연이의 곁에서 전전긍긍하던 진 비서가 시간을 확인하며 난감해했다.

“죄송합니다. 약속을 안 지킬 사람 같지는 않았는데…….”

“오늘은 시간이 늦었으니 이만 일어나고. 무슨 사정인지 자세히 알아봐.”

“알겠습니다.”

연이의 표정은 담담했지만 사실은 그렇지 못했다. 누군가를 만남에 있어 사람을 판단할 때 그녀가 제일 먼저 보는 것은 바로 기본적인 약속 시간이었다. 상대방이 늦으면 어떤 이유이건 10분 이상을 기다리지 않는 철두철미한 그녀가 한 시간이나 기다렸다는 건 그만큼 오늘 만남에 기대를 했다는 뜻이었다. 카페를 나서는 연이의 표정은 낮게 깔린 저녁 하늘만큼 어두워 보였다.

무거운 마음을 이끌고 집에 들어온 라엘은 힘없이 문에 기대섰다.

"그래. 지금 뾰족한 수가 있는 것도 아니고……. 일단 자고 내일 맑은 정신으로 다시 생각해보자."

조금만 더 생각했다간 머리가 터져버릴 것 같아 불을 끄고 침대에 누웠다. 평소에는 머리만 갖다 대면 기분 좋게 잠을 자는 라엘이었지만 오늘 겪은 일이 보통 일은 아닌 만큼 쉽사리 잠을 청할 수 없었다. 이리저리 뒤척이며 이불과 씨름하던 순간,

"세상에!"

하이킥을 날리며 침대에서 벌떡 일어나 불을 켰다. 하루 종일 정신이 없던 탓에 저녁 약속을 까맣게 잊고 있던 라엘은 이제야 약속한 일이 떠올랐다.

휴대폰을 확인하니 부재중 전화가 20통이 넘게 와 있었다. 전화를 하기엔 실례가 될 거 같아 급한 대로 문자로 정중히 사과를 전하는 라엘이었다.

[오늘 저녁에 만나기로 했던 최라엘입니다. 제가 피치 못할 사정으로 약속 장소에 나가지 못했습니다. 이유야 어찌 됐든 정말 죄송합니다. 내일 날이 밝는 대로 전화드리겠습니다. 다시 한번 죄송합니다.]

"후……. 최라엘 정신 차리자!! 이럴 때일수록 정신줄 잘 잡아야 한다."

Rrrrrrrr.

라엘의 손에 들린 전화가 부르르 떨며 울리고 있었다.

"여보세요. 최라엘입니다."

-최라엘 씨? 오늘 만나기로 한 사람이에요. 방금 문자 잘 받았어요.

전화를 건 사람은 진 비서였다.

"네. 내일은 꼭 나갈게요. 약속 장소는 오늘 뵙기로 했던 거기서 9시쯤 괜찮으세요?"

라엘은 사정을 말하고 의뢰를 거절하려 했지만 오늘 일도 있고 해서 내일 얼굴을 보고 정중히 거절을 하는 게 예의라고 생각했다.

-괜찮아요. 그럼 내일 뵙죠.

전화를 끊은 라엘은 어두운 표정으로 한동안 멍하니 앉아 있다 새벽이 되어서야 간신히 잠이 들 수 있었다.

2화. 우주 최강 상 돌아이!

대낮이라곤 믿겨지지 않을 만큼 짙은 어둠이 내려앉은 복도의 정적을 깨듯 우직한 발소리가 들려왔다. 언제나 같은 시간, 복도를 거닐고 있는 사람은 이 저택의 집사장 알프레도였다. 그의 손에는 심신 안정에 좋은 라벤더를 끓인 고급 티포트가 들려 있었다. 수혁의 방문 앞에 다다른 그가 문틈에 대고 조용히 속삭였다.

"도련님, 접니다. 들어가겠습니다."

알프레도가 방으로 들어서자 책상에서 책을 보던 수혁이 그를 천천히 돌아보곤 다시 고개를 돌렸다. 테이블 은쟁반 위에 놓여 있는 무채색 찻잔 안으로 맑은 라벤더차가 채워지고 있다. 소리까지 맑은 라벤더차를 보며 알프레도는 무채색 같은 수혁의 마음이 하루빨리 맑게 개이길 바라는 듯 보였다.

알프레도가 찻잔을 들고 권하자 그가 조용히 차를 마셨다. 며칠 만에 약을 제때 먹은 수혁이 고마운지 알프레도의 표정이 어제보다 한결 가벼워 보였다. 그는 책상 옆을 지나 넓은 창을 가로막은 장막 같은 커튼을 조심스럽게 걷었다.

"도련님? 이제 저도 나이가 들었나 봅니다. 별채 정원을 관리하는 게 예전만 못하는 거 같아요. 그거 아세요? 지금 정원에 장미, 수국, 라일락까지 꽃으로 무성하답니다. 아마 화원 안에도 꽃이 무성하겠죠."

화원 이야기에 수혁의 시선이 창가로 향하자 알프레도가 때를 놓치지 않고 다가갔다. 그의 손에 들린 책을 천천히 내려놓고 억지로 잡아끌다시피 창문 앞으로 넓은 등을 떠밀었다.

"알프레도, 난……."

하루 중 유일하게 수혁이 날카롭지 않은 시간. 짧게 허락된 이 시간에 알프레도는 상처받은 그를 위로하려 했다.

"소중한 추억이잖아요, 도련님."

"추억?"

이제는 생각하기에도 벅찬 추억이 깃든 곳.

지금은 그 누구도 들어가지 않는 비밀의 화원이 되어버렸지만, 수호의 손때가 하나하나 묻어 있는 곳이자 수혁에게는 그 기억이 고스란히 저장되어 있는 곳이기도 했다. 순간 태양을 반사시키는 투명한 화원 유리창을 보며 수혁은 오래전 어린 시절이 불현듯 떠올랐다.

"수혁 도련님, 일단 빨리 화원에 숨어 계시다가 제가 회장님 화가 누그러지시면 그때 알려드릴게요. 자! 어서 들어가세요."

학교에서 돌아온 수혁은 교복을 벗지도 않고 이 회장의 골프채를 휘두르다 그만 귀한 도자기를 깨뜨리고 늘 그랬듯이 화원으로 몸을 피했다.

"수혁이 너, 또 피신 온 거야? 혹시 또 아버지 도자기 깨트렸어?"

"이번엔 진짜 실수였다고. 그보다 남자가 꽃이라니……. 진짜 형하고 안 어울리는 거 알아? 그런 건 정원 아저씨한테 말하면 그냥 다 알아서 해줄 텐데, 뭐하러 손에 흙 묻히면서 하는 거야."

"남자는 꽃을 가꾸면 안 되는 거야? 이 화원의 식물들이 그냥 알아서 꽃을 피우고 열매를 맺는 거 같지만 다 정성과 사랑이 필요한 거야. 수혁아?"

"응?"

"우리는 나중에 원하든 원하지 않든 아버지 회사를 물려받아야 해. 직원들은 물론이고 가족들까지 책임지는 막중하고 어려운 자리야. 여러 사람들에게 골고루 평등하게 빛과 거름을 잘 줘야 하고, 엉킨 곳이 없나 잘 살펴봐야 해. 형이 하는 말 무슨 말인지 잘 알지?"

"또 잔소리! 무슨 상관이야. 나는 회사 경영에는 눈곱만큼도 관심 없어. 당연히 형이 하는 게 맞다고 생각하고. 난 그저 자유로운 영혼처럼 하고 싶은 거 하며 편하게 살 거야."

꺼내보는 것조차 두려웠던 소중한 기억 속에서 수호는 어느 곳 하나 상처 없이 멀쩡한 모습으로 수혁을 향해 웃고 있었다.

애잔하게 화원을 바라보는 수혁의 표정을 보며 알프레도는 그가 행복한 순간을 마주하고 있다고 짐작했다.

그날 이후 그는 매일매일 수혁을 화원으로 데려가려 했지만 쉽지 않았다.

알프레도는 지금 이 순간이라면 그를 화원으로 데려갈 수 있을 거라고 생각하며 조심스럽게 입을 열었다.

"저…… 도련님?"

딸칵.

그런데 순간 문고리가 돌아가는 소리와 함께 방문 밖에서 들려오는 기척에 두 사람이 동시에 고개를 돌렸다. 평소에는 별채 쪽으로 발길조차 돌리지 않는 이 회장이 비서실장인 한 실장과 함께 수혁의 방문 앞에서 서성이고 있었다. 예고 없는 그의 발길에 문 하나를 두고 수혁은 누구보다 긴장했다.

"회장님, 들어가보시겠습니까?"

문고리를 잡았다 떼는 이 회장의 손을 보며 한 실장이 운을 뗐다.

"아니. 됐네. 그나저나 요즘 수혁이 녀석 안 좋은 소리가 들리던데. 어째 더 심해지는 건가……."

"아, 아닙니다. 요즘 약도 잘 드시고 의료진에 협조도 하시며 잘 지내고 계십니다."

통하지 않을 걸 알면서도 한 실장은 수혁을 위해 선의의 거짓말로 둘러댔다.

"이봐! 한 실장? 자네, 내가 이 집에서 보고 듣는 눈과 귀가 몇인데. 너무 애쓰지 말게."

"회장님."

"한심한 녀석. 저런 나약한 정신 상태로 어찌 회사를 물려받을지. 누구 때문에 그 사달이 났는데. 악착같이 이겨내지 못할망정……. 세상사 내 맘 같지 않다지만 자식 일이야말로 제일 풀기 힘들군."

미련 없이 날 선 표정으로 돌아선 이 회장의 뒤를 쫓는 한 실장의 표정은 난감하기 짝이 없었다.

방금 전까지만 해도 애잔하던 수혁의 눈빛은 뾰족한 송곳같이 날카롭게 날이 섰다. 직접 보지 않아도 문밖에 서 있던 이 회장의 표정을 알 수 있었다. 환멸, 멸시 그리고 원망. 그 모든 것이 한데 섞여 하등동물을 보는 것처럼 무시하고 있었을 것이다.

잔인한 뫼비우스의 띠처럼 또다시 시작된 거센 비난이 넝마가 된 마음을 할퀴면 어김없이 괴로운 기억이 열린다.

"하아!"

빨라진 맥박과 가빠진 호흡. 목구멍에 가득 들어찬 형체 없는 불구덩이가 또다시 말문을 막아선다.

"도련님."

"하! 당, 당장……!"

이 상황이 누구보다 안타까운 알프레도가 미세하게 떨리는 그의 손을 잡으려 하자 닿기도 전에 뿌리치며 매섭게 쏘아보았다.

"……나, 나가."

수혁은 창문으로 걸어가 거친 손길로 커튼을 치며 침대 위에 괴로운 몸을 묻었다. 그 모습을 보던 알프레도는 안타까움에 어떤 말도 쉽게 꺼낼 수 없었다. 대신 불을 끄고 조용히 방을 나와야 했다.

커튼이 쳐진 순간 또 한 번 그의 마음속에 천근 같은 빗장이 채워졌다.

"소나무, 소나무라. 아? 찾았다."

라엘은 전날 만나기로 했던 진 비서로부터 아침에 약속 장소를 변경했다는 연락을 받았다. 이름과 주소를 보고 고급 한정식일 거라 예상은 했지만, 막상 식당 앞에 도착하니 TV에서나 볼 법한 전통 한옥 위로 멋스럽게 그려진 단청무늬가 눈에 띄었다. 주차장에 들어서자 여기저기 날고 기는 차들이 대단한 몸값을 자랑하듯 포스를 뿜어댔다.

라엘은 검소한 성격이지만 대기업의 간부들과 연예인들을 상대로 강의를 해왔기에 고가의 차 브랜드는 저절로 알 정도로 익숙했다. 억 소리가 절로 나는 롤스로이스, 벤틀리, 페라리, 마세라티, 포르쉐들 사이에서 오빠인 라준에게 빌려온 귀여운 경차를 간신히 주차시킨 후 정문으로 들어섰다.

라엘은 자신의 차 키를 직원에게 맡기고 매니저에게 이름과 휴대폰 번호를 알려주고 직원을 따라 들어갔다.

"최라엘 씨라고 하셨죠?"

"네."

"이쪽 명월관으로 들어가시면 됩니다."

"네. 감사합니다."

매니저가 자리를 피하자 라엘은 한문으로 명월관이라 쓰인 문 앞에 서서 콤팩트를 꺼내 얼굴 상태를 확인하고 노크를 했다.

똑똑.

안쪽에서 진 비서가 문을 열며 라엘을 맞이했다.

"최라엘 씨?"

"네. 늦어서 죄송합니다. 제가 최라엘입니다."

"반갑습니다. 어서 들어오세요."

고개를 숙이며 정중히 인사를 건네는 라엘에게 진 비서가 답했다. 신발을 가지런히 벗어놓고 낮은 나무 단상을 밟고 올라가니 고급스러운 방이 한눈에 보였다. 감탄할 새도 없이 진 비서를 따라 또 하나의 문을 지나고 나서야 라엘은 자신과 약속한 진짜 주인공을 만날 수 있었다.

은은하게 퍼지는 장미 향이 고풍스러운 방을 가로질러 라엘에게 스며든다. 한눈에 봐도 대단한 집 사모님이라는 타이틀이 머릿속에 절로 떠올랐다.

표정은 부드러우나 풍기는 분위기는 약간의 서늘함도 품고 있었다. 상대가 한참 아랫사람인데도 불구하고 연이는 자리에서 일어나 정중히 라엘에게 인사를 건넸다.

"안녕하세요, 최 선생님. 반가워요."

"안녕하세요. 최라엘입니다. 갑자기 사정이 생기는 바람에 조금 늦었어요. 죄송합니다."

"아니에요. 저희도 온 지 얼마 안 됐으니 개의치 말아요. 바쁘실 것 같아 차는 미리 주문했어요."

연이가 손을 들어 권하자 라엘은 찻잔을 조심스럽게 들어 들어올렸다. 찻잔에 담긴 연꽃의 향이 목 줄기를 적시며 내려가자 방금까지 두근거리던 마음과 복잡한 머릿속이 조금 진정되는 거 같았다.

"뜸들이지 말고 바로 본론으로 들어갈게요. 진 비서?"

연이의 부름에 옆에 앉아 있던 진 비서가 가방에서 파일을 꺼내 테이블 중앙에 내려놓았다. 라엘은 진 비서가 건넨 파일을 빠르게 읽어봤다.

"제, 아들이 심인성(心因性) 증상이 있어요."

"심인성이라면 심리적 문제를 말씀하시는군요. 사고로 인한 그 연결 고리가 언어 쪽으로 옮겨간 거구요."

"네. 잘 알고 계시네요. 여러 말 하지 않을게요. 최 선생님께 정식으로 의뢰를 하고 싶어요. 꼭 도와주셨으면 합니다."

라엘은 진지하게 고민하기 시작했다. 언어와 심리치료학을 전공하고 스피치를 포함한 여러 강의와 치료 케이스를 접했지만, 이렇게 심인성과 직접적으로 관련 있는 케이스를 마주하는 건 처음이었다. 특히나 대학원 논문은 심인성에 관한 주제였기에 두근거리는 한편 동시에 걱정스러운 마음도 들었다. 오롯이 이 사람에게 집중하며 오랜 시간 정성을 쏟아야 하는 어려운 케이스였기 때문이었다.

"저, 한 가지 궁금한 게 있어요."

"네. 얼마든지 말씀하세요."

라엘은 최대한 정중한 말투로 자신이 생각하는 궁금증을 오픈했다.

"제 개인적인 관찰일지 모르나 평범한 분은 아니신 것 같은데, 왜 병원으로 가지 않으시고 저 같은 일반 스피치 강사에게 의뢰를 하시는지 궁금합니다."

"당연히 병원에서 진료를 받았습니다. 교통사고 후 외적인 치료가 끝나자마자 심리적인 치료를 시작했고 처음에는 경과가 좋았……."

집중하며 듣고 있던 찰나, 망할 라준이 멋대로 바꿔놓은 메시지 알림 소리가 허공을 가르며 울리기 시작했다.

-문자 왔쪄욤! 우주 최강 상 돌아이! 라엘아 문자 왔쪄욤.

아, 개또라이. 진짜 내가 너 때문에 돌겠다. 오빠인지 원수인지 너님아, 내 휴대폰에 무슨 짓을 한 거니? 생전 듣도 보도 못한 연탄불에 구워지는 오징어같이 방정맞은 문자 소리에 누구보다 라엘이 제일 놀랐다.

"상담 전엔 항상 휴대폰을 체크하는데, 제가 깜빡했어요. 죄송합니다."

"괜찮아요. 계속 울리는 거 보니 급한 용무 같은데 먼저 확인하세요."

"이해해주셔서 감사합니다."

정면을 응시하고 있던 시선이 가방으로 옮겨지고 급하게 휴대폰을 들어 메시지를 확인했다.

[최 선생, 그놈 행방 찾은 거 같아.]

그놈이라면, 서, 설마! 첫 줄을 읽은 라엘의 눈빛이 급격히 흔들리며 미간이 좁혀졌다.

[똥물에 튀겨 죽일 놈이 상가 사람들 피 같은 돈을 갖고 강원도 카지노에 가서 노름판에 뛰어들었나 봐. 경찰에서 기다리라고 했는데 무작정 기다리자니 속만 타고, 내 돈 다 탕진하기 전에 가서 잠복이라도 하려고. 일단 몇몇 사람들이랑 같이 내려가니까 또 다른 소식 있으면 알려줄게.]

문자를 보낸 사람은 같은 건물 입주자로 제일 나이가 많으신 연장자 할아버지셨다. 동공에 지진이 일어나며 잠시나마 잊고 싶었던 사무실 사기 사건이 순식간에 떠올랐다.

'네가 나선다고 해결되는 건 없어. 경찰이 전문가니까 믿고 맡겨.'

괜히 나서지 말고 얌전히 있으라는 종인이의 말이 귓가에 메아리쳤지만 심장이 두근거리고 엉덩이가 들썩거릴 정도로 진정이 되질 않았다. 해결되는 건 없어도. 왠지 내가 가면 잡을 수 있을 거 같아. 나쁜 놈. 내 돈!! 내가 어떻게 모은 돈인데…….

3년의 피, 땀, 눈물이 섞인 내 전 재산을. 생각하면 생각할수록 피가 거꾸로 솟구치는 것만 같았다.

"……님?"

"최 선생님? 괜찮으세요?"

"나쁜 놈!"

라엘은 순간 치밀어 오르는 분노를 삼키지 못하고 입 밖으로 내뱉었다. 입에서는 나쁜 놈을 연발하며 휴대폰을 꽉 쥐고 있던 두 손을 저도 모르게 테이블 위로 내리친 것이다.

"하, 죄송합니다. 실은 제가 최근에 개인적으로 안 좋은 일을 겪었어요. 그래서 아무래도 이 의뢰는 받아들일 수가 없을 거 같습니다."

사무실이 아무 탈 없이 무사히 계약되었다면 기분 좋은 마음으로 새 사무실에서 첫 의뢰를 받았을 것이다. 하지만 지금 상황에서 새로운 일을 맡는다는 것이 심적으로 쉽지 않았기에 아쉽지만 거절하기로 결론지었다.

언어 심리치료사는 남의 아픔을 들여다봐야 하고 그 아픔을 공유해야 하며 진심으로 서로를 믿어야 하는 관계이다. 전부터 하고 싶었던 심인성 케이스라 아쉬움이 남았지만 지금 상태로 누군가에게 진실한 도움을 주기란 어려운 일이었다.

"그리고 죄송하지만 제가 지금 급한 일이 생겨서 먼저 일어나봐야 할 거 같아요. 양해 부탁드립니다. 그럼."

"잠깐만요!"

급하게 일어나는 라엘의 손목을 연이가 빠르게 잡았다.

"잠시만요. 20분, 아니 15분만이라도 시간을 주세요. 최 선생님께서 꼭 들으셔야 해요. 부탁드려요."

15분이 아니라 5분도 아쉬운데, 라엘은 연이의 간절한 눈빛을 뿌리치지 못했다.

"아, 알겠어요. 대신 제가 시간이 많이……."

"진 비서? 어서."

"네, 사모님."

연이는 다급함을 토로하는 라엘을 보며 그녀의 말이 채 끝나기도 전에 진 비서에게 뭔가를 지시했다.

"그 종이를 자세히 봐주세요."

진 비서는 테이블 위에 올려놓은 파일을 펼쳐 라엘 앞으로 밀었다.

〈※건물 매매 계약서※

부동산의 표시.

소재지: 서울시 송파구 잠실2동 2xx번지

건물 구조: 철근, 콘크리트

…….

매수인: 고연이

주소: 서울시 평창동〉

"아, 아니. 이게 지금."

놀란 라엘의 눈이 더욱 커지고 있었다.

탁탁. 타탁.

오늘도 햇살을 차단한 고요한 방 안에서는 키보드를 두드리는 소리가 크게 울렸다. 회사를 갈 때마다 불안함을 느껴 밖에 나가는 것조차 꺼리는 수혁에게는 이 방 안이 회사이자 사무실이 되어버린 지 오래였다.

한 달 전 주치의는 말렸었지만 이 회장의 엄포 때문에 할 수 없이 임시총회를 나갔었다. 그때도 수군거리는 직원들의 말과 의식되는 시선들이 수혁에겐 시한폭탄으로 변해 결국 총회 직전 도망치다시피 집으로 돌아와야만 했다.

그래도 이 회장을 닮아 일머리는 타고난 덕에 방 안에서 업무를 보아도 크게 지장은 없었다. 메일을 통해 중요 서신들을 받고 중간에서 알프레도가 회사를 오가며 서포터를 해주고 있었기 때문이었다. 한참을 정신없이 키보드를 두드리던 기다란 손가락이 멈추며 수혁의 시선이 모니터 밖으로 향했다. 아무리 생각해도 한 가지 이상한 점이 있었다.

'왜 그땐 갑자기…… 멈춰진 걸까?'

넓은 방 안 허공에 매달린 그의 눈동자에 궁금증이 생겼다. 한 번 시작하면 증상이 쉽사리 호전되지 않아 힘들었는데 엘리베이터 앞에서 무엇 때문에 괜찮을 수 있었는지. 특히나 사람이 모이는 공간에서는 제어가 쉽지 않았는데,

……설마!

'괜찮아요! 괜찮아. 천천히. 급할 거 없어요.'

"그럴 리 없어."

순간적으로 수혁의 머릿속에 얼굴도 잘 떠오르지 않는 라엘의 음성이 스쳐 지나갔다.

"말도 안 돼!"

귓가에 울리는 부드러운 음성을 부정하듯 그가 머리를 양옆으로 짧게 흔들었다. 수혁은 책상 가장 아래 서랍의 손잡이를 잡아당겼다. 텅 빈 서랍 속에 갇혀 있는 잘린 넥타이는 마치 꺼내주길 바라는 것처럼 그의 시선을 잡아당겼다.

'그 여자 때문일 리가 없잖아.'

분명 자신의 넥타이인데 이상하게 그 여자가 떠올랐다. 이름도 모르고 본 적도 없으며 누군지도 모르는 단순히 실수로 부딪친 여자인데. 그럼에도 불구하고 그날 이후 괴로운 시간이 찾아올 때마다 수혁은 자신의 의지와 상관없이 어김없이 그 여자의 음성이 귓

가에 이명처럼 울려댔다.

신기한 건 그 목소리가 울릴 때면 수혁을 옭아매던 그 고통이 조금은 잦아들었다. 다만 수혁은 아직까지 제대로 인지하지 못하고 있었다.

"아, 아니 이게 지금."

놀란 라엘의 눈이 더욱 커지고 있었다. 파일 안에 들어 있는 건물매매계약서에 나와 있는 건물 주소는 '행복스피치' 사무실을 임대한 그 오피스텔 건물 주소였기 때문이다. 그리고 더욱 놀라운 것은 건물주의 이름이었다.

라엘은 원래 건물주의 얼굴과 이름을 알고 있었기에 이게 어떻게 된 일인지 의아했다. 그리고 왜 이 매매계약서를 오늘 생전 처음 만난 자신에게 보여주는지 정리가 되지 않았다. 궁금함이 극에 달할 즈음 여전히 놀란 눈을 하고 있는 라엘을 보며 진 비서가 첫 번째 키워드를 공개했다.

"여기, 사모님의 성함이 바로 '고연이' 사모님이십니다."

"……?"

"아직 뭐가 뭔지 어리둥절하시죠? 최 선생님. 잠시 휴대폰 좀 주시겠어요. 확인시켜드릴게요."

확인을 시켜준다는 진 비서의 말에 라엘이 자신의 휴대폰을 건네주었다. 휴대폰을 받은 진 비서는 이미 외운 듯 빠르게 키패드를 눌렀고, 곧이어 라엘이 알고 있던 건물주의 익숙한 목소리가 들렸다.

-여보세요.

"아, 예. 사장님, 안녕하세요. 저……."

-알다마다. 그 눈 동그란 말발로 먹고사는 말 잘하는 선생 아냐. 최 선생 맞지?

"네. 맞아요. 사장님 다름이 아니라, 건물……."

뭐가 그리 좋은 건지 건물주는 한껏 격양된 목소리로 말을 끊으며 대신 자신의 할 말을 쏟아내기 바빴다.

-이거 미안해서 어쩌지. 나도 그 사기 사건 전해 듣고 경찰에서 찾아왔었어. 참고인 조사도 받았고. 내가 법적으로 뭔가 보상을 해야 하는 건 아니지만 사람 사는 게 왜, 그렇잖아. 뭔가 도움을 주려고 했는데, 정말 내가 생각지도 못하게 어제 건물을 팔았어.

"네? 건물을 팔았다고요?"

-최 선생도 알겠지만 그 건물이 계란 노른자 땅에 있잖아. 자고만 있어도 월세니 전세니 알아서 떨 만한 효자 건물인데 그 건물을 쉽게 팔 생각을 어느 누가 하겠어.

건물주는 전화가 스피커폰이라는 사실을 모르고 있었다.

-아니, 근데 갑자기 건물을 사겠다는 사람이 찾아와서 지금도 비싼 저 건물 시세를 무려 3배나 더 쳐서 주겠다는 거야. 그것도 현금 일시불로. 동네 구멍가게 사탕 사는 것도 아니고 억 소리 나는 건물인데, 하도 기가 막혀서 사기꾼인가 싶었지. 그런데 알고 보니 대단한 사모님이시더라고. 거절할 게 뭐 있어? 그 돈이면 비슷한 땅에 건물 한 채를 세우고도 남는 장사인데 당장 도장 찍었지. 호호호, 아무튼 그렇게 됐어. 미안해.

건물주는 속사포처럼 자기 말만 쏟아내고 전화를 끊어버렸다. 라엘은 눈앞에 있는 사람이 얼마나 대단한 사람이기에 하루 사이에 비싼 신축 건물을 3배나 더한 금액으로 쉽게 사들일 수 있는 건지, 어안이 벙벙했다. 눈만 깜빡이고 있는 라엘을 보던 진 비서가 말을 이으려 하자 연이가 손을 들어 올려 제지했다.

"다음은 내가 설명하지."

"네, 사모님."

"저도 최 선생님도 각자 바쁜 상황이 있는 사람들이니까 빨리 설명드릴게요."

"아까 최 선생님께서 예상하신 대로 저희 집에는 당연히 주치의가 있습니다. 그런데 수혁이가 거부하고 있어요."

"거부한다고요? 왜……."

"담당 박사님은 의사라는 딱딱한 이미지가 오히려 지우고 싶은 기억을 불러일으킨다고 판단하셨어요. 그래서 그 일과 전혀 상관이 없는 새로운 인물로 하여금 말벗을 찾아주는 게 또 다른 방법이 될 수도 있다고 하시더라고요."

"아! 일종의 '환기' 같은 거군요."

"환기요?"

"사람들은 가끔 마음속에 간직한 자신의 비밀이나 답답함을 가족이나 친구 등 주변 사람들에게 고백함으로써 심적 부담을 덜어내며 편안함을 느끼는 경우가 있어요. 그걸 의학적으로는 '환기요법(ventilation therapy)'이라고 알고 있습니다."

"맞아요. 담당 박사님도 그렇게 설명하셨어요."

"제가 자세한 내막은 모르겠지만, 담당 선생님께서는 가족들과 마주하기 힘든 당사자의 심리적인 요인 때문에 그 대상을 전혀 다른 타인을 통해 도움을 주려고 생각하신 게 아닌가 싶어요."

연이는 자신의 이야기를 진심을 다해 들어주며 전문가적인 견해로 진지하게 답을 하는 라엘을 마주하니 왠지 모르게 이 젊은 아가씨를 점점 더 붙잡고 싶은 마음이 간절했다.

"사실은 한 달 전에 우연히 최 선생님의 모습을 보고 어떤 분인지 궁금했어요."

"한 달 전이라고 하시면, 저의 어떤 모습을 보신 건지……."

"그냥 도움이 필요한 사람을 잘 도와준 모습이랄까요."

'도움이 필요한 사람?'

"최 선생님을 좀 더 알고 싶어서 조사를 하던 중에 건물 사기 사건을 접하게 됐어요. 실례인 줄 알면서도 거절하지 못하도록 제가 건물을 인수한 겁니다."

하룻밤 새 홍두깨도 아니고, 라엘은 뭐가 어떻게 돌아가는지 정리가 되질 않았다.

"정상적인 방법이 아니란 걸 알지만 그만큼 절박하다고 생각해주세요. 그럼 이쯤에서 제안을 하나 할까 해요."

"제안이요……!"

다음부터는 진 비서가 말을 이었다.

"거두절미하고 말씀드릴게요. 만약 최 선생님께서 도와주신다면 지금 건물에 있는 사무실을 기존 월세만 받고 사용하실 수 있도록 해드릴게요."

"……네?"

"그 어떤 조건도 없이 깔끔하게. 당연히 의뢰 비용도 드릴 거고요."

"저, 정말이세요?"

학창 시절 자신의 가슴 성장이 A컵에서 멈췄다는 사실을 알았을 때보다 더 큰 충격이 라엘을 덮쳤다. 놀라서 어버버버 하는 그녀를 보며 진 비서는 '아직 놀라긴 이르죠?'라는 표정으로 말을 덧붙였다.

"그리고 또 하나, 함께 피해를 입은 다른 분들 역시 똑같은 조건으로 건물에 입주할 수 있게 해드리겠습니다. 물론 최 선생님이 도와주신다는 전제하에요."

"……."

분명 지나가는 바둑이를 붙잡고 물어봐도 너무나 말도 안 될 정도로 좋은 조건임이 틀림없었다. 그런데 왠지 모르게 마음 저 깊고 깊은 곳, 어느 한구석에서 싸한 기분이 들었다.

뭘 고민하는 거야! 최라엘. 이거보다 더 좋을 순 없다고. 마음속에 있는 또 다른 자아가 그녀에게 예스를 강요하며 재촉했다. 라엘이 입을 꾹 다물며 심각하게 고민하자, 연이가 한마디 거들었다.

"저는 지푸라기라도 잡는 심정과 말로 다 할 수 없는 간절한 마음으로 최 선생님을 만나러 나온 거예요. 도움이 절실히 필요해요."

'하, 모르겠다. 일단 내가 살고 봐야지.'

결심이 선 듯 결의에 찬 눈빛으로 라엘이 굳게 다문 입술을 서서히 열었다.

"해보겠습니다. 해볼게요."

라엘의 허락이 떨어지자 연이는 긴장이 풀렸는지 안노의 한숨과 함께 옅게 웃어 보였다.

"불미스러운 일 없이 온전히 평화로운 마음으로 허락했으면 더없이 좋았겠지만, 아시다시피 지금 제 상황이 복잡해요. 저도 사람인지라 이런 좋은 조건을 뿌리치기가 쉽지 않네요. 시작이 매끄럽지 않았지만 열심히 하겠습니다. 그리고 다른 분들도 배려해주셔서 감사합니다."

고개를 숙이며 정중하게 감사의 표시를 하는 라엘을 보던 연이는 테이블 위로 손을 올려 라엘의 손을 살며시 잡았다.

"정말 고마워요. 그럼 내일 건물 주차장으로 10시까지 차를 보낼게요."

"오늘 여러 가지로 정말 감사했어요."

"하아……."

"……세요?"

"봐요. ……괜찮 ……차리세요."

"이수혁 씨, 내 말 들려요?"

눈앞을 가로막은 강렬한 불빛. 제대로 들리진 않지만 다급함을 토로하는 여러 사람들의 단편적인 목소리. 수혁이 눈을 떴을 땐 자신의 입에 인공호흡기가 달려 있었다. 간신히 고개를 옆으로 돌려 마주한 시선에는 말도 안 되는 붉은 선혈(鮮血)이 수호의 얼굴에서 떨어지고 있었다.

뭐야! 왜 피…….

입술에 빗장이 채워진 듯 벌어지지 않은 입 안에서는 앞다투어 나가려는 총성 같은 단어들이 탈출하지 못한 채 목구멍으로 되돌아갔다.

"어레스트(Arrest)[1]입니다."

"빨리 패들(Paddle)[2] 가져와!"

"200줄차지."

쿵.

단단한 남자의 몸이 크게 들썩이며 허공으로 올라왔다 떨어졌다.

---

1 Arrest: 심정지.

2 Paddle: 제세동기 손잡이 부분으로, 의사들이 급박할 때 패들이라고도 외침.

"좀 더 높여. 300줄차지. 물러서, 슈트!"

쿵.

삐삐삐삐. 삐. 삐.

"헉! 하아, 하."

끔찍했던 꿈에서 깨어난 수혁은 버릇처럼 주변을 돌아보며 익숙한 방 안 풍경을 확인하고서야 놀란 동공이 제자리를 찾았다. 베일 듯한 그의 콧날에 맺힌 땀방울이 아슬아슬 매달리다 위태롭게 떨어졌다.

늘 같은 장면. 똑같이 반복되는 그날의 전쟁 같은 기억의 조각들은 오늘도 어김없이 아침이 올 때까지 그를 놓아주지 않고 괴롭혔다. 모든 게 내 탓이다. 그때…….

수혁은 무거운 상념을 털어내듯 눈을 감고 고개를 가로저으며 자리에서 일어났다. 새하얀 이불 밖으로 나온 완벽한 몸에 존재한 이질적인 커다란 흉터가 그의 왼쪽 가슴 위에 사선으로 자리하고 있었다.

스르륵.

운전석과 뒷좌석에 위치한 검은색 가림판이 자동으로 내려가자 운전을 하고 있던 운전기사의 모습이 보였다. 기사는 신호가 걸린 틈에 할 말이 있는지 룸미러를 올려다보며 라엘의 눈을 응시했다.

"밖이 보이지 않아 답답하시죠? 사모님께서 보안에 신경을 쓰라고 하셨기에 부득이하게 불편을 드린 점 죄송합니다."

"아니에요. 전혀 불편하지 않으니 마음 쓰지 마세요. 괜찮아요."

"그렇게 말씀해주시니 제가 더 감사합니다. 오래 걸리진 않으니 조금만 참아주세요."

신호가 바뀌자 기사는 서둘러 차를 출발시켰다. 자료를 살펴보던 라엘의 시선이 진 비서가 준 서류 봉투로 향했다.

봉투에서 꺼낸 종이 상단에는 '계약서'라고 적혀 있었고 맨 하단에는 그녀의 친필 사인이 보였다. 주변이 조용해지고 머릿속이 정리가 되자 계약 조건들이 눈에 천천히 들어왔다.

〈갑: 고연이 / 을: 최라엘

이하 계약서 내용에서는 이름 대신 갑과 을로 서로를 명칭한다.

1. 을은 일주일에 4번 수업을 한다.(주말은 제외. 추후 변동될 수 있음.)

2. 출근은 오전 10시. 갑이 건물로 보내는 차를 타고 온다. 퇴근 역시 제공하는 차를 타고 건물에서 내릴 것. (하루에 정해진 시간은 없으며 그날그날 상황을 고려해 재량껏 수업을 한다.)

3. 을이 연락을 할 때는 개인 휴대폰 대신 갑이 제공하는 휴대폰만을 사용한다.

4. 일주일에 한 번씩 자유 형식의 보고서를 작성하여 진행 상태를 알려준다.

5. 을은 절대 수혁에게 개인 휴대폰 번호를 알려주지 말 것.

6. 수업에 필요한 것이 있으면 언제든지 자유롭게 이야기하며 갑은 적극 제공할 것을 약속한다.

7. 비밀 유지(그 어떤 누구에게도 발설하지 말 것, 이곳에서 있었던 모든 일에 대해 을은 무조건적으로 함구할 것을 약속한다.)

8. 갑이 먼저 그만하자고 할 때까지 을인 최라엘 측에서 그만둘 수 없다.〉

마지막 9번은 라엘이 현장에서 추가한 사항이었다.

〈9. 수업이 어떤 방식으로 이루어지는지, 어떤 식으로 했으면 하는지에 대하여 갑은 간섭을 하지 않는다.〉

얼마나 대단한 집안이길래! 출퇴근까지 함께 동승한다고 하는 건지. 한참을 보고 있던 계약서를 봉투에 넣은 라엘의 손길은 다시금 자료를 집어 들었다.

샤워를 마친 수혁은 침대 위에 놓인 검정 파일을 손에 잡았다.

〈이름: 최라엘, 성격: 밝고 친절하며 배려심 많고 정의롭고 쾌활함. 서울대 출신. 유명 연예인 아이돌 등을 상대하며 프리랜서로 활동함. 이쪽 업계에서는 소문난 인재. 삼송그룹, 신화그룹, SN기획사, YZ기획사, JYT기획사 등 여러 유명 기업과 기획사에 스피치 강사로 활동함.〉

꼼꼼히 소개된 문구를 빠르게 읽어 내려가던 눈동자가 다시 위로 올라갔다.

'배려심이 많고 정의롭다고?'

좀 더 비틀어 풀이하면 오지랖이 많다는 뜻으로 해석되며 저런 성격은 함께할수록 더 피곤해진다.

"후."

좁혀진 미간 아래로 짧은 한숨이 흘러나왔다.

똑똑.

"도련님, 일어나셨습니까?"

"이거."

수혁이 조심스레 들어온 알프레도를 보며 파일을 흔들자 팔뚝에 매달린 굵은 물방울이 카펫 위로 뚝뚝 떨어졌다.

"제가 갖다 놨습니다."

"그렇게 말했는데도 결국."

며칠 전부터 연이를 통해 도와줄 사람이 올 거라고 숱하게 들었지만 그때마다 수혁은 필요 없다며 강하게 의사를 표현했었다.

"내 의견은 안중에도 없으신 건가."

"도련님. 사모님 소원이라고 하시니 이번 한 번만 응해드리세요. 이번이 정말 마지막이라고 하셨습니다."

"마지막……?"

심기가 불편한 그와 달리 알프레도는 평소와 다르게 들떠 있었다.

'마지막이라고. 그 마지막이 벌써 몇 번째인지. 아직도…….'

"벌써 도착하셨네요. 예쁜 이름만큼 얼굴도 고운 분 같습니다."

차 소리에 창가로 다가간 알프레도가 놀란 얼굴로 주변을 둘러보는 라엘을 보며 수혁의 호응을 이끌었지만, 다가오는 그의 표정은 점점 더 굳어지고 있었다.

"하……."

어떤 이름인지, 어떻게 생겼는지, 남자인지 여자인지. 그 어떤 것도 궁금하지 않다. 이 방을 오고 갔던 사람들이 그러하듯 되풀이되는 질문과 전문용어를 남발하며, 시간이 지날수록 정해진 판단에 억지로 끼워 맞추려 할 뿐 이해하려 하지 않을 테니까.

마주할 때마다 전이되는 어머니의 괴로운 눈빛이 안쓰러워 억지로 응했지만 달라지는 것은 아무것도 없었다. 오히려 그때마다 깨어나는 그날의 깨진 기억이 고통으로 다가와 가슴속을 옥죄어온다.

무엇이 됐든 이제 더는 하고 싶지 않다. 눈부신 햇살 아래 서 있는 것조차 죄책감을 느낀다. 얕은 얼음 바닥처럼 미세하게 남아 있던 기대감은 흔적 없이 녹아내려 거품처럼 사라졌다.

'너무 많이…… 지친다.'

그러니 당신도 시끄럽게 하지 말고 조용히 있다 가길.

수혁은 손에 쥐고 있던 파일을 책상 위로 던지며 등을 돌려 커튼을 쳤다.

잘 달리던 차가 멈췄다. 혹시 또 신호에 걸린 건 아닌가 싶었는데 운전기사가 내렸는지 차가 살짝 흔들렸다. 곧이어 라엘이 타고 있는 좌석의 차 문이 열리자 눈부신 햇살이 그녀에게 가득 쏟아졌다.

"선생님, 내리시죠. 도착했습니다."

기사의 안내에 따라 라엘이 차에서 내리며 천천히 주위를 살폈다.

세상에, 말도 안 돼.

유럽에 와 있는 듯한 대저택과 명화에서 튀어나온 정원 풍경 그리고 중앙에 위치한 커다란 분수까지. 영화나 드라마가 아닌 현실에 이런 집이 존재한다는 사실에 저절로 입이 벌어질 정도였다. 차마 한눈에 다 담을 수도 없는 이국적인 풍경에 감탄할 즈음 익숙한 진 비서의 목소리가 들려왔다.

"어서 오세요, 최 선생님. 오시느라 수고하셨습니다."

"안녕하세요."

"사모님께서 기다리고 계십니다."

대리석 같은 계단을 올라 문으로 들어가니 눈앞에 새빨간 카펫이 2층 계단까지 쭉 이어져 있었고, 벽에는 예술가의 혼이 느껴지는 고급스러운 그림들과 아름다운 조각들이 눈에 띄었다.

천장에 매달린 샹들리에 또한 하나의 예술품으로 그 웅장함이 남달랐다. 집 안에서 뿜어지는 아우라가 일반인의 기를 누르기에 충분했다.

꼴깍.

이유 없이 침을 삼킨 라엘은 아까보다 더한 긴장감에 손이 축축해졌다. 끝도 없을 것만 같던 긴 복도를 지나 더 이상 길이 없는 가장 안쪽에 위치한 문 앞에 진 비서가 멈췄다.

"이 방입니다. 들어가세요."

자연의 향기가 물씬 나는 프로방스 스타일의 인테리어가 눈에 띄는, 햇살이 가득한 예쁜 방이었다.

"어서 오세요, 최 선생님. 오시는 데 불편함은 없으셨는지 모르겠어요."

"아니요. 보내주신 차편으로 편하게 왔어요."

"부득이하게 차에 창을 가린 점 죄송해요. 철저한 보안 때문에 어쩔 수 없었어요. 정식으로 알려드릴게요. 저희 집안이 셀튼호텔이거든요."

그녀는 제 귀를 의심했다.

셀튼호텔 & 리조트. 한국에 본사를 두고 있는 셀튼그룹은 전 세계 삼천 개가 넘는 호텔과 리조트, 면세 사업에서 부동의 1위를 차지하는, 그야말로 재벌들의 재벌인 막강한 집안이었다.

서울 시내 어디에서도 보일 만큼 120층짜리 초고층 건물은 아시아의 랜드마크로 불렸다. 직원 대우도 좋아 취업하고 싶은 회사 1위로 뽑히는 곳이기도 했으며 각국 정상들과 톱스타들이 사랑하는 호텔이기도 했다.

한 달 전, 처음 셀튼호텔을 가봤던 라엘 역시 호화로운 호텔 내

부에 깜짝 놀랐었다. 어느 정도 짐작은 했었지만 이 정도로 대단한 집안일 거라고는 개미 눈물만큼도 생각하지 못했다.

라엘은 다시 한번 마른침을 꿀꺽 삼키며, 어차피 하기로 한 거 멋지게 잘 해보이고 싶은 마음이 가득했다.

"갑자기 급하게 일이 진행되는 바람에 막상 제일 중요한 상담자에 관한 내용을 전달해드리지 못했네요."

연이는 테이블 옆에 올려둔 얇은 파일을 내밀며 말을 이었다.

"수혁이에 관한 일을 기록해놓은 파일이에요. 올라가시기 전에 한번 살펴보세요."

건네받은 파일을 넘기려던 손길이 멈칫했다.

"아니요, 사모님! 지금 당장은 이 파일을 보지 않겠습니다."

"네? 보지 않으시겠다고요?"

"네……. 지금 이 문서를 보는 순간 상담자에게 선입견이 생길 수도 있어서요. 물론 이걸 참고한다면 편하겠지만 가장 좋은 건 이 안에 있는 내용들을 본인 스스로의 입을 통해 꺼내 보이는 게 제 역할이라고 판단됩니다. 그게 제가 할 일이고요."

알고 있는 사실에 기댄다면 표면적인 겉모습을 알기에는 쉬울지 몰라도 깊은 내면에 다가서기에는 더 힘들어진다. 라엘은 조금씩 천천히 갈지언정 진심으로 다가가려고 생각했다.

"이 파일은 천천히 참고할게요. 오늘은 '이수혁'이란 이름만 알면 충분해요."

"고마워요."

연이는 부드러운 목소리와 함께 자료를 쥐고 있는 손을 잡았다.

"왠지 그냥 제 느낌이…… 최 선생님이라면 가능할 거 같아요. 그러니 긴장하지 마시고 외로워하는 친구에게 손 내민다고 생각해주세요."

연이의 눈빛 때문이었을까? 자신의 손을 감싼 따뜻한 손길 때문이었을까? 그것도 아니면 간절함 때문이었을까? 라엘은 온몸을 감싸던 긴장감이 조금은 풀어진 기분이었다.

'미치겠다! 심장아, 나대지 마.'

조금 전까지 괜찮아졌던 심장이 다시 두근거리기 시작했다. 별채는 아름다운 꽃과 새소리가 가득한 정원이나 도란도란 대화 소리가 오가던 응접실이 있던 예쁜 본채와는 확연히 달랐다. 마치 일부러 모든 빛을 차단한 듯한 검정색 커튼이 커다란 창문을 철저히 막아서고 있었다.

게다가 벽에 붙어 있는 작은 조명이 불을 밝힘에도 불구하고 대낮이라는 게 무색할 만큼 어둡고 스산함마저 느껴졌다. 아까와는 달리 확연히 신중해진 진 비서의 걸음걸이가 상대가 얼마나 예민하고 조심스러운지를 대신 말해주고 있었다. 라엘은 괜스레 손에 쥔 가방을 꽉 잡았다. 앞서가는 진 비서의 발뒤꿈치를 보며 걷던 그녀의 발길이 '뚝' 멈췄다.

멈춰 선 두 사람 곁으로 또 다른 발걸음이 조용히 다가왔다. 영화에서나 볼 법한 턱시도와 흰색 장갑을 낀 중년의 남자는 라엘에게 정중하게 인사를 건넸다.

"안녕하십니까! 최라엘 선생님. 이 저택에서 집사를 맡고 있는 알프레도 장입니다. 편하게 '알프레도'라고 불러주세요."

남자의 인사에 함께 고개를 숙이며 예의를 갖추던 라엘은 그의 이름을 듣고 자신의 귀를 의심할 뻔했다.

얼굴 위로 확연히 드러나는 당황스러움에 진 비서가 익숙하게 대응했다.

"당황하셨죠? 진짜 본명이세요. 이분은 저희 집사장님 되세요."

라엘은 이상했지만 상황이 상황인지라 그가 외국에서 살다 온 거라 결론지었다.

"아, 네. 처음 뵙겠습니다. 최라엘이라고 합니다. 잘 부탁드려요."

"저야말로 앞으로 잘 부탁드립니다. 필요한 거나 불편한 점이 있으시면 언제든지 편하게 말씀해주세요."

알프레도와 간단한 눈인사를 주고받은 진 비서가 라엘을 쳐다봤다.

"최 선생님, 앞으로 도련님 관련된 일은 여기 집사장님께서 도와주실 거예요. 따로 전할 말씀이 있으시면 언제든지 시간 개의치 마시고 연락 주세요. 그럼 저는 여기서 인사드릴게요."

인사를 마친 진 비서는 어둠이 내려앉은 복도로 발길을 돌렸다. 열 발자국쯤 걸었을까? 드디어 수혁의 방 앞에 라엘이 마주섰다.

"선생님, 이 방입니다. 여기가 바로 도련님이 계시는 방입니다. 저……."

처음 본 순간부터 인자한 웃음을 유지하던 알프레도가 주저하며 말끝을 흐렸다.

"최 선생님?"

"네."

"고슴도치는 위협을 느끼면 몸에 돋아 있는 가시를 곤두세워 방어를 한다고 하죠. 지금 도련님의 상태는 온몸에 가시를 세운 고슴도치와 같습니다. 그 가시로 다른 사람이 아니라 자기 자신을 찌른다는 것이 문제이죠. 제가 드리고 싶은 말씀은, 그 가시에 찔리지 않도록 선생님께서 천천히 다가가셨으면 좋겠습니다."

가시로 자신을 찌른다고? 보통 동물뿐만 아니라 사람도 눈에 보이지 않는 가시를 세워 상대로부터 자신을 지킬 때가 있다. 말 그대로 어디까지나 자기방어적인 심리에서 나온 자연스러운 행동 패턴인데.

자신을 지키고자 함이 아니라 자신을 찌르고 있다. 그건 본인을 용서할 수 없다는 스스로의 몸부림과도 같은 것이라고 라엘은 판단했다.

"그럼 들어가겠습니다."

철컥.

금색의 문고리가 내려지고 두 사람은 수혁의 방 안으로 천천히 들어갔다. 기분 탓일까? 라엘은 방 안의 공기가 복도보다 더 서늘하다고 느꼈다. 아주 큰 방에는 그에 걸맞은 커다란 침대와 한쪽에는 둥근 테이블이 있었다. 또한 투명한 스피커와 결이 고운 나무로 만들어진 고급스러운 책상과 함께 한쪽 벽면을 전부 차지한 빼곡한 책들이 눈에 띄었다.

또한 복도만큼은 아니지만 이 방 조명 역시 꽤 어두웠다. 그리고 라엘을 그토록 긴장되고 궁금하게 만들었던 수혁은 책상에 앉아 서류를 보고 있었다.

알프레도의 안내의 따라 테이블에 앉은 라엘은 가방을 밑에 내려놓았다. 미리 준비해놨는지 녹차와 함께 잘 구워진 마들렌이 쿠키하우스에 담겨 있었다.

"그럼 저는 밖에서 대기하고 있겠습니다. 언제든지 도움이 필요하시면 불러주세요."

말을 마친 알프레도는 수혁에게 다가가 뭐라고 조심스럽게 말하고는 서둘러 자리를 피했다. 방 안에 라엘이 들어와 있음을 알고 있을 텐데도 수혁은 마치 그녀의 존재를 무시하듯 전혀 눈길조차 주지 않고 있었다. 고요하다 못해 숨 막히는 적막을 뚫고 들려오는 소리는 그의 종이 넘기는 소리가 전부였다.

라엘은 빠른 눈길로 그의 모습을 살폈다. 책상 의자에 앉아 무언가를 읽고 있었지만 한눈에 봐도 그의 키가 꽤 큰 것을 알 수 있었다.

태양에 원수진 것처럼 커다란 창을 막아놓은 두꺼운 커튼 사이를 비집고 햇살이 들어왔다. 들어오는 햇살에 살짝 비친 머리칼은 찰랑거린다는 표현이 어울릴 정도로 부드러워 보였다. 가는 스프라이트 세로 선이 그려진 셔츠 위로 드러난 바디 선은 잠깐 보아도 군더더기 없이 깔끔했다.

테이블 의자에서 바라본 수혁의 얼굴은 시선을 내리고 있어 온전히 볼 수 없었지만, 머리카락 아래로 보이는 단편적인 모습만으로도 상당한 비주얼의 소유자라는 것을 쉽게 알 수 있었다. 그리고 또 하나, 그에게서 상당한 냉기가 느껴지고 있었다. 기운이 너무나 강해 변태남에게도 할 말 다 하는 두꺼운 배짱의 소유자인 라엘조차도 쉽게 다가가지 못할 만큼 등골 서늘한 기운이 가득 밀려왔다.

꼴깍.

마른 입술을 달래며 침을 삼킨 라엘이 뭔가를 결심한 듯 입술을 천천히 열었다. 그래! 인사. 먼저 내 이름을 밝히자.

"안녕하세요. 저는 최라엘이라고 합니다. 잘 부탁드려요."

유난히 경쾌한 그녀의 목소리가 안쓰러울 정도로 수혁은 미동조차 하지 않았다. 이 방과는 어울리지 않는 생기 가득한 말투가 차가운 공기를 가르며 수혁의 귓가에 울렸다. 정신없이 집중하던 눈동자가 까딱거리며 시야를 가린 서류 뭉치의 경계선을 빠르게 넘었다 제자리로 돌아왔다.

"하……."

수혁의 입술을 벗어난 짧은 한숨이 종이 끝자락에 닿아 살짝떨렸다. 출근이 힘들어진 뒤로 올리지 않은 긴 앞머리가 불편한 그의 표정을 숨겨주었다.

'저 여잔가.'

전문가들도 어찌 못 하는 나를, 생판 모르는 여자를 데려와 어쩌시겠다는 건지. 결국엔 소용없다는 걸 알면서. 왜 아직도 포기를 모르시는지. 무슨 수를 써도 난 예전으로 돌아가지 못할 텐데……. 끝까지 바닥을 보여야 속이 시원하실는지.

수혁은 자신의 상태를 부인하며 무던히도 애를 쓰는 어머니가 안쓰럽고 답답했다. 머릿속을 지배하는 불필요한 상념을 털어내고 일에 집중하려는 찰나 방금 전보다 한 톤 높은 목소리가 익숙한 그의 적막을 깨트렸다.

"오늘 날씨가 참 좋죠?"

답을 구한 질문에 고요한 침묵만이 되돌아왔다. 어차피 금방 돌아갈 사람이라 신경 쓰고 싶지 않았던 수혁은 가만히 있으면 알아서 나갈 거라 생각했다. 저 여자와 말을 섞을 생각 따윈 애초부터 존재하지도 않았으니까.

"조금 전에 안내해주신 분 성함이 '알프레도'라고 하시던데, 맞나요?"

역시나 대답 없는 질문이 허공에서 맴돌았지만 라엘은 기죽지 않았다. 최라엘! 그녀가 누구인가? 이런 부끄럽고 민망함 따위엔 기죽지 않았다. 본인이 원해서 이뤄진 자리가 아닌 어쩔 수 없는 만남.

뒤집어 생각해보면 지금 이 시간이 저 남자에겐 강제적으로 견뎌야만 하는 시간이 분명했다. 또한 반복된 이런 상황이 예민함으로 연결될 수도 있다고 생각했다.

라엘은 뭔가 공감을 일으킬 만한 질문이 필요했다.

친분이 없는 두 사람이 모여 대화를 했을 때, 어색하지 않게 대화가 진행되는 방법 중 하나가 바로 '공감'이라는 키워드였기 때문이다. 좋아하는 색? 아니면 좋아하는 영화? 주로 읽는 책?

'뭐야? 최라엘? 왜 이렇게 긴장하는데.'

무슨 소개팅 자리도 아니고, 긴장한 탓에 어이없는 질문만 떠올랐다. 날고 기는 톱스타들을 상대로 일대일 강의를 했을 때도 경험하지 못한 긴장감이 느껴졌다.

'뭐가 있을까? 어떤……. 아?'

수혁과 자신 사이에 좀처럼 공감대를 찾지 못하던 라엘이 무언가를 떠올리곤 적절한 미소를 띠며 말했다.

"혹시 배트맨이라고 알아요? 박쥐를 본 딴 영웅인데 그 영화에 보면 알프레도라는 인물이 나오거든요. 여기 집사님과 인상이 닮았어요."

'하필이면 나온 말이 배트맨이라니?'

조금 전 인사를 나눈 집사장의 이름을 언급하면 뭔가 반응할 거란 생각이 가볍게 물 건너갔다. 라엘은 자신이 생각보다 꽤 많이 긴장하고 있음을 인정하고 주제를 바꿨다.

"아! 그리고 정원에 있는 분수가 정말 멋진 거 같아요. 영화나

드라마가 아닌 집 안에 분수가 있는 걸 처음 봐서 신기하더라고요."

하나의 질문이 끝나면 또 다른 질문과 이야기가 시작됐지만 그때마다 1인극처럼 혼자만의 자문자답이 이어질 뿐이었다.

3화. 입술을 훔쳤으니까요

10분 뒤.

시계 초침이 열 바퀴가 지나도록 라엘은 계속해서 과하지 않을 정도로 짤막한 대화를 시도했지만 여전히 수혁은 그녀에게 작은 눈길조차 허용하지 않고 있었다. 바뀐 거라곤 10분 전보다 늘어난 그가 보고 있는 서류 페이지뿐.

라엘이 가슴을 상승시키며 긴 호흡을 내뱉었다. 그래! 여긴 철저히 저 사람의 공간이야. 겉으론 어쩔 수 없이 나를 들여보냈지만 지금 내 존재가 못마땅하고 나와 무엇도 할 생각이 없는 거지. 최라엘 집중하자!! 집중. 상처받은 사람은 먼저 손을 내밀지 않는다. 고로 내가 먼저 저 사람에게 다가가야 해. 계속해보자! 파이팅!

주먹을 불끈 쥔 라엘은 혼잣말로 파이팅을 외치며 자신의 가방에서 작은 스트링 노트를 꺼내들었다. 노트 빈 곳을 펼치고 검정색 사인펜으로 무엇인가를 적기 시작했다.

<안녕하세요. 이수혁 씨! 아까도 말씀드렸지만 저는 최라엘이라고 해요. 오늘부

터 당신을 도와줄 거예요. 저랑 인사 한 번만 해주실래요?〉

아까보다 더욱 결의에 찬 표정으로 노트를 든 라엘이 수혁의 곁으로 걸어갔다. 책상 바로 앞까지 다가가 그가 볼 수 있도록 노트를 서류 바로 위로 천천히 내려놓으려는 순간,

"어!!"

가느다란 손목이 강한 힘에 이끌려 맞은편으로 확 당겨졌다.

속절없이 끌려간 상체가 살짝 숙여지고 놀란 그녀가 고개를 들자, 어둠이 내려앉은 듯한 까만 눈동자를 지닌 날카로운 눈빛이 자신을 매섭게 노려보았다. 그리고 이 방에 들어온 이후 처음으로 그가 입술을 열었다.

"너…… 뭐야?"

귓가에 울리는 낮은 중저음에 목소리가 치명적으로 들려왔다. 수혁의 목소리는 미세하게 떨리고 있었지만 압도적이었다.

"친구…… 요. 당신의 새로운 친구인데요."

분노와 슬픔이 공존하는 그의 눈빛에 자석처럼 이끌리듯 눈을 떼지 못한 라엘이 그의 질문에 답했다.

"훗!"

라엘의 답변에 가소롭다는 듯이 냉소적인 웃음을 흘린 그가 천천히 그러나 강한 힘을 동반한 채 그녀에게 말했다.

"당…… 장 꺼져!"

"안 되겠는데요."

"……뭐?"

"못 꺼진다고요. 꺼질 수 없어요."

"……!"

순간 수혁의 눈빛에 당황스러움이 짧게 스쳐 지나갔다.

"보시다시피 제 몸이 종잇장도 아니고 촛불이나 바람이 아니기 때문에 꺼진다는 표현은 어울리지 않는 거 같네요."

라엘은 갑자기 무슨 용기가 샘솟았는지, 조금 전까지 느껴지던 긴장감은 사라지고 평소의 모습으로 돌아온 듯 자신 있게 대답했다. 수혁은 큰 눈을 동그랗게 뜬 당돌한 여자가 꼬박꼬박 대꾸하며 자신을 뚫어져라 쳐다보는 모습에 어이가 없었다.

'여긴 네가 들어올 곳이 아니야.'

마치 눈싸움이라도 하는 것처럼 수혁과 라엘은 속눈썹 하나 깜빡이지 않고 서로의 눈동자를 노려봤다. 다만 뚫어져라 쳐다보는 눈동자 속에는 서로 다른 생각을 품고 있었다. 이 상황이 못마땅한 수혁의 생각이 호기심 가득한 눈동자를 관통했다.

어떻게든 이 찬바람 쌩쌩 불어오는 고슴도치 같은 남자와 친해져야 한다는 라엘의 생각이 그의 눈동자를 사로잡았어야 했으나, 이상하게도 그의 외모가 시선을 압도했다.

잘생겼다. 가까이서 본 수혁의 얼굴은 말문이 막힐 만큼 잘생겼다. 자신이 매일 보고 마주하는 혈육이라는 고리로 연결된 오빠인 라준과는 비교도 할 수 없을 만큼 이질적인 잘생김이 이목구비마다 가득 담겨 있었다.

지금까지 웬만한 연예인과 수많은 셀럽을 상대하면서 나름 잘생긴 외모에 면역이 됐다고 생각했는데……. 지금 눈앞에 마주한 남자의 잘생김은 차원이 달랐다. 감히 장담하건대 동해물과 백두산이 다 마를 때까지 다시는 볼 수 없는 잘생김이었다. 신께서 얼마나 정성스럽게 빚었는지 감탄이 나올 정도였다.

경직됐던 눈동자를 천천히 풀며 수혁의 얼굴을 살펴보던 라엘은 뭔가 묘한 기분이 들었다. 가만……. 그리고 보니 이 남자. 마치 어디선가 본 것 같은 묘한 친근감이 느껴졌다. 강렬한 눈빛 그리고 저, 입술.

'어디서 봤지?'

얼굴뿐만 아니라 '이수혁'이라는 이름도 왠지 모르게 낯설지가 않았다. 아, 아니야. 정신 차려, 최라엘! 지금 일생일대의 중요한 순간이라고. 여기서 이대로 쫓겨나면 사기당한 건물 임대료는 어쩔 거야? 라엘이 스스로를 달래며 마음을 다잡는 순간 묵직한 음성이 귓가에 꽂혔다.

"나가!"

팽팽한 긴장감을 터트린 건 수혁이었다. 안 그래도 시끄러운 건 딱 질색인데 코앞에 서 있는 커다란 눈의 촉새가 빨리 나가주길 바라고 있었다.

"당장 나가."

다시 한번 차가운 목소리가 경고하듯 공기를 갈랐다.

"죄송하지만, 못 나가요."

얼음같이 차갑고 날카로운 분위기에 압도당했지만, 라엘은 물러서지 않았다.

"못…… 나가?"

수혁은 생각지 못한 당당함에 기막혀 하며 반문했다.

"네. 못 나가요."

"그쪽이랑 아무것도 할 생각 없어."

"전 할 생각이 있는데요. 제가 도와줄 수 있어요."

"도와준다고?"

웃기는 소리. 나에 대해 뭘 안다고. 누가 누굴 도와줘? 못 나가면 억지로 내보내지. 가만히 라엘을 노려보던 수혁의 입술 끝자락이 슬며시 올라가며 얕은 미소를 띠었다. 그 웃음이 어떤 의미인지도 모르고 있던 라엘은 그가 자길 받아들인다는 긍정의 메시지로 해석하며 말을 이었다.

"갑자기 당황스럽다는 거, 저도 알아요. 하지만 앞으로 계속 이수혁 씨 찾아올 거예요. 저랑 거창하게 뭘 하자는 거 아니에요. 일단 오늘은 처음 봤으니까 서로 인사부터 하면서 천천……!"

누가 스피치 강사 아니랄까 봐, 마치 비트 위에 입혀지는 랩처럼 완벽한 발음과 함께 리드미컬하게 나오던 문장에 제동이 걸렸다. 순간 라엘의 두 다리와 몸이 공중으로 붕 떠오른 것이다.

"어! 어?"

어느새 책상에서 나온 수혁이 라엘의 허리를 감싸 들더니 자신의 넓은 어깨 위로 들쳐 올렸다. 그것도 아주 가뿐하게. 그 모습이 마치 쌀 포대자루를 어깨에 둘러멘 것처럼 라엘은 그에게 짐짝처럼 들려 있었다.

"뭐, 뭐 하는 거예요. 잠깐만요."

매끄러운 두 다리가 공중에서 버둥거리며 싫다는 의사를 온몸으로 표현했지만, 수혁에겐 통하지 않는 처사였다. 그의 온 신경은 오롯이 라엘을 자신의 공간에서 내보내는 데 집중하고 있었다.

몇 달 전 가장 최근에 이 방에 들어왔던 전문가도 수혁의 철저한 무시에 나아질 의지가 없다고 판단했다. 결국, 그 전문가는 20분을 못 버티고 숨이 막힌다는 말과 함께 제 발로 나갔다. 그와 라엘을 비교해보면 말을 건 용기는 높게 살 만하다. 하지만 딱 거기까지다. 그 이상 자신의 경계를 침범하는 걸 수혁은 원치 않았다.

"이봐요! 이수혁 씨, 지금 어딜 만져요?"

"허리."

"당장 내려놓지 못해요? 네?"
"못 해."
"나 태권도 한 여자예요. 자꾸 이러면 방어기술 들어갈 거예요."
"해."
"진짜 급소 공격해도 몰라요. 그러니까 빨리 내려놓으라고요."
"원한다면."
철컥.
"자, 잠깐. 문 닫지 말아요. 저, 저기. 설마 나 바닥에 던질 건 아니죠?"
쾅!
"아오, 엉덩이야."
설마설마했는데, 라엘은 카펫이 깔린 복도에 내동댕이쳐졌다.
"보통이 아니시네."
섣부른 판단은 이르지만 라엘은 문 뒤의 주인공과 쉽게 친해지기 어려울 것 같은 생각이 들었다. 눈에서 레이저라도 나온다면 당장에 저 문을 녹여버리고 싶은 심정이었다. 뱀파이어 성도 아니고 복도 창을 가득 메운 시커먼 커튼 때문에 주변이 잘 보이지 않았다. 더군다나 문 앞에 켜 있는 작은 불을 제외하곤 벽마다 켜 있던 작은 조명은 전부 꺼진 상태였다.
라엘은 손을 더듬으며 무언가를 찾고 있었다.
"가방, 내 가방."
가방 안에 있는 휴대폰을 꺼내 불빛을 비추려 했는데, 가만 생각해보니 쫓겨날 때 분명 수혁이 가방은 주지 않은 게 생각났다.
딱.
중지와 엄지를 교차하며 경쾌한 소리를 만든 라엘의 한쪽 눈썹이 들썩거렸다.

"예스! 들어갈 구실이 생겼어."

뭔가 좋은 아이디어가 떠올랐는지 붉은 입술이 슬며시 미소 지었다.

'가방을 주기 위해서라도 분명 문은 다시 열릴 거야. 그때 밀고 들어가면 돼.'

자리에서 일어나 작은 손에 주먹을 말아 쥔 라엘은 힘을 주어 문을 노크하기 시작했다.

똑똑똑. 똑똑.

"이수혁 씨, 갑자기 찾아와서 불쾌했죠? 미안해요. 오늘은 이만 갈 테니까, 대신 제 가방 좀 줘요. 네?"

그렇게 한참 동안 문을 두드리던 라엘은 어두운 복도를 더듬거리며 조심스럽게 코너를 돌았다. 아무리 생각해도 문이 열릴 기미가 보이지 않자 언제든지 도움을 청하라고 일러준 알프레도를 찾아가기로 결정한 것이다.

"여긴가?"

그런데 문제가 생겼다.

"아야. 이거 원, 앞이 보여야지."

긴 복도마다 자물쇠처럼 쳐져 있는 커튼 때문에 너무 어두워 한 발 떼는 것조차 쉽지 않은 상황이었다. 양손을 쭉 뻗어서 허공에 허우적거리는 모습이 마치 심 봉사가 젖동냥하는 것처럼 보이기도 했다.

"답답해서 미치겠네."

제자리에 멈춰 선 라엘이 미세하게 들어오는 빛을 따라 천천히 몸을 돌렸다. 손을 뻗어 검정색 커튼을 붙잡고 힘껏 쳐내자, 커다란 창을 통해 쏟아진 눈부신 햇살이 순식간에 어둠을 걷어냈다.

"요즘이 얼마나 비타민D가 중요한 시대인데, 사람이고 동물이고 모름지기 광합성을 받고 살아야지."

야무지게 손을 털며 창틀에 올라선 라엘은 천 끝을 잡아 꽈배기를 꼬듯이 커튼이 떨어지지 않도록 묶어 올렸다.

"와, 진짜 예쁘다."

얼굴을 드러낸 창문 밖에 펼쳐진 정원이 답답한 복도에 멋진 풍경을 선사했다. 하나씩 하나씩 그녀가 복도를 지날 때마다 시리도록 차갑던 이곳에 처음으로 사람의 온기가 닿는 것만 같았다.

"굿! 이제야 좀 사람 사는 집 같네."

'언제 나가지? 아까 나갔어야 하는데.'

쫓겨난 라엘은 1층 사무실에 있는 알프레도를 찾아가 도움을 청했고, 그의 도움으로 수혁 몰래 다시 방에 들어올 수 있었다. 커다란 방 한쪽 벽면을 가득 채운 책장 뒤에서 숨죽이며 서 있던 라엘은 나갈 타이밍을 보고 있었다.

'아마도 도련님께서 보조키도 잠그셨기 때문에 방문 열쇠를 드려도 열리지 않을 겁니다. 대신 제가 최 선생님께 비밀을 한 가지 알려드릴게요.'

'비밀이요?'

조금 전 낡은 열쇠를 건네주며 알프레도는 수혁의 방으로 통하는 비밀 공간을 알려주었다. 오래전 리모델링을 거치면서 남겨진 공간인데 복도 끝 창고 방과 수혁의 방 책장 벽이 연결되어 있다는 것이었다.

알려준 대로 책장 뒤를 받치고 있는 작은 나무판을 밀어내자 나란히 서 있는 책들 사이로 방 안 풍경이 눈에 들어왔다. 알프레도는 어릴 적 이곳을 들락거리며 숨바꼭질깨나 했던 수혁이었지만 벌써 오래전 일이라 기억이 희미하여 들키지 않을 거라며 장담했다.

공간이 작긴 했지만 조금 아쉬운 자신의 가슴 사이즈 덕분에 들어오는 데 힘들진 않았다. 다만 사람 손이 닿지 않는 곳이라 그런지 먼지와 거미줄을 뒤집어쓴 라엘의 모습은 실로 가관이었다. 이 상태로 더 있을 순 없다 판단해 나가려는데…… 맙소사!

열심히 모니터를 바라보던 수혁의 발걸음이 자신이 서 있는 책장 쪽으로 향하고 있었다.

'설마 이쪽은 아니겠지. 아닐 거야…….'

한 달 주기로 방문 수치가 오르는 관광객들에 발맞춰 호텔에 새로운 이벤트를 구상 중인 수혁은 관련 자료를 살펴보기 위해 책장으로 걸어갔다. 워낙에 방대한 책들이 꽂혀 있는 곳이라 설마하니 자신의 앞으로 올까 싶었던 라엘은 역시나 설마는 사람을 잡는다는 것을 다시 한번 깨달았다.

아뿔싸!! 하필이면 그가 원하는 책이 왜! 왜 코앞에 있는 건지.

'제발 못 보길. 제발…….'

긴장한 채로 숨을 죽이며 서 있는데 '슥' 소리와 함께 눈앞에 두꺼운 책 한 권이 '쏙' 빠져나갔다.

'다행이다. 아니, 잠시만!'

안도의 한숨을 쉬며 고개를 끄덕이던 라엘은 자신이 왜 숨어야 하는지 이유를 찾고 있었다.

'그래. 내가 왜 숨어? 숨을 이유가 없잖아. 나가자.'

생각해보니 긴장감에 눈치를 보며 도둑처럼 숨어 있을 이유가 없었다. 계속 숨어 있다가 들키면 오히려 더 난감한 상황이 될 것 같았다. 라엘은 당당하게 책장 문을 옆으로 밀고 나왔다.

드르륵.

자리로 돌아가던 수혁은 갑자기 들려온 소리에 움찔했다. 소리의 근원지를 찾아 본능적으로 고개를 돌린 그의 얼굴 위로 당황함이 가득했다.

저, 여자…….

하얀 블라우스에 회색빛 먼지와 머리카락 중간중간 뒤집어쓴 거미줄까지, 흡사 호러 영화에 나올 듯한 완벽한 유령 분장을 한 라엘이 서 있었다. 하지만 수혁이 진짜 놀란 이유는 따로 있었다. 어째서 저 여자가 책장 뒤 저기서 튀어나온 건지. 분명 오래전 리모델링할 때 없어졌다고 생각했기에 어안이 벙벙했다.

특히나 저곳은 어릴 적부터 수호와 함께 드나들던 작은 공간으로, 잠이 오지 않을 때 부모님의 눈을 피해 몰래 드나들며 놀던 곳이었다. 순간 지웠던 그리운 추억이 떠오른 수혁의 눈동자가 미세하게 흔들렸다.

"그쪽이 왜 거기서……."

"하하! 놀라셨죠? 제가 다 설명할게요."

빨리 해답을 내놓으라고 닦달하는 눈동자에 라엘의 마음도 덩달아 급해졌고 빠른 걸음으로 그를 향해 다가가던 순간,

"이게 다 이수혁 씨가 문을 잠그고오오…… 엄마야!"

살짝 접힌 카펫에 슬리퍼가 걸려 그대로 고꾸라지며 넘어지고 말았다. 그것도 넓은 그의 가슴 위로.

쿵.

다행히 수혁이 휘청하면서 넘어질 때 침대 위로 넘어져 몸이 받

는 충격은 심하지 않았다. 덕분에 두 사람 모두 다친 곳은 없었다. 다만 다른 곳이 모든 충격을 흡수함과 동시에 몹시 불편한 상황이 연출됐다.

수혁은 상체를 살짝 들어 올렸고, 굳이 말을 하지 않아도 예민함이 느껴지는 그의 눈동자가 고개 숙인 라엘에게 향했다. 지금 이 상황에 발생한 문제점은 두 가지였다.

첫째, 넘어지면서 이 시끄러운 여자와 자신의 입술이 맞닿아 있다. 둘째, 더구나 이 여잔 지금 일어날 생각이 없는 것 같아 보였다.

"이제 일어나지?"

까칠한 목소리가 쥐구멍에라도 숨고 싶은 라엘을 불렀다.

"으음……."

헉! 나 지금 이 남자랑 입술 부딪친 거야? 내가 미쳐. 정신을 차리고 고개를 든 순간,

'뭐지. 이 익숙한 상황은? 잠깐. 어머! 설마 그때…….'

수혁과 입술을 부딪쳤단 사실보다 더 대단한 일이 떠오른 라엘이 두 눈을 반짝이며 소리쳤다.

"생각났다. 그때, 호텔에서?"

생각해보면 처음부터 그의 이름이 입 안에 맴돌았다. 데자뷔라고 하기엔 서늘한 눈빛마저 본 듯한 느낌이 들었었는데 이제야 그 이유가 명확해졌다. 그때 그 호텔남이 지금 눈앞에 마주한 남자와 같은 사람이라는 사실이 틀림없었다.

"저, 기억 안 나요?"

수혁은 도무지 내려올 생각 없이 생긋 웃으며 반갑게 아는 척하는 라엘이 몹시 당황스러웠다.

'뭐지? 이 여자.'

다짜고짜 책장 사이에서 튀어나와 놀라게 하질 않나, 입술을 부딪치지 않나? 그러더니 이번엔 눈을 동그랗게 뜨고 반가워하며 아는 척까지. 이 방에서 나가기 싫어서 계획을 변경한 건가? 무엇보다 이런 뻔한 거짓말에 속을 거란 얄팍한 생각이 우습게 느껴졌다. 그의 머릿속에 온갖 질문이 가득할 때쯤 경쾌한 외침이 들렸다.

"한 달 전 셀튼호텔, 로비 엘리베이터 앞에서……."

"……."

"제 머리카락 때문에 이수혁 씨가 넥타이 잘랐잖아요?"

넥타이를 잘랐다고?

'한 달 전이면…… 분명.'

집 밖을 나가지 않으니 한 달 전이라고 해도 손에 꼽는 외출을 했던 때를 금세 떠올릴 수 있었다.

'괜찮아요! 괜찮아.'

순간 수혁의 동공이 빠르게 수축하며, 머릿속에 형체 없이 떠돌던 목소리의 얼굴이 점점 더 선명해짐과 동시에 귓가에 메아리쳤다.

'천천히 숨 쉬세요.'

이…… 여자가 그 여자라고?

생각났다. 그때도 엘리베이터 앞에서 넘어지면서 의도치 않게 입술이 닿았고, 갑자기 찾아온 증상이 생각보다 빠르게 안정을 찾았었다. 그동안 이명처럼 맴돌던 차분한 음성의 주인공이 눈앞의 라엘이라는 사실이 믿겨지지 않았다.

"생각났죠?"

자리에서 일어난 라엘이 수혁의 눈동자를 빤히 쳐다보며 물었다.

"표정 보니까 기억난 거 같은데요?"

그는 긍정도 부정도 하지 않았지만 라엘은 찰나의 순간 자신을 의식한 수혁의 표정을 보며 확신했다. 한 달 전 마주친 게 뭐 그리 대단한 사실이라고 야단법석인지. 크게 관심 없다는 듯 수혁이 떨어진 책을 집기 위해 옆으로 몸을 돌린 순간, 먼저 책을 집어든 라엘이 손을 뻗으며 거리를 좁혀왔다. 그리고 전혀 예상 못 한 말과 표정이 그를 당황하게 만들었다.

"걱정했는데……. 다시 봐서 다행이에요."

그날 호텔에서 마주친 수혁의 단편적인 증상을 본 후 다른 일을 보면서도 하루 종일 간간이 생각났었다. 어쩌면 직업병일 수도 있고, 괜한 오지랖일 수도 있지만 도움 될 만한 말 한마디 못 한 게 못내 신경 쓰였다. 라엘은 어린아이처럼 가식 없이 활짝 웃으며 인사를 전했다.

"그러고 보니 제 소중한 머리카락도 살려줬는데 인사가 늦었네요. 고마워요."

고맙다고……?

이상한 인사. 이상한 고마움이다. 정작 인사해야 할 사람은 따로 있는데, 라엘이 고맙다는 인사를 하고 있었다. 여전히 그칠 줄 모르는 환한 미소가 미동조차 없는 그를 향했다.

"……!"

웃는 법조차 잃어버린 건조한 눈동자 속에 환한 웃음이 파고들었다.큰 눈을 반짝이며 고맙다고 말하는 라엘을 보며 수혁은 알 수 없는 표정과 함께 작은 손에 들린 책을 뺏은 후 책상에 올려놓았다.

"전 이수혁 씨랑 잘 지내고 싶어요. 아니, 잘 지낼 거예요."

라엘은 총총걸음으로 그를 따라가며 넓은 방 안을 경쾌한 사운드로 채웠다.

"우리 앞으로 잘 지내요. 내 생각이지만 충분히 잘 지낼 수 있을 것 같아요."

귓가에 울리는 발랄한 목소리를 잠자코 듣고 있던 수혁이 문을 향해 걸어갔다. 라엘은 그의 의중을 알기 위해 걸음을 멈추고 지켜봤다. 문을 열고 복도로 나간 수혁은 바닥에 버려진 가방을 들고 문에 비스듬히 기대섰다. 그리고 궁금한 표정으로 서 있는 그녀를 향해 가방을 움켜쥔 손을 쭉 뻗었다. 지금까지 강한 경계심을 나타내던 모습과는 전혀 다른 행동이었다.

라엘은 아무 말 없이 가방을 흔드는 수혁을 보며 기분 좋게 그에게 다가갔다.

"가방은 제가 갖고 와도 되는데, 직접 챙겨주시고 매너가 좋으시네요."

그녀가 적절한 칭찬을 섞어가며 고마움을 표하자, 굳게 닫혀 있던 그의 입술이 아슬아슬하게 모양을 바꾸며 의미심장한 미소를 지었다.

"앞으로 우리 진짜 잘 지내봐요."

여전한 침묵과 함께 까칠함으로 도배된 그의 얼굴에서 피어난 미소를 보며, 라엘은 자신을 받아들인다는 긍정의 메시지로 생각했다.

그리고 가방을 향해 손을 뻗는 순간,

탁.

"……!"

라엘의 가방이 야구공에 빙의된 것처럼 어두운 복도로 '휙' 하고 날아갔다.

"어! 내 가방."

그는 가방을 향해 전력 질주하는 라엘의 뒷모습을 향해 딱 한마디를 남기며 방으로 들어갔다.

"다신 오지 마."

의미심장한 그의 미소는 잘 지내자는 사인이 아니라 다시 그녀를 쫓아내기 위한 신호였다. 수혁은 굳이 시끄러운 상황을 만들지 않고 깔끔하게 조용한 상태로 복귀할 수 있었다. 생각보다 치밀한 수혁은 라엘이 가까이 다가올 때까지 기다렸다 가방을 짐짝처럼 일부러 보란 듯이 멀리 던졌다. 이런 불쾌하고 말도 안 되는 경우를 당해야 두 번 다시 이곳에 오지 않을 테니까.

"내가 방심했네."

무게가 꽤 나가는 가방이지만 멀찍이 떨어졌다. 마치 주인이 던진 놀이 공을 물어온 강아지처럼 라엘이 재빨리 가방을 찾아왔지만 역시나 문은 닫힌 뒤였다. 가방이 던져졌지만 라엘은 기분 나쁘지 않았다.

일단 수혁의 입장에선 충분히 그럴 수 있는 연출이었다. 한 달 전 기억과 함께 자신의 존재를 심어준 것이 오히려 첫날치고 큰 수확이었다.

'오늘은 여기까지 할게요.'

굳게 닫힌 문틈으로 인사를 하려던 라엘은 생각을 바꿔 가방에서 노트를 꺼내 예쁜 글씨로 빈 공간은 채웠다. 그리고 수혁의 방문 바로 앞에 있는 커튼을 조용히 말아 올리고 노트를 들고 1층으로 내려갔다.

"그럼, 이것만 도와드리면 되겠습니까?"

알프레도는 정갈하게 잘린 종이를 받으며 라엘에게 물었다.

"네. 오늘은 이것만 도와드리면 될 것 같아요. 근데, 앞으로 알 집사님께 자주 도움 요청할지도 몰라요."

"최 선생님이 원하시면 얼마든지 도와드리겠습니다."

오늘 라엘의 패기를 본 그는 이미 그녀의 든든한 지원군이 되기를 자처했다.

"감사합니다, 알 집사님."

"오늘 수고 많으셨습니다. 근데, 아마도 내일은 더 힘드실지 모릅니다."

누구보다 수혁을 잘 알고 있는 알프레도가 걱정을 내비쳤지만 돌아오는 대답은 더 단단했다.

"실은 대학 때 제 별명이 '상또'거든요. 우주 최강 상 돌아이. 그러니까 걱정 마세요."

마주하는 것만으로도 밝음이 전이되는 라엘은 씩씩한 인사와 함께 차에 올랐다.

똑똑.

"도련님, 저녁 드실 시간입니다."

"생각 없어."

저녁 시간을 알리며 알프레도가 들어왔지만 수혁의 반응은 시큰둥했다.

"오늘은 특제 요리가 있어서 꼭 식당에서 드셔야 합니다. 프랑스에서 할머님이 직접 보내주신 몸에 좋은 푸아그라와 송로버섯, 그리고……."

어제도 저녁을 걸렀기 때문에 더 이상 버티다간 귀에 딱지가 앉게 조리법을 설명할 게 뻔했다. 안 그래도 누구 때문에 충분히 정신이 없었기에 더 이상 시끄러움은 피하고 싶었다.

아직까지도 라엘의 목소리가 귓가에 울리는 것 같아 수혁은 시끄러움 대신 조용히 자리에서 일어나는 것을 택했다.

방문을 열고 나가는데, 서서히 지는 붉은 노을이 수혁의 얼굴을 덮었다.

"도련님, 아름답지 않습니까. 이 자리에서 저 노을을 본 게 얼마 만인지 모르겠습니다."

수혁은 그 어떤 대꾸도 하지 않고 커튼을 쭉 잡아당겼고, 창문 너머 풍경을 바라보던 알프레도의 얼굴 위로 다시 어둠이 내렸다. 열 명이 충분히 앉고도 남을 기다란 식탁 끝에 수혁이 쓸쓸하게 혼자 앉았다.

"오늘의 식전 특별식입니다."

알프레도는 둥근 타원형의 뚜껑이 덮인 반짝이는 금색 쟁반을 그의 앞에 내려놓았다. 수혁은 평소답지 않은 요란함이 못마땅했지만, 이틀 만의 저녁 식사라 요리사가 특별히 신경 쓴 거라 생각했다. 천천히 올라가는 뚜껑을 주시하던 눈동자가 그 안에 가려진 내용물을 확인한 순간, 기가 막혔다.

그 안에는 요리가 아닌 자필로 쓰인 흰 종이가 들어 있었다. 필체의 주인공은 하단에 '라엘'이라는 이름을 남겼고, 꽤나 정갈하고 단정한 글자가 눈에 띄었다.

〈이수혁 씨, 허락도 없이 찾아와서 놀랐죠? 미안해요. 오늘 하루 수고 많았어요. 저, 내일 또 올 거예요. 그러니까 내일은 오늘보다 조금만 더 반겨주세요. 그럼, 저녁 식사 맛있게 하세요. 그리고 좋은 꿈, 따뜻한 꿈 꾸세요. 아! 내 이름은 최라엘이에요. 아셨죠? 이름 꼭 외워요.〉

"알프레도."

쪽지를 확인한 수혁이 알프레도를 조용히 불렀다.

"네, 도련님."

"내일부터 최라엘, 별채 들이지 마. 절대."

"그럼요. 오늘 특별식이 아주 최고죠. 전, 내일이 더 기대됩니다."

"들이지 마."

"음식 식습니다. 어서 드세요."

대답은 확고했지만, 알프레도는 엉뚱한 대답으로 회피하며 식사를 유도했다. 이때까지만 해도 수혁은 내일부터 자신의 일상이 그렇게 버라이어티해질 거라고는 전혀 예상하지 못했다. 그리고 이날 라엘에게 또 다른 성과가 있었다. 수혁은 이미 은연중에 그녀의 이름을 부르기 시작했다.

"감사합니다, 기사님."

"별말씀을요."

라엘은 기사에게 상냥하게 인사를 하며 차에서 내렸다. 어제에 이어 오늘이 두 번째지만 아무리 봐도 이 그림 같은 풍경은 쉽게 적응하기 힘들 것 같다. 별채로 들어가기 위해 대리석 계단을 오르던 라엘은 무심코 시야에 들어오는 장면에 걸음을 멈췄다.

"어?"

그녀의 시선이 머문 곳은 바로 수혁의 방 2층 복도 창문이었다.

"다시 가려졌네."

어제 힘주어 올린 커튼이 야속하게 전부 제자리로 돌아왔다. 라엘은 다시 고개를 돌려 조금 떨어진 본채를 쳐다봤다. 분명 같은 건물, 같은 디자인의 화려한 저택임에도 불구하고 외관에서 느껴지는 두 건물의 느낌은 사뭇 달랐다.

본채는 푸른 하늘에 떠 있는 햇살을 머금고 보기만 해도 기분이 좋은 반면, 근위병 같은 암막커튼이 잔뜩 쳐진 별채는 차가웠다. 마치 저곳의 주인처럼. 두 건물을 번갈아 보며 생각에 잠긴 라엘은 등 뒤에서 갑자기 들려온 소리에 본능적으로 어깨를 움츠리며 몸을 틀었다.

"이상하다. 들었는데……."

분명 바로 뒤에서 새의 날갯짓 소리를 들은 것 같은데 아무것도 보이지 않았다. 주변을 확인하던 그녀는 자신이 잘못 들었다고 생각하며 건물 안으로 들어갔다.

비발디의 사계절이 낮게 깔린 알프레도의 방은 차분하고 깨끗하며 별채에서 유일하게 햇빛이 숨을 쉬는 곳이다.

"커피 한잔, 드릴까요?"

알프레도는 고개를 끄덕이는 라엘을 보며 방금 내린 커피와 함께 작은 상자를 들고 왔다.

"어제는 첫날이라 말씀드리지 못했는데, 최 선생님께 전해드릴 게 있습니다."

"네. 어제 연락 받았어요."

안 그래도 전날 연이에게 전화를 받은 라엘이었다. 잘 버텨줘서 고맙다는 인사와 함께 알프레도를 통해 필요한 것을 전달했다는 말이었다. 그녀는 일 때문에 지방에 가야 하기 때문에 직접 전해주지 못해 미안하다는 말과 함께 수혁을 잘 부탁한다고 덧붙였다.

"아마 앞으로 사모님을 직접 뵙기가 어려우실 겁니다."

"무슨 일 있으세요?"

"그런 건 아니고 원래 회장님 출장에 동행하시는 일이 많으시거든요. 그리고 이건 제 생각이지만, 아무래도 최 선생님께서 부담스럽지 않게 자리를 피해주시려는 이유도 있는 거 같습니다."

연이의 위치가 일반인과는 다르기 때문에 자주 마주치다 보면 부담스러운 건 사실이다. 그런 점에서 자신을 생각한 그녀의 배려가 감사했다.

"먼저 이거 받으세요."

작은 상자에서 제일 먼저 나온 건 최고급 휴대폰이었다. 이어진 설명은 없었지만, 라엘은 저 휴대폰이 계약서에 명시된 휴대폰이라는 걸 바로 알았다.

"따로 설명하지 않아도 아시겠죠?"

"네. 연락을 주고받을 때 사용할 휴대폰이요."

"맞습니다. 전해드릴 건 이게 끝입니다."

알프레도는 대문자 S가 찍힌 영화에서나 볼 법한 골드빛 실링 왁스 인장이 새겨진 남색 봉투를 건넸다.

겉모습에서 풍기는 분위기가 뭔가 평범한 물건은 아니라는 느낌이 들었다.

"이게 뭐예요?"

"한번 열어보세요."

"이거……!"

봉투 안에서 나온 건 현금이 들어 있는 체크카드였다.

"수업에 필요한 것이 있으면 적극 제공한다. 계약 사항 6번에 따른 것입니다. 그리고 그 카드에는 현금 3천만 원이 들어 있습니다."

"네…… 네?"

당연히 수업에 필요한 것이라면 잘 서포트해줄 거라고 생각했지만, 이렇게 말도 안 되는 액수가 들어 있는 카드를 직접 줄 거라곤 예상하지 못했다.

"알 집사님, 죄송하지만 이건 아닌 거 같아요. 카드를 직접 주신 것도 그렇고 금액도 사실 너무 과해요."

"최 선생님."

알프레도는 어쩔 줄 모르는 라엘에게 카드를 건네며 태연하게 말을 이었다.

"저 역시 죄송하지만 이게 그분들만의 심플한 방법입니다. 또한 사모님께서 그만큼 최 선생님을 믿기로 했다는 증거이기도 하고요. 그러니 전혀 마음 쓰지 마시고 최 선생님께서는 그저, 도련님과 잘 지내주세요."

따지고 보면 알프레도의 말이 틀린 것은 아니었다. 워낙 다른 세계에 사는 사람들이고, 특히나 셀튼 집안에서 3천만 원이란 돈은 자랑이나 과시하기 위한 우월감 아니었다. 이 또한 일의 연장선일 뿐이었다.

라엘은 더 이상 불필요한 확대 해석은 그만하고 카드를 가방 안쪽 깊은 곳에 안전하게 넣었다.

"아! 그리고 마지막으로 꼭 알아두셔야 할 주의 사항이 있습니다."

"주의 사항이요?"

"첫째, 회장님은 최 선생님의 존재를 모르십니다. 워낙 바쁜 분이라 그럴 일은 없겠지만, 혹시라도 회장님과 마주치지 않도록 본채 쪽은 조심해주세요."

누구보다 수혁의 일로 가장 예민한 사람이 바로 이 회장이었다. 특히 못마땅한 아들의 상황을 임 박사의 사람이 아닌 다른 사람이 맡고 있다는 걸 알게 된다면 그땐 불호령이 떨어질 게 뻔했다. 행여 그 불호령이 라엘을 향할 수도 있었기에 알프레도는 긴장 가득한 얼굴로 속사정을 설명했다.

"걱정하시는 일 생기지 않도록 조심할게요."

"그리고 마지막으로 별채 정원에 보이는 화원에도 가까이 가거나 들어가지 마세요."

알프레도는 첫 번째 주의 사항처럼 따로 부연 설명을 덧붙이지 않았다. 그는 뭔가 하고 싶은 말이 가득한 얼굴로 계속해서 들어가지 말라는 말만 반복했다. 할 말이 있던 라엘은 온통 유리로 되어 있는 화원으로 시선을 옮기며 천천히 고개를 끄덕였다.

책상 앞 모니터에 빼곡히 들어찬 메일 속 글자들이 프린터를 통해 한 장씩 쏟아져 나왔다. 메일을 보낸 지역은 미국이고, 보낸 사람은 한 달 전, 주주총회 때 수혁의 곁에 있던 업무 비서였다. 공식적으로 수혁은 외부의 눈을 피해 미국에 있는 상태였기 때문에 비서가 그를 대신해 미국 지사에서 일어나는 중요한 일을 메일을 통해 알려주고 있었다. 일단 메일을 받으면 하루 이틀 검토 후 해결책을 다시 메일로 보내주는 식으로 업무를 진행했다.

다행히 워낙 꼼꼼하고 완벽한 수혁의 매뉴얼 덕분에 멀리서 일처리를 함에도 지금까지 문제가 될 만한 일은 일어나지 않았다. 수혁은 메일을 삭제한 뒤 문서를 책상 위에 펼쳤다. 그런데 글자를 읽기 위해 숙여진 그의 고개가 살짝 갸웃거렸다.

〈최라대응에 수익과 관련…….〉

〈라센트 그룹에서는…….〉

〈엘그레코의 그림 전시회 기획…….〉

효율적인 검토를 위해 보고서 상단엔 항상 간략하게 한 줄로 요약이 되어 있었다. 그런데 정리된 문장 첫 글자들이 하필이면 '최라엘'이라는 글자였다.

최라대응에 최라엘……. 라센트 그룹에서 최라엘…….

'내가 지금 뭐라고 읽는 거야.'

의지와는 상관없이 입술이 제멋대로 라엘의 이름을 연결 지었다. 그뿐만이 아니었다. 그러고 보니 잠에서 깨어나기 전 알람처럼 반복되는 악몽 속에도 그녀가 등장했다. 늘 정해진 위태로운 결말 속에서 허우적거리며 깨곤 했는데, 오늘은 그토록 잔인한 결말도 보지 않았다. 대신 환하게 웃는 얼굴이 엔딩을 대신할 뿐이었다.

하! 어이없는 심정이 외마디로 짧게 터졌다. 수혁은 위태로운 일상에 왜 자꾸 시끄러운 촉새가 떠오르는지 생각하다 나름 타당한 결론을 내렸다. 별채를 벗어나지 않은 상태에서 늘 익숙한 인물이 아닌 새로운 인물과 긴 시간을 보낸 게 거의 1년 만이었다.

그래서 아마도 어제 폭포같이 쏟아진 라엘의 언행이 잔상처럼 잠시 남은 거라 생각했다. 수혁은 시끄러운 머릿속을 비우고 업무를 보기 위해 커피를 마시기로 했다.

그런데 커피와 물이 놓여 있는 테이블 위엔 빈 용기만 가득했다. 알프레도가 하루도 빼먹지 않고 늘 정해진 시간에 갖다놨는데, 그러고 보니 아직까지 그가 보이지 않았다. 직접 주방으로 가야겠다고 생각하며 문을 향해 걸어가던 수혁은 방향을 바꿔 창문으로 향했다.

여전히 철통같은 암막커튼이 살짝 열리고 경계하는 눈동자가 정원으로 향했다. 별채 정원에 차가 없는 걸로 보아 짐작대로 라엘은 오지 않았다. 수혁은 조금 전 읽던 문서의 내용을 곱씹으며 방문 손잡이를 잡고 문을 열었다.

"……!"

그런데…… 어느 틈에 왔는지 라엘이 또다시 나타났다.

"좋은 아침입니다. 안녕하세요."

게다가 어제 그런 일을 겪고도 아무 일 없었다는 듯이 방긋하게 웃으며 인사까지 건넨다.

"최라엘입니다."

변화 없이 일정한 모양을 유지하던 수혁의 눈가에 벌써부터 피곤이 내려앉았다.

"제가 딱 알맞은 타이밍에 올라왔네요. 어떻게 안으로 들어가나 걱정했거든요. 다행이다."

당연히 문이 닫혀 있을 거라고 생각한 라엘은 별다른 액션 없이 깔끔하게 열린 방문에 기분이 좋았다. 출발이 좋아서일까, 오늘은 예감이 좋다. 왠지 모르게 수월하게 그와 제대로 된 대화를 할 수 있을 것만 같은 느낌이 밀려왔다. 하지만, 불과 몇 분 뒤 라엘은 자신의 예감이 빗나갔다는 걸 깨달았다.

"……내가 경고했지? 다신…… 오지 말라고."

"그래서 어제 사전에 고지해드렸잖아요. 오늘도 찾아온다고."

여전히 커다란 눈을 동그랗게 뜨며 전혀 겁먹지 않은 표정으로 자신 있게 되받아쳤다.

"최라엘, 너 뭐야!"

도대체, 이 여잔 어떻게 된 게 어제부터 지금까지 자신과 마주칠 때면 단 한 번도 주눅 들지 않고, 오히려 그때마다 더 당당하게 굴었다. 다른 직원들은 물론 알프레도까지 자신을 조심스럽게 대하는데, 시끄러운 촉새 같은 이 여자는 자신의 위치와 겉모습에 기죽지 않았다. 지금까지 전문가란 타이틀을 달고 다녀갔던 사람들과는 접근 방식도 달랐다.

수혁은 왜 자꾸 위태로운 자신의 유리성에 기를 쓰고 들어오려는지 이해가 가지 않았다. 더군다나 알프레도의 말을 떠올려보면 라엘은 임 박사의 사람도 아니었다.

"너, 진짜 목적이 뭐야?"

이쯤 되니 무슨 숨겨진 목적이 있는 게 아닌가 하는 생각이 드는 찰나, 설마……!

수혁의 머릿속에 누군가의 이름이 경종을 울렸다. 순간 떠오른 이름을 인지한 그의 눈빛이 칼을 꺼내든 무사의 눈빛처럼 순식간에 날카롭게 변했다.

"혹시…… 이지……!"

하지만 기분 나쁜 이름은 차마 그의 입술을 넘어 라엘에게 전달되진 않았다.

"……!"

라엘은 눈에 띄게 반응하는 수혁을 보며 그가 무언가를 경계한다는 걸 짐작할 수 있었다. 허공에 걸려 있던 까만 눈동자가 천천히 내려와 그녀에게 향했다.

수혁은 라엘을 데려온 사람이 아버지 이 회장이 아닌 어머니라는 걸 생각했다. 다른 사람도 아닌 어머니가 데려온 사람이라면 그럴 일은 없다고 장담하며 의심을 풀었다.

"이 방으로 들어가서 이수혁 씨와 대화를 하는 거, 그게 오늘 제 목적이죠."

그녀가 호기롭게 말하며 방과 복도 사이 경계선 중앙에 정확히 서 있는 그의 오른쪽 여백으로 발을 뻗었지만, 바로 가로막혔다. 그러나 라엘은 크게 개의치 않으며 이번엔 왼쪽을 공략하겠다는 일념하에 좀 더 빨리 발을 뻗었지만 이미 패턴을 읽은 그에게 또 다시 가로막혔다. 라엘의 출입을 가볍게 막은 그는 긴 팔을 뻗어 방문 손잡이를 잡았다.

"그 목적 이뤄줄 생각 없어. 그러니까 애쓰지……."

수혁은 현실성 없는 그녀의 목적을 지적하며 천천히 문을 당겼다. 그런데 복도에 울리는 황당무계한 발언에 그의 말허리가 맥없이 잘려나갔다.

"책임질게요!"

본채 가장 높은 층, 가장 후미진 곳에 자리한 조명도 없는 작은 창고 방에서 창문 너머 들어오는 빛에 의지한 채 두 남녀가 대화를 하고 있다.

"그게…… 작은 도련님께서 별채에 계신 게 맞습니다."

명품을 휘감고 나이가 꽤 들어 보이는 남자에게 수혁의 이야기를 전하고 있는 여자는 한 달 전, 별채에서 작은 소동을 일으켰던 두 명의 메이드 중 한 명이었다.

"오호! 그래요? 역시 내 예상이 맞았어. 그래, 우리 애정하는 본부장님 상태는 어떻습니까?"

메이드가 주저하자 남자는 과도한 몸짓으로 두 손을 합장하며 있는 대로 안타까운 표정을 드러냈다.

"아주머니, 아시잖아요. 제가 우리 수혁이 걱정돼서 뭐라도 해주려고 이러는 겁니다."

잠시 고민하던 메이드는 남자의 신분을 생각하며 결국 자신이 알고 있는 만큼 이야기를 전했다.

"그게, 사고 나시기 전과는 전혀 다른 사람처럼 보였어요. 그리고 저도 스치듯 본 거라서 확실한 건 아니지만, 큰 도련님 사고 얘기를 듣고 막 괴로워하시면서 간혹 말을 좀 더듬으시는 것 같기도 하고 날카롭기도 하고……. 더 이상은 저도 잘 모르겠어요. 죄송하지만 저 돈 안 받을 테니까 더 이상 묻지 마세요."

말을 마친 메이드는 쫓기는 사람처럼 남자를 경계했고 결국 그가 주는 돈을 받지 않은 채 창고를 나갔다.

'전혀 다른 사람? 간혹 말을 더듬어?'

물론 큰 사고가 있긴 했지만, 수혁은 남자답고 적극적이며 수려한 언변과 얼굴뿐만 아니라 성격까지 미남이었다. 그래서 어딜 가나 주목받고 따르는 사람이 많았는데, 그런 사람이 말을 더듬는다고? 남자는 쉽게 납득할 수 없었다.

"이건 무슨 조합일까?"

창문 앞에 서서 고민하던 남자는 발걸음을 멈추고, 희미하게 보이는 별채로 시선을 넘겼다. 개미 새끼 한 마리 드나들지 않는 별채 안으로 들어가는 여자를 발견한 것이다.

"저건 또 뭐지?"

남자의 눈이 먹이를 발견한 하이에나처럼 번뜩였다.

"안녕하세요, 집사장님."

입가에 미소를 띠며 1층 사무실로 내려온 알프레도의 표정이 의외의 인물로 인해 순식간에 침착해졌다.

"오랜만에 인사드립니다."

"죄송합니다, 집사님. 제가 본채에서 기다리시라고 말씀드렸는데, 차를 가지러 간 사이에 별채로 가셔서……."

본채에서 급하게 뛰어온 메이드가 곤란한 표정으로 자초지종을 설명했다.

"괜찮네. 자네는 그만 가보게."

"……네, 집사장님. 그럼."

메이드는 부드러운 손짓에 안심하며 서둘러 방을 나갔다.

"앉아도 되겠습니까?"

"물론이죠. 편히 앉으세요."

선한 인상과 지나칠 정도로 깍듯한 매너 앞에 알프레도는 평소답지 않게 조심스러운 태도를 내비쳤다. 온몸에 명품을 휘감고 알프레도와 마주 앉은 인물은 이 회장의 친척 동생이자, 지방에 위치한 작은 리조트의 사장을 맡고 있는 '이지철'이었다. 촌수를 따지면 친척이란 말이 무색할 정도로 먼 친척이었지만 이지철의 아버지는 이 회장의 아버지와 각별한 사이였다.

허영과 허세가 심하고 돈에 눈이 멀어 젊어서 이런저런 사고를 친 이지철과는 달리 그의 아버지는 속이 꽉 찬 진국으로 셀튼호텔이 커나가는 데 일조한 인물이었다. 이지철의 아버지는 돈 욕심이 없어 자신의 연봉을 낮추는 대신 눈을 감을 때 아들을 도와달라는 부탁을 했다.

그런 연유로 이 회장은 어쩔 수 없이 아버지의 유언을 받들어 계열사인 작은 리조트를 그에게 맡겼다. 회사 이미지를 우려한 이 회장은 이지철에게 만에 하나 티끌 같은 실수라도 하는 날엔 자리를 비우라고 충고했다. 다행인지 불행인지 그는 몸을 사리며 얌전히 회사 일에 몰두했고, 우려의 시선에서 벗어날 수 있었다.

또한 이 회장과 연이의 신뢰까지 얻게 됐는데 그 이유는 사고 때 누구보다 앞장서서 궂은일까지 도맡아 하는 모습 때문이었다. 그 일로 임원들까지 그를 좋게 보는 시선이 늘어났고, 이지철은 이 회장을 위로한다는 명목하에 몇 달 전부터 거처를 본사로 옮겨 간이라도 떼어줄 것처럼 입 안의 사탕같이 굴고 있는 중이다. 하지만 단 두 사람이 그를 경계했는데, 그중 하나가 알프레도였다.

알프레도는 사람을 겉만 보고 판단하지 않는 유형이었지만 이지철을 대할 때는 사뭇 달랐다. 가장 큰 이유는 이 회장과 수혁 때문이었다. 안 그래도 상처의 옷을 입은 부자 사이가 급격하게 금이 간 이유가 그에게 있다고 짐작했고, 또 다른 이유는 얼마 전부터 그가 자꾸만 미국에 있는 수혁의 공식적인 거처를 꽤 궁금해했기 때문이다.

“회장님은 안 계신가 보군요?”

“회장님은 사모님과 부산 현장에 가셨습니다. 조만간 있을 해외 장기출장 때문에 바쁘시죠. 그리고 이 시간에는 원래 회사에 계실 시간인 거, 아실 텐데요.”

알프레도는 눈에 보이는 뻔한 거짓말을 하나씩 꼬집으며 노골적으로 답했다.

“아차! 내 정신 좀 봐. 그러네요. 우리 회장님 부산에 가신 걸 내가 깜빡했습니다.”

“그런데 저는 왜 찾으신 건지?”

“우리 이수혁 본부장은 미국에서 잘 지내고 계신가 궁금해서요. 어떻게, 잘 지내고 계신가요?”

10분 후.

"능구렁이 같은 영감탱이."

별채를 나온 순간 표정을 바꾼 이지철이 씩씩거리며 차에 탔다.

"그 여잔 나왔어?"

"아니요. 아직 안 나온 것 같은데요."

"차는 내가 끌고 갈 테니까, 밖에 어디 적당한 곳에서 짱 박혀 있다 한번 따라가봐."

"네, 사장님."

이지철은 자신의 심복에게 무언가를 지시하며 저택을 빠져나갔다.

"책임질게요!"

들은 사람은 물론 말을 한 사람까지 황당하기 짝이 없었다.

라엘은 얼굴은 로맨스였으나 성격과 취향은 SF, 스릴러였다. 학부 시절 영화 동아리에서 잠시 활동했을 때도 동기들이 타이타닉을 보며 '잭, 컴백'을 외칠 때 혼자 아바타를 보며 'I SEE YOU'를 외치던 그녀였다.

그만큼 로맨스의 달달하고 오글거리는 대사를 이해 못 해 종인이에게 연애고자라는 말까지 들었다. 그중에서도 로맨스 장르에 자주 등장하는 대사 중 하나인 '책임져'라는 말을 들을 때마다 도대체 저런 말을 누가 실제로 할까 싶었다.

그런데 지금, 남자도 아닌 여자인 자신이 그 말을 직접 하게 될 줄은 전혀 몰랐다. 라엘이 눈앞에 보이는 운동장만 한 방으로 기를 쓰고 들어가려는 이유는 순전히 수혁 때문이다. 사실 그곳이 어디든 대화를 할 수 있다면 딱히 장소는 중요하지 않았다.

문제는 눈앞에 시베리아 북극 공기를 입체적으로 뿜어대는 이 남자가 도통 방에서 나오려 하지 않으니 더 기를 쓸 수밖에. 논리 정연하게 생각할 겨를도 없었다. 점점 닫히는 문을 막기 위해 머릿속에 떠오르는 아무 말이나 던진 것이다. 다행히 그의 어깨 너머 조금씩 작아지던 방 안 풍경이 더 이상 작아지지 않았다.

"뭘…… 해?"

문고리에서 손을 뗀 그가 황당한 말에 반응하며 물었다.

"내가 책임진다고요. 이수혁 씨를."

"책임?"

첫 만남부터 지금까지 언제나 예상 밖의 질문과 행동을 하는 여자였다. 덕분에 어느 정도 그녀를 파악했다고 생각한 수혁은 어떤 말에도 놀라지 않을 자신이 있었다. 그런데 책임을 진다니. 아닌 밤중에 홍두깨도 아니고 너무 뜬금없지 않은가? 대체 저 황당한 말을 가지고 어떤 부연 설명을 준비했을지, 수혁은 그녀의 말을 들어보기로 했다.

"네. 책임이요."

"왜?"

"그거야, 내가 이수혁 씨의 입…… 술을 훔쳤으니까요."

"……!"

"그래요. 황당스럽죠?"

안다, 알아. 내가 제일 잘 안다고. 라엘은 수혁이 무슨 생각을 하는지 너무 잘 알았지만, 일단 뻔뻔하게 밀어붙이기로 했다. 머릿속에 나열된 단어들을 쉴 틈 없이 쏟아내며 흥분하지 않고 적당한 호흡을 유지하며 생각을 전달했다.

"물론 일부러 그런 건 전혀 아니에요. 그래도 어쨌든 내가 실수한 거고, 그것도 한 번도 아닌 두 번씩이나 이수혁 씨의 소중하고 소중한 입술에 입맞춤을 했잖아요. 조금 늦었지만 그 점 대단히 미안하게 생각해요. 그래서 나, 최라엘은 그 부분에 대해서 정당하게 책임을 질 생각이에요."

뿌리 내린 나무처럼 절대 움직일 것 같지 않던 수혁의 다리가 움직이기 시작했다.

"그래. 어떻게 책임질 건데?"

"그거야 당연히 이수혁 씨의 심신이 편안히 안정을 취할 수 있도록 책임진다는 거죠."

자신감을 얻은 라엘은 쉬지 않고 말을 이었다. 고맙게도 그가 움직인 탓에 방 안으로 들어갈 공간도 충분해졌다.

"자! 그럼 우리 일단 방 안으로 들어가서 책임에 대한 구체적인 논의를……."

최대한 자연스럽게 수혁의 곁을 지나서 경계선을 넘으려는 찰나였다.

"……!"

갑자기 강렬한 향이 취할 듯이 그녀의 후각을 침범했다. 처음 맡아보는 향기는 그 주인처럼 예의 없이 다가와 주변 공기를 집어삼켜 숨을 쉴 때마다 그녀를 괴롭혔다. 곧이어 향기보다 더 강렬한 얼굴이 불쑥 나타났다.

4화. 알 지(知) 자에 미혹할 미(迷)

"입맙춤이라고?"

수혁은 자신의 얼굴을 점점 더 그녀에게 가까이 가져갔다. 낮게 깔린 그의 음성은 어쩐지 사방이 어두운 복도와 잘 어울렸다. 그는 마치 늑대처럼 당장이라도 잡아먹을 듯이 으르렁거리며 그녀를 압박했다.

'뭐야, 뭔데. 왜, 왜 이렇게 다가오는데.'

덕분에 도리어 놀란 라엘이 뒷걸음질을 치며 움직일 수밖에 없었다. 문득 당당하고 자신 있게 덤빈 태도를 보며 수혁은 과연 그녀가 어디까지 당당할 수 있는지 보고 싶었다.

"우리가 두 번이나 입맞춤을 했다고."

"했죠."

"입맞춤이 뭔지 모르나 본데……."

"……."

턱.

조금씩 뒷걸음질 치던 발걸음이 단단한 복도 벽에 가로막혔다. 속절없이 밀려오는 파도처럼 계속해서 다가오는 수혁의 얼굴 때문에 라엘의 동공은 지진이 난 것처럼 흔들렸다.

"입맞춤이란."

"……!"

이러지도 저러지도 못하는 사이 이번엔 더 큰 문제가 생겼다. 그의 입술이 정확이 자신의 입술을 향해 거리를 좁혀오는 것이 아닌가. 라엘은 저도 모르게 '흡' 소리와 함께 붉은 입술을 앙다물었다.

'정말 입맞춤이라도 하겠다는 거야?'

머릿속에 수많은 생각이 토네이도를 형성할 즈음 수혁의 입술이 정확히 1㎝를 남기고 멈췄다.

"남녀 사이에 일어나는 쾌락을 동반한 성적 본능의 표현으로 입술과 입술이 맞물리는 게 입맞춤이야."

그가 말을 할 때마다 취할 듯한 향이 어우러진 뜨거운 입김이 그녀의 도톰한 붉은 입술을 간질였다.

"……."

"우리가 한 건 그저, 넘어지는 과정에서 어쩔 수 없이 일어난 입술 피부 조직끼리의 마찰이야. 설마, 남자와 처음 입맞춤한 건 아니겠지."

'허! 사람을 뭘로 보고'라는 말이 목구멍에서 솟구쳤지만, 라엘의 긴 속눈썹만 요동칠 뿐 그녀의 붉은 입술은 아무 말도 하지 못했다. 완벽한 얼굴이 눈앞을 점령한 것도 문제였지만, 여기서 말을 했다간 그의 입술과 또 충돌할 게 뻔했고 더 이상 그런 실수는 하고 싶지 않았다.

"최라엘, 까불지 마."

수혁은 짓궂게도 그녀의 귓가에 분명하게 속삭이며 돌아섰고, 라엘은 기다렸다는 듯이 되받아쳤다.

"아니요. 계속 까불 거예요. 이수혁 씨가 별채에서 나올 때까지. 나와서 나랑 대화해줄 때까지 난 끝까지 다가갈 거예요."

쾅.

라엘의 안타까운 외침에도 불구하고 수혁은 그 어떤 대꾸 없이 방으로 들어갔다. 그리고 라엘이 별채를 나와 저택을 떠날 때까지 수혁은 문을 걸어 잠그고 일부러 보란 듯이 방에서 한 발짝도 나오지 않았다.

그다음 날, 라엘은 자정이 다 된 시각에 별채를 찾았다.

"알 집사님, 여기요."

1층과 2층 계단 사이로 올라오던 알프레도는 순간 눈을 게슴츠레 떴다. 분명 목소리는 익숙한데 평소와는 너무 다른 복장의 상대가 라엘이 맞나 싶었다.

"아, 복장이 달라서 놀라셨구나."

라엘은 머리에 쓰고 있던 야구 모자를 벗었다.

"저 맞아요."

"최 선생님이 맞으시군요. 그런데 방에 불을 켤 수 없을 텐데요?"

"이거면 충분해요."

라엘은 주머니에서 손전등을 꺼내 보였다.

"그러지 마시고, 이걸로 사용하세요."

알프레도는 일부러 준비한 머리에 착용하는 손전등을 건네며 사용 방법을 일러줬다.

"너무 밝으면 도련님이 잠에서 깨어날 수도 있으니 가장 약한 밝기에 맞춰놨습니다. 오른쪽 버튼을 누르시면 됩니다."

"역시, 알 집사님이 최고세요."

"그런데 최 선생님, 정말 괜찮으시겠습니까?"

손전등을 확인하는 라엘과 달리 알프레도는 어두운 방 안에 작은 손전등 하나만 들고, 그것도 수혁이 자고 있는 어두운 방 안에 혼자 들어가겠다는 라엘이 심히 걱정됐다.

"당연하죠. 제가 어릴 때부터 태권도를 꾸준히 해서 몸도 상당히 날렵하거든요."

"그럼, 어떻게 하실 건지 여쭤봐도 될까요?"

"그야……."

자신 있게 말하던 입술이 별안간 닫혔다. 차마 창문을 타고 올라간다는 말을 할 수 없었다. 사실대로 말했다간 안 그래도 걱정하고 있는 알프레도가 자신을 말릴 게 뻔했기 때문이다.

"제가 위험하지 않게 잘 할게요. 알 집사님은 이제 그만 내려가보세요."

"아무래도 안 되겠습니다. 혹시 모를 사태를 대비해 저도 그냥 같이 들어가는 게……."

알프레도가 적극적인 태도를 취하자 라엘은 두 손을 흔들며 그를 말렸다.

"알 집사님이 같이 들어가시면 제가 너무 긴장돼서 안 돼요. 그러니 걱정 붙들어 매시고 이제 그만 내려가보세요. 그럼, 저 올라갈게요."

"알겠습니다. 문을 미리 열어두었으니 대신 꼭 조심하셔야 해요."

라엘은 계단 창가에 모자를 벗어두고 수혁이 자고 있는 2층 방으로 향했다.

살짝 무릎이 나온 추리닝과 긴 머리를 돌돌 말아 올린 똥머리에 수면양말까지 신은 라엘.

맥주를 사러 동네 편의점이나 갈 것 같은 그녀의 모습은 왠지 웃음이 나면서도 표정만큼은 마치 적진을 향해 달려가는 병사 같았다.

'최라엘! 집중하자. 걸리면 진짜 죽을지도 몰라.'

그녀는 비장한 각오와 함께 살짝 벌어진 문을 조심스럽게 열고, 손전등에 불을 켜며 까만 방으로 진입했다. 어제 일로 아직 수혁의 심기가 불편할 것을 염려한 라엘은 그와 마주치지 않고 뭔가 할 수 있는 방법을 강구했다. 바로 아치형 창문을 가리고 있는 2미터 높이의 장막 같은 커튼을 제거하기로 한 것이다.

햇빛은 우울한 감정을 억제하는 효과가 있다. 그렇기 때문에 스스로를 어둠에 고립시켜 우울한 감정을 유지하는 수혁에게는 햇빛이 인지행동 치료에 속할 만큼 중요한 부분이었다. 알프레도 역시 이 부분을 알고 있기에 몇 번이나 커튼을 떼어내려 했지만 그때마다 수혁에게 저지당했다. 어쨌거나 지금으로서는 고양이 목에 방울을 달 수 있는 사람이 라엘밖에 없었기 때문에 일단 동의했다.

'오케이, 동선 체크.'

라엘은 손전등에서 나오는 불빛에 의지하며 도둑고양이처럼 발끝을 세워 커튼을 향해 걸어갔다. 숨소리까지 죽이며 살금살금 침대 옆을 지나가려는 찰나,

"……하아! 하, 하. 윽!"

고통스러운 신음을 토해내는 수혁의 목소리가 들렸다. 그 처절한 소리에 라엘은 망설임 없이 그에게 다가갔다. 손전등 불빛이 벽에 반사돼 수혁을 비추자 이마에 식은땀까지 흘리며 악몽을 꾸는 그의 얼굴이 보였다. 한눈에 봐도 그가 상당히 괴로워한다는 것을 느낄 수 있었다.

라엘은 안타까운 표정으로 수혁을 바라보며 자신의 소매 끝으로 매끄러운 이마에 맺힌 굵은 땀방울을 정성스레 닦기 시작했다. 그리고 그의 괴로움이 빨리 끝나길 바라며 아주 작은 소리로 나지막이 그를 달랬다.

"괜찮아요……."

얼마간의 시간이 지났을까, 그녀의 소매가 축축해질 즈음 그의 고통 또한 잠잠해졌다. 라엘은 조금 전보다 편안해진 수혁의 얼굴을 확인하고 곧장 창문으로 향했다.

사실 마음 같아선 조금 더 지켜보고 싶었지만 만약 그러다 수혁이 잠에서 깨어나면 까칠한 그가 가만있지 않을 거다. 괜히 긁어 부스럼을 만들고 싶지 않았다. 자신의 허벅지 높이쯤 오는 창문 난간에 올라선 라엘은 잠시 고민하는가 싶더니 두 손으로 커튼을 힘주어 잡아당겼다. 그러더니 나무를 타는 다람쥐처럼 커튼을 타고 창문 위쪽을 향해 올라가기 시작했다. 쇠심줄같이 두꺼운 천은 그녀의 몸무게를 버티기에 충분했다.

아무리 생각해도 무식한 방법이었지만 지금 라엘에게는 딱히 다른 방도가 없었다.

'휴, 다 올라왔다.'

라엘이 안도의 한숨을 쉬며 커튼 끝부분에 시선을 집중하려는데,

깜빡. 깜빡.

아뿔싸. 약이 다된 건지, 아니면 올라오면서 버튼이 저절로 눌려진 건지 머리에 쓰고 있는 손전등 불이 1초 간격으로 깜빡거리기 시작했다. 라엘은 어쩔 수 없이 깜짝거리는 불빛에 의지한 채 커튼 끝부분에 집중했다.

'어라!'

하지만 깜빡이는 손전등 때문에 정작 중요한 부분이 잘 보이지 않았고, 손끝에 감각을 살려 애를 썼지만 마음처럼 되지 않았다.

'미치겠네! 진짜. 진정하고 생각하자.'

결국, 라엘이 이러지도 저러지도 못하며 끈끈이에 붙은 파리처럼 흔들리는 커튼에 몸을 싣고 난감해하던 그때, 커튼 끝이 팽팽히 당겨지며 강한 힘이 느껴졌다.

'아!! 설마…… 아닐 거야.'

그 옛날 전설의 고향을 보며 느꼈던 등골이 오싹한 기분을 강하게 부정하며 천천히 고개를 돌린 순간,

"……이게, 뭐 하는 짓이야!"

역시나 눈에서 당장이라도 뚫어버릴 듯한 레이저 광선을 쏘아대는 수혁이 잔뜩 골이 난 채 라엘을 노려보았다. 불빛이 깜빡거릴 때마다 그의 모습이 마치 저승사자처럼 보이기까지 했다.

"아, 깨셨네요?"

아무래도 계속된 작은 소리에 그가 깨어난 듯했다.

"너, 뭐 하는 거야?"

"……커튼 떼는데요? 근데, 이수혁 씨?"

날카롭게 묻는 그의 말에 그녀는 아무렇지 않은 듯 더없이 상냥하게 답하며 그를 불렀다.

"이 커튼 왜 이렇게 안 떼어져요. 제가 이래 봬도 철물점집 딸이

라 보통 여자보다 이런 거 잘하거든요."

라엘은 전략을 바꿔 오리발 내밀듯 뻔뻔해지기로 했다. 어차피 이 상황에선 어떤 말과 행동을 하더라도 얼음같이 차가운 그가 자신을 좋게 볼 리가 없었다. 이왕 이렇게 된 거 일단 수혁을 설득해 커튼이라도 떼고 가야겠다고 생각했다.

"집이 좋아서 그런가. 커튼도 일반 커튼이랑 다른 거 써요? 근데, 불 좀 켜주면 안 돼요?"

"……!"

결국, 수혁의 얼굴이 황당함에 일그러졌다. 밤 12시가 넘는 야심한 시간. 그것도 다 큰 처녀가 건장한 남자가 자고 있는 방에 불쑥 들어와서 창문에 기어 올라간 것도 황당한데, 천장에 매달려 미안함이라곤 1g도 없는 발랄한 말투가 상당히 거슬렸다.

"최라엘?"

"네, 이수혁 씨."

두 사람의 말투는 뇌우와 맑은 날씨처럼 극명하게 대조됐다.

"사람은 모름지기 햇빛을 쐬고 살아야 뭐든 신진대사가 잘 돌아간다고요."

벼락을 동반한 그의 표정에 라엘은 무지갯빛 미소를 띠며 햇빛의 중요성을 강조했다.

"최라엘!"

"아, 놀래라. 저, 귀 안 먹었어요. 조금만 더 다정하게 불러주세요."

"당장 내려와."

수혁은 한 손으로 커튼을 잡았다.

"에? 지금요? 아직은 안 되죠."

점점 더 그의 미간이 좁혀지고 있었다.

"제가 워낙 운동신경이 좋긴 하지만, 방이 어두워서 올라오느라 애썼어요."

"너, 이거 가택침입죄야."

"무슨 그런 살벌한 말씀을. 가택침입죄는 아무 이유 없이 남의 집에 침입할 때 해당되는 케이스구요. 전, 엄연히 사모님께 허락을 받고 알 집사님께 미리 알리고 들어온 건데요."

입을 쏙 다물게 할 생각으로 살벌한 단어를 뱉은 수혁은 당당하게 받아치는 라엘의 말에 할 말을 잃었다.

"그러지 말고 이렇게 된 거 펜치라도 좀 갖다주실래요?"

"장난 그만해."

"장난이라고 누가 그래요. 저 지금 엄마 배 속에서 나올 때만큼이나 가장 진지한데요."

"최라엘!"

더 이상 두고 볼 순 없던 그가 커튼을 붙잡고 당기는 바람에 그녀는 중심을 잃고 커튼에서 떨어졌다.

"잠시만요. 저, 떨어져요. 아!"

순간 수혁은 자신의 위로 떨어지는 그녀를 보며 저도 모르게 본능적으로 손을 뻗어 라엘을 받았다.

"하, 다행이다. 저기 근데, 이제 내려줘도 되는데……."

라엘은 그가 뭐라고 하든 말든 오롯이 커튼을 떼어낼 방법을 빠르게 생각 중이었다.

"아! 잠시만요. 스톱!"

하지만 수혁은 일말의 표정 변화 없이 목석처럼 그녀를 안고 복도를 향해 똑바로 걸어갔다. 불빛이 깜빡일 때마다 무표정한 그와 달리 라엘의 표정은 시시각각 버라이어티하게 변해갔다. 결국 수혁에게 또다시 쫓겨나고 말았다.

쾅.

"수혁 씨, 제 가방 좀……."

쫓겨난 라엘은 미련 없이 닫히는 문을 향해 외쳤지만 전혀 소용없었다.

"안 속네. 좀 더 조심했어야 하는데. 하! 아쉽다."

라엘은 깜깜한 복도에 서서 전의를 불태우며 아쉬운 마음을 뒤로하고 발걸음을 돌렸다.

"지구력 하면 최라엘. 두고 봐. 내가 저 커튼, 꼭 떼어내고 만다."

그렇게 한밤의 커튼 소동은 두 사람의 기 싸움으로 일단락됐다.

라엘은 포기하지 않겠다며 마음먹었지만, 다음 날 수혁의 방문은 굳게 닫혀 있었다. 그다음 날도 마찬가지였다. 한번 닫힌 방문은 쉽사리 열릴 줄 몰랐다. 알프레도의 설득도 소용없었고 책장과 연결된 비밀 통로 역시 자물쇠와 나무판자에 가로막혀 어쩔 도리가 없었다.

"최 선생님, 죄송합니다. 아무래도 오늘도 안 될 것 같습니다."

"네. 다시 올게요."

결국 라엘은 안타까운 발길을 돌려야 했다.

"내가 뭘 놓치고 있는 건가. 뭘 놓쳤지?"

집에 도착한 라엘은 자료를 찾기 위해 바로 옆집에 살고 있는 종인의 서재를 찾았다. 워낙 좋은 자료들이 가득한 그의 서재는 작은 도서관과도 같았다.

"농담 아닌데. 진짜 책임질 수 있는데……. 하!"

답답함이 가득한 긴 한숨이 빼곡한 책에 부딪쳐 그녀의 얼굴을 때린다. 벌써 며칠째 아무런 진전이 없다. 보통 스피치나 언어 치료를 받으러온 사람들은 나아지려는 분명한 의지와 목적을 갖고 찾아오기 때문에 스스로 자신에 대한 이야기를 숨김없이 풀어놓는다. 그래서 상담이 이뤄질수록 점점 더 효과가 나타난다.

프로답게 필드에서 터득한 경험과 전문가적인 지식을 뽐내고 싶은 마음은 굴뚝같지만, 문제는 수혁이 자신을 받아주지 않는다는 것이다. 손뼉도 마주쳐야 소리가 나는데 협조는 고사하고 본인의 의지조차 없으니 답답해 미칠 노릇이었다.

"이대로는 안 돼! 뭔가 변화가 필요해."

라엘은 자신이 뭘 놓치고 있는지 상담 노트를 작성하며 처음부터 천천히 되짚으며 책상 위에 머리를 '콩콩' 박기 시작했다.

"일단 사고로 인해 PTSD를 진단받았으니 거기서부터 추적해보자. PTSD는 모든 질병 중에서도 오진 확률이 가장 높은 병명이지. 먼저 가장 빈번한 원인이 성폭력, 참전 군인. 그리고 마지막으로……."

"교통사고."

익숙한 목소리와 함께 계속해서 책상에 인사를 하던 머리 밑으로 커다란 손이 불쑥 들어와 그녀의 이마에 닿았다.

"피부도 약한 애가. 종이에 얼굴 베인다."

커다란 손의 주인공은 집주인인 종인이었다.

"근데, 너 정말 사기 사건 잘 해결된 거 맞아?"

얼마 전까지 얼굴 가득 근심을 이고 다니던 애가 불과 며칠 만에 해결됐다는 말을 하니 종인은 궁금할 수밖에 없었다.

"하여간 의심은. 당연하지. 너, 내가 한 번에 두 가지 일 못 하는 거 알지? 맘씨 좋은 건물주를 만나서 상가 사람들 편의를 봐주셨어."

"정말? 걱정했는데 잘됐네. 다행이다."

종이 위에 두서없이 뱅글뱅글 돌아가던 볼펜이 멈췄다.

"저기, 김종인아……?"

뭔가 할 말이 있는 듯 라엘은 어울리지 않게 천천히 종인의 이름을 불렀다.

'해? 말아? 해!'

평소라면 상담이 원활하지 못할 때 서슴없이 조언을 구했겠지만, 셀튼그룹이란 타이틀이 발목을 잡았다.

'해. 해! 하자. 최대한 에둘러서. 평소처럼.'

고민하던 라엘은 사람이 우선이라 생각하며 답을 내렸다.

"저기 김종인아는 무슨 말이냐? 뭔데? 상담자 얘기야?"

"어? 응. 실은 내 상담자가 PTSD이거든. 그것 때문에 심인성으로 인한 언어 쪽에 증상이 생겼어."

"심인성이면 심리적인 문제네."

"응. 본인이 속으로 노력하기 때문에 평상시에는 겉으로 크게 드러나지 않고 특정 인물이나 특정 상황에 반응이 있는 조절유창성에 해당되거든."

"결국 PTSD로 인한 심인성이라는 건데. 아까 말한 세 가지 중에 어디에 해당되는데?"

"교통사고를 겪었어."

"일단 네가 상담자의 고통을 이해하는 게 먼저 인 것 같아. 예전에 인턴 초기 때, 교통사고를 겪은 것도 아니고 목격한 걸로 PTSD를 진단받은 분이 계셨어. 그분이 한 말 중에 아직도 생각나는 게 일상생활이 힘든 건 물론이고, 흐르는 물이 실제 피처럼 보여서 소스라치게 놀라며 뛰쳐나온 경우가 종종 있었다고 했거든. 그만큼 그분들은 겉으로 멀쩡해 보여도 일반인은 설명해도 알 수 없는 큰 고통 속에 있다는 뜻이거든."

종인의 말을 듣고 있던 라엘은 순간 수혁과의 첫 만남이 떠올랐다.

"그러네. 사람은 누구나 정신의 지배를 받는데, 그 정신이 충격과 직면해 고통에 억눌리고 있으니 얼마나 힘들까."

엘리베이터에서 우연히 마주쳤을 때, 그는 굉장히 고통스러워하고 있었다. 그 고통을 매일 마주한다고 생각하니 그가 보인 예민함이 깊게 와 닿았다.

"당연히 당사자가 느끼는 고통은 엄청나지."

"그런데 가족분은 나한테 말동무만 되어달라 하시는데, 문제는 자신의 의지로 시작된 케이스가 아니어서 그런지 도통 마음을 열지 않아."

"그런 경우라면 마음을 열고 받아들이는 게 쉽지 않지."

"이렇게 상담을 거부할 땐, 동기나 의지를 심어주는 게 가장 좋겠지?"

라엘은 진지한 표정으로 종인에게 물었다.

"그렇지. 아무래도 가장 도움이 되는 건 상담을 받고자 하는 동기나 의지니까."

"나도 잘 아는데…… 지금 머릿속이 상담자로 꽉 차서 정리가 잘 안 되는 거 같아."

"라엘이 네가 이미 다 알고 있는 부분이야. 내가 힌트 하나만 줄게. 그 사람의 감정의 스위치를 켤 만한 큰 변화가 필요해. 심리적인 부분에 있어 주춧돌이 되는 부분이면 좋겠지."

"큰 감정의 변화라……."

라엘은 종인이 던져준 힌트를 자신의 생각에 접목시키며 차분하게 머릿속을 정리했다.

"아! 맞다."

"어때, 감이 좀 와?"

"어. 사람은 감정의 동물이잖아. 은밀하고 조심스러운 것일수록 당사자에게 느껴지는 감정의 변화는 더 크게 작용한다는 뜻이지?"

"역시, 최라엘! 대학원 때 그렇게 정신의학 자료를 끼고 산 보람이 있네."

종인의 칭찬에도 불구하고 라엘의 머릿속은 온통 수혁으로 도배됐다. 그에게 있어 은밀하고 조심스러운 게 뭐가 있을까 하고 집중하던 중 뜨거운 시선에 그녀의 고개가 절로 돌아갔다.

"왜?"

"신기해서."

"신기하다니. 뭐가?"

"새로 맡은 상담자가 외국인인가 봐."

"뭐? 외국인?"

뜬금없는 외국인 발언에 라엘이 되물었다. 종인의 손이 책상 위 노트를 가리켰다.

"너 일 잘 안 풀릴 때마다 상담자 이름 적는 버릇 있잖아. 거기 노트에 잔뜩 적혀 있는 이름 외국인 아냐? 아님, 혼혈인?"

라엘은 가끔 종인이 정신과 의사가 안 됐으면 분명 돗자리를 깔고 꽤 이름 날리는 점쟁이가 됐을 거라고 생각했다. 언제 적 버릇인데, 그걸 아직까지 기억하다니. 하여간에 무서운 촉의 소유자인 건 틀림없다.

그래도 다행인 건 수혁의 본명 대신 상담 노트에 적었던 별명을 적었다는 거다. 대기업 임원이나 셀럽들을 상대할 때면 라엘은 그들의 특징을 잡아 자신만 알아볼 수 있도록 별명을 지어 기록했다. 종인은 노트에 크고 작은 글씨로 적어놓은 '지미'라는 글자를 보며 외국인으로 착각한 것이다.

"아, 지미! 외국인 이름 같지? 근데 한국인이야."

"정말? 무슨 뜻이 있나. 흔한 이름은 아닌데."

"물론 뜻도 있지. 알 지(知) 자에 미혹할 미(迷). 지미."

"알수록 빠져든다. 보통 이름에 쓰는 한문이랑 다르게 매력적인 이름이네."

"당연하지. 우리 지미가 알면 알수록 얼마나 빠져들게 하는데……."

웃음이 터질 뻔한 라엘은 아랫입술을 잘근거리며 간신히 웃음을 참았다. 그 와중에 갑자기 시작된 외국인 타령에 센스 있게 받아친 자신이 얼마나 대견한지 몰랐다.

사실 웃음을 참은 진짜 이유는 따로 있었다. 수혁의 별명인 지미의 진짜 뜻이 바로 '지랄 맞은 미남'의 줄인 말이었기 때문이다.

"아무튼 고맙다. 종인이 너 때문에 도움 많이 됐어."

"라엘아?"

"응?"

"……아니야. 그냥 불렀어."

종인은 순간 며칠 전 연락 왔던 임 박사의 부탁이 떠올라 라엘에게 부탁할까 했지만, 두 가지 일을 함께 하기엔 힘들 거라 생각해 말을 꺼내지 않았다.

"싱겁긴. 간다. 쉬어."

"도움 됐다니 나도 다행이네. 들어가."

파이팅 넘치는 라엘의 뒷모습을 보며 종인은 지미라는 이름의 주인공이 어린아이일 거라고 추측했다.

"아주 개구쟁이를 만났나 보네."

은밀하고 조심스러운 감정의 변화라.

"그 스위치가 분명 있을 텐데……."

종인의 조언을 들은 라엘은 해답을 찾기 위해 머릿속으로 수혁의 지도를 그리며 생각하고 또 생각했다.

왈. 왈.

대문을 열고 집으로 들어오자 작은 마당을 지키고 있는 진돗개 태백이 꼬리를 치며 다가왔다.

"아고, 우리 예쁜이 놀고 있었어요. 태백아, 근데 개또 형아는 뭐 하는 거니?"

라준이 나 여사가 키우는 작은 텃밭 가장 자리에 백합 한 송이를 심고 있었다.

"어, 우리 상또 왔냐."

"오빠, 지금 뭐 하는 거야? 이미 뿌리 잘린 꽃은 왜 심는데?"

"쯧쯧, 이런 삭막한 인간이여. 이 백합은 그냥 백합이 아니란다. 나의 아리따운 정 선생님이 직접 주신 거야. 우리 정 선생 취미가 꽃꽂이거든. 어쩜 청초한 생김새와 딱 어울리는지 몰라. 그래서 결심했지. 이 백합에 내 사랑과 정성을 쏟아 기적을 일으켜 살리기로."

물 조리를 손에 쥐고 자리에서 일어나 열변을 토하는 라준을 보며 라엘을 고개를 흔들었다.

"쯧쯧, 무슨 소설 쓰세요? 님아, 그건 데이비드 카퍼필드 아저씨가 비행기 없애는 것보다 더 어려운 일이야. 아직 정 선생이랑 아무 사이도 아니면서. 정신 차려."

"그러니까 정성과 기적이지. 이제부터 이 작은 마당을 화원으로 만들어서 정 선생에게 보여줄 거야."

"참 나. 무슨 화원 같……."

한참 들떠 있는 라준의 말을 받아치던 라엘은 '화원'이란 말에 급제동이 걸려 입술을 닫았다.

"생각났어! 생각났다고!"

그러더니 갑자기 큰 소리와 함께 발을 구르고 주먹을 쥐며 환하게 얼굴을 밝혔다.

"엄마, 깜짝아."

"앗싸."

"야, 최라엘."

"오빠. 오빠. 오빠?"

"그, 그래. 나, 네 오빠 맞아. 흥분하지 말고 말해."

"지금 이 순간 오빠가 살아오면서 내 인생에서 가장 큰 도움이 된 거 알아? 고마워."

"뭐야, 너. 왜 그래? 꼭 일낼 눈빛이다. 무섭게."

라엘이 예전부터 뭔가 대단한 일을 시작하기 전에 보이곤 했던 눈빛을 보이자 라준은 긴장했다.

"응. 제대로 사고 좀 치려고."

"하! 저거, 저거, 똘끼가 충만해. 안 그러냐, 태백…… 으악!"

왈. 왈.

"태백아? 안 돼. 백합 먹지 마. 내 사랑을 먹지 마. 퉤퉤. 뱉으라고, 도그베이비야."

작은 마당부터 방까지 넓지 않은 면적을 눈썹이 휘날리도록 뛰어온 라엘은 의자에 앉기도 전에 핸드폰 화면을 눌렀다. 가능성 있어. 아니, 할 수 있어. 분명히 그 사람의 감정의 스위치를 켤 수 있어. 통화 연결음 소리가 귓가에 웅성거려도 계속된 혼잣말에 취해 있는 라엘에겐 들리지 않았다.

-여보세요, 최 선생님?

"알 집사님, 늦게 죄송해요. 너무 급해서 전화부터 드렸어요."

-최 선생님 전화면 언제든지 환영입니다. 그런데 이 시간에 무슨 일 있으신가요?

"네, 집사님. 무슨 일 있어요. 먼저 절 꼭 도와주신다고 약속부터 해주세요."

비장하기까지 한 그녀의 목소리가 알프레도의 정신을 집중시켰다.

똑. 똑.

"도련님, 접니다."

말이 끝나기 무섭게 방문이 열렸다.

오늘 새벽, 한동안 잠잠하던 지독한 악몽에 시달린 수혁의 얼굴에 근심이 드리워졌다. 알프레도는 수혁이 근 이틀 동안 거의 방에서 나오지 않고 힘들어한 게 왠지 자신의 말 때문인 거 같았다. 이지철이 왔다 갔다는 말을 들은 뒤부터 수혁의 표정이 안 좋았다.

수혁이 괴로운 모습을 누구에게도 보이고 싶어 하지 않기 때문에 그래서 더 문을 걸어 잠근 거라 생각했다. 알프레도는 괜히 자신의 신중치 못했던 발언으로 잘하고 있던 라엘이 힘을 뺀 거 같아 미안해졌다.

그렇기 때문에 그녀가 말하는 부탁은 이유를 묻지 않고 무조건적으로 도와주기로 했다. 사실 힘들다는 말과 함께 그만둔다고 할 줄 알았던 라엘이 포기하지 않고 계속 무언가 부탁해오는 게 오히려 고마웠다.

"괜찮으십니까?"

"괜찮아."

"도련님, 외람되지만 아침은 다이닝룸으로 내려가서 드셔야 할 것 같습니다. 욕실 바닥을 청소해야 하는데 시끄러울 것 같아 일부러 갖고 오지 않았습니다."

입맛까지 잃은 탓에 아침이라고 해봤자 연한 커피와 담백한 베이글이 전부였지만, 알프레도는 그마저도 먹어주는 수혁이 고마웠다.

"알았어. 근데 최……."

"네?"

"아니야."

수혁은 빠르게 입을 다물었다. 순간 저도 모르게 라엘의 이름이 튀어나올 뻔했다. 왜 그런지 정확한 이유는 알 수 없지만 아마도 새벽녘에 찾아온 악몽 속에서 마지막으로 보이던 얼굴이 라엘이었기 때문일 것이다.

그러고 보니 아침마다 보이던 차도, 매일같이 라엘의 이야기를 하던 알프레도 역시 오늘따라 유난히 조용하다. 하긴 며칠 동안 이 층에는 발도 못 붙이게 했으니 그만둬도 이상할 게 없는 상황이었다.

활짝 핀 꽃이 그려진 찻잔 안에 담긴 커피가 바람을 만난 듯 속절없이 흔들렸다. 이리저리 흔들리는 물줄기를 보며 상념에 빠져 있던 수혁이 고개를 들었다. 회중시계를 보던 알프레도는 대놓고 긴장하기 시작한 요리사를 보며 수혁이 보지 못하게 벽에 바짝 붙어 눈짓을 보냈다.

"아휴, 도련님. 날이 흐려서 그런지 제 손모가지가 주책없이 또 떨리네요. 호호호! 맛있게 천천히 드셔요. 집사님, 전 식재료 체크하러 본채 좀 다녀올게요."

"전화가 왔네. 도련님, 저도 잠시 통화하고 오겠습니다."

요리사가 어색하게 나가고 알프레도 역시 눈치를 살피며 나갔지만 수혁은 전혀 신경 쓰지 않았다. 기다란 테이블 끝 편 한쪽 구석에서 존재감이 미미한 메이드만이 쥐 죽은 듯 뒷정리를 하고 있었다.

노릇하게 구워진 베이글과 코끝에 진동하는 풍미 깊은 커피는 누가 봐도 먹고 싶을 만큼 식욕을 자극했다. 하지만 그 좋아하는 커피도, 나이프로 조금 뜯겨나간 베이글도 수혁의 쓴 입으로는 더 이상 들어가지 않았다.

드르륵.

의자 끄는 소리가 적막한 다이닝룸에 울렸다. 자리에서 일어난 수혁은 계속해서 뒷정리를 하는 메이드를 의식한 듯 잘 먹었다는 짧은 인사를 하고 방으로 돌아가기 위해 문으로 향했다. 그런데 문이 열리지 않았다.

철컥. 철컥.

문고리를 잡은 손을 위아래로 움직였지만 문은 미동조차 하지 않았다.

"알프레도?"

당황한 수혁이 알프레도를 불렀지만 아무 대답도 들려오지 않았다. 그때였다.

"도련님?"

문 건너편 테이블 끝에서 하이톤의 목소리가 들렸다. 자신을 부르는 소리에 수혁이 반사적으로 고개를 돌리자 지금까지 조용히 뒷정리를 하던 메이드가 수건에 물기를 닦으며 천천히 고개를 돌렸다.

"그 문은 안 열립니다, 도련님."

"그러니까 별채에서 나온 여자가 여기 사진 속 건물로 들어갔다고?"

이지철은 두 건물이 나란히 찍힌 한 장의 사진을 유심히 보며 기사에게 물었다.

"네. 맞습니다. 근데 문제가 좀 있습니다."

기사는 곤란한 표정으로 뜸을 들였다.

"문제?"

"그게 워낙 시내 중심가다 보니 사람이 많아 조심하느라 여자가 둘 중 어느 건물로 들어갔는지가 명확하지 않습니다. 죄송합니다."

"그래? 여기 두 건물에 뭐가 있는지 알아봤어?"

"네. 왼쪽 흰색 건물에는 1층에 의류매장과 그 위로는 정형외과, 내과, 치과, 고급 피부숍이 있습니다."

"전형적인 병원 건물이고."

고급 만년필을 끈질기게 돌리던 굵은 손가락이 오른쪽 사진을 깊게 찔렀다.

"여기 오른쪽 건물은?"

"그 건물은 신축한 지 얼마 안 된 걸물로, 편의점과 보습학원, 휴대폰 매장 그리고 요리교실과 스피치 학원이 있습니다. 제 생각이지만 병원 건물은 아니고 아마 요리교실이 아닐까요?"

기사의 말 따윈 신경조차 쓰지 않은 이지철이 무언가를 떠올리며 혼잣말을 내뱉었다.

"퍼즐을 맞춰봐야겠어."

"그 문은 안 열립니다, 도련님."

"……!"

"절대 안 열려요."

지금까지 숨을 죽이며 뒷정리를 하던 메이드는 바로 라엘이었다. 그녀가 메이드 복장까지 입은 이유는 늘 같은 사람만 출입하는 이곳에 자연스럽게 들어오기 위함이었다.

"휴! 한 자세로 계속 있었더니 목에 쥐날 뻔했네."

"최라엘?"

"안 놀라세요? 본부장님."

지금까지 그의 이름을 부르던 라엘은 호칭 또한 '본부장'으로 바꿔 불렀다. 동등한 관계로 느껴지는 이름보단 직책으로 높여 불러서 자신보다 높은 사람으로 인식하고 있다는 뜻을 어필하기 위한 나름의 전략이었다.

덤덤한 수혁의 표정을 보던 라엘은 그의 반응이 아쉬운 듯 말했지만 사실 수혁은 좀 당황스러웠다. 처음엔 호텔, 그다음엔 비밀 아지트, 그러더니 이번엔 메이드다. 그것도 직원들이 저택에서 입는 메이드 복장을 완벽하게 갖춰 입고 가발까지 쓰고 있었다.

"하긴 이젠 뭐, 별로 놀랍지도 않으시죠?"

계속된 질문에도 불구하고 여전히 문고리를 잡고 있는 수혁을 보며 라엘은 기다렸단 듯이 여유 있게 말했다.

"말씀드렸잖아요. 문 안 열린다고."

"알프레도? 알프레도, 문 열어!"

"물론 알 집사님은 안 계시고요."

수혁이 이번엔 그녀를 지나쳐 요리사가 이용하는 작은 뒷문을 열었지만, 소용없었다.

"그럴 줄 알고 쪽문도 당연히 잠갔습니다. 아, 창문이요? 창문도 물론 잠겼죠. 밖에서."

정말이었다. 자신을 가두려고 작정했는지 창문을 열 수 없게 나무 막대기가 딱 버티고 있었다.

"이제 다 확인하셨죠? 보다시피 여기, 다이닝룸에서 나갈 수 있는 모든 문과 창문은 다 막혔어요."

정말 그랬다. 2층에서 내려와 출입하는 정문도 요리사와 직원들이 사용하는 뒷문도 하다못해 벽 한쪽을 차지하고 있는 창문까지 모두 다 완벽히 막혔다.

"문 열어."

"당연히 문 열 거예요. 단! 제가 원하는 걸 들어주면요."

"알프레도? 거기 있는 거 다 알아. 어서 문 열어."

수혁은 라엘을 등지고 서서 계속 문을 두드렸다.

"그럴 일은 없겠지만, 지금 여기서 본부장님이 소리를 지른다고 해도 알 집사님과 직원분들 아무도 오지 않을 거예요. 단단히 말씀드렸거든요. 제가 문 열어달라고 할 때까지 아무도 열지 마시라고. 한마디로 한 시간이고 두 시간이고, 해가 떨어져도 내가 아니면 못 연다는 뜻이죠."

라엘은 수고를 덜어주기 위해 그가 처한 상황을 다시 한번 정확하게 전달했다. 일정한 속도로 문을 노크하던 손이 뚝 멈췄다. 그러고 보니 오늘따라 뭔가 자연스럽지 못한 알프레도의 행동이 머릿속에 떠올랐다.

알프레도는 젊어서는 셀튼그룹에 중심을 맡았고, 사리 분별이 분명했으며 견문이 넓고 통찰력도 뛰어난 사람이었다. 그리고 무엇보다 수혁이 존경하는 인물 중 하나였다. 그만큼 현재 그가 믿고 있는 유일한 사람인 그런 그가 왜 이렇게까지 그녀에게 협조적인지 이해할 수 없었다.

넓은 등만 보이던 라엘의 시야에 수혁의 얼굴이 보였다.

"원하는 게 뭐야?"

"저랑 얘기 좀 해요."

"얘기라면 충분히 한 거 같은데."

"제대로 된 얘기를 한 적은 없잖아요."

여전히 한 발도 물러서지 않는 라엘을 보며 수혁이 천천히 숨을 골랐다. 최대한 침착한 눈빛으로 입 안에 맴도는 수많은 단어를 머릿속에 차례대로 나열하며 순서를 정했다. 긴 문장을 내뱉기 위해 혼자만의 리허설을 마친 그가 자신을 바라보는 갈색 눈동자를 직시했다.

"최라엘, 내가 한 가지만 말해줄게. 잘 들어. 내 상태는 내가 가장 잘 알고 있어. 이만하면 네 용기도 충분하다 생각해. 어머니껜 내가 잘 말씀드릴 테니까 너도 여기서 그만해."

날아오는 시선을 피하지 않은 라엘 역시 그를 똑바로 쳐다보며 생각했다. 처음이었다. 늘 단답형에 가까운 수혁이 이렇게 길게 이야기한 건. 숨을 고르고 티가 나지 않게 미세하게 주먹을 움켜쥐는 모습을 보며 그도 노력하고 있다는 것을 알 수 있었다.

하지만 만약 그의 뜻대로 여기서 그만두면 앞으로도 수혁은 계속 저 모습 그대로 별채에서 자신을 괴롭히며 살 게 분명했다. 그의 말대로 그가 말만 잘 해주면, 라엘이 여기서 못 하겠다고 포기하고 두 손을 들고 나가도 연이는 건물 건을 철회할 사람이 아니다.

그녀의 우아함과 따뜻함은 겉으로 보여주기식이 아니란 걸 라엘은 알고 있었다. 연이는 도리어 오히려 애써줬다며 고맙다는 말을 할 사람이다. 라엘의 부모님은 어릴 때부터 라엘, 라준 두 남매에게 귀에 딱지가 앉도록 강조한 말이 있었다. 자고로 노력 없이 얻은 결과는 내 것이 아니라고. 무엇이든 땀 흘려 얻으라고.

오늘이 진짜 마지막 기회였다. 더는 비슷한 패턴이 통할 리도 없었고, 더 이상 방법도 없었다. 라엘은 어쩔 수 없이 수혁을 조금 자극해 그를 움직이기로 했다. 지금은 이 방법이 감정의 스위치를 켤 수 있는 유일한 방법이니까.

"저도 한 가지 물어볼게요."

"말해."

"정말 지금처럼 이대로 살 거예요?"

"당신이 상관할 바 아니야."

"충분히 상관할 자격 있어요."

"그만하고 어서 문……."

"겁쟁이! 졸보!"

툭 튀어나온 짧은 단어가 일어서는 수혁을 다시 앉혔다.

"비겁하게 왜 자꾸 도망가요?"

하루하루가 간절한 사람이 얼마나 많은데, 시도조차 하지 않는 모습에 화가 나면서도, 저렇게까지 자신을 끌어내리는 마음은 또 얼마나 쓰릴까 싶어 속상했다.

도와준다는 손길도 뿌리치는 상처투성이에 까칠한 사람이지만, 라엘은 수혁을 외면하고 싶지 않았다. 지금까지 눈만 마주치면 서로 아웅다웅했지만 아무래도 정(情) 중에서 가장 무서운 미운 정(情)이 든 것도 같았다.

"언제까지 그렇게 자신을 괴롭힐 거예요. 제대로 말하고 싶지 않아요? 형한테 하고 싶은 말 있잖아요."

별채 안에서 금기된 단어. 판도라의 상자처럼 누구도 열지 못했던 그 말을 라엘이 꺼내들었다.

다 알고 있는 것처럼 함부로 지껄이지 마. 날카롭게 빛나는 그의 눈빛이 굳게 닫힌 입을 대신해 말하고 있었다.

"네가 뭘 안다고……."

"맞아요. 저 몰라요. 근데 한 가지는 분명히 알아요. 당신이 형을 그리워한다는 거."

"최라엘!"

'쾅' 소리와 함께 테이블에 짧은 진동이 스쳐 갔다. 할 말이 많았지만 그럴수록 수혁은 입을 다물 수밖에 없었다. 온몸에 털을 바짝 세우고 이빨을 드러낸 늑대와 촉새는 한 치의 물러섬이 없었다.

중앙에 놓인 3미터의 긴 테이블 위를 돌아다니는 공기조차 두 사람의 눈치를 보며 숨을 죽였다. 찰나의 적막이 가라앉고, 라엘이 먼저 입을 열었다.

"제가 지나쳤습니다. 사과드릴게요. 본부장님 말이 맞아요. 저 혼자 노력한다고 되는 것도 아닌데……. 본부장님이 원하시는 대로 별채 오지 않을게요."

내가 원한 대로 나간다고?

뜬금없는 소리에 수혁의 눈동자에 당황함이 스쳤다. 그렇게 나가라고 할 땐 버티던 사람이 왜 갑자기 스스로 나간다는 건지. 분명 나간다는 말에 홀가분해야 하는 게 맞는데 이상하게 기분이 개운하지 않았다.

한편으론 지금까지 겪은 라엘을 생각하면 분명 아무 이유 없이 저런 말을 하지 않을 거란 생각도 들었다. 아마 그것 때문일 것이다. 개운하지 않은 찜찜한 기분은. 저 작은 머리로 또 무슨 계획을 세운 건지 생각하던 찰나 더 아리송한 말이 들려왔다.

"단 일주일 뒤에."

"일주일 뒤?"

"네. 정확히 내일부터 일주일 뒤에 나갈게요."

"이유가 뭐지?"

"명분이 필요해서요."

"명분?"

"그래요. 명분. 알고 계신 것처럼 전, 사모님께 고용된 사람이에요. 근데 여기서 바로 나가기엔 솔직히 좀 자존심이 상해서요. 믿을지는 모르겠지만, 저 이쪽 업계에서 나름 이름 있는 사람이에요. 여기서 내가 어느 정도 '열심히 했다'라는 걸 사모님께 보여드려야 저도 체면이 서지 않겠어요?"

일단 여기까진 이유가 아주 그럴듯하다. 라엘은 새삼 자신의 말발에 조용히 감탄하며 말을 이었다.

"아! 그리고 걱정하지 말아요. 일주일 동안 귀찮게 하는 일도 없고, 방 안으로 들어가는 일도 없을 거예요."

"좋아."

"근데 말이죠."

허락이 떨어지기 무섭게 라엘이 치고 들어왔다.

"모든 일에는 만약이란 게 있잖아요. 그 일주일 동안, 만약의 아주 만약에 본부장님께서 제 발로 절 찾아올 시에는……."

잠시 말을 멈춘 라엘의 매끄러운 눈썹이 신명나게 들썩거렸다.

"그땐 나에게 기회를 줘요."

"뭐?"

라엘은 눈동자에 의지를 담아 그의 눈동자를 뚫어져라 직시했다.

"당신의 손을 잡을 수 있는 기회."

의외의 말이었다. 당연히 진짜 하고픈 말이 있을 거라 생각했는데 손을 잡을 기회라니……. 수혁은 그녀가 한 말의 의미를 정확히 파악하기 어려웠다.

"왜요. 싫으세요?"

대답이 길어지면 상대방은 생각할 시간이 생기고, 그러면 원하는 그림과 다른 결과가 나올 수 있기에 라엘은 쉴 틈 없이 질문을 던졌다.

"설마 자신 없는 건 아니죠? 어떤 결정을 내려도 자유지만, 말씀하시기 전에 이것만 알아두세요. 거절하시면 전 일주일이 아니라 앞으로도 계속, 매일 본부장님을 찾아와서 귀찮게 할 거예요. 어떤 방법을 써서라도. 반드시, 기필코 말이죠. 물론 쫓아내시겠지만 그래도 오뚝이처럼 또 찾아올 겁니다."

왠지 공기의 흐름이 한쪽으로 쏠리며 대화의 주도권이 라엘에게 기울어지고 있었다.

"지금 나랑 협상하자는 거야?"

"에이, 협상이라고 할 것까지 있나요. 누가 들어도 제가 불리한 상황인데. 여기 모래시계 보이시죠?"

라엘은 앞치마에서 작은 모래시계를 꺼내 테이블 위에 올려놓았다. 한 뼘이 넘는 가늘고 긴 모래시계 안에는 반짝이는 은색 가루가 가득 들어 있었다.

"이 모래가 반대쪽으로 다 떨어지는 데 걸리는 시간은 3분이에요. 3분 안에 결정하세요."

대화에도 강약이 필요하다. 파도처럼 거침없이 몰아쳤다면 이번엔 주어진 시간 안에서 충분히 생각할 시간을 줄 차례다.

그러나 그녀의 예상과 달리 수혁은 주어진 시간을 충분히 사용하지 않았다. 은빛 가루가 떨이지기 무섭게 자리에서 일어난 그는 테이블 끝으로 걸어와 떨어지는 모래시계를 다시 뒤집었다.

탁.

예상치 못한 행동에 라엘은 눈을 동그랗게 뜨고 그를 올려봤다.

"3일!"

"3일?"

"적어도 기간은 내가 정해야 공평하지 않겠어?"

"……."

"설마, 자신 없는 건 아니지?"

수혁은 조금 전 들었던 말을 그대로 돌려주며 그녀를 도발했다.

"안 그러면 이 협상은 결렬이야."

라엘이 처음 세운 계획을 실행하기 위해선 일주일이 필요했다. 그 시간이 반이나 줄었지만 거기에 연연할 순 없었다. 시간을 줄여서라도 이 계획을 실행할 기회를 얻는 게 먼저였기 때문이다.

"아니요. 협상 성립이죠. 3일, 받아들일게요."

“명심해. 내 발로 널 찾아갈 일은 절대 없을 거야.”

“그건 두고 보면 알겠죠. 반드시 찾아오게 될 거예요.”

수혁은 자신만만하게 말하며 문이 열린 다이닝룸을 나갔다.

문을 열고 기다리던 알프레도는 그의 뒤를 따르면서 도대체 라엘이 생각한 계획이 뭔지 궁금해 참을 수 없었다.

라엘에게 주어진 시간은 단 3일. 라엘은 72시간 안에 반드시 수혁이 자신을 찾아오게 만들어야 한다.

수혁이 방으로 올라간 후 알프레도는 몇몇 사람을 사무실로 불렀다.

“아까 다이닝룸에서 인사는 했고, 입은 거칠어도 마음은 따시한 부산 아지매 이기자입니데이. 가끔 흥분하면 지금처럼 사투리가 고마 튀나오는데 몬 알아들으면 말씀하이소. 잘 부탁합니데이.”

푸근한 인상을 자랑하는 그녀는 별채 식탁을 책임지는 요리사였다. 한식, 일식, 중식까지 자격증은 물론이고 탁월한 손맛으로 한때 본채 주방의 책임자였으나 어릴 때부터 봐온 수혁을 챙기기 위해 스스로 별채로 넘어왔다.

“나도 아까 봤죠? 내 이름 유난이인데, 그냥 다들 쌍방울댁이라고 불러요. 내가 고추 둘…… 아니, 자식이 남자 쌍둥이라서 그래요. 기자 언니하곤 친자매처럼 친한 사이예요.”

쌍방울댁은 본채를 맡고 있었지만 알프레도의 부탁으로 오늘부터 별채를 담당하게 됐다.

“그럼 마지막은 제 차례인가요. 저하고는 첫날 잠깐 뵙죠? 별채 정원과 수리를 맡고 있는 관리사 김남수입니다. 요리를 맡고 있는 이 여사의 남편이기도 하죠.”

세 사람이 사무실에 모인 이유가 있었다. 라엘이 알프레도에게 별채에서 활동할 가장 입이 무겁고 가장 믿을 수 있는 세 사람을 모아달라고 했기 때문이다.

"안녕하세요. 정식으로 인사드릴게요. 최라엘이라고 합니다. 제가 집사님을 통해 세 분을 뵙자고 했어요."

라엘은 자신은 수혁을 도와주기 위해 온 사람이며, 앞으로 그에게 변화를 줘야 하는데 혼자만의 힘으론 부족하기 때문에 도움을 요청하게 됐다며 이유와 배경을 자세히 설명했다.

"그니까 앞으로 3일 동안 우리가 특히 더 단디 해야 된다이."

"언니 말이 맞아. 입에다 자물통 딱 채우고 조심해야겠어."

"다들 나이가 있어서 우리 셋이 도움이 될진 모르겠지만 도련님을 위해 최선을 다해보겠습니다."

세 사람은 다들 한마디씩 하면서 각오를 다졌다.

"앞으로 자네들이 잘 좀 도와주게."

"당연하죠."

"솔직히 말씀드리면 제 일인데 이렇게 선뜻 도와주셔서 정말 감사합니다."

"무슨 소리요. 선생님께서 그라고 말씀하시면 우리가 상당히 섭하제."

늘 웃는 얼굴인 기자가 살짝 흥분한 말투로 라엘을 쳐다봤다.

"우린 수호 도련님과 수혁 도련님 모두 아들같이 생각하는 사람들인디. 그 사고……. 주책맞게 와 이라노."

'사고'라는 말에서 기자는 불현듯 올라온 울컥한 감정에 잠시 말을 멈췄다.

"내가 회장님 댁에서만 20년이 넘었으요. 지대로 된 사람을 만나는 것이 바늘구멍 통과하는 것보다 어려운 게 바로 이쪽 세계라 안 합니까. 이쪽 일 하는 사람들 중에서 이 회장님 댁에서 일한다 카믄 마 다들 부러운 눈까리로 쳐다봅니더. 집안일 하는 사람들 정직원으로 해주고 자식들 우선 취직에다 휴가까지 보내주는 곳이 세상 어데 있겠어요? 근데 이렇게 되도록 힘써준 게 두 분 도련님 때문이에요."

"맞습니다. 회장님도 사모님도 좋지만 두 도련님은 특별하죠. 사실 말이 나왔으니 말이지만, 힘들어하는 수혁 도련님을 볼 때마다 우리가 제일 안타까웠어요. 이참에 도울 수 있다니 오히려 다행입니다."

라엘은 조금 뜻밖이었다. 재벌가의 사람이 집안일을 돌보는 사람들을 이 정도로 신경 쓰고 그들의 신임을 받는다는 게 신기했다. 문득, 까칠함 속에 숨겨진 인간 이수혁의 모습을 본 것 같은 느낌이 들면서 그의 진짜 모습이 궁금했다.

"세 분께서 이렇게까지 말씀해주시니 벌써부터 든든합니다. 아! 그리고 말씀 편하게 해주세요."

라엘은 세 사람을 향해 정중히 인사를 건네며 좋은 인상을 심었다.

"그리 못 합니더. 도련님한테 슨생님이면 우리한테도 슨생님인데, 호칭 문제는 우리가 찬찬히 알아서 하겠습니더."

"그건 기자 언니 말에 이하 동문. 참, 아까 비밀 채팅방 만들어야 한다고 하지 않았나?"

"맞아요. 잘 아시네요."

"여기서 일하려면 이런 것쯤은 할 줄 알아야지. 이러니까 우리 손주가 보는 만화가 생각나네. 그, 뭐시기냐. 아! 특공대. 우리 다섯

명을 별채특공대라고 하자고."

"그거, 좋은 생각이네요. 그리고 마지막으로 채팅창에 호칭은 도련님 대신 '지미'라고 써주세요."

"지미? 지미가 뭔 뜻인데요? 별명인가."

"아, 네. 별명이에요. 그냥 알수록 빠져든다. 매력적이다. 이런 뜻이에요."

"도련님하고 딱이네요."

"하모. 울 도련님이 매력부자 아니겠나."

책상에 앉아 가만히 지켜보던 알프레도는 채팅방 알림 소리에 흐뭇하게 화면을 터치했다. 라엘을 중심으로 알프레도와 쌍방울댁, 관리사 김 씨와 그의 아내 요리사 이기자까지. 이렇게 다섯 명의 별채특공대가 결성되었다.

5화. 촉새, 아니 최라엘 어디 있어?

복도를 지나 일정하게 걸어가던 수혁의 발걸음이 점점 느려지더니 2층에서 1층으로 내려오는 계단 사이에 어정쩡하게 멈췄다.

하하하! 호호호! 깔깔깔!

듣기 힘든 웃음소리가 계속되더니 이번엔 간간이 박수 소리까지 들려왔다. 수혁은 지금 사무실에서 무슨 일이 벌어지는지 알 수 없지만 한 가지 사실은 분명히 알 것 같았다. 저들 중심에 라엘이 있다는 것. 사무실 쪽을 향하던 그의 눈동자가 유리컵을 쥐고 있는 손으로 향했다.

'당신의 손을 잡을 기회를 줘요.'

오전에 다이닝룸에서 한바탕 난리를 치르고 난 뒤부터 주문처럼 저 말이 계속 입 안에 맴돈다. 고등학교 모의고사도 아니고, 포괄적이다 못해 추상적인 문장의 해답을 구하기는 어려웠다. 더군다나 저 말을 하면서 날 보던 눈빛은 왜 그렇게 아련했는지…….

"언니?"

복도를 지나 일정하게 걸어가던 수혁의 발걸음이 점점 느려지더니 2층에서 1층으로 내려오는 계단 사이에 어정쩡하게 멈췄다.

"우리 최 선생님 얼굴도 조막만 하고 너무 예쁘지 않아?"

"누가 아니라 카드나. 얼굴 딱 보이 인성 됐고 야물딱지고, 아가깡도 있는 거 보이 다 좋드만, 당신 보기에도 안 글나?"

"물론이지. 내일부터 정신 바짝 차리자고."

"난 벌써부터 지미가 입에 딱 붙었어. 우리 지미, 이번에는 꼭 잘돼야 하는데. 최 선생님이 지미를 많이 챙기는 거 같아 보기 좋더라고."

"이것아, 조용해. 도련님 들으신다."

우리 지미? 수혁은 직원들이 말한 '지미'가 누군지 생각하다가 벽에 붙어 있는 자신을 발견하곤 적잖이 놀랐다.

"내가 지금 뭐 하는 거야?"

설마! 최라엘 때문에 여기 숨어서 눈치 보는 거야? 하! 그럴 리가. 3일 뒤면 갈 사람을 내가 왜? 3일만 지나면 다시 조용히 지낼 수 있는데. 최라엘, 네가 뭘 하든지 난 절대 응하지 않을 거야. 밖으로 나온 본래의 목적을 잊어버린 수혁은 빈 물컵을 쥐고 다시 방으로 들어갔다.

"고마워요. 후식은 따로 부를 때까지 갖고 오지 마세요."

"네. 맛있게 드세요."

이지철이 선한 표정으로 말하자 직원이 허리를 숙이며 조심스럽게 문을 닫고 나갔다.

"자! 우리 박 원장님 한잔 받으시죠."

"이거 제가 갑자기 연락받고 귀한 선물에 이렇게 대접까지 받으니 면목 없습니다."

"무슨 소리십니까. 세미나 때문에 서울까지 오셨는데 당연히 제가 대접해야죠."

최고급 일식집에서 50만 원이 넘는 코스요리를 대접받는 사람은 이지철이 지방에 있을 때 함께한 골프 멤버로서, 그 지역 2차 병원 신경정신과 전문의였다.

두 사람은 사케를 주고받으며 이야기의 장을 열었고 분위기는 점점 무르익었다. 그러다 적당한 때가 됐는지 이지철은 자신이 준비한 이야기의 서두를 꺼냈다.

"그나저나 우리 박 원장님은 요즘 별일 없으시죠?"

"저야 늘 잘 지내고 있습니다. 지훈이는 박사과정 끝나면 이제 셀튼으로 들어가겠군요. 셀튼에 고급 인재가 또 늘었네요."

"내 새끼지만 어디서 그런 복덩이가 태어났는지 유일한 자랑입니다."

"사모님도 안녕하시죠?"

갑자기 주춤거린 이지철은 기다렸다는 듯 대답 대신 사케를 한 잔 들이켰다.

"요즘 와이프 때문에 걱정입니다."

"무슨 일이라도……."

"조카 녀석 때문에 처제네 집에 일이 생겨 우환이 말이 아니거든요. 실은 원장님께 그 일로 조언을 구하고 싶은데 그래도 괜찮은지……."

말 한마디에 순식간에 있지도 않은 처제와 조카가 생겨났다.

"물론이죠. 제가 도와드릴 수 있는 거라면 얼마든지요. 우리 사이가 보통 사이입니까. 어서 말씀해보세요."

50만 원짜리 식사와 100만 원짜리 와인이 빛을 발하는 순간이었다.

“솔직히 집안 얘기라 조심스럽기도 하지만 원장님과 저는 워낙 호형호제하니까 말해보겠습니다. 제가 조카들이라곤 딱 둘입니다. 근데 이 녀석들이 사내놈들답지 않게 어릴 때부터 아주 우애가 좋아 회사까지 같은 곳으로 다녔습니다. 남자다운 둘째가 수재 소리 듣는 자기 형을 어찌나 잘 따르는지. 첫째도 동생을 끔찍이 아꼈죠. 근데 그 활동적이던 둘째가 1년 전 사고로 거의 집밖을 나오질 않고 있습니다.”

“사고요?”

원장은 꽤 흥미로운 스토리에 술잔을 내려놓으며 집중했다.

“네. 둘째가 외국에서 돌아오는 형을 마중 나갔다가 돌아오는 길에 교통사고를 당했어요. 하필이면 그 운전사가 졸음운전을 했고 사고로 두 형제가 크게 다쳤는데, 그만 첫째가…… 죽었습니다. 평소대로라면 운전기사가 운전했을 텐데, 그날은 둘째가 운전을 했고 트레일러를 미처 피하지 못한 거죠”

“저런, 세상에……. 상심이 크셨겠습니다.”

“말도 마세요. 그 일로 처제네 집안 분위기가 많이 바뀌었어요. 누구도 생각지 못한 참변이고 비극이었죠. 지금 생각해도 등골이 오싹합니다.”

심각한 상황을 설명하는 이지철의 표정은 슬픔의 옷을 입었지만 눈동자는 평온했다.

“외적인 치료는 잘 끝났는데 아직까지 마음의 상처가 남아 있는 것 같습니다. 최근에 와이프가 처제네 갔는데 조카가 마치 다른 사람 같았다고 하더군요. 일하는 아주머니 말로는 말수가 줄어들고 간혹 말을 더듬는 거 같다고 했답니다. 활동적인 조카가 그렇게 변했다는 게 믿기지 않은데 스피치 강사 겸 언어치료사가 집으로 왔다 갔다는 얘기를 듣고 보통 일이 아니구나 싶었죠. 근데 원장님, 교통사고와 말의 연관성이 있나요? 제가 좀 도움이 되고 싶어서요."

이지철은 마치 상관에게 보고하는 부하처럼 그동안 조사한 걸 더해 좀 더 구체적인 설명까지 빠짐없이 덧붙였다.

원장은 잠시 고민하더니 조심스럽게 입을 열었다.

"우선 제가 직접 당사자를 보고 판단하는 게 아니라 정확하지 않을 수 있습니다. 지금 말씀해주신 사항만으로 의사로서 추측하는 개인적인 소견이니 오해가 없으셨으면 합니다."

"그럼요. 그런 걱정은 하지 않으셔도 됩니다."

"우선 조카분은 외상 후 스트레스일 가능성이 있습니다. 특히나 그렇게 따르던 형을 자신이 죽였다고 생각하며 그에 따른 자책감에서 오는 고통으로 괴로움을 느낄 수 있죠."

오감을 열고 경청하던 이지철은 1년 전 사고 때 기억을 빠르게 소집했다.

"맞습니다. 사고 직후에도 한동안 형의 죽음을 인정하지 못하는 것 같았습니다."

"그런 복합적인 문제들이 결합하여 아마도 심리적인 고통으로 인한 간헐적 발음 장애를 일으킬 수도 있습니다."

"발음 장애요?"

"아, 쉽게 설명드리자면 말더듬이라고 표현할 수 있겠네요."

"말더듬이요?"

이지철은 빠르게 반문했다. 물론 별채에서 일하는 여자가 잠깐 말을 더듬었다곤 했지만, 전혀 예상치 못한 전개였다.

"아, 물론 일반 사람들이 소위 알고 있는 그런 말더듬이 증상과는 조금 다릅니다. 눈에 띄게 계속해서 그러는 게 아닐 겁니다. 아마도 죽은 형이나 특정한 상황 또는 심적 고통을 이기지 못할 때 단편적인 현상으로 나오는 거죠."

"그럴 수도 있는 겁니까?"

이지철은 질문을 던지고 나서 한 달 전 일이 갑자기 떠올랐다. 그러고 보니 총회 때 등장했던 수혁은 주변 임원들이 수호의 이야기를 떠들어대기 시작할 때쯤 시선이 쏠리자 급하게 회장을 빠져나갔었다.

"그럼요. 간단히 예를 들자면 이렇습니다. 실제로 반복적인 패턴을 보고 공포를 느끼는 밀집 공포증 환자나 피에로를 보고 공포감을 느끼는 피에로 공포증 환자들도 평상시에는 아무런 증상이 없습니다. 그러나 그 대상을 보고 인지하는 순간 공포와 두려움을 느껴 심할 경우 호흡 조절이 힘들고 식은땀과 과호흡이 오는 경우도 있습니다."

완벽주의자인 이 회장이 왜 수혁이 미국 지사에 있다고 했는지 이제야 그 모든 의문의 실타래가 점점 풀리는 순간이었다.

"그럼, 그걸 이겨낼 방법은 있나요? 지금 원장님 말씀을 듣는 중에도 제 마음이 얼마나 아픈지 모릅니다."

"의료진의 관찰과 함께 누군가 계속 옆에서 죄책감을 깨뜨려 닫힌 마음을 열어야 하는데 이게 말처럼 쉽지 않습니다. 당사자는 물론 옆에 있는 사람도 제 일처럼 여기지 않으면 힘에 부칠 수가 있거든요."

그 뒤로도 원장의 조언은 계속됐지만 퍼즐을 맞춘 이지철의 머릿속에는 온통 다른 생각뿐이었다. 술잔을 주고받은 그는 향기 좋은 샤프란과 금빛 가루가 뿌려진 탐욕의 참치 회 한 점을 게걸스럽게 입에 넣으며 과한 미소를 보였다.

'수혁아, 그 죄책감에서 평생 허덕여라. 어차피 넌 세상 밖으로 못 나와.'

수혁의 내면을 닮은 어둠이 내려앉은 저녁 시간.

알프레도는 평소보다 성량이 높은 성악가의 LP판을 턴테이블 위에 올렸다. 복도로 새어 나가는 말소리를 최소화하기 위함이었다.

차분한 회색 커튼을 치던 손길이 방지턱을 마주한 차처럼 급정거했다.

"……화, 화원을요?"

그 침착한 사람이 제 귀를 의심한 듯 말까지 더듬으며 되물었다.

"네. 화원이요. 화원을 이용하면 본부장님의 긍정적인 감정을 이끌어낼 수 있을 것 같아요."

"글쎄요. 다른 것도 아니고 화원이라면……. 최 선생님, 제 생각이지만 이건 좀 무리가 아닐까 싶습니다."

당연한 반응이다. 알프레도가 첫날부터 몇 번이나 주의를 주었던 곳이 화원이었다.

하지만 지금으로서 가장 유력한 방법도 '화원'뿐이었다.

"아시잖아요. 화원이 본부장님에게 어떤 의미인지. 분명히 효과가 있을 거예요."

그동안 라엘은 알프레도를 통해 많은 이야기를 접했다. 그중 가장 놀라운 사실은 연이가 준 파일에도 나와 있지 않았던 사고 당시 운전대를 잡은 사람이 수혁이었다는 것이다.

그가 그토록 지독하게 본인을 괴롭히는 이유 역시 명백한 사고임에도 불구하고 본인으로 인해 형이 죽었다고 믿는 잘못된 죄의식에서 파생된 죄책감 때문이라 판단됐다.

지금 그의 복잡한 마음에 자리한 인물은 단연 형이었고 두 사람의 연결 고리는 화원이었다. 그리고 그걸 증명이라도 하듯 도움이 되고자 참고한 두 사람의 사진 속에도 자주 등장한 곳이 화원이었다.

그곳은 어릴 때부터 식물을 좋아했던 그의 형이 가장 편안함을 느꼈던 공간이었다고 했다. 또한 바쁜 일상을 보내는 형제가 가장 많은 시간을 보냈던 곳이며, 형의 손길과 정성, 그리운 추억이 깊게 함축된 장소였다.

수혁에게 화원은 그만큼 소중하고 은밀하며 애가 마른 곳이다. 그럼에도 불구하고 그 안으로 차마 들어가지 못하는 건 형이 투영된 화원의 시들어버린 모습을 마주하기 괴롭기 때문일 것이다.

라엘이 생각한 계획은 이론상으론 간단했다. 화원을 다시 예전의 모습으로 회복시키고 자연스럽게 수혁을 그곳으로 유인하여 달라진 화원의 모습을 보여줄 생각이다. 실제로 식물은 불안감을 해소시키고 심리적 안정에 도움을 준다. 장담컨대 계획대로만 진행된다면 종인의 말대로 분명 그의 감정 변화에 긍정적인 영향을 미칠 것이다.

"3일이면……."

긴 설득 끝에 무겁게 침묵하던 알프레도가 입을 열었다.

"시간이 부족할 텐데 정말 혼자 괜찮으시겠어요?"

그는 더 이상 선택지가 없는 상황에서 라엘의 뜻을 따르기로 결정했다.

"네. 저 혼자 해야 해요."

오랜 시간 별채에서 생활한 수혁은 별채를 출입하는 사람들의 패턴을 잘 알고 있었다. 그렇기에 행여 여러 사람이 화원에 출입했다간 그가 쉽게 눈치를 챌 위험이 컸고, 일단 알프레도를 포함한 별채특공대는 각자 맡은 일이 있었다.

"그리고 안 되는 게 어디 있어요. 무조건 밀어붙여야죠."

결정된 사항 앞에 알프레도의 추진력은 화끈했다. 새벽 2시, 그는 오랫동안 거래 중인 꽃시장 사장에게 전화를 넣어 비밀의 화원에 들어가야 할 꽃을 주문했다.

그다음 날 이른 새벽.

라엘은 편한 운동복과 모자, 운동화를 가방에 챙겨 넣었다. 서당개도 3년이면 풍월을 읽고, 타잔도 숲속 생활 3년이면 정글의 왕이 된다고 했다. 하물며 죽어가던 화분도 살리는 손재주 좋은 엄마를 어깨 너머로 지금껏 본 게 얼마인데.

라엘은 잠자는 시간까지 아끼면 3일 동안 충분히 할 수 있다고 생각했다. 그렇게 동이 트기 전 별채에 도착해 알프레도의 도움으로 평소와 다른 문을 통해 별채로 들어갔다.

"최 선생님, 안에 들어가시면 기본적인 손질은 다 되어 있을 겁니다. 궁금한 게 있으시면 언제든지 전화 주세요."

"네, 알 집사님. 너무 걱정 마세요."

드디어 화원에 입성한 라엘은 문을 닫고 주변부터 둘러봤다. 새벽에 배달된 꽃들과 손질에 필요한 재료들이 보였고, 그 뒤로 1년 동안 손을 놓고 있어서 그런지 꽃과 나무줄기가 어지러이 엉켜 있었다. 다행히 어떻게 정리해나가야 하는지 알프레도가 직접 작성한 친절한 설명서와 사진 덕분에 생각보다 막막하진 않았다. 라엘은 속으로 파이팅을 외치며 목장갑을 끼고 엉켜 있는 줄기를 풀기 시작했다.

그러곤 5분쯤 지났을까.

푸드득.

"……!"

화원 천장에 뚫려 있는 유리 창문 쪽으로 날갯짓 소리가 들리더니 기계음 같은 독특한 하이톤의 소리가 귓가에 들려왔다.

"수혁이? 수혁이야?"

갑작스러운 소리에 깜짝 놀란 라엘이 뒤를 돌아보자 오렌지색 부리가 돋보이는 검은 깃털의 새가 능숙하게 말을 하고 있었다.

"누구야?"

통성명을 호소하던 구관조는 답변을 듣기도 전에 실망한 마음을 내비치며 들어왔던 곳을 통해 밖으로 날아갔다.

"어휴! 깜짝아. 아직도 이 저택에 놀랄 일이 남아 있네."

꽤나 놀란 라엘은 수혁을 찾고 있는 구관조의 정체가 궁금했지만, 일단 계획대로 하던 일을 서둘렀다.

드디어 약속한 3일 중 첫날이 밝았다. 수혁의 시선이 책상 위 시계로 향했다. 굵은 바늘이 가리킨 시간을 보니 라엘이 도착했을 시간이 충분히 지났다. 오늘 오전까지 미국으로 보내야 하는 서류가 있었는데 시끄러운 촉새가 없으니 생각보다 빨리 끝났다.

연한 커피 한 잔으로 아침을 대신했더니 30분 전부터 알프레도의 식사 보챔이 시작됐다. 딱히 밥 생각이 들진 않았지만 계속해서 계단을 오르내리게 할 순 없었기에 수혁은 일단 주방으로 내려가기로 했다. 그는 눈썹 밑까지 내려오던 앞머리를 쓸어 넘기고 문고리를 잡던 손에 힘을 주다 멈칫했다.

'방 안으로 들어가는 일도 없을 거예요.'

방 안으로 들어가지 않겠다고 호언장담한 라엘의 말이 떠오른 수혁의 입술이 설핏 미소를 보였다. 그 미소의 의미는 따뜻함이라곤 찾아볼 수 없는, 일종의 어이없음에 더 가까웠다.

그렇게 자신했으니 당연히 방 안으로 들어오진 않겠지만, 이 문을 열면 왠지 평소처럼 '안녕하세요. 최라엘이에요'라고 인사하고 있을 확률이 높았다.

한두 번 당한 것도 아니고 도대체 뭘 어떻게 해서 본인을 찾아오게 만들겠다고 했는지는 모르지만 어림없는 소리다.

수혁이 문을 열고 복도로 나갔다.

"안녕히 주무셨어요, 작은 도련님."

역시나 예상했던 것처럼 아무렇지 않은 듯 인사를 건네는…….

'잠깐! 작은 도련님?'

라엘은 수혁을 도련님이라고 부르지 않을뿐더러 '작은 도련님'이라고는 부른 적이 없었다.

"나오셨어요. 아! 이거 커튼에 먼지가 많다고 집사장님이 손보라고 하셔서요. 당분간 불편하셔도 조금만 양해 부탁드릴게요."

인사가 들린 쪽으로 고개를 돌리자 창문 앞 사다리에서 급히 내려온 쌍방울댁이 친절한 미소와 함께 말을 덧붙였다.

"아침 식사가 조금 늦으셨네요. 식사 맛있게 하세요. 고마워요, 작은 도련님."

수혁은 평소처럼 별다른 반응을 보이지 않았지만, 그에 굴하지 않은 씩씩한 말투는 그가 2층을 내려갈 때까지 등 뒤에서 계속 이어졌다. 그가 완전히 내려가고 난 후 쌍방울댁은 앞치마에서 휴대폰을 꺼내 별채특공대 채팅방에 들어갔다.

[리더님: 쌍방울 아주머니는 지미의 반응에 신경 쓰지 마시고, 예전의 지미를 대하듯이 볼 때마다 과할 정도로 친절하게 계속 말을 붙여주세요.]

실제로 수혁에게서 뿜어져 나오는 아우라가 상당했기에 다른 메이드 직원이었다면 이런 미션은 수행하기조차 어려웠을 것이다. 하지만 오랜 시간을 함께한 별채특공대에게, 그는 두려움의 대상이 아니었다.

[쌍방울댁: 지미 이제 방에서 내려가셨어요. 우리 선생님도 파이팅!]

“도련님을 되돌릴 수 있다면야 이 정도는 일도 아니지.”

쌍방울댁은 라엘이 새벽에 보낸 메시지를 다시 한번 확인하며 상황 보고도 잊지 않았다.

“그러고 보니 예전 같으면 여기 있기도 힘들었을 텐데. 확실히 기자 언니 말대로 최 선생님 오시고 뭔가가 달라지셨어.”

힘차게 뜯어낸 커튼 뒤로 기대만큼이나 환한 햇살이 복도를 비추었다.

“어서 오세요, 도련님.”

평소처럼 인사를 건네는 요리장 기자의 얼굴 뒤로 넘어간 시선이 넓은 다이닝룸 끝까지 완주를 하다못해 쪽문까지 빠르게 스캔을 마쳤다. 없네.

완주를 마친 눈동자가 입술 대신 말하고 있었다. '없네'라는 두 글자 앞에 빠진 주어는 단연 라엘을 뜻하고 있었다. 복도에도 없으면 어제처럼 다이닝룸 안에 있을 거라는 예상은 보기 좋게 빗나갔다.

그의 복잡한 머릿속이 의지와 달리 누군가에 대한 생각을 시작할 즈음 사기그릇이 소담하게 담긴 은쟁반이 식탁 위에 내려졌다. 음식을 보지 않아도 오늘 메뉴가 한식이라는 걸 단번에 알 수 있었다.

"……."

별채에서 지내기 시작한 이후 입 안이 꺼칠해 거의 한식을 먹지 않게 된 수혁이었다. 평소와 다른 식탁 풍경에 행여 거부하는 말이 들려올세라 기자가 먼저 선수를 치며 입을 열었다.

"한식 오랜만에 보시죠? 실은 사모님께 부탁받았어요. 어제 다른 일로 통화하다가 도련님 식사 얘기가 나와가꼬……."

물론 거짓말이었다. 이것 또한 미션이었고 라엘은 그의 반발을 최소화하기 위한 방패막이로 연이가 등장하는 멘트까지 미리 정해줬다.

"아시잖아요. 제가 사모님한테 꼼짝 못 하는 거. 그면 내는 본채 일이 있어서 잠시 가볼게요. 아! 그리고……."

임무를 무사히 마치고 쪽문으로 향하던 기자는 뭐가 생각났는지 급히 몸을 돌려 수혁을 쳐다봤다.

"도련님, 아침 드시러 와주셔서 고마워요."

그리고 따뜻한 말투로 고마움을 전하고 다이닝룸을 서둘러 나갔다. 한식이 별로 내키지 않아 의자에서 일어나려는 수혁을 붙잡은 건 오랜만에 들어본 배꼽시계였다. 오전에 급한 서류 건으로 많은 에너지를 소비한 탓인지 평소에는 못 느끼던 배고픔이 몰려왔다.

별수 없다는 생각으로 밥그릇 뚜껑을 열자, 알알이 살아 있는 갓 지은 밥에서 뜨거운 김이 한껏 올라와 얼굴 위로 번졌다. 그리고 나머지 네 개의 그릇을 차례대로 열자 맑은 감자국과 빨간 파프리카 무침, 고소한 시금치 무침과 마지막으로 폭신한 계란말이가 소량 담겨 있었다.

빨간색과 초록색은 스트레스와 우울함을 해소시키고 시금치는 엽산이 몸에 흡수돼 마음을 진정시켜주는 효과가 있다. 라엘은 논문까지 뒤져가며 자료를 조사하여 수혁에게 도움이 될 깔끔한 저염식 힐링 밥상을 준비했다.

그걸 알 리가 없는 수혁은 뜨거운 김을 한참 바라보다 가지런히 놓여 있던 젓가락으로 작게 밥을 집어 입 안으로 밀어 넣었다. 그는 천천히 씹다가 서서히 밥을 삼켰다. 순간적으로 입 안에 옥죄던 답답함이 빛을 품은 듯, 온기에 밀려 차가운 가슴까지 내려가는 것 같았다.

오늘, 이 아침이 수혁에게는 오랜만에 마주한 따뜻한 밥상이었다. 수저가 그릇에 부딪히는 경쾌한 소리와 함께 맑은 감잣국을 떠먹던 수혁은 잠시 고개를 갸웃했다. 그러고 보니 왠지 모르게 뭔가 아침부터 별채 분위기가 미묘하게 달라진 것 같은 느낌이 들었지만, 명확하게 그 이유가 무엇인지 떠오르지 않았다.

'뭐지……?'

그는 가랑비에 옷 젖듯 서서히 시작된 자신의 변화를 아직은 느끼지 못했다.

"에취! 에취!"

"최 선생님, 오늘은 이만 퇴근하시죠. 첫날부터 너무 무리하셨습니다. 감기라도 걸릴까 봐 걱정됩니다."

시원스럽게 연달아 터진 재채기에 알프레도가 격하게 반응했다.

"저 감기 잘 안 걸려요. 조금만 더 하고요."

"그럼, 여기 의자에 앉아서 잠시 쉬고 계세요. 하시던 일은 제가 마무리하겠습니다."

한 시간 전에는 관리사 김 씨 아저씨가 전문가의 손길로 빠르게 도와줬고, 지금은 알프레도가 도와주는 덕분에 아직까지 라엘은 크게 힘들지 않았다.

"쌍방울 아주머니가 메시지를 주셨는데, 본부장님이 뭘 찾는 것처럼 자꾸 복도를 살피신다고 하네요. 아마 복도 분위기가 달라져서 그러신 거 같아요."

"글쎄요. 제 생각에는 도련님이 뭘 찾는지 알 것 같은데요."

"네? 그게 뭔데요."

"아닙니다. 이 꽃은 줄기가 좀 억셉니다. 그러니 특히 더 조심하세요."

알프레도는 자연스럽게 말을 돌리며 남은 일을 마무리 지었고, 두 사람은 자정이 훨씬 지나고서야 불 꺼진 저택을 몰래 나왔다.

"최 선생님, 미션 중에 도련님에게 '고마워요'라는 말을 왜 계속하라고 하신 건지 물어봐도 될까요."

외부 주차장에서 차가 나오는 동안 알프레도는 가장 궁금했던 질문을 꺼냈다. 다른 미션은 전부 이해가 갔는데 진심을 다해 '고마워요'라는 말을 계속해달라는 라엘의 의중은 알 수 없었다.

"전, 말의 힘을 믿는 사람이에요. 실제로 좋은 말에는 대단한 힘이 있다고 해요. 긍정적인 말은 소리든 글이든 좋은 에너지의 파장이 전달되죠. 소위 마법의 단어, 치유의 단어라고 불리는 말이 있는데, 그중에 하나가 바로 '고마워'예요. 그동안 원망과 부정적인 말로 지쳐 있는 본부장님에게 마법을 걸어보려고요."

"마법의 말이라……."

생각지도 못한 말을 들은 알프레도는 흐뭇한 표정으로 배웅했고 라엘은 차를 타자마자 곯아떨어졌다.

둘째 날도 빠르게 흘러갔다. 첫날과 마찬가지로 라엘은 이른 새벽에 별채에 도착했고 정신없이 화원 꾸미기에 열중했다. 하루가 지났을 뿐인데 별채에도 눈에 띄는 변화가 보였다. 가장 큰 변화는 늘 어둠이 상주했던 복도 분위기가 밝고 따뜻하게 탈바꿈했다는 것이다. 온통 새까맣던 커튼은 완전히 사라졌고 황량한 벽엔 보기만 해도 기분 좋은 산과 바다를 주제로 한 그림들이 걸렸다.

또한 요리장 기자의 식단은 어제와 마찬가지로 한식이 주를 이뤘으며 반찬이 하나씩 늘었고, 그와 반대로 남은 양은 점점 줄어갔다. 여전히 마법의 말은 계속됐고 미션과 화원 일도 계획대로 흘러가고 있었다.

수혁과 가장 많이 대면하는 알프레도의 미션은 마지막날 수혁을 화원으로 안내하기까지 라엘의 이름을 말하지 않는 것이었다. 생각이 깊은 그는 거기에 더해 처음부터 라엘이 별채에 오지 않았던 사람처럼 두 사람의 내기 또한 전혀 내색하지 않았다.

하지만 너무도 태연한 알프레도와 달리 그녀에 대한 수혁의 궁금증은 점점 더 높아지고 있었다. 내일 오전이면 약속한 72시간이 끝난다. 그런데 숨바꼭질하는 것도 아니고, 수혁은 지금까지 라엘의 머리카락조차 보지 못했다.

그렇게 마지막 셋째 날이 찾아왔다. 1층으로 내려오는 내내 창 밖을 주시한 알프레도의 표정이 밝지 않았다. 새벽부터 약하게 내리던 빗줄기가 제법 굵어졌기 때문이다. 안 그래도 어제 라엘의 얼굴에 감기 기운이 비쳤는데, 괜히 비 때문에 더 심해지는 건 아닌지 염려스러웠다.

따지고 보면 3일 동안 거의 화원에서 살다시피 했으니 감기가 아니라 몸살에 걸려도 이상할 게 없었다. 알프레도는 자신의 사무실에서 조금 떨어진 방으로 들어갔다.

완벽한 업무용 사무실로 꾸며진 방 안, 책상 위에는 작은 태극기와 성조기가 나란히 놓여 있었고, 평소와는 전혀 다른 슈트 차림의 수혁이 책상 의자에 앉아 있었다.

"도련님, 이제 곧 회의 시작할 시간입니다."

오늘은 아침부터 중역회의가 있는 날이다. 원래 일주일 뒤에 예정돼 있던 회의가 이 회장의 해외 장기출장으로 급하게 당겨졌다. 수혁이 앉아 있는 이 방은 미국의 사무실과 똑같이 꾸며진 방으로, 중역회의가 있을 땐 이곳에서 화상회의로 참석한다.

셀튼은 오래전부터 해외 임원들은 오가는 시간을 줄이고자 화상회의를 권장하고 있었다. 특히나 화상회의는 출근이 쉽지 않은 수혁이 부담스럽지 않게 회사 내 주요 사항을 확인하는 좋은 방법이기도 했다.

"그럼 전, 사무실에서 지켜보고 있겠습니다."

"잠시만!"

카메라 세팅을 끝낸 알프레도가 방을 나서려 하자 자료를 확인하던 수혁이 급하게 자리에서 일어났다.

"네, 도련님. 말씀하세요."

"……."

어울리지 않게 뜸을 들이는 모습이 그가 지금 신중하다는 걸 짐작케 했다. 서두르는 눈동자와는 달리 느리게 열리던 입술이 빠르게 움직였다.

"촉새, 아니 최라엘 어디 있어?"

"회의 시작합니다, 도련님. 이따 뵙겠습니다."

궁금증이 증폭한 눈동자에 묘한 미소로 일관한 알프레도는 수혁의 묻는 말에 답을 주지 않고 방을 나섰다. 오늘 회의는 이 회장의 일정으로 두 시간 정도 진행될 것이다. 알프레도는 회의가 끝나고 72시간 중 남은 한 시간 안에 자연스럽게 라엘 이야기를 하며 화원으로 수혁을 유인할 생각이었다.

중역회의는 언제나처럼 순서대로 차질 없이 진행됐고, 늘 그렇듯 이 회장은 마지막 순서를 남기고 회의장을 빠져나갔다. 건의 사항이나 개선점을 말할 때 회장의 눈치를 볼 수도 있다고 판단했기에 자유로운 토론을 위해서였다.

"최 전문님의 건의 잘 들었습니다. 그럼 다음 건의 사항이 있으신 분들이 계시면……."

매끄러운 진행자의 말이 끝나기 전에 이지철이 조심스럽게 손을 들었다. 사장직을 임하고 있어도 중역회의에 낄 군번은 아닌 그가 본사에 눌러앉은 후 중역회의에 참석하고 있었지만, 눈에 띄는 행동은 하지 않아 무시하고 있었다. 그런데 지금까지 조용하던 이지철이 회의 말미에 발언권을 신청했다.

"아! 네. 이지철 사장님. 말씀하시죠."

"부산 셀튼 종합몰 준공식에 대해 드릴 말이 있습니다. 현재 공석인 기조연설자 책임자로 이수혁 본부장을 추천합니다."

뜻밖의 발언으로 중역들의 시선이 일제히 수혁에게 쏠렸다. 부산 종합몰은 아시아에서 가장 큰 리조트와 테마파크, 쇼핑센터를 동시에 준비한 셀튼그룹의 대형 프로젝트로 관광산업을 살리고 청년 일자리 창출을 기대한다며 정부에서도 귀추를 주목하고 있었다. 또한 수호가 총감독을 맡아 진두지휘하며 그의 노력이 묻어 있는 곳으로 마무리 단계가 끝나는 몇 달 뒤에 오픈을 앞두고 있었다.

특히 준공식은 국내외 귀빈과 각계 전문가들이 참석하는 중요한 자리이며, 그중에서 기조연설자는 전체적인 소개는 물론 질의응답도 이끌어가야 하는 막중한 자리였다. 다들 눈치만 보고 부담스러워 선뜻 수호의 역할을 대신하길 꺼려했기 때문에 일단 유보된 사항이었다. 그런데 이지철은 무슨 생각을 품고 있는 건지 그 불편한 자리를 수혁에게 권했다.

"외람되지만 여기 계신 어떤 분들보다 이 본부장님이 이번 일에 적임자라고 생각합니다. 다들 아시겠지만 미국 지사에 계심에도 불구하고 그간 본사에서 성공한 몇 건의 프로젝트의 초석을 만들기도 하시지 않으셨습니까. 그만큼 능력이야 말할 것도 없고 무엇보다 안타까운 고(故) 이수호 사장님의 빈자리를 완벽하게 보완하며 준공식을 성공적으로 이끌 거라 생각합니다."

"사실 따지고 보면 이 본부장이 하는 게 맞는 그림이지. 안 그래요?"

"맞고말고요. 겸손한 것도 좋지만 차기 셀튼의 얼굴인데 그동안 공식 석상을 너무 등한시한다는 의견도 있지 않았습니까."

"이번 기회를 통해 본사로 복귀하여 더 이상 미루지 말고 공석인 사장직도 공론화하는 게 좋을 것 같습니다."

지금까지 입을 닫고 있던 임원들 모두가 그동안 미뤄왔던 수혁의 사장직 인수를 들먹이며 이지철 의견에 반색했다. 책임이 막중한 기조연설자로 나섰다가 자칫 작은 실수라도 하는 날엔 온갖 비난의 화살은 따놓은 당상이다. 수혁의 속사정을 모르는 임원들은 그가 회장의 아들이기에 실수해도 안전할 거라 생각하며 어려운 과제를 떠넘기려 하고 있었다.

회의장에 웅성거리는 소리가 커져갈 즈음,

"제가 하겠습니다."

스피커를 통해 들린 단호한 목소리가 소음을 중단시켰다. 목소리의 주인공은 지금까지 조용히 화면을 응시하던 수혁이었다. 뜻밖에도 거절이 아닌 당당한 수긍에 이지철이 살짝 움찔했다.

당연히 현재 자신의 상태로는 어림없다는 걸 수혁은 본인 스스로 가장 잘 알고 있었다. 평소 신중한 성격과 달리 앞일은 고려하지 않은 무책임한 발언이었다. 하지만 그럼에도 불구하고 선뜻 나선 이유는 형이 평생 꿈꿔왔던 프로젝트를 제 손으로 마무리하고 싶은 마음과 지금까지 조용하던 이지철이 왜 저렇게 대놓고 낚시질을 하는지 알아야 했기에 그는 덥석 미끼를 물기로 했다.

수혁은 회의를 마치고 알프레도의 사무실 문 앞에 다가갔지만 그 안으로 들어가진 않았다. 이지철의 발언으로 본인보다 더 놀란 그가 본사 비서실과 다급하게 통화하는 소리가 들려왔기 때문이다. 사실 이지철이 발언하기 전까지 다른 때와 달리 온전히 회의에 집중하지 못했다. 아니, 정확히 말하면 집중할 수 없었다. 자꾸만 라엘이 생각났기 때문이다.

창문에 부딪히는 요란한 빗줄기를 바라보던 시선이 계단 중간에 있는 커다란 괘종시계로 향했다. 계속 흘러가는 시곗바늘을 보며 혼잣말을 하던 그때,

"결국 약속한 72시간이……."

2층 창고에서 들려오는 걱정 가득한 목소리가 수혁의 말문을 막고 발목을 잡았다.

"아이고, 무시라. 비가 억쑤로 오네. 최 슨생님 괜찮으시려나? 어째 3일 내도록 고생만 하노."

"그러게. 화원 천장 유리창 한쪽 열어놔서 비 엄청 들이칠 텐데."

2층 계단 옆에 있는 창고 방에서 대화하는 쌍방울댁과 기자의 목소리였다.

화원? 최라엘이…… 화원에 있었다고? 3일씩이나?

지금 귀에 들리는 직원들의 말이 무슨 뜻인지 수혁은 전혀 이해할 수 없었다. 우두커니 멈춰진 2층 계단을 향하던 발길이 반대로 옮겨지고 서서히 속도를 높여 계단을 내려갔다.

툭.

커다란 손에 들려 있던 서류 자료가 계단에 떨어지면서 붉은 카펫 위로 질서 없이 어질러졌다. 그 모습이 누구의 마음을 대변하는 것처럼 복잡해 보였다. 수혁은 떨어진 자료를 신경도 쓰지 않고 세차게 쏟아지는 빗속을 향해 걸어 나갔다.

최라엘 왜? 왜 네가 화원에 있는 건데. 거기가 어떤 곳인데…….

화원 입구에 도착한 수혁은 막상 들어가지 못했다.

별채에서부터 화원까지 멀지 않은 거리를 걸어오는 동안 마음속에선 알 수 없는 분노와 서운함을 포함한 복합적이고 설명할 수

없는 감정들이 정신없이 밀려왔다.

화원이 내게 어떤 의미인데…….

반듯하게 넘겨진 머리카락이 빗물에 흐트러지고 오뚝 선 콧날 위로 굵은 빗방울이 흘러내렸다. 한참을 망설인 후에야 떨리는 손이 화원 문을 열었다.

"……!"

문 앞에 빈 플라스틱 통과 비닐, 바닥에 뭉쳐 있는 흙더미들, 그리고 그걸 배경으로 금방이라도 쓰러질 듯한 모습의 라엘이 위태롭게 서 있었다.

콜록콜록.

3일 전과 비교해 핼쑥해진 라엘은 연신 터져 나오는 기침을 참지 못했다. 첫날부터 으슬으슬 떨린 몸은 어젯밤부터 몸살 기운이 돌더니 결국 이 지경까지 왔다.

"아, 안 돼. 정신 차리자."

너무 센 약을 먹은 탓인지 비를 맞은 탓인지 온몸에 힘이 빠지고 자꾸만 졸음이 쏟아지는 것 같았다. 라엘은 멍한 정신으로 물먹은 스펀지처럼 무거운 팔다리를 힘겹게 움직였다.

"아!"

선 채로 살짝 졸다가 가시에 또 손을 긁혔다. 3일 동안 숱하게 찔린 탓에 별다른 치료 없이 다시 하던 일을 서둘렀다.

"라엘이, 라엘이."

바로 앞에서 세찬 날갯소리와 함께 반복적으로 떠들어대는 녀석은 라엘이 3일 전 처음 만난 관우였다. 관우는 수혁이 10년 동안 키우고 있는 구관조로 비상한 머리가 특징이었다. 구관조의 언어 능력이 뛰어나다는 것은 대학원 시절 동물 치유 논문을 통해 알고 있었지만, 이 정도로 대단한 줄은 처음 알았다. 마치 유치원생 어린아이와 대화하는 착각까지 들 정도였다.

알프레도를 통해 관우가 조류과에서 상위 0.1%의 언어 습득 능력이 있는 특별한 구관조라는 것을 알게 됐다. 아마도 수혁이 형과 함께 애정으로 정성껏 돌본 것 같았다.

하지만 안타깝게도 그가 화원을 방치하면서 관우와도 거리를 두었다고 했다. 비록 새지만 관우 역시 수혁처럼 외로운 시간을 보낸 듯 3일 내내 화원을 들락거렸고, 그 덕에 라엘과 많이 친해졌다.

"수혁이, 언제 와?"

"관우야, 수혁이 형아 조금 있으면 올 거야. 이상하다. 올 시간이 됐는데……."

"수혁이, 수혁이."

한참 동안 수혁의 이름을 외치던 관우는 허기를 느꼈는지 평소처럼 점심 모이를 먹기 위해 화원 밖으로 날아갔다. 라엘은 당장이라도 쓰러질 듯 피곤했지만 멈출 수 없었다. 노란 종이에 손으로 직접 쓴 글자가 적힌 작은 직사각형 종이를 계속해서 나무에 걸었다.

첫날의 화원은 마치 수혁을 보는 듯 쓸쓸함이 짙게 배어 있는 풍경이었다. 아름다운 꽃들은 날카로운 가시 줄기로 서로를 공격하듯 엉켜 있어 손을 뻗는 것조차 쉽지 않았지만, 그럴수록 라엘은 더 적극적으로 화원 깊숙이 들어갔다.

바닥에 깔려 있던 마른 잎들을 치우고 엉킨 가시를 풀며 새 흙을 덮어주었다. 그렇게 3일을 매달린 끝에 화원은 그녀로 인해 생기를 되찾고 새로운 모습으로 탈바꿈했다. 마지막 종이를 나무에 걸고 몰려오는 피로함에 저도 모르게 잠시 눈을 붙였던 라엘이 뭔가 이상함을 느꼈다. 고개를 돌려 시계를 확인하는 순간 굳게 닫혀 있던 화원 정문이 활짝 열렸다.

"조금 늦으셨지만……."

금방이라도 쓰러질 듯한 위태로운 모습의 라엘이 화원으로 들어온 수혁을 보며 말했다.

"그래도 오셨네요."

"네가…… 왜 여길."

수혁은 자신의 소중한 공간에 허락 없이 함부로 들어와 있는 그녀에게 화가 났다.

"여기가 왜요? 여기가 뭔데요?"

라엘은 간신히 정신을 다잡으며 그에게 추궁하듯 물었다.

"여기…… 여기는……."

화원에 들어선 순간부터 수호의 모습과 함께 오버랩된 그날의 사고가 떠오른 수혁은 눈에 띄게 말을 더듬기 시작했다.

"네, 네가…… 뭔데. 화원에……."

"이 화원이 왜요? 본부장님이 버린 곳이잖아요."

버린 곳이라니.

"외면하시고 방치하셨잖아요."

외면하고 방치하다니. 절대 그런 게 아니다. 현실을 꼬집은 말이 계속될 때마다 수혁은 속으로 몇 번이나 아니라고 곱씹으며 진실을 전하려고 시도했다.

"별채에서 웅크린 채, 자신은 물론 주변은 돌아보지도 않고."

"내…… 말 좀……."

적나라하게 쏘아붙이는 라엘의 말에 입 안과 가슴속을 옭아매는 답답함을 터트리려 애를 썼다.

"정말 형에게 미안한 거 맞아요?"

"그게 아니야! 내 말 좀 들으라고!"

그리고 라엘이 일부러 몇 번이나 자극을 준 끝에 드디어 수혁은 분명하고 정확하게 자신의 목소리를 높였다.

"전, 이미 들을 준비 됐어요……."

붉어진 얼굴과 느릿하게 올라가는 눈꺼풀로 천천히 말을 잇던 라엘이 그 자리에 힘없이 쓰러졌다.

"최라엘!"

깜짝 놀란 수혁이 빠르게 다가가 그녀의 상체를 일으켰다.

"최라엘, 정신 차려."

"도련님? 이게 어떻게. 최 선생님, 괜찮으세요?"

뒤이어 달려온 알프레도는 두 사람의 모습에 깜짝 놀라 소리쳤다. 사무실에서 정신없이 통화를 하는 사이 뒤늦게 라엘의 메시지를 확인하고 수혁을 찾았지만 이미 별채를 나간 뒤였다.

"일단 최 선생님을 안으로 모셔야겠습니다. 제가 모시고 가겠습니다."

알프레도의 말이 끝나기도 전에 라엘의 몸이 젖은 손에 안겨 가뿐하게 허공으로 떠올랐다.

"알 집사님, 지미가…… 늦게 와서."

초점 없이 게슴츠레하게 올라간 눈앞에 펼쳐진 정장 재킷을 보고 그녀는 자신이 알프레도에게 안겨 있다고 생각했다.

"……."

"제가 졌어요. 죄송…… 해요."

"……."

"저 무거운데, 몸이 말을…… 안 들어서."

"안 무거워."

더 이상 말을 잇지 못하고 눈을 감은 라엘의 얼굴 위로 수혁의 안타까운 눈빛이 쏟아지는 비처럼 내려앉았다.

임 박사가 보낸 의사가 급하게 도착했다. 진찰 결과 3일 동안 쌓인 수면 부족과 갑작스러운 육체노동이 몸살과 겹쳐 무리한 탓에 쓰러진 거라 전했다.

의사는 다행히 몸에 큰 이상은 없고 충분한 휴식을 취할 것을 권하며 가느다란 팔에 링거 바늘을 꽂았다. 알프레도가 의사와 함께 방을 나서는 동안 옷을 갈아입은 수혁은 아무 말도 하지 않고 그 어떤 미동조차 하지 않았다. 그저, 라엘 옆에 가만히 앉아 빗방울이 남은 얼굴을 뚫어져라 바라봤다.

가만히 있던 그는 침대 옆 협탁 위에 있는 하얀 수건을 집어 들었다. 그리고 봉긋한 이마 위에 맺힌 빗방울을 밀어낸 땀을 닦아주었다. 오한으로 인해 길고 풍성한 속눈썹이 미세하게 떨렸고 살짝 벌어진 붉은 입술에선 비 맞은 새끼 강아지처럼 끙끙거리는 소리가 이따금씩 들려왔다.

복잡하고 미묘한 눈빛으로 다시 한번 천천히 그녀를 주시하던 그의 매끄러운 미간이 점차 쓰러진 도미노처럼 흐트러졌다. 하얀 얼굴은 더 하얗게 질려 있었고 머리카락에는 중간중간 나뭇잎 잔해도 끼어 있었다. 입고 있던 운동복 상의는 군데군데 묻은 흙먼지로 가득했으며 무엇보다 깨끗했던 작은 두 손엔 여기저기 가시에 찔린 상처가 가득했다.

"하!"

굳게 닫혀 있던 입술에서 짧은 탄식이 조용히 흘러나왔다. 수혁은 손을 들어 이마로 내려온 머리를 무심하게 쓸어 올렸다.

도대체 왜 이 여자는 자신에게 이렇게까지 하는 건지. 왜 도와주지 못해 안달 난 건지.

뭔가 화가 나고 답답한 마음 위로 이상하게도 라엘을 생각하는 마음이 계속 커져갔다.

이런 몸으로 미련하게. 최라엘, 너 진짜 뭐야……. 너 뭔데…… 나한테 이렇게까지…….

복잡한 마음을 쏟아내며 자리에서 일어나던 수혁은 추위에 자꾸만 떨리는 작은 손이 신경 쓰였다. 이불 속에 넣어주기 위해 손을 뻗으며 가까이 다가갔지만 결국 망설이다 돌아서던 그때,

"……!"

라엘이 먼저 수혁의 손을 잡았다. 마치 도망가다 걸린 사람처럼 움찔하던 커다란 손을 작은 손은 더 꼭 움켜쥐었다. 그 순간 그녀의 손에서 번지는 따뜻한 온기가 그에게 옮겨갔다. 천천히 고개를 돌린 수혁은 힘겹게 눈꺼풀을 밀어올린 간절한 눈빛과 마주쳤다. 그리고 생각지 못한 말이 귓가를 파고들었다.

"그만…… 아파해요."

라엘의 작은 속삭임은 수혁에게 큰 울림으로 다가왔다. 그 따뜻한 울림은 그의 상처 난 마음까지 빠르게 도달했다.

"당신이 행복했으면 좋겠어요."

라엘은 환하게 웃으며 말하곤 피곤한 듯 무거운 눈꺼풀을 다시 내렸다. 수혁은 순간 밀려오는 울컥함을 억지로 참으며 애써 고개를 돌렸다.

"도련님? 왜 그러세요."

알프레도가 방으로 돌아오며 알 수 없는 상황에 의아함을 드러냈지만, 그는 그녀의 손을 이불 속으로 밀어 넣고 서둘러 방을 나섰다.

성난 하늘에서 매섭게 쏟아지던 비가 거짓말인 것처럼 먹구름을 걷어낸 하늘은 구름 한 점 없이 파란 얼굴을 드러냈다. 눈부신 하늘 아래 천천히 거닐던 수혁은 다시 화원을 찾았다. 눈앞에서 쓰러지는 라엘을 데려가느라 제대로 확인하지 못했기 때문이다. 분명 몇 시간 전까지만 해도 그토록 들어가기 두려운 곳이었는데……. 지금은 이상하리만치 그 두려움이 마음속 저 깊은 곳으로 가라앉은 기분이다.

눈앞에 마주한 화원은 지금껏 수혁이 상상했던 모습과는 전혀 다른 풍경으로 그를 맞이했다. 말라 죽었을 거라 생각했던 꽃들이 싱그러움과 함께 빼어난 향기를 내뿜고 있었다. 바닥과 닿는 가장 아래쪽에는 '나를 믿어주세요'라는 뜻의 아스타 흰색 꽃이 풍성하게 피어 있고, 희망을 뜻하는 스노드롭이 수줍게 얼굴을 내밀었다. 그밖에도 여러 종류의 꽃이 생기 가득한 모습으로 제자리를 지키고 있었다. 모두 하나같이 예전 화원에 피었던 꽃들이었다.

꽃을 따라 옮겨지던 수혁의 시선이 화원 중앙에 멈췄다. 화원 안에 심어진 유일한 나무. 잘 자란 그 나무는 신기하게도 가지가 네 개뿐이었고, 수호는 그 나무를 어릴 때부터 가족나무라고 불렀었다. 죽은 형이 애지중지 아꼈던 그 가족나무에 족히 수십 장이 넘는 노란색 작은 종이들이 걸려 있었다.

그가 천천히 나무 앞으로 걸어갔다.

"말도 안 돼……."

믿을 수 없다는 듯 놀란 말투와 함께 그의 눈동자가 바람 앞 촛불처럼 떨려오기 시작했다. 손바닥만 한 작은 종이에는 손으로 쓴 흔적과 함께 이렇게 적은 흔적의 짧은 글귀가 쓰여 있었다.

〈당신 잘못이 아니에요.〉

〈미안해요.〉

〈수혁 씨, 고마워요.〉

종이 한 장 한 장마다 수혁에게 전달되길 바라는 라엘의 간절한 마음이 담겨 있었다. 그리고 나무줄기 한가운데 깨끗한 붕대로 작은 리본이 달려 있었다. 순간 상처와 죄책감에 응집된 차가운 마음이 '툭' 하고 깨져버렸다.

"하아! 형……."

수혁은 주체할 수 없을 정도로 복받친 감정을 더 이상 참지 않고 터트렸다. 그의 발밑에 고인 빗물 위로 파란 하늘이 드리우고, 천장 유리창을 통해 쏟아진 밝은 햇살이 수혁의 머리 위로 부서졌다. 그리고 마치 기다리기라도 한 듯 화원 주위를 맴돌던 관우는 천천히 날아와 들썩거리는 어깨에 앉아 그를 위로했다. 출구 없는 상처 속에 갇혀 있던 그의 마음에 그녀로 인해 따스한 빛이 스며들기 시작했다.

"최 선생님, 그러지 마시고 내일은 하루 쉬시는 게 어떠시겠습니까? 아무래도 3일 동안 너무 무리하신 것 같습니다. 아까는 얼마나 놀랐는지 모릅니다."

알프레도는 라엘이 쓰러진 게 본인 탓인 것만 같아 허리까지 깊게 숙이며 미안한 마음을 전했다.

"제가 더 신경 써야 했는데 죄송합니다."

"아니에요. 무슨 말씀이세요. 반대하신 걸 제가 먼저 하겠다고 한 건데요. 그리고 푹 쉬게 배려해주시고 수액까지 맞은 덕에 몸이 한결 가벼워졌어요."

쓰러지고 다섯 시간 동안 내리 잠을 자면서 좋은 수액을 맞아서 그런지 천근 같던 몸의 피로가 풀리고 있었다. 라엘은 오히려 본인이 쓰러졌다는 사실보다 자신이 수혁의 침대에 누워 있었다는 사실이 더 놀라웠다.

그러고 보니 오전에 화원에서 마주친 후 지금까지 그를 보지 못했다. 화원에서 하고 싶었던 말을 전할 수 있어서 다행이었지만, 결과적으로 내기는 졌다. 하긴 그렇게 내보내고 싶어 했는데 내기까지 졌으니 보기 싫다고 해도 할 말은 없었다 하지만, 그래도 변화된 화원을 본 수혁의 반응이 보고 싶었다.

"죄송해요, 알 집사님."

"네? 죄송하다니 그게 무슨."

"그동안 다들 많이 도와주셨는데 저 때문에 결과가 안 좋게 된 거 같아요."

결과가 안 좋다는 말에 잠시 의아해하던 알프레도는 이내 묘한 미소와 함께 인사를 전했다.

"최 선생님, 일단 오늘은 돌아가셔서 휴식을 취하시고 내일 일은 내일 생각해보도록 하죠."

6화. 예쁘네

별채 정원에 주차된 차 소리가 아치 모양의 창문 틈을 비집고 커다란 방 안으로 미약하게 들어왔다. 때마침 방 한쪽에 있는 욕실 문이 스르륵 열렸다. 그 안에서 수증기가 앞다투어 흘러나올 때마다 알싸한 향이 방 안을 잠식해간다.

투둑. 투둑.

고르게 퍼진 근육보다 눈에 띄는 흉부에 새겨진 커다란 상처 위, 깨끗한 물방울이 아슬하게 치골에 걸친 수건 위로 떨어졌다. 책상으로 다가온 수혁은 서랍에서 1년 만에 작은 리모컨을 꺼내들었다. 기다란 손가락이 리모컨 위 회색 버튼을 누르자 도서관같이 천장까지 닿은 책장 위부터 불이 켜졌다.

그가 걸음을 옮길 때마다 하나둘씩 켜진 은은한 불빛이 커다란 방 안의 어둠을 물리쳤다. 늘 어둠이 익숙했던 그의 발걸음도 더 이상 망설이지 않고 불빛을 따라 창문으로 향했다. 두꺼운 커튼 사이를 헤집은 손가락은 더 이상 햇빛을 거부하지 않았다. 눈부시게 조화로운 화려한 이목구비가 햇살에 반사돼 창문에 그려진다. 그는 창가에 비친 자신의 모습을 피하지 않고 직시했다.

사고로 인해 상처받고 외롭던 수혁은 어둡고 차가운 동굴에 갇힌 자신의 답답한 마음을 누구보다 탈피하고 싶었다. 그저 따뜻한 말 한마디, 따뜻한 손길이 필요했다. 하지만 그럴 수 없었고 그러면 안 되는 줄 알았다. 자신을 볼 때마다 괴로움에 눈물짓는 어머니의 눈빛과 죄인 보는 듯한 아버지의 눈빛을 마주할 때마다 고통을 꺼내어 스스로 상처를 키워나갔다.

한 달 전, 우연히 라엘과 부딪친 뒤로 고통이 느껴질 때마다 단편적으로 들렸던 그녀의 목소리가 이제는 얼굴과 함께 환한 미소까지 더해져 찾아왔다. 그리고 그때마다 가슴을 누르고 입 안을 짓누르던 끔찍한 압박의 질량이 점차 줄어들었다.

처음엔 이해가 되질 않았지만, 시간이 갈수록 수혁 또한 스스로 느끼고 있었다. 한시도 가만있지 않고 쉴 틈 없이 속삭이는 그녀에게 자신의 감정이 반응하고 있다는 것을. 알면서도 반응하지 않았던 건 자신이 없어서였다. 그래서 진심으로 다가오는 그녀에게 일부러 까칠하게 대해 내미는 손을 외면했다.

하지만 라엘은 지금까지 자신을 대했던 사람들과는 달랐다. 비싼 우리에 갇힌 원숭이를 보는 눈빛도, 동정으로 가득한 눈빛도 아니었고 눈치를 보며 어려워하지도 않았다.

그러다 어제 라엘의 손길이 닿은 화원을 마주하고서야 비로소 깨닫고 자각한 그는 결심했다. 더 이상 겁쟁이처럼 숨지 않겠다고. 죽은 형의 몫까지 더 최선을 다해 다시 일어나기로 다짐했다.

"왔네."

차에서 내린 작은 라엘을 향해 굳게 닫혀 있던 입술이 미소로 기지개를 켜며 유려하게 휘어진다. 오랫동안 닫혀 있던 그의 마음에 희망을 보여준 여자. 그녀를 바라보는 깊은 눈동자가 건조함 속 상처를 내려놓고 미소를 보낸다.

가벼운 플랫의 무게와는 반대로 차에서 내린 라엘의 발걸음은 무거웠다.

"휴!"

안 그래도 충분히 아름다운 저택의 풍경이 머리 위로 나부끼는 햇살 때문에 더 눈부시게 아름답다. 남의 속도 모르고, 허공에 액자를 띄우면 그림이 될 것처럼. 하지만 그림 같은 풍경을 보는 것도 오늘이 마지막일지도 모른다.

그와 약속한 시간, 아니 통보한 시간 3일. 72시간. 그 시간으로부터 정확히 하루가 지났다.

'그땐 나에게 기회를 줘요.'

'당신의 손을 잡을 수 있는 기회.'

'반드시 찾아오게 될 거예요.'

얼마나 호언장담을 했는데.

"하필 왜 거기서 쓰러져서는……."

미련하게 컨디션을 조절하지 못한 스스로에게 따져 묻고 싶은 심정이었다. 어쩐지 마지막이라고 생각하니 뭔가 아쉬운 마음에 라엘은 곧장 별채로 들어가는 대신 문제의 화원으로 향했다. 온통 유리로 되어 있는 문을 열고 안으로 들어가자, 문 앞에 어제의 흔적이 고스란히 눈에 들어왔다.

쓰러지면서 발에 걸려 넘어진 화분부터 바닥에 흩뿌려진 흙까지. 모두 라엘의 마음을 대변하듯 애처롭게 느껴졌다. 그 누구도 들이지 않았던 그 사람의 비밀의 화원. 이 비밀의 화원을 완성해서 보여주고 싶었다. 상처 입은 마음속 잘못된 죄책감을 덜어주고 어두운 마음에 빛을 넣어주고 싶었다. 그 사람의 날 선 눈동자에 미소를 더해주고 싶었다.

라엘은 넘어진 화분들을 한쪽으로 치우고 안으로 들어갔다. 다행히 복잡한 마음을 위로하듯 형형색색 꽃향기들이 앞다투어 마중 나왔다. 양옆으로 고개를 돌리니 3일 동안 완성한 거라곤 믿기 힘들 정도로 예쁜 풍경이 보였다. 아마도 그만큼 간절한 염원이 있었기에 가능했는지도 몰랐다.

라엘은 화원 중앙에 있는 작은 벤치에 잠시 앉았다. 생각해보니 어젯밤 화원에서 쓰러졌을 때 누군가 자신을 안고 나갔었다. 그리고 정신을 차리고 깨어났을 땐 그의 방, 그것도 그의 침대였는데…….

설마! 그 사람이…….

라엘은 그럴 리가 없다며 작은 머리를 세차게 흔들었다. 정말 그럴 리가 없었다. 3일 동안 잠도 제대로 못 자고 지독한 몸살에 독한 약을 먹었다. 결국 약 기운에 취해 무거운 눈꺼풀과 사투를 벌이다 72시간이 지난 줄도 몰랐다.

약속 시간 한 시간이 지나고 화원으로 온 그의 눈빛은 당장이라도 그녀를 잡아먹을 늑대처럼 으르렁거리는 듯했다. 그리고 간신히 정신력으로 버티며 말을 전하고 난 뒤 그와 눈이 마주친 순간, 한순간에 긴장이 풀리며 쓰러졌다.

라엘은 쓰러진 뒤의 기억은 없지만, 확실한 건 자신을 별채로 옮긴 사람은 알 집사님이나 관리사 김 씨 아저씨 둘 중에 한 분이라고 생각했다.

"꿈에선 달랐는데."

아쉬움 가득한 말투가 입술 밖으로 나왔다. 꿈에서 마주한 그는 성난 눈빛이 아닌, 안타까운 눈빛으로 자신을 쳐다봤다. 그 눈빛은 라엘이 그를 보는 눈빛과도 같았다.

꿈속이라 용기가 샘솟았는지 대뜸 그의 손을 잡은 것도 생각났다. 무슨 말을 했는지는 기억나지 않지만 예상외로 너무 따뜻했던 그 온기가 마치 실제처럼 생생하게 다가왔다.

"헛똑똑아, 그러게 빈속에 독한 약을 왜 같이 먹어서는……. 하! 이미 엎질러진 물인데 그만 후회하고 들어가자."

라엘은 긴 생각을 마치고 여전히 아쉬움을 토해내며 화원을 나섰다. 비록 결과는 안 좋았지만 그래도 화원을 접한 수혁의 마음에 지금까지와는 다른 긍정의 기운이 피어나길 간절히 바랐다.

라엘은 별채로 들어와 2층으로 올라왔다. 어제는 정신도 없었고 비가 내렸기에 잘 몰랐는데, 맨정신에 마주한 2층 복도가 참 예뻤다. 햇빛을 가로막던 창문 앞 커튼도 쓸쓸한 어둠도 더 이상 보이지 않았다. 대신 청명한 햇살이 복도를 수놓아 노닐고, 걸음을 내디딜 때마다 작은 화분에 담겨 있는 골든로드가 인사를 건넸다. 금색 문고리를 잡은 손길이 쉽사리 떨어지지 않는다.

'약속대로 지금 당장 별채에서 나가.'

이 방문을 열고 들어가면 그가 어떤 표정으로 어떤 말을 할지 라엘은 눈에 보이고 귀에 들리는 것만 같았다. 결국 잠시 망설이다 문을 열고 방 안으로 들어갔다. 여전히 어두운 방. 책상 위, 스탠드 불빛만이 그녀의 등장을 반기고 있었다. 조심스러운 발걸음을 떼던 라엘은 첫날 앉았던 테이블 의자에 얌전히 가방을 내려놓고 앉았다. 그리고 고개를 돌려 이제는 익숙한 그의 공간을 천천히 둘러봤다.

"본부장님? 안 계세요?"

라엘이 몇 번을 불렀지만 자신의 말만 되돌아올 뿐이다. 그러고 보니 알 집사님도 안 보이고 넓은 방에 주인도 안 보였다.

"인사도 못 하고 가는구나……."

한참을 기다리던 그녀는 아마도 그가 자신을 보기 싫어한다고 결론 내렸다. 그래도 사람이 가는데, 인사라도 해주지.

휴! 하지만 약속은 약속이니까.

어쩔 수 없다고 생각하며 자리에서 일어나 등을 돌린 찰나였다.

드르륵.

라엘은 등 뒤에서 들려온 소리에 고개를 돌렸고, 눈앞에 마주한 장면에 안 그래도 큰 그녀의 눈이 더욱 커다래졌다. 그동안 있는 줄도 몰랐던 방 안의 드레스룸에서 걸어 나오는 남자는 분명 수혁이었다. 그런데 뭔가가 좀 이상했다. 분명 그 사람이 맞는데 어딘가 지금까지와는 전혀 다른 모습으로 그녀를 향해 곧장 걸어오고 있었다.

항상 예민한 눈빛과 까칠한 눈동자를 덮고 있던 무심한 앞머리도 이마가 보이는 깔끔한 포마드 스타일로 정돈됐다. 거기에 더해 단순한 겉모습뿐만 아니라 뭔가 수혁에게 느껴지던 까칠한 분위기도 묘하게 바뀐 것만 같았다.

마치 뭐에 홀린 사람처럼 정면을 응시하던 라엘이 순식간에 환해진 천장 위로 고개를 들었다. 간밤에 설치 미술가라도 왔다 갔는지, 아니면 워낙 어두운 실내 때문에 그동안 몰랐던 건지 눈에 띄는 샹들리에서 쏟아지는 은은한 불빛이 그녀의 갈색 눈동자 위로 쏟아졌다.

"최라엘."

갑작스런 부름에 반사적으로 고개를 내리자, 어느새 코앞에 마주한 그의 얼굴이 시야에 가득했다.

"어, 어떻게……."

"기회를 주려고."

"기회라뇨. 그게 무…… 어!"

그의 눈동자 속에 비친 자신을 보며 반문하던 라엘은 갑작스런 손길에 말문이 막혔다. 무릎 위에 가지런히 놓여 있던 작은 손안으로 커다란 손이 예고 없이 불쑥 들어와 그녀의 손을 순식간에 감싸 쥐었다. 커다란 손이 당기는 악력에 작은 손은 속절없이 끌려갔다. 그리고 중저음의 목소리로 수혁이 천천히 답을 알렸다.

"내 손을 잡을 기회, 달라며."

그 순간 라엘은 마치 꿈속에서 느꼈던 따뜻한 온기가 다시 재연되는 것만 같았다.

이게 도대체 무슨 상황인 건지.

물론 손잡을 기회를 달라고 했던 건 똑똑히 기억난다. 그렇게 자신 있게 우쭐댔는데 잊을 리가 있겠나. 하지만 문제는 이미 그 기회는 어제 72시간이 끝나는 동시에 물 건너간 것이나 마찬가지였다. 그런데 기회를 준다니. 도대체 무슨 기회를 준다는 것이며, 달라진 그의 모습까지 하나도 납득되지 않았다.

맞은편에 앉은 수혁을 보며 생각을 정리하던 라엘은 또다시 들려온 아리송한 말에 말문이 막힐 지경이었다.

"당신이 그랬잖아."

"……."

"책임진다고."

"……."

"그러니까 나, 책임……."

"잠시!"

여전히 어안이 벙벙한 라엘은 '책임'이란 단어를 연달아 듣고 나서야 정신을 차렸다.

"잠시만요. 본부장님이 지금 하신 말이 무슨 말인지 전혀 모르겠어요. 기회는 뭐고 책임은 또 뭔지."

라엘은 자신이 내기에게 이겼다는 사실을 전혀 알아차리지 못했다.

"제대로 알아듣게 설명부터 해주세요."

수혁은 아직까지 눈치를 채지 못하고 큰 눈을 껌벅이며 당황하는 그녀의 반응이 재미있어 가만히 보고 있었다. 어제 라엘이 쓰러지고 난 뒤 자신의 손을 잡으며 속삭일 때, 그것이 그녀가 잠결에 전한 진심이라는 걸 알고 있었다. 아마 비몽사몽한 정신에서 한 말이므로 분명 깨어나면 기억하지 못할 거라고 예상했다. 그래서 어제 알프레도에게 라엘을 배웅하면서 내기의 결과는 모른 척해달라고 부탁했었다.

"잘 들어."

마음 같아선 좀 더 뜸을 들이고 싶었지만 더 이상 시간을 끌었다간 촉새가 금방이라도 날아가버릴 것 같아 이쯤에서 솔직히 알려주기로 했다.

"내기."

"내기요?"

"그래. 내기."

"내기라면 내가 졌는데……. 아, 혹시 제가 쓰러지는 바람에 뭔가 미안하거나 불쌍해서 그러시는 거라면 마음은 고맙지만……."

한국인은 정에 약한 DNA를 가진 민족이라 했다. 라엘은 수혁이 자신에게 미안해서 기회를 주려는 거라고 생각했지만 말이 끝나기도 전에 아니라는 말이 되돌아왔다.

"아닌데? 그 자신감 다 어디 갔어? 넌 내기에 지지 않았어."

"네? 그게 무슨……. 본부장님이 화원으로 들어오셨을 때, 이미 약속한 72시간에서 한 시간이 지났어요."

"아니. 지나지 않았어. 네가 시간을 잘못 본 거야."

그녀의 궁금함이 가득한 표정을 보며 수혁의 설명이 이어졌다. 라엘은 어제 몸살로 인해 피곤한 몸 때문에 참다 참다 감기약을 먹었다. 평소에도 감기약만 먹으면 헤롱거리기 일쑤인데 제일 독한 약을 먹으니 역시나 몸이 버티질 못하고 몰려오는 졸음에 잠시 눈을 감았다. 잠시 졸았다고 생각하고 눈을 떴을 땐 이미 약속한 시간에서 한 시간이 지났다.

여기까지가 라엘이 알고 있는 두 사람 내기의 결말이었지만, 사실은 반대였다. 실은 약기운에 취한 그녀가 작은 바늘과 큰 바늘은 착각하며 시간을 반대로 알고 자신이 내기에서 졌다고 생각한 것이다.

"그럼 시간을 잘못 알고……. 잠깐, 그럼 내가 이긴 거네요. 그렇죠?"

설명을 들은 라엘은 이제야 자신이 내기에서 이겼다는 사실을 알고 자리에서 벌떡 일어났다.

"결국 약속한 한 시간을 남기고 내 발로 널 찾아간 거야."

"세상에! 잘됐다."

마치 어린아이처럼 필터를 거치지 않고 솔직한 감정을 여과 없이 드러내며 좋아하던 라엘은 들뜬 마음을 잠시 진정시킨 후 어제부터 가장 궁금했던 질문을 던졌다.

"그럼, 화원도 봤어요?"

천근 같이 피곤에 싸인 몸이 쓰러지는 순간에도 아프다는 느낌보다는 1년 만에 화원을 마주한 수혁의 모습을 볼 수 없다는 아쉬운 마음이 더 컸다.

"봤어."

봤다. 그것도 한 번이 아니라 밤새 몇 번이나 들락거렸다. 가시에 찔린 열 손가락의 노력으로 바뀐 화원은 시선이 닿는 곳마다 정성이 가득했다. 그런 곳을 어떻게 안 볼 수 있을까.

수혁은 한차례 울분을 쏟아내고 잠이 들기 전에도 그리고 오늘 새벽녘에도 여러 번 화원을 찾아 그 풍경을 눈에 담았다.

"네?"

봤구나, 라고 혼잣말을 하던 라엘은 뭔가 나지막이 읊조리는 수혁의 입술에 집중했다. 망설이는 그의 표정이 뭔가 하고픈 말이 있어 보였다.

"제가 잘 못 들었는데 방금 뭐라고 하셨어요?"

그녀의 물음에도 수혁은 바로 대답을 하지 못하고 있었다.

자신이 이 시끄러운 촉새에게 이 말을 하게 될지 몰랐지만, 그래도 꼭 해야 할 것 같았다.

좀 더 망설이던 그의 입술이 결심한 듯 분명하게 말했다.

"고마워."

말 그대로 고마웠다. 세 글자로 이어진 간단한 단어 한마디였을지 모르지만, 적어도 수혁에겐 그 어느 때보다 무게감이 실린 말이었다. 사고로 인한 트라우마로 심인성 발음 장애가 생긴 후 입을 닫고 별채에 운둔하며 지냈다. 멀쩡히 잘 지내다가도 어느 순간 입안에 칼을 찬 듯이 괴로움이 밀려와 마치 시한폭탄을 끌어안은 것처럼 불안했고 그 때문에 정상적인 사회생활도 할 수 없었다. 이따금씩 바보같이 주춤거리며 말하는 모습을 그 누구에게도 보이고 싶지 않았지만, 어쩐지 라엘에게는 예외가 돼버릴 것 같다.

"지금 고맙다고 한 거예요? 나한테?"

'내 진심이 전해졌구나. 정말 잘됐다.'

그렇게 까칠하게 굴고 그렇게 못 쫓아내서 안달하던 수혁에게 고맙다는 말을 듣는 순간 왠지 모르게 울컥하기까지 했다. 물론 화원 사건으로 그의 모든 게 하루아침에 달라진 순 없겠지만, 적어도 그가 무거운 마음을 내려놨다는 건 느낄 수 있었다. 그것만으로도 큰 성과였다.

"저도 고마워요."

그가 전한 고맙다는 말의 의미를 알고 있기에 그녀도 고마움을 전했다. 요 며칠 수도 없이 고맙다는 말을 들어서인지, 아니면 라엘의 반짝이는 눈동자 때문인지. 너무나도 다정하게 들려오는 고마움에 수혁은 어색한 듯 시선을 피했다. 그러다 문득 그의 시선이 라엘의 두 손에 맺혔다.

질서 없이 덕지덕지 붙어 있는 제각각의 반창고가 자꾸만 신경 쓰였다.

보고만 있을 순 없다고 판단한 그는 자리에서 일어나 욕실에서 작은 구급상자를 갖고 왔다.

영문도 모른 채 갑자기 자리에서 일어나 상자와 함께 돌아온 수혁을 보며 의아해하던 라엘은 곧바로 이어진 그의 행동에 당황하고 말았다. 바닥에 구급상자를 내려놓고 둥근 테이블을 치운 수혁은 말없이 그녀에게 다가와 마치 포박하듯 긴 팔을 뻗어 의자의 팔걸이를 잡았다. 그러더니 라엘이 앉아 있는 의자를 자신의 의자

쪽으로 손쉽게 끌어당겼다.

"손."

"……네?"

수혁은 반문하며 대답하는 그녀의 두 손을 끌어당겨 자신의 단단한 허벅지 위로 올렸다.

"괜찮아요."

이제야 상황 파악이 끝난 라엘이 괜찮다며 슬쩍 손을 빼려 했지만 커다란 손에 의해 움직일 수 없었다.

"설마, 부끄러워하는 거야?"

"에? 부끄러워하긴, 누가요. 누가?"

"이미 입맞춤까지 한 사이에."

"무슨 소리세요. 누가 들으면 오해하겠네요. 입맞춤이라뇨? 정확히 말하면 어쩔 수 없이 넘어져서 그냥 입술 피부 조직끼리 간단한 마찰을 일으킨 거죠."

라엘은 수혁이 자신에게 했던 말을 그대로 돌려주며 당당하게 말했고 그는 별다른 반응 없이 상처 난 손에 집중했다.

"이러면 덧나."

부드러움이라곤 눈을 씻고 찾아볼 수 없는 시크한 말투와 달리 커다란 손은 움직일 때마다 조심스럽고 다정함이 느껴졌다.

무슨 여자 손이 이렇게 작은지. 수혁은 중학생 손이라고 해도 믿을 정도로 작은 라엘의 손이 신기했다. 이 작은 손으로 3일 내내 그토록 엄청난 일을 했다는 게 신기할 정도였다. 외울 듯이 시선을 더디 옮기는 눈동자가 천천히 열 손가락 위를 차례대로 훑고 지나갔다. 하얀 피부 위에 자리한 상처들이 유난히 눈에 띄었다. 마치 자신의 마음에 자리했던 상처가 옮겨간 것 같아 미안한 마음이 들었다.

엉켜 붙은 반창고가 떨어진 그 자리엔 시원한 소독약이 더해지고 흉터가 남지 않게 재생을 돕는 투명한 드레싱 밴드가 차례대로 붙여지고 있었다.

라엘은 눈앞에 자리 잡은 그의 얼굴로 슬며시 시선을 옮겼다. 무슨 남자가 이렇게 머릿결이 좋은 건지. 또 샴푸 냄새는 왜 이렇게 좋은지. 그러고 보니 이마까지 드러낸 얼굴을 이렇게 가까이에서 보는 건 처음이었다.

'속눈썹조차 이기적이네.'

풍성하게 자리한 속눈썹과 볼 때마다 느끼는 그의 잘생긴 얼굴은 아무리 봐도 도저히 면역이 생기지 않았다.

"다 됐어."

됐다는 말에 라엘의 시선이 자신의 손가락으로 향했다.

무슨 남자가 손끝이 이렇게 꼼꼼한지 마치 도미노를 세우듯 밴드가 가지런히 붙여졌다. 어차피 집에 들어가 씻으면 떼야 하는데, 생각한 그녀의 속마음을 읽기라도 한 듯 수혁의 다음 말이 이어졌다.

"방수야."

"아, 방수. 고마워요."

뭔가 어색한 분위기로 넘어가려는 찰나, 라엘이 자신의 오른손을 내밀며 기분 좋은 톤으로 말했다.

"손!"

구급상자의 뚜껑을 닫고 있던 그는 자신의 앞에 놓인 손을 향해 시선을 옮겼다. 그녀가 고갯짓으로 커다란 손을 다시 한번 가리키자 수혁이 저도 모르게 제 손을 라엘의 작은 손바닥 위에 올렸다.

"본부장님? 저 좀 보세요."

부르는 소리에 그녀의 손에 머문 시선과 함께 그의 내려진 고개가 정면을 향했다. 그러자 5월의 햇살처럼 찬란한 미소가 그를 마중 나왔다. 그 미소를 마주한 눈동자 속에 비친 그녀의 얼굴은 까만 밤하늘의 별빛처럼 반짝였다. 연한 화장에 티 없이 깨끗한 얼굴과 멋 부리지 않고 하나로 질끈 묶어 올린 포니테일 헤어스타일. 그리고 장밋빛으로 물든 붉은 입술까지.

순간 라엘을 향한 수혁의 눈빛이 미세하게 흔들렸고, 찰나지만 저도 모르게 그의 가슴이 살짝 두근거렸다. 생각해보니 그녀는 첫날부터 이렇게 아무 준비 없는 자신에게 훅 들어왔는지도 모른다. 누군가의 미소가 예쁘다고 느낀 건 정말 오랜만이었다.

"이제 이 손 못 놔요."

라엘은 수혁의 손을 꼭 잡으며 말했다. 작은 손길에 맴돌던 그녀의 온기가 커다란 손을 따뜻하게 덮었다.

"나도 네가 필요해."

수혁은 순간적으로 나온 말에 움찔했다. 자신의 입 밖으로 튀어나온 말이 그녀가 필요한 건지 그녀의 도움이 필요한 건지 스스로 이유를 구하며 정확한 의미를 찾았지만, 당장 정의 내릴 순 없었다. 다만 지금 눈앞에 앉은 사람이 라엘이 아닌 다른 사람이라면 그건 싫을 것 같다고 생각하며 최대한 자연스럽게 다음 문장을 만들었다.

"그러니까 네가 날 고쳐줘."

"내가 책임질게요. 원하는 목표에 도달할 때까지 이 손 놓지 않을 거예요."

라엘은 여전히 자신만만한 말투로 자신보다 큰 수혁에게 당당하게 선포했다. 그녀가 별채에 온 뒤, 계속 으르렁거리던 두 사람의 마음이 처음으로 뜻을 함께했다.

"그러니까 본부장님은 제 말 잘 듣고 저만 믿고 따라오세요."
"글쎄. 하는 거 봐서."

'태준이가 이번에도 한 건 해냈다.'
'태준이 보고 정신 차려라.'
'태준이 옆에 딱 붙어서 보고 좀 배워.'

셀튼 홍보실장이란 직책과 함께 자신의 이름이 찍힌 투명한 명패를 보고 있던 이지철은 감격스러운 표정으로 잠시 예전 일을 회상했다.

이 얼마나 기대하고 고대하던 일인가? 지난 몇 달 동안 이 회장의 뒷구멍을 핥듯이 네발 달린 짐승처럼 납작 엎드려 궂은일을 도맡았다. 그뿐인가. 본사 일개 말단 직원들의 애로 사항까지 손수 해결하며 좋은 이미지를 쌓기 위해 개같이 노력했다.

그 결과 이지철은 임직원들의 추천과 그동안의 평가를 고려한 이 회장으로부터 드디어 열망하던 본사 홍보실장이란 직책을 수여받았다. 오랫동안 이 자리를 맡았던 김 실장의 갑작스러운 병환으로 잠시 맡게 된 임시직이지만 크게 상관없었다. 어차피 홍보실장 자리도 위로 올라가기 위한 하나의 발판이니까. 이제부터 하나씩 하나씩 자신의 것을 되찾을 생각이다.

"좀 이상하단 말이지."
"뭐 때문에 그러십니까?"

사무실 한쪽에 자리하고 있던 이지철의 비서이자 심복인 남자가 그의 기분을 살폈다.

"혹시, 이수혁 본부장 때문에 그러세요?"
"이해가 안 가."

좀 헷갈리는 부분이 있었다. 얼마 전 메이드의 반응은 분명 수혁이 저택에 있다는 걸 시사했는데, 또 며칠 전에 중역회의장에서 본 모습은 미국 사무실의 전경이었다. 혹시나 하는 생각에 몇 년 전 미국 사무실에서 찍은 사진과 녹화된 회의 자료를 살펴본 결과 소품까지 일치할 정도로 똑같았다.

"실장님께서 너무 과민반응 하시는 거 같은데요. 미국에 있든 한국에 숨어 있든 그게 뭐가 그렇게 중요하다고 그러세요."

"답답한 소리 하지 마."

이지철은 돌연 언성을 높이며 눈을 흘겼다.

"한국에 있어야 계획이 틀어져도 손을 쓰기 쉽잖아."

"아하. 제가 생각이 짧았네요."

"난 말이야, 왠지 모르게 이 회장이 수혁이를 숨기는 것 같은 느낌이 든단 말이지."

이 회장이 자식에 대한 자부심이 대단한 사람이라는 건 잘 알고 있었다. 특히 호텔이란 관광업체의 특성상 큰 행사가 많았고, 그때마다 이 회장은 아끼는 큰아들을 전면에 세워 행사를 이끌었다. 문제는 그런 큰아들이 죽었다는 것이다. 보통 대기업의 경우 전면에 내세우던 후계자가 사망할 시 회사의 미래를 위해 빠르게 빈자리를 채운다. 빈자리가 길어봐야 금융권과 호사가들에게 소문만 퍼지기 때문이었다. 아직 수호만큼의 경험은 없었지만 수혁이 역시 그 자리를 채울 만한 후계자임이 분명했다.

그런데 이 회장은 수호의 장례가 끝나고 두 달이 지났을 즈음 미국에서 본사로 들어오기로 했던 둘째 아들의 발령을 돌연 취소시켰다. 이유는 미국에서 경험을 쌓고 싶다는 본인의 의사였다고 했다. 그리고 총회 때 잠깐 본 걸 빼고는 지금까지 대외적인 행사에 수혁이 참여하는 걸 보지 못했다.

미국 지사에서 활약하는 모습에 다른 임원들은 관광산업이 특화된 곳에서 귀한 경험을 쌓는다고 칭찬했지만 이지철의 생각은 달랐다. 이쯤 되니 뭔가 이 회장이 의도적으로 자꾸만 수혁을 두고 숨바꼭질을 하고 있다는 느낌이 들었다.

분명 메이드의 말과 임 원장의 추측대로 하자가 있어야 하는데, 화면 속에 비친 모습은 전보다 분위기가 차분해 보이긴 해도 도저히 괴로워하는 사람처럼 보이진 않았다.

"그나저나 이수혁 본부장이 부산 건을 피하면 어쩌나 했는데 다행입니다."

시커먼 생각을 이어가던 이지철은 부하의 말에 고개를 돌렸다.

"병신같이 지 밥그릇 뺏길 줄도 모르고 임원들이 선동하니까 어쩔 수 없이 불나방처럼 뛰어든 거지. 살짝 던진 미끼에 월척이 걸렸으니 우리로서는 잘됐지."

"그러고 보면 그 큰 사고에 살아난 이수혁 본부장도 대단한 운이네요."

"어차피 그 운도 부산이 끝일 텐데, 뭐. 당분간은 튀는 짓 하지 말고 몸 좀 사려. 그리고 그때 그 여자 있지? 별채에서 나왔던."

이지철은 얼마 전 별채 일을 떠올렸다.

"아, 그 젊은 여자요? 그 여자는 왜요?"

"그 여자 어떤 여자인지 좀 자세히 알아봐."

그는 라엘에 대해 호기심을 품으며 그녀를 활용할 방법을 모색했다.

"도련님? 진짜 어떤 생각으로 그걸 덥석 하겠다고 하셨어요?"

알프레도는 1층 사무실에서 자료를 찾고 있는 수혁에게 어제 중역회의 때 생긴 기조연설 건에 대해 물었다.

"회장님이 아시면 분명."

"불편해하시겠지."

"그걸 아시는 분이……."

"드디어 저놈이 미쳤나 싶을 거야."

"무슨 대책이라도 있으세요?"

"아니."

"도련님!"

멀찍이 서서 불난 집을 구경하는 사람처럼 태연하게 말하는 수혁을 보며 알프레도는 답답함이 끓어올랐다.

"여태까지 임원들 뒷말에도 잘 참으시다 왜 갑자기 그러신 건지. 전, 전혀 모르겠어요."

계속 자료에 시선을 내리고 있던 고개가 정면을 향했다.

"이지철의 도발이잖아."

사실 알프레도 역시 느끼고 있었지만, 엮여봐야 좋을 게 없는 사람이므로 수혁이 반응하질 않길 바랐다.

"도련님? 제가 셀튼가에 오기 전에 어디 있었는지 알고 계십니까?"

"알아."

물론이다. 알프레도는 유럽의 작은 나라 왕실 집사로 활약했다. 지금은 고인이 됐지만 수혁의 할아버지가 젊은 시절 유럽에서 활동했을 당시 국왕에게 큰 도움을 준 적이 있었다. 고마운 나머지 원하는 걸 들어주겠다는 국왕의 말에 할아버지는 알프레도를 집사로 달라고 간청했고 그때부터 그들의 인연이 맺어졌다.

"제가 모시던 국왕께서 저에게 이런 말을 하신 적이 있습니다.

눈이 웃지 않는 사람과는 마주하지 마라. 속을 감추는 교활한 사람이란 뜻이죠."

"……무슨 걱정 하는지 알아. 조심할게. 그런데 꼭 안 좋은 것만은 아니야."

"어떤 점이요."

"지금 내 상황을 이겨내야 하는 확실한 목표가 생겼잖아."

수혁은 형이 시작한 프로젝트의 마무리를 자신이 하고 싶었다. 결과가 어떨지는 장담할 수 없었지만 그래도 이것보다 더한 동기부여는 없었다. 그러고 보면 문득 라엘이 참 중요한 타이밍에 자신에게 왔다는 생각이 들었다.

"잘 아시네요. 그리고 최 선생님께는 제가 설명드렸습니다. 그러니까 앞으로 최 선생님이 어떤 걸 시키든지 도련님께서는 무조건적으로 따르셔야 합니다. 아셨죠?"

"알았어."

"그리고 도련님, 좀 웃으세요. 제가 어릴 때부터 알려드렸잖습니까. 숙녀분께는 늘 스마일을 유지하며 친절하게 하시라고요. 그게 신사의 기본 매너라고."

알프레도는 2층으로 향하는 수혁에게 몇 번이나 웃으라고 강조했지만 역시나 아무런 반응이 없었다.

왔어?

오래 기다렸어?

2층으로 향하는 수혁은 알프레도에게 보였던 반응과 달리 계속 혼잣말로 속삭였다. 그러더니 창문에 비친 자신의 얼굴을 보고 어색하게 입꼬리를 올리며 엉거주춤한 미소를 만들었다. 그동안 웃는 법을 잊어버린 탓인지 창에 비친 모습이 낯설었다. 예전에 본인이 그렇게 잘 웃던 사람이라는 게 신기할 정도였다.

좋은 아침.

누가 봐도 어색하기 짝이 없는 웃음이었다. 그래도 최대한 입술 근육을 움직여 부드러운 표정으로 방을 향해 걸어갔다. 손잡이를 잡고 완전히 닫히지 않은 방문을 천천히 여는 순간 수혁은 열린 문틈으로 기가 막힌 모습을 목격했다.

'저긴 왜…….'

이쯤 되니 라엘은 사람을 놀라게 하는 탁월한 재주가 있는 건 아닌지 의심이 들었다. 큰맘 먹고 두 뺨과 입술 근육을 당겨 만든 어색한 미소가 삽시간에 사라졌다. 대신 그 자리엔 놀라움과 당황함이 공존했다. 그 이유는 라엘이 등산가의 포스로 높은 창문에 올라 커튼과 씨름을 벌이고 있었기 때문이다.

도대체 저긴 왜 또 올라간 거야? 그러고 보니 전에도 저 모습 때문에 자다가 놀란 적이 있었다.

'저, 커튼이 뭐라고…….'

수혁은 옆에서 불안해하는 관우는 아랑곳없이 커튼과 씨름하며 심각하게 집중하는 그녀에게 다가갔다.

"거기서 뭐 해?"

"엄마야!"

갑작스러운 인기척에 깜짝 놀란 그녀가 중심을 잃고 발이 미끄러졌다.

"최라엘!"

생각지 못한 광경에 덩달아 놀란 수혁이 소리치며 창문 밑으로 뛰어왔지만 다행히 라엘은 떨어지지 않았고 대신 커튼에 대롱대

롱 매달리는 신세가 됐다.

"저, 괜찮아요. 다친 곳 없어요."

"너, 진짜……."

"근데 본부장님, 노크 좀 하고 들어오시지 그러셨어요."

커튼에 매달린 사람이 할 소리는 아니었다.

"여기 내 방이거든."

"아, 그렇지."

당황한 나머지 급하게 튀어나온 말에 라엘은 스스로도 엉뚱하다고 생각했다.

"그 높은 곳에 사다리도 없이 왜 또……. 됐고, 우선 내려와."

도대체 무슨 여자가 저렇게 겁이 없는지. 수혁은 그녀를 올려다보며 보통 여자가 아니라고 생각했다.

"내려올 수 있겠어? 사다리 갖고 올게."

지켜보던 그의 미간이 살짝 좁혀졌다.

"아니요. 발을 잘못 디뎌서 그렇지 내려갈 순 있어요. 대신 저번처럼 커튼 잡아당기시면 안 돼요."

라엘은 생각보다 빨리 들어온 수혁 때문에 아쉽지만 일단 내려가기로 했다. 높이가 좀 있었지만 충분히 내려갈 수 있다고 판단했다. 머릿속에 두 가지의 방법이 떠올랐다. 하나는 바로 옆 벽을 다리로 반동을 줘서 침대에 떨어지는 것과 나머지 하나는 커튼을 잡고 바닥을 향해 쭉 미끄러지는 거였다.

고민하던 라엘은 괜히 침대로 뛰었다가 자칫 바닥에 떨어질 위험도 있었기에 안전하게 커튼을 잡고 바닥으로 미끄러지기로 했다.

"내려갈게요."

어깨 매달린 당사자는 차분한 데 비해 더 긴장한 눈동자가 커튼이 구멍 날 정도로 뚫어져라 주시했다. 손에 힘을 조절하며 천천히 매끄럽게 잘 내려오던 그때 예상치 못한 변수가 생겼다.

갑자기 창문 가까이 날아든 관우로 인해 순간적으로 라엘의 시야가 막혔고 당황한 나머지 손에 힘이 풀려 커튼을 놓치고 말았다.

"어, 어!"

커튼에서 벗어난 몸이 중력의 이끌림을 따라 바닥을 향해 속절없이 떨어지자 그녀는 저도 모르게 눈을 질끈 감아버렸다.

"……!"

그 순간 바로 밑에서 상황을 주시하고 있던 수혁이 적극적으로 자세를 낮추며 두 손을 뻗었다. 그 결과 다행스럽게도 라엘이 그의 품 안으로 안전하게 떨어졌다.

"잡았다."

재미있는 점은 한 밤의 커튼 소동이 있던 그때와 똑같은 상황이었지만, 한 가지 눈에 띄게 다른 점이 있었다. 바로 그녀를 대하는 수혁의 태도였다. 찰나의 정적이 흐르고 안도의 말과 함께 짧은 숨결이 봉긋한 이마 위로 흘러내렸다.

라엘이 질끈 감았던 눈을 뜨자 복잡한 눈빛과 시선이 마주쳤다.

"너 때문에 내가…… 돌겠다."

문장의 뉘앙스가 왠지 아리송했지만, 라엘은 일단 민망한 자리에서 벗어나는 게 급선무라 생각했다. 한동안 미디어에서 유행했던 공주님 안기 자세가 마냥 편하지만은 않았다. 수혁은 무슨 생각을 하는 건지 마치 정신이 팔린 사람처럼 움직일 생각을 하지 않았다. 덩달아 그녀의 어깨와 무릎을 감싼 매너손 또한 요지부동이었다.

몸을 감싼 손에 힘이 잔뜩 들어가서 혼자 일어날 수 없다는 걸 알게 된 라엘이 그를 부르려는데, 두 사람의 귀를 의심한 소리가 경쾌하게 울렸다.

"뽀뽀해."

관우가 커튼에서 떨어뜨려 사람을 놀라게 하더니, 이번에는 동시에 두 사람을 쌍으로 놀려먹고 있었다. 그것도 공주님 안기 자세를 취하고 있는 두 사람이 일어나지 못하게 막는 것처럼 가까이 날아와 주변을 빙빙 돌며 똑같은 말을 내뱉었다.

"뽀뽀해."

"둘이 뽀뽀하는 거야?"

평소 티비 보기가 취미인 관우는 제일 좋아하는 드라마 채널에서 자주 나오는 상황과 함께 입맞춤을 하는 장면을 떠올린 것 같았다.

"라엘이 예뻐."

"뽀뽀해줘."

관우의 말 때문인지, 아니면 서로의 몸이 밀착되어서인지, 그것도 아니면 며칠 전부터 라엘이 자신의 머릿속을 뛰어다녀서인지 모르겠지만, 수혁은 자신의 시선이 자꾸만 자석처럼 그녀의 입술 위로 끌려간다는 것을 알 수 있었다. 더군다나 촉새와는 이미 두 번이나 입을 맞춘 전적이 있었다. 그땐 아무렇지 않던 이 입술이 왜 이렇게 신경 쓰이는지…….

설원 위에 핀 빨간 꽃처럼 그녀의 입술은 하얀 피부 위에 피어난 붉은 꽃과 같았다. 그 모습이 새빨갛게 익은 딸기처럼 탐스럽고 향기마저 달콤했다. 마치 한 입 베어 물면 상큼한 과즙이 입 안으로 '톡' 터질 것만 같았다.

푸드득.

그렇게 점점 더 그녀의 입술에 집중하던 수혁은 관우의 날갯짓에 머리를 맞고 나서야 라엘이 자신을 계속 부르고 있다는 사실을 깨달았다.

"뽀뽀 빨리해."

"본부장님? 관우 좀……."

"어, 어! 관우, 너 조용히 해."

"그래, 관우야. 저쪽으로 좀 가. 정원에 가서 벌레 먹고 와."

"뽀뽀해."

그렇게 두 사람이 관우를 진정시키는 순간, 문 열리는 소리와 함께 알프레도가 금쟁반에 다과 세트를 들고 방 안으로 들어왔다.

"도련님, 최 선생님, 차 드시면서 하세……."

관우는 계속해서 뽀뽀를 외쳤고 수혁은 여전히 공주님을 모시듯 라엘을 안고 있으니 누가 봐도 완벽하게 오해하기 좋은 상황이다. 잠시 당황하는가 싶던 알프레도는 아무렇지 않은 듯 평소처럼 금쟁반을 테이블 위에 올려놓고 등을 돌렸다.

그 모습에 어쩔 줄 몰라 하던 두 사람은 관우가 반대쪽으로 날아간 사이 빛의 속도로 서로에게서 멀어지며 자리에서 일어났다. 그리고 누가 먼저라고 할 것도 없이 정확히 동시에 외쳤다.

"알프레도!"

"알 집사님!"

고막을 강타한 두 사람의 외침에 방문을 향해 정직하게 걸어가던 발걸음이 멈췄다.

"뽀뽀해."

"관우 조용해."

"수혁이 미워. 미워."
혼자 시청자 모드로 촐싹대던 관우는 수혁의 말에 방 안을 크게 한 번 돌고 난 후 제자리로 날아가 앉았다.
"알프레도, 오해하지 마."
"맞아요. 오해하지 마세요. 그럴 수밖에 없는 상황이 있었거든요."
마치 엄마 몰래 불량식품을 먹다 걸린 어린아이처럼 두 사람은 똑같은 표정, 똑같은 말투로 적극 해명에 나섰다.
"두 분이야말로 오해가 있으신 거 같은데……."
단호한 말투와 함께 두 사람을 향해 돌아선 알프레도는 안경을 벗어 왼쪽 가슴 포켓에 넣고 정색하며 말을 이었다.
"전, 아무것도 못 봤습니다."
"……."
"……."
"도련님 그리고 최 선생님, 제가 나이가 들다 보니 간혹 깜빡할 때가 있습니다. 마음은 아직도 청춘이라고 우기는데 정신은 거짓말을 못 하나 봅니다. 이거 보십쇼. 또 안경을 포켓에 꽂고 그냥 올라왔네요. 이 나이엔 안경이 없으면 코앞에 있는 것도 식별이 어렵습니다."
마치 처음부터 안경을 쓰지 않았던 것처럼 그는 태연하게 말하며 포켓에 있는 안경을 다시 써 보였다.
"마지막으로 한마디만 더 하겠습니다. 수업이 어떤 방식으로 이루어지는지 어떤 식으로 했으면 하는지에 대한 간섭을 하지 않는다. 이 방 안에서 일어나는 일에 대해서는 전, 아무것도 아는 게 없는 사람입니다. 그럼 저는 이만."

연이의 계약서를 받을 당시 라엘이 추가했던 항목을 정확히 말한 알프레도는 얼이 빠진 표정을 짓고 있는 두 사람을 향해 깍듯이 고개를 숙이며 인사를 건넸다.

철컥.

방문을 닫고 나온 알프레도의 얼굴에 기분 좋은 미소가 만발했다.

"알프레도가 아무것도 못 봤나 봐."

"그러게요. 다행이도 못 보셨나 봐요."

두 사람은 어색하게 서로를 쳐다보며 서둘러 테이블로 다가가 의자에 앉았다.

"좀 전에 구해줘서 고마워요."

"근데 창문 위에는 왜 올라간 거야?"

"그게……."

머뭇거리는 그녀를 보며 수혁이 뭔가를 떠올렸다.

"설마 또 커튼 때문에?"

"네. 커튼이 본부장님 얼굴을 가려서요."

"뭐?"

되묻는 그를 향해 라엘은 앞으로 함께 수업에 임할 때는 얼굴을 봐야 하는데 두꺼운 커튼 때문에 빛이 들지 않아 얼굴에 그늘이 진다고 설명을 덧붙였다.

"그리고 말이 나왔으니 말인데 전, 복도 커튼보다 본부장님 방에 있는 커튼을 떼고 싶었거든요. 그때 밤에 본부장님이 깨는 바람에."

"그럼 고작 커튼 때문에 창문에 올라갔단 말이야?"

"고작이라뇨. 제가 전에도 강조했지만, 사람이 햇빛을 못 쬐면 비타민D가 부족하고 또 우울증에 걸릴 수도 있어요. 본부장님의 안정된 심신을 위해서도 햇빛이 얼마나 중요한데요."

고작이란 발언에 발끈한 라엘이 좀 더 정확히 커튼을 떼야 하는 이유를 나열했다.

"본부장님이 계실 때 하면 그때처럼 안 좋아하실 것 같아서 혼자서 떼려고 했던 거고요."

"치울게. 커튼."

얼굴이 보이지 않는다는 말과 심신에 안 좋다는 말을 들은 수혁은 지난번 커튼 소동 때는 그렇게 싫었던 자신을 걱정하는 말투와 동그랗게 눈을 뜨고 힘주어 말하는 그녀의 모습이 싫지 않았다.

"정말이에요?"

염려와 달리 흔쾌히 커튼을 치우겠다는 말에 라엘이 재차 물었다.

"정말."

"일구이언하지 않으실 거죠?"

라엘은 그의 발음 상태를 확인해 보기 위해 일부러 사자성어를 인용해 질문했다.

"남아일언 중천금이 내 모토야."

"잘됐네요. 그럼 말 나온 김에 지금 당장 떼죠. 제가 할게요."

"앉아 있어."

추진력이 제트기 수준인 그녀가 의자에서 일어나려고 하자 수혁이 간발의 차이로 먼저 자리에서 일어나 책상을 향해 걸어갔다. 그리고 책상에 놓인 작은 리모컨을 손에 쥐었다.

"앞으론 이 버튼을 눌러."

그렇게 말하고 그가 리모컨을 누르자 방 안의 모든 불이 꺼짐과 동시에 햇빛을 막고 있던 검은 커튼이 양옆으로 자동으로 젖혀졌다. 화려한 샹들리에 조명에서 나오던 인위적인 빛보다 더 밝고 영롱한 햇살이 두 사람의 얼굴을 환히 밝혔다. 밀려오는 파도처럼 별안간 쏟아지는 햇살에 라엘이 눈을 살짝 찡그렸다. 그러자 수혁이 그 틈을 타 그녀의 얼굴을 정확히 쳐다보며 나지막이 속삭였다.

"햇살이…… 예쁘네."

30분 후.

"지, 지금 나보고…… 이걸 읽어보라고."

수혁은 납득할 수 없는 상황에 당황함을 내비쳤다.

"장난해?"

"장난 아닌데요. 아까 각서에 사인하신 거 잊으신 건 아시죠? 수혁 씨."

"……."

젠장!

수혁은 저 웃는 얼굴에 속아서 선뜻 사인한 자신을 혼내주고 싶은 심정이었다. 봄날처럼 따뜻한 수업이 계속될 것만 같던 두 사람은 동화책 한 권 때문에 티격태격 기 싸움을 하고 있었다.

30분 전.

한바탕 소동이 잦아들고 두 사람은 그제야 테이블에 마주 앉았다.

"우선 수업을 시작하기 전에."

라엘은 작은 손을 동그랗게 말아 쥐며 손가락 마디로 테이블을 가볍게 두드렸다.

"본부장님께 드릴 말이 있어요."

다수가 아닌 둘이서 대화를 주고받을 땐 상대의 눈을 바라보는 아이컨택이 중요하다. 특히 우울한 감정을 품고 있는 사람과 대화를 할 때 아이컨택을 하면 우울감을 감소시킨다는 연구 결과도 있다.

라엘은 커다란 눈에 힘을 살짝 풀고 수혁이 부담스러워하지 않도록 자신의 시선을 그의 목젖에서부터 콧등을 타고 올라와 깊은 눈동자와 마주했다.

"전, 앞으로 수업이 진행되는 동안 본부장님을 저에게 있어 가장 가까운 사람이라고 생각할 거예요. 특별할 것 없는 소소한 일상과 함께 좋은 일은 물론 속상한 일까지 모두 다 공유할 생각입니다."

안정감이 느껴지는 목소리와 문장 사이사이를 완벽하게 조절하는 호흡. 과하지 않은 적절한 미소와 상대방을 향한 부드러운 시선 처리는 물론 유려한 말솜씨까지. 라엘은 방금 전과 다르게 진지하게 말을 이었고, 수혁은 완벽한 전문가의 모습으로 임하는 그녀의 말에 귀를 기울였다.

"그리고 어떤 일이 있더라도 본부장님을 무조건 100% 믿고 신뢰할 거예요."

앞으로 진행될 훈련에 있어 가장 중요한 것이 '믿음'이었다. 상담자가 얼마나 믿고 따라와주느냐에 따라 결과에 영향을 주기 때문이었다. 그렇기 때문에 라엘은 솔직한 속마음과 함께 자신이 수혁을 믿고 있으며 서로가 한 팀이라는 인식을 심어주었다.

"너…… 믿어."

말간 눈동자를 쳐다보며 그녀의 말에 집중하던 그가 말했다. 수혁은 요즘 자신에게 일어난 변화를 느끼고 있었다. 스스로 내면의 소리를 듣게 되었고 지독하게 부정하던 자신의 모습과 주변의 현실을 받아들이기 시작했다. 짙은 안개 속에 갇혀 영원히 보이지 않을 것 같은 햇살을 심어주고 긍정적인 기운으로 변화를 이끌어낸 주인공은 누가 뭐래도 그녀였다. 수혁은 화원 사건이 일어난 그날부터 라엘에 대한 믿음이 싹텄다.

"본부장님, 제가 퀴즈 하나 낼 테니까 한번 맞혀보세요. 아리스토텔레스, 찰스 다윈, 조 바이든, 조지 6세, 데모테네스 이들의 공통점이 뭔 줄 아세요?"

커다란 방에 꽂혀 있는 수많은 책은 단순히 장식용이 아니었다. 그동안 책을 숱하게 읽은 수혁은 자신을 닮은 저들의 공통점을 알고 있었다.

"말더듬이."

"맞아요. 이름만으로도 훌륭한 가치가 있는 저들은 한때 모두 말더듬이였어요. 개인마다 차이가 있었지만 모두 극복해냈죠. 저들이 특별해서 이겨낸 게 아니에요. 그저 열심히 노력했기 때문이죠. 우리도 충분히 할 수 있어요."

실제 상담자와 첫 수업을 들어가기 전에 사기를 높이는 것이 중요하기 때문에 라엘은 좋은 기운을 가득 북돋아줬다.

"자! 그럼 마지막으로 절 따라 하시고 여기에 사인해주세요."

다행히 한결 편안해진 그의 표정을 보며 가방에서 종이 한 장을 꺼내 테이블 위에 올려놓았다.

"나, 이수혁은 최라엘을 선생으로 받아들여."

"나 이수혁은, 최라엘을 선생으로 받아들여."

"순한 양처럼 따를 것을 약속한다."

"……순한 양처럼 따를 것을 약속한다."

수혁은 순한 양이란 말이 왠지 모르게 마음에 걸렸지만 일단 그녀가 원하는 대로 사인을 했다.

"본부장님, 이거 일종의 각서인 거 아시죠? 이제 진짜 낙장불입입니다."

그리고 사인된 종이를 정면으로 들고 기분 좋게 말하는 라엘을 향해 그가 말했다.

"나도 할 말이 있어."

"네, 말씀하세요."

"호칭 말인데."

"호칭이요?"

"……불러줘."

"네?"

푸드득.

라엘은 순간 털 고르기를 하며 치장하는 관우의 소리 때문에 수혁이 하는 말을 제대로 듣지 못했다.

"관우 단장한다."

"나 봐라."

그러고 보니 수혁은 한동안 떨어져 지내느라 잊고 있던 관우의 습관들이 하나씩 떠올랐다.

늘 정해진 시간에 털 고르기를 하던 관우가 지금처럼 갑자기 치장을 하는 이유는 잘 보이고 싶은 사람이 있다는 뜻이었다.

"라엘아, 나 어때?"

요 며칠 부쩍 친해진 라엘이 꽤나 마음에 들었다는 일종의 관우만의 의사 표현이었다.

"관우 멋지다."

"라엘이도 예뻐."

"관우 너무 귀여워요."

원하는 말을 듣고 난 관우는 만족한 듯 치장을 마치며 얌전히 그네 횃대로 이동했다.

"귀엽긴."

수혁은 관우를 아기 바라보듯 귀엽게 바라보며 말하는 라엘에게 저도 모르게 퉁명스럽게 말이 나갔다.

"본부장님, 방금 뭐라고 하셨어요? 호칭에 대해 뭐라고 하셨잖아요."

"호칭 정리하자."

"호칭이요. 아, 혹시 절 편하게 부르고 싶으신 거라면 그렇게 하세요."

설마, '야'라고 하진 않겠지?

지금도 수혁이 자신을 꽤 편하게 부른다고 생각했던 라엘은 이보다 더 편하게 부를 수 있나 잠시 생각했다.

"아니. 네가 날 부를 때 말이야."

"제가 본부장님을 부를 때요?"

"그래. 그 본부장!"

"본부장이요?"

"그 소리 좀 하지 마."

7화. 안 해. 못 해!

본부장님, 본부장님.

수혁은 말머리, 말끝마다 이어지는 '본부장님'이란 단어가 거슬리다 못해 상당히 신경 쓰였다. 오히려 처음에는 이름을 부르더니 언젠가부터 바뀐 호칭을 계속 불렀다.

따지고 보면 직책이 본부장이기 때문에 그렇게 부르는 게 맞기도 하고 다른 사람이 자신을 뭐라고 부르든 상관이 없었다. 하지만 그녀가 본부장이라는 소리를 할 때마다 왠지 모르게 거리감이 느껴지는 것 같았다.

수혁은 라엘이 자신의 이름을 불러주는 게 좋았다.

"그럼 뭐라고 부를까요?"

"처음처럼 내 이름 불러줘."

"네. 그럴게요, 수혁 씨."

라엘은 그게 뭐 어려운 일이냐는 식으로 단번에 호칭을 정리했다.

"여기 세 권의 책이 있어요."

그녀의 손끝을 따라 수혁의 시선이 움직였다. 한 권은 오래전에 인기를 얻은 베스트셀러 장르소설이었고 그 옆은 시집, 그리고 마지막은 동화책이었다.

라엘은 상담자와 첫 수업에 들어갈 때는 늘 읽을거리를 준비했다. 종류는 잡지가 될 수도 있고 다양한 책이 될 수도 있다. 이 단계를 통해 상담자가 스스로 자신의 상태를 체크할 수 있고, 상담사의 입장에서는 자신의 호흡이나 습관, 막히는 포인트를 확인할 수 있었다.

"동화책을 먼저 읽어보시겠어요. 제가 들을 수 있게 소리 내서요."

그렇게 말하고 라엘은 테이블 위에 엎어놓은 동화책 한 권을 집어 들었다. 수혁은 이 정도쯤이야, 라는 대수롭지 않은 생각으로 동화책을 잡았다. 특히 세 권의 책 중에 동화책은 가장 문장이 적고 아이들을 상대하는 책이라 비교적 단어가 편했기에 더 괜찮았다.

'동물 친구들의 소리 잔치'라는 제목의 표지를 넘기던 손가락이 멈칫함과 동시에 넓은 어깨가 움찔했다.

"지, 지금 나보고…… 이걸 읽어보라고."

납득할 수 없는 상황에 그가 당황스러움을 내비쳤다.

"장난해?"

"제가 왜 수혁 씨에게 장난을 하겠어요. 설마, 아까 각서에 사인하신 거 잊으신 건 아니죠? 순한 양이 되겠다던 분이 누구시더라."

"……."

진한 눈썹 사이 매끄러운 미간이 살짝 좁혀졌다.

젠장!

수혁은 저 웃는 얼굴에 속아서 선뜻 사인한 몇 분 전의 자신을 혼내주고 싶은 심정이었다. 아무리 각서에 사인을 하고 순한 양이 되겠다고 했지만 그래도 이건 아니지 않은가. 아이들 동화책에 나올 법한 문장 뒤에 연결된 단어들이 문제였다. 눈으로 읽기에도 민망함은 필수요, 옵션으로 방정맞음까지 딸려오는 각종 의성어와 의태어들이 가득했다.

"저기, 최라엘. 이 소설부터 먼저……."

"아니요. 꼭 이 동화책부터 먼저 읽으세요."

은근슬쩍 동화책을 내려놓으며 말하는 수혁에게 단호한 답변이 돌아왔다. 난감한 듯 손에 들린 동화책은 어린아이들을 대상으로 만들어진 동화책이었다.

워낙에 독특하고 다양한 단어가 많아서 굳어진 발음이나 목을 푸는 데 효과적이었다. 그 때문에 연극배우나 강사 등 말과 관련된 일을 하는 사람들에게 입소문이 나면서 반대로 어른들에게 더 많이 팔리는 진풍경을 내기도 했었다.

라엘이 세 권의 책 중에 이 동화책을 고른 이유는 혹시 모를 부끄러움과 긴장감 때문이었다. 통계적으로 여자보다 남자들에게 말더듬이 증상이 많았고, 부끄러움을 느끼는 감정 또한 여자보다 남자들이 더 높았다. 처음 상담을 오는 남자들은 여자들보다 부끄러움을 느끼곤 했는데, 이 동화책을 읽는 건 그런 점을 보완하기 위한 라엘의 전략이었다.

일반 사람들도 다소 읽기 민망한 단어들이 가득했지만 일단 읽고 나면 남아 있는 부끄러움과 긴장감을 어느 정도 떨쳐내고 말하고 발음하는 데 도움이 됐다.

"이제 왜 이 동화책을 먼저 읽어야 하는지 이해되셨죠?"

"근데 난 전혀 긴장하지도 부끄럽지도 않다니까."

"알죠. 제가 그랬죠? 수혁 씨 말은 무조건 믿는다고."

믿는다는 말과 달리 그녀의 눈동자는 그의 속마음을 간파한 듯 여유롭기까지 했다. 라엘은 이미 수혁을 조련하는 법을 터득한 거 같았다.

"부끄럽지 않으니까 좀 더 편하게 읽으시면 되겠네요?"

얄밉다. 수혁은 마치 약 올리듯 말하는 눈앞의 촉새가 얄미우면서도 활짝 올라간 입꼬리와 함께 웃는 얼굴은 또 그렇게 귀여웠다.

"각서 쓰신 분 어디 가셨나?"

"……읽을게. 대신 네가 먼저 완벽하게 읽으면."

"정말이죠? 좋아요."

"대신 한 번이라도 틀리면 이 유치한 동화책은 안 읽을 거야."

"만약 제가 한 번도 틀리지 않고 완벽하게 읽으면 수혁 씨도 뜸들이지 말고 바로 읽는 거예요."

수혁은 고개를 살짝 끄덕이며 팔짱을 꼈다. 보는 입장과 달리 막상 읽기는 쉽지 않을 거라고 생각하며 라엘이 제발 하나라도 틀려서 유치찬란한 동화책만큼은 피하고 싶었다.

하지만 그 간절함은 고막에 사이다 샤워를 한 듯 곧바로 들려온 말소리에 바람처럼 사라졌다.

"아기 돼지 제브는 자신의 방구 소리에 깜짝 놀랐어요. 톰, 내 방구 소리 들었어? 뿌악뿌악. 뿡뿡뿡뿡. 뽀옹뽀옹. 제브, 네 방구 소리가 재미있게 들리는 거 같아. 하하하."

라엘은 눈 하나 깜짝하지 않고 캐릭터마다 목소리를 바꿔가며 손동작까지 더해 읽기를 마쳤다.

졌다. 졌어.

완벽함을 넘어 한 편의 동화 구연을 본 수혁은 더 이상 핑계를 댈 수 없음을 깨달았다.

"이제 수혁 씨 차례예요."

"알아."

"화이팅."

수혁은 지금이라도 차라리 사랑 이야기가 담긴 시집을 읽고 싶다고 생각하며 목소리를 가다듬고 동화책을 펼쳤다.

"배가 아픈 제브는 화장실로 뛰어갔어요. 지금 당장 또, 또…… 똥이 마려워서 참을 수 없어요. 쿠르르르, 쾅쾅. 배에서 천둥이 쳐요."

그 뒤 수혁은 라엘의 도움으로 동화책의 민망한 단어도 어려운 단어도 모두 읽을 수 있었다. 그렇게 두 사람의 티격태격 수업이 마무리됐다.

"내일부터 이틀 동안 안 오니까 잊지 말고 꼭 숙제 하셔야 해요. 아셨죠?"

"잠깐!"

"네?"

"최라엘, 너, 내일 안 와?"

숙제에 관한 내용은 안중에도 없다는 듯이 흘려듣더니 그녀의 출석에 관해 말이 나오자 수혁의 눈빛이 달라졌다.

"네? 네. 안 오는데요."

"안 와? 누구 마음대로."

"……."

누구 마음대로라니. 라엘은 갑자기 눈을 부릅뜨며 따져 묻는 그의 행동에 순간 말문이 막혔다. 고개를 빳빳이 들고 커다란 눈을 꿈쩍이며 황당한 그녀의 표정을 보던 수혁은 자신이 살짝 오버했음을 깨달았다.

"내일 휴일인데요."

"휴일이 뭐."

"휴일은 쉬는 날이잖아요."

아! 요즘 촉새 때문에 워낙 스펙터클한 날을 보내고 있다 보니 내일이 휴일이라는 것도 잊고 있었다. 그런데 학교도 아니고, 정해진 시간에 매일 출근하는 직장인도 아니지 않나.

'아니, 잠시만. 촉새는 내 개인교사나 마찬가지잖아.'

빠르게 생각을 마친 수혁이 말을 덧붙였다.

"휴일에 쉬어도 된다고 누가 그래?"

"네?"

물론 처음 계약서를 작성할 당시 주말에 쉬어야 한다는 사항은 없었지만 일주일에 4일을 방문하기로 했고, 이번 주는 벌써 4일을 다 채웠기에 주말은 쉬어도 되는 날이었다. 더군다나 내일은 오전부터 부모님을 모시고 공항을 가야 했기에 나름 중요한 날이었다.

계약서에 나온 사항대로 잘 지키고 있는데 뭐지, 이 억지스러움이 가득 담긴 말투는. 어쩐지 요 며칠 다른 사람 같더라니.

라엘은 화원 사건 이후 잠잠해진 그의 까칠함이 다시 발동한 거라고 생각했다. 아무래도 아까 민망한 동화책을 읽게 한 까닭에 수혁이 자신에게 심술을 부리는 것 같았다.

"도련님? 그만하세요."

일정한 간격을 두고 가만히 두 사람을 지켜보던 알프레도가 조용히 다가와 수혁을 말렸다.

"최 선생님도 개인 용무를 보시면서 주말은 쉬셔야죠."

라엘은 자신을 옹호하는 알프레도의 말에 엄지를 세워 고마움을 표현하며 가방에서 작은 종이 카드를 꺼내 수혁의 손에 쥐여줬다.

"참, 이거 받으세요."

"뭐야?"

"아까 말했잖아요. 오늘부터 숙제 있다고."

"숙제는 무슨……."

애도 아니고 숙제란 말에 심드렁한 표정으로 고개를 돌리던 수혁의 말문이 딱 막혔다. 저게 얼마나 중요한 건데, 무심하게 알프레도에게 넘긴 숙제 카드를 도로 가져온 라엘이 그의 앞으로 바짝 다가가 까치발을 세우며 얼굴을 들이밀었다.

"수혁 씨, 나 좀 봐요."

"……!"

순간 눈앞에 가득 들어찬 얼굴에 깜짝 놀란 수혁이 의도적으로 자신의 상체를 살짝 뒤로 기울였다.

자칫 그녀의 입술과 자신의 입술이 부딪칠까 봐 고개를 뒤로 당겼지만, 사실 라엘의 입술을 의식한 그의 생각일 뿐 두 사람의 거리는 그 정도로 밀착해 있지는 않았다.

"언어 훈련은 얼마만큼 연습을 하는가가 굉장히 중요해요. 그만큼 숙제가 중요하단 말이에요."

"제발…… 얼굴 좀 치워."

수혁은 그녀에게서 나는 향기가 코끝을 찔러 괴로울 지경이었다. 그가 미간을 구기며 귀찮은 듯 속삭였지만, 그 속내를 알 수 없는 라엘은 더 당당하게 들이댔다.

"불편하죠? 내가 또 한 들이댐 하는데. 대답하면 치울게요."
"……할게."
"콜! 여기 안에 적은 숙제 앞으로 잊지 말고 꼭 하세요. 전화해서 확인할 거니까 핸드폰 꺼두지 마시고요."
라엘은 원하는 대답을 듣고 나서야 뒤로 물러섰고, 수혁은 그제야 참았던 숨을 쏟아냈다.
"아무래도 도련님께서 제대로 임자를 만나신 거 같군요. 참고로 전, 최 선생님이 참 좋습니다."
"난 촉새가 싫어. 진심으로."
싫다는 사람이 그녀를 태운 차가 저택을 빠져나갈 때까지 한참을 서 있었다.
"거짓말. 라엘이 좋아."
"싫어."
"수혁이 바보. 지미 바보. 지미 바보."
수혁은 라엘을 배웅하고 돌아온 관우를 상대하며 문득 자꾸만 자신을 '지미'라고 부르는 이유가 궁금해졌다.
'지미가 뭐지?'

늦은 저녁, 본채를 찾은 알프레도는 연이와 짧은 대화를 마치고 이 회장이 있는 서재로 향했다. 복도에 걸린 대형 거울 앞에 멈춰 선 그는 집사의 상징이라 할 수 있는 제비꼬리 턱시도의 매무새를 가다듬고 재킷과 연결된 회중시계를 확인했다.
내일은 이 회장이 한 달에 걸쳐 장기출장을 가는 날이었다. 항상 출장 가기 전날은 한 실장에게 출장에 관한 마지막 브리핑을 보고받느라 다른 일을 하지 않았다.

아무래도 수혁의 기조연설 건이 언급될 것 같은 예감에 알프레도는 살짝 긴장감이 들었다. 큰 복도를 지나고 작은 복도를 지나니은 자 모양의 마지막 복도를 지나니 일층 가장 끝에 있는 이 회장의 개인 서재가 나왔다.

그가 서재를 향하는 동안 열 명이 넘는 본채 메이드의 인사를 받았지만, 평소와 달리 손에 든 찻잔 쟁반을 받아 드는 직원은 단 한 명도 없었다. 그만큼 이 회장의 개인 서재는 아무나 따라올 수도, 볼 수도 없는 특별한 공간이었다.

서재 문을 열리자 운동장만 한 큰 저택에 비해 7평 남짓한 작은 공간이 한눈에 들어왔다. 알프레도는 잠시 찻잔을 책상 위에 내려놓고 바로 뒤에 있는 자신의 키만 한 커다란 액자 앞으로 바짝 다가갔다. 많은 사람들이 알고 있는 말을 탄 나폴레옹 그림 뒤로 몇 번의 버튼을 누르자 '철컥' 소리가 들렸다. 마치 문을 열듯이 액자를 연 그는 쟁반을 들고 그 안으로 들어갔다.

이 회장의 개인 서재가 특별한 이유는 바로 지하 3층에 있는 대형 금고 때문이었다. 선대 회장님 때부터 사용한 이 금고실은 중앙 거실을 기점으로 총 세 개의 공간이 존재했다.

첫 번째 금고는 셀튼가와 역사를 함께한 각종 기밀문서가 가득했고, 두 번째 금고는 새로운 호텔과 리조트가 건설될 때마다 그 설계도와 모형이 들어섰는데, 이번에는 부산 테마파크가 자리하고 있었다. 그리고 마지막 금고는 50억 원의 현금 다발과 직사각형 모양의 금괴가 쌓여 있었다. 비자금이나 세금 세탁을 위한 돈이 아닌 정당하게 벌어들인 이 회장의 개인 자산으로 일종의 과시욕과도 같았다.

이 거대한 저택에 위치한 대형 금고의 존재를 아는 사람은 이 회장의 가족과 영국에 거주중인 모친, 알프레도와 진 비서, 한 실장까지 일곱 명뿐이었다.

"안녕하셨습니까? 집사장님. 회장님께서 기다리고 계십니다."

이 회장에게 브리핑을 끝낸 한 실장이 깍듯하게 고개를 숙이며 인사를 건넸다.

"오랜만이네, 한 실장. 내일부터 장기출장을 간다고 들었네."

"네. 이번에는 영국 리조트 부지 건으로 가는 거라 시간이 좀 걸릴 듯싶습니다."

"회장님 곁에 한 실장이 있어 다행이야. 모쪼록 조심히 잘 다녀오게."

"네. 다녀와서 뵙겠습니다. 그럼."

한 실장과 짧은 대화를 마친 알프레도는 이 회장이 기다리고 있는 중앙 거실에 도착했다.

"부르셨습니까, 회장님."

"어서 와, 알프레도."

풍채가 좋은 이 회장은 위엄 있는 분위기를 풍겼다. 가져온 쟁반을 작은 테이블에 올려놓은 알프레도는 신의 커피라 불리는 세계에서 가장 비싼 게이샤 커피를 금으로 된 찻잔에 능숙하게 따랐다. 뜨거운 김과 함께 향긋한 아로마 향이 금세 사방으로 퍼져나갔다.

알프레도는 팔에 두르고 있던 하얀 천으로 찻잔에 묻은 한 방울의 커피 방울을 닦은 뒤 이 회장에게 찻잔을 내밀었다.

"음, 향이 살아 있는 거 보니 오늘 아침에 새로 들어온 원두인가 보군."

"맞습니다, 회장님."

"자네도 한잔하지."

"전, 괜찮습니다."

"역시 자네가 타주는 커피가 가장 맛있어."

"회장님, 죄송합니다."

차분하게 전해지는 죄송함에 이유는 빠졌지만 굳이 설명하지 않아도 이 회장은 그 뜻을 정확히 알고 있었다.

"하하하! 사람 참."

수혁의 기조연설 건으로 불편한 심정과 함께 채근할 줄 알았던 이 회장은 뜻밖에도 호탕하게 웃기 시작했다.

"자네가 죄송할 게 뭐 있나. 이지철이 추천을 하고 임원들이 선동해서 본인도 어쩔 수 없었겠지. 그나저나 수혁이는 좀 어떤가?"

"……."

수혁의 상태를 묻는 질문에 어찌 된 영문인지 알프레도는 침묵했다.

"말 안 해도 알겠네. 사실 요즘 수혁이에 대한 내 나름의 고민을 하고 있었어. 그러다 한 실장에게 회의 때 일을 보고받고 오히려 잘됐다고 생각했지."

커피를 음미하던 이 회장은 말을 하다 말고 부산 테마파크 모형이 전시된 두 번째 금고로 향했다. 모형을 감싼 강화유리 위에 놓인 커피 잔에 작은 물결이 흔들리고, 순간 유리 너머를 향한 눈매가 사납게 돌변함과 동시에 서늘한 말투가 흘러나왔다.

"아무래도 내가 수혁이를 너무 풀어준 거 같아."

"네? 그게 무슨 말씀이신지……."

"난 한동안 내 목숨 같은 두 아들에게 왜 그런 사고가 났는지 이해가 되질 않았어. 특히 얼마 전까지 주인 없는 빈 방을 지날 때마다 수호가 죽었다는 현실을 찢어버리고 싶은 심정이었어. 자네도 알지 않나? 수호가 나에게 어떤 아들이었는지."

사고 후, 달라진 집안 분위기와 수혁의 일로 알프레도는 잠시 잊고 있었다. 수호가 이 회장에게 어떤 아들인지, 그리고 이 회장의 삐뚤어진 자식 사랑이 어떤지도.

수혁보다 8년 먼저 태어난 수호는 이 회장에게 분신 같은 존재였다. 어린 시절부터 하나를 제시하면 열을 깨우치는 영특함은 물론 또래보다 항상 모든 면에서 월등히 우월했다. 이 회장은 그런 수호에게 점점 더 욕심을 내며 완벽한 후계자 양성을 위한 혹독한 교육을 시키기 시작했다.

수혁이 역시 수호 못지않았지만 이미 이 회장의 포커스는 큰아들에게 고정되어 있었다. 늘 형이 우선이었지만, 수혁은 언젠가 아버지에게 인정받을 자신이 있었으므로 형을 질투하거나 시기하지 않고 오히려 자랑스러워했다. 재벌가의 교육이 일반인들과는 다르다지만 이 회장의 경우는 그 범주를 심히 넘어섰다. 마치 수호의 삶은 없는 것처럼 자신이 원하는 매뉴얼대로 삶을 주관하며 자식에 대한 집착을 보이기도 했다.

겪어보지 않은 사람은 이해할 수 없는 숨 막히는 꼭두각시 삶이었지만 수호는 이상할 정도로 단 한 번도 이 회장의 뜻을 거스르지 않았다. 오히려 모든 가족들에게 늘 웃는 얼굴로 아무렇지 않은 척 행동했다.

알프레도는 그런 수호가 안쓰러워 어느 날 그에게 물은 적이 있었다. 수혁이 이제 막 대학을 입학하고, 수호의 나이 28살 때 일이다.

"큰 도련님, 괜찮으세요? 힘드시면 조금 목소리를 내셔도 됩니다."

"알프레도, 만약 내가 목소리를 내면 아버지가 어떻게 하실 것 같아?"

"회장님께서도 자신의 방법이 잘못된 걸 아시겠죠."

"아니. 그땐, 수혁이를 괴롭히기 시작할 거야."

너무나 담담하게 전하는 그의 말에 차마 아니라는 답변을 할 수 없었다. 알프레도가 생각하기에도, 이 회장은 충분히 그럴 분이었으니까.

"수혁인 나랑 달라."

알프레도는 짧은 문장 속에 담긴 진심을 알 수 있었다. 수호가 수혁을 이 회장으로부터 보호하고 있음을.

"난 어릴 때부터 이미 습관처럼 익숙해져버렸지만 수혁인 이렇게 살면 정말 숨 막혀 죽을지도 몰라."

수호는 수혁이 자신처럼 이렇게 사는 걸 원치 않았다. 단순히 회사 일을 하는 것과 후계자가 되는 건 천지 차이다. 셀튼가의 이름으로 태어난 이상 이 삶에서 아주 자유로울 순 없겠지만 적어도 자신보다는 편한 삶을 살게 하고 싶었다. 두 사람은 태어나면서부터 이미 두 손에 흘러넘쳐 발밑에 고일 정도로 막대한 부를 지녔다. 누군가에게는 목숨을 바꿔서라도 소유하고 싶은 재력과 권력이지만 그들은 모른다. 겉으로 화려해 보이는 이 삶은 고독하고 외로울 뿐만 아니라 그 빛나는 무게에 때때로 고개조차 들 수 없다는 것을.

"제 목소리 하나 못 내는 사람인데, 수혁이 눈에 내가 멋져 보였나 봐. 날 존경한대. 근데 있지, 알프레도? 그 말을 들으니까 그래도 뭔가 안심이 되더라. 다행이지 뭐야. 하나뿐인 형이 병신처럼 보이지 않아서."

"큰 도련님……."

"지나친 틀에 맞춰 사는 건 나 하나만으로 족해."

바짝 말라버린 사막의 오아시스처럼 공허했던 수호의 눈빛이 오래된 기억 속에서 빠르게 떠올랐다. 알프레도는 커피 잔이 유리에 부딪치는 소리에 상념 속에서 눈을 떴다.

"와이프는 수혁이 받은 상처가 아물려면 시간이 필요하다고 했지만, 내 생각은 달라. 그동안 1년이란 시간을 주었으면 충분히 기다릴 만큼 기다렸다고 생각하네. 우리 그룹 직원들이 총 몇 명인지 아나?"

"정확하진 않지만 각국의 계열사와 아르바이트 직원들까지 합하면 대략 몇십만 명이 넘는 걸로 알고 있습니다."

전 세계 관광산업에서 명성을 떨치는 셀튼그룹에 속해 있는 직원들의 수는 그야말로 굉장했다.

"수혁이는 앞으로 좋든 싫든 그 인원을 책임지는 자리에 앉아야 해. 근데, 그런 놈이 가장 기본적인 감정도 다스리지 못하고 있지 않나. 난 더 이상 별채에만 처박혀서 은둔하는 저 꼴을 봐줄 수가 없어."

"회장님, 작은 도련님도 노력하고 계십니다."

"임 박사가 처음 진료했을 때 그랬다지? 사고로 인한 트라우마만 안정되면 빠르게 회복세를 보일 거라고."

임 박사의 진단은 정확했다. 최근 라엘의 도움으로 안정을 되찾은 수혁은 불안정한 심리를 탈출하고 확실히 예전의 모습으로 돌아오고 있는 중이다.

"난 의사가 아니라 의학적인 지식을 논할 순 없지만 내가 보기엔 그냥 단순한 의지의 문제야. 지 때문에 수호가 죽었다고 생각하면 더 악착같이 살아야지."

그놈의 사고 타령은 언제까지 할 생각인지. 죽은 사람은 죽은 사람이고 산 사람은 산 사람이다. 이 회장은 수혁의 나약한 의지가 문제라고 지적하며, 예전에 수호에게 그랬던 것처럼 자신이 원하는 틀에 맞춰 그를 더 완벽한 후계자로 만들 생각을 품고 있었다.

이 회장이 알프레도가 볼 수 있게 커피 잔을 아래쪽으로 흔들자 남은 커피가 위태롭게 잔 안에서 돌아다녔다. 흔들리는 손목에 매달린 수십억 원짜리 시계에 박힌 다이아몬드의 화려함 때문에 눈이 부실 지경이었다.

"경매로 1키로에 150만 원으로 낙찰을 받은 이, 게이샤 커피가 한때 못난 취급을 받았다는 걸 알고 있나? 난 수혁이를 게이샤 커피처럼 만들 걸세. 모두가 우러러보는 가장 완벽한 후계자로. 수호도 해냈으니 분명 수혁이도 그리될 수 있을 거야."

손목에 채워진 고가의 시계와 150만 원짜리 커피까지. 완벽하지 않은 건 이 회장에게 아무런 의미가 없었다.

"사람은 불안하고 급박한 상황에서 자신도 모르는 힘이 나온다고 하지 않나. 그 불안함을 견뎌야 해. 조만간 한 실장을 통해서 부산 테마파크 진행자를 수혁이로 공식화할 거야. 그러니 내가 출장에서 돌아올 때까지 가짜를 세우든 돌이라도 물고 입을 찢든 제대로 준비하라고 전해. 완벽하지 않은 아들은 필요 없어."

'어쩌다가 이렇게까지 되셨을까?'

알프레도는 눈앞의 광적인 눈빛을 보며 안타까운 마음과 함께 불안한 기분에 사로잡혔다. 하지만 이제 막 상처를 깨고 밖으로 나온 수혁에게 이 회장의 말을 차마 전할 순 없었다. 대신 무거운 표정으로 어딘가에 메일을 보냈다.

"여권 있고 휴대폰도 있고. 혹시 몰라서 우리나라 영사관 번호도 챙겨드렸어요. 유럽은 소매치기가 꽤 있으니까 조심하세요. 그리고 서로 꼭 붙어 다니시고요."

"아빠가 엄마 손 꼭 잡고 떨어지지 않을 테니까 걱정 마."

풍호는 덕희의 손에 깍지를 끼며 허공에 흔들어 보였다.

"엄만 아직도 이 비싼 여행을 가도 되는 건지 모르겠어."

"엄마 여행 가는 거 싫은 건 아니지?"

"싫기는. 너무 좋은데, 너희한테 미안해서 그러지."

이 여행을 위해 2년 동안 적금을 부었다던 남매가 못내 마음에 걸린 덕희였다.

"어휴, 우리 덕희 여사님 또 걱정 나오셨네. 빚진 것도 아니고 오빠도 나도 능력돼서 보내드리는 거야. 우리 어릴 때부터 엄마, 아빠랑 유럽 여행 가는 게 소원이었잖아. 이번에 멋진 크루즈도 타고 엄마 핸드폰 배경화면인 베르사유 궁전도 직접 보고 오세요."

"사람 참. 여기까지 와서. 즐거운 마음으로 가자고. 웃으면서 가."

"알았어요. 우리 라준이 라엘이 고마워. 밤늦게 다니지 말고 사골국이랑 마른반찬 몇 가지 해놨으니까 밥 제때 챙겨 먹고. 아빠랑 엄마 잘 다녀올게."

풍호와 덕희는 가이드의 인솔하에 다른 여행객들과 출국장으로 들어가며 기분 좋게 손을 흔들었다. 횡단보도에 서서 라준의 메시지에 답을 하던 라엘은 옆에서 들려온 어느 할머니의 영어 소리에 귀를 쫑긋 세웠다.

타인의 소리를 엿듣는 취미가 있는 건 아니었지만 영어를 제법 할 줄 아는 사람이라면 그냥 지나치기 힘든 말이었기 때문이다.

「이를 어쩌지? 소매치기를 당했네……」

오른쪽으로 몸을 살짝 틀던 라엘은 불과 15분 전에 엄마가 했던 말이 떠올랐다.

'라엘이 너, 길 가다 도움 필요한 사람 봐도 무작정 나서지 말고 일단 신고부터 해. 요새는 세상이 험해서 오지랖도 사람 봐가면서 부려야 해.'

그러고 보니 얼마 전에 어르신들을 이용한 신종 인신매매 사건이 발생했다는 기사 내용이 생각나 잠시 고민하던 라엘은 아니라는 결론을 내렸다. 일단 옆에 서 계신 할머니는 영국의 귀족과 최상류층들이 사용한다는 'Posh English'를 완벽하게 구사하고 있었다.

'Posh English'를 습득하기 위해서는 그 나라에서 거주하는 것뿐만 아니라 그 문화에 직접적으로 속해 있어야 했다. 그만큼 신분을 나타내는 영어이기 때문에 적어도 처음 보는 이 할머니가 위험한 사람은 아니라고 판단했다.

「저, 할머니. 혹시 도움이 필요하세요?」

영어로 들려온 호의에 가만히 서 있던 할머니가 라엘을 돌아보곤 한국말로 답했다.

"한국분이세요?"

가까이서 본 할머니의 복장이 시선을 사로잡았다. 하얀 백발 머리 위엔 승무원들이 착용할 법한 독특한 모자를 쓰고 있고 손목까지 오는 망사 장갑을 착용하고 있었다. 5cm 정도의 굽이 있는 단정한 구두를 신고 계셨지만 한눈에 봐도 아담한 키와 무릎 선을 지킨 화려한 투피스는 무척 잘 어울렸다.

"저도 한국 사람이에요. 초면에 미안하지만 날 좀 도와주겠어요?"

자신을 한국 사람이라고 소개한 할머니는 인자한 미소와 함께 미안하지만 핸드폰을 사용할 수 있냐고 부탁하곤 라엘의 핸드폰으로 간단하게 문자 메시지를 보냈다. 그러고 나서 금방 전화가 올 거라고, 잠시만 기다려달라고 했다.

"할머니, 아까 말씀하신 걸 살짝 들어보니 소매치기를 당하신 거 같은데 괜찮으세요?"

전화를 기다리는 동안 라엘이 걱정스러운 말투로 물었다.

"짐이라고는 핸드백이 전부인데 그걸 통째로 소매치기당했어요."

할머니는 입국장을 빠져나와 카페에 들렀고 홍차를 가지러 계산대에 간 사이 테이블 위에 올려놓은 핸드백이 없어졌다고 했다.

"그 안에 지갑도 카드도, 현금이랑 여권도 전부 다 들어 있었어요. 늙은이가 실수한 거죠."

"네? 그럼 얼른 공항 경찰에 연락해서 일단 CCTV부터 확인하셔야죠. 제가 신고해드릴게요."

다급하게 112를 누르려는 손 위로 망사 장갑이 쑥 올라왔다.

"아니에요. 그러지 마세요. 괜찮아요. 제가 해결할 수 있어요."

일반 사람이라면 속상함과 당황스러움이 밀려올 이 상황에 정작 주인공은 별일 아니라는 듯 이상할 정도로 태연했다. 오히려 라엘이 더 놀라워했다. 때마침 핸드폰으로 전화가 왔고 할머니는 다시 'Posh English'를 사용하며 자신이 처한 상황을 설명했다.

「그렇게 됐으니 자네가 알아서 처리해주게. 그리고 애들한테 연락 오면 내가 알려준 대로 말하고 걱정하지 말게.」

할머니는 통화를 마치고 라엘을 쳐다보며 말을 이었다.

"내가 나이가 80이 넘었어요. 사는 동안 큰일을 몇 번 겪고 보니 이런 일에 오히려 침착해지네요. 그나저나, 한국의 가을은 볕이 아직 뜨겁네요."

"저, 생수 있는데 이거 드세요."

라엘이 조금 전 편의점에서 구입한 작은 생수를 권하자 할머니는 자신의 재킷에 꽂혀 있는 연보라색 행커치프를 꺼내 생수를 감쌌다. 그러더니 고개를 반대로 돌려 연한 분홍색 립스틱이 생수 입구에 묻지 않도록 조심하며 물을 마셨다.

아무리 봐도 80세가 넘었다는 말이 믿기지 않을 정도의 정정함이었다. 게다가 물 흐르듯이 자연스럽게 몸에 배인 격식 있는 행동이 뭔가 평범한 할머니는 아닌 것 같다고 생각했다.

"젊은 아가씨가 얼굴도 예쁜데 마음씨는 더 예쁘네요. 나이 든 게 자랑은 아니지만 이렇게 도움을 받으면 그 마음이 미안하고 고마워요."

"아니에요. 별말씀을요. 제가 도와드린 것도 없는데요."

"정말 미안한데, 여기서 서울로 가려면 어떻게 가야 되는지 알려줄래요? 내가 대중교통이 익숙지가 않아서 그래요."

"아, 저도 서울 가야 하거든요. 괜찮으시다면 제 차 타고 가시겠어요?"

미안한 표정으로 길을 묻는 할머니를 보며 라엘은 함께 갈 것을 권했다. 과한 친절이나 오지랖일 수도 있다. 그러나 소매치기로 아무것도 가진 게 없는 80세 넘는 할머니를 모른 척할 수 없었다.

그렇게 초면에 함께 서울까지 동행했지만 워낙 유쾌하게 대화를 이끄는 할머니 덕분에 두 사람은 어색함 없이 갈 수 있었다. 최종 목적지라는 내비게이션의 안내를 따라 한적한 골목 사이에 차가 멈췄다.

"할머니? 알려주신 곳이 여기인데 맞으세요?"

"맞아요. 저 앞에 코너만 돌면 바로니까 난 여기서 내릴게요."

"여기 내리막길이라서 불편하실 수 있어요. 가까우니까 차로 내려드릴게요."

정문 가까이에 차를 대며 문패를 확인한 라엘의 동공이 순간 크게 팽창했다. 할머니의 최종 목적지는 납골당이었다.

"혹시 연락처 좀 알 수 있을까요?"

할머니는 자신을 따라 내린 라엘의 손을 꼭 잡으며 몇 번이나 고마움을 표했다.

"나 때문에 시간도 뺏기고 미안하고 고마워서 나중에 밥이라도 한 끼 대접하고 싶은데……."

"아니에요. 제가 사는 곳도 이 근방이라 지나가는 길이었어요. 저도 할머님 덕분에 오는 길 심심하지 않았고요. 신경 쓰지 마세요. 그럼 이만 가보겠습니다."

"아쉽네. 나중에 혹시 살면서 마주치면 그땐 꼭 밥 한 끼 먹는 거예요."

꾸벅 고개 숙여 인사를 건네고 차로 향하던 라엘은 차 문을 열다 말고 다시 할머니에게 다가갔다.

"저기, 할머니?"

그러더니 자신의 머리카락 한 가닥을 뽑아 손안에 쥔 채 눈을 감으며 속으로 뭔가를 말하고선 머리카락을 입김으로 후 하고 날렸다. 뭔가 안 좋은 일이 생겼을 때 습관처럼 하는 일종의 의식 같은 행동이었다.

“저도 들은 건데, 안 좋은 일을 속으로 생각하면서 머리카락을 날리면 안 좋은 것들이 다 사라진다고 하더라고요.”

뜬금없는 말과 행동에 살짝 당황스런 표정을 짓던 할머니는 이내 라엘의 등을 토닥이며 다시 한번 고마움을 전했다. 그리고 주차장을 벗어나는 차를 향해 손을 흔들며 납골당으로 들어갔다. 두 손을 가지런히 모으고 납골당 가장 안쪽으로 향한 할머니는 자신의 시선이 머무는 곳에 발걸음을 멈췄다. 가을 햇빛이 가득 들어찬 유리창에 손을 대고 한참을 가만히 서 있던 그녀가 누군가의 사진을 쓰다듬으며 나지막이 속삭였다.

“수호야, 할미 왔다.”

수혁은 평소와 다름없는 주말을 보내고 있었다. 주말이라고 해도 집에서 일을 하기 때문에 사무실에서 일할 때보다 꼼꼼히 챙겨야 하는 사항이 많았다. 더군다나 곧 있을 미국 지사에서 주최하는 행사 때문에 현지에 있는 비서와 통화 중이었다.

-본부장님, 그럼 이번 크리스마스 콘셉트는 이대로 진행할까요?

“그래. 특히 뉴욕은 가족 단위보다 젊은 층이 많으니까 다른 지역보다 인테리어가 화려한 게 좋아. 호텔 외관에 LED 조명을 작년보다 10% 정도 더 설치해.”

-네. 알겠습니다. 마지막으로 VIP 패키지는 작년과 동일하게 준비하도록 하겠습니다.

호텔 산업에서 연말은 크리스마스와 각종 공연들로 투숙객들이 증가하고 그에 따른 매출이 다음 1분기와 직결되는 시즌이다. 셀튼에서는 매년 크리스마스를 기념하여 VIP 고객들에게 패키지 선물을 제공하고 있었다.

이 서비스는 수혁이 미국 지사에서 일할 때 만든 서비스였다. 처음 건의했을 당시에는 임원들이 눈 높은 VIP에게 굳이 돈을 들여 무료 서비스를 제공하는 걸 반대했었다. 나이 든 임원일수록 모험보다는 안전을 택하기 마련이다. 아무리 회장 아들이라고 모든 걸 다 할 순 없었다.

결국 수혁은 자신의 사비를 털어 패키지를 준비했고, 결과는 대성공이었다. 패키지를 받은 VIP 고객들이 전 시즌과 비교해 투숙하는 수치가 늘었을 뿐만 아니라 입소문이 나면서 또 다른 VIP 고객이 대거 유입되었다. 그때부터 나이 많은 임원들도 수혁을 인정하며 그의 말에 귀를 기울이기 시작했다.

"아니. VIP 고객들 패키지에 전달되는 샴페인을 룩 벨레어로 바꿔."

-샴페인을요?

다른 상품은 바뀌어도 인기 있는 샴페인은 몇 년 동안 바뀐 적이 없었기에 비서는 그의 의중이 궁금했다.

"지금 샴페인도 좋지만 몇 달 전부터 새롭게 출시된 룩 벨레어가 심상치 않아. 유행에 민감한 곳이니까 이 정도 흐름이면 바꾸는 게 이득일 거야."

-그렇게 조치하겠습니다. 그리고 이지철이 본사 홍보실장에 임명됐습니다.

"알아."

수혁은 알프레도에게 부산 테마파크 기조연설자 공식화 소식을 들으면서 그 소식도 함께 들었다. 어느 정도 예상했던 일이기에 크게 놀라진 않았다. 그동안 그렇게 아버지 발밑에 납작 엎드려 세치 혀를 놀린 것도 본사에 들어오기 위함이라고 생각했다.

-저도 일정을 앞당길까요?

김 비서가 다급한 듯 말했지만 돌아온 그의 대답은 무서울 정도로 차분했다.

"아직, 타이밍이 아니야. 일단 뭘 하는지 지켜봐. 그래야 확실히 꼬리를 잡을 수 있을 테니까."

그동안 수혁은 자신의 상태 때문에 1년 가까이 별채에서 아무것도 할 수 없었다. 오직 자신을 자책하며 괴롭히는 게 전부였다. 그렇게 영원히 자신을 학대하며 살 거라 생각했는데, 다행히 라엘이 그것을 깨뜨려줬다.

그래서 이제는 세상에 나올 준비와 함께 뭔가를 해볼까 한다. 바로 그동안 머릿속에 수만 번도 넘게 생각했던 1년 전 그날의 가장 의심스런 인물. 수혁은 이지철을 주목하고 있었다.

-무슨 말씀인지 알겠습니다. 마지막으로 외람되지만 한 말씀드려도 되겠습니까?

"해."

업무 사항 외에는 별다른 말을 하지 않는 과묵한 김 비서가 질문을 던졌다.

-오늘 본부장님 목소리가 참 듣기 좋았습니다. 앞으로 좋은 목소리 자주 들려주세요.

업무를 할 때 주로 메일이나 짧은 통화만 하던 김 비서는 오랜만에 힘이 들어간 수혁의 목소리만으로 그의 상태가 좋아졌음을 알 수 있었다.

"그만하고 끊어."

-네. 그럼 여기 일정 마무리하는 대로 곧 뵙겠습니다.

수혁은 급한 업무를 처리하고 물을 마시기 위해 둥근 테이블로 향했다. 상큼한 레몬 물을 마시던 그는 업무 동안 애써 생각하지 않으려 했던 기억을 다시 꺼냈다.

'최 선생님도 개인용무를 보시면서 주말은 쉬셔야죠.'

어제 라엘을 곤란하게 만드는 자신을 보며 알프레도가 던진 말이었다.

"최라엘의 Privacy."

방금 전까지 업무에 집중하던 얼굴이 그녀를 떠올린 순간 묘하게 변하기 시작했다.

개인용무, 개인용무, 개인용무라……. 그래. 촉새도 개인적인 일이란 게 있겠지.

수혁은 옹알이를 하는 아이처럼 반복적으로 같은 단어를 속삭이더니 마치 후한 선심이라도 쓰는 것처럼 라엘의 개인용무를 인정했다.

뭐 하고 있을까? 일을 하고 있을까. 친구를 만나려나. 그것도 아니면 영화를 보거나 근사한 레스토랑 또는 공연장…….

턱.

"……!"

정처 없이 커다란 방을 배회하던 발이 책상 끝에 부딪침과 동시에 컵 안에 담겨 있던 차가운 물이 그의 볼에 튀었다.

'내가 지금 뭐 하는 거야.'

어제 라엘이 저택을 나간 직후부터 그녀의 개인용무를 궁금해하던 수혁은 그녀에게 신경 쓰는 자신을 발견하곤 흠칫 놀라며 고개를 흔들었다.

'이수혁, 정신 차려.'

흔들린 고개가 멈추자 그의 시선이 책상 한쪽에 놓여 있는 휴대폰과 마주쳤다. 그러자 이번에는 그녀의 또 다른 속삭임이 귓가에 메아리쳤다.

'전화해서 확인할 거니까 꺼두지 마시고요.'

그래. 전화.

기다란 손가락이 평소에는 방관하던 휴대폰을 움켜쥐었다.

'난 촉새 번호를 모르는데……. 전화는 몇 시에 오는 거지?'

그때부터 수혁은 절친이라도 된 것처럼 손에서 휴대폰을 놓지 않았다. 다이닝룸에 식사를 하러 갈 때도,

"도련님. 웬일로 식사 시간에 휴대폰을? 무슨 중요한 연락이라도……."

"그냥 시계 보는 거야."

샤워를 하기 위해 욕실에 들어갈 때도,

"도련님? 샤워하시는 데 휴대폰은 왜?"

"반신욕하는 데 타이머가 필요해서."

알프레도의 끈질긴 질문에도 끝까지 휴대폰을 사수했다. 여전히 휴대폰을 손에 쥐고 책상에 앉아 있던 수혁은 문득 라엘이 그렇게 중요성을 강조했던 숙제가 떠올랐다.

'진짜 숙제까지 해야 되나?'

속으로 투덜거리며 대충 책상 서랍에 넣어놨던 숙제 카드를 꺼내려는 찰나, 그의 귀에 관우의 말소리가 들렸다.

"열어줘. 열어줘."

중요 업무 때문에 밖에 내보냈던 관우가 닫힌 창문을 부리로 심하게 쪼아대고 있었다.

"수혁이, 나빠."
"관우 미안."
"나빠. 지미 나빠. 지미 바보."
화가 난 관우는 방 안에 들어오자마자 빠르게 날아다니며 심통을 부리다 수혁이 준 간식에 조용해졌다. 잠시 뒤, 책상 서랍에서 숙제 카드를 꺼내 든 커다란 손이 부들부들 떨려왔다.
"이게…… 숙제라고."
카드를 펼치자마자 적혀 있는 글자와 마주한 수혁의 눈동자가 흔들렸고, 그의 이마엔 내 천 자가 툭 튀어 올랐다.
푸드득.
'숙제'란 소리에 간식을 먹고 있던 관우가 진동이 느껴지는 팔 위로 날아와 앉았다.
"숙제. 수혁이 숙제해라."
"안 해."
"숙제, 숙제."
"못 해!"
관우의 계속된 재촉과 함께 숙제 카드가 침대 위로 날아갔다.

책상에 앉아 보고서를 작성하던 라엘은 30분 전에 들어온 별채 특공대 비밀 채팅방을 보고 있었다.
[쌍방울댁: 아까 2층 복도 청소하러 올라갔다가 복도에서 본 도련님 상태.]
간단한 톡과 함께 도착한 이모티콘은 요즘 인기 있는 눈썹을 우스꽝스럽게 찡그리며 잔뜩 성을 내는 시바견 캐릭터였다.
[세상을 이기자: 아따~ 우리 도련님 지켜보는 재미가 쏠쏠하네.]

[알프레도: 최 선생님, 도장을 주셔서 갖고는 있지만, 도련님이 오실지 모르겠습니다. 요리장에게 물어보니 다이닝룸 앞에서 두 번 배회하시다 올라가셨다는 군요.]

세 사람의 메시지를 토대로 그의 모습을 상상하던 라엘은 자꾸만 웃음이 흘러나왔다. 아마도 수혁의 성격상 숙제 카드를 보고 분명 뭐라고 했을 것이다.

[숙제를 쉽게 하…….]

"……어!"

라엘이 채팅창에 메시지를 남기던 그 순간, 쓰던 글자가 사라지고 화면 위에 '지미'와 함께 휴대폰이 진동했다.

라엘의 휴대폰이 울리기 30분 전 수혁의 상황.

"도련님, 저 들어갑니다."

알프레도는 과일이 담긴 쟁반을 들고 수혁의 방을 찾았다.

"도련님, 딸기가 아주 잘 익었습니다."

탐스럽게 익은 딸기가 책상 위로 올라왔지만, 수혁은 무관심했다.

"생각 없어."

책에 집중하는 그를 뒤로하고 문을 향해 걸어가던 알프레도는 침대 근처 바닥에 구겨진 채 버려진 종이를 발견했다. 딱 보기에도 숙제 카드라는 것을 알 수 있었다. 수혁은 알프레도의 시선이 숙제 카드에 향한 걸 의식했지만 티를 내지 않았다.

"도련님, 숙제 안 하십니까? 관우가 그러는데 안 하신다고 그랬다면서요."

몇 분 전 '숙제'란 단어를 백 번도 넘게 말하다 결국 방에서 쫓겨난 관우가 그길로 알프레도에게 친절하게 고자질한 것이다.
“정말 안 하시려고요?”
“최라엘 혼자 신나서 떠든 거야. 그딴 거 안 해.”
“뭐, 도련님 마음이긴 하죠. 그런데 말입니다…….”
알프레도가 말을 하다 말고 책상 앞으로 바짝 다가왔지만 수혁은 여전히 책에서 눈을 떼지 않았다.
“실은 아까 최 선생님과 전화 통화를 했는데 대화 말미에 이런 말씀을 하셨습니다.”
“……!”
라엘이 전한 말이 귓가에 들린 순간 마치 고고한 학처럼 전혀 미동조차 없던 그의 어깨가 미세하게 움찔했다.
“그럼, 전 이만 내려가보겠습니다.”
철컥. 탁.
방문이 굳게 닫힘과 동시에 두껍게 펼쳐진 책이 빠르게 덮어졌다.

해가 저문 저녁 시간. 다이닝룸에 모인 별채특공대는 커피 한잔과 함께 평소처럼 수다 타임을 갖고 있었다.
“마, 된다.”
“언니도 참. 안 된다니까.”
“넌, 그리 작은 도련님을 모르나?”
“에이, 언니야말로 작은 도련님을 몰라도 한참 모르네.”
오랜 시간 친자매처럼 돈독한 사이를 자랑한 두 사람이었다. 그런데 한 번도 의견이 갈린 적 없던 요리장 기자와 쌍방울댁이 웬일인지 팽팽히 맞서고 있었다.

"야야, 내가 셀튼가에 몸담은 세월이 얼만지 아나? 강산만 두 번이 바뀌었다. 아나?"

"언니 들어온 다음 해 나도 들어온 거 잊었슈?"

표정만큼은 정상회담을 방불케 하는 두 사람의 심오한 대화 주제는 과연 수혁이 숙제를 할 것인가에 대한 것이었다.

"그럼 언니 나랑 내기할래? 난 안 하신다에 만 원."

"어, 그래. 좋다. 내기해, 하자. 난 하신다에 만 원. 당신은 어느 쪽인데요?"

"그래요. 형부는요?"

급기야 방금 막 정원 일을 마치고 들어와 조용히 커피를 마시던 김 씨에게 불똥이 튀었다.

"……나?"

"그럼, 여기 당신 말고 누가 또 있겠어요?"

"나는 안 하신다에 한 표."

김 씨가 쌍방울댁 의견에 동의하며 주머니에서 꺼낸 만 원을 식탁 위에 올려놓았다. 그 모습에 기자가 살짝 눈을 흘겼다.

그때였다.

"에헴!"

아까부터 문에서 조용히 상황을 지켜보던 알프레도가 기척을 하며 다가왔다. 그와 동시에 깜짝 놀란 세 사람이 민망한 표정으로 자리에서 벌떡 일어났다.

"집사장님!"

그들은 말없이 자신들을 번갈아 쳐다보는 알프레도를 보며 그가 화가 났다고 생각했다.

"저희가 작은 도련님을 두고 이상한 내기를 하는 게 아니라……

그게 그러니까…….”

당황한 두 사람 대신 김 씨가 변명을 늘어놓는데 알프레도가 재킷 주머니에서 뭔가를 꺼내들었다.

“난 안 하신다에 5만 원 걸겠네.”

“아이고, 집사장님. 그런 말을 뭐 그리 정색하고 하십니까.”

“커피 한잔하러 왔다가 자네들 대화가 재미있어서 듣고 있었네.”

“그나저나 우리 집사장님, 역시 통 크시네요. 5만 원이나 거시고.”

“최 선생님 부탁이라 협조하긴 하는데, 왠지 힘드실 것 같네. 방금 도련님 방에서 내려오는 길인데 아무래도…….”

알프레도는 구겨진 숙제 카드와 자신의 말에도 별다른 반응이 없던 수혁을 떠올리며 고개를 가로저었다.

“이거 당신이 질 것 같은데?”

“두고 보면 알겠지요. 그럼, 저 빼고 다들 반대 표에 거신 거죠? 다들 최 선생을 과소평가 하셨네. 내 보기엔 우리 작은 도련님은 이미 조련당하기 시작하셨다 아입니까. 이기면 이 돈 다 제 껍니더. 호호호!”

이로써 별채특공대 네 사람 중 유일하게 기자만이 라엘을 지지하며 손에 쥔 8만 원을 흔들었다.

방문이 닫히고 정확히 5분 뒤, 커다란 방 안에 바스락거리는 소리가 연신 들렸다.

‘숙제를 안 하면 각오하는 게 좋을 거라고 하시며, 자세한 내용은 카드 맨 뒷면을 참고하라고 하셨습니다.’

숙제 카드를 돌같이 보던 수혁이 조금 전 알프레도가 남긴 말을 떠올리며 자신이 구긴 종이를 열심히 펴고 있었다.

"각오는 무슨."

패기 돋는 말과는 달리 얼마나 조심스러운지, 종이가 떨어진 자리에 그대로 쪼그려 앉아 펴는 모습이 정성스럽기까지 했다. 구겨진 종이가 어느 정도 펴지가 수혁은 자리에서 일어나 카드 뒷면을 보았다.

카드를 눈앞에 가까이 대야 볼 수 있을 정도의 깨알 같은 손 글씨로 다음과 같이 적혀 있었다.

<그럴 리는 없겠지만, 혹시라도 수혁 씨가 숙제를 하지 않으면 다음 수업 때 동화책보다 몇 배는 더 강도 높은 수업을 할 거라는 것만 알고 계세요.

추신: 제가 못 할 것 같죠? 저, 최라엘이에요. 아시죠? 커튼 때문에 한밤중에 수혁 씨 방 천장까지 기어 올라간 거. 자, 어서 일어나서 다이닝룸으로 출발!>

단지 글을 읽는 것뿐인데, 마치 라엘이 눈앞에서 직접 말하는 것 같은 착각을 불러일으켰다. 사실 숙제는 생각보다 간단했다. 그저 수혁이 라엘에게 전화를 걸기만 하면 되는 거였다. 하지만 문제는 전화번호를 얻는 과정이었다. 그냥 편하게 카드에 적어주면 될 것을 다이닝룸에 요리장을 찾아가 도장을 받으라는 미션 문구가 그의 심기를 건드린 것이었다.

결국 수혁은 '이런 유치한 짓거리는 안 한다'고 단언하며 숙제 카드를 구겨 던졌었다. 그런데 방금 카드 뒷면을 보고 그 확고했던 생각이 바뀌었다. 다른 사람도 아니고 최라엘이다. 강도 높은 수업에 대한 구체적인 계획은 적혀 있지 않았다. 하지만 도저히 종잡을 수 없는 그녀라면 카드에 적힌 대로 분명 동화책보다 더한 걸 준비할 게 뻔했다.

수혁은 동화책 읽기 수업이 싫었다. 정말 싫었다. 그렇기에 그보다 더한 수업을 하지 않기 위해서라도 미션을 하는 게 그나마 옳은 판단이었다.

"후!"

난감한 듯 짧은 숨을 내쉬며 잠시 고민하던 그는 결국 뿔난 어린아이 포스로 다이닝룸으로 내려갔다. 커다란 손안에는 어울리지 않는 핑크빛 숙제 카드가 꼭 들려 있었다.

8화. 최라엘 너라서. 네가 좋다

“부푼 내 가슴은 당신을 보면~ 아하, 떨려요. 마구 떨려요. 얼쑤!”

구성진 트로트를 부르며 그릇을 정리하던 기자는 찬장 유리에 비친 수혁의 모습을 보며 더 과하게 노래를 불렀다.

“찌르르르 심장에 전기가 통하네. 당신이 좋아요.”

“저기.”

“어머! 제가 기분이 좋아가 노래에 심취해서 도련님 오신 것도 몰랐네요.”

기자는 살짝 뜸을 들이고 능청스럽게 수혁을 돌아보며 반겼다.

“뭐, 필요한 거 있으세요?”

“도장이 필요해.”

“도장이요? 무슨 도장을 말씀하시는 건지 모르겠네.”

“…….”

“좀 더 설명을 해주셔야 제가 알 것 같은데요?”

은근슬쩍 빨리 도장만 받고 나가려던 수혁은 기자의 질문에 발목이 잡혔다.

"촉…… 아니, 최라엘이 찍어주라고 준 도장."

"아하! 그 도장이요. 근데 그 도장을 왜 도련님께 찍어드려야 하죠?"

"도장을 찍는 게 내 숙제니까."

뭔가 계속해서 질문을 던지던 기자는 원하는 대답이 나오자 그제야 앞주머니에 넣어둔 도장을 꺼냈다. 수혁은 이 유치한 상황 자체가 민망한 듯 애써 시선을 피하며 심하게 구겨진 종이를 쭈뼛쭈뼛 내밀었다.

"도련님, 관우가 종이를 씹었었나 봐요? 심하게 구겨졌네요. 하여간 못 말리는 녀석. 도장 잘 보이게 찍었습니다."

'참 잘했어요'라는 문구와 함께 정확히 별 다섯 개와 남자, 여자 아이가 활짝 웃고 있는 도장이 보기 좋게 찍혔다. 그리고 도장보다 라엘의 번호를 기다리던 그에게 기자가 다음 미션을 알렸다.

"최 선생님 번호는 저한테 없어요. 집사장님에게 가시면 알려주실 거예요. 우리 도련님 화이팅!"

"젠장."

"참 잘 어울리십니다, 도련님."

"그만 웃고, 빨리 촉새 번호 줘."

"최 선생님 전화번호는 이곳으로 가시면 있습니다."

두 번째 도장을 받은 수혁은 심통 가득한 얼굴로 방을 나갔다.

"그나저나 도련님 때문에 5만 원이 날아갔네."

돈을 잃었다는 아쉬운 목소리와 달리 알프레도의 표정에선 흐뭇함이 느껴졌다. 사실 수혁은 전혀 모르고 있었지만 지금 그는 라엘이 짜 놓은 두 가지 훈련을 하고 있는 중이었다. 그중 첫 번째 훈련은 전화번호를 얻는 과정에서 나눈 대화 훈련이었다. 익숙한 사람이 아니면 '네, 아니요'처럼 주로 짧은 답변으로 끝나는 폐쇄형 대화를 하는 그를 위해 정확한 질문을 유도하여 다양한 대답을 할 수 있도록 오픈형 대화를 하는 것이었다.

수혁은 라엘의 번호를 찾기 위해 마지막으로 메인 정원 중앙 분수대로 이동했다. 메인 정원은 본채 건물 바로 앞에 펼쳐진 넓은 규모의 대형 정원이었다. 그리고 바로 본채 메인 정원으로 오는 것 또한 두 번째 훈련이었다. 라엘은 그동안 어느 정도 예상은 했었지만 알프레도를 통해 부자 사이가 어떤지 정확히 파악할 수 있었다.

수혁은 앞으로 셀튼의 대표로서 부산 테마파크의 기조연설자로 서야 한다. 그런데 그 연설이 성공하기 위해서는 아버지인 이 회장에 대한 미움과 두려움을 덜어내야 했다. 수혁의 심리적인 측면에서 이 거대한 저택 안에는 두 개의 영역이 존재했다. 별채라는 공간이 오롯이 그의 영역이라면 반대로 본채는 철저히 이 회장의 영역이었다. 그리고 메인 정원에 위치한 분수대는 이 회장이 특별히 애착을 보이는 구조물로, 그를 상징하는 것과도 같았다.

평소대로라면 수혁은 이 회장 때문에 절대 이곳에 오지 않았겠지만, 지금 머릿속에 가득한 그녀의 숙제가 그 마음을 눌러버렸다. 라엘은 앞으로 이 회장이 출타 중인 틈을 타 이곳에 수혁을 자주 출입시켜, 이 회장에 대한 그의 심리를 안정시킬 생각이었다. 중앙 분수대에 도착한 수혁은 생각보다 쉽게 라엘의 번호를 찾았다. 분수대 가장자리에 위치한 아기 천사 조각상 날개 부분에 알록달록 예쁘게 꾸며진 메모판이 걸려 있었다. 전화를 걸어 메모판에 있는 문구를 말하라고 적어 놓기까지 했다.

"진짜 최라엘답네."

메모판에 가까이 다가간 그는 번호와 함께 적혀 있는 짧은 문구를 보며 속삭였다. 가만히 문구를 쳐다보던 수혁은 천천히 휴대폰 번호를 눌렀다.

-여보세요?

짧은 통화 연결음 소리 뒤로 그토록 기다렸던 라엘의 목소리가 들리자 숙제 때문에 흐렸던 그의 표정이 한순간에 맑음으로 바뀌었다. 잠시 망설이던 그가 그녀의 목소리에 화답하듯 말했다.

"나는 소중한 사람입니다."

-숙제 성공. 수고했어요.

라엘은 수혁이 스스로를 소중하게 생각했으면 했다. 아무것도 아닌 간단한 말일 수 있지만 본인의 목소리로 그 문장을 내뱉고 직접 듣고, 느끼게 해주고 싶었다.

-방금 말한 것처럼 수혁 씨는 소중한 사람이에요. 그 문구 잊지 말고 앞으로 자기 전에 열 번씩만 되새기고 자요. 알았죠?

"……."

-대답 안 할 거예요? 네? 전화 거신 분 어디 가셨나?

라엘은 불러도 대답 없는 수혁을 재촉하기 시작했다.

-빨리 대답해요. 어서요. 수혁 씨?

"알았어."

-몇 번?

"열 번. 됐지?"

-네. 아휴, 착해라. 수혁 어린이 칭찬해요.

"참 나! 까분다."

-까분다.

라엘은 수혁의 중저음 목소리를 따라 하며 분위기를 밝게 만들었다. 그녀의 귀여운 장난에 그의 입술이 슬며시 미소를 그렸다. 두 사람은 그 뒤로 일상적인 대화를 나눴다. 그 와중에도 라엘은 주로 길게 호흡할 수 있는 오픈형 질문으로 대화를 이끌었다. 초록 울타리를 따라 정처 없이 거닐던 수혁에게 가벼운 바람이 불어와 그의 후각을 노크했다. 바람에 실려 온 꽃향기가 평소 느꼈던 그녀의 향기와 똑같았다. 수혁은 마치 이 바람이 라엘의 향기를 실어와 준 것 같아 잠시 걸음을 멈췄다.

-그럼, 이만 끊을게요. 아까 알 집사님께 들으니까 업무 때문에 정신없었다면서요. 얼른 들어가 쉬어요.

"잠시만! 저녁은 먹었어?"

전화를 끊는다는 말에 수혁은 갑자기 그녀의 저녁 식사를 궁금해했다.

-아, 저녁이요. 아직 못 먹었어요.

"아직까지 저녁도 못 먹고 뭐 했어!"

-네?

갑자기 높아진 목소리에 라엘은 순간 당황했다.

"아, 아니. 밥 먹으라고."

-내 밥걱정 해주는 거예요? 이제 먹어야죠. 그리고 내일은 따로 전화해서 숙제 확인한다고 괴롭히지 않을 테니까 푹 쉬세요.

내일 전화가 없다는 그녀의 말에 반가울 줄 알았던 그의 표정에 아쉬움이 스쳤다.

-끊을게요. 수혁 씨, 잘 자요.

"……너도, 잘 자."

수혁이 아쉬움을 뒤로하고 잘 자라는 인사와 함께 휴대폰을 끄기 위해 귀에서 내리려던 그때였다.

-라엘?

-어, 종인아.

-저녁으로 너 좋아하는 삼쏘묵, 콜? 아, 통화 중이었어? 미안.

웬 남자가 다정한 목소리로 라엘을 부르는 소리와 함께 전화가 끊어졌다. 그와 동시에 부동자세로 휴대폰을 뚫어져라 쳐다보던 수혁의 얼굴에서 웃음기가 사라졌다.

철컥.

부드러운 홍차와 함께 저택 직원들의 일지를 살피고 있던 알프레도는 갑자기 열린 방문에 고개를 들었다.

"아니, 도련님. 왜 이렇게 일찍 일어나셨어요?"

"그냥 잠이 안 와서 깼어. 그보다 물어볼 게 있어. 혹시 '삼쏘묵'이란 음식 알아?"

수혁은 거슬리는 다정한 남자의 목소리를 통해 알게 된, 라엘이 좋아한다는 '삼쏘묵'이란 음식의 정체가 궁금했다. 아주 많이.

"삼쏘묵이요?"

수혁은 요리에 일가견이 있는 알프레도라면 분명 알고 있을 거라고 기대했지만 뒤이어 들려온 답변에 실망했다.

"삼쏘묵이라……. 글쎄요. 중화권 음식인가요? 처음 들어보는 음식인데요. 제가 한번 알아보겠습니다."

"꼭 알아봐. 그리고 이거."

수혁은 손에 쥐고 있던 작은 종이를 알프레도에게 건넸다.

"준비 좀 해줘. 수업 끝나고 촉새랑 식사할 거야."

"오늘 갑자기요?"

"그래. 갑자기 그렇게 됐어."

"최 선생님과 약속은 하셨어요?"
"아니."
라엘의 동의도 없이 약속을 잡은 게 의아해 물어본 알프레도는 너무 당당히 들려온 답변에 할 말을 잃었다. 계획적인 수혁은 평소 충동적으로 일을 진행하지 않았기에 더 그랬다.
"이따가 물어볼 거야."
그러고 보니 라엘의 의견을 물어보지 않은 자신의 성급함에 아차 싶었지만 어쩔 수 없었다. 오롯이 그녀에게 삼쏘묵보다 더 맛있는 식사를 대접하고 싶다는 생각뿐이었다.
"네. 일단 준비하겠습니다."
알프레도는 수혁이 건넨 종이를 펼치며 살짝 웃음이 터졌다. 누가 봐도 연인들이 즐기는 완벽한 레스토랑 코스 요리였다.
"글쎄요, 도련님. 최 선생님께서 이런 음식을 좋아하실지……."

"라엘이 왔다."
"관우 안녕."
"우리 촉새. 보고 싶었어."
"그래. 누나도 관우 보고 싶었어."
"그 남자, 그 남자, 그 남자."
"응? 그 남자가 누군데?"
관우는 그렇게 연습했던 말 대신 수혁이 궁금해하던 '그 남자'라는 단어를 먼저 말하고 정원에 있는 모이통으로 날아갔다.
"안녕하세요, 알 집사님. 주말 잘 보내셨어요?"
"그럼요. 어서 오세요, 최 선생님."
"알 집사님, 수혁 씨는 좀 어때요? 혹시 어제 일로 기분 상하진 않았어요?"

라엘은 알프레도를 보자마자 수혁의 컨디션과 기분부터 체크했다.

"그런 걱정은 전혀 안 하셔도 될 것 같습니다. 조금 피곤해 보이긴 하셨지만, 기분은 아주 좋아 보이셨습니다. 최 선생님, 혹시 오늘 수업 이후에 또 다른 일정이 있으신가요?"

"아뇨. 별다른 일정은 없어요."

"아! 다행이네요. 그만 올라가보시죠. 도련님께서 기다리고 계실 겁니다."

"네. 알 집사님도 수고하세요."

"저, 최 선생님?"

알프레도는 2층으로 올라가려는 라엘을 다시 불렀다. 왠지 자신이 짐작한 것이 맞을 것만 같은 생각이 들었다.

"혹시 '삼쏘묵'이란 말을 아시나요? 인터넷에서 봤는데 음식 같기도 하고, 젊은 사람들이 사용하는 말인지 궁금해서요."

"삼쏘묵이요? 음식 맞아요. 치킨, 맥주를 치맥이라고 하듯이 삼겹살, 소시지, 묵은지의 줄임말이에요."

"아, 그렇군요. 알려주셔서 감사합니다. 그리고 마지막으로 혹시 실례가 되지 않는다면 사적인 질문 하나 드려도 될까요?"

무슨 질문을 하려는지 알프레도는 굉장히 조심스러워했다.

"네. 괜찮아요."

"최 선생님, 혹시 지금 교제하시는 분이 계시는지요."

"아! 남자 친구요? 아니요. 지금은 없어요."

라엘은 아무런 대답 없이 흐뭇한 미소로 고개를 끄덕이는 알프레도에게 인사를 하며 2층으로 향했다.

"그럼 올라가볼게요."

라엘은 수혁의 기분이 좋다는 소리에 왠지 오늘은 수업이 더 잘 될 것만 같은 예감이 들었다.

창가에서 라엘이 오는 모습을 지켜보고 있던 수혁의 입가에 어느새 미소가 그려지고 눈가 역시 부드럽게 휘어졌다. 총총총 문 뒤에서 그녀의 밝은 성격만큼이나 기분 좋게 들리는 발걸음 소리가 수혁의 귓가에 메아리쳤다.

점점 더 가까워지는 발소리에 수혁은 빠르게 수업용 테이블로 걸어갔다. 그러더니 긴 다리를 오른쪽으로 꼬고, 다시 왼쪽으로 꼬며 손에 책을 든 채 자세를 취했다. 몇 번의 자세를 바꾼 끝에 마치 드라마에 나오는 쿨내 진동하는 시크미가 가득한 멋진 포즈를 완성시켰다. 철컥 소리와 함께 돌아가는 손잡이에 집중하던 그의 시선이 손에 쥔 책으로 빠르게 옮겨졌다.

"안녕하세요. 좋은 아침입니다."

방 안에 들어온 라엘은 수혁이 앉아 있는 테이블로 다가가 반갑게 인사를 건네며 맞은편에 앉았다.

"수혁 씨, 잘 잤어요?"

"잘 잤어."

"이제 가을도 끝나나 봐요. 오늘은 어제보다 기온이 내려간 거 같아요."

"난 잘 모르겠는데."

상냥한 질문에 퉁명스러운 대답이 돌아왔다. 사실 수혁의 마음은 이게 아니라 뭔가 더 다정한 대답을 하려고 했다. 그런데 기다렸던 라엘의 얼굴을 보는 순간 이틀 전 전화 속 다정하게 그녀를 부르던 남자가 떠올라 저도 모르게 심통을 부리게 됐다.

"아침은 먹었어요?"
"어."
"뭐 먹었어요?"
"그냥."
라엘은 수혁의 분위기가 어째 이상하다고 생각했다. 분명 알 집사님은 기분이 좋다고 했는데, 전혀 기분이 좋아 보이지 않았다. 좀 더 정확히 말하면 그의 표정이 뭔가 불편해 보였다. 무슨 안 좋은 일이라도 있었는지 방 안에 들어올 때부터 자신에게 눈길 한번 주지 않고 손에 쥔 책만 뚫어져라 쳐다보고 있었다. 그것도 거꾸로 든 책을.
"수혁 씨?"
"어."
"기분 안 좋은 일 있어요?"
"아니. 기분 좋아."
지금 수혁의 콘셉트는 누가 봐도 좋아하는 여자 친구에게 질투하는 남자 친구의 모습처럼 보였다.
"그럼…… 혹시 나한테 화난 거 있어요?"
"없어."
화난 거라니. 그런 게 있을 수가 있나. 다만 수혁은 이 분위기를 빠져나올 타이밍을 놓쳐버렸다.
"근데, 지금 뭐 하고 있는 거예요?"
"책 읽어."
그가 어떻게 해야 할지 진지하게 생각하던 중 아무 의미 없이 펼쳐진 책 안으로 작은 손이 꼬물꼬물 올라왔다.
"……."
그러더니 그대로 허공으로 책을 들고 그녀의 얼굴 앞으로 바짝 가져갔다. 그에 따라 수혁의 시선도 함께 올라갔다. 통통 튀는 목소리와 함께 라엘이 작은 얼굴을 책 옆으로 빼꼼 내밀자 혼자 삐친 척 심각했던 얼굴이 금세 환해지며 그가 속으로 말했다.

'사람 설레게…… 귀엽기는.'

"어, 이제야 웃네. 거봐요. 웃으니까 얼마나 보기 좋아요. 근데 책 읽는다는 분이 왜 책은 거꾸로 들고 계시나."

"……."

수혁은 그제야 자신이 책을 거꾸로 들고 있었다는 걸 알았다.

"잠깐 뭐 좀 생각하느라, 깜빡했어."

"꽤 심각하게 생각했나 봐요. 난 또 혹시 숙제 때문에 수혁 씨 기분이 별로인 줄 알았잖아요."

"그런 거 아니야."

"다행이네요. 자, 그럼 오늘 수업을 시작할게요."

솔직히 수혁은 아직도 라엘을 다정하게 부른 그 남자가 정말 궁금했지만 자신의 정신 건강을 위해 일단 접어두기로 했다. 라엘은 30분 정도 수혁과 대화를 이어갔다. 간단한 대화부터 일상적인 대화로 이어지며 그의 호흡과 발음을 체크했다. 대화를 마친 두 사람은 저번에 이어 책 읽기 수업에 들어갔다.

"오늘은 동화책 안 읽을 거니까 너무 긴장하지 말아요."

"긴장 안 해."

"오늘은 이렇게 해보는 게 어떨까요?"

라엘은 자리에서 일어나 이 방의 풍경을 책임지는 거대한 책장 앞으로 향했다.

"수혁 씨가 세 권, 제가 두 권 총 다섯 권의 책을 골라서 그중에서 가장 적절한 책으로 읽어보기로 해요. 이 책장에 있는 책 아무거나 고르세요."

"아무거나?"

"네."

자리에서 일어난 수혁은 빠르게 한 권의 책을 골라 라엘이 볼 수 있게 표지를 정면으로 돌렸다.

"최라엘? 이 책도 괜찮지?"

그가 선택한 책은 유명 여행 작가의 책으로 내용의 97%가 사진으로 이뤄졌으며 한 줄 문장으로 사진의 감정을 담아낸 책이었다. 한마디로 읽을 구절이 거의 없는 책이었다. 라엘이 수혁에게 다가가 책을 휘리릭 펼치자 나오는 건 사진뿐이었다.

"아니, 이 책은……. 좋아요. 이 책도 포함. 대신 그럼 나도 저번에 읽던 동화책도 포함할게요."

동화책이란 말에 그녀의 손에 들려 있던 여행 책이 얌전히 책장에 꽂혔다.

"잘못했죠?"

"잘못했어."

"장난하지 말고 제대로 골라요, 수혁 어린이."

"네."

신중히 책을 고르던 라엘은 창가 쪽 책장에서 다른 책보다 조금 튀어나온 빛바랜 책을 골랐다.

"어, 이 책."

책을 보자마자 그녀의 얼굴 위로 반가운 기색이 역력했다. 5년 전 책으로 전 세계에 정확히 딱 1만 권만 출간된 아주 귀한 책이었다. 워낙 유명한 탓에 이 책을 구하려는 수집가들 사이에서는 프리미엄 금액까지 더해져 그 가치가 1억이란 소리까지 들릴 정도였다. 라엘은 책을 손에 쥐고 보물이라도 찾은 아이처럼 좋아했다.

"볼 때마다 생각하지만 수혁 씨 방에 정말 책이 많은 것 같아요. 근데, 여기 있는 책 다 읽어봤어요?"

"거의 다 읽었어."

수혁은 어릴 때부터 워낙에 책을 좋아해서 장르를 가리지 않고 다양한 책을 모두 섭렵했을 정도였다.

"정말이에요? 이 많은 책을?"

"당연하지."

"믿어줄게요. 진짜 대단하네요."

"믿어. 내가 원래 대단한 남자야."

"어휴, 진짜 칭찬을 해주면 안 되겠네. 다 골랐으면 얼른 앉아요."

테이블 위에 올라온 다섯 권의 책을 가운데 두고 두 사람이 마주 앉았다.

"이 중에서 읽고 싶은 책 있어요? 다 읽기 좋은 거 같아요."

라엘은 빠르게 책을 살펴봤다. 지나치게 날카로운 문장이 있거나 발음하기 까다로운 외래어가 자주 출몰하는 책은 피하는 게 좋은데, 그런 면에서 두 사람이 고른 책은 다 읽기 좋은 책이었다.

"네가 골라. 그거 읽을게."

"그럼…… 이 책 어때요? 사실 이 책이 너무 읽고 싶었는데 워낙 유명한 책이라 구할 수도 볼 수도 없었거든요."

"이 책?"

"네. 수혁 씬 읽어봤어요?"

대답이 돌아오진 않았지만 라엘은 300페이지가 넘는 소설책 표지의 종이가 해진 걸로 봐서는 분명히 그가 이 책을 많이 읽었다는 걸 알 수 있었다. 수혁의 손에 들린 건 방금 전 그녀가 고른 책으로 '심장(心臟)'이라는 제목의 책이었다.

이 책은 세계적인 소설가로 사랑받는 일본의 유명 베스트셀러 작가의 것으로, 그가 10년 동안 짝사랑한 끝에 결실을 맺은 자신의 아내에 관한 평생의 사랑을 담은 한 편의 고백사였다. 그녀를 처음 본 순간부터 사랑을 느끼며 결혼을 하여 아이를 낳고 그리고 자신보다 먼저 보내야 했던 그 순간까지 담겨 있었다.

너무나 절절히 사랑했던 아내를 이용해 돈을 벌고 싶지 않았기에 작가는 출판사의 끈질긴 제의에도 불구하고 만 권만 출간했다고 한다. 담백하고 절절한 문장에 수많은 독자들이 함께 떨려 하고 함께 울었다. 그저 조용히 자신의 일생의 연인을 추억하며 글을 썼던 그는 책을 출간하고 한 달 후 아내 곁으로 떠났다. 그리고 이 책은 수혁이 가장 아끼는 책 중에 한 권이었다.

"읽고 싶은 부분 편하게 읽으면 돼요. 아, 그리고 오늘은 휴대폰으로 영상 촬영할게요. 좀 더 자세히 보기 위함이니까 크게 의식하지 말고 편하게 읽어요. 혹시 불편하면 촬영은 하지 말까요?"

"아니. 괜찮아."

가끔 우연을 가장한 운명을 느끼는 순간이 있다. 운명이 찾아오는 시간이 있다. 지금 이 시간이 수혁에겐 그랬다. 오늘 새벽 일찍 잠에서 깬 수혁은 혼자서 읽기 훈련을 하기 위해 혼자 소리 내서 책을 읽었고 그 책이 바로 '심장(心臟)'이었다.

요즘 들어 자꾸만 그녀가 생각나고 신경 쓰였다. 처음에는 그저 자신을 도와준 마음에 화답하는 고마운 감정이라고 치부했다. 하지만 수혁은 시간이 지날수록 라엘을 향한 자신의 마음이 그런 단순한 감정은 아니라고 생각했다. 그러다 문득 오랜만에 꺼내 읽은 이 책에 쓰여 있는 문장을 보고 마치 자신이 쓴 것 같은 착각과 함께 그녀에 대한 감정을 정확히 깨달았다. 수혁은 아까 책을 고를 때 아주 잠깐이지만 순간 라엘이 이 책을 고르길 바랐다.

"촬영 시작할게요."

수혁은 라엘의 목소리에 맞춰 책 속의 '그 순간'이란 파트를 펼쳤다. 휴대폰 녹화가 시작되고, 글에 감정을 담은 수혁의 목소리가 방 안 가득 울리기 시작했다.

"지금도 그때를 정확히 기억한다. 아마도 강렬한 사진을 담은 것처럼 내 뇌리 속에 당신의 모습이 각인(刻印)됐던 것 같다. 가을에서 겨울로 넘어가는 그 신비로운 계절의 틈바구니 속에 갇힌 날이었다. 하늘은 높았고 가느다란 구름이 길게 줄을 지어 파란 캔버스에 그림을 그렸다. 평소처럼 늦은 밥을 먹기 위해 작업실을 나와 계단을 내려갔을 때 나를 기다리는 널 보았다. 평소와 다름없는 운동화에 체크무늬 남방을 입고 있는 네가 날 보고 웃었다."

수혁은 한 글자마다 진심을 담아 라엘을 떠올리며 계속해서 고백사를 이어갔다.

"내려오는 햇살을 가득 머금고 날 향해 웃었다. 평소처럼. 그때부터였다. 너에게 다른 감정을 품기 시작한 게. 작은 얼굴 속에 들어찬 가지런한 너의 눈썹도 진한 쌍꺼풀 밑에 숨을 쉬는 갈색 눈동자도 탐스러운 네 입술까지. 그 어느 것 하나 안 좋을 것 없이 넘치게 좋았다."

'툭' 하는 소리와 함께 커다란 손에 들려 있던 책이 테이블 위로 내려왔다. 그와 동시에 한참을 읽기에 집중하던 수혁의 목소리가 갑자기 뚝 끊겼다. 이미 종이가 닳도록 책을 읽은 그는 좋아하는 이 부분을 외우고 있었다.

수혁은 천천히 고개를 들고 자신의 시선을 그녀에게 이끌었다.

라엘은 화면을 통해 그가 자신을 보고 있다는 걸 알았다. 그 눈빛이 평소와는 너무 달라서 차마 직접 쳐다보지 못하고 휴대폰 화면에 비친 그와 마주했다. 그 순간 그의 입술이 다시 움직였다.

"네 모든 게 나의 여린 신경을 자극했고 내 가슴을 뛰게 만들었다. 너의 발소리와 말소리, 웃음소리, 옷깃을 스치는 작은 소리까지 모든 게 신경 쓰였다. 풀리지 않는 원고에 며칠을 자책하다가도 밥 먹었냐는 네 짧은 전화 한 통에 온 세상을 삼킨 듯 그렇게 행복할 수밖에 없었다. 길가에 핀 이름 모를 꽃을 쓰다듬는 네 손길에도 난 질투를 느꼈고, 너와 얘기하는 여덟 살 소년에게도 질투를 느꼈다. 어느 날 친구 녀석과 사케 한잔을 기울이며 너에 대한 얘기를 하염없이 털어놨다. 가만히 듣고 있던 친구 녀석이 내게 물었다. 네 어디가 좋으냐고? 좋아하는 이유가 뭐냐고? 널 좋아하는 이유를 찾는 친구 놈에게 일말의 망설임 없이 나의 입술이 제멋대로 움직였다. 그녀는 나를 웃게 하고 나를 살게 하며 내 심장을 뛰게 한다고. 좋은 이유는 셀 수 없이 많았다. 광활한 하늘을 원고지 삼아 내 감정을 모두 적을 수 있을 만큼 네가 좋았다. 하지만 가장 큰 이유는 분명했다. 너라서……."

천천히 문장을 음미하며 감정을 전달하던 목소리가 또 멈췄다. 책을 읽어본 적 없던 라엘은 그가 준비한 구절이 모두 끝났다고 생각했다. 화면에 고정된 그녀의 갈색 눈동자가 천천히 휴대폰 너머 수혁의 까만 눈동자와 정확히 마주쳤다. 그리고 그 순간 조용한 방 안에 그의 목소리가 다시 울렸다.

"너라서…… 누구도 아닌 오직 너라서 그래서 좋다. 네가 좋다."

어딘지 모르게 애틋함마저 느껴지는 고백사의 마지막 문장과 함께 수혁의 진짜 속마음이 그의 입 안에 메아리쳤다.

'오직 최라엘 너라서……. 네가 좋다.'

방 안을 숨죽이게 했던 고백사가 끝나고 수혁의 신경은 온통 그녀에게 가 있었다. 하지만 그런 그와 달리 라엘은 별다른 반응 없이 차분하게 끝까지 수업을 이끌었다.

"수혁 씨, 오늘은 말할 때 어땠어요? 제가 듣기에는 처음보다 훨씬 듣기 편하고, 말할 때 얼굴 근육이랑 표정이 많이 부드러워졌거든요."

"전보다 많이 편해졌어."

확실히 그랬다. 수혁은 그녀와 함께 수업을 하고 나서부터 자신에게 찾아온 변화를 느끼고 있었다.

"좀 더 구체적으로 어느 부분이 편해졌는지 말해줄 수 있어요? 수혁 씨가 말해주면 수업에도 도움이 되거든요."

"말하기 전에 속으로 되뇌던 것도, 괴롭히며 브레이크를 걸던 습관도 좋아진 거 같아."

라엘은 담담하게 말하는 수혁보다 더 들뜬 표정을 지었다.

"내 말이 맞았죠? 금방 효과가 나타날 거라고 했잖아요. 다행이다. 이제 곧 스피치 수업으로 넘어갈 수 있을 것 같아요."

말이 끝나길 기다리던 그가 진지하게 그녀를 불렀다.

"최라엘?"

"네."

"아까, 저기……."

마음과 달리 수혁은 입술을 느리게 움직였다.

"아까 책 읽은 부분 어땠어?"

"고백사요?"

수혁은 라엘이 어떻게 느꼈는지 궁금했지만 돌아오는 대답은 전문가의 소견이 다분했다.

"전보다 호흡도 눈에 띄게 안정되고 문장을 서로 이어갈 때나 발음까지 전체적으로 좋았어요. 그리고 감정…….”
기대했던 마음이 꺼져갈 즈음 생각지 못한 그녀의 속마음이 들려왔다.
“수혁 씨 감정 때문에…… 뭐랄까. 살짝 울컥했다고 할까요.”
“울컥?”
‘울컥’이란 말에 그녀는 시선을 바닥으로 내렸고 그는 그 시선을 좇았다. 울컥이라…….
행복한 바이러스를 품고 있는 햇살 같은 라엘과는 어울리지 않는 단어였다.
“네. 왠지 모르겠는데 수혁 씨의 목소리를 통해 느껴지는 감정이 작가의 마음이 아닐까 싶을 정도로 마음에 와닿았거든요.”
라엘은 아주 잠시 뭔가를 생각하더니 살짝 머뭇거리다 말을 이었다.
“한 남자에게 일생 동안 사랑받은 아내분이 대단하면서도 부러웠어요. 어떤 모습이었기에 그렇게 평생을 사랑받을 수 있었을까. 값없이 받은 그 사랑에 또 얼마나 행복했을까 싶어서요.”
순간 늘 씩씩하던 그녀의 눈빛에서 평소에는 볼 수 없던 쓸쓸함이 스쳐갔다.
“내 사랑에 상대방이 진심으로…… 어!”
‘나 지금 뭐 하는 거지?’
한참 말을 이어가던 라엘은 순간 저도 모르게 튀어나온 진심에 깜짝 놀랐다. 수혁은 그녀가 하려던 말이 궁금했지만, 라엘이 서둘러 자리를 정리하는 바람에 차마 물어볼 순 없었다.
“자, 그럼 오늘 수업은 여기까지 할게요.”
“간다고?”

"이제 수업 끝났으니 가야죠."

간다는 그녀의 말에 수혁은 당황하기 시작했다. 아침에 열심히 연습을 시켰던 관우가 아직까지 방 안으로 들어오지 않았기 때문이다. 평소에는 그렇게 창문을 열어달라고 하더니, 오늘따라 일부러 열어뒀는데도 불구하고 지금까지 날개 소리 한번 듣지 못했다.

"……최라엘?"

초조한 마음에 고민하던 그가 그녀의 이름을 부른 순간 때맞춰 지원군이 등장했다.

"라엘이?"

"관우 왔어? 밖에서 놀다 왔구나."

"우리 촉새 예쁘다. 오늘도 눈부시다."

"고마워. 관우도 멋져."

"라엘이 놀자. 관우랑 놀자."

"근데 누나 수업 끝나서 이제 가야 해."

"간다. 라엘이 집에 간다."

라엘이 본격적으로 가방을 정리하는 사이 수혁은 관우를 어깨로 불러놓고 조용히 속삭였다.

"관우, 라엘이 밥 먹으라고 해. 어서."

"해?"

"그래. 빨리."

"라엘이?"

미션을 받은 관우가 테이블로 날아와 라엘을 불렀다. 곁에서 그 모습을 지켜보던 수혁의 모습에서 초조함이 느껴질 정도였다.

'그렇지, 관우 잘한다.'

"누나 불렀어?"

"라엘이 바다 좋아?"
"바다? 바다 좋아하지."
"바다? 바보? 수혁이 바보. 바보."
"관우 오늘따라 신난 거 같다. 그래도 형한테 바보라고 하면 안 되지. 그러다 형한테 혼난다."
수혁의 속마음을 아는지 모르는지 관우는 마치 일부러 그러는 것처럼 엉뚱한 소리만 자꾸 늘어놨다. 생각해보니 관우는 예전부터 형인 수호를 주인으로 생각했다면 수혁에겐 친구처럼 대했다. 관우가 그린 서열 순위에서 자신과 동등하거나 가끔 저보다 밑이라고 생각하는 인물이 바로 수혁이었던 것이다.
"수혁이 화났다. 뿔났다. 째려본다."
"관우 도망간다."
"라엘이 잘 가."
실컷 수혁을 약 올린 관우는 그의 머리 위를 빠르게 돌아 눈 깜짝할 사이에 창문 밖으로 도망쳤다. 이거야말로 믿었던 아군에게 제대로 한 방 먹은 꼴이 됐다.
"가끔 관우 저럴 때마다 사람 같아요."
라엘이 피식 웃으며 그의 눈치를 살폈다.
"장난으로 한 건데 눈에 힘 좀 풀어요. 그럼 저 진짜 가볼게요."
한 걸음, 두 걸음. 문을 향해 걸어가는 그녀를 가만히 보고 있던 수혁이 커다란 보폭으로 거리를 좁혔다.
"최라엘!"
순간 다급한 목소리와 함께 문을 향해 돌아서던 라엘의 몸이 순식간에 반대 방향으로 돌아가며 가녀린 손목이 수혁의 손안에 붙들렸다.

"……!"

갑작스러운 상황에 놀란 라엘은 큰 눈을 껌뻑였고, 수혁은 진지한 표정으로 천천히 입을 열었다.

"나랑 같이 밥 먹자."

밥 한번 먹자는 말을 세상 심각하게 전하는 수혁이었다.

찰나의 정적이 어색한 침묵을 불러왔고 마주한 눈동자는 서로를 향했다.

'좋아, 괜찮아. 자연스러웠어.'

도대체 어느 부분이 자연스러웠다는 건지. 토끼같이 커다래진 눈을 보며 수혁은 본인의 표정과 말투에 만족스러운 듯했다.

틱톡, 틱톡.

방 안에 울리는 시계 초침 소리가 수혁의 귓가에 카운트 소리처럼 들렸다. 그녀의 짧은 침묵에 긴장한 듯 그가 마른침을 삼키자 목울대가 느리게 일렁였다.

'뭐지? 혹시 내가 실수한 건가?'

수혁은 좋아하는 여자에게 고작 밥 한번 먹자는 말로 이렇게까지 긴장한 자신의 모습이 너무 낯설고 어이없었다.

'젠장! 미치겠네.'

혹시라도 거절하면 어쩌나 생각하던 찰나,

"왜요?"

자신의 손목을 휘감은 커다란 손을 쳐다보던 그녀가 이유를 물었다. 사실 라엘은 딱히 '왜요?'라고 반문할 생각은 없었다. 그저, 너무 갑작스럽게 벌어진 상황에 당황한 나머지 저도 모르게 튀어나온 단어였다.

"혼자 밥 먹기 싫어. 같이 먹자, 촉새야."

라엘은 덤덤히 말하는 수혁을 쳐다봤다. 그의 말에 크게 공감하며 이보다 더 솔직한 답변은 없다고 생각했다. 사실 다이닝룸의 크고 화려한 식탁을 볼 때마다 이곳에서 혼자 밥을 먹는 그를 떠올렸었다. 밥을 먹는 행복한 시간이 수혁에게는 쓸쓸하고 외로울 것만 같았다.

"그래요. 같이 밥 먹어요."

미소와 함께 쿨하게 응하는 라엘을 보며 그제야 그의 얼굴에도 긴장감이 사라졌다.

"그런데 수혁 씨?"

제멋대로 올라가는 광대를 감추기 위해 돌아가던 그의 고개가 다시 정면을 향했다.

"왜?"

"제 손은 언제 놔줄 거예요?"

아차! 단단한 손안에 느껴지는 그녀의 부드러운 살결에 취해 놓을 생각조차 못했다.

"아, 어. 그래."

기다란 손가락이 헤어지기 싫은 연인을 보내듯 하나씩 하나씩 느릿하게 떨어졌다. 수혁은 저 앙증맞게 가는 손목을 계속 잡고 싶었지만 합당한 명분이 떠오르지 않았다. 결국 놓기 싫은 손을 어쩔 수 없이 놓으며 그녀와 함께 방을 나섰다.

"도련님, 이거 어쩌죠?"

"왜?"

"지금 요리장에게 확인했는데 요리가 완성되려면 적어도 30분 정도 소요될 것 같습니다."

"30분이나?"

식사가 늦어진다는 말에 수혁의 한쪽 눈썹이 살짝 내려갔다 제자리를 찾았다.

"30분이면 엄청 빠른 거죠."

뭔가 재촉하는 듯한 그의 표정을 보며 라엘은 괜히 식사 초대에 응한 건 아닌지 미안한 마음이 들었다.

"원래 요리 하나 만들 때도 시간이 얼마나 걸리는데요. 특히 손님용 음식은 더 신경 쓰인다고요."

"넌 손님 아니잖아."

수혁에게 라엘은 더 이상 손님이 아니었다. 어쩌다 집을 찾아온 그런 사람이 아닌, 아주 많이 가까운 사람이 되어버린 것이다.

"도련님, 그러지 말고 기다리시는 동안 본채 정원을 산책하시는 건 어떨까요?"

알프레도가 일부러 요리 시간을 늦춘 이유는 두 사람이 함께 정원에서 시간을 보내도록 하기 위해서였다.

"그게 좋겠네요. 안 그래도 본채 정원 궁금했는데."

라엘이 호기심을 보이자 수혁은 못 이기는 척 정원으로 발길을 돌렸다.

그렇게 정원 입구를 향해 걸어가는 두 사람을 보던 알프레도는 새벽에 시청한 동물 프로그램을 떠올리며 두 사람의 모습을 오버랩했다.

초록 물결이 끝없이 펼쳐진 쥐똥나무 울타리 잎이 두 사람을 반기듯 바람에 일렁였다. 한 치의 오차도 없이 반듯하게 깎인 나무 울타리는 영화 속에 나오는 미로처럼 장관을 이뤘다. 중간중간 동그랗게 뭉쳐 있는 형형색색 겨울 꽃들이 수줍게 머리를 내밀며 두 사람에게 향기를 뿜었다.

"실제로 보니까 더 대단하네. 나 이런 정원은 처음 봤어요. 신기해라."

"신기해?"

"그럼요."

"아버지가 정원 꾸미는 걸 좋아하셔서 점점 넓어졌어."

라엘은 쉽게 볼 수 없는 그림 같은 풍경에 신기해했지만, 평생을 봐온 수혁은 그녀의 반응이 더 신기했다.

"라엘이, 라엘이 밥 먹고 가."

"밥 먹고 가라."

라엘의 목소리를 듣고 날아온 관우는 수혁의 옆에서 푸드득 날갯짓을 하며 아침에 연습시킨 문장을 정확히 말했다.

"지미랑 밥 먹고 가."

"응. 누나 밥 먹고 갈 거야."

"관우 너 딴 데 가서 놀아."

"지미, 화났다. 지미 삐쳤다."

"그러게. 표정 보니까 화났나 보다."

"최라엘?"

"네?"

"날 말하는 거 맞지?"

"뭐가요?"

"지미."

수혁은 '지미'라는 단어가 자신을 지칭하는 별명이라는 건 진작 알고 있었다. 딱히 그녀가 어떻게 불러도 상관없었다. 하지만 저 단어의 뜻이 무엇인지, 그게 늘 궁금했다.

"아, 지미요? 이거 되게 좋은 뜻이에요. 그러니까 한……."

"관우 안다. 지미는 지라……."

라엘이 우쭐하며 한자 뜻풀이를 전하려 하는 순간 언제 들었는지 관우가 진짜 뜻을 말하려 했다.

"관우야? 관우야, 이거 봐라. 누나랑 저쪽 가서 장난감놀이 할까?"

다행히 빛의 속도로 반응한 라엘이 우렁찬 목소리와 함께 장난감으로 관우를 유혹하며 방어에 성공했다.

"우와! 재미있겠다. 신난다."

"잠깐! 최라엘 너, 그거 이상한 뜻이지?"

"아! 안 들린다. 관우야, 누나랑 꽃구경 가자."

"꽃구경 하자. 라엘이가 꽃이다."

수혁은 자신의 말을 가볍게 무시하는 그녀의 새침한 표정을 보며 싫지 않은 듯 살짝 미소를 띠었다. 라엘은 표정이 풍부했다. 말을 하지 않으면 시크하다는 소리를 숱하게 들었던 자신과 비교하면 그녀의 표정은 봄, 여름, 가을, 겨울까지 사계절 속에 가득한 눈부신 풍경처럼 다양했다. 그 작은 얼굴에 시시각각 사계절이 공존하여 바라보는 수혁의 마음을 설레게 했다. 그리고 앙증맞게 조화로운 이목구비 사이에서도 그녀의 눈은 특히 더 예뻤다.

누군가의 입에서 시작됐는지 모르겠지만 '네 눈동자는 호수 같아'라는 말도 안 되는 말이 존재한다. 사랑에 빠진 남자가 자신의 연인에게 주로 하는 고전 멘트였다. 수혁은 마치 수학의 정석이나 기초영문법 같은 유치한 고전 멘트를 지금까지 하는 사람이 아직도 존재할까 싶었다. 그런데 그 유치한 사람이 바로 자신이 되어버렸다. 사람의 눈동자를 보고 호수 같다고 느낀 건 라엘이 처음이었다.

"이거 보여요? 관우가 꽂아줬어요. 예쁘죠?"
라엘은 관우가 한쪽 귀에 꽂아준 꽃을 가리키며 그의 앞으로 가까이 다가갔다.
"안 예뻐요?"
"……!"
마치 본인의 마음을 들여다본 것 같은 그녀의 말에 수혁은 순식간에 꿀 먹은 벙어리가 돼버렸다. 뭐지? 하여간 이 얌체공 같은 여자는 늘 이런 식이다. 뭔가 갑자기 훅 들어와서 사람의 마음을 철렁하게 만든다.
"그 표정 뭐예요? 에이, 꽃 말이에요, 꽃. 누가 나라고 그랬나? 아무리 주어 없이 말했다지만 눈에 힘 좀 풀어요."
멍하니 쳐다보는 그를 보며 라엘이 정정했다.
"근데, 나 대학 신입생 때 별명이 입 다문 5초 김태희였어요. 뭐, 잠깐이긴 했지만 예쁘다는 소리도 종종 들었다니까요."
라엘은 신입생들 사이에서도 눈에 띄는 외모였다. 특정 연예인을 닮은 건 아니었지만, 예쁘고 똑똑한 여자의 대명사로 불리는 김태희에 빗대서 선배들이 붙여준 별명이었다. 하지만 워낙 털털하고 가식 없는 성격 탓에 입을 여는 순간 환상이 깨진다며 그 별명은 삼 개월을 넘지 못했다.
수혁은 앙증맞은 입술로 조잘조잘 하소연하는 그녀의 모습이 귀여운 듯 '피식' 하며 웃어버렸다. 세상에 자신이 예쁘다는 말을 다른 사람에게 이렇게 당당하게 말하는 여자도 아마 흔치 않을 거다. 그는 이 또한 그녀의 매력이라고 확신했다.
"네가 더 ……뻐."
조용히 웃음을 머금던 입술이 그녀에게 속삭였지만 갑자기 날아가는 관우의 날개 소리에 묻혔다.

"네? 방금 뭐라고 했어요?"

제대로 듣지 못한 라엘은 수혁을 보며 되물었다.

"예쁘다고. 네가 더."

"수혁 씨, 혹시……."

감동의 말까진 아니더라도 고맙다 정도의 평범한 답변이 돌아올 줄 알았던 수혁의 귀에 찬물을 확 끼얹는 듯한 황당한 소리가 들려왔다.

"오늘 약 안 먹었어요?"

"뭐라고? 너, 진짜!"

"우와! 이렇게 진정성 없는 예쁘다는 소리는 또 처음 들어보네. 하던 대로 까칠하게 하세요."

"그만 까불어."

"많이 까부니까 그나마 수혁 씨를 상대하잖아요. 할 말 없으면 맨날 그 소리."

두 사람은 서로를 쳐다보며 어이없다는 듯이 웃음을 터트렸고 나란히 정원을 거닐었다. 그는 그녀의 옆으로 발걸음을 자연스럽게 옮기며 둘 사이의 거리를 조금씩 서서히 좁혀나갔다. 1미터에서 50센티, 그리고 다시 30센티. 어느새 두 사람 사이의 거리는 옷깃이 스칠 만큼 가까워졌다.

허공에서 흔들리던 엇갈린 손길이 자꾸만 부딪힌다. 수혁의 시선이 그녀의 손에 닿았다. 작고 하얀 손이 정처 없이 흔들릴 때마다 살갗에 스치는 부드러운 살결이 본능을 자극한다. 지금 바로 꼬물거리는 귀여운 손가락을 꼬옥 잡고 손깍지를 끼고 싶다. 애간장이 탈 것만 같은 수혁의 신경이 전부 그녀의 손에 쏠렸다. 손을 잡기 위한 분명한 명분을 생각하던 그때였다.

"엄마야!"

대리석 바닥에 떨어진 마른 낙엽을 밟은 라엘의 발이 살짝 미끄러졌다. 그 때문에 삐끗한 몸이 앞으로 쏠린 찰나 별안간에 느껴진 단단한 힘이 넘어지려는 그녀의 몸을 지탱했다.

재빨리 손을 뻗은 수혁이 라엘의 손을 잡고 일으킨 것이다.

"하! 놀래라. 고마워요."

라엘은 고맙다는 인사와 함께 잡힌 손을 빼려 했지만 어쩐지 그는 놔줄 생각이 없어 보였다.

"아무래도 안 되겠어."

수혁은 뭔가 결정한 듯 단호하게 말했다.

"뭐가요?"

"최라엘?"

"네."

"지금 네가 밟고 있는 대리석이 얼마나 귀한 건 줄 알아?"

"……."

아닌 밤중에 홍두깨도 아니고, 도라지 타령도 아닌 것이 갑자기 웬 대리석 타령? 라엘은 그가 왜 대리석을 강조하며 들먹이는지 알지 못했다.

"이 대리석으로 말할 것 같으면 저 멀리 중동 황실에서 사용하는 대리석이야."

그의 말에 따라 라엘의 시선이 발밑으로 향했다. 물론 일반적인 가정집에서 사용하는 것과 다르긴 했다. 계단과 식탁에 깔린 회색빛이나 짙은 색이 아닌 연한 아이보리에 테두리가 번쩍이는 대리석의 조화가 특이했다.

"사람이 직접 깎고 천연 광택제를 발라서 한 장 한 장 자식 같은 마음으로 만든 거라고. 이 대리석이."

'자식 같은 대리석을 밟지 말라고 하는 건가?'

수혁의 쓸데없이 진지한 발언에 라엘은 엉뚱한 생각마저 들었다.

"이런 귀한 대리석 위에 지금처럼 네가 또 넘어지면 어떡하겠어? 잘못해서 어디 깨지기라도 하면. 그러니까 산책로 끝날 때까지……."

그가 지금까지 불필요한 사족을 덧붙였던 이유는 이 한마디 때문이었다.

"내 손 잡고 가."

라엘의 손을, 이 작고 귀여운 손을 꼭 잡고 싶어서였다.

"대리석 다칠까 봐 그런 거야."

수혁은 반대 손으로 바닥을 가리키며 대리석을 핑계 삼았지만 그의 눈은 그녀에게서 떨어질 줄 몰랐다.

"난 또 뭐라고. 그래요. 손잡는 게 뭐 어렵다고."

말도 안 되는 핑계에 의외로 쿨한 대답이 돌아왔다.

"괜히 대리석 깨지면 뭐라고 할 테니까 잡고 가요."

라엘은 만약 진짜로 대리석이 깨졌다간 정말 물어내야 할지도 모른다고 생각했다.

"대리석 때문이야."

"알았으니까 그만 강조해요."

라엘은 손과 발의 온도가 꽤 낮은 편이었다. 가을에서 겨울로 접어들수록 더욱 그랬다. 그래서 자신의 손을 완전히 감싸 쥔 그의 손이 참 따뜻하다고 느꼈다. 그리고 수혁의 손은 생각보다 많이 부드러웠다.

서울 시내에 위치한 신축 건물 1층 편의점으로 어딘가 우울해

보이는 인상의 남자가 마스크를 착용한 채 들어왔다.

"어서 오세요."

편의점 사장의 인사를 가볍게 무시한 남자는 음료 코너로 가서 비타민 음료수 여러 병을 손가락 사이에 끼고 카운터로 향했다.

"x보로 레드 두 보루랑 라이터 주세요."

요즘같이 담뱃값이 비싼 시기에 안 그래도 비싼 외국 담배를 두 보루나 덥석 사는 남자를 보며 편의점 사장은 아침부터 운수가 좋다고 생각했다.

"영수증은 필요 없고, 잔돈은 사장님 가지세요."

"예? 손님, 제가 갖기에는 잔돈이 꽤 되는데요?"

5만 원짜리 세 장을 건네받은 편의점 주인은 몇백 원도 아니고 꽤 남는 잔돈을 가지라는 말에 놀라 되물었다.

"괜찮아요. 가지세요."

"아, 감사합니다. 제가 오늘 운수가 좋나 보네요. 하하하!"

"대신 뭐 하나만 물어봐도 되겠습니까?"

"저한테요? 그럼요."

"혹시 이 건물에 있는 '행복스피치' 선생님에 대해 좀 아시나요?"

"최 선생이요? 당연히 알긴 알죠. 그런데 무슨 일 때문이신지……."

갑자기 라엘에 대해 묻는 말에 편의점 사장은 조심스러운 말투로 이유를 물었다. 안 그래도 험한 세상인데 처음 보는 사람에게 남의 정보를 함부로 알려줄 수 없다고 생각했다. 일부러 비싼 담배를 두 보루나 사고 잔돈까지 챙겨줬는데도 불구하고 경계하는 태도를 취하는 편의점 사장을 보며 남자가 갑자기 마스크를 벗었다.

"실은…… 제, 제가 마스크를 벗으면 마, 마, 말을 좀 더듬습니다. 여기 선생님께서 잘…… 하신다고 하셔서."

남자의 상태를 보자마자 편의점 사장은 경계하던 눈빛을 풀었다.
"아이고, 저런. 우리 최 선생님께 상담받으러 오셨구나. 하긴 우리 최 선생이 실력이 좋은지 소문 듣고 가끔 찾아오긴 해요."
"네. 근데 사무실 문이 잠긴 것 같더라고요."
남자는 다시 마스크를 착용하며 멀쩡하게 말했다.
"요즘 바빠서 예약 잡는 것도 쉽지 않을 거예요."
"그럼 여기 사무실에는 출근을 안 하시나요?"
"그건 아니에요. 꼬박꼬박 출근은 하는데 아침마다 강의를 나가는지 고급스러운 차가 모시러 오고 그래요."
"고급스러운 차요? 그럼 최 선생님을 뵈려면 아침 일찍 오는 수밖에는 없겠네요."
"글쎄요. 자세한 건 사무실로 전화해보세요."
남자는 음흉한 눈빛으로 편의점 사장에게 인사를 하며 문을 나섰다. 한참을 골목 깊숙이 걸어가던 마스크 남자는 유료주차장으로 들어가 검은 승용차 보조석의 문을 열었다.
"어때요? 형님. 제 연기 죽였죠?"
마스크를 착용한 남자가 주머니에서 꺼낸 무전기를 뒤로 던졌다.
"새끼야, 그거 비싼 거야. 그건 그렇고 이 자식, 아직 쓸 만하네."
무전기를 던진 남자에게 한 소리를 하던 남자는 이지철의 심복이었다.

9화. 예민한 새벽 감성

기자의 끝내주는 요리 솜씨로 두 사람은 흡족한 식사를 할 수 있었다. 적당한 마블링이 살아 있는 최고급 스테이크가 시선을 사로잡았다. 또한 세계 3대 진미라 불리는 캐비어가 올려진 카나페와 일본산 송이버섯이라 불리는 마쓰다케 숯불구이까지.

그야말로 완벽한 식자재로 눈과 입이 즐거웠다. 하지만 라엘의 입맛을 사로잡은 음식은 따로 있었다. 그 어떤 비싼 음식보다 정성이 가득 들어간 칼국수였다. 수혁에게 메뉴를 전달받은 기자는 음식을 준비하며 고민했었다.

셀튼 집안의 사람들은 이렇게 먹는 게 익숙하고 당연하겠지만, 일반 사람들이 접하기에는 부담스러운 음식이 가득했기 때문이다. 막말로 그녀 자신조차 작은 깡통에 140만 원이나 하는 캐비어를 처음 먹었을 때 맛있다는 느낌이 들지 않았었다. 좋은 감정으로 베푸는 호의라 해도 받는 상대방이 편하지 않으면 아무런 소용이 없다.

그렇기 때문에 수혁의 이런 마음이 행여 라엘에게 불편함으로 남지 않을까 걱정된 기자는 알프레도와 상의 후 칼국수를 따로 준비했다.

"자! 마지막 식사 코스는 먹기 편한 칼국수입니다."

"국물 끝내준다! 요리장님, 이 칼국수 진짜 맛있어요."

라엘의 입맛에는 수백만 원짜리 요리보다 익숙한 칼국수가 더 맛있었다.

"맛있다니 나도 기분 좋네. 많이 있으니까 부족하면 말씀들 하세요."

라엘은 김이 모락모락 나는 칼국수 그릇을 조심스럽게 들고 의자에서 일어났다. 그러더니 수혁이 앉아 있는 맞은편 자리로 걸어가 바로 옆 의자에 그릇을 내려놓았다.

"아까부터 계속 말하려고 했는데, 밥은 이렇게 같이 먹어야 더 맛있어요. 몰랐죠?"

어릴 때부터 식사 예절을 신경 써야 했던 수혁은 식탁 위로 퍼지는 유쾌한 말소리가 듣기 좋았다.

"수혁 씨는 칼국수 좋아해요? 난 면 종류는 다 좋아하거든요. 그중에서도 이런 손칼국수를 제일 좋아해요."

"나도. 비슷해."

사실 수혁은 딱히 칼국수를 좋아하진 않았다. 그런데 오늘부터 가장 좋아하는 음식이 될 것 같다. 식사를 끝낸 두 사람은 방으로 올라와 후식으로 나온 얼그레이 홍차를 마시며 대화를 나눴다.

"오늘 식사 초대해줘서 고마웠어요. 다음에는 내가 밥 한번 살게요. 나 유명한 맛집 진짜 많이 알거든요."

"그래. 꼭 사. 잊지 말고. 그나저나 최라엘? 궁금한 게 있는데."

"물어보세요. 뭔데요? 수업? 아님 맛집?"

"아니. 너에 대해서."

라엘은 본인에게 궁금한 점이 있다는 수혁의 말이 신기했다.

"너도 이상형이 있어?"

전혀 예상하지 못한 질문이었다. 이상형이라니…….

"어떨 거 같은데요."

라엘은 홍차를 음미하는 그에게 되물었다.

"없을 것 같아."

"어, 맞아요. 전 이상형이 딱히 없어요. 이상형은 크게 중요하지 않더라고요. 외모가 어떻고 성격이 어떻고 옷 입는 스타일이 어떻고……. 누구나 자신이 꿈꾸는 이상형과 사랑에 빠지고 싶다는 생각을 하지만 실제로 그럴 확률은 희박하다고 생각해요."

수혁은 라엘의 말에 집중하기 위해 손에 쥔 찻잔을 테이블 위에 내려놓았다.

"그리고 외모도 크게 중요하지 않은 거 같아요. 사실 사람이라면 누구나 잘생기고 예쁜 사람에게 끌리는 건 있겠죠. 하지만 그 이상의 매력을 발견하지 못하면 순간의 감정이 지속되진 않는다고 생각해요."

"현실적이네."

지극히 그녀다운 대답이었다.

라엘의 이상형이 궁금해 시작된 질문이었지만 수혁은 자신이 예상한 답변과 비슷하다고 생각했다.

"나도 어릴 때는 신데렐라를 꿈꿨어요. 눈앞에 분홍빛이 만연한 그런 사랑을요. 하지만 만남과 이별을 겪으면서 점점 현실적이게 됐죠. 아! 그래도 누군가를 만날 때 꼭 생각하는 몇 가지는 있어요."

"뭔데?"

수혁은 그녀의 말에 더 집중하기 위해 상체를 꼿꼿이 세우며 자세를 바로잡았다.

"다른 여자들이랑 비슷해요. 나만 사랑해주는 사람, 날 존중해주는 사람. 그리고 마지막으로 가장 중요한…… 내 현실에 벗어나지 않는, 나와 처지가 비슷한 사람."

마지막 문장이 너무 강렬해서 그녀의 다음 말은 그에게 들리지도 않았다.

"수혁 씨, 이만 가볼게요."

멍한 표정으로 앉아 있던 그는 라엘의 인사 소리를 듣고서야 고개를 들었다.

"오늘 진짜 잘 먹었어요."

"잠시만, 기다려봐."

기다리란 말을 남기고 드레스룸으로 들어갔다 나온 수혁은 손에 뭔가를 들고 나왔다.

"너, 오늘 너무 춥게 입고 왔어."

그는 손에 쥔 머플러를 라엘의 목에 정성스럽게 감았다. 민트색 머플러는 그녀가 걸친 네이비색 재킷과 잘 어울렸다. 마치 처음부터 세트인 것처럼.

"밖에 바람 불어. 하고 가."

"……!"

"착각하지 마. 너 감기 걸리면 수업 못 하니까. 그리고 내 드레스룸엔 웬만한 숍보다 의류가 많아."

보통 남자가 이런 말을 하면 허세에 불과했지만 수혁의 말은 전부 사실이었기에 딱히 반박할 수가 없었다.

"혹시나 해서 덧붙이는데, 쓰던 거야. 쓸데없이 감동하지 마."

"알았어요. 쓸데없는 감동 하지 않고 잘 매고 갈게요."

수혁은 창가에 서서 라엘이 손을 흔드는 모습을 지켜봤지만 평소처럼 손을 들어 화답하진 않았다. 조금 전 그녀의 마지막 한 문장이 그의 머릿속에 화살처럼 꽂혀 귓가에 이명처럼 울렸기 때문이다.

'내 현실에 벗어나지 않는, 나와 처지가 비슷한 사람.'

"감사합니다, 기사님. 운전 조심히 들어가세요."

찰칵. 찰칵. 찰칵.

지문이 지워진 검지로 카메라 셔터를 미친 듯이 눌렀다. 벌써 며칠째 잠복 조사를 하고 있는 이지철의 심복인 조피복은 건물 옥상에서 라엘의 모습을 카메라에 담고 있었다.

"똑같은 차네. 그때 타고 왔던 셀튼그룹 차 같기도 하고. 그날 사진을 찍어뒀어야 하는데, 이거 영 헷갈리네."

조피복은 라엘의 의미 없는 동선까지 모두 파악한 상태였다. 그녀가 즐겨 가는 편의점, 자주 찾는 도서관, 가족과 주변 인물까지. 실제 미행을 시작한 지 얼마 되지 않았지만 꽤 많은 자료를 모을 수 있었다.

"과연 저 차를 타고 계속해서 저택 출입을 했는지를 알아야 하는데……. 쥐새끼 같은 여자네."

평생을 썩은 내가 진동하는 뒷골목에서 몸을 굴린 그에게 열심히 살고 있는 평범한 여자를 미행하는 일 따위는 숨 쉬는 일보다 쉬웠다. 그런데 매일 오전에 나갔다 오후에 들어오는 고급 세단의 행방이 예상보다 확실하지 않아서 슬슬 짜증이 올라왔다.

"아침에 나갔다 저녁에 들어온다. 개인 사무실을 오픈할 정도면 일에 열정이 있다는 건데. 그런 사람이 사무실 문은 왜 하루 종일 닫아둘까?"

라엘의 행방을 궁금해하며 추리하던 조피복은 급하게 울리는 핸드폰을 빠르게 받았다. 발신인은 이지철이었다.

"네, 사장님. 티 나지 않게 잘 살피고 있습니다."

- 홍보실장으로 임명돼서 당분간 사람들 눈 조심해야 하니까 장소를 좀 바꿔야겠어.

덫을 놓고 먹잇감을 기다리는 뱀처럼 이지철은 침착하게 몸을 사리는 법을 알고 있었다.

"안 그래도 미리 옮겨놨습니다. 주소는 제가 문자로 보내겠습니다.

-좋아. 내일이나 모레쯤 찾아갈 테니까 전화하면 바로 달려와.

방 안에 들어온 라엘은 겉옷을 벗기 전에 책상 위에 가방부터 올렸다. 필통과 티슈, 핸드크림과 자료까지 늘 갖고 다니는 필수품을 꺼내던 손길이 가방 안에서 멈췄다.

"이게 왜……."

"어!"

거실에서 함께 술잔을 기울이다 취한 라준을 눕히고 온 종인이 라엘의 손을 보고 크게 반응했다.

"너, 이 책 어디서 났어?"

수혁이 가장 아끼던 책. 그가 수십 번을 읽고 또 읽었던 고백사가 담겨 있던 '심장(心臟)' 책이 그녀의 손에 들려 있었다. 독서광인 종인은 유명 책을 금방 알아봤다.

“이 책 우리나라에 딱 두 권 있는 책이잖아.”

“두 권?”

부동자세로 서 있던 몸이 ‘두 권’이란 소리에 반응하며 뒤를 돌았다.

“어. 번역본까지 전 세계 만 권만 출간돼서 우리나라에는 딱 두 권 배정됐다고 했어. 한 권은 국립중앙 도서관에 있고 나머지 한 권은 젊은 남자가 소장했다는 소리가 있었거든.”

유명한 책인 줄은 익히 알고 있었지만, 한국에 딱 두 권만 출간됐다는 사실을 라엘은 처음 들었다.

“이거 돈 주고도 못 사는 귀한 책인데 어디서 난 거야? 카피본도 아니고 진품인데.”

출처를 궁금해하는 종인의 질문에도 여전히 책만 바라보던 라엘의 시선이 빛바랜 표지 아래쪽으로 향했다. 오른쪽 하단에 찍힌 제목 아래 정갈하게 쓰인 작은 글자가 눈에 띄었다.

〈난 다 외울 만큼 읽었어. 촉새 너 가져.〉

“어이, 최라엘? 정신 차려. 얘가 왜 이래.”

종인은 얼이 빠진 라엘을 걱정하며 다시 한번 큰 소리로 그녀를 불렀다.

“너 무슨 일 있어? 야, 최라엘!”

“아! 놀래라.”

라엘은 갑자기 크게 들린 목소리에 깜짝 놀라며 금세 정신을 차렸다.

“아무 일 없어. 잠깐 생각하느라 못 들었어. 됐고. 나 옷 갈아입을 거야.”

“안 그래도 나가려고 했네요.”

책의 출처를 알려주지 않는 라엘에게 종인은 더 이상 묻지 않았다.

분주하게 움직이던 몸짓이 조용히 닫힌 방문 소리에 다시 잦아들었다.

"일단 씻자."

잠시 책을 쳐다보던 라엘은 씻기 위해 옷을 벗었다. 목에 감긴 머플러가 옷걸이에 걸쳐지는 동시에 끝에 걸려 있던 작은 택이 바닥에 떨어졌다. 수혁이 그토록 쓰던 거라고 강조하던 민트색 머플러는 그녀를 위해 특별 주문된 새 제품이었다.

이제 막 자정을 넘긴 시계 초침 소리를 따라 라엘의 작은 손가락이 분주하게 키보드를 두드렸다. 분명 퇴근 후 집에 도착했을 때만 해도 몰려오는 피로에 바로 자야겠다고 생각했다. 그런데 신기할 정도로 한순간에 잠이 확 깼다. 몇 번이나 잠을 자려고 침대 위에서 뒤척거리고 따뜻하게 데운 우유까지 마셨지만 소용없었다. 결국 라엘은 책상 위, 작은 스탠드를 켜고 노트북 앞에 앉아 수혁의 상담 일지를 쓰기로 했다.

"날이 갈수록 안정적이네."

마우스 스크롤을 내리는 손끝이 신중하게 움직였다. 지금까지 작성한 일지를 살펴보는 라엘의 눈빛 안에 흐뭇함이 가득했다. 보통 수혁과 같은 경우 수업을 진행할 때 시작부터 종료까지 크게 몇 단계로 나눠진다. 주로 책을 읽는 읽기 수업에서 문제를 함께 찾는다.

읽기 수업이 잘 진행되면 그다음 단계로 넘어가 상담자가 스스로 이야기를 하게 유도한다. 그리고 함께 많은 대화를 공유하여 상태가 더 호전되면 그땐 수업이 행해졌던 장소가 아닌 외부로 나간다. 늘 익숙했던 한정된 공간이 아닌 새로운 환경에서 타인과 접촉하고 대화를 실시한다. 그로 인해 자신감을 회복하고 말의 유창성이 지속되면 상담자는 수업의 종료를 알리게 된다.

라엘은 수업이 시작된 이후 수혁이 본인 스스로 얼마나 노력을 많이 하고 있는지 누구보다 잘 알고 있었다. 언어 훈련은 무엇보다 개인의 의지와 얼마만큼의 노력이 뒷받침되느냐에 따라 상담 기간이 짧아지기도 하고 길어지기도 한다. 그만큼 상담자 스스로의 노력이 지대한 영향을 미친다는 뜻이다. 그런 면에서 수혁의 노력은 전문가적인 입장에서도 대단했다. 라엘은 첫날 수업을 하고 나서 그와 나눴던 대화를 떠올렸다.

'수업이 끝나고부터는 온전히 수혁 씨의 노력에 달려 있어요. 그러니까 나랑 약속 하나만 해줄래요? 수업 끝나고 숙제도 끝나고 단 30분이라도 좋으니까 훈련도 꼭 하겠다고.'

'걱정 마. 해. 할게. 난 약속은 반드시 지켜.'

그 뒤로 수업이 끝나고 그가 혼자서 어떻게 훈련을 하고 있는지 직접 보거나 물어보지 않았다. 부담을 주고 싶지 않아서였다. 1년 동안 두려워했던 습관을 탈피하고 발음의 유창성과 대화 시 상대방을 대하는 모습까지.

수혁은 여러 면에서 빠르게 좋은 방향으로 향하고 있었다. 라엘은 이렇게 눈에 보이는 결과만으로도 그가 처음 자신이 알려준 훈련법을 철저히 따르고 있다는 것을 알 수 있었다. 그리고 이런 수혁의 노력은 원래 자신의 자리로 돌아가고 싶은 그의 마음에서 비롯된 것이라는 것 또한 느낄 수 있다. 그래서 라엘은 여기서 좀 더 욕심을 내보기로 했다.

"지금 상태라면 이제 슬슬 외부로 나가서 훈련을 해봐도 좋을 것 같은데…….”

이제는 그를 세상 밖으로 이끌어내어 그의 용기에 힘을 실어줄 생각이다.

“자연스러운 일상적인 외출이 좋겠지? 생각 좀 해보자.”

잠시 고민하던 라엘은 수혁의 독백 영상을 체크하기 위해 휴대폰을 노트북에 연결하고 노트와 볼펜을 손에 쥐고 플레이 영상을 클릭했다. 고요함이 내려앉은 방 안에서 작은 스피커를 통해 수혁의 목소리가 흘러나왔다.

스탠드 불빛 아래 타들어가는 심지에서 시작된 아로마 향이 은은하게 퍼졌다. 지금 갖춰진 분위기는 그녀의 새벽 감성을 깨우기 충분했다. 영상이 시작되고 라엘은 집중하며 화면을 응시했다. 그런데 화면을 보던 그녀의 눈빛이 바람을 마주한 꽃잎처럼 미약하게 떨렸다.

“……!”

도저히 집중이 되질 않았다. 아니, 정확히 말하면 화면 속 그의 눈빛이 집중을 방해했다.

‘……왜 저렇게 보는 거야.’

촬영 당시에도 평소와 다르다고 느꼈지만, 라엘은 그저 독백에 임하는 그의 진지함이라고만 치부했다. 그런데 수혁의 눈빛이 너무 따뜻하다. 봄에 핀 햇살처럼 따뜻하고 포근했다. 그리고 그 따뜻한 눈빛이 처음부터 끝까지 자신을 따라오고 있다는 것을 알게 됐다.

“저 얼굴에 저런 눈빛으로 쳐다보면 반칙이잖아…….”

방 안의 고요함을 깨뜨린 그의 목소리가 귓가를 사로잡고, 그의 눈빛이 시선을 사로잡았다. 그 때문에 라엘은 생각이 많아졌다.

후…….

붉은 입술에서 흘러나온 짧은 한숨이 조용히 타오르던 심지에 닿았다. 순식간에 풍랑을 만난 촛불이 누구의 마음을 대변하듯 정처 없이 흔들렸다. 설명할 수 없는 애매모호한 기분에 사로잡힌 라엘은 더 이상 영상을 볼 수 없었다. 플레이 버튼을 멈춘 키보드 소리가 '탁' 하고 울린 그때,

Rrrrrrrrr.

격한 진동과 함께 휴대폰이 움직였다.

"어! 이 시간에, 그것도……."

라엘은 '지미'란 글자에 한 번, 영상통화로 걸려온 전화에 또 한 번 당황했다.

"영상통화를?"

조금 전 시간을 확인하지 못하고 메시지를 보냈었는데 아무래도 그 때문에 수혁이 전화를 한 것 같았다.

"어휴, 왜 메시지를 보냈냐고. 왜! 최라엘, 당황하지 마. 안 받으면 돼."

라엘은 손을 들고 허공에다 몇 번의 주먹질을 하며 오두방정을 떨다 정신을 차렸다. 그리고 아기를 다루듯이 조심스럽게 휴대폰을 들어 주문을 외웠다.

"안 받을 거야. 안 받으면 끊어질 거고, 끊어지면 안 올 거야. 끊어져라. 제발~"

라엘은 상체를 앞뒤로 흔들며 반동을 주다 스텝이 꼬였고,

"지미야, 끊어라, 끊어, 어!"

그 순간 휴대폰을 놓치고 말았다.

"서…… 설마!"

문제는 손에서 놓친 휴대폰을 바로 잡은 게 하필이면 액정 밑 가운데 버튼이었다. 그나마 다행인 건 휴대폰을 빠르게 책상 위로 뒤집어놨다는 사실이었다.

-여보세요? 최라엘.

아니나 다를까, 기다렸다는 듯이 수혁의 목소리가 들려왔다.

-최라엘, 어딨어? 끊지 말고 받아.

재촉하는 소리에 얼굴이 불판 위 오징어처럼 쪼그라든 라엘은 벽에 붙어 있는 거울로 자신의 상태를 확인했다. 당장 사극 드라마에 투입돼도 전혀 손색없는 완벽한 상투머리. 일명 똥머리를 야무지게 틀고 세상 깨끗한 민낯의 모습이었다. 이리저리 눈동자를 굴리며 당황하던 라엘은 자신이 후드티셔츠를 입고 있다는 사실을 깨달았다.

수혁은 테라스에 앉아 벌써 몇 시간째 같은 고민을 하는 중이었다. 고민을 끌어안은 그의 눈동자가 하늘에 닿았다. 까만 밤하늘에 반짝이는 별과 선명한 하현달이 정원 위로 그림같이 펼쳐졌다. 그녀의 모습처럼 예쁜 밤이지만 수혁의 마음은 예쁘지 않았다.

'내 현실에 벗어나지 않는, 나와 처지가 비슷한 사람.'

이상형을 물었을 때 되돌아온 라엘의 답변 때문이었다. 정말 생각지도 못한 말이었다. 그 말이 귓가에 들리는 찰나의 순간, 수혁의 감정은 순간적으로 크게 요동쳤었다. 마치 자신의 감정을 알고 다가오지 말라고 하는 것처럼 그녀의 눈빛과 목소리가 너무 단호하고 분명했기 때문이다. 앞선 걱정일 수도 있지만 자신의 세상 안으로 들어오지 말라고 하는 것만 같았다.

"현실에 벗어나지 않는 사람이라."

여기서 현실은 네 현실을 의미하겠지. 내가 그린 세상에서 너와 난 같은 현실인데……. 꼬리에 꼬리를 문 수 많은 상념과 마주하던 수혁의 표정이 뭔가를 결심한 듯 달라졌다.

"상관없어. 네 세상으로 내가 들어가면 되니까."

"수혁아, 안 자?"

정원 위를 낮게 비행하던 관우가 테라스로 다가왔다.

"라엘이 생각해?"

"그래. 형 머릿속에 온통 라엘이 생각뿐이야."

"라엘이 좋아. 예뻐."

"예쁘지. 최라엘은 늘 예뻐."

"바보. 멍청이."

"보고 싶네."

"고백해. 고백해!"

관우는 어딘가 모르게 한심함이 느껴지는 말투로 수혁을 나무라며 날아갔다.

"고백할 거야."

하늘에 맺힌 고백을 뒤로하고 수혁은 방 안으로 들어왔다. 억지로 잠을 청하기 위해 침대로 향하던 그가 발길을 멈췄다. 책상 위에서 깜빡이는 휴대폰 불빛을 확인하던 수혁의 얼굴이 순식간에 환해졌다.

[아니, 이거, 심장 책을 준다니, 이게 무슨 말이에요? 이런 귀한 책을 절 왜 줘요. 받을 수 없어요.]

10분 전쯤 도착한 라엘의 메시지였다. 가방에 몰래 넣어둔 책을 발견한 모양이다. 안 그래도 라엘이 너무 보고 싶던 수혁은 그녀의 메시지를 보자 그 생각이 배가 됐다. 사람이 누군가를 좋아하기 시작하면 기존의 내가 아닌 새로운 모습에 나조차 놀랄 때가 있다. 전혀 하지 않던 돌발 행동을 하게 되고 사고와 판단력은 술에 취한 듯 흐려진다.

수혁은 느릿한 눈빛으로 시계를 확인했다. 작은 바늘이 자정을 넘어가 지금이 새벽이라는 것을 알려줬다. 연인, 식구 또는 친구. 사람과 사람 사이에 이어진 특별한 관계가 아니라면 답장을 하기엔 늦은 시간이었고, 전화는 실례가 되는 시간이었다.

하지만 그 모든 당연함을 무시할 만큼 그는 라엘이 보고 싶었다. 수혁의 새벽 감성은 그녀의 새벽 감성보다 예민하게 그를 건드렸다. 이성을 묵살시킨 감정만큼 솔직한 건 없다. 커다란 손에 인질로 잡힌 휴대폰 화면이 깜빡이고 통화 연결음이 들려왔다. 수혁은 라엘에게 전화를 걸었다. 그것도 영상통화를.

"최라엘? 거기 있는 거 아니까 얼른 받아."

한참 동안 울리던 연결음 끝에 드디어 통화가 성공했다.

"최라엘?"

-이, 이 시간에 전화하면 어떡해요?

수혁은 몇 번이나 라엘의 이름을 부른 뒤에야 그녀의 얼굴을 볼 수 있었다.

"큭!"

그런데 화면을 마주한 그의 입가에서 바로 웃음이 터져 나왔다.

-아, 웃지 마요. 이 시간에 전화한 것도 모자라서 영상통화를 하는 사람이 어디 있어요?

라엘은 노란색 후드티셔츠에 달린 모자에 얼굴을 폭 파묻고 턱 밑으로 끈을 묶은 상태였다.

"최라엘, 너 지금…… 큭!"

-아, 웃지 말라니까요. 갑자기 전화를 하니까 어쩔 수 없었어요.

안 그래도 작은 얼굴이 후드 속에 쏙 들어가 눈 코입만 보였다. 커다란 눈을 깜빡이며 뽀로통한 라엘이 노란 병아리 같았다. 수혁은 화면 속에 비친 그녀 모습이 너무 귀여워 자꾸만 웃음이 터져 나왔다.

-자꾸 웃으면 전화 끊을 거예요.

"알았어. 안 웃을게."

-아니, 수혁 씨?

"어?"

-무슨 침대 위에서 화보촬영 할 거예요?

"뭐?"

화면 속 수혁의 모습을 보던 라엘이 뜬금없는 질문을 했다.

-혹시 지금 입고 있는 거 잠옷이에요?

"맞아."

잠옷이 맞다는 소리에 너무하다는 소리가 돌아왔다. 잠자기 전엔 누구나 흐트러진 모습이지 않은가. 자신은 세상 편한 차림인데 화면에 비친 수혁의 모습은 충격적일 정도로 완벽했다. 심지어 카디건 안에 보이는 잠옷마저 완벽한 일상복처럼 보였다. 라엘은 잠잘 때 애용하는 자신의 후드티셔츠에 살짝 민망함을 느꼈다.

-근데, 이 시간에 어쩐 일로 전화한 거예요?

"네가 먼저 보냈잖아. 메시지."

-아…….

휴대폰 너머 짧은 탄식과 함께 라엘은 본인이 빌미를 제공했다는 것을 깨달았다.

"그 책 진짜 준 거니까 너 가져."

-그러니까 절 왜 주는 건데요?

"읽어보고 싶어 했잖아."

-읽어보고 싶은 건 맞지만 수혁 씨 책을 갖고 싶다는 뜻은 아니었어요.

라엘은 반박이 아니라 사실을 전했다. 너무 읽고 싶던 책을 실제로 봐서 반가운 마음을 내비쳤던 것뿐이다.

"알아. 네가 달라고 한 적 없어. 그냥, 난 이미 여러 번 읽었고 더 이상 읽을 필요가 없어서 준 거야."

창과 방패도 아닌 것이, 주려는 그와 받지 않으려는 그녀의 의견으로 팽팽했다.

-이 책 진짜 귀한 책이잖아요.

"나한테는 그 귀한 값어치가 이미 떨어진 지 오래야. 필요한 사람이 읽으면 그 책이 더 귀해지겠지."

-…….

수혁의 말에 어쩐지 라엘은 답이 없었다.

"어떻게, 밤새 책 한 권으로 밀당 할래?"

-알았어요. 그럼, 이렇게 해요.

아무리 생각하고 또 생각해도 유명 수집가들조차 침을 흘린다는 이 귀한 책을 준다고 덥석 받는 건 아니라고 결론지었다.

-일단 내가 이 책 다 읽을 동안만 잠시 빌리는 걸로 해요.

"그 책 다 읽은 다음에 그때 다시 얘기해."

책 하나 주는 일도 제 마음처럼 쉽지 않은 수혁이었다.

-알았어요. 그렇게 해요. 늦었는데 이만 자, 아! 잠시만요. 수혁 씨?

잘 자라는 끝인사를 하려 했던 라엘이 급하게 수혁을 불렀다.

"왜?"

-이제 밖에 나가보는 거 어때요? 수혁 씨만 괜찮다면 스피치 훈련 전에 외부로 나가면 어떨까 싶어서요.

라엘은 아직 정확한 계획을 세우진 않았지만 미리 운을 떼서 그를 설득할 생각이었다.

-내가 말했죠? 지금 수혁 씨, 정말 잘해주고 있다고. 그래서 외부 활동을 시작하기 전에 리허설 한다고 생각하면 좋을 것 같아요. 그렇다고 당장 내일 나가자는 건 아니에요.

"하자. 외출."

장황하게 늘어진 설명이 무색할 정도로 시원한 대답이 돌아왔다.

-정말요?

"그래."

-그럼, 어디가 좋을지 정하고 다음 주쯤에 가는 걸로 해요.

"뭐 하러. 그냥 내일 가자."

수혁은 궁금했다. 라엘이 생각하는 그녀의 현실은 어떤지. 그래서 외부로 나가자는 말에 두려움보단 설렘과 호기심이 앞섰다.

-내일은 너무 빠른데……. 그럼, 이틀 뒤에 가요.

"그래. 대신 네가 평소에 자주 가는 곳으로 가자. 익숙하게."

-좋아요.

두 사람의 생각이 교차하는 밤은 그렇게 지나가고 있었다.

서울의 고급 빌라촌이 모여 있는 조용한 동네. 장례식장에 갈 법한 올 블랙 차림의 이지철이 웬일인지 직접 운전대를 잡았다. 시내 외곽에 위치한 낡은 유료주차장에 들어온 그는 고급 세단을 안쪽에 주차했다. 자주 오는 곳인지 덩치 큰 젊은 남자가 어디서나 볼 수 있는 흔한 소형차를 끌고 입구로 나올 동안 이지철은 어느새 등산복으로 갈아입고 모자를 쓰고 있었다.

"감사합니다, 사장님."

10만 원짜리 세 장이라는 꽤 과한 팁을 받은 남자는 소형차를 향해 머리가 땅에 닿을 듯이 고개를 숙였다.

"고작 30만 원에 머리까지 숙이다니. 버러지 같은 인생이다."

회사에서 보이던 선한 가면을 벗어던진 이지철은 뱀 같은 눈빛으로 남자를 무시하며 주차장을 빠져나갔다. 어둠이 내려앉은 고속도로를 빠르게 달린 그는 서울에서 떨어진 대전에 도착했다. 이미 주변 지리를 다 외운 듯 자연스럽게 유료주차장에 차를 세운 그는 인근 번화가를 향해 걸어갔다.

한 블록 정도 걸어간 이지철은 24시간이라는 글자가 적힌 순댓국집으로 들어갔다. 일대에서는 이미 맛집으로 소문난 식당이라 그런지 늦은 저녁 시간임에도 손님이 제법 많았다.

"어서 오세요. 편한 곳으로 앉으시면 됩니다."

"1인분 주세요."

"네. 감사합니다."

"혹시, 사장님 자리에 계십니까?"

테이블 위에 물과 기본 반찬을 세팅하고 돌아서던 직원이 이지철의 질문에 다시 고개를 돌렸다.

"저희 사장님이요?"

"네."

"사장님은 지금 주방에서 바쁘신데, 뭐 때문에 그러시는지……."

"꼭 봐야 할 사람이 왔다고 전해주세요."

고개를 갸웃한 직원이 주방으로 들어갔다. 잠시 뒤 사장으로 보이는 30대 중, 후반의 남자가 순댓국이 담긴 쟁반을 들고 이지철이 앉은 구석진 자리로 다가왔다.

"손님, 순댓국 나왔습니다. 저를 찾으셨다고요."

"네."

뜨거운 김이 한껏 올라와 남자의 시야를 가렸다.

"무슨 일로……."

뜨거운 김이 허공에 흩어지는 순간 이치절을 마주한 남자의 시선이 격하게 흔들렸다.

"오랜만이야."

"여, 여긴 어떻게……."

마치 못 볼 거라도 마주친 사람처럼 남자의 얼굴이 순식간에 하얗게 질렸다.

"뭐, 겸사겸사. 자네가 식당 오픈했다는 소식은 익히 들었는데 맛집으로 소문까지 나고, 내가 다 뿌듯하네."

자신의 의지와 상관없이 떨리는 젊은 남자의 손을 보며 이지철은 낮게 비웃었다.

"뭐야, 왜 이렇게 떨고 그래. 사람 민망하게."

사람의 뇌는 복잡하고 정교하며 똑똑하다. 너무 똑똑한 나머지 직접 경험하지 않은 기억들도 저장할 수 있지만, 오히려 그렇기 때문에 가끔 기억의 오류가 나기도 한다. 하지만 눈은 단순하다. 단순하기 때문에 직접 눈으로 각인된 기억은 절대 잊어버리지 않는다. 그 각인된 기억이 공포라면 더욱더.

"절 찾아온……."

죽을힘을 다해 간신히 잊어버린 척 외면했던 그날의 공포가 남자의 머릿속에 떠올라 눈앞에 재연됐다.

“이유라도 있으신지.”

숨기려 해도 숨길 수 없는 숨 막히는 존재 앞에 남자는 떨리는 목소리로 작게 말했다.

“그때 말이야, 자네와 나의 타이밍이 안 맞았더라면 많은 것이 달라졌겠지. 자네도 알지? 내가 그동안 얼마나 숨죽여 기다리고 있었는지?”

“전, 사장님을 1년 만에 뵈서 무슨 말씀을 하시는지 모르겠습니다.”

여전히 목소리는 떨렸지만 남자는 자신의 의견을 말하려고 애썼다.

“하긴 교류가 없었으니 그럴 수도 있겠군.”

뽀얀 국물이 맛깔스럽게 우러난 순댓국물이 이지철의 손에 쥔 숟가락으로 인해 서서히 소용돌이를 치기 시작했다.

“아무튼 지금 내가 굉장히 중요한 시기거든. 그런데 말이야…….”

이지철은 끈끈이에 달라붙은 파리와 같은 하등생물을 보는 시선으로 남자를 흘겨봤다. 그 눈빛이 너무나 추악하고 소름 끼쳐서 남자는 저도 모르게 눈을 내렸다.

“팔다리를 잘랐다고 생각했던 이수혁의 낌새가 이상해.”

수혁의 이름을 듣자마자 남자의 동공이 급격히 팽창함과 동시에 심장이 바닥까지 내려앉았다.

“내가 그동안 얼마나 각고의 인내를 삼키며 기다렸는데 생각지도 못한 그 새끼가 갑자기 여기저기 기웃거리면 내 기분이 불쾌해지잖아. 안 그래?”

“…….”

"그래서 말인데, 만에 하나 늙은 영감이나 이수혁이 사람을 보내서 너를 찾아오면 어떻게 해야 할까?"

"뭔가 착각하신 거 같은데…… 그날 이후 셀튼가에서 연락 한 번 오지 않은 것은 물론 지금까지 저를 찾아오신 분 역시 한 분도 없었습니다."

이지철은 남자의 대답을 들으며 휘휘 젓던 숟가락으로 그릇 안의 내용물을 천천히 뭉개버렸다. 숟가락 날에 찢어진 내용물로 인해 뽀얀 국물은 어느새 흙탕물처럼 흐려졌다.

"당연히 계속 그래야지. 그런데 지금까지 없었다고 앞으로도 없으리란 법은 없지 않은가. 안 그래?"

"제발…… 저 좀 끌어들이지 마세요. 그리고 그 돈은 제가 조만간 갚겠습니다."

"돈을 갚겠다. 뭐, 돈을 갚든 갚지 않든 그건 중요한 게 아냐. 중요한 건 네가 돈을 갚더라도 그 당시엔 내 돈을 받았다는 거야. 그 사실은 없어지지 않아."

귓가에 들리는 웅성거리는 소음마저 차단할 정도로 남자에게 이지철의 존재는 압도적이었다.

"……."

"오랜만에 봐서 잊었나 본데, 난 생각이 길어지는 걸 싫어해. 대답은?"

"아빠?"

두 사람의 팽팽한 긴장을 뚫고 귀여운 아이의 목소리가 들려왔다.

"아빠아~"

유치원생쯤으로 보이는 남자아이는 총총걸음으로 뛰어와 남자의 팔을 잡았다.

"네가 중형이구나?"

아이를 이미 알고 있다는 목소리가 어울리지 않는 다정함을 포장한 채 반겼다.

"안녕하세요. 김중형입니다."

"고 녀석, 아빠를 닮아서 아주 똑똑하네. 중형이 이제 안 아프니?"

"네. 중형이 이제 밥도 잘 먹고 씩씩해요."

"그래. 그래야지. 너 때문에 네 아빠가……."

추악하고 악랄한 손이 아이의 머리에 닿으려는 찰나,

"중형아!"

남자는 자세를 바꿔 재빨리 아이를 제 품에 끌어안았다. 그리고 이지철을 똑바로 쳐다보며 말했다.

"염려하시는 일 없을 겁니다. 그, 그러니 이제 내 식당에서 나가. 빨리!"

이지철이 의자를 끌며 자리에서 일어났다.

"사람 참, 급하기는. 안 그래도 지금 막 가려고 했네. 그럼 자네 말 믿고 가겠네. 중형이 잘 있어라."

"안녕히 가세요."

이지철은 아이에게 손을 흔들며 테이블에서 빠져나왔다. 그리고 남자의 귓가에 몇 마디를 남기고 식당을 나갔다.

"여보, 오늘 정산…… 여보? 저 사람 표정이 왜 저러지?"

멍하니 앉아 있던 남자는 카운터에 있는 와이프에게 아이를 맡기고 식당 안, 작은 방으로 뛰어 들어갔다.

드르륵.

격한 미닫이문 소리와 함께 무릎이 땅에 떨어지는 쿵 소리가 났다. 남자는 늘 갖고 다니는 자신의 가방에서 작은 수첩을 꺼내들었다.

"여기 있을 텐데……."

남자가 급하게 찾던 번호는 알프레도의 번호였다. 그는 허리춤에 매고 있던 앞치마에서 휴대폰을 꺼내들었다. 하지만 끝끝내 알프레도에게 전화를 할 순 없었다.

'자네, 와이프가 둘째를 임신했다고. 임신 8주라지. 축하하네.'

조금 전 귓가에 속삭이던 악마의 목소리가 맴돌았기 때문이다.

모니터를 향한 냉철한 눈매와 다부진 입술. 이따금씩 관자놀이를 짚는 고뇌에 찬 손길까지. 외부 수업이 있는 당일 들떠 있을 거라 생각했던 수혁의 모습은 조용하다 못해 의외로 차분하기까지 했다.

"도련님, 접니다."

"들어와."

노크 소리와 함께 알프레도가 1층 사무실로 들어왔다.

"도련님, 벌써 점심때가 지났습니다. 식사부터 하시죠."

아침부터 미국에 있는 이 비서와 화상회의를 진행한 수혁은 점심때가 지나도록 사무실에서 나오질 않고 있었다. 알프레도는 몸이 좋아짐에 따라 일에 열중하는 그의 모습이 보기 좋았지만, 식사까지 거르며 무리하는 건 원치 않았다.

"도련님!"

도대체 일이 얼마나 많은 건지. 수혁은 책상 앞에 서서 얘기하는 알프레도의 말도 듣지 못하고 모니터에 집중하고 있었다.

"제 얘기 듣고 계세요?"
"어. 듣고 있어."
"갑자기 무리하시면 안 좋습니다."
알프레도가 홍차를 내려놓기 위해 책상 옆으로 한 걸음 옮기자 모니터 화면이 순식간에 변했다.
"무리하는 거 아니니까 걱정하지 마."
"그나저나 오늘 최 선생님과 밖에서 만나기로 하신 건 알고 계시죠?"
"그랬나? 그러고 보니 오늘 최라엘이 안 왔네."
"어제 수업 끝나고도 몇 번이나 말씀하시지 않으셨습니까?"
"몇 시라고 했지?"
처음부터 몰랐다는 듯이 수혁의 시선이 시계를 향했다.
"4시까지 가셔야 합니다. 식사하시고 슬슬 준비하시면 될 것 같습니다."
친절한 안내 멘트에도 그는 여전히 업무에 빠져 심드렁한 태도를 보였다.
"의상은 어떻게 준비할까요?"
"대충 입으면 돼. 내가 알아서 할 테니까 신경 쓰지 마."
"알겠습니다. 식사 준비할 테니 15분 뒤에 나오세요."
알프레도가 사무실을 나자자마자 안도의 한숨이 터져 나왔다.
간결하게 떨어지는 마우스 클릭 소리와 함께 모니터 화면이 다시 전환됐다.
"들킬 뻔했어."
마치 일에 살고 일에 죽을 것 같은 냉철한 눈빛으로 수혁이 보던 화면은 세계적으로 유명한 미국의 패션 사이트였다. 그리고 그 사이트 특집 기사 헤드라인은 다음과 같이 적혀 있었다.

〈여자들이 원하는 데이트를 부르는 남자의 완벽한 스타일 BEST TOP 10〉

·

"도련님, 더 안 드세요?"

"입맛 없어. 아니, 배불러."

"후."

"후식은 됐어."

수혁은 요리장 기자의 입에서 '후식'이란 말이 끝나기도 전에 먼저 거절했다. 정신이 삼천포에 빠져 있던 그는 결국 몇 숟가락 뜨지 않고 자리에서 일어났다.

수혁이 금색 문고리를 열고 드레스룸에 들어서자 천장 조명이 그의 동선을 따라 자동으로 불이 켜졌다.

드레스룸 한쪽에 있는 아이보리색 미닫이문이 힘차게 열렸다. 문이 열리자 한 칸에 10켤레씩, 열 칸에 걸쳐 총 100켤레의 신발이 종류별로 줄을 맞춰 서 있었다.

"뭐가 좋을까."

수혁은 예전부터 신발을 먼저 고르고 거기에 옷을 맞춰 입었다. 팔짱을 끼고 잠시 고민하는가 싶던 그가 결정을 내린 듯 신발장 앞으로 다가갔다. 드레스룸 중앙에 위치한 피팅 공간 바닥에 정확히 세 켤레의 신발이 놓여졌다. W자 형태의 앞코 장식이 인상적인 윙팁과 앤티크한 느낌이 물씬 나는 브라운 컬러의 로퍼, 그리고 깔끔한 스니커즈까지. 누가 봐도 유행을 타지 않고 오랫동안 사랑받은 잇 아이템만 골라냈다.

사실 미국에서 대학을 다니던 20대 초반 수혁은 길거리 캐스팅으로 인해 패션모델로 활동한 경력이 있다. 물론 이 회장에게 걸려 아주 잠시 활동했지만 업계 사람들도 인정했을 만큼 그의 패션 센스는 상당했다. 신발을 고른 그는 옷을 고르기 위해 뒤쪽으로 몸을 돌렸다. 매장보다 길게 설치된 행거에는 상의, 하의, 겉옷이 연한 색부터 진한 색 순으로 종류별로 쫙 걸려 있었다.

"이거랑…… 이게 좋겠어."

수혁은 신발에 맞춰 세 벌의 옷을 골랐다. 먼저 윙탑에는 세미 정장 팬츠와 체크무늬 롱코트를 골랐고 로퍼에는 겨울 슬랙스 팬츠와 터들넥 니트, 그리고 소매 부분에 붉은색 포인트가 인상적인 네이비색 미디엄 코트를 선택했다. 마지막 스니커즈에는 일명 항공점퍼라 불리는 카키색 블루종과 후드티셔츠를 매치했다. 신중하게 고른 세 벌 중 어느 옷을 입어도 그가 찰떡같이 소화할 코디였다.

사실 패션의 완성은 얼굴이란 뜻의 줄임말인 '패완얼'의 주인공이 수혁이었기에 막말로 거적때기 하나만 걸쳐도 충분했다. 하지만 오늘은 밖에서 처음으로 라엘을 만나는 날이다. 그렇기에 그는 신중할 수밖에 없었다.

"아직 정장 스타일은 좀 과하지."

정장 느낌의 옷을 패스한 그가 항공점퍼와 후드티를 입고 거울 앞에 선 그때였다.

"이 사람아, 그건 아니지. 그걸 선택하면 좋아하겠나?"

언제 들어왔는지 드레스룸 앞에서 통화하는 알프레도의 목소리가 들렸다. 워낙에 매너 있는 사람이라 사적인 통화를 남들 앞에서 하지 않았기에 이상하다고 생각했지만 수혁은 급한 전화라고 생각하며 크게 신경 쓰지 않았다.

"그러고 보니 요즘 네이비색 코트를 자주 입고 왔는데."

요즘 라엘이 자주 입고 오는 네이비색 코트가 생각난 수혁은 로퍼와 함께 댄디한 스타일로 갈아입었다.

"그렇지, 그렇지. 그게 자네한테 딱 맞는 옷이라니까."

또다시 알프레도의 목소리가 들려왔다.

"역시 이게 더 괜찮은 것 같네."

"그래. 오늘은 그렇게 가야지."

기분 탓인가. 수혁은 알프레도의 통화 소리가 왠지 자신을 두고 하는 것만 같았다.

"아, 도련님. 죄송합니다. 급한 전화가 들어와서 제가 실례를 범했군요."

"알프레도?"

"네, 도련님."

"의상 어때?"

알프레도는 말 대신 조용히 엄지를 추켜세웠다.

-네, 최 선생님.

사무실에서 업무를 보고 있던 라엘은 알프레도에게 전화를 걸었다.

"다름이 아니라, 혹시 제가 주의해야 할 사항이 있을까 싶어서 연락드렸어요."

-주의 사항이라……. 그런 건 없습니다.

라엘은 수혁이 오랜만에 외출하는 걸 알고 있었다. 그리고 이번 시도가 앞으로 그의 외부 활동에 영향을 줄 거라는 것도 잘 알고 있었다. 그래서 더 신중하고 조심스러울 수밖에 없었다.

-최 선생님께는 그간 말씀드리지 않았지만, 사실 도련님께서는 그동안 조금씩 저와 저택 근처로 외출을 하셨습니다.

라엘과 처음 만났던 주주총회가 있던 그때만 해도 수혁은 외출을 하려면 독한 약에 의지해야 했었다. 하지만 마음의 병을 덜어낸 지금은 그럴 필요가 없어졌다. 그걸 알기 때문에 알프레도는 두 사람이 외출한다는 소리를 들었을 때 적극 찬성했다. 지금 수혁을 웃게 하고 안정시키는 인물이 라엘이기 때문이다.

"역시 알 집사님은 다르시네요."

-다만 한 가지. 아직 도련님께서 직접 운전을 하시긴 힘드실 겁니다.

"네. 그 점은 저도 알고 있어요. 주의할게요."

-그런데 혹시 어디를 가실지 정하셨습니까?

"그렇지 않아도 장소 때문에 고민이에요."

안 그래도 조금 전에 별채특공대 기자와 쌍방울댁에게 메시지를 받은 라엘이었다. 수혁이 평소보다 들떠 있다는 내용이었다. 너무 들뜬 나머지 새벽 5시에 일어났다는 소식도 함께 알려줬다.

-너무 걱정하지 마세요. 주치의 선생님께서도 좋은 타이밍이라고 하셨습니다.

알프레도는 이미 주치의에게 외출에 관해서 허락까지 받은 상태였다.

-그저, 오랜만에 친구랑 밖에서 만난다는 마음으로 최 선생님이 편하신 대로 하시면 될 겁니다.

"네. 조언 감사합니다."

-도련님께선 시간 맞춰 사무실로 가실 겁니다.

"아, 맞다. 알 집사님, 휴가 잘 다녀오세요."

-그럼 전 이틀 뒤에 뵙겠습니다.

전화를 끊은 라엘은 인터넷을 통해 자료를 찾기 시작했다. 한참이나 열중하던 중 갑자기 배 속에서 꼬르륵 소리가 울렸다. 그러고 보니 수혁과의 외출을 신경 쓴 나머지 점심을 먹지 않은 게 생각났다.

"이따 수혁 씨랑 저녁 먹을 텐데, 편의점 가서 간단하게 뭐라도 사와야겠다."

철컥.

라엘이 지갑을 챙겨 사무실 문을 연 그때였다.

"서프라이즈."

"……어!"

도넛 상자와 작은 난초 화분을 든 종인이 환하게 웃으며 문 앞에 서 있었다.

"종인아?"

"늦었지만 개업 축하한다."

"어쩐 일이야. 일단 앉아."

화분을 창가에 올려둔 종인은 뿌듯한 표정으로 테이블에 앉았다.

"너, 어째 나보다 도넛을 더 반가워하는 거 같다."

"들켰어? 나 점심 못 먹어서 안 그래도 편의점 가려고 했거든."

"으이그, 상또야. 밥 굶지 말라니까."

종인이 함께 사온 오렌지 주스에 빨대를 꽂아 건네자 라엘이 아기 새처럼 한 입 쪽 빨아먹었다. 그 모습을 보는 그의 얼굴 위로 흐뭇한 미소가 번졌다.

"하! 이제 좀 살 것 같다."

라엘은 순식간에 초코크림이 가득 담긴 도넛 두 개를 클리어했다.

"역시 너는 내 마음을 너무 잘 알아. 잘 먹었다, 친구야."

"알았으면 됐다."

"뭐야?"

고맙다는 인사와 함께 활짝 웃던 그녀의 시선이 위로 향했다. 별안간 머리에 따뜻한 온기가 느껴졌기 때문이다.

"기특해."

종인은 아기 다루듯이 라엘의 작은 머리를 부드럽게 쓰다듬었다.

"이 사무실 얻기 위해 네가 얼마나 고생한지 난 아니까, 괜히 막 기특하고 그러네."

누구보다 라엘의 노력을 알고 있었기에 작은 사무실을 바라보는 종인의 마음은 어딘가 뭉클했다.

"하여간 대단해, 최라엘."

"당연하지. 이 누나가 이렇게 능력이 있어요."

"네, 누님. 악!"

결국 계속 장난치던 종인은 라엘에게 옆구리를 가볍게 가격당했다.

"참, 두 분은 여행 잘하고 계시지?"

"그럼. 카톡 사진도 자주 보내고 잘 지내고 계셔. 근데 너 이 시간에 어쩐 일이야."

"나 오늘 오후 오프야. 그래서 말인데, 상또 오랜만에 나랑 영화 콜?"

"어떡하지."

종인은 기대하며 말했지만 라엘은 미안한 표정으로 화답했다.
"나 오늘 약속 있는데……."
"뭐야? 설마 너 안 된다고 하면 나 서운해. 안 그래도 나 옆구리 시린데 좀 놀아주라."
"미안. 오늘 중요한 약속이라서."
"친구? 아님 업계 사람?"
"어, 어. 친구! 워낙 오랜만에 만나는 사이라서."
매일 보는 사이나 다름없는 수혁이 졸지에 오랜만에 만나는 사이가 돼버렸다.

띵.
엘리베이터에서 내린 수혁이 행복스피치 사무실을 향해 걸어갔다.
'여기가 최라엘 사무실이란 말이지.'
수혁은 그녀의 사무실에 왔다는 사실만으로 흐뭇함을 느꼈다. 그런데 노크를 하려 손을 들던 그때,
"김종인, 삐침?"
반갑지 않은 이름이 사무실 안에서부터 들려왔다. 휴대폰 뒤로 친근하게 라엘을 불렀던 '종인'이란 남자의 이름이었다. 커다란 손이 망설임 없이 사무실 문을 노크했다.
"누구세요?"
철컥.
"왔어요? 찾는 데 힘들진 않았어요?"
"전혀."
라엘은 수혁을 향해 환하게 웃으며 안으로 안내했다. 상냥함과

친절함이 깃든 그녀의 말투에 종인은 고개를 갸웃했다.

"어서 들어와요."

"손님 오셨구나."

낯선 이의 갑작스러운 등장에 종인 역시 자리에서 일어났다. '손님'이란 단어에 수혁의 눈매가 살짝 불편함을 느꼈다. 종인의 시선이 수혁을 보며 미소 짓는 라엘에게 향했고, 수혁의 시선은 그녀를 보는 종인에게 향했다. 사무실의 공기가 묘하게 돌아갔다.

"종인아, 여긴……."

"안녕하세요."

왠지 모르게 어색해진 분위기를 느낀 라엘이 수혁을 소개하기도 전에 종인이 먼저 입을 열었다.

"정신의학과 닥터, 김종인이라고 합니다. 우리 최 선생과는 친한 친구 사이입니다."

'우리 최 선생?'

수혁의 미간이 살풋 좁혀졌다.

"작은 숙박업체를 운영하고 있는 이수혁이라고 합니다. 최라엘과는 아주 각별한 사이입니다."

물어보는 이 하나 없었지만 두 사람은 꽤 자세하게 서로를 소개했다. 살벌한 수컷들 사이에서 라엘은 왠지 모르게 불안감을 느끼기 시작했다. 두 사람은 수컷의 본능으로 서로에게 이질감(異質感)을 느끼고 있었다. 정신의학과 닥터와 작은 숙박업체 운영자라니. 전혀 틀린 말은 아니었지만 두 사람의 인사말은 어딘지 모르게 부자연스러웠다.

그 부자연스러움에 저도 모르게 살짝 웃음이 터진 라엘은 곧장 이어진 수혁과 종인의 행동에 웃음기가 쏙 들어갔다.

"정신과 의사시라고요? 반갑습니다."
차분하지만 당당함이 느껴지는 목소리와 함께 수혁이 손을 내밀자,
"저도 반갑습니다."
종인이 부드럽지만 경계심이 느껴지는 목소리로 답하며 그의 손을 맞잡았다. 분명 매너 있는 인사와 함께 손을 맞잡았는데, 두 사람의 분위기가 상당히 묘했다. 입은 웃고 있는데 서로를 쳐다보는 눈은 절대 웃고 있지 않았다. 게다가 마주 잡은 두 손등 위로 푸른 핏줄이 선명하게 일어나는 게 아닌가.
'……!'
두 남자를 번갈아 쳐다보던 얼굴 위로 난감한 듯 어색한 표정이 그려졌다.
'뭐지……. 이 분위기는.'
정확히 설명할 수 없지만 라엘은 일단 종인이부터 먼저 보내야겠다고 생각했다.
"종인아, 미안하……."
"최 선생?"
하지만 갑자기 '벌컥' 하는 격한 문소리와 함께 그녀의 말허리가 싹둑 잘려나갔다.
"이런! 내가 너무 급한 나머지 노크도 없이 문을 열었네."
갑자기 사무실 안으로 들이닥친 주인공은 1층 편의점 사장이었다. 무슨 일인지 그는 온몸으로 다급함을 호소하고 있었다.
"미안, 최 선생."
"아니에요, 사장님. 근데, 무슨 일로……."
"지금 주차장으로 내려가봐야겠어."

"주차장은 왜요?"

"그게 앞 건물 1층 부동산 김 사장이 최 선생 차를 살짝 박았거든."

"네?"

라엘은 차를 박았다는 소리를 듣는 동시에 눈앞에 정확히 라준의 얼굴이 보였다 사라지는 신기한 경험을 체험했다.

'상또, 알지? 너 오빠 차에 작은 상처라도 나면 그땐 각오해.'

설마 진짜 각오해야 하는 일이 생길 줄이야. 남들이 보기에는 그저 평범한 소형차를 라준은 마치 슈퍼카라도 되는 것처럼 애지중지하며 빌려줄 때마다 유난을 떨었다.

"김 사장이 내려와달라네."

"알았어요. 지금 내……."

복도로 나가려고 몸을 틀던 라엘의 몸이 다시 되돌아왔다. 차에 정신이 팔려 사무실에 수혁이 와 있다는 사실을 잠시 깜박한 것이다.

10화. 파묻히다시피 아주 가까이

"그러지 말고 내가 잠깐 있을 테니까 얼른 내려가봐."

라엘의 걱정스런 표정을 읽은 종인이 말했다.

"그럴래? 부탁할게. 수혁 씨, 잠깐만 여기 있어요."

철컥.

빠르게 문이 닫히고 수혁과 종인만이 사무실에 남았다. 작은 사무실에 180센티가 넘는 장신의 남자 두 명이 떡하니 서 있으니 안 그래도 작은 사무실이 더 작아 보였다. 서로를 티 나지 않게 훑어보던 눈빛이 어색하게 마주치고 두 사람은 자연스럽게 시선을 피하며 의자에 앉았다. 침묵으로 인해 사무실 안의 공기가 숨 막히게 돌아갈 즈음 두 사람이 정확히 동시에 말문을 열었다.

"커피 좀……."

"괜찮으니……."

"먼저 말씀하세요."

종인이 먼저 말하길 권하자 수혁은 망설임 없이 응했다.

"일이 있으신 거 같은데 먼저 가보셔도 괜찮습니다."

"아닙니다. 라엘이한테 중요한 손님이신데 그럴 순 없죠. 그보다 커피 한잔 드릴까요?"

"말씀은 고맙지만 제가 보기보다 입이 까다로워서요. 그리고 전, 손님이 아닙니다."

자신에게 다가온 '손님'이란 단어가 불편했던 수혁은 명확히 선을 그었다. 그리고 얼른 화제를 전환했다.

"정신과 의사라고 하셨는데 좋은 직업을 갖고 계시군요."

"감사합니다. 숙박업체를 운영하고 계신다고 하셨는데, 어디에서 운영하시는지 물어봐도 될까요?"

조금 전 인사를 나눌 때 들은 숙박업체라는 단어에서 자꾸만 안 좋은 쪽으로 생각이 떠오르던 종인은 결국 고민하다 물어보기로 했다.

"뭐, 이곳저곳 지구본에 있는 대다수의 나라에는 다 있습니다."

지구본에 있는 대다수의 나라라면 말 그대로 전 세계를 의미하는 말이다. 종인은 너무 터무니없는 말에 수혁에 대한 궁금증과 함께 작은 의심이 자리 잡았다.

"굉장히 위트가 있으시네요."

"위트 있는 사람인 건 맞지만 전 늘 팩트만 이야기합니다. 방금 말도 물론이고요."

"조금 전에 라엘이와 각별한 사이라고 소개하셨는데 어떤 사이인지 여쭤보면 너무 실례일까요?"

지금 자신의 질문이 당연히 실례가 되는 질문이라는 걸 누구보다 종인이 잘 알고 있었지만 그래도 질문할 수밖에 없었다. 수혁이 종인과 그녀의 관계를 신경 쓰는 것처럼 종인 역시 그가 말한 '각별한 사이'의 뜻이 궁금했기 때문이다.

"아닙니다. 제가 최라엘에게 많은 도움을 받았습니다. 여기까지만 말씀드리죠. 저도 실례되는 질문 하나만 해도 되겠습니까?"

"네. 물론이죠."

"최라엘과 친한 친구 사이라고 하시던데……."

자연스럽게 이어질 말을 유도한 수혁은 일부러 말꼬리를 흐리며 시선은 정면을 향했다.

"네. 맞습니다. 라엘이와는 어릴 적부터 집안끼리 친할 정도로 막역한 사이입니다. 학창 시절도 함께 보냈고 친구들도 다 같아서 좋은 추억이 많죠."

수혁은 라엘의 이야기를 하는 종인의 눈빛에 집중했다.

"많이 아끼시는군요."

"라엘이요? 당연하죠. 저한테는 둘도 없는 소중한 친구니까요."

"신기하네요."

"네?"

"개인적으로 남녀 사이는 온전한 친구가 되기 어렵다고 생각하거든요."

"왜 그렇게 생각하시죠?"

"오랜 시간 친구로 지내다가도 한쪽에서 다른 마음이 생기면 서로 지켜왔던 친구 사이의 밸런스가 무너진다고 생각합니다. 한쪽의 마음을 알게 된 상대가 같은 마음이라면 상관없겠지만, 그렇지 않다면 친구 관계를 유지하기는 어려우니까요."

답변을 조용히 듣고 있던 종인은 아무 말도 할 수 없었다. 한 가지 이상한 점은 저 말을 듣고 난 순간부터 머릿속과 가슴속에 설명할 수 없는 답답함이 싹을 틔웠다. 잠시 멍하니 답답함의 출처를 찾으려던 종인의 귓가에 예상 밖의 질문이 들려왔다.

"그럼 김 선생님에게 최라엘은 단순한 친구 사이라고 정의 내려도 되겠습니까?"

"……네? 아, 네. 그럼요."

약간의 시간 차와 함께 얼버무렸지만 친구 사이라고 강조해서 물어본 질문에 종인은 정확히 '네'라고 대답했다.

"다행이네요."

지금까지와는 다르게 좀 더 편안해진 표정으로 수혁이 말했다.

"김 선생님같이 멋진 친구분이 옆에 계신다니 솔직히 같은 남자로서 신경이 조금 쓰였거든요."

"그게 무슨 말씀이신지……. 절 신경 쓰신다니, 왜?"

"제가 라엘이를 좋아합니다."

"좋아하신다고요? 라엘이를? 이수혁 씨가요?"

당황한 종인의 입에서 한 번에 여러 질문이 쏟아졌다.

"네. 많이 좋아합니다."

"……."

순간 종인의 마음속에 뭔가 커다란 울림과 함께 수혁의 답변이 귓가에 메아리쳤다.

"실은 아까 이야기하는 김 선생님의 표정을 보고, 뭐랄까?"

종인의 답변에 자신감을 가진 수혁은 여유로운 표정으로 말을 이었다.

"조금 의아한 점이 있었거든요. 제 착각일지도 모르겠지만, 최라엘을 친구 이상의 감정으로 아끼시는 건 아닐까 싶어서요."

여자에게 직감이라는 무서운 촉이 있다면 남자들에겐 동물적 감각이라는 원초적 영역이 있다. 수혁은 행복스피치 사무실에 들어선 순간부터 알 수 있었다. 그녀를 향한 종인의 따뜻한 시선이 단순한 친구의 감정은 아니라는 것을. 좋아하는 여자 옆에 든든한 친구가 있다는 것은 좋은 일이다. 하지만 그 감정이 친구가 아닌 다른 감정이라면 확실히 하는 게 좋다고 판단한 그는 마지막으로 쐐기를 박는 질문을 던졌다.

"혹시 최라엘을 친구가 아닌 이성의 감정으로 좋아하시는 건 아니겠죠?"

"……!"

답변보다 더 무서운 침묵이 사무실 안에 내려앉았다. 종인은 마치 누구도 볼 수 없는 자신의 일기장 속 가장 중요한 페이지를 들킨 것만 같은 기분이었다. 자신조차 몰랐던 가장 은밀하고 중요한 페이지를.

"저는 라엘이를……."

사랑도 좋아하는 감정도 어쩌면 모든 게 다 타이밍이 맞아야 한다. 누군가는 오늘 알맞은 타이밍에 자신의 감정을 드러내며 선전포고를 했고 또 다른 누군가는 자신의 감정을 숨기다 타이밍을 놓쳤다.

철컥.

종인이 뭔가 말하려는 찰나 기막힌 타이밍에 사무실 문이 열렸다.

"제가 좀 늦었죠? 기다리게 해서 미안해요."

라엘이 다급하게 사무실로 들어오자 수혁이 자리에서 일어났다.

"괜찮아? 어떻게 됐어?"

"괜찮아요. 잘 해결됐어요. 수혁 씨는 괜찮아요?"

“사무실에 있는 사람이 안 괜찮을 게 뭐 있어.”

수혁에게 향한 라엘의 눈빛을 바라보던 종인은 사무실 밖으로 나갔고 곧이어 라엘이 그 뒤를 따랐다.

“종인아, 미안. 나 금방 들어가 봐야 할 것 같아.”

“괜찮아. 내가 약속도 없이 갑자기 찾아왔는데 뭘. 들어가 봐.”

“영화는 다음에 같이 보자. 들어가.”

엘리베이터 문이 닫히기도 전에 라엘은 사무실로 들어갔다.

“자, 이제 우리도 나가볼까요?”

겉옷을 입은 라엘은 수혁과 함께 사무실을 나섰다. 사무실 문을 잠그고 고개를 돌린 그녀의 시선이 그에게로 향했다. 그러고 보니 밖에서 보는 수혁의 모습은 어딘지 모르게 새롭게 느껴졌다. 완벽한 비주얼에 타고난 패션센스까지 더해져 오늘따라 그의 잘난 얼굴이 더 빛을 발하고 있었다.

“수혁 씨 오늘 뭔가 좀 다른데요?”

“달라? 뭐가?”

“뭔가 평소보다 더 멋진데요?”

표현에 솔직한 라엘은 칭찬을 아끼지 않으며 그가 긴장하지 않도록 분위기를 띄웠다.

“당연하지.”

“어휴, 내가 칭찬을 말아야지. 얼른 가요.”

“최라엘?”

“네?”

자신의 앞을 지나치며 걸어가는 그녀를 불러 세운 수혁이 정면으로 마주 봤다.

“너 이게 뭐야.”

그러더니 커다란 손이 라엘의 목에 아무렇지 않게 대충 감긴 머플러로 향했다.

"아……. 머플러요? 사실 내가 예쁘게 꾸미고 이런 거에 소질이 없어요."

라엘은 자신이 생각해도 목 주변으로 꽉 조인 머플러의 모양새가 민망한 듯 멋쩍게 웃었다.

"알고 있어. 가만히 있어봐."

"난 괜찮은데."

"내가 안 괜찮아."

커다란 손과 어울리지 않는 섬세한 손길이 몇 번에 걸쳐 부지런히 움직이고 나서야 멈췄다.

"다 됐다."

"벌써? 잠시만요."

자신의 목에 감긴 머플러의 모습이 궁금했던 라엘은 복도에 걸린 작은 거울 앞으로 다가갔다.

"이거, 어떻게 한 거예요?"

마치 패션매거진 머플러 활용 코너에서나 나올 법한 풍성하고 예쁘게 감긴 머플러의 자태가 감탄을 이끌었다.

"어쩜 이렇게 잘 감았어요? 신기해라."

수혁은 활짝 웃으며 자신에게 다가오는 그녀의 얼굴에서 눈을 떼지 못했다. 늘 그렇다고 느꼈지만, 어쩐지 저 웃는 모습이 평소보다 몇 배나 더 사랑스럽게 느껴졌다.

"최라엘?"

"네?"

"너, 어디 가서 함부로 웃지 마."

저 꽃 같은 라엘의 미소를 수혁은 본인 혼자만 보고 싶었다. 아무에게도 보여주고 싶지 않았다. 너무 소중해 은밀하게 조금씩 아껴서 꺼내보고 싶은 보물 상자와도 같았다. 다른 남자가 보면 누구라도 반할 게 분명하니까.

"왜요? 나 웃는 거 이상한가."

"어. 못생겼어."

그는 완전한 포커페이스를 유지한 채 전혀 마음에도 없는 말을 일부러 진지하게 전했다.

"뭐라고요? 이 사람이 말야, 실수하네. 못생겼다뇨! 내가 웃는 얼굴이 예쁘고 사랑스럽다는 말을 얼마나 많이 들었는지 알아요? 이래도?"

뭔가 자존심이 상한 듯한 말투로 수혁을 향해 보란 듯이 웃어 보이는 라엘이었다.

"다시 제대로 좀 봐요."

"제대로 봐도 못생겼어. 그러니까 그만 웃어."

"싫은데. 계속 웃을 건데? 하하하!"

두 사람이 초등학생보다 못한 유치한 대화로 티격태격하는 사이 엘리베이터가 도착했다.

"근데 아까 종인이랑 무슨 얘기 했어요?"

사무실에 올라올 때까지 약간의 텀이 있었기에 라엘은 생전 처음 보는 남자 둘이 무슨 대화를 나눴는지 궁금했다.

"그냥, 형식적인 얘기했어. 김종인 씨 좋은 친구 같더라."

"종인이요? 그럼요, 얼마나 좋은 친구인데요."

"그래. 친구. 김종인 씨는 친구지. 좋은 친구가 옆에 있으면 좋지."

수혁은 일부러 계속해서 '친구'란 단어를 강조하며 되풀이했다.

"종인이 진짜 진국이죠. 그러지 말고 내가 정식으로 소개해줄까요? 두 사람 친한 형, 동생 하면 좋을 것 같은데."

"아니. 사양할래."

초겨울 날씨답게 공기는 차고 사람들의 입가에선 하얀 입김이 계속 뿜어졌다. 서늘한 바람이 불어와 두 사람의 뺨에 부딪혔지만 춥다는 생각보단 시원하다고 느껴졌다.

"우리 어디 가는 거야?"

"궁금해요?"

"궁금하지."

"일단 가보면 알아요. 아마 수혁 씬 처음 가볼걸요. 그냥 오늘은 하루 편하게 논다고 생각해요."

오늘 아침까지도 어느 곳을 갈지 어떤 계획을 세워야 할지 나름 꽤 진지하게 고민한 라엘이었다. 영화관이나 도서관처럼 대중적인 곳부터 미술 전시회나 오케스트라 공연장처럼 수혁과 어울릴 만한 고급스러운 곳까지 전부 포함시켜 생각했었다. 그런데 생각했던 모든 장소가 특별하거나 재미있을 것 같지 않았다.

결국 라엘은 자신이 가장 좋아하는 장소이자 그가 한 번도 경험해보지 않았을 곳으로 결정했다. 저 멀리 지하철 입구가 보일 때쯤 나란히 걷던 라엘이 수혁의 앞으로 나왔다.

"뭐 하는 거야?"

"자! 껴요."

그러더니 한쪽 팔을 허리에 올리고 공간을 만들며 말했다.

"팔짱이요."

"나보고 팔짱을 끼라고?"

"네. 수혁 씨 지하철 타본 적 없죠?"

"없어."
어릴 때부터 어디를 가나 늘 운전해주는 기사와 차가 있었기에 굳이 지하철을 탈 일이 없었다.
"지하철이 막히지도 않고 다 편한데 딱 한 가지 불편한 게 있거든요. 출근 시간과 퇴근 시간에 유동인구가 어마어마해요. 막 대놓고 안으로 밀어붙이는 사람도 있고, 암튼 사람들한테 휩쓸리지 않기 위해서니까 얼른 팔짱 껴요."
일부러 수혁을 위해 차를 타기보단 안전하고 편한 지하철을 선택한 라엘은 많은 사람들로 인해 그가 불편하지 않을까 걱정됐다.
"그러니까 지금 다른 사람들한테 휩쓸리지 않기 위해서 팔짱을 끼란 소리야?"
"맞아요."
"내가 너한테?"
제대로 이해한 수혁이 설명을 덧붙이자 라엘은 대답 대신 고개를 끄덕였다. 빨리 팔짱을 끼라는 듯이 그녀의 고갯짓이 계속되자 그의 입가에서 바람 빠진 헛웃음이 흘러나왔다. 남자가 여자에게 팔짱을 끼자는 건 봤어도 여자가 남자에게 팔짱을 끼라니. 이런 모양 빠진 경우는 또 뭐란 말인가.
수혁은 손을 들어 라엘의 팔에 팔짱을 끼는가 싶더니 반대로 그녀의 손을 자신의 팔에 끼워 넣었다.
"팔짱은 이렇게 끼는 거야. 네가 나한테."
"이게 아닌데."
생각과 달리 얼떨결에 팔짱을 낀 라엘은 걸어가면서 그의 얼굴을 빤히 쳐다봤다.
"잘생긴 건 알겠는데 그만 쳐다봐. 얼굴 구멍 나겠어."

"에? 무슨 소리예요?"

"넘어지면 보도블록 망가진다."

두 사람은 인파에 섞여 지하철 안으로 내려갔다.

-지금 열차가 들어오고 있습니다. 손님 여러분께서는 한 걸음 물러서주시기 바랍니다.

안내 멘트에 따라 열차가 승강장에 멈추고 문이 열림과 동시에 구름 떼 같은 사람들이 밀물처럼 밀려들었다.

"아! 뭐야?"

"밀지 마요."

"누가 자꾸 밀어."

"거참, 밀지 말고 다음 열차 탑시다."

누군가 출퇴근길의 2호선은 지옥철이라 했던 말이 맞아떨어지는 순간이었다. 안전선 맨 앞줄에 서 있던 수혁과 라엘은 지하철에 타자마자 자신들의 의지와 상관없이 인파 속에 휩쓸려 반대편 문까지 순식간에 밀려났다.

그런데 여기서 문제가 생겼다. 라엘의 얼굴이 수혁의 가슴팍에 닿아버린 것이다. 그것도 파묻히다시피 아주 가까이. 두 사람은 밀착된 채 서로를 마주 보고 서 있었다. 말 그대로 도떼기시장처럼 빼곡히 들어선 사람들 틈에서 누군가가 수혁의 등을 밀었고 그 힘에 작용한 작은 머리가 '콩' 소리를 내며 열차 유리문에 부딪쳤다.

"괜찮아?"

당사자보다 더 놀란 수혁이 라엘의 머리 뒤로 손을 짚으며 물었다.

"……네. 괜찮아요."

몇 초 간격으로 넓은 등이 밀렸지만, 그가 하체에 힘을 주며 단단히 버티고 있었기에 그녀는 흔들리지 않았다.

"수혁 씨, 불편하죠?"

"하나도 안 불편해."

그는 전혀 불편하지 않았다. 오히려 그보다 라엘의 표정이 어딘가 왠지 모르게 불편해 보였다. 그리고 그 불편함의 이유는 수혁 때문이었다. 숨을 쉴 때마다 알싸한 그의 향기가 촉각을 자극했고, 그가 말을 할 때마다 따뜻한 입김이 정수리 위로 사뿐히 내려앉았다. 마치 동서남북 모든 방향으로 뻗어 있는 그의 거미줄에 그녀가 포위된 것만 같았다. 아찔한 향에 주의하며 라엘은 최대한 숨을 낮게 쉬었다.

"……."

그런데 별안간 그녀의 손이 따뜻한 온기에 둘러싸임과 동시에 허공으로 올려졌다. 작은 손이 힘에 이끌리어 부드러운 코트 위로 미끄러지듯 올라갔다. 수혁이 라엘을 손을 잡고 자신의 옷깃 부근에 가져다 댔다.

"잡아."

그는 주변에 잡을 곳 하나 없이 서 있는 그녀가 신경 쓰였다.

"답답해도 조금만 참고."

라엘은 아무 대꾸 없이 옷깃을 꽉 잡으며 고개를 끄덕였다. 순순히 응해준 그녀의 모습이 기분 좋은 수혁은 슬며시 미소를 그리며 라엘의 귓가에 속삭였다.

"착하네."

그러더니 커다란 손으로 그녀의 머리를 부드럽게 쓸어내렸다.

"……!"

라엘은 순간이지만 심장이 너무 빨리 뛰어서 터질 것만 같았다.

'왜 심장이 두근거리지…….'

"하, 살 것 같다."

지하철에서 내린 라엘은 그제야 크게 숨을 쉬며 굳어버린 얼굴 근육을 풀었다.

"수혁 씨, 지하철 타보니까 어땠어요? 사람 많아서 힘들었죠?"

"아니. 나름 재미있었어."

"그래요? 다행이다. 참, 배고프진 않아요?"

"괜찮아. 배고파?"

"아뇨. 저도 괜찮아요."

지하철 입구를 나와 한 블록 정도 걸어간 라엘은 깔끔한 2층짜리 건물 앞에 멈춰 섰다.

"어디 가는지 궁금하다고 했죠? 다 왔어요. 바로 여기예요."

두 사람이 멈춰 선 건물 간판에는 귀여운 동물 캐릭터와 함께 '24시간 우리두리 만화 카페'라는 문구가 적혀 있었다.

"만화 카페?"

라엘이 수혁을 데려간 곳은 시간당 일정 금액을 지불하면 보고 싶은 책을 실컷 볼 수 있는 만화방이었다. 누군가는 스트레스를 풀기 위해 영화를 보고 누군가는 노래방을 찾아 노래를 부른다. 그리고 그녀는 스트레스를 풀기 위해 만화책을 즐겨 봤다. 속상할 때 아무 생각 없이 만화를 보다 보면 어느새 어지러운 마음이 편안해졌기 때문이다.

교복을 입고 학교를 다니던 시절부터 불과 몇 달 전까지 그녀는 한 달에 한두 번은 꼭 만화방을 찾았다. 만화책 본다고 눈치 주는 사람도 없고 세상에서 가장 편한 자세로 장르 불문 보고 싶은 만화책을 잔뜩 볼 수 있으니 이보다 더 좋을 순 없었다.

"수혁 씨, 여기 뭐 하는 곳인지 알겠어요?"

"잘 모르겠는데."

주어진 상황도 살아가는 환경도 전혀 다른 그가 만화 카페를 알리는 만무했다. 모른다는 그의 답변에 만족한 듯 라엘은 수혁의 팔을 잡으며 문을 열었다. 수혁의 눈에 보인 만화 카페는 생각보다 규모가 대단했다.

1층과 2층이 연결된 커다란 복층 구조에 수십 개의 테이블과 좌식 스타일의 공간이 있었고, 2층에는 몇 개의 방이 보였다. 게다가 깔끔한 인테리어는 물론 은은한 원두 향과 음식을 준비하는 스낵코너와 조리대도 보였다.

"어서 오세요."

카운터에서 분주하게 움직이며 인사를 하던 푸근한 인상의 주인 여자가 별안간 밖으로 나왔다.

"아니, 이게 누구야?"

주인 여자는 한동안 바쁜 일로 발길이 뜸했는데도 불구하고 대학 때부터 단골인 라엘을 바로 알아보며 반갑게 맞았다.

"라엘이 아냐. 왜 이렇게 오랜만에 왔어?"

"잘 지내셨어요?"

"그럼. 나야 너무 잘 지내서 탈이지. 이렇게 잘 지내다간 백 살까지 장수할 것 같다니까."

겨울 소재의 꽃무늬 몸빼 바지 밑으로 새빨간 양말을 신고 극강의 뽀글 파마로 시선을 강탈한 주인 여자의 모습은 만화 속 캐릭터를 연상케 했다.

"이모는 여전하세요."

이모?

별안간에 들려온 '이모'란 말에 가만히 서 있던 수혁은 저도 모르게 허리를 더 꼿꼿하게 폈다.

"아니 근데, 이 꽃향기 풀풀 나는 꽃도령은 누구야? 얼굴이 너무 반짝거려서 무슨 기름칠 한 줄 알았잖아."

유쾌한 말솜씨로 수혁을 살피던 주인 여자는 감탄사를 난발했다.

"안녕하십니까, 이모님. 처음 뵙겠습니다. 이수혁이라고 합니다."

"어머어머, 웬일이야? 이 잘생긴 얼굴에, 목소리는 꿀성대잖아. 무슨 신의 아들이야? 라엘아?"

"하하. 네, 이모."

"네 남자 친구 너무 나이스하다. 혹시 연예인 지망생이니? 아님 이제 곧 뜰 일만 남은 무명배우야?"

"아니, 이모 그게 아니라……."

"지지배, 이모가 그렇게 남자 좀 만나라고 잔소리할 땐 듣지도 않더니만 어디서 이런 멋진 남자를 만났어?"

흥분한 주인 여자는 수혁에게 이미 라엘의 남자 친구란 타이틀이 붙여버렸다.

"수혁 군이라고 했나?"

"네. 맞습니다."

"수혁 군도 여자 친구 잘 만난 거야."

그녀는 급기야 선수에게 코치하는 감독처럼 수혁에게 바짝 붙어 뭔가를 말했다.

"라엘이 얘가 얼굴만 예쁜 게 아니라 아주 똑 부러지고 속이 꽉 찼어. 요즘 이런 여자 흔하지 않아. 내 말 무슨 말인지 알지? 어디 도망 못 가게 꽉 잡아. 응?"

"아, 네."

짧고 간결한 대답이었지만 그는 진지하게 진심을 담아 답했다.

"아니, 이모! 친구라고요. 친구."

지금까지 말을 전부 듣고 있던 라엘이 더 이상 안 되겠다 싶었는지 수혁과의 관계를 정정하며 나섰다.

"그래. 알아. 두 사람 친구잖아. 근데 수혁 군이 남자 친구지 여자 친구는 아니잖아."

뭔가 이상한 논리인데 그렇다고 틀린 말은 아니었다.

"안 그래요? 수혁 군?"

"네. 맞습니다."

"원래 친구가 남친 되고 남친이 애인 되고 애인이 신랑 되는 게 남녀 사이의 공식 아니겠어? 그만 정색하고 저기 2층 왼쪽 끝 방으로 들어가. 젤로 좋은 VIP 방이야."

"저기요?"

"네. 갑니다, 가요. 이따 보자."

한바탕 폭풍 수다를 풀어놓던 주인 여자는 다른 손님이 부르는 소리를 듣고 바로 자리를 피했다. 그녀가 자리를 피하고 눈이 마주친 두 사람은 지금 이 상황이 웃긴 나머지 동시에 웃음을 터트렸다.

"이모님이 성격이 좋으시네."

"맞아요. 이모가 성격…… 설마 수혁 씨, 친이모라고 생각한 건 아니죠?"

그러고 보니 어딘가 계속해서 진지했던 수혁의 모습이 떠오른 라엘은 그가 오해를 하고 있다고 생각했다.

"아니야?"

"풋! 아니에요."

너무나도 당연하게 생각한 그를 보며 라엘은 피식하고 웃었다.

"수혁 씨 드라마도 안 보죠?"

"안 봐."

"뭐랄까, 식당이나 이런 곳에 오랫동안 단골로 다니다 보면 자연스럽게 아주머니 대신 이모라고 많이들 불러요. 뭔가 더 정이 느껴지잖아요. 우리 2층으로 올라가요."

수혁은 라엘을 따라 2층 계단으로 올라갔다.

두 사람은 신발을 벗고 미닫이문을 연 뒤 방으로 들어왔다.

"우와!"

마주한 풍경을 보며 라엘은 감탄사를 터트렸다. 작은 방 한쪽에는 크리스마스트리가 장식된 작은 나무가 있었고, 바닥에는 귀여운 캐릭터 쿠션이 가득했다. 그리고 방 한가운데 놓인 코타츠 테이블 위로 주황빛 귤이 먹기 좋게 바구니 안에 담겨 있었다.

"너무 좋다."

마치 물 만난 고기처럼, 장난감 가게를 보고 침을 흘리는 아이처럼 라엘은 두 눈을 동그랗게 뜨며 진심으로 즐거워했다. 수혁은 라엘의 새로운 모습을 보는 게 신기했다.

그 모습을 바라보던 그의 눈이 그녀의 맑은 눈을 따라 매끄럽게 휘어지며 미소를 그렸다. 그녀가 좋아하는 곳에 함께 와 있다는 사실만으로 수혁의 기분은 충분히 가치 있게 행복했다.

"그렇게 좋아?"

"완전 좋아요. 여기가 내 아지트 같은 곳이거든요. 수혁 씨는 어때요?"

"신기해. 재미있을 거 같고."

"역시 내 선택은 탁월했어."

"근데 저건 뭐야……."

수혁의 답변에 흡족하던 라엘은 그의 시선을 따라 벽에 걸린 작은 액자를 쳐다봤다.

〈커플방에서 과한 애정 표현을 하다 적발 시 즉각 퇴장됩니다. 뽀뽀까지는 이모가 애교로 눈감아줄게~♥〉

"아, 이거요. 여기가 커플방이거든요. 가끔 커플들끼리 왔다가 좀 과한 스킨십을 하는 경우가 있어서 주의 주려고 적어둔 거예요."

"과한 스킨십? 어디까지가 과한 스킨십인데."

"네? 그건 저도 모르죠. 자, 일단 나가서 재미있는 만화책을 골라보자고요."

5분 뒤.

먼저 책을 골라온 수혁은 벽에 등을 기댄 채 손에 두꺼운 책을 들고 열중하고 있었다.

"수혁 씨 문 좀 열어줘요."

"이게 다 뭐야……?"

문밖에서 들리는 소리에 그가 문을 열자 바구니 가득 만화책을 담아온 라엘이 낑낑거리고 있었다.

"뭐긴요. 만화책이죠."

"이걸 다 읽겠다고? 이 많은 양을?"

"이 정도는 아무것도 아니죠. 잠깐!"

바구니를 내려놓고 자리에 앉은 라엘은 수혁의 손에 들린 책을 발견하곤 심각해졌다. 아무렇지 않게 옆에 와 앉은 그녀 때문에 그가 움찔한 사이 커다란 손에 들린 두꺼운 책이 쏙 빠져나갔다.
"수혁 씨야말로 이게 뭐죠?"
"뭐가?"
만화 카페 안에는 만화책 말고도 다양한 장르의 책이 가득했다.
그런데 수혁이 고른 책이 하필이면 '철학, 그 깊이 있는 즐거운 고뇌'라는 잠 오기 딱 좋은 책이었다.
"수혁 씨, 만화책 본 적 없죠?"
"없는데."
당연한 소리였다. 별채에 있는 거대한 책장에 꽂힌 수많은 책 중에서도 만화책은 한 권도 없었다. 그의 삶에서 만화란 전혀 접해 볼 수 없는 문화였다.
"아무리 만화책을 안 봤다지만 이건 아니죠. 이 사람 또 실수하네."
탁.
라엘은 그가 들고 있던 책을 바닥에 내려놓았다. 그리고 바구니에 잔뜩 쌓인 만화책 중에서 한 권을 꺼내들었다.
"그럼 이거부터 읽어봐요. 내용도 유치하지 않고 진짜 재밌어요."
그녀가 추천한 만화는 모든 전문가들이 시대를 막론하고 극찬하는 희대의 명작인 농구 만화. 바로 '슬램덩크'라는 만화책이었다.
"이게 그렇게 재밌어?"
"물론이죠. 아마 수혁 씨 또래의 평범한 남자들이라면 살면서 한 번쯤은 꼭 읽었을 정도로 유명해요."
"그래? 한번 읽어볼게."

방문판매원처럼 강력히 추천하는 라엘의 모습을 보며 수혁은 군말 없이 만화책을 펼쳤다. 두 사람은 코타츠 테이블 이불 아래 똑같이 발을 뻗고 나란히 옆에 앉아 만화책을 보기 시작했다. 작은 방 안에 듣기 좋은 그녀의 웃음소리가 이따금씩 들려왔다.

그 웃음소리를 기분 좋게 듣고 있던 수혁도 조금씩 만화책에 집중하더니 라엘 못지않은 집중력을 발휘했다. 그저 단순한 오락거리에 불과하다고 생각했는데, 처음 접한 만화책은 꽤 정교하고 전달하고자 하는 메시지도 분명했다. 그렇게 기분 좋은 침묵과 종이 넘어가는 소리가 계속 이어지던 중 만화책에 시선을 고정했던 수혁이 슬며시 고개를 들었다. 그는 문득 옆자리에 앉은 그녀가 어떤 표정을 짓고 있는지 궁금했다.

'엄청 집중하고 있나 보네.'

집중하는 그녀를 방해하지 않기 위해 조금씩 천천히 고개를 돌리던 그의 시선 안에 만화책을 꼭 쥐고 있는 작은 손이 들어왔다. 그 작은 손이 귀엽다는 듯 슬쩍 미소를 지으며 또다시 시선을 옮기려는 찰나,

"……!"

라엘의 손등 위로 별안간 '뚝' 하고 눈물 한 방울이 떨어졌다. 방금 전까지 만화를 잘 보고 있었는데 눈물이라니. 너무 뜬금없는 상황에 혹시나 잘못 본 건 아닌가 싶은 수혁이 빠르게 눈을 감았다 다시 떴다. 그런데 이번에도 역시 또다시 눈물 한 방울이 라엘의 손등 위로 떨어지고 있었다.

'우는 거야?'

마치 보면 안 될 거라도 보는 것처럼 그의 고개가 상당히 조심스럽게 옆으로 향한 순간, 그의 동공에 지진이 일어났다. 커다란

눈에서 한 방울씩 쏟아지던 말간 눈물이 급기야 닭똥 같은 굵은 눈물이 되어 주르륵 쏟아지는 것이 아닌가.

"……하."

게다가 흐느끼는 소리까지 함께 들려오기 시작했다.

'뭔데? 진짜 울고 있잖아?'

그녀의 우는 얼굴을 정확히 확인한 수혁은 1초 만에 벽에서 등을 떼고 상체를 옆으로 돌리며 자세를 고쳐 앉았다. 그러더니 세상 가장 당황스러운 표정으로 안절부절못하며 어찌할 바를 몰랐다.

"최, 최라엘……?"

지금까지 라엘의 이름을 불렀던 중에 가장 조심스럽고 난감하기 그지없는 목소리였다.

"왜 그래?"

괜히 잘못한 것도 없는데 항상 당당하던 수혁이 순식간에 어쩔 줄 몰라 하며 초조해하는 모습이 되어버렸다. 그에게 있어 그녀의 눈물이 가진 파급력은 실로 대단했다.

"너…… 왜 우는 거야?"

"흑! 그게……."

"어. 말해. 어디 아파?"

이유를 묻는 말에 그녀의 작은 머리가 도리질 쳤다.

"그럼 뭔데? 집에서 안 좋은 연락이라도 온 거야?"

수혁은 여전히 갑툭튀한 눈물의 원인을 찾으며 코트에서 꺼낸 손수건으로 그녀의 뺨에 흐르는 눈물을 닦아주었다.

"왼손은 거들 뿐……."

어느 정도 진정된 라엘이 숨을 크게 내쉬며 알아들을 수 없는 말로 답변했다.

"왼손……?"

"주인공의 이 말이 너무 감동적이잖아요."

수혁을 깜짝 놀라게 했던 눈물의 이유는 허무하게도 만화책 때문이었다. 가슴 절절한 사랑 이야기도 아니고 주인공이 안타깝게 희생된 이야기도 아닌 스포츠 이야기로 눈물을 흘린 것이다. 그것도 생동감 넘치는 농구 경기의 한 장면을 보고.

"그러니까 지금 만화책 때문에 울었다고."

"네."

"주인공 플레이에 감동해서."

"맞아요."

만화책 때문에 울었다는 소리에 장난치는 건가 싶은 그가 라엘의 눈을 쳐다봤지만 그녀는 세상 감정을 모두 끌어안은, 진심으로 감동한 눈동자였다.

"눈물이 많은 편인가?"

"저요? 아니요."

라엘은 떨어지는 낙엽만 봐도 까르르 웃음이 나고 눈물이 나는 소녀 감성의 소유자는 아니었다. 오히려 '눈물이 메말랐다'라는 표현이 어울릴 정도로 씩씩한 스타일에 가까웠다. 그런데 이상하게 어릴 때부터 가장 좋아하는 이 만화책을 볼 때면 늘 같은 장면에서 눈물이 절로 나왔다. 세상 망나니로 살던 주인공이 모두가 안된다고 멸시할 때, 수만 번 노력해서 얻은 단 한 번의 타이밍이 그렇게 감동스러울 수 없었다.

"크큭!"

자신이 왜 감동했는지에 대한 그녀의 설명을 듣던 수혁이 피식하고 작게 웃어버렸다.

"내가 진짜 너 때문에 미치겠다."

작은 웃음소리는 점차 커지면서 큰 웃음으로 번졌다.

"뭐예요. 그 웃음은?"

커다란 손이 이마를 짚으며 애써 웃는 얼굴을 가렸다. 라엘이 지금까지 봤던 그의 모습 중에 가장 즐거워 보였다.

"너무 웃으니까 좀 수상한데……. 이게 그렇게 웃길 일이에요?"

어느새 감동의 눈물이 쏙 들어간 라엘이 여전히 웃고 있는 수혁을 향해 물었다.

"설마 다 큰 어른이 만화책 보고 감동했다고 비웃는 건 아니죠?"

"그럴 리가."

수혁은 자신의 의지와 상관없이 갑자기 웃음이 터졌지만, 이 웃음의 의미는 비웃음이 아니었다. 생각지 못한 그녀의 돌발 행동이 귀여워서 터진 웃음이었다. 도대체 만화책을 보다 어떻게 눈물을 흘릴 수 있는지 싶다가도 이런 엉뚱한 모습조차 새로운 매력으로 느껴졌다.

그리고 만화책으로 일어난 작은 해프닝으로 수혁이 새롭게 알게 된 점이 있었다. 자신은 그녀의 눈물에 굉장히 취약하다는 것이다. 기쁜 일이든 안 좋은 일이든 희비를 막론하고 최라엘의 눈에서 나는 눈물은 보고 싶지 않았다.

"아, 그만 좀 쳐다봐요. 내가 괜히 울컥한 게 아니라니까 그러네."

계속해서 얼굴을 빤히 쳐다보는 그를 보며 라엘은 들고 있던 만화책을 그의 손에 쥐여줬다.

"그러지 말고 수혁 씨도 내가 보던 거 봐요. 끝까지 보면 내 감정을 이해할 수 있을 거예요. 뭐 해요? 얼른 읽어보라니까."

"알았어. 볼게. 본다."

"대충 넘기지 말고 제대로 봐요."

두 사람은 다시 나란히 앉아 만화책에 집중했다.

한바탕 소동이 끝나고 또다시 얼마간의 시간이 지났다. 수혁이 보고 있던 만화책 페이지가 거의 끝나갈 즈음 라엘이 손에 쥐고 있던 만화책을 바닥에 떨어뜨렸다. 바닥에 떨어진 만화책을 보고도 여전히 아무런 액션을 취하지 않는 그녀가 이상해서 고개를 돌리니, 맙소사! 그렇게 집중하라던 당사자가 이번에는 졸고 있는 것이 아닌가.

거기에 더해 라엘의 작은 머리는 봉산탈춤을 추는 것처럼 서서히 리듬을 타더니 이내 방아깨비가 방아를 찧듯이 앞으로 옆으로 흔들리기 시작했다. 참으로 자는 모습조차 버라이어티한 그녀였다.

"최라엘?"

보고 있던 만화책을 내려놓은 수혁이 작은 목소리로 불렀지만 대답이 없었다.

"촉새야, 자니?"

다시 한번 불렀지만 라엘은 단잠에 빠진 듯했다. 수혁은 동서남북, 사방으로 흔들리는 작은 머리 때문에 행여 목이 아프면 어쩌나 신경 쓰였다. 천천히 손을 뻗으려는 찰나, 리듬감 있게 흔들리던 머리가 단단한 그의 어깨 위로 쏟아졌다.

너무나 곤히 자는 그녀를 깨울 수 없던 수혁은 라엘이 불편하지 않도록 상체를 살짝 낮췄다. 그리고 긴 팔을 뻗어 한쪽에 있는 자신의 코트를 펼쳐 그녀에게 덮어주었다.

"내가 옆에 있는데 넌 잠이 오니."

수혁은 심술궂은 말투로 나지막이 속삭였다. 서로 나란히 앉아 얼굴이 제 어깨에 닿았다는 사실만으로 그의 심장은 이렇게나 달음박질을 뛰고 있는데, 새초롬히 곤히 잠든 그녀가 얄궂게 느껴졌다. 더군다나 마치 숨바꼭질을 하듯 풍성한 갈색 머리카락이 보고 싶은 얼굴 위로 커튼처럼 드리워져 애가 타는 것만 같았다.

수혁이 손을 뻗어 그녀의 머리칼을 귀 뒤로 넘겨주자 달콤한 샴푸 향이 후각을 자극하고 새하얀 피부 아래 붉은 입술이 그의 시선을 인질로 사로잡았다. 갑자기 쏟아지는 소낙비에 창문이 흐려지는 것처럼 점점 흐려지는 이성에 설득당하며 그의 얼굴이 점차 라엘에게 다가가고 있었다.

조금만. 조금만 더…….

두 사람의 입술이 가까워지는 순간 문밖에서 들려온 노크 소리가 그의 이성을 다시 세웠다.

"똑똑."

미닫이문이 얌전히 열리는 동시에 작은 방 안으로 원두 향이 가득 차올랐다.

"쉿!"

따뜻한 아메리카노 두 잔을 서비스로 가져온 주인 여자와 눈이 마주치자 수혁은 검지를 세워 입가에 대고 조용히 해달라는 제스처를 취하며 작게 속삭였다.

"감사합니다."

그러자 눈치 빠른 주인 여자 역시 똑같이 행동하고 살짝 윙크로 화답하며 조용히 문을 닫았다. 쌉싸름한 아메리카노 향이 지금 이 순간만큼은 그 어느 때보다 달콤하게 느껴졌다. 수혁은 슬며시 상체와 고개를 옆으로 돌렸다. 그리고 자석처럼 이끌리는 그녀의 얼굴을 향해 손을 뻗었다.

"이렇게 곤히 자면 내가……."

라엘이 숨을 쉴 때마다 붉은 입술에서 터지는 숨소리가 아기의 숨소리처럼 기분 좋게 들렸다. 하지만 그 기분 좋은 숨소리가 들릴 때마다 수혁의 본능은 자꾸만 못된 생각을 채찍질했다.

"못 참잖아."

커다란 손이 그녀의 한쪽 뺨을 부드럽게 쓸어내렸다. 그리고 곧게 세운 엄지손가락이 작게 벌어진 붉은 입술을 느릿하게 훑어 내렸다.

"하고 싶다."

수혁은 입가에 맴돌던 말을 입술 담장 밖으로 흘려보냈다.

"……키스."

저 붉은 입술을 가득 머금고 때론 달콤하게, 때론 욕망을 가득 품고 농밀하게 키스를 하고 싶다. 자신의 품에 안고 밤새도록 사랑을 속삭이며 그녀에게 취하고 싶다는 생각을 수도 없이 한다.

하지만 수혁은 신중하게 때를 기다리고 있었다. 라엘이 자신의 고백을 받아줬을 때, 어쩌면 힘든 일이 생길지도 모른다. 그렇기 때문에 그 모든 것들로부터 당당히 지켜줄 수 있도록 조금 더 자신에게 확신이 들 때까지 기다리는 중이다. 그리고 그 확신의 타이밍이 멀지 않았음을 수혁은 알 수 있었다. 향긋한 숨결이 느껴질 정도로 붉은 입술 가까이 다가가던 그가 별안간 방향을 틀었다. 그러곤 탐스러운 입술 옆에 살포시 입맞춤한 뒤 그녀의 귓가에 조용히 속삭였다.

"입술은 잠시만 아껴둘게."

수혁은 그녀의 봉긋한 이마에 자신의 입술을 내리며 다시 한번 정성스럽게 입을 맞췄다. 아직은 소심한 입맞춤으로 만족해야 했다.

"오늘 어땠어요?"

라엘은 수혁과 함께 행복스피치 건물 주차장으로 들어가는 골목을 걷고 있었다.

"새로운 경험이라 그런지 즐거웠어."

수혁은 오늘 하루 정말 즐거웠다. 살아가면서 한 번도 접해보지 못했던 만화 카페에서 경험한 모든 것이 즐겁고 신선했다. 작은 공간에서 그녀와 어깨를 기대고 아이처럼 만화책을 본 것도, 찌그러진 양은 냄비에 담긴 인스턴트 라면의 맛도 좋았다. 그리고 무엇보다 이 모든 경험을 라엘과 함께 했다는 사실이 가장 즐거웠다.

사실 어떤 곳이라고 해도 상관없다. 그녀와 함께라면 지금 걷고 있는 골목길조차 수혁에겐 황금빛 설렘으로 가득하니까.

"다행이다. 아, 맞다. 수혁 씨?"

갑자기 뭔가 생각난 듯 라엘이 수혁의 팔을 잡아당겼다.

"……?"

"혹시, 나 아까 졸면서 잠꼬대하거나 하진 않았죠?"

만화 카페에서 저도 모르게 졸아버린 라엘은 아까는 민망해서 물어보지 못한 걸 물었다. 혹시라도 자다가 실수를 한 건 없는지 궁금했기 때문이다.

"코를 골고 이도 갈고……."

"에? 제가요? 그럴 리가요. 농담이죠?"

수혁의 장난에 라엘은 크게 반응하며 그의 발언을 부정했다.

"했으면 사진 찍으려 했는데 안 하더라고. 아쉽게."

"아, 놀래라. 뭐예요. 난 또 내가 코 골고 이 갈았다는 건 줄 알았네."

"잠꼬대 안 했어."

"내가 원래 진짜 피곤하지 않으면 아기처럼 세상 얌전히 잔다니까요."

"얌전히 자긴 했지. 그런데 침을 흘리던데."

"정말요? 침을? 하, 어떡해…… 라고 할 줄 알았어요?"

"안 속네."

"당연하죠. 생전 자면서 침을 흘려본 적이 없는데."

유쾌한 대화가 오고 가는 사이 두 사람은 어느새 차 앞에 도착했다. 인사를 건네는 기사에게 수혁은 먼저 차에 타라고 지시했다.

"데려다줄게. 같이 타고 가."

"아니에요. 저기 차 보이죠?"

손끝이 가리키는 곳엔 깔끔해진 라엘의 차가 주차되어 있었다. 한 소리 제대로 들은 부동산 주인이 빠르게 차를 수리해서 제자리에 갖다놓은 것이다.

"밤 운전 쉽지 않은데 괜찮겠어?"

"저, 장롱 면허 아니거든요. 괜찮아요. 그보다 손 좀 줘 봐요."

"손?"

갑자기 손을 달라는 말에 수혁은 의아해하며 되물었다. 그러자 라엘은 자신의 손을 뻗으며 그의 손을 재촉했다.

"이거 별거 아닌데……."

라엘이 가방에서 주섬주섬 무언가를 꺼내들었다. 그리고 자신을 향해 내민 커다란 손에 장갑을 끼워 넣었다.

"선물이에요."

"선물?"

"머플러에 대한 답례라고 하죠. 비싸고 그런 거 아니에요. 그러니까 수혁 씨도 쓸데없이 감동하지 마요."

말을 듣는 건지 마는 건지. 장갑에서 눈을 떼지 못하는 수혁의 눈빛은 그녀의 말과 달리 뭔가 굉장히 감동한 눈치였다.

"오전에 출근하는데 좌판에 있는 장갑이 수혁 씨랑 잘 어울릴 것 같아서 샀어요."

"고마워. 잘 쓸게."

"그만 가봐요."

수혁은 그녀가 끼워준 장갑을 손에 낀 채 그대로 차를 타고 출발했다.

그의 차가 주차장을 빠져나가고 라엘 역시 집에 가기 위해 차에 탔다. 가방에서 차 키를 찾던 시선이 무심코 룸미러를 향하고, 그녀는 거울 속에 비친 자신의 얼굴을 쳐다보다가 손으로 이마를 짚었다.

"하! 심장아……. 아닐 거야. 정신 차려, 최라엘."

동이 틀 무렵, 이지철은 아지트인 오피스텔에 있었다. 정수기에서 냉수를 한 컵 마신 그는 거실에 있는 커다란 화이트보드 앞으로 다가갔다. 일반 학원 등에서 많이 사용하는 커다란 화이트보드에는 셀트가 사람들의 사진과 함께 조직도가 만들어져 있었다. 이 회장의 사진을 중심으로 그들과 직접적인 관계를 맺고 있는 주요 비서진까지 조직도 안에 전부 담겨 있었다. 각각의 사진 밑에는 이름과 함께 직책이 적혀 있었고 한쪽에는 다음과 같은 문구가 적혀 있었다.

〈비밀금고의 행방〉

〈기사 감시와 형사 입막음〉

〈주가 매매〉

〈호텔 이미지 하락시키기〉

〈부산 테마파크 사고〉

각각의 문구가 정확히 어떤 부연 설명을 끼고 있는지 알 순 없지만 제목에서 느껴지듯 기분 나쁜 느낌은 확실했다.

"가만있자……."

화이트보드 위를 훑어 내리는 눈매가 독을 품은 독사처럼 불길하기까지 했다. 팔짱을 끼고 있던 이지철은 바닥에 굴러다니던 빨간색 사인펜을 집어 들었다. 그는 수호의 사진에 그려진 빨간색 엑스 자를 수혁의 사진 위에 긋고 새롭게 추가된 라엘의 사진 밑에 물음표를 그려 넣었다. 그리고 마지막으로 새로운 문구를 적었다.

〈이수혁 숨통 끊기〉

"셀튼그룹은 내 거야. 내가 주인이라고."

소름 끼치는 웃음을 흘리던 이지철이 현관문에서 들리는 전자키 소리에 고개를 돌렸다.

"언제 오셨습니까?"

"나도 온 지 얼마 안 됐어."

오피스텔로 들어선 조피복은 의자에 앉아 있는 이지철을 향해 고개를 숙였다.

"금방 준비할 테니 잠시만 기다리십쇼."

이지철 맞은편에 앉은 조피복은 노트북 전원을 켜며 그동안 조사한 자료를 빠르게 준비했다.

"이것저것 많이 찍긴 했는데 여자가 워낙 재미가 없어서 특이사항은 없는 것 같습니다."

"이게 뭐야!"

사진을 확인하던 이지철은 뭔가 마음에 들지 않는 듯 미간을 구겼다.

"왜 사진이 다 빌리지 초입에서 끝났지?"

이지철은 라엘이 타고 있는 차가 셀튼가 저택이 위치한 동네 초입에서 찍힌 사진을 보며 화를 냈다.

"그게, 문제가 조금 있었습니다."

"사진을 이따위로 찍어두고 문제라니?"

조피복은 라엘이 가는 모든 동선을 파악했지만 딱 한 곳은 몸을 사리느라 쉽게 들어가지 못했다. 그곳은 셀튼가의 저택이 있는 고급 빌리지였다.

처음 이지철의 사주를 받고 저택을 오고 가는 사진을 찍었지만 그다음부터는 쉽게 찍을 수 없었다. 하필이면 본격적으로 미행을 시작한 날 빌리지에 살고 있는 유명 국회의원 집에서 사고가 터져 빌리지 전체의 경계가 삼엄해진 것이다.

안 그래도 대한민국 0.1%의 날고 기는 사람들이 사는 곳이기 때문에 이렇게 일이 터지면 평소보다 경계망이 몇 배나 강화되곤 했다. 괜히 무리해서 몸을 기웃거리다가 걸리기라도 하는 날엔 양손에 수갑 차는 건 시간문제였다. 그만큼 조심스러울 수밖에 없었다.

"무슨 말인지는 알겠는데 어쨌든 빌리지로 차가 들어갔다는 건 셀튼으로 들어갔다고 보면 되잖아. 안 그래?"

조피복의 설명을 전부 들은 이지철이 이해할 수 없다는 듯 반문했다.

"저도 처음에는 그렇게 생각했는데 그게 또 쉽게 판단할 게 아닌 거 같아서요."

"그건 또 무슨 소리야?"

짜증 섞인 말투를 쏟아내던 이지철은 조피복이 내민 자료를 꼼꼼히 살펴보고서야 그의 말을 이해할 수 있었다.

"이것 봐라. 요즘 애들 말로 능력자네."

"네. 고학력자에 이쪽에서는 나름 네임드가 있었습니다."

탐욕의 시선이 닿은 자료 안에는 그간 유명 소속사와 대기업의 임원들을 상대로 강의한 라엘의 커리어가 세세하게 적혀 있었다.

"그러네. 이 정도의 실력이면 빌리지로 들어갔다고 해서 무조건 셀튼으로 들어갔다고 보기가 애매하겠어."

재벌가에서는 새 식구를 맞이할 때조차 말버릇과 행동거지와 사람을 대하는 법까지 모든 것에 새로운 옷을 입힌다. 그 때문에 라엘의 능력이라면 어느 집에서 스피치 의뢰를 해도 이상할 게 없다고 판단했다.

"아니, 잠깐만. 사진이 죄다 근접 샷이잖아."

그러고 보니 조피복이 찍은 사진은 주로 최대한 줌을 당겨 라엘의 얼굴 위주로 찍은 근접 샷이 대부분이었다.

"혹시 이 계집 처음 본 날처럼 차 전체를 찍은 사진 없어?"

조피복은 그동안 찍었던 수백 장에 달하는 사진에서 차가 나온 사진을 골랐다.

"이걸 왜 못 봤지?"

음흉스런 눈빛이 뭔가를 발견한 듯 징그럽게 꿈틀거렸다.

"뭐가요?"

더러운 손가락이 꾹 눌러 일그러트린 사진 속에는 차에서 내리는 라엘의 모습과 함께 차량 전체 모습 또한 찍혀 있었다.

"뒷 범퍼에 있는 문양 하며…… 이 차, 셀튼가의 차야. 확실해."

그동안 셀튼가에 대한 조사를 빠삭하게 한 이지철은 그 차가 직원들을 태우는 차가 아니라 가족들이 타는 차임을 대번에 알아봤다. 이로써 그동안 라엘이 셀튼가를 드나들었다는 사실이 명확해졌다.

"이거 아무래도 내가 다시 한번 직접 저택에 가야겠어."

이 회장이 장기출장을 갔기 때문에 저택 출입도 다른 때보다 수월했다. 이 회장이 장기적으로 저택을 비울 때면 본채 직원들 또한 그 시기에 맞춰 휴가를 간다. 그렇기 때문에 이지철에겐 지금이 궁금증을 풀기 딱 좋은 타이밍이 분명했다.

"혹시 오늘 저택에 들어오는 차량 있나?"

"오늘내일 식자재랑 택배 차량이 들어오는 날입니다."

입맛이 까다로운 이 회장 때문에 셀튼가에서는 일주일에 한 번씩 신선한 식자재를 전문 회사로부터 공수받고 있었다. 그와 함께 집 안에 들어오는 택배 차량 또한 일주일에 한 번씩 몰아서 받고 있었는데, 마침 오늘부터 이틀 동안 차량이 들어오는 날이었다.

"그래도 보안팀은 여전할 텐데 괜찮을까요?"

"보안팀은 오히려 날 알고 있기 때문에 괜찮아. 그보다 그 늙은이가 문제지."

"집사장인가 하는 그 사람 말씀하시는 거죠? 노인네가 무슨 힘이 있겠습니까."

"하긴 그 말도 맞지. 게다가 그 늙은이는 태생 자체가 매너와 예절이 뼛속 깊이 박혀 있는 인간이라 속으론 내가 싫어도 함부로 하진 못할 거야."

"그럼 저택으로 가실 건가요?"

"그 여자를 만나려면 그래야겠지? 매일같이 저택으로 출근 도장을 찍는다니 그 여자의 행방을 쫓다 보면 혹시 또 모르지. 이수혁의 꼬리라도 밟을지. 그리고 무엇보다 그 여자가 어떤 성향인지부터 좀 파악해야겠어."

이지철은 머릿속에서 저울질을 하고 있었다. 일단 라엘을 만나 살짝 간을 보고 제대로 구워삶아 정보를 캐낼 생각이다.

"어쨌든 지금 계획에서 가장 접근이 용이한 이 여자를 활용하는 게 관건이네요. 어, 전화 왔네."

이지철과 대화를 주고받던 조피복은 갑자기 걸려온 전화를 받았다.

"지금? 사무실에 있다고? 알았으니까 일단 계속 지켜봐."

전화를 건 주인공은 얼마 전 편의점 사장에게 손님인 척 라엘의 행방을 물었던 조피복의 감방 동생이었다.

"사장님, 그 여자, 저택에 가지 않았습니다."

조피복은 그동안 꾸준히 차를 타고 밖으로 나가던 라엘이 어제는 하루 종일 사무실에 있던 게 의아했다. 이지철의 호출로 자리를 비워야 했던 그는 동생을 불러 대신 감시를 시켰다.

"어디 있는데?"

"지금 사무실에 있다는데요."

"그래? 이거 계획을 살짝 바꿔볼까?"

비릿한 조소와 함께 이지철의 눈빛이 소름을 쏟아냈다.

11화. 허락 없이 그녀에게 접근하는

-저예요.

"어디야?"

책상에서 업무를 보던 수혁은 라엘의 전화를 기다리다 결국 먼저 전화를 걸어 다짜고짜 그녀의 행방부터 물었다.

-사무실인데요. 전화했었어요?

"했지. 두 번이나. 전화 왜 안 받았어?"

-손님이 찾아와서 대화 중이었어요. 안 그래도 지금 막 부재중 전화 보고 전화하려던 참이었어요.

"최라엘, 왜 안 오는데. 그거 알아? 너 오늘 지각이야."

-네? 지각이라뇨?

지각이라는 소리에 라엘이 크게 반문했다. 분명 며칠 전부터 알프레도에게 말을 전했고 허락을 받았으며 수혁에게도 전달했다고 들었다.

그런데 갑자기 지각이라니.

휴대폰 너머 반응하는 그녀의 목소리를 듣는 그의 입꼬리가 슬며시 올라갔다.

-오늘 오전에 일이 있다고 알 집사님께 사전에 말씀드렸는데요.

"알프레도에게 말한 거지 나한테 직접 말한 건 아니잖아."

이건 또 무슨 소리란 말인가? 잠시 생긴 정적이 그녀의 당황스런 기분을 대변했다. 이건 마치 자기에게만 말해주지 않아서 삐친 초등학생을 상대하는 기분이 들었다.

"순서가 틀렸잖아."

그러고 보니 수혁의 목소리에는 왠지 심통이 섞여 있는 것 같았다.

-순서요?

"그래. 순서. 그런 건 나한테 직접 말했어야지."

사실 수혁은 지금 심통 난 게 아니었다. 정확히 말을 하자면 심통 난 척을 하고 있는 상태다. 그녀가 별채에 오려면 약속 시간보다 아직도 두 시간이나 남았기에 살짝 꼬투리를 잡아서 빨리 올 수 있도록 하기 위해서였다.

이유는 간단했다. 보고 싶으니까. 라엘이 보고 싶었다. 한시라도 빨리. 늘 오전에 만나던 그녀가 옆에 없으니까 왠지 허전함과 함께 더 보고 싶었다.

-알았어요. 다음부터는 수혁 씨한테 직접 말할게요.

"좋아. 이번만 특별히 봐줄게."

그게 뭐 그리 대단한 거라고. 봐준다는 목소리가 의기양양하기까지 했다.

"그래서 언제 올 거야."

-저 아직 가려면 두 시간 정도 남았는데요?

라엘은 모처럼 시간을 뺀 김에 개인적인 일을 보고 가려고 했다.

-볼일이 좀 있어요.

"지금 당장 가지 않으면 안 될 정도로 급한 일이야?"

-아니 뭐, 꼭 그렇게 급한 건 아니지만…….

"그럼 준비해. 차 출발시켰어. 30분 뒤에 도착할 거야."

"여보세요? 수혁 씨? 뭐야, 순 자기 마음대로네. 참 나! 가끔 보면 관우보다 더 애 같다니까."

수혁이 본인 할 말만 하고 전화를 끊었지만 라엘은 빨리 오라는 그의 재촉이 이상하게 싫지 않았다.

똑똑.

따뜻한 커피 한잔을 마시기 위해 포트로 향했던 시선이 노크 소리에 문으로 향했다.

"누구세요?"

"계십니까?"

문밖에서 음산한 목소리의 주인공이 그녀를 기다리고 있었다.

"누구세요?"

라엘은 문 앞으로 바짝 다가가 답이 없는 상대에게 다시 한번 물었다.

"최라엘 선생님을 만나 뵈러 왔는데요. 혹시 계신가요?"

"제가 최라엘인데요."

말끔한 양복을 차려입고 노크를 한 주인공은 라엘을 궁금해했던 이지철이었다.

"아! 최라엘 선생님이시군요. 반갑습니다. 소문을 듣고 상담을 받고 싶어서 찾아왔습니다."

이지철은 행여 거절이라도 당할세라 순진한 사람처럼 첫인상을 좋게 심어주기 위해 겸손을 떨고 있었다.

"죄송한데 제가 조금 있으면 나가봐야 하는데요."

"어떻게 안 될까요? 시간은 많이 뺏지 않겠습니다. 실은 제가 이틀 전에도 왔었고 그 전날에도 왔었는데 사무실이 닫혀 있어서 뵐 수가 없었습니다."

"아, 그래요? 대신 시간은 많이 못 드려요. 들어오세요."

그녀는 망설인 끝에 상담을 허락했다.

"감사합니다."

라엘의 스케줄을 전부 알고 있던 이지철의 거짓 발언으로 그는 사무실로 들어올 수 있었다.

"그런데 혹시 저랑 어디서 본 적이 있지 않으신가요?"

"아니요. 전 지금 처음 뵙는데요."

"그렇군요. 제가 비슷한 사람과 착각을 한 것 같습니다."

"상담을 하고 싶다고 하셨는데 어떤 상담인지 말해주세요."

"의뢰를 하고 싶어서요. 제 가까운 지인을 수업해주셨으면 합니다."

뱀 같은 그의 시선이 최대한 티가 나지 않게 계속해서 라엘의 얼굴 구석구석을 훑으며 분위기를 파악했다.

"전 다양한 수업을 하고 있는데 어떤 유형을 말씀하시는지 정확히 알려주셔야 합니다."

"글쎄요. 발음 교정이 될 수도 있고 스피치가 될 수도 있겠는데요."

이지철 눈에 비친 라엘은 나이답지 않은 신중함이 느껴졌다. 확실히 사람을 대하는 법을 알고 있다는 느낌이 지배적이었다. 자신이 예상했던 것보다 훨씬 똑똑한 여자라는 판단이 섰다.

"실은 제가 목숨처럼 아끼는 형님의 아들 녀석이 있습니다."

간단한 소개 뒤에도 이지철은 자신이 그 의뢰자를 얼마나 아끼고 끔찍이 여기는지 공을 들여 부연 설명을 덧붙였다.

"근데 녀석이 교통사고를 당하고 나선 발음에 좀 문제가 있는 것 같아서요."

설명을 듣는 순간 어쩐지 라엘은 비슷한 상황인 수혁의 얼굴이 잠시 떠올랐다.

"맡아만 주신다면 페이는 넉넉히 드리겠습니다."

이지철은 사람의 성향을 파악하기 가장 간단한 것 중의 하나가 바로 본능을 건드리는 거라고 생각했다. 그리고 그중에서도 누구나 갖고 싶어 하는 '돈'을 이용하면 좀 더 쉽게 상대를 파악할 수 있었다. 온몸에 금칠을 하지 않은 이상 눈앞의 큰 이익을 마다할 사람이 몇이나 되겠나.

돈 때문에 핏줄도 잘라내는 현실에서 돈이야말로 술보다 달콤하고 도박보다 중독적이다. 그래서 돈에 눈이 멀었다는 표현도 생겨난 것이다. 이건 이지철이 지금까지 사람을 부리는 가장 원초적이고 절대적인 방법이었기에 돈에 대한 그의 믿음은 마치 종교처럼 확고했다.

"돈은 크게 중요하지 않습니다."

그러나 고민조차 하지 않는 거절에 이지철은 액수를 올려야겠다고 생각했다.

"시간당 300만 원을 드리죠."

계산에 미스가 생겼다. 수혁을 정확히 감시하기 위해선 여기서 라엘이 미끼를 물어야 했다. 그런데 덥석 미끼를 물길 바랐던 물고기는 어쩐지 미끼 근처에도 오지 않고 있었다.

"죄송하지만 거절하겠습니다."

"명성에 비해 액수가 작아서 그런 거라면……."

"아니요."

또다시 돈에 대한 말이 나왔지만 끝나기도 전에 말허리가 잘려 나갔다.

"이유를 물어도 되겠습니까."

"지금 제가 맡고 있는 일의 일정을 조정할 수 없기 때문입니다."

이유를 듣는 이지철의 눈매가 설핏 구겨졌다. 뭔가 허무한 거절이었다.

"거절이군요. 그럼 왜 아까 진작 바쁘다는 말을 하지 않으신 거죠? 시간이 돈인 사람이라, 저 역시 바쁜 시간을 쪼개서 온 건데 말이죠."

침착하려 하는 말투 속에서 기분 나쁜 억양이 미약하게 느껴졌다.

"이틀 전에도 그 전날에도 제 사무실을 찾아오셨다고 하신 분인데 적어도 이야기는 들어드리는 게 예의라고 생각했습니다. 문밖에서 거절은 아닌 것 같아서요."

일정상 조율이 힘들다는 말도 방금 한 말도 거절하기 위해 일부러 꾸며낸 말이 아닌 전부 사실이었다. 하지만 라엘은 현재 일정이 없었다고 해도 지금 의뢰를 받아들일 것 같지는 않았다. 눈앞의 남자가 하는 말에 신뢰가 느껴지지 않았기 때문이다.

과한 생각일지도 모르지만 의뢰자를 설명할 때 사랑하고 아낀다는 말과 달리 눈빛이 너무 섬뜩했다. 처음 수혁의 의뢰를 갈구했던 연이의 눈빛과 확연히 대조되는 눈빛이었다. 그리고 느낌 탓인지 모르겠지만 자신을 바라보는 남자의 시선 또한 불편하게 다가왔다.

'이년 봐라? 생각보다 더 보통이 아니네.'

"죄송하지만 제가 나갈 채비를 해야 해서요. 이만 일어나주셔야 할 것 같습니다."

"아, 네. 이거 아쉽군요. 뭐, 어쩔 수 없죠."

정중한 재촉에 이지철은 최대한 느릿하게 의자에서 일어났다.

"그럼 다음번에 일정이 생기면 그땐 맡아주시겠습니까?"

"제 일정이 어떻게 변할지 저도 지금 당장 알 수 없어서요."

"알겠습니다. 오늘은 이만 가보도록 하죠. 그럼."

"안녕히 가세요."

이지철의 몸이 사무실을 완전히 나가고 문고리를 잡은 손이 사무실 문을 닫고 있던 그때였다.

둔탁한 소리와 함께 닫혀가던 사무실 문틈으로 공포영화같이 커다란 손이 갑자기 들어와 문을 잡았다.

"잠깐!"

굉장한 악력과 함께 닫히던 문이 점점 열리고 그 사이로 소름 끼치는 이지철의 얼굴이 불쑥 나타났다.

"……."

순간 너무 깜짝 놀란 나머지 라엘은 어떤 말도 할 수 없었다. 그저 최대한 이 문이 더 벌어지지 않게 두 손으로 문고리를 더 꽉 잡았다.

"이런! 놀라셨군요? 놀라게 해드렸다면 죄송합니다. 제가 마지막으로 드릴 말씀이 있어서요."

"무슨 말을……."

"제 얼굴 기억해두시는 게 좋을 겁니다. 제가 좀 촉이 좋아서요. 왠지 모르게 최 선생님과 다시 만날 것 같은 예감이 드네요. 그럼."

기분 나쁜 목소리를 남기고 사무실 문이 닫혔다.

"뭐야, 저 사람……. 하! 잊어버리자."

라엘은 찜찜한 기분이 가득했지만 일부러 깊게 생각하지 않고 나갈 채비를 서둘렀다.

겨울과 어울리지 않고, 마치 봄을 연상시키는 핑크빛 원피스를 입은 김 여사 곁으로 푸근한 인상의 또래 여자가 다가왔다.

「날씨가 어제보다 찬데, 너무 얇게 입었어요.」

주름진 손끝에서 새로운 모습으로 태어나는 꽃들을 만지고 있던 손이 어깨를 감싼 숄로 향했다.

「영국의 겨울은 영하로 내려가는 일이 없는데 비도 많이 오고 습도도 높아서 몸이 으슬으슬해요. 근데 한국 겨울은 달라요.」

김 여사는 유창한 독어로 상대가 건넨 찻잔을 두 손으로 쥐었다.

「여기 겨울은 맑고 쾌청해서 기분이 다르죠. 저도 어느새 한국인이 다 되었나 봐요.」

김 여사가 아들 내외를 피해 몰래 온 이곳은 남해에 있는 독일 마을이었다. 이 회장이 작고한 뒤 그녀는 몇 년에 한 번씩 남편을 그리기 위해 추억이 담긴 장소로 여행을 왔다.

이 회장이 은퇴한 뒤 두 사람이 가장 많이 머물렀던 곳 중에 한 곳이 바로 나이 지긋한 독일 여자와 한국 남자 부부가 운영하는 작은 게스트하우스였다.

「아무래도 반가운 손님이 찾아온 것 같은데요?」

독일 여자는 거실 창문으로 누군가를 발견하곤 입가에 미소를 지었다.

「딱 맞춰 왔네요.」

김 여사는 완성된 꽃꽂이에서 빨간 장미 한 송이를 꺼내들었다.

「Guten Tag.(안녕하세요.)」

「Schön, Sie zu sehen.(안녕하세요. 만나서 반가워요.)」

환한 얼굴로 집에 들어온 알프레도는 독일어로 인사를 하며 주인 여자와 허그를 나눴다.

"굳이 올 필요 없다니까 자네 고집도 대단해. 자, 줄 건 없고 선물일세."

주인 여자가 두 사람을 위해 자리를 피하자 김 여사는 반갑게 다가오는 알프레도에게 장미꽃을 내밀었다.

"이렇게 예쁜 꽃을 선물로 받았으니 여기까지 내려온 보람은 충분하지 않을까요?"

"자넨 여전하구만."

기분 좋은 농담으로 인사를 대신한 두 사람은 환하게 웃으며 마주 앉았다.

"사모님이 걱정이 많으십니다. 하루가 멀다 하고 연락을 주고 계세요."

"연이는 늘 그랬어. 시집을 왔을 때도 지금도 늘 가족 걱정뿐이야. 내가 편지를 써놨으니 좀 괜찮아질 걸세."

"그나저나 소매치기는 어쩌다가 당하셨어요? 지배인한테 그 얘기를 듣고 얼마나 놀랐는지 모릅니다."

알프레도는 가장 궁금했던 소매치기 얘기를 꺼냈다.

"내 실수로 그리됐어. 아무튼 그 건은 잘 해결됐네."

"근데, 서울까지 어떻게 오신 거예요? 수중에 가진 것도 없으셨다면서요."

"어떤 아가씨가 서울까지 태워줬다네."

"고마운 아가씨군요."

"그러게. 운이 좋았어."

김 여사는 누군가를 떠올린 듯 기분 좋은 표정을 지었다.

"알프레도?"

"네, 여사님."

"우리네 인생이 참 재미있어. 가끔 최악의 상황이라고 생각한 순간에서 생각지도 못한 인연을 만들어내거든."

"무슨 말씀이신지……."

김 여사는 갑자기 철학적인 발언을 쏟아내며 알프레도의 궁금증을 일으켰다.

"자네 혹시 10년 전쯤 하늘공원에서 만났던 교복 소녀 기억하나?"

"교복 소녀요?"

"회장님이 결혼기념일을 잊어서 내가 말없이 호텔에서 나와 하늘공원에 갔을 때 만났던?"

"아!"

한참 동안 이어진 침묵 뒤에 짧은 감탄사가 터져 나왔다.

"혼자 서럽게 울고 있던 안경 낀 여고생이요?"

강산도 변했을 만큼 오랜 과거였지만 워낙 임팩트가 컸던 만남이었기에 알프레도는 어렴풋이 그날을 기억하고 있었다.

"맞아. 그 여고생을 우연히 다시 만났어."

"세상에, 그런 우연도 다 있네요."

"참 바르게 잘 컸더라고. 나도 변했는지, 순간 우리 수혁이를 소개해주면 어떨까 하는 생각을 했지 뭐야."

"아무래도 그건 힘들 것 같습니다. 도련님께선 이미 마음에 두신 아가씨가 계시거든요."

"안 그래도 메일 받고 내가 얼마나 놀랐는지 몰라. 도대체 어떤 아가씬지 궁금하네."

"한마디로 정의내리면 어마어마합니다."

라엘이 저택을 향해 오고 있을 무렵 책상에 앉아 업무를 보는 수혁에게 관우가 날아왔다.

"관우야, 형 바빠."

관우는 업무에 집중하고 있는 수혁이 상대해주지 않자 격한 날갯짓과 함께 책상 위에 착지했다.

"관우 심심해."

"밖에 가서 놀아."

"라엘이 와?"

"어."

"언제 와?"

"조금만 기다리면 올 거야."

"언제?"

"금방."

커다란 손이 일정하게 움직일 때마다 자료가 넘어가는 소리가 들렸고, 관우 또한 그 소리에 맞춰 앞을 왔다 갔다 하며 관심을 갈구하고 있었다. 짧은 다리로 이쪽저쪽 방황하며 노란 부리로 이따금씩 서류 종이를 쿡쿡 찌르는 모습이 귀여웠지만 본사에 관한 자료를 정리하는 눈빛은 조금도 흔들림이 없었다.

그도 그럴 것이 일단 이 회장이 장기출장을 끝내고 돌아오기 전에 본사의 모든 업무 파악을 끝내야 하기 때문에 요즘 수혁은 다른 때보다 업무 시간에 몇 배나 더 집중하고 있었다.

"수혁아, 이거 뭐야?"

그런데, 관우의 말이 끝나기 무섭게 커다란 손에 들려 있던 자료가 책상에 떨어졌다. 그리고 그와 동시에 노란 부리에 찍힐 뻔한 물건을 그가 빠른 속도로 움켜쥐었다. 수혁의 집중력을 한 방에 무너뜨린 물건의 정체는 바로 라엘이 선물한 장갑이었다.

"관우 거야."

"안 돼!"

관우는 새로운 물건에 호기심을 보이며 장난감으로 갖고 싶어 했지만 그의 반응은 단호했다.

"이건 안 되는 거야. 알았지?"

이미 장갑이라면 드레스룸에 가죽장갑부터 면장갑, 스웨이드 장갑 등 종류별로 수백만 원을 호가하는 장갑들이 긴 선반 한 층을 전부 차지하고 있었다.

그런데 좌판에서 판매하는 만 오천 원짜리 장갑이 드레스룸에 있는 그 어떤 값비싼 명품보다 소중한 물건이 돼버렸다. 이유는 간단했다.

"이거, 라엘이가 준 거야."

그녀가 준 첫 번째 선물이니까.

'비싸고 그런 거 아니에요. 그러니까 수혁 씨도 쓸데없이 감동하지 마요.'

세상 가장 담백한 표정으로 담담하게 말했지만, 그녀의 주문과 달리 수혁은 그날 말로 표현할 수 없을 정도로 감동을 받았다. 그 감동의 깊이가 얼마나 깊었는지, 그날 집에 돌아와서 잠들기 전까지 애지중지하며 손에서 장갑을 벗지 않아 별채특공대의 웃음을 사기도 했다.

"장난감 줘."

"이거 말고 다른 장난감 줄게."

"지미, 바보."

목숨처럼 장갑을 사수하는 모습에 관우도 슬슬 약이 올랐는지 반항심을 보이기 시작했다.

"지미 나빠."

"응. 그래도 안 줘."

"지미 똥 멍청이."

그러고 보니 요즘 따라 관우가 심통을 부릴 때마다 이름이 아니라 꼭 '지미'라고 부르고 있었다. 안 그래도 일전에 지미의 뜻이 뭔지 물어보려다 실패했던 수혁은 뭔가 좋은 생각이 떠올랐다.

"관우 이거 줄까?"

"관우 줘라. 줘."

눈앞에서 흔들리는 장갑을 보며 관우의 눈빛이 초롱초롱하게 변했다.

"형이 물어보는 거 대답하면 줄게."

"뭔데? 빨리 줘."

"지미가 무슨 뜻이야?"

"지미?"

"응. 지미."

"지미는 지랄 맞은 미남!"

"뭐, 뭐라고……!"

방 안에 쩌렁하게 울린 '지미'의 참뜻을 알게 된 수혁에 얼굴은 어이없는 웃음과 함께 황당함이 내려앉았다. 그리고 절묘한 타이밍에 라엘이 저택에 도착했다.

관우는 딸랑거리는 장난감을 부리에 물고 쏜살같이 날아가며 알 수 없는 말을 남겼다.

"고마워. 관우 실수였다. 라엘이 미안. 사랑해."

"뭐 때문에 자꾸 미안하다고 하는 거지……."

하지만 라엘은 이때 눈치챘어야 했다. 관우의 저 미안하단 말의 의미가 뭘 뜻하는지를.

"안녕하세요."

"마, 최 선생, 어서 온나."

별채로 향한 라엘이 다이닝룸으로 들어오자 요리장 기자가 반갑게 맞았다.

"도련님이랑 재미있는 곳 다녀왔나?"

"만화 실컷 보고 왔어요. 근데 오늘은 방울이 아주머니가 안 보이시네요."

"아, 회장님 출장에 맞춰 직원들도 휴가라서 방울이 쉬는 날이다. 덕분에 안 그래도 조용한 저택이 더 썰렁해진 느낌이지, 뭐."

"휴가 가셨구나. 요리장님, 이거 받으세요."

작은 쇼핑백을 건네받은 기자가 반응했다.

"이 뭔데?"

바스락거리는 소리와 함께 쇼핑백 안에서 나온 건 겨울 모자였다.

"하나는 요리장님 거, 하나는 관리사 아저씨 거예요. 그 밑에 거는 방울이 아주머니 거고요."

라엘은 수혁의 장갑을 사면서 별채특공대에게 줄 선물도 같이 준비했다.

"뭐 할라고 이런 걸 다 준비했어. 세상에, 고마워라."

"겨울이고 해서 출퇴근하실 때 쓰면 따뜻할 것 같아서요."

깜짝 선물이 마음에 든 기자는 빨간 꽃 브로치가 달린 모자를 푹 뒤집어쓰며 포즈를 잡았다.

"어때, 나 잘 어울려?"

"네. 너무 예쁘세요."

"정말. 고마워. 잘 쓸게. 위에 밀크티랑 쿠키 맛나게 구워 놨으니까 수업하기 전에 먹고. 얼른 올라가봐. 도련님 기다리실라."

"네. 수고하세요."

"수혁 씨, 저 왔어요."

라엘은 굳게 닫힌 문을 열고 방 안으로 들어갔다. 그녀가 들어오자 수혁은 방 안의 온도를 높이며 자리에서 일어났다.

"아, 따뜻하다."

책상에 앉아 있던 그의 표정을 보지 못한 라엘은 기자가 준비한 찻잔을 손에 쥐었다. 그사이 티테이블에 다가온 수혁이 테이블 옆에 있는 장식장에 등을 대고 비스듬히 기대섰다.

"맛있다. 역시 요리장님 솜씨네."

"맛있어?"

밀크티를 마시며 진심으로 감탄하는 라엘을 보며 그가 물었다.

"나 원래 밀크티 안 좋아하는데 요리장님 밀크티는 정말 맛있어요. 수혁 씨도 마셔요.”

“최라엘?”

“네?”

비스듬히 서 있던 수혁이 긴 다리를 유연하게 꼬아 앉으며 맞은 편에 앉은 그녀의 시선을 노크했다.

“뭐예요. 불렀으면 말을 하지 않고.”

몇 초 동안 뚫어져라 쳐다보는 시선에 라엘은 살짝 민망함을 느꼈다.

“너 나한테 잘못한 거 없어?”

그러고 보니 오늘따라 수혁의 잘난 목소리와 눈빛이 뭔가 평소보다 훨씬 우월한 느낌이 들었다. 살짝 고개를 돌렸다 그의 눈빛과 마주친 라엘은 곧바로 생각을 정정했다. 우월함 속에 어딘가 싸한 느낌이 다분했다. 눈빛 또한 분위기가 상당했다. 마치 먹잇감을 발견하고 기다리는 포식자의 사악한 눈빛에 가까웠다.

“잘못한 거? 그런 거 없는데……. 설마, 오늘 연습 늦었다고 그러는 건 아니죠?”

“설마. 내가 그렇게 속이 좁은 밴댕일까. 알프레도에게 말했다면서. 아까 전화 매너는 내가 사과할게.”

‘뭐지? 이 사과는…….’

어울리지 않는 빠른 사과에 라엘은 왠지 모르게 불안감을 느끼기 시작했다.

“수혁 씨가 사과를 하다니. 진짜 어색하다.”

“근데 정말 잘못한 거 없어?”

“없다니까 그러네요.”

“정말이지?”

‘뭔데! 왜 자꾸 물어보는 거야? 불안하게. 기분 탓인가?’

진짜 잘못한 게 없는데 마치 잘못한 점을 찾아내야만 할 것 같은 기분이었다.

“없어요.”

“그래 뭐, 생각해보면 내가 또 미남인 건 맞아. 누가 봐도 평균 이상은 넘으니까. 안 그래?”

“……네? 아, 네. 그러네요.”

수혁이 뜬금없이 얼굴 자랑을 시작하자 라엘은 그가 어떤 말을 하려는지 도통 알아들을 수 없었다.

“근데 지미란 별명 뜻은 언제 알려줄 거야? 요즘 들어 관우가 자꾸만 이름 대신 불러서 궁금하거든.”

한동안 잘잘못을 추궁하던 말이 얼굴 자랑으로 이어졌고 갑자기 지미에 대한 이야기로 이어졌지만 라엘은 오히려 다행이라고 생각했다. 적어도 이번에는 알아들을 수 있는 말이 나왔기 때문이다.

“그거 진짜 좋은 뜻이에요.”

“좋은 뜻? 지미가 좋은 뜻이라고?”

“네. 그러니까 그게…….”

정말이지 두 손 모아 열렬히 외치는 열사의 마음으로 호기롭게 알 지 자에 미혹할 미를 말하려던 라엘은 한순간에 얼어붙었다.

“지랄 맞은 미남이라며?”

“……!”

어떻게 된 건지 수혁이 지미의 진짜 뜻을 정확히 알고 있는 것이 아닌가.

"지. 랄. 맞. 은. 미. 남의 줄임말 지미. 맞지?"

마지막으로 굳이 한 글자씩 끊어가며 과한 친절함과 함께 그가 되물었지만 돌아오는 건 격한 딸꾹질 소리였다.

"딸꾹!"

수혁의 발언의 놀란 라엘이 딸꾹질을 하기 시작했다.

"딸꾹!"

"큭! 거봐. 안 하던 딸꾹질까지 하고, 잘못한 거 맞네."

갑자기 딸꾹질하는 그녀의 모습이 귀여운 수혁은 광대를 올리고 피식하며 웃기까지 했다. 하지만 점점 올라가던 그의 광대는 순식간에 다시 제자리를 찾았다.

"딸꾹! 이게…… 딸꾹!"

그녀의 딸꾹질이 멈출 기미가 보이지 않았기 때문이다.

"수혁 씨 때문에, 딸꾹! 하, 안 멈춰. 딸꾹!"

생각보다 심하게 걸린 딸꾹질에 라엘은 가슴 언저리를 치며 답답함을 호소했다. 그 역시 갑자기 시작된 딸꾹질에 당황한 듯 보였다. 그저, 단순히 그녀를 놀려줄 생각이었다. 당황하게 만들어 어쩔 줄 몰라 하며 미안해하는 라엘의 모습을 보고 싶었을 뿐이었던 수혁은 괴로워하는 그녀의 모습에 오히려 본인이 더 안절부절못하며 걱정했다.

"괜찮아?"

안 괜찮다는 듯 작은 머리가 세차게 도리질 쳤다.

"내가 딸꾹질 멈추는 방법을 알고 있는데, 해도 돼?"

그러다 문득 뭔가 생각났는지 그가 표정을 밝히며 물었다.

"얼른…… 딸꾹! 해…… 봐요."

라엘은 뭐라도 좋으니 얼른 해보라며 고개를 끄덕였다.

"대신, 멈추고 나 때리지 마. 약속해."

도대체 뭘 하려고 저렇게 시간을 끄는 건지. 작은 머리가 또다시 끄덕이며 그를 재촉했다.

"한다."

허락이 떨어지고 스타트 신호와 함께 전혀 예상치 못한 상황이 펼쳐졌다.

"딸꾹!"

다시 한번 딸꾹질 소리가 나오고 벌어진 입술이 반동에 의해 다시 맞물린 그 순간 수혁이 고개를 살짝 비틀며 라엘의 입술 위로 자신의 입술을 포갰다. 그것도 아주 정확하게.

"……!"

그 순간 라엘의 눈이 놀란 토끼 눈처럼 휘둥그레졌다. 좋은 향기를 동반한 그의 입술은 부드러운 이불처럼 살결에 맞닿아 그녀의 입술을 달콤하게 덮었다. 마치 처음부터 한 몸인 것처럼, 짝을 이룬 퍼즐 조각처럼, 맞물린 톱니바퀴처럼 한 치의 어긋남 없이 포개진 입술 사이로 서서히 작은 공간이 들어찼다.

미세하게 벌어진 좁은 입술 사이를 단숨에 넘어가 그녀의 안으로 진입하고 싶었지만, 수혁은 무리하지 않았다. 미약한 봄바람에 떨어지는 꽃잎처럼 아쉬움을 남겨둔 채 그의 입술이 그녀에게서 느릿하게 떨어졌다.

"……꾹."

눈에 띄게 속도가 줄어들긴 했지만 딸꾹질은 아직 현재진행 중이었다.

"아직도 계속하네."

그러자 수혁은 다시 한번 그녀에게 가벼운 입맞춤을 선사했다.

듣기 좋은 경쾌한 '쪽' 소리가 두 사람의 입술에서 울렸다. 신기하게도 라엘을 괴롭히던 딸꾹질이 완전히 멈췄다.

"어, 멈췄다."

"다행이네. 놀랐지? 미안."

커다란 손이 작은 머리를 쓰다듬음과 동시에 진심이 담긴 목소리가 들려왔다.

"누가 그러더라고. 딸꾹질 멈추려면 놀라게 하는 게 최고라고."

"네, 뭐. 일부러 그런 거 아닌 건 알아요. 근데 장난이 좀 지나치긴 했어요."

"장난? 나 장난 아닌데? 네가 딸꾹질을 너무 심하게 하길래 빨리 멈추려는 방법이 그것밖에 떠오르지 않았어."

"그럼……."

뭔가 할 말이 있는 표정을 짓던 라엘은 결국 말끝을 흐렸다.

"근데 최라엘? 너, 귀가 왜 이렇게 빨개. 그러고 보니 얼굴도 좀 붉어진 거 같고……."

"하! 근데, 왜 이렇게 덥죠?"

라엘은 재빨리 손을 들어 얼굴에 부채질을 했다.

"내가 원래 더우면 얼굴이 막 빨개지기도 하고 그러거든요. 오늘따라 난방이 잘되나 봐요. 덥지 않아요?"

"그런가? 난 하나도 안 더운데."

"갑자기 목이 왜 이렇게 마르지. 저 잠깐 물 마시고 올게요."

딱히 그럴 만한 상황도 아닌데 라엘은 얼굴에 열꽃이 오른 것만 같았다. 그리고 지금, 수혁과의 거리가 너무 가까웠다.

이 자리를 피하고 싶은 것보단 진짜 차가운 냉수가 간절했다.

"갔다 와. 바람도 쐬고."

라엘은 평소보다 빠른 걸음으로 방을 나섰다.
철컥.
닫힌 문을 빤히 보던 그의 얼굴 위로 따뜻한 미소가 가득했다.
"아껴두려 했는데……."
뭔가 생각에 잠겨 있던 수혁은 엄지로 자신의 아랫입술을 살짝 쓸어내리며 속삭였다.
"네 입술 달콤해."

"되는 놈은 앞으로 넘어져도 돈을 줍는다더니. 내가 딱 그 주인공이네."
셀튼가 저택이 있는 빌리지 근처에 주차된 차 안에서 이지철이 노트북 방향키를 누르며 화면을 주시했다.
"그러니까 이 사진을 네놈이 집적 찍은 거라고?"
"네, 형님."
쫙.
"이 쓰레기 새끼가 누구보고 형님이래."
조수석에 앉아 있던 조피복의 감방 동생의 한쪽 뺨에 커다란 손이 꽤 매섭게 지나갔다.
"구정물 먹고 사는 주제에 말 섞게 해줬다고 똑같은 줄 아네."
"이 녀석이 가끔 말실수를 해서 그렇지 수완은 좋습니다. 뭐 해, 얼른 사장님께 사과드리지 않고."
"죄송합니다, 사장님. 앞으로 조심하겠습니다."
"사람은 말이야, 주제를 알아야 해. 앞으로 주둥이 관리 잘해."
이지철은 좁은 차 안에서 고개까지 박으며 사과하는 남자의 모습을 보며 비웃었다.

"어젯밤 꿈자리가 좋더니만 이런 횡재를 다 하네."

"그래도 제대로 확인해봐야 하지 않을까요?"

"아니. 확인하고 자시고 할 게 없어."

이지철의 시선이 다시 노트북으로 향했다. 노트북 화면을 가득 메운 건 알프레도의 사진이었다.

"지금 저택에 늙은이가 없는 건 확실해."

오늘 오전 일부러 라엘에게 모습을 드러낸 이지철은 사무실을 나와 미행한 뒤 빌리지 초입까지 따라붙었다. 알프레도가 있더라도 저택에 들어가려 했던 그는 조피복의 동생이 건넨 사진을 보며 썩은 조소를 보였다.

"갈치야 너, 이 사진 언제 찍은 거라고 했지?"

"새벽에 형님 전화 받고 그 여자 건물 가기 전에 여기서 대기 타고 있었거든요."

"그런데?"

"줌 당기고 있는데 초소에서 늙은이 얼굴이 보이길래 바로 찍어버렸죠."

"오늘 밥값 제대로 했네. 잘했다."

조피복은 뻘겋게 부어오른 뺨을 톡톡 치고 이지철의 눈치를 보며 동생을 칭찬했다.

"근데 이 늙은이가 잠시 외출한 거면 어떡하죠?"

계속해서 창밖으로 초소를 확인하던 이지철이 고개를 돌렸다.

"저택에 붙어 있는 이 늙은이가 이런 차림으로 그것도 꼭두새벽에 나갔다는 건 아마도 꽤 먼 곳까지 갔을 확률이 높아."

사람을 돈으로 사서 수족처럼 부리고 구린내가 진동했지만 이지철은 생각보다 영특한 면이 있었다.

"어? 저기 저, 트럭 맞는 거 같은데요?"

"맞아. 따라붙어. 너희 둘은 내가 말한 대로 적당히 시선이나 끌어."

셀튼가에 식자재를 담당하는 트럭이 빌리지로 들어서자 이지철 일당이 자연스레 그 뒤를 따라붙었다.

"안녕하세요. 수고 많으십니다."

이미 저택에 자주 출입했던 이지철은 빌리지 초소를 쉽게 통과했다.

"하! 시원해. 살 것 같다."

투명 글라스가 식탁에 부딪히자 시원한 물방울이 쪼르륵 떨어졌다.

"내가 미쳐. 얼굴은 왜 붉어지냐고, 대체."

시원한 냉수를 벌컥 들이켠 라엘은 다이닝룸에 혼자 앉아 있었다.

"아니야. 얼굴이 붉어진 게 문제가 아니지."

2층에서 내려온 지 10분이 넘었지만 그녀의 마음을 눈치챈 수혁은 일부러 내려오지 않고 있었다.

"문제는 딸꾹질이지. 그러게 왜 하필 거기서 딸꾹질이 나온 건데? 왜!"

혼자서 1인 2역을 맡은 배우처럼 모노드라마를 찍던 라엘은 식탁에 턱을 괴며 수혁의 말을 떠올렸다.

'나 장난 아닌데?'

그 말을 건네는 순간, 찰나였지만 그의 목소리와 눈빛이 평소와 달랐다.

"차라리 장난이라고 말했……."

다이닝룸 안에 조용히 속삭이던 말소리가 단절되고 유리컵에 비친 얼굴은 어느새 심각해졌다.

"아니……. 그러지 말자."

"나만 중심 잘 잡으면 돼. 괜히 들뜨지 마."

자리에서 일어난 라엘은 양옆으로 고개를 몇 번 흔들더니 벽에 걸린 작은 거울 앞으로 걸어갔다.

"최라엘! 정신 차려. 이건 일이야. 그저 일하는 것뿐이야. 아자!"

라엘은 거울을 보며 두 뺨을 가볍게 두드리며 얼굴 상태를 체크한 후 표정을 밝게 풀고 다이닝룸을 나갔다.

'근데 지미 뜻은 어떻게 알았지? 설마 관우가……?'

씩씩한 발걸음이 이제 막 2층 첫 번째 계단을 밟은 그때였다.

"제 촉이 맞았군요."

등 뒤에서 들려온 익숙하지 않은 목소리가 그녀의 고개를 잡아끌었다.

"그래도 그렇지, 여기서 다시 보게 될 줄은 몰랐습니다."

목소리의 주인공은 이지철이었다.

"하루에 두 번이나 마주치다니. 이 정도면 우리 두 사람이 보통 인연은 아닌가 봅니다."

순간 라엘은 사무실에서의 일이 떠올랐다. 이지철의 얼굴을 보는 순간 맑은 하늘 위에 갑자기 먹구름이 낀 듯 기분 좋은 감정이 숨을 죽이고 알 수 없는 소름이 밀려왔다.

"그나저나, 최라엘 선생님을 다시 보니 반갑군요."

뚜벅뚜벅. 붉은 카펫 위로 번지는 구두 소리가 공격적으로 다가왔다.

"아무리 서울 바닥이 좁다지만 셀튼가에서 마주치다니요. 안 그렇습니까?"

"……그러게요."

시선을 정면에 둔 라엘은 조금씩 거리를 좁히며 다가오는 이지철을 피해 뒷걸음으로 한 계단을 올라갔다.

"신기하네요. 정말."

"셀튼가는 아무나 들어올 수 있는 곳이 아닌데, 여긴 어쩐 일이신지요."

징그럽게 반짝이는 구두가 계단을 향해 발을 뻗는 찰나,

"그러는 그쪽이야말로 여긴 어쩐 일이신지?"

자신감이 실린 중저음의 목소리가 허락 없이 그녀에게 접근하는 발걸음을 차단했다. 그리고 그와 동시에 등 뒤에서 느껴지는 따뜻한 온기와 익숙한 향기가 낯선 소름을 잠재웠다.

"난 손님을 초대한 적이 없는데."

라엘은 천천히 고개를 돌렸다. 어느새 방에서 내려온 수혁이 자신의 등 뒤로 바짝 붙어 서 있었다. 그것도 조금 전과는 백팔십도 다른 블랙 슈트 차림에 앞머리를 뒤로 넘긴 모습까지. 셀튼그룹 본부장이란 타이틀에 걸맞은, 그야말로 완벽함 그 자체였다.

그리고 그의 한쪽 손엔 그녀의 가방이 들려 있었다. 라엘은 수혁이 곁에 서 있다는 것만으로도 안도감을 느꼈다.

"이, 이수혁…… 본부장님?"

더러운 입에서 자신의 이름이 불리자 수혁의 눈매가 사납게 내려앉았고, 그 눈매와 마주친 이지철은 빠르게 호칭을 정정했다.

"본부장님, 오랜만에 뵙습니다."

"오랜만인가요?"

"그럼요. 총회 때 뵙고 못 봤으니 오랜만이 맞습니다."

"그렇군요. 제가 중요한 사람이 아니면 일일이 기억하지 않아서요."

"아무래도 바쁘시니까 그러실 수 있죠. 충분히 이해합니다."

들리는 말은 담담했지만 이지철은 속으로 꽤나 당황하고 있었다. 그가 저택에 들어온 이유는 왠지 수혁이 저택 어딘가에 있을 것만 같은 나름의 직감 때문이었다.

유난히 몇몇의 직원들만 출입을 허용한다는 별채가 신경 쓰여 직원들의 눈을 피해 이곳에 들어왔다. 그리고 그토록 행방이 묘연했던 주인공을 드디어 두 눈으로 직접 보게 된 것이다. 그런데 어딘가 좀 이상했다. 수혁의 상태가 자신의 생각과는 달랐다.

'뭐야. 이수혁, 이 자식 뭔가 달라졌는데…….'

분명 지금까지 조사한 대로라면 정상적인 모습이 아니어야 한다. 그런데 너무 멀쩡하다 못해 자신감에 차 있는 모습이지 않은가. 심지어 화상회의 때 화면으로 봤던 얼굴보다 좋아 보였다. 마치 사고가 일어나기 전 수혁을 보는 것만 같았다.

"총회 때 잠시 마주친 거 말곤 처음이니, 오랜만이긴 하군요."

"미국 지사에 계신 거 아니셨습니까?"

"미국에 있었죠."

"언제 오신 건지……."

"온 지 얼마 안 됐습니다. 명색이 홍보실장 자리에 앉으신 분이 기사도 안 보시나 보군요. 그런데 두 분은 아는 사이신가요?"

계단을 내려온 수혁이 라엘의 옆에 서며 물었다.

"그게 최 선생님과는……."

"아니요."

친한 척을 하려던 이지철의 대답은 단호한 대답에 가로막혔다.

"오전에 제 사무실을 찾아오셔서 그때 처음 뵀어요. 신기하게 여기서 또 뵙네요."

"그러게요. 신기하네요. 최 선생님, 죄송하지만 아무래도 미팅은 여기까지 해야 할 것 같습니다. 갑자기 찾아온 손님이지만 대화를 좀 나눠야해서요."

고개를 돌린 수혁은 라엘이 당황하지 않고 이 분위기를 잘 이어가길 바라는 마음으로 그녀를 쳐다봤다.

"네. 그렇게 하세요. 그리고 마지막으로 한 가지만 덧붙이자면 직원들 서비스 스피치에 관한 교육이라면 제가 드린 자료 중 첫 번째 자료를 좀 더 살펴봐주시면 좋을 것 같습니다."

다행히 그와 텔레파시가 통한 라엘이 자연스러운 분위기를 유지하며 상황에 맞게 말을 만들어냈다.

"그렇게 하겠습니다. 문 왼쪽으로 가시면 주차장에서 기사가 대기하고 있을 겁니다. 직접 배웅을 해드려야 하는데, 이해 부탁드립니다. 추후 연락은 비서를 통해 드리도록 하죠."

"알겠습니다. 그럼 먼저 가보겠습니다."

수혁은 라엘에게 가방을 건네고 비즈니스 파트너에게 하듯이 형식적인 인사를 건네며 이지철과 함께 알프레도의 사무실로 향했다.

"따라오시죠, 이지철 실장님."

"앉으시죠?"

"네, 본부장님."

알프레도 사무실에 들어온 수혁은 이지철 바로 앞에 마주 앉았다.

"세간에 들리는 말로는 본부장님께서 어마어마한 서재를 소유하고 계시다는데, 오늘 봤으면 좋을 뻔했는데 아쉽군요."

허리를 꼿꼿이 세우며 자리에 앉은 수혁을 보며 이지철은 사악한 본심을 숨긴 채 대화의 물꼬를 텄다.

"그런가요? 앞으로도 보실 일은 없을 테니까 아쉬워할 필요는 없겠네요."

"네?"

"오해하진 마세요. 서재에 워낙 중요한 문서가 많아서 다른 사람이 들어오는 걸 싫어합니다."

"아쉽지만 어쩔 수 없네요."

"그나저나 새롭게 홍보실장 자리에 앉으셔서 한창 바쁠 시기에 저희 집에 어쩐 일이신가요? 그것도 주인 없는 집에."

수혁은 과연 어떤 핑계가 나올지 기대하면서 물었고 이지철은 직원들에게 말했던 그대로 USB를 찾으러 왔다고 적당히 둘러댔다.

"중요한 자료라면 회사 자료일 텐데, 어떻게 직원들이라도 불러서 찾아드릴까요?"

"아닙니다. 다른 곳에 떨어뜨린 것 같으니 알아서 찾겠습니다. 그러고 보니 제가 연락도 없이 갑작스레 찾아왔네요. 죄송합니다."

"사과는 됐습니다. 안 그래도 오늘 비서실 통해서 연락드리려고 했는데 제 수고를 덜어주셨네요."

자신에게 연락을 하려고 했다는 그야말로 뜬금없는 전개에 이지철은 진심으로 당황한 듯 보였다.

"저한테 연락을요?"

"최근에 국내에 있는 셀튼호텔과 리조트에 대한 자체 평가가 이뤄진 건 알고 계시겠죠?"

"네. 물론입니다."

셀튼그룹 내 호텔과 리조트는 전 세계 전문가들로 이뤄진 까다로운 평가기관으로부터 관광산업분야 모든 부분에서 5년 연속 1위로 평가 받고 있었다. 이는 자본력이 좋은 글로벌 대기업이란 타이틀에서 오는 것이 아니었다. 셀튼그룹은 서비스 감사팀이 1년에 두 번 자체 평가를 통해 순위를 정하고 잘못된 부분에 대해 엄격한 회초리를 들고 있었기 때문이다.

"하긴 모르는 게 이상하겠죠. 그럼 올해 3, 4분기 꼴등이 어딘지도 알고 계시겠네요."

"그거야……."

비열한 입이 우물쭈물하며 말끝을 흐렸다.

"바로 강원도입니다. 직접 보시죠."

강원도는 이지철이 아직까지 수장을 맡고 있는 리조트였다. 수혁은 테이블 한쪽에 놓인 태블릿PC의 전원을 켜 맞은편으로 밀었다. 지금까지 친절함을 유지하던 이지철의 표정이 화면을 마주한 순간 무너졌다. 그는 눈에 힘을 주며 다시금 화면을 확대했다.

'하필이면 지금 시기에……. 젠장.'

태블릿PC 화면 속에는 직원들의 친절도와 VIP 고객들의 컴플레인 누적 건수를 비롯해 세세한 항목과 함께 처참한 평가 수치가 적혀 있었다. 이지철은 답답한 듯 자신의 미간을 세게 눌렀다. 그러고 보니 며칠 전 리조트 비서실에서 중요 메일을 보냈다는 연락이 왔었다. 그 뒤로도 총지배인의 전화가 왔지만 계속해서 수혁과 라엘에게 집중했던 이지철은 그 연락을 무시했다.

"표정을 보니 모르셨나 봅니다."

잔머리를 굴리는 이지철을 주시하던 수혁이 물었다.

"그럴 리가요. 알고 있었습니다. 그저, 본부장님을 오랜만에 뵙는 자리에서 안 좋은 모습을 보여드린 것 같아 민망해서 그럽니다."

계획에 없던 예상치 못한 상황에 신경이 날카롭게 일어났지만 이지철은 최대한 품위를 잃지 않기 위해 억지로 웃어 보였다. 그는 수혁이 보낸 신경전에서 질 생각이 없었다.

"홍보실장 자리에 임명될 때 리조트 사장직도 함께 동반하겠다고 자신하셨다면서요?"

"네. 제가 그랬습니다."

"제가 보기엔 상당히 위험한 생각이지 싶은데요. 중소기업이든 대기업이든 하다못해 작은 가게도 수장이 자리를 비우면 문제가 생기기 마련이죠. 바로 지금처럼요."

수혁이 갑작스럽게 찾아온 이지철을 자연스럽게 상대할 수 있었던 건 그간 준비한 자료들 때문이었다. 회사 전반에 대한 준비뿐만 아니라 이지철에 대한 조사 또한 철저히 하고 있었다.

그러던 중 때마침 자체 평가 자료를 보며 좋은 생각이 떠올랐다. 이 자료를 빌미로 이지철에게 연락을 취할 생각이었다. 여전히 자신의 행방을 찾고 있는 그 인간에게 역으로 먼저 모습을 드러내 일종의 선전포고를 하려 했다.

그런데 알아서 제 발로 들어오니 수고를 던 셈이었다.

"본부장님의 우려 섞인 목소리는 잘 알겠지만 이제 시작이지 않습니까."

"틀린 말은 아니지만 하나를 보면 열을 알 수 있죠. 셀튼은 동네

구멍가게가 아닙니다.”

자꾸만 자신을 자극하는 발언에 어울리지 않는 미소를 삭제한 이지철이 날카롭게 눈을 떴다.

“회장님께서 감사팀에 대한 신뢰가 대단하신데, 이 자료를 보시면 어떻게 하실 것 같으세요?”

“안 그래도 오늘 오후에 강원도로 내려가려 했습니다.”

이지철은 즉흥적으로 답변했다.

“그러세요? 그것 참 다행이네요. 재평가 기간 동안 실장님께서도 직원들과 처음부터 함께 교육을 받고 제게 직접 보고서를 제출하세요.”

“네?”

“왜 그렇게 반응하시죠? 원래 자체 평가 꼴등 팀은 늘 임원들도 함께했는데요. 홍보팀엔 유능한 인재가 많으니 본사 걱정은 마시고요.”

슬쩍 반나절만 있다 오려 했던 이지철은 졸지에 강원도에 발목이 잡혔다. 수혁은 당분간 이지철이 설치지 못하도록 강원도에 묶어둘 생각이었다.

“제가 잠시 착각을 했군요. 그렇게 하겠습니다.”

“그럼, 이만 일어나주시겠습니까? 제가 워낙 바빠서.”

“본부장님, 괜찮으시다면 제가 한 말씀만 드려도 되겠습니까?”

“얼마든지요.”

“사람이 갑자기 빨리 올라가기 시작하면 보이지 않는 작은 돌부리에도 넘어지곤 하죠. 갑작스럽게 후계자로 발표되셔서 걱정되시겠지만 제가 옆에서 많이 도와드리겠습니다.”

도와주겠다는 말이 상당히 섬뜩하게 들렸다.

"마치 제게 충신이 되어드린다는 말같이 들리는군요."

저 역겹게 뒤틀린 눈빛을 볼 때마다 수혁은 쓰레기와 마주한 듯 비린내가 진동하는 기분이었다.

"충신! 제가 가장 좋아하는 단어 중 하나입니다. 본부장님만 기꺼이 허락하신다면 충신이 되어드리고 싶습니다."

두 사람 사이를 가득 메운 공기 속에 팽팽한 긴장감이 차올랐다.

"글쎄요."

수혁이 두 손을 깍지 끼며 자신을 향한 뒤틀린 눈빛을 똑바로 직시했다.

"두고 보면 알겠죠?"

기다려, 이지철. 내가 조금씩 서서히 쥐몰이를 시작할 생각이거든.

"충신인지 역적인지."

네 역겹고 더러운 그 가면, 내가 반드시 벗겨줄게.

이지철 일당이 타고 온 차가 저택을 빠져나가고 수혁은 다이닝룸으로 향했다.

금색 수도꼭지에서 차가운 물줄기가 시원하게 쏟아졌다. 가만히 거울 속 자신의 모습을 바라보던 시선이 오른손으로 향했다. 손바닥 안에는 어느새 흥건하게 땀이 서려 있었다. 그날의 사고 이후 이지철과 처음 대면했다. 당당하고 자신감 있는 모습으로 상대를 제압하던 수혁은 사실 조금이라도 긴장한 모습을 보이지 않기 위해 대화 내내 무던히 애를 썼다.

"하!"

꽉 조였던 긴장감이 한순간에 풀어지자 답답함이 몰려왔다.

'수혁 씨, 답답할 때 숨을 크게 천천히 쉬면 돼요.'

그는 넥타이를 느슨하게 풀며 크게 숨을 내쉬었다.

"보고 싶다……."

지금 이 순간 라엘이 너무 보고 싶었다. 옷을 갈아입고 그녀를 찾아가야겠다고 생각한 수혁이 방문을 열었다. 그런데, 그녀가 방 안에 있었다.

"수혁 씨?"

커다란 방 안을 오고 가던 라엘은 그를 보자 걱정스런 발걸음을 멈추고 그를 불렀다.

"수혁 씨, 괜찮……."

문 앞에서 멈춰 섰던 수혁은 그녀를 향해 다시 걸어갔다. 그리고 작은 어깨 위에 눈을 감고 얼굴을 내렸다.

"잠시만 빌릴게."

그 순간 거짓말처럼 마음이 편해졌다. 가슴을 누르던 답답함도 머릿속을 헤매던 날 선 생각도 그녀로 인해 모두 정화된다. 숨을 쉴 때마다 느껴지는 그녀의 체취가 수혁을 진정시켰다. 갑작스러운 수혁의 행동에 그녀의 어깨가 살짝 움찔했지만 이내 아무렇지 않은 듯 가만히 그를 지탱했다.

라엘은 오히려 그가 편하도록 살짝 어깨에 힘을 뺐다.

"그 인간…… 형의 사고와 관련 있는 사람이야. 앞으로 내가 밝혀낼 거야. 전부 다."

아무 말 없이 미세하게 떨리는 그의 손을 라엘이 꽉 잡았다.

"괜찮아요?"

"부탁 하나만 들어줄래?"

"응. 말해봐요."

수혁은 여전히 그녀의 어깨 위에 얼굴을 묻고 있었다.

"나 한 번만 안아줄래."

살짝 떨리는 목소리와 함께 뜨거운 숨결이 가녀린 어깨를 스쳐 지나갔다.

커다란 손을 감싸던 부드러운 손길이 천천히 애틋하게 멀어졌다. 라엘은 안아달라는 그의 부탁이 이상하게도 전혀 거부감이 들지 않았다. 지금 이 순간 오직 그를 위로 해줘야겠다는 생각뿐이었다.

"안아줄게요."

라엘은 자신의 어깨에 가만히 얼굴을 묻고 있는 그의 등 뒤로 살포시 두 손을 감싸 안았다.

"수혁 씨 잘하고 있어요. 전부 다 잘될 거예요."

작은 손길이 넓은 등을 부드럽게 쓸어내렸다.

12화. 수업 땡땡이치면 안 될까?

"일어나셨습니까, 여사님."

"굿모닝이라고 하기에는 시간이 좀 애매하지. 집에서 자넬 다시 보니 반갑군."

보라색 벨벳 원피스와 손등에 나비 자수가 박힌 투명 장갑까지, 오늘도 범상치 않은 패션을 선보인 김 여사는 티테이블에 앉아 알프레도가 건넨 따뜻한 홍차를 음미했다.

"음. 홍차의 본고장이라고 할 수 있는 영국에 있으면서도 내 입맛은 역시 자네가 타주는 홍차가 제격이야."

"잠도 얼마 못 주무셨을 텐데 피곤하지 않으세요?"

남해에서 시작해 부산까지 이어진 추억여행을 마친 김 여사는 어제 점심때쯤 공항에 도착할 예정이었다. 그런데 갑자기 내린 눈으로 인해 비행기가 연착되어 새벽이 되어서야 저택에 도착했다.

"피곤하긴. 늙으면 잠이 점점 준다고 하질 않나. 난 네 시간만 자는 게 개운하고 딱 좋아. 그래, 수혁이 일은 잘 해결된 거고?"

"네. 조금 전에 연락 받았는데 이제 회사로 출근하셔도 될 것 같습니다."

"그것 참 기쁜 소식이네. 아무래도 하늘에 있는 우리 수호가 할미 기도를 들어줬나 봐."

방과 연결된 작은 테라스로 나온 그녀는 맑은 하늘을 올려다보며 수호를 떠올렸다.

"조금씩 다 제자리를 찾는 것 같습니다."

"그렇고말고. 그나저나 수혁인 내가 온 것 모르고 있지?"

"네. 여사님께서 전하지 말라고 하셔서 도련님께 알리지 않았습니다."

"잘했네. 이따 깜짝 놀라게 해줘야겠어."

이 회장이 자식들에게 엄격했던 것과 달리 김 여사는 두 손주에게 친구처럼 스스럼없이 다가가 항상 사이가 좋았다.

"오늘 새벽에 한 실장에게 연락이 왔는데 회장님께서 영국 부지를 매입하셨다고 합니다."

"결국 차일드그룹과 관계가 형성이 됐군."

밝은 표정으로 전한 알프레도와 달리 김 여사의 표정은 그리 밝지 못했다.

"뭐, 걸리는 문제라도 있으신지요?"

"그냥 늙은이 앞선 걱정일지 모르지만 태준이가 예전부터 차일드그룹을 눈여겨보고 있었어. 그게……. 아니야. 좋은 날 일 얘기는 이만하자고."

뭔가 걸리는 게 있었지만 김 여사는 말을 아꼈다.

"참, 오늘 그 아가씨를 볼 수 있는 건가? 수혁이의 마음을 뺏었다는 그 예쁜 아가씨 말이야."

김 여사는 라엘의 존재를 궁금해했고,
"라엘이 안녕."
"관우도 안녕."
때맞추어 그 주인공의 목소리가 희미하게 들렸다.
"저기 별채 쪽 정원 보이십니까? 관우와 인사를 나누는 저 아가씨가 그 주인공입니다."
"어디 보자……."
방 안에서 안경을 끼고 나온 김 여사는 알프레도가 가리킨 쪽으로 시선을 모았다.
"잠깐! 저 아가씨라고?"
"네. 맞습니다."
"정말 수혁이가 좋아한다는 아가씨가 저 아가씨가 맞아? 확실해?"
급기야 방에서 작은 망원경을 갖고 나온 김 여사는 좀 더 자세히 확인하며 되물었다.
"네. 확실합니다."
"세상에, 어떻게 이런 인연이 다 있지. 알프레도, 내가 일전에 교복 소녀를 우연히 봤다고 한 거 기억나나?"
"네. 기억납니다."
"10년 전 만났던 교복 소녀이자 소매치기당한 날 서울까지 태워줬던 그 아가씨가 바로 저 아가씨라네."
"네? 그게 정말이십니까?"
듣고도 믿을 수 없는 말에 알프레도는 멍하니 라엘이 있는 쪽을 바라봤다.
"이런 우연히 생길 수도 있군요."

"누가 아니래. 이래서 인간의 삶이 재미있다고 하는 게 아니겠나."

일전에 공항에서 우연히 만났을 당시 김 여사는 라엘이 10년 전 그 교복 소녀라는 걸 정확히 알지 못했었다. 납골당에서 헤어질 때 가던 길을 되돌아오던 라엘이 좋은 기운을 준다며 머리카락을 떼어내던 행동을 보고 그때 그 소녀인 줄 알게 됐다. 그 행동은 작고한 이 회장이 인디언 친구한테 배운 부족의 행운으로 오롯이 김 여사만이 알고 있었고, 김 여사는 10년 전 벤치에서 하염없이 울고 있던 어린 강아지 같던 라엘에게 작은 힘이라도 주고 싶어 알려줬던 게 전부였다.

"나중에 헤어질 때 사례라도 할 겸 번호를 달라고 했더니 정중히 거절하더군. 너무 아쉬워서 속으로 꼭 다시 만났음 싶었지."

"그런 사정이 있었군요. 이 정도 인연이면 정말 최 선생님이 저희 셀튼가와 보통 인연은 아닌 듯싶습니다."

"그러니 이번에는 확실히 잡아야지."

두 사람이 라엘과의 만남의 신기함을 토론하는 사이 요리장 기자가 방으로 들어왔다.

"여사님, 과일 드세요."

"요리장?"

김 여사는 대뜸 제철 과일과 함께 방에 들어온 기자를 향해 곧장 다가갔다.

"네, 여사님."

"직원 휴게실에 작업복 남는 거 있나?"

"작업복이요? 있긴 한데 뭐 하시려고요?"

기자는 자신이 입고 있는 옷을 훑어보며 답했다.

"내가 아주 좋은 생각이 나서 말이야."

"사람 인연이 참 신기해요."

나무에 장식을 걸던 라엘은 등 뒤에서 들려오는 여자 목소리에 고개를 돌렸다. 그리고 깜짝 놀랄 수밖에 없었다.

"나랑 밥 한 끼 먹기로 한 거 잊지 않았죠?"

김순자 여사가 라엘을 쳐다보며 서 있었다. 그것도 별채특공대와 셀튼가 직원들이 입는 메이드 복장을 입은 채로 활짝 웃고 있었다.

"어? 할머님!"

"나 알아보겠어요?"

가까이 다가간 김 여사는 자신을 알아보는 말투에 한껏 목소리를 높이며 기분 좋은 감정을 여과 없이 드러냈다.

"그럼요. 그때 공항에서 뵙고 저랑 차 타고 오셨잖아요."

"아이고, 기억력도 좋네. 잘 지냈어요?"

"네. 전 잘 지냈어요. 할머님도 잘 지내셨죠?"

"보다시피 잘 지냈어요. 근데 여긴 어쩐 일로 왔어요."

"그게……."

"혹시 우리 둘째 도련님 수업을 하고 있다는 게 아가씨 맞아요?"

조심스럽게 머뭇거리는 라엘을 보며 김 여사는 먼저 선수를 쳤다.

"아, 네. 맞아요. 할머님도 여기서 일하세요?"

"어때요. 이 복장, 나랑 잘 어울리지 않아요? 도련님 친할머님이 계시는 영국 저택에서 있다가 어젯밤에 다시 들어왔어요."

메이드 복장에 붙어 있는 작은 프릴 달린 앞치마를 펄럭이는 김 여사의 모습에 라엘은 잠시 의아했다. 다시 만난 공항 할머님의 분위기가 그때와는 살짝 달라진 것 같았다. 여전히 매너 좋고 인자한 건 변함없지만 좀 더 유쾌하고 친근해진 이미지가 강했다. 그리고 무엇보다 그녀가 의아했던 건 할머님이 셀튼가의 직원이었다는 사실이다.

어떤 직업이든 소중하고 가치 있다고 생각하지만 그날 우연히 마주친 할머니의 모습은 뭔가 조용한 카리스마가 느껴지는, 왠지 대단한 사람이 아닐까 하는 상상을 들게 하기 충분했기 때문이다.

"여기서 다시 보니 얼마나 반가운지 몰라요. 앞으로 자주 보겠네요. 이름이……?"

"최라엘이라고 합니다. 저도 다시 봬서 반가워요. 그리고 할머님, 말씀 편하게 해주세요."

"그럴까? 이런 질문 실례인 줄 알지만 혹시 가족이 어떻게 되는지 물어봐도 돼?"

마음속으로 큰 그림을 그리기 시작한 김 여사는 라엘에게 대뜸 호구조사를 하기 시작했다.

"네. 괜찮습니다. 부모님과 위로 오빠가 있어요."

"그렇구나. 이렇게 자식을 잘 키우신 거 보면 부모님이 훌륭한 분들이신 것 같아."

"감사합니다."

질문에 대한 대답이 들려올 때마다 어쩐지 김 여사의 얼굴 위로 점점 더 흐뭇함이 깊어졌다.

"근데 도련님 상대하기 힘들지 않아? 우리 도련님 보통이 아니신데."

"아니요. 안 힘들어요."

"가끔 싸가지가 없지? 원래 어릴 때부터 자신감이 대단했거든."

고급 단어만 사용할 것 같은 할머니의 입에서 툭 튀어나온 '싸가지'란 단어에 라엘은 순간 웃음이 날 뻔했다.

"아니에요. 아주 가끔 틱틱거릴 때도 있지만 주변 사람에게 배려도 잘하고, 따뜻한 사람이라고 생각해요."

"이렇게 예의 바르고 예쁜 라엘 선생은 당연히 남자 친구 있겠지?"

젊은 시절부터 추진력이 남달랐던 김 여사였다. 조금 전 본채 테라스에서 라엘을 다시 본 순간부터 마음에 큰 결심을 했기에 그녀의 질문은 거침없었다.

"아뇨, 할머님. 남자 친구 없어요."

"세상에, 정말? 내가 보기에는 아마 곧 생길 거야. 꼭 그럴 거야."

"수혁이 왔다. 수혁이."

화원 밖에서 들려오는 수혁의 목소리와 함께 반응한 관우가 천장 창문으로 날아 들어왔다.

"나는 이만 일하러 가봐야겠네. 다음에 시간 나면 나랑 밥 같이 먹는 거 잊으면 안 돼."

"그럼요."

"관우야 할미랑 가자. 할미가 밥 줄게."

"밥? 좋아. 할미 옷 이상해?"

"어른한테 말대답하면 혼나요. 조용히 따라와."

김 여사는 나가기 싫어하는 관우를 억지로 품에 안고 화원 뒷문으로 재빨리 나갔다.

"왔어요?"
"다녀왔어."
문을 열고 들어온 순간 수혁은 가장 먼저 라엘을 찾았다. 그녀와 눈이 마주친 그의 입술이 유려하게 휘어지며 미소를 그렸다.

"아니, 여사님, 도대체 직원 유니폼은 왜 입으신 거예요? 저 아까 깜짝 놀랐습니다."
"알프레도?"
"네, 여사님."
"앞으로 라엘이가 있는 곳에서 난 셀튼가의 직원일세. 나도 다른 직원들과 똑같이 대해주게."
"네?"
알프레도는 메이드 복장에 이어 라엘의 앞에서는 직원으로 대해달라는 소리가 뭘 뜻하는지 전혀 감이 잡히질 않았다.
"자네가 보기엔 수혁이가 라엘이에 대한 마음이 어떤 것 같아 보이나?"
"도련님의 마음을 다 알 수는 없지만 적어도 제가 옆에서 보기엔 진심입니다. 최 선생님 옆에 계시면 도련님의 새로운 모습을 자주 발견하거든요."
줄곧 밝은 표정을 유지하던 김 여사는 진지한 모습으로 잠시 생각에 잠겼다.
"라엘이가 옆에 있는 것만으로도 주변이 환해지는 기분이야. 아주 밝고 사랑스러운 아가씨더군."
"맞습니다."
부모에게 사랑을 받고 자란 사람은 어디서나 그 티가 나는 법이다. 그렇기 때문에 자존감이 높고 당당하며 자신을 사랑한 만큼 주변 사람도 사랑하는 법을 알고 있다.

김 여사가 생각하기엔 라엘이 바로 그런 사람이었다.

"이 회장이 저 두 사람을 허락할 가능성은 자네의 계산으로 몇 퍼센트 정도 된다고 보나?"

"지금으로서는 5퍼센트도 안 됩니다."

"그건 너무 야박한 거 아닌가?"

"이 또한 많이 드린 겁니다."

누구보다 이 회장을 잘 알고 있는 알프레도였기에 김 여사는 그의 말을 신뢰했다.

"자네가 그렇다면 맞는 거겠지. 좋아, 결정했네."

"무엇을 결정하셨다는 건지……."

"오늘부로 난 저 두 사람을 지지할 걸세."

"여사님……!"

"그냥, 내가 지금의 나이가 되어보니 깨우치는 게 많아. 내가 사랑하고 날 사랑하는 사람과 산다는 게 이쪽 세계에서는 얼마나 어려운 일인지 자네도 알지 않나. 그래도 우리 수혁이는 사랑하는 사람과 살았으면 좋겠어."

"촉새, 오래 기다렸어?"

"아니요. 아니 근데, 진짜 언제까지 촉새라고 할 거예요? 네? 요즘 이름보다 더 많이 부르고 있는 거 알아요?"

최근 들어 말끝마다 일부러 촉새를 강조해서 말하는 수혁이었다.

"벌써 잊어버렸나?"

발끈하는 라엘을 향해 수혁이 팔짱을 끼며 거만하게 굴었다.
"지미 때문에라도 내가 부르고 싶을 때 언제든지 부르기로 한 거 아니었어?"
"그래요. 내 잘못인 걸 누굴 탓하겠어요. 마음대로 하세요."
딸꾹질 사건이 있고 난 다음 날 수혁은 그동안 지미라고 불린 게 억울하다며 앞으로 보름 동안 촉새라고 부를 것을 선언했다.
"참, 오늘 볼일은 잘됐어요?"
"응. 잘됐어. 내 예상보다 더 잘돼서 기분이 좋네."
요 며칠 평소보다 심각하고 진지한 수혁의 모습을 보며 오늘 일이 굉장히 중요할 것이라고 짐작했었다.
"뭔지 모르겠지만 수혁 씨 기분이 좋아 보여요. 잘됐다니 다행이에요."
"내가 기분이 너무 좋아서 말인데……. 촉새야?"
"네?"
"우리 오늘 하루만 수업 땡땡이치면 안 될까?"
임 박사로부터 만족할 만한 답변을 듣고 온 수혁은 어느 때보다 기분이 좋았다. 별채에서 수업을 하기에는 이 기분이 너무 아까웠기에 라엘과 함께 외부로 나가고 싶었다.
"땡땡이요. 갑자기?"
자연스럽게 발걸음을 옮겨 화단 앞 돌담에 살짝 걸쳐 앉은 그가 그녀를 마주 봤다.
"원래 땡땡이는 갑자기 해야 제맛 아닌가."
"수혁 씨 학교 다닐 때 땡땡이 해본 적 있어요? 없을 것 같은데……."
"하고 싶었지만 못 했지. 그래서 지금 해보려고."

"그 정도 갖고는 안 되죠. 내가 납득할 수 있는 더 구체적인 이유를 설명해봐요."

"구체적인 이유라. 원래 땡땡이는 수업하기 싫을 때 하는 거 아닌가?"

"무슨 소리예요. 수업하기 싫다고 땡땡이 하면 전국에 있는 학생들 다 땡땡이치게요."

말발 최라엘 선생에게 어지간한 이유는 절대 통할 리가 없었다.

"그리고 제 수업이 땡땡이칠 만큼 그렇게 재미없지는 않거든요. 명색이 선생님인데 이거 은근히 자존심 상하네."

수혁은 사실 솔직히 말하면 땡땡이를 빙자한 데이트가 하고 싶었다.

"당연하지. 최라엘 수업이 얼마나 퀄리티가 높은데. 그 부분은 내가 인정할게."

"좋아요. 오늘 하루 땡땡이쳐요."

그러고 보면 지금까지 수업을 하면서 툴툴대긴 했어도 단 한 번도 수업을 거부한 적은 없었다. 목표가 있기 때문에 오히려 더 노력하고 잘 따라온 그였다. 근데 갑자기 땡땡이를 운운하며 수업을 거부하는 수혁을 이상하게 생각하던 라엘은 뭔가 결심한 듯 그의 뜻을 받아들였다.

"정말?"

"대신 조건이 있어요."

"조건?

"네. 계획대로라면 원래 오늘 스피치 수업이 들어가는 날인데 그만큼 수업이 미뤄지는 거잖아요. 수혁 씨의 요청을 받아들였으니 수혁 씨도 내가 원하는 한 가지를 들어줘야 서로 공평하지 않을까요?"

수혁의 눈동자가 햇살만 바라보는 해바라기처럼 그녀를 향했다. 늘 뭔가 힘주어 말할 때면 라엘은 눈을 동그랗게 뜨고 앙증맞은 입술을 오므려 야무지게 말하는 습관이 있다. 어느새 그녀의 사소한 습관조차 습득한 그의 눈엔 저 모습이 그렇게 귀엽고 사랑스러울 수 없었다.

"뭐, 일종의 협상을 하자 이 소린가?"

"그렇죠."

"하여간 우리 촉새는 참 똑똑해. 좋아. 대신 그 전에 손에 들고 있는 오너먼트 좀 내려놔봐."

"오너먼트요?"

수혁은 그녀의 손에 들린 하얀 눈사람이 들어 있는 투명한 오너먼트를 손가락으로 톡 건드렸다.

라엘은 대화에 집중하느라 지금까지 자신이 오너먼트를 들고 있다는 사실조차 잊고 있었다.

"어서."

계속된 재촉의 라엘은 들고 있던 오너먼트를 박스 안에 내려놓았다.

"손!"

"손이요?"

그가 '손'이라고 한 단어로 말하자 그녀가 내뱉은 되묻는 말과 달리 자동적으로 손이 펼쳐졌다. 이미 이 두 사람에게 '손'이란 단어는 상대에게 손을 뻗는다는 신호란 걸 은연중에 서로가 느끼고 있었다.

화단 돌에 앉아 있던 수혁이 자리에서 일어났다. 그러더니 자신이 끼고 있던 장갑을 하나씩 꼼꼼하게 그녀의 손에 끼워 넣었다. 그가 끼고 있던 장갑이라 그런지 순식간에 따뜻한 온기가 그녀의 손을 휘감았다.

"촉새 넌 손이 너무 차. 이거 끼고 있어."

"고마워…… 아니, 이건 괜찮아요."

고맙다고 말을 하려던 라엘은 별안간 난감한 표정과 함께 뒤로 한 발자국 물러나며 그의 손길을 거부했다.

"가만히 있어."

장갑을 벗어준 수혁이 이번에는 자신이 입고 있던 코트를 벗어서 그녀의 어깨 위로 덮어준 것이다.

겉으로는 담담한 척 쿨한 척 보였지만 그는 입고 있는 옷을 전부 벗어줄 기세였다.

"어제 눈이 많이 와서 추워. 입고 있어."

"그렇게 안 추운데……."

"보는 내가 추워."

화원으로 들어왔을 때부터 코트도 없이 서 있는 라엘이 신경 쓰였다. 추운 날씨에 감기라도 걸리면 어쩌나 전전긍긍하며, 어떻게 하면 자연스럽게 코트를 덮어줄지 궁리하던 수혁은 계속해서 타이밍을 보고 있던 것이다.

'좋아. 이번에도 꽤 자연스러웠어.'

머플러에 이어 누가 봐도 부자연스러운 행동이었지만 정작 본인은 이번에도 역시 자연스러웠다며 만족했다.

"나 정말 괜찮아요. 그리고 여자가 남자보다 지방이 더 많은 건 알죠?"

"하지만 그 지방 때문에 여자들이 추위를 더 타는 것도 알고 있지? 남자는 근육량이 많아서 여자들보다는 추위를 덜 타. 그러니까 코트 입고 있어. 어떻게, 더 해볼까?"

"……됐어요. 안 해."

처음으로 수혁과의 말싸움에서 진 라엘은 살짝 분했지만 정확한 발언에 더 이상 반박할 수 없었다.

"자! 이제 그 조건에 대해서 말해볼까? 여기 앉아."

수혁이 자신의 옆자리에 앉으라며 손으로 바닥을 툭툭 쳤다.

"이거 비싼 코트잖아요. 거기 앉으면 코트에 흙 묻어서 안 돼요."

"이미 내가 앉아서 묻었어. 그리고 아무리 비싸다 한들 물건이 사람보다 귀할 순 없어."

결국 라엘은 그의 손에 이끌려 옆자리에 앉았다.

수혁은 상체를 옆으로 틀며 그녀의 말에 집중할 준비를 마쳤다.

"수혁 씨?"

"응. 말해."

"이건 어디까지나 내 개인적인 의견이에요."

"계속해봐."

"수혁 씨가 지금까지 수업도 잘 따라주고 얼마나 노력했는지 잘 알아요. 그래서 말인데 수혁 씨만 괜찮다면 임 박사님을 찾아가보면 어떨까 싶어요."

"……실은 오늘 임 박사님을 만나고 오는 길이야."

임 박사를 만나고 왔다는 얘기에 깜짝 놀란 라엘이 용수철처럼 자리에서 일어났지만 수혁은 그녀를 다시 자리에 앉혔다.

"갑자기 즉흥적으로 결정한 건 아니고 며칠 전부터 계속 생각하고 있었어."

이 사실을 가장 궁금해했을 사람이 라엘이라는 걸 수혁은 알고 있었다. 그래서 오늘 함께 밖으로 나가 어딘가 근사한 곳에 가서 고맙다는 말과 함께 임 박사의 진단 결과도 함께 전하려고 했다.

"내가 달라진 걸 스스로 느끼니까 좀 더 자신감을 갖고 세상에 나갈 수 있겠다는 판단이 들었어. 그래서 진료실을 찾아갔지."

그러면서 수혁은 오늘 임 박사와 나눴던 이야기를 상세하게 전했다. 세 시간이 넘는 시간 동안 각종 검사를 받았던 이야기도, 정확한 심리 상태를 알기 위한 최면 치료를 받았다는 사실도 알려줬다.

"그랬구나. 수혁 씨 오늘 진짜 고생했네요. 그래서 최종 결과는……."

잔뜩 긴장한 눈동자가 그에게서 떨어질 줄 몰랐다.

"임 박사님이 이제 다시 예전처럼 일상생활을 해도 된다고 하셨어."

"정말! 정말요?"

"응. 정말."

"하! 어떡해……."

마지막 말을 듣는 동시에 라엘은 저도 모르게 왈칵 눈물을 쏟았다. 그렇게 아파하고 힘들어했던 수혁의 지난날과 함께 그동안 함께 노력했던 시간이 헛되지 않았다는 사실에 감사하며 순간 감정이 울컥했다. 그리고 무엇보다 그가 잘돼서 그게 너무 기뻤다. 그 어떤 가식 없이 마치 그녀 자신이 확진을 받은 것처럼 진심으로 기뻤다.

"너무 잘됐다. 수혁 씨, 정말 잘됐어요."

구태여 말하진 않아도 그녀의 눈물의 의미를 수혁은 알 수 있었다. 포기하려 했던 자신을 붙잡아주며 넘어진 자신을 일으켜준 그녀가 곁에 있었기에 여기까지 올 수 있었다.

"왜 울고 그래. 울지 마."

조용히 자리에서 일어난 그가 그녀의 앞으로 향했다. 그리고 빨갛게 익은 두 뺨에 흐르는 눈물을 손으로 닦아주며 따뜻한 손으로 라엘의 등을 쓸어내렸다.

"고마워. 전부 네 덕분이야."

한참을 울던 라엘은 수혁의 위로를 받으며 간신히 진정했고 두 사람은 신나는 땡땡이를 위해 화원 꾸미기를 시작했다.

"여기 화원만 예쁘게 꾸미고 땡땡이쳐요."

"알았어."

"수혁 씨, 제대로 좀 해봐요."

"제대로 하고 있어."

화원 중앙에 있는 가족 나무에 오너먼트를 걸며 흐뭇해하던 라엘의 시선이 옆으로 향하며 가늘게 변했다.

"장난하지 말고 진지하게."

"당연하지."

감동스러운 분위기를 자아내던 두 사람은 어느새 또다시 티격태격하며 크리스마스 장식 꾸미기에 열중하고 있었다. 아니, 정확히 말하면 라엘은 크리스마스 장식에 열중하고 있었지만 수혁은 다른 것에 열중하고 있었다.

"굉장한데?"

"……."

"상당히 만족스러워."

그는 크리스마스 장식을 나무가 아닌 그녀에게 하나씩 올리고 있었다. 처음에는 루돌프 사슴 머리띠를 라엘의 머리에 씌우더니 그다음에는 앙증맞은 하트가 눈에 띄는 크리스마스 모루를 그녀의 어깨 위에 둘렀다. 여기까지만 했으면 딱 좋았을 텐데 문제는 그다음이었다.

루돌프 머리띠에 있는 사슴뿔에 하나씩 오너먼트를 걸 때마다 따가운 눈초리를 받았지만 그마저도 즐거운지 수혁은 마지막으로 빨간색 장난감 코까지 그녀의 코에 살포시 끼웠다.

"수혁 씨!"

더 이상 참지 못한 라엘이 큰 소리로 그의 이름을 외쳤지만,

삑삑.

절묘한 타이밍에 맞춰 눌린 장난감 코가 펴지면서 강렬한 효과음이 울렸다.

"큭…… 큭큭!"

그런 그녀의 모습을 본 그의 입가에서 결국 웃음이 터지고 말았다.

"내가 본 크리스마스트리 중에 제일 예쁘네."

"하! 재미있어요?"

"우리 촉새 이렇게 꾸미니까 진짜 볼만하다. 큭큭."

수혁은 항상 그녀의 이름 앞에는 성을 붙이면서 촉새라고 부를 때는 일부러 강조하듯 '우리'라는 단어를 자주 사용했다. 마치 은연중에 너와 나는 '하나'라고 세뇌라도 시키는 것처럼.

"재미있냐고요?"

"말이라고? 난 너무 재미있는데."

입술은 재미있다고 말하며 짓궂은 웃음소리가 계속됐지만 겉으로 드러나는 표현과 달리 그의 속마음은 달랐다. 라엘을 향한 그의

깊은 눈동자는 세상에서 가장 소중한 아이를 쳐다보는 엄마의 눈동자와도 같았다. 그녀가 보이는 어떤 모습이라도 수혁의 눈엔 아무 조건 없이 사랑이 충만했다.

"나한테 장난치면서 재미있다고 놀리기나 하고. 본인이 상당히 유치한 거 알죠?"

초등학생도 안 할 것 같은 장난을 하고선 저렇게 좋아 죽겠다는 식으로 웃고 있는 그가 라엘은 도무지 이해가 되질 않았다.

"원래 크리스마스를 앞두면 어른들도 유치해지는 거야. 촉새야?"

"왜요?"

더없이 다정한 음성에 팩하고 토라진 소녀처럼 성난 꼬마처럼 붉은 입술이 실룩하며 답했다.

"귀엽네."

라엘이 한숨과 함께 고개를 절레절레 흔들었다. 작은 머리가 흔들릴 때마다 머리띠에 매달린 형형색색의 오너먼트도 덩달아 흔들렸다.

'귀엽단다. 혹시 귀엽다는 뜻을 모르나?'

도대체 어느 부분이 어떻게 귀엽다는 건지. 화원 유리창에 비친 자신의 모습은 온몸에 장식품을 주렁주렁 달아놓은 우스꽝스러운 모습에 가까웠다.

"지금 사람 놀려요?"

"티 났어?"

"완전 티 나거든요. 다음부터는 입에 침이라도 바르고 거짓말해요."

"그래야겠네."

"장난 그만하고 얼른 머리에 있는 오너먼트나 떼어줘요."

"떼어줄게. 근데 아무리 봐도 아쉬운데……. 촉새야, 우리 사진 한 장만 찍으면 안 될까?"

처음엔 크리스마스 꾸미기에 집중한 라엘의 모습이 귀여워서 가볍게 방해하고 싶은 충동적인 마음에 장난삼아 그녀 몸에 두서없이 트리 장식을 올렸다. 근데 막상 장식을 하고 보니 말도 안 되는 모습조차 수혁의 눈에 그렇게 예쁠 수가 없었다. 거기에 더해 커다란 그의 코트를 망토처럼 펄럭이며 이쪽저쪽 움직이는 모양새가 토끼처럼 깡충깡충거리듯 보였다.

그래서 좀처럼 볼 수 없는 그녀의 모습을 사진에 담아두고 싶었다. 물론 이 또한 그의 눈에만 철저히 그렇게 보일 뿐이었다. 왜냐? 일명 '최라엘 콩깍지'가 씌였으니까. 그 콩깍지가 얼마나 단단한지, 세상에서 가장 단단한 금강석급이라서 벗길 수 없는 수준까지 다다른 것이다.

하지만 라엘의 실상은 좀 달랐다. 한눈에 보기에도 금액깨나 나가 보이는 화려한 장식을 보고 조심하며 신중히 작업에 임할 뿐이었다.

"사진이요?"

아니, 뜬금없이 사진은 또 뭔 소리란 말인가?

"응. 사진. 대신 사진 찍어주면 다신 촉새라고 안 부를게."

수혁은 지금 당장 사진을 찍기 위해 그녀를 설득하기 위한 멘트일 뿐 앞으로도 계속 부를 생각이었다.

"어때, 솔깃하지?"

요즘 들어 라엘은 촉새란 단어를 그다지 반가워하지 않았다. 그렇기 때문에 당연히 수락할 줄 알았다. 그런데 그의 예상이 빗나간 것 같다.

"뭐라고요!"

유치하고 시답잖은 장난에도 반응해주던 그녀였는데,

"보자 보자 하니까……."

돌아온 말투가 어째 심상치 않다.

"정말 너무한 거 아니에요?"

'어라! 내가 뭘 잘못한 건가?'

범상치 않은 라엘의 분위기에 늘 당당하던 수혁이 순간 긴장했다.

'너무 놀렸나? 아니면 사진 찍는 걸 싫어하나?'

수혁은 빠른 문제 해결을 위해 여러 가지 가설을 생각 중이었다. 그런데 장식 상자 앞에 등을 보이고 서 있던 라엘이 별안간 획하고 돌아섰다. 그러더니 까치발을 선 채 최대한 손을 쭉 뻗으며 수혁의 머리에 눈사람 인형이 달린 머리띠를 빠르게 씌웠다.

"사람이 말이야 같이 망가져야지, 혼자만 멀쩡하면 쓰나?"

"최라엘!"

"장난이에요. 장난."

"장난?"

"수혁 씨가 매일 장난치니까 나도 진지하게 장난 한번 쳐봤어요."

"너 진짜……."

"근데, 내가 정색해서 방금 수혁 씨 살짝 긴장했죠?"

"긴장은 누가 긴장했다고."

"그럼 당황한 건가?"

"까불긴."

"어허, 동작 그만."

라엘은 은근슬쩍 머리띠로 향하는 커다란 손을 덥석 잡아 제자리로 옮겼다.

"설마, 나보고 이걸 하고 있으라고?"

"당연하죠. 내가 보기엔 잘 어울리고 보기 좋은데요, 뭘."

그의 코트에서 휴대폰을 꺼낸 라엘은 셀카 모드로 바꾸고 화면에 얼굴을 비추었다. 화면 속 자신의 모습을 확인한 수혁의 한쪽 눈썹이 들썩거렸다. 작은 움직임이 있을 때마다 머리띠에 달린 눈사람 인형이 쉴 새 없이 방정맞게 움직이는 모습이 꽤나 거슬렸다.

"사진 찍자던 사람 얼굴이 왜 이렇게 울상이에요? 얼굴 좀 펴고 웃어요. 스마일~"

"충분히 웃고 있잖아."

어색하게 광대로 끌어 올린 입술과 달리 그의 눈빛은 상당히 심기가 불편했다.

"하나, 둘…… 잠깐."

화면 속 촬영 버튼에 손을 올리던 라엘은 재빨리 방향을 바꿔 자신의 코에 붙어 있는 빨간색 장난감 코를 수혁의 코에 끼웠다.

"야, 촉새……."

거부하는 그의 외침이 들렸지만 '삑삑' 하는 효과음과 함께 찰칵하며 촬영 소리가 울렸다.

"수혁 씨 사진 잘 나왔죠?"

"최라엘, 너! 당장 지워."

"싫은데? 안 지울 건데요."

"빨리 지우라고."

두 사람이 처음으로 함께 찍은 사진 속에는 반달 눈웃음의 라엘과 못마땅한 수혁의 모습이 고스란히 찍혀 있었다.

주차장에 들어선 수혁은 미리 대기하고 있던 알프레도에게 빠르게 다가갔다.

"알프레도, 준비는?"

가까이 다가간 수혁은 손을 들어 입가를 살짝 가리며 비밀 첩보 영화에 나오는 배우처럼 은밀히 속삭였다.

"걱정 마세요, 도련님. 좋아하실 만한 곳으로 심사숙고하여 준비했습니다."

그에게 화답하듯 알프레도 역시 똑같이 손을 들어 수혁의 귓가에 속삭였다.

"기사에게 일러두었으니 차에 타시면 알아서 목적지까지 안내해드릴 겁니다."

"수고했어."

짧은 대화를 마친 두 사람은 차 바로 앞에서 기다리는 라엘에게 향했다.

"최 선생님, 오늘은 어째 수업이 금방 끝난 것 같습니다."

"네, 알 집사님. 수혁 씨 때문에 지금 땡땡이치러 가는 중이에요."

"아주 가끔은 땡땡이도 괜찮겠죠. 그럼 이왕 나가시는 거 도련님께 맛있는 거 사달라고 하세요."

"네. 꼭 그럴게요."

"누구 맘대로. 맛있는 거 안 사줄 거야."

그녀 옆에 서 있던 수혁이 불쑥 대화에 끼어들었지만 라엘과 알프레도는 전혀 신경 쓰지 않았다.

"그리고 화원을 예쁘게 잘 꾸미셨더군요. 김 씨가 최 선생님 덕분에 일이 줄었다고 좋아했습니다."

"정말요? 다행이네요."

"아무래도 그만 보내드려야겠습니다. 도련님이 갈 길이 바쁘신지 자꾸 눈치를 주시네요."

일부러 계속해서 대화를 이어나가던 알프레도는 뜨거운 눈초리에 라엘을 놔주기로 했다.

"어서 타."

수혁이 매너 있게 차 문을 열며 재촉했다.

"그럼 들어가보겠습니다. 집사장님, 수고하…… 어!"

알프레도에게 인사를 건네며 차 안으로 막 들어가려고 시선을 돌리던 라엘은 주차장 입구에서 누군가와 눈이 마주쳤다.

"할머니?"

라엘이 반갑게 부른 주인공은 김 여사였다.

"이런! 들켜버렸네."

김 여사는 두 사람이 함께 있는 모습을 가까이 보고 싶었다. 그래서 조용히 주차장으로 내려와 입구에 몸을 숨겼다고 생각했는데, 우연찮게 라엘에게 딱 걸린 것이다.

"할머니라니……?"

지금 저택 안에는 라엘이 할머니라고 부를 만한 사람이 없었다. 근데 누굴 보고 할머니라고 하는 건지. 차 문을 잡고 있던 수혁은 입구로 향하는 그녀의 동선을 따라 재빨리 고개를 돌렸다.

"할머…… 니! 아니, 어떻게?"

수혁이 할머니라고 부를 만한 사람은 현재 살아 계신 친할머니가 유일했다. 그리고 친할머니는 영국 저택에 계신 걸로 알고 있는데. 그런데 영국 저택에 계셔야 할 분이 지금 여기 주차장 입구에 계신 게 아닌가?

그것도 직원들이 입는 메이드 복장을 하고 자신의 키만 한 장대 빗자루까지 들고 있었다.

"라엘이 도련님이랑 어디 가나 봐."

지금으로부터 50년 전, 앞으로 전 세계 셀튼그룹 직원들이 입는 옷이라며 가장 편하고 착용감이 좋은 원단으로 유니폼을 만든 인물이 바로 김 여사였다. 손주 녀석의 사랑의 큐피드를 자처하며 50년 만에 처음 입은 유니폼은 정말이지 그 어떤 명품 패션보다 말도 안 되게 편했다. 너무 편한 나머지 미처 갈아입을 생각조차 못하고 있었다.

그렇다고 다 늙어서 손주 커플을 몰래 훔쳐보는 매너 없는 할머니가 될 순 없었던 김 여사는 순간적인 기지를 발휘해 입구 옆에 있는 청소함에서 빗자루를 들었다. 그리고 전혀 익숙하지 않은 빗질을 하며 반갑게 다가오는 라엘에게 향했다.

"네, 할머니. 지금 나가려고요. 청소하고 계셨어요?"

"어, 응. 내가 제일 잘하는 게 집 안 청소거든."

거짓말이다. 태생이 재벌로 바쁜 삶을 살아온 그녀는 청소를 해 본 적이 없었다.

"그나저나 우리 도련님은 여전히 잘생기셨네. 도련님?"

"……."

어딘가 어색한 하이톤으로 두 팔 벌려 다가오는 김 여사를 보며 당황한 시선이 알프레도에게 향했다.

"도련님, 실은 제가 미리 말씀을 드리지 못한 사항이 있습니다. 지금 이게 어떻게 된 거……."

"도련님, 저 왔어요."

알프레도의 상황 설명이 끝나기도 전에 걸음을 재촉한 김 여사가 수혁을 와락 끌어안았다.

"수혁아, 정신 차리고 할미 말 잘 들어. 일단 라엘이가 눈치채지 못하게 할미를 직원이라고 생각해."

"네?"

"직원처럼 대하라고, 직원! 알아들었어? 대답?"

"네, 할머니."

"아, 하하하! 우리 김 할머님과 도련님이 어릴 적부터 아주 각별했거든요."

행여 김 여사의 목소리가 들릴까 걱정한 알프레도가 라엘에게 일부러 말을 걸었다.

"할머님이 수혁 씨를 많이 아끼시는 것 같아요."

"네. 굉장히 아끼신답니다."

"자! 우리 도련님은 얼른 최 선생이랑 갈 길 가세요."

"할머니, 다음에 또 뵐게요. 안녕히 계세요."

"잘 가, 최 선생."

알프레도와 김 여사에게 인사를 하는 라엘과 달리 아직도 어리둥절한 수혁은 묘한 표정으로 차에 올랐다.

"아니, 여사님!"

"아고, 알프레도. 아직 내 귀는 쓸 만해."

"갑자기 입구에 계시면 어떡합니까. 그것도 그 복장을 하시고선……."

"내 판단 미스였네. 그래도 라엘이가 눈치 못 채서 다행이야. 나머지 자세한 이야기는 수혁이 돌아오면 내가 하겠네. 근데 우리 이

쁜이들 어디 좋은 곳에 가나."

두 사람의 목적지를 궁금해하는 김 여사에게 알프레도는 흐뭇한 표정으로 손을 들어 보였다.

"네, 여사님. 제가 좋은 데 보내드렸습니다."

"손님. 성함이 뭐라고 하셨죠?"

"최라엘이요."

"최, 최라엘 고객님. 아, 여기 있네요. 지미 님께서 커플케어로 예약하셨네요. 2층으로 안내해드릴게요."

"네. 수혁, 수혁 씨? 잠시만요."

직원을 따라 2층으로 올라가려던 라엘은 옆자리가 휑한 것을 느끼고 재빨리 건물 밖으로 나갔다. 사람들이 가득한 시내였지만 어디서나 눈에 띄는 비주얼을 장착한 탓에 수혁을 바로 찾을 수 있었다.

언제 나왔는지 그는 벌써 저만치 걸어가고 있었다.

"수혁 씨? 어디 가요?"

"왔어? 최라엘, 가자."

"가긴 어딜 가요."

"배고프다고 했잖아. 밥 먹으러 가자."

"나 그런 말 한 적 없는데. 빨리 들어가요."

계속해서 가자는 말에 수혁은 벙한 얼굴로 요지부동이었다. 지나가는 사람들에게 방해가 되지 않도록 한쪽 구석으로 피했지만 보도블록에 뿌리 내린 가로수처럼 그의 긴 다리는 도통 움직일 생각을 하지 않았다.

"뭔가 잘못된 거 같아. 내가 한 게 아니야."

"무슨 소리예요? 조금 전에 차 안에서 수혁 씨가 한 말 잊었어요?"

"내가 무슨 말을 했었나? 기억이 안 나."

아니, 정확히 기억난다. 여기까지 오는 동안 수혁은 차 안에서 '오늘은 어디 갈지 내가 미리 정해놨어'라고 하면서 기대하라는 말까지 덧붙였다.

"우리 뒤에 예약한 사람도 있어서 빨리 들어가야 해요."

"최라엘, 내 성격상 그런 곳을 예약할 리가 없잖아."

"글쎄요. 모르겠고, 일단 가보자고요."

라엘이 그의 코트 소매 부분을 몇 번 잡아당기자 꼼짝없이 서 있던 몸이 앞으로 살짝 움직였다. 결국 엄마 손에 붙들려 치과로 향하는 꼬마처럼 무거운 발걸음이 어쩔 수 없이 떨어졌다.

"난 은근히 기대되는데. 수혁 씨도 기대되죠?"

해탈한 그의 표정을 보며 라엘은 재미있는 눈치다.

"전혀. 단 1퍼센트도 기대 안 돼."

이게 다 알프레도 때문이다.

수혁은 병원에서 돌아오는 동안 알프레도에게 그녀가 좋아할 만한 곳을 예약해달라며 급하게 알아보라고 했다. 미술 갤러리와 오페라 같은 건 너무 묵직한 분위기였고, 영환관이나 공연 관람은 너무 일반적이라 좀 밋밋한 느낌이 들었다. 그래서 뭔가 라엘이 알려줬던 만화 카페 같은 신선한 곳으로 부탁을 했는데……. 그랬는데 그 장소가 신선해도 너무 신선하다 못해 살짝 충격적이기까지 했다.

'도련님, 아주 적절한 곳으로 찾았습니다. 일단 신선하고, 최 선생님과 함께할 수 있는 커플 패키지로 예약했습니다.'

너무 자신 있어 하는 알프레도의 말에 확인을 했어야 하는데, '커플 패키지'라는 말에 수혁이 순간 혹해버리고 만 것이다.

"뭐 하는 거예요?"

"뭐가?"

"빨리 좀 걸어요."

"빨리 걷고 있어. 그 표정 뭐야?"

"내 표정이 어때서요?"

"촉새, 너 방금 비웃었지?"

"비웃긴요. 너무 비약이 심하시네."

비웃진 않았지만 티 나게 웃긴 했다. 극도로 가기 싫다는 그의 표정을 볼 때마다 라엘은 절로 웃음이 나왔다. 자신감 넘치고 평정심을 잃지 않던 수혁에게서 좀처럼 볼 수 없는 모습을 마주하니 자꾸만 놀리고 싶다는 생각이 들었다.

"최라엘?"

"네?"

"네가 잊고 있는 게 있는데, 나 이수혁이야. 이수혁이라고?"

"그렇게 강조하지 않아도 수혁 씨 이름이 '이수혁'이라는 거 잘 알아요."

"그게 아니라. ……그래. 촉새 네가 주로 별채에서만 보고 아직 필드에서 뛰는 날 못 봐서 잘 모를 수도 있어."

어라! 이 남자, 어울리지 않게 말까지 많아졌다.

라엘은 문 앞에 멈춰 수혁의 얼굴을 빤히 쳐다봤다.

"그런데 이래 봬도 내 이름 뒤에 보통 사람들은 상상도 못 할 사회적 지위와 체면이라는 단어가 붙는다고."

"수혁 씨 기업인으로 유명한 거 나도 알아요. 그렇다고 무슨 이런 일에 사회적 지위와 체면까지 소환하고 그래요."

씨알도 안 통하는 사족이 대번에 잘려나갔다.

"얼른 들어가기나 해요."

그렇게 수혁은 라엘과 함께 건물 안으로 들어갔다.

"오셨네요. 전 그냥 가실 줄 알았어요."

"죄송해요. 잠시 볼일이 있어서요."

"그러셨구나. 난 또 남자분께서 도망가신 줄 알았거든요. 두 분, 이쪽으로 올라오세요."

친절한 직원의 안내를 받으며 두 사람은 2층으로 올라갔다.

"남자분 너무 걱정하실 것 없어요. 요즘엔 미디어 때문에 남자분들이 정기권을 끊고 오시는 분들도 계시거든요."

한눈에 봐도 여자들이 좋아할 화려한 인테리어가 가득했다. 은은한 재스민 향기 가득한 복도를 따라 두 사람은 작은 방으로 들어섰다.

"두 분 여기 앉으세요. 여자분께서는 매니저님이 관리해주실 거고요."

"안녕하세요. 코트 저 주시고 편하게 앉으세요."

"네. 감사합니다."

라엘은 직원에게 코트를 건네며 안락한 의자에 등을 기대앉았다.

"그리고 남자분은……. 아! 저기 오시네요. 저희 사장님께서 직접 관리해주실 거예요."

"봉쥬르 메시보꾸. 안녕하세요."

라엘의 옆에 바짝 붙어 서 있던 수혁은 흠칫 놀라며 반사적으로 고개를 돌렸다.

"……."

"반가워요."

귓가를 강타한 중성적인 목소리의 건장한 남성이 수혁의 손을 느릿하게 감싸며 자리에 앉았다.

"잘생긴 우리 오빠, 어서 앉으세요. 앙!"

정성스럽게 화장한 남자는 깜찍하게 윙크를 날리며 본격적으로 커다란 손을 쓰다듬었다. 순간 동공 지진과 함께 수혁의 온몸 위로 소름이 용솟음쳤다.

'여긴 어디? 나는 누구…….'

건물에서 나온 두 사람은 도로와 연결된 작은 공원 벤치에 앉아 있었다.

"수혁 씨, 괜찮아요?"

"안 괜찮으니까 말 시키지 마."

축 처진 어깨와 침울한 그의 표정을 보며 웃으면 안 되는 걸 알면서도 라엘은 계속해서 웃음이 흘러나왔다.

"태어나서 누군가 내 몸을 이렇게 오랫동안 만진 건 처음이야. 그것도 남자가."

"에이, 너무 확대해석이잖아요. 정확히 말해서 손이라고 해야죠. 그리고 남자라고 생각하기보다는 전문가라고 생각해요."

조금 전 수혁이 가기 싫다고 애원했던 곳은 시내에 있는 고급 뷰티살롱이었다. 그중에서도 두 사람이 함께 커플로 받은 서비스는 다름 아닌 네일아트였다. 수혁에게 부탁을 받은 알프레도는 별채특공대와 머리를 맞대고 회의에 돌입했다.

크리스마스 장식으로 바쁜 김 씨를 빼고 나머지 세 사람이 진지한 상의 끝에 심사숙고해서 고른 장소였다. 다양한 후보가 있었지만 쌍방울 댁의 강력한 주장으로 네일숍이 당첨됐다. 그 이유는 현재 시청률이 고공행진 중인 인기 드라마 때문이었다.

실제 톱스타 커플이 주인공으로 나온 드라마에서 극중 남자주인공이 공방에서 목수로 일하는 여주인공의 거친 손을 보며 로맨틱하게 꾸며진 네일숍에서 데이트하는 장면이 자주 나왔다. 그로 인해 주 시청자인 여성들이 제대로 감정 이입하며 드라마가 끝날 때마다 실제 촬영 장소인 네일숍이 검색어에 오르기까지 했다. 이런 드라마의 영향으로 얼마 전부터 커플 네일숍이 선풍적인 인기를 끌었다. 쌍방울 댁의 설명을 들은 알프레도는 바로 드라마에 나온 그 네일숍을 예약하게 된 것이다.

남자가 손톱에 뭔가를 한다는 자체를 이해할 수 없었던 수혁은 솔직히 하기 싫었다. 더군다나 서비스를 하는 직원이 하필이면 남자여서 당장이라도 자리를 박차고 나오고 싶은 마음이 간절했다. 하지만 옆자리에 앉은 라엘의 좋아하는 모습을 보며 분위기를 깨고 싶지 않았기 때문에 간신히 참았다.

넓은 어깨를 토닥이던 손이 그의 눈앞에 불쑥 나타났다.

"수혁 씨, 여기 봐요."

사실 라엘은 처음부터 수혁이 예약하지 않았다는 걸 알고 있었다.

평소 그의 성격을 보아 네일숍을 예약할 리가 없었다. 당연히 알프레도가 대신해준 거라고 생각하고 있었다. 다만 대놓고 거부하는 모습이 재미있어 끝까지 시치미를 뗐다.

"보여요? 내 손톱 반짝이는 거?"

수혁이 고개를 돌리자 라엘은 손등이 보이게 양손을 펼치며 손가락을 흔들었다. 가로등 불빛에 반사된 투명 매니큐어가 그녀의 눈동자처럼 반짝거렸다.

"오늘 갔던 곳, 드라마에도 나오고 되게 유명한 곳이에요. 나도 기회 되면 꼭 한번 와보고 싶었는데, 수혁 씨 덕분에 좋은 곳도 오고 오랜만에 네일도 받고 고마워요."

고맙다는 말에 내려간 입꼬리가 슬며시 기지개를 켜고, 해사하게 미소를 띤 그녀의 얼굴을 따라 그의 입가에도 덩달아 미소가 전이된다.

"수혁 씨 손도 단정하니 더 예뻐진 것 같은데요?"

라엘은 큐티클 제거와 함께 파라핀마사지를 받은 그의 손을 가볍게 두드렸다.

"그러게. 내 손도 예뻐졌네."

수혁은 그녀가 좋으면 자신도 좋았다. 이까짓 네일아트 받는 게 뭐가 대수겠나. 그녀가 이렇게나 좋다는데.

"왜요?"

뭔가 흐뭇함이 느껴지는 시선과 함께 커다란 손이 소리 없이 자신의 머리에 내려앉자 라엘이 물었다.

"우리 촉새 착해."

"뭘 또 이런 걸로 감동하고 그래요. 그리고 내가 원래 착함과 배려의 아이콘인 거 몰랐어요? 그러니까 이런 착한 선생님을 만난 걸 영광으로 알아요. Ok?"

"……."

"여기서 더 이상 감동하면 부담스러우니까 '영광입니다, 선생님'이라고 깔끔하게 한마디 하고 끝내죠."

"또 까분다. 내가 말을 말아야지."

정말이지 두 사람 사이에 감동과 훈훈함은 역시나 쉽게 형성되지 않았다.

"배고프지 않아?"

"배고파요."

"가자. 저녁 먹으러."

두 사람은 벤치에서 일어나 골목을 빠져나갔다.

"오늘 수혁 씨가 쏘는 거예요?"

"내가 쏠게."

"오! 이거 기대되는데요. 뭐 먹으러 가는지 물어봐도 돼요?"

진심으로 기대하는 눈빛에 잔뜩 우쭐함을 내비친 수혁은 보란 듯이 어딘가로 전화를 걸었다.

"알프레도, 나야."

전화를 받은 상대는 알프레도였다.

"아까 말한 거 지금 바로 준비 좀 해줘. 120층 회원 라운지로."

전화를 받고 있는 상대가 알프레도인 건 괜찮은데 어쩐지 내용이 전혀 괜찮지 않았다.

"당연히 VVIP 최고급 스페셜 코스로 부탁해. 지금부터 출발하면 대략 40분……."

"알 집사님, 저예요."

자랑스럽게 저녁을 주문하는 수혁의 옆에서 안절부절못하며 서 있던 라엘이 급기야 그의 전화를 낚아챘다.

"죄송하지만 방금 수혁 씨가 말한 거 준비하지 마세요."

"뭐 하는 거야. 배고프다며?"

자신의 코트 주머니에 휴대폰을 넣는 라엘을 보며 수혁이 물었다.

"배고파요. 배고픈데, 그래도 거긴 아닌 것 같아서요."

수혁이 준비한 저녁 식사는 셀튼호텔 본사 120층에 위치한 프라이빗 회원 전용 레스토랑의 디너 코스였다. 한 달에 정확히 열 명만 예약을 받는 VVIP 스페셜 코스는 일반 레스토랑 금액의 10배가 넘는 그야말로 럭셔리 그 자체였다. 세계 산해진미를 이용해 눈앞에서 셰프가 직접 요리를 해주며 황제 부럽지 않은 서비스를 자랑하는 덕에 상류층과 셀럽들의 예약이 끊이질 않았다.

이 코스 요리가 처음 나왔을 당시 미디어에서 화제가 되기도 했지만 라엘은 수업을 담당했던 유명인들에게 직접적으로 후기를 들었던 터라 정확히 기억하고 있었다. 어찌 됐건 그녀의 입장에서 그렇게 거한 식사를 대접받는 건 솔직히 부담스럽고 내키지 않았다. 삼쏘묵처럼 편한 게 최고인 라엘에겐 밥 먹다 체하기 딱 좋은 곳이었다.

자신을 생각하는 그의 마음은 분명히 고마웠지만, 이곳이 부담스러운 가장 큰 이유는 보는 눈이 많은 수혁의 홈그라운드에서 괜한 말이 나올지도 모른다는 생각에 조심스러웠다.

"여기 굉장히 유명한 곳이야. 아무나 들어갈 수 없는 곳이기도 하고."

수혁은 자신의 위치를 과시할 생각으로 장소를 선택한 게 전혀 아니었다. 그저 가장 맛있는 것 가장 좋은 것을 좋아하는 그녀에게 해주고픈 마음. 단지 그뿐이었다.

"저도 익히 들어서 잘 알고 있어요. 근데 수혁 씨, 우리가 지금 뭐 때문에 밖에 나온 건지 잊었어요?"

라엘은 수혁의 기분이 상하지 않도록 적당한 이유를 떠올렸다.

"이런, 잊었죠? 우리 지금 땡땡이치는 중이잖아요?"

도대체 땡땡이랑 음식이랑 무슨 상관관계가 있단 말인가.

"자고로 땡땡이를 치면 기본적으로 먹는 음식이 주로 분식이란 말이에요. 물론 수혁 씨가 말한 레스토랑 음식을 먹고 싶지만 땡땡이 취지에 맞지 않다는 말이죠."

주먹을 불끈 쥐고 진지하게 설명하는 라엘의 의견은 묘하게 신빙성이 있어 부정할 수 없었다.

"뭐, 틀린 말은 아니네."

"내 말 맞죠? 역시 사회적 지위가 있는 분이라 다르네. 그런 의미로 오늘 저녁은 여기 어때요?"

그사이 휴대폰으로 폭풍 검색을 한 라엘은 근처에 유명한 푸드트럭 코너가 있다는 것을 알고 수혁에게 화면을 보여줬다.

"푸드 트럭?"

"네. 여기 시에서 운영하는 곳이라 위생도 믿을 수 있고 무엇보다 맛도 끝내준대요. 어서 가요."

13화. 그리고 고백했다

두 사람은 인파 속에 섞여 푸드 트럭 코너로 향했다. 다양한 음식과 함께 맛있는 냄새가 입맛을 자극했다. 두 사람은 고민 끝에 라엘이 추천한 수제 버거를 선택했다. 태어나서 처음으로 길거리 음식을 먹어본 수혁이었다.

"수혁 씨, 햄버거 어땠어요?"

"먹을 만했어."

심드렁한 답변과 달리 포장지에 작은 채소 조각 하나 없을 정도로 맛있게 먹었다. 무엇보다 그녀와 함께 먹어서 더 맛있었다.

"어, 오랜만이네."

수혁과 함께 주차장을 향해 걸어가던 라엘이 발걸음을 멈췄다. 반가운 시선이 닿은 곳은 노점상에 자리한 추억의 뽑기였다.

"뽑기?"

"수혁 씨, 저거 뭔지 알아요?"

"아니. 처음 봐."

"저 어릴 때는 학교 앞에 저런 뽑기나 설탕을 녹여서 파는 달고나가 많았어요."

좌판에 깔린 크고 작은 설탕 엿을 보며 라엘은 어린 시절을 회상했다.

"저기 제일 큰 용이 갖고 싶어서 엄마가 준비물 사라고 주신 돈으로 하다가 혼난 적도 많았어요. 근데 늘 꽝인 붕어만 걸린 거 있죠? 오랜만에 보니 추억 돋네."

"한번 해볼래?"

수혁은 그녀의 손을 잡고 뽑기 좌판으로 향했다.

10분 뒤.

"수혁 씨, 이제 됐으니까 그만해요."

라엘은 그의 앞에 제법 쌓인 붕어 엿을 보며 그를 말렸다.

벌써 현금 3만 원째 도전이지만 용은커녕 중간 크기인 단검 엿도 걸리지 않았다.

"아깝게 꼭 용에서 번호가 하나씩 밀리네. 이게 운이라서, 용이 걸리는 게 어려워요. 어떻게, 한 번 더 해보시겠어요?"

"아니요. 그만할게요."

주인장이 호구를 만난 것처럼 얄밉게 속삭이자 라엘은 단호하게 거절했지만 수혁은 물러서지 않았다.

"아니. 최라엘, 딱 한 판만 더 하자. 이번엔 진짜야. 감 잡았어."

그가 생전 처음 보는 설탕 엿에 이토록 집착하는 이유는 딱 하나였다.

라엘에게 저 커다란 용을 주고 싶어서였다. 명색이 남자가 칼을 뽑았으면 무라도 썰어야 하지 않겠나. 이대로 물러설 순 없다.

"자, 진짜 마지막입니다. 돌림판 돌아가요."

반드시 기필코 용을 뽑겠다는 불타는 의지와 함께 수혁은 최대한 온 힘을 눈으로 끌어모아 돌림판에 집중했다.

할 수 있다. 난 이수혁이다.

"제발!"

간절한 외침과 함께 바늘이 정확히 용이란 글자에 꽂혔다.

"용이다. 용!"

"우와, 수혁 씨 진짜 용이에요."

"보셨죠, 사장님. 제가 이렇게 운까지 타고난 사람입니다. 정확히 용입니다. 어서 주세요. 용."

라엘은 어린아이처럼 뛸 듯이 기뻐했고, 수혁은 당당하고 자랑스럽게 용을 그녀에게 선물했다.

그는 좌판에 쌓인 붕어 엿을 주변에서 구경하던 사람들에게 기분 좋게 나눠주고 집으로 향했다.

두 사람이 탄 차가 작은 골목에서 천천히 속도를 줄였다.

"기사님, 여기서 잠시 세워주세요."

"집에 다 왔어?"

"바로 언덕만 올라가면 돼요. 전 이만 내릴게요."

"눈도 오는데 미끄러지면 어떡하려고. 그냥 타고 가."

출발할 때부터 작은 눈발로 살짝 내리던 눈이 제법 존재감을 드러내고 있었다.

"눈 와서 걸어가는 게 더 편해요. 중간중간 길이 얼어서 바퀴 헛돌 수도 있어요."

라엘은 진짜로 차가 걱정되기도 했지만 괜히 라준이 보면 피곤해질까 봐 집에서 조금 떨어진 언덕에서 내리기로 했다.

"내리지 말아요. 기사님 감사합니다. 운전 조심하세요."

라엘이 기사에게 인사를 하고 차에서 내리자 옆자리에 앉아 있던 수혁 역시 곧장 따라 내렸다.

"왜 내려요?"

"용 위험할까 봐."

"네?"

"최라엘 너 올라가다가 미끄러져서 넘어지기라도 하면 내가 준용 깨질 거 아냐. 언덕까지만 올라갈게."

참 한결같은 츤데레 되시겠다. 주황색 가로등 불빛이 두 사람의 발길을 비추고 어느새 꽤 굵어진 눈발이 두 사람의 머리 위로 내려앉았다.

"우와! 수혁 씨, 하늘 좀 봐요."

조용히 걸어가던 라엘은 까만 밤하늘에서 쏟아지는 함박눈을 보며 감탄했다. 올해 들어 처음 보는 제대로 된 함박눈이 반가웠다.

"함박눈 내려요."

라엘은 휴대폰을 꺼내 눈이 오는 풍경을 화면에 담았다.

"눈 많이 오네. 눈 좋아하나 봐."

"아빠가 그러시는데 겨울에 눈만 오면 강아지마냥 좋아서 집 밖으로 뛰어나가서 돌아다니고 그랬대요."

수혁은 가던 길을 멈추고 라엘을 쳐다봤다. 그 표현이 딱 맞았다. 쏟아지는 눈을 맞으며 이쪽저쪽 총총총 뛰는 그녀의 모습이 꼭 새끼 강아지같이 사랑스러웠다.

가만히 그녀를 바라보는 그의 눈매가 깊어지고 덩달아 가슴이 뜨거워진다. 하염없이 쏟아지는 눈송이가 그녀를 향한 그의 마음과 같았다.

좋아하는 감정을 주체할 수 없을 정도로 켜켜이 쌓인 그 무게가 더 이상 감당하기조차 버겁다.

“좋아서. 네가 너무 좋아서…….”

그의 감정이 조용히 속삭인다.

“미치겠다…… 정말.”

마치 슬로모션이 걸린 것처럼 수혁의 눈동자에 비친 라엘의 모습이 시간을 거스르듯 천천히 더디 흘러갔다. 하얀 눈송이보다 찬란한 저 아름다운 미소도, 반짝이는 두 눈동자도 이미 수십 번이나 더 본 익숙한 풍경인데…….

그럼에도 불구하고 눈치 없는 심장이 제멋대로 요동친다. 그 설렘의 깊이가 너무나 깊어 감히 측정할 수조차 없다. 머리부터 발끝까지 수혁의 온몸은 이미 그녀에게 잠식돼버렸다.

‘어쩌면 나는 처음부터 너한테 반할 수밖에 없는 운명인가 봐.’

그는 뭔가 결심한 듯 코트를 벗어들어 그녀에게 향했다. 한 걸음 한 걸음 내디딜 때마다 떨어지는 발자국 위로 진심이란 글자가 녹아내린다.

“수혁 씨, 벌써 눈이……!”

담벼락 위에 소복이 쌓인 눈을 모아 손에 담던 라엘은 코트를 벗은 수혁을 보며 채근했다.

“아니, 감기 걸리면 어떡하려고 갑자기 코트는 왜 벗고 그래요.”

수혁은 잔소리에 아무런 대꾸도 하지 않은 채 가녀린 어깨에 쌓인 눈을 털어냈다. 그리고 자신의 코트를 그녀에게 덮어주었다.

“라엘아…….”

처음으로 그가 성을 붙이지 않고 그녀의 이름을 불렀다. 너무나도 다정하게 내려앉은 목소리에 라엘은 저도 모르게 수혁에게 시선을 올렸다. 순간 그 눈빛이 너무 뜨거워서 손등에 맺힌 눈이 녹을 것만 같았다. 두 사람 사이에 내려앉은 찰나의 정적 사이로 '토독토독' 하고 오직 눈이 쌓이는 소리만이 더해졌다. 셀 수 없이 쏟아지는 눈송이가 두 사람을 주목했다.

"감기…… 걸리겠어요."

더해지는 정적의 무게 때문에 라엘은 뭐라도 해야만 할 것 같았다. 가만히 손을 들어 넓은 어깨에 쌓인 눈을 쓸어내리려 했지만 한발 빠른 그의 손에 잡히고 말았다.

"최라엘. 라엘아……."

수혁은 다시 한번 그녀를 부르며 잡고 있는 라엘의 손을 자신의 가슴에 포개 얹었다.

"내 마음이 널…… 좋아해.

그리고 고백했다.

"……."

"네가 미치도록 좋아."

아름다운 눈송이가 내려앉은 밤, 그의 울림은 커다란 파도처럼 그녀의 가슴에 파고들었다.

탁.

현관 바로 앞 거실 바닥에 가방이 떨어지는 소리가 둔탁하게 울렸다. 터벅터벅 자신의 방으로 들어간 라엘은 멍한 표정으로 옷도 갈아입지 않은 채 침대에 털썩 주저앉았다.

"하……."

짙은 농도를 자랑하는 긴 한숨이 붉은 입술을 빠져나와 방바닥에 흩뿌려졌다. 한숨을 따라 바닥에 닿아 있던 시선이 창문으로 향했다. 여전히 창밖에는 굵은 함박눈이 내리고 있었다.

'내 마음이 널…… 좋아해.'

'네가 미치도록 좋아.'

조금 전 수혁의 감정이, 그의 고백이 마음의 경종을 울려 그녀의 머릿속을 시끄럽게 돌아다닌다.

"나보고 어떡하라고……."

라엘은 자꾸만 수혁의 얼굴과 눈빛이 눈앞에 떠올랐다. 자신의 차가운 손을 감싸던 그의 온기가 아직도 손안에 남아 있는 것만 같았다. 분명 오늘 많은 것들을 했는데, 그가 남긴 단 몇 마디의 말이 너무나 강렬해 전에 있던 일은 기억조차 나질 않았다.

"미치겠다…… 정말."

창밖에 머문 눈동자 안에 쏟아지는 눈송이만큼이나 고민이 쌓여간다.

똑똑.

"들어와."

이른 아침 잠에서 깨어나 거울 앞에서 단장을 하던 김 여사가 노크 소리에 반응했다.

"할머니, 안녕히 주무셨어요."

전날 김 여사가 일찍 잠이 들어 인사를 하지 못한 수혁이 방을 찾았다.

"우리 수혁이 어서 오렴."

어제와는 다른 분위기의 김 여사가 자리에서 벌떡 일어나 수혁을 꼭 끌어안았다.

"어제는 제대로 인사 못 드려서 죄송해요."

"죄송하긴."

"그간 잘 지내셨죠?"

"보다시피."

서서 인사를 주고받은 두 사람은 방 한쪽에 있는 테이블에 마주 보고 앉았다.

"알프레도에게 얘기 들었다. 정말 많이 좋아졌구나."

보기 좋게 주름진 작은 손이 커다란 손을 연신 쓸어내렸다.

"네, 할머니. 앞으로는 걱정 끼쳐드리지 않고 형 몫까지 최선을 다해서 열심히 살게요."

"걱정은 무슨. 할미가 더 깊게 들여다보지 못해서 미안하지."

"아니에요, 할머니. 그런 말씀 마세요."

"네가 아프고 힘들었던 시간도 다 이유가 있었던 거 아니겠니. 지나간 일은 그저 물 흐르듯이 흘려보내면 되는 거야. 앞으로는 더 많이 웃으며 살자꾸나."

김 여사는 수혁의 밝은 얼굴을 마주하고 있는 이 순간이 말할 수 없이 감사했다.

"참, 어제는 왜 직원 유니폼을 입고 계셨어요?"

"아, 그거? 라엘이 때문에."

"라엘이요?"

"허물없이 친해지고 싶은데 내가 네 할머닌 걸 알면 라엘이 입장에서는 부담스러울까 봐 유니폼을 입었어."

메이드 복장을 그녀 때문에 입었다는 김 여사의 말을 좀처럼 이해하기 힘들었던 수혁은 이어진 설명을 듣고서야 고개를 끄덕였다.

"할머니, 저 드릴 말씀이 있어요."

의자를 바짝 당겨 허리를 쭉 펴고 자세를 고쳐 앉은 수혁이 사뭇 진지한 표정을 지었다.

"알아, 인석아. 라엘이 얘기하려는 거지?"

수혁은 어떻게 알았냐는 듯 눈빛으로 대꾸하며 김 여사를 쳐다봤다.

"놀라긴. 그 아이를 쳐다볼 때마다 네 눈빛이 반짝반짝 춤을 추는데 그걸 어떻게 몰라."

"제가 그랬어요?"

"그래, 인석아. 라엘이가 그렇게 좋아?"

"네, 할머니. 정말 좋아요."

라엘의 이름이 나오자마자 굳어 있던 표정이 봄 햇살을 만난 겨울처럼 녹아내렸다.

'좋다'라는 두 글자로 정의 내리는 표현조차 아까울 만큼 좋았다. 세상에 태어나서 누군가를 나 자신보다 좋아할 수 있다는 것도 그녀를 통해 처음 알게 됐다.

"그래서 할머님이 제 편이 되어주셨으면 합니다."

"물론이지. 나도 라엘이가 무척이나 마음에 든단다."

"할머님이라면 그러실 줄 알았어요."

"실은 나랑 그 아이 사이에 특별한 인연이 있거든."

"특별한 인연이요?"

김 여사는 10년 전부터 시작된 자신과 라엘의 놀라운 인연을 설명했다.

세상 진지한 표정으로 듣고 있던 수혁은 믿기 힘든 인연에 상당히 놀라워했다.

"아니, 어떻게 그런 인연이 있을 수 있죠?"

"그러게 말이다. 그러니 내가 그 아이를 예뻐할 수밖에 없지 않겠니."

"라엘이 예쁘게 봐주셔서 감사합니다."

수혁은 믿을 수 없는 우연의 주인공이 라엘이라는 사실에 감동하며 무엇보다 그녀를 진심으로 예뻐하는 김 여사의 마음이 참 감사했다.

"실은 어제 라엘이한테 고백했어요."

"그래? 대답은 들었고?"

"아직이요."

"수혁아?"

줄곧 흐뭇했던 김 여사의 표정에서 웃음기가 사라졌다.

"넌, 라엘이와 네 관계가 어떻다고 생각하니?"

"관계요?"

"그래. 관계. 공평한 관계라고 생각해?"

공평한 관계!

갑자기 주어진 묵직한 주제에 수혁은 한동안 꽤 집중해 고민했다.

"적어도 저와 라엘이 사이는 공평하다고 생각합니다."

"오직 두 사람의 관계만 놓고 본다면 네 말대로 공평한 수평적인 관계가 될지 모르겠지만, 서로의 배경을 비롯해 주변에 있는 모든 것들을 두고 보면 결국 수직적인 관계가 될 수밖에 없단다."

수혁은 지금까지 가슴에 손을 얹고 진심으로 단 한 번도 그녀보다 자신이 잘났거나 우월하다고 생각하지 않았다. 좋아하는 감정의 울타리 안에서 오직 그녀만을 바라보며 마음을 키웠을 뿐 그

외적인 것은 생각할 겨를조차 없었다.

"네가 원하든 원하지 않든 넌 날 때부터 이미 많은 이들의 주목을 받는 자리에 있는 사람이야. 라엘이에 대한 네 마음이 깊어질수록 보는 눈도 듣는 귀도 많아질 거고 개중에는 재벌 후계자가 선택한 평범한 여자의 신데렐라라고 떠드는 무리도 있을 게다."

김 여사는 누구보다 두 사람이 잘되기를 바랐다. 그렇기 때문에 현재 장밋빛 설렘으로 가득한 수혁이 놓치는 부분은 없는지 현실적인 조언을 해주고 싶었다.

"누군가는 신데렐라를 원하는 사람도 있겠지만, 반대로 원하지 않는 사람도 있어. 수혁아, 사람의 마음을 얻기란 결코 쉬운 일이 아니다. 내 감정 때문에 혹시라도 상대의 입장을 배려 못 하진 않았는지도 생각해봐야 해."

이때까지만 해도 그녀와의 달콤한 모습만 상상하던 수혁은 김 여사의 말을 주의 깊게 새겨듣지 못했다.

"어찌 됐건 할미는 라엘이가 우리 수혁이 마음을 받아줬으면 좋겠구나."

"저도요, 할머니. 빨리 그랬으면 좋겠어요."

"한 실장? 여기 보고서에 나와 있는 수치가 사실인가?"

자나 깨나 늘 회사 생각뿐인 이 회장은 영국으로 돌아가는 전용기를 사무실 삼아 업무를 보고 있었다.

"네. 맞습니다."

"30% 상승이면……."

"엄청난 수치죠. 수익에 관해선 말할 것도 없고요."

얼마 전 수혁이 준비한 미국 지역 VIP이벤트로 인해 크리스마스 예약 고객이 작년 대비 30% 상승했다. 보고서를 보며 30%에 대한 순이익을 계산한 이 회장의 얼굴 위로 살짝 만족감이 스쳤다.

"이래서 내가 마른 수건도 다시 쥐어짜는 거야. 출장 가기 전에 알프레도에게 그랬거든. 입에 돌을 물리든 무슨 짓을 해서라도 사람 구실 하게 만들라고. 후계자로 공표되고 나서 수혁이도 슬슬 정신을 차린 거지 않겠나."

전후 사정을 전혀 알지 못하는 이 회장은 점점 드러나는 수혁의 성과를 보며 막무가내로 윽박지르고 타박한 자신의 덕이라고 착각했다.

"그나저나 시라 말이야, 눈빛이 또렷하고 살아 있는 게 보면 볼수록 마음에 들어. 자네가 보기엔 어떤가?"

시라와 만남 이후 이 회장은 틈만 나면 입버릇처럼 그녀를 입에 올려 칭찬하기 바빴다.

"제가 뭘 알겠습니까."

"이 사람 겸손은. 한 실장, 자네 눈썰미가 좋잖아."

"감정에 솔직하고 똑똑하며 거침이 없는 분 같았습니다."

"그렇지? 역시 자네도 내 생각과 같군."

"회장님 주제넘지만 한 말씀 드려도 되겠습니까?"

호탕하게 웃는 이 회장을 보던 한 실장이 조심스럽게 분위기를 잡았다.

"해봐."

"김 실장님께서 출중한 건 사실이지만 수혁 도련님과는 어울리지 않는 것 같습니다."

"어떤 근거로 그런 말을 하는 거지?"

기분 좋게 움직이던 이 회장의 안면근육이 입가부터 미세하게 경직되기 시작했다.

"근거는 없습니다. 그냥 제 개인적인 느낌일 뿐입니다."

"느낌? 자네가 언제부터 느낌에 의존하는 사람이었지? 지금 자네 말, 설득력 제로야."

"혼날 각오 하고 한마디만 더 올리겠습니다. 회장님, 가능하시면 이번 혼사 문제는 회사의 성장과 회장님의 만족보다는 도련님의 의견과 주변 상황도 함께 봐주시길 부탁드립니다."

정해진 목표를 세우면 당사자가 어떻든, 주변에서 어떤 소리가 들리든 무서울 만큼 앞만 보고 밀어붙이는 게 이 회장의 방식이었다. 한 실장은 누구보다 이 회장을 잘 따르는 충신이었다. 그래서 이 회장이 행하는 어떠한 일에도 단 한 번도 토를 단 적이 없었다.

예전에 수호가 스치는 말로 어렴풋이 힘들다는 내색을 보인 적이 있었다. 그때 당시에는 그저 형식적인 힘내라는 말로 그를 응원하며 이 회장을 두둔했다. 그리고 며칠 뒤 수호는 사고로 세상을 떠났다. 비록 사고였지만 그 때문에 한 실장은 한동안 수호에게 죄책감을 가졌었다.

이번 혼사 문제도 이 회장은 자신의 스타일로 밀어붙일 생각인 게 뻔했다. 그래서 한 실장은 행여 이번 일로 수혁이 또 한 번 상처를 받진 않을까 걱정스러운 마음에 속에 있는 말을 꺼냈다.

"부탁드립니다, 회장님."

"이봐! 한 실장?"

뭔가 뼈가 담긴 말에 웃음 짓던 눈빛이 싸늘하게 식어갔다.

"자네 방금 상당히 주제넘었어."

"최 선생님? 다 왔습니다."

"아! 네, 그러게요……."

20분째 똑같은 페이지를 벗어나지 못한 시선이 책을 벗어나 차창 밖에 닿았다.

전날 온 세상을 새하얗게 덮어버린 커다란 눈송이는 늦은 새벽부터 비로 변해 거짓말처럼 흔적도 없이 사라졌다. 아직까지 라엘의 귓가에 생생하고 황홀했던 그의 고백도 마치 꿈만 같았다.

"정말 다 왔네요. 감사합니다, 기사님."

주차장에 도착한 그녀는 마치 토끼와 경주하는 거북이처럼 느릿하게 별채를 향해 걸었다. 라엘은 새벽 내내 눈앞을 아른거린 수혁의 모습 때문에 세 시간밖에 잠을 못 잤다. 그런데 이상하리만치 정신은 또릿했다.

"하지 마……. 긴장하지 마."

말로는 긴장하지 말자고 주문처럼 외우고 있었지만 낯빛은 긴장감이 역력했다.

고백을 받은 사람은 그녀인데 어째, 고백을 한 수혁보다 본인이 더 긴장하고 있었다.

"어떡해……. 어떡하지?"

"뭘, 어떡하는데?"

본채 김 여사의 방에서 별채로 향하던 수혁은 서성이던 라엘을 보고 살금살금 다가가 그녀의 어깨를 살짝 건드렸다.

"엄마, 깜짝이야!"

소리 없이 다가온 수혁의 인기척에 깜짝 놀란 라엘이 반응했다.

"뭐야, 내가 더 놀랐네. 누가 보면 귀신이라도 본 줄 알겠다."

모르시는 말씀이다. 지금 그녀에게 있어 그는 귀신보다 훨씬 임팩트가 강한 존재였다.

“근데 자꾸 어떡하냐고 하던데, 무슨 일 있어?”

“아, 그게, 핸드폰을 두고 온 줄 알았는데 가방에 있었어요.”

멀쩡히 잘 있는 핸드폰을 들먹이는 라엘이었다.

“다행이네. 아무 이상 없으면 수업하러 갈까?”

“가야죠. 가요. 수업하러.”

평소와 다름없는 그를 보며 라엘의 표정은 한결 편안해졌다. 그런데 앞장서서 걸어가던 수혁이 별안간 걸음을 멈추고 몸을 틀어 그녀에게 바짝 다가와 불쑥 얼굴을 들이밀었다.

“잠깐! 최라엘? 너 설마…….”

살짝 풀어졌던 라엘의 긴장감이 대번에 팽팽하게 당겨졌다.

“서, 설마 뭐요?”

“너, 혹시…… 수업하기 싫어서 서성이던 건 아니지? 오늘은 네가 땡땡이치고 싶은 건가?”

“네? 뭐라고요? 참 나!”

라엘은 괜스레 잔뜩 긴장한 게 민망할 정도로 평소와 똑같은 수혁의 장난에 헛웃음이 나왔다.

“이상한 소리 하지 말고 얼른 앞장서요.”

사실 라엘이 이렇게 긴장한 이유는 그가 전날 일에 대해 혹시라도 물어보면 어쩌나 싶어서였다. 최근 들어 이렇게 고민하고 걱정을 한 적이 있었나 싶을 정도였다. 그런데 정말이지 아무것도 묻지 않고 편하게 대해주는 수혁이 고맙기까지 했다.

“오늘부터 스피치 수업 들어가는 건 알고 있죠?”

“알고 있어.”

“수혁 씨, 지금부터 굉장히 고급 인력에 고급 강의를 듣게 될 테니까 딴생각하지 말고 집중해서 잘 들어요.”

“예, 선생님.”

라엘이 펜을 들고 작은 보드를 두드리며 잔뜩 힘을 주어 말하자 수혁은 피식 웃으며 반응했다.

“일단 발표에 맞는 발음을 체크하기 전에 수혁 씨가 어떤 주제로 발표할 것인지를 인지하는 게 중요해요. 그리고 그에 따른 발표문을 작성하는 것도 중요하겠죠. 우리가 흔히 호감을 느끼는 사람에게 끌린다고 하죠. 스피치도 같아요. 듣는 상대로 하여금 호감을 느끼는 문장력으로 상대를 설득하므로…….”

커다란 방에 낭랑한 목소리가 가득 울렸다. 라엘은 하얀 화이트보드에 정갈한 글자를 적어가며 그 어느 때보다 열정적으로 강의했다. 수혁의 눈빛에는 그녀의 동선을 하나라도 놓치지 않겠다는 다부진 의지가 느껴졌다. 수능시험을 보는 고3 학생처럼, 대기업 최종 면접을 앞둔 취준생처럼 그 역시 강의에 집중하는 듯 보였다. 적어도 겉으로는 그랬다. 사실 수혁은 강의에 전혀 집중할 수 없었다.

전날 고백을 했기 때문일까? 그녀와 마주한 지금 이 순간조차 롤러코스터를 탄 것처럼 너무 떨렸다. 굉장히 쿨한 척 말 잘 듣는 학생인 척 태연한 척 멋을 부리며 앉아 있지만, 수혁은 고백에 대한 그녀의 대답이 너무 간절하게 듣고 싶었다. 사막에서 오아시스를 찾는 이의 마음처럼 갈급했지만 그렇다고 선불리 물어볼 수는 없었다. 어제 고백한 그 시간부터 아직 하루도 채 지나지 않았다. 적어도 그녀가 충분히 생각할 시간은 주고 싶었다.

수혁은 여전히 떨리고 간절했지만, 조금은 놀라울 정도로 아무렇지 않은 라엘을 보면서도 마음만은 불안하지 않았다. 그녀도 자신과 같다는 확신이 있었기 때문이다.

그렇게 수업이 끝난 후, 라엘은 여느 때처럼 별채특공대를 비롯해 김 여사와 함께 담소를 나누고 차를 마신 후 저택을 나섰다. 그리고 다음 날도 그다음날도 라엘은 그 어떤 말도 조금의 태도 변화도 보이지 않았다.

수혁이 고백한 지 3일의 시간이 지나고 있었다. 지금까지 여유롭게 기다리던 그의 마음은 타들어가기 시작했다. 그녀가 먼저 답을 줄 때까지 얌전히 조바심 내지 않고 기다리려 했다. 그런데 이대로 계속 기다리기만 하다간 버석하게 말라버린 꽃잎처럼 애가 타서 죽을 것만 같았다.

곧 있으면 본사에 정식으로 복귀도 해야 하고 이지철도 해결해야 한다. 점점 할 일은 태산같이 쌓여가는데, 온몸의 신경이 그녀에게 집중돼 아무것도 할 수 없었다. 그만큼 그에게 있어 그녀는 이미 1순위가 되어버린 것이다. 수혁은 오늘 아무래도 라엘에게 직접 마음을 물어봐야겠다고 결심했다.

"저 왔어요."

방에 들어온 라엘은 자연스럽게 말을 건네며 의자에 앉았다.

"수혁 씨, 오늘 하늘 봤어요? 날씨가 좋아서 저 멀리까지 잘 보이는 거 있죠?"

책상에서 업무를 보고 있던 수혁은 그녀의 말에 대꾸도 하지 않고 노트북 전원을 끄고 자리에서 일어났다.

"어제 녹화했던 발표 영상 같이 보면서 개선해야……."

가방에서 자료와 준비물을 꺼내던 라엘은 갑작스러운 수혁의 행동에 말문이 막혔다. 그가 테이블 위에 꺼내놓은 자료와 준비물을 다시 그녀의 가방에 넣었기 때문이다.

"지금 뭐 하는 거예요?"

"보시다시피 갖고 온 자료 다시 네 가방에 넣은 거야."
"나도 알아요. 근데 그걸 왜 넣은 건데요."
"너랑 할 애기 있어."
"애기하는데 가방에 짐은 왜 넣는데요."
"오늘 수업 안 할 거니까."
여전히 그의 말에 되묻는 라엘을 향해 수혁이 진지한 눈빛으로 직시했다.
"대답해줘."
"뭘…… 요?"
태연한 척 물었지만 라엘은 그의 눈빛, 표정, 그가 내뿜는 분위기로 짐작할 수 있었다.
그가 어떤 말을 할지.
"고백했잖아. 내가."
"……."
고백이란 말에 다시 한번 그날의 장면이 라엘의 머릿속에 떠올랐다.
"기다리려 했어. 네가 준비될 때까지 기다리려고 했는데, 그런데 더는 못 기다리겠어."
라엘은 저도 모르게 아랫입술을 살짝 깨물었다. 정면을 향하던 시선이 의미 없는 공간에 닿았다 바닥으로 떨어졌다. 도저히 기대하는 그의 눈빛을 마주할 자신이 없었기 때문이다.
"라엘아……."
지금처럼 수혁이 다정하게 부를 때마다 라엘은 자신의 의지와 상관없이 가슴이 두근거렸다.
"내가 너 많이 좋아해."

혹시라도 며칠 사이 그녀가 잊어버린 건 아닐까 싶은 조바심에 그가 다시 한번 마음을 내비쳤다. 항상 함께하면 말소리가 끊이질 않았던 두 사람이었기에 소리 없이 내려앉은 침묵이 어색하기만 하다. 계속해서 바닥에 머물던 시선을 끌어올린 라엘이 마침내 수혁과 눈을 마주쳤다.

"수혁 씨."

드디어 애를 태우던 붉은 입술이 그의 이름을 불렀다.

"우리 갑자기 너무 심각해진 거 아니에요?"

라엘은 살짝 미소를 띠며 평소처럼 밝고 씩씩한 모습으로 말했다.

"나도 좋아해요."

"……!"

그토록 듣고 싶던 그녀의 대답을 들은 수혁의 표정이 순식간에 밤하늘에서 동이 튼 하늘처럼 빠르게 밝아지고 있었다. 점점 환하게 밝기를 더해가는 찰나,

"수혁 씨를 좋아하지만 그 마음이 이성적인 마음은 아니에요."

뒤이어 들려온 라엘의 대답이 그의 표정에 브레이크를 걸었다.

"누군가를 보고 두근거림을 느낀 그런 감정은 아니에요."

살짝 굳어진 그의 표정을 보며 걱정하던 라엘은 '피식' 하며 웃어버리는 수혁을 보며 순간 긴장했다. 그리고 가만히 듣고 있던 그가 확신에 찬 말투로 입을 열었다.

"거짓말."

"……."

"너 지금 거짓말하고 있잖아."

"……."

"왜 거짓말하는데."

"……."

계속된 그의 확신에 라엘은 대답 대신 마주 잡은 자신의 손등을 손톱으로 꾹 눌렀다.

"내 말이 틀려?"

"수혁 씨가 착각한 거예요."

"착각! 착각이라고?"

"네. 착각이에요."

"최라엘, 고개 들고 나 똑바로 봐."

라엘은 비스듬히 옆으로 치우친 고개를 애써 제자리로 돌려 그를 쳐다봤다.

"착각 아니야."

"수혁 씨가 어떻게 내 마음을 단정 짓고 확신해요?"

수혁은 마치 숨바꼭질을 하는 것만 같았다. 술래는 본인이었고 도망치는 사람은 그녀였다. 라엘은 자신의 속마음이 들키기라도 할까 봐 최대한 멀리 도망치는 사람 같았다.

"내가 바보야?"

꽤 침착함을 잃지 않던 목소리가 살짝 높아졌다.

"네가 날 보면서 진심으로 웃는데 그걸 어떻게 몰라."

"……."

"너도 나 좋아하잖아."

"……."

"뭐가 문젠데. 너 지금 혼자 고민하고 있잖아."

어느새 수혁은 라엘의 작은 표정 변화만으로도 그녀가 고민하고 있다는 것을 알 수 있었다.

"그런 거 없어요. 수혁 씨 좋은 사람이에요. 따뜻하고 배려심도 많고, 주변 사람도 살필 줄 알고."

"너야말로 착각하고 있나 본데. 나 그렇게 좋은 사람 아니야."

뜬금없이 시작된 칭찬이 끝나기 무섭게 그는 라엘의 말을 정정하고 나섰다.

"네가 느낀 따뜻함과 배려, 전부 최라엘 한정이야. 내 옆에 최라엘이 있으니까 너한테 더 잘 보이려고 좋은 사람이 되고 싶은 거야."

지금 이 순간 그녀에게 어필하기 위해 던진 말이 아니었다. 라엘을 보면서 따뜻함을 배웠고 배려하는 방법도 더 정확히 알게 됐다. 그래서 그녀처럼 좋은 사람이 되고 싶었다.

"나 좋아한다고 말해줘서 고마워요. 근데 난…… 수혁 씨 그런 마음 부담스러워요."

"최라엘, 너 진짜!"

답답함을 견디지 못한 그가 무언가 토로하려 했지만 그보다 빠르게 라엘이 먼저 자리에서 일어났다.

"수혁 씨, 정말 미안한데 오늘 수업은 힘들 것 같아요. USB 두고 갈 테니까 주말 동안 시간 나면 봐요. 도움 많이 될 거예요."

"앉아봐. 우리 얘기 아직 안 끝났어."

"난 더 이상 할 얘기 없어요. 이만 가볼게요."

수혁이 손을 뻗기도 전에 라엘은 황급히 방을 빠져나갔고 공허한 그의 눈빛만이 그녀의 빈자리를 채웠다.

Rrrrrrrrrr.

침대 옆 작은 탁자 위에 놓인 휴대폰의 진동 소리가 요란하게 울렸지만, 정작 주인은 꿈적도 하지 않았다. 이불과 물아일체가 된 라엘은 한 마리의 거대한 애벌레처럼 이불을 돌돌 말아 뒤집어쓴 채 침대에 딱 붙어 있었다.

Rrrrrrrrrr.

또 한 번 진동 소리가 울렸지만 이불 끝자락이 미세하게 흔들렸을 뿐 라엘은 여전히 움직일 생각이 없었다. 보나 마나 밥 먹고 약을 먹으라는 라준의 폭풍 잔소리가 포함된 메시지일 게 불을 보듯 뻔했기 때문이다.

그렇게 이불 속에서 잔뜩 몸을 움츠린 채 끝도 없는 상념 속을 헤엄치고 있던 중 갑자기 노크 소리가 들렸다.

"이번엔 뭔데?"

계속된 노크 소리에 라엘이 이불 속에서 소리쳤다.

"아까 티켓 찾았다며?"

라준은 전 선생을 만나는 날이면 꼭 물건을 한두 개씩 두고 가곤 했다. 아까도 나가자마자 다시 들어와서 뮤지컬 티켓을 두고 갔다며 호들갑을 떨었기에 라엘은 대수롭지 않게 대꾸했다.

똑똑.

"아, 진짜……."

결국 라엘이 이불을 박차고 일어났다.

"뭔데, 뭐? 휴대폰? 아님 지갑? 오빠 또 잘 찾아보지도 않고……!"

관자놀이를 괴롭히는 두통과 축 처진 몸을 이끌고 귀찮은 듯 소리치며 문을 열어보니 종인이 서 있었다.

"누구세요?"

라엘을 마주한 종인이 놀란 듯 물었다. 금요일에 이어 토요일까지 이틀 연속 울면서 라면을 먹은 라엘의 얼굴은 그야말로 성난 복어처럼 부어 있었다.

"상또, 너 울었냐? 눈이 그게 뭐야."

"울었다고? 내가? 아닌데. 그나저나 너 연락도 없이 웬일이야."

"아까부터 전화했는데 네가 안 받았잖아."

조금 전 울렸던 휴대폰 진동 소리가 실은 종인의 전화 소리였던 것이다.

"근데 종인이 너 등산 가?"

"그래. 등산 간다. 좀 전에 대문 앞에서 형 마주쳤어. 너 감기 기운 있는데 집에 감기약이 없는 것 같다고 걱정하더라."

주방으로 나온 종인은 집에서 챙겨온 약을 하나씩 꺼냈다.

"여기 파란색 알약이랑 빨간색 알약 같이 먹어. 그리고 빈속에 감기약 먹으면 안 되니까……."

"우와! 야, 종인아. 내 얼굴 좀 봐."

한참 약에 대한 설명을 하던 그는 불쑥 얼굴을 들이대며 실없이 웃는 라엘 때문에 말문이 막혔다.

"나 얼굴 왜 이렇게 부었대. 아니, 눈두덩은 꼭 모기 물린 것 같잖아. 진짜 누구 말처럼 너무 못생겼네."

"좋냐? 좋아?"

"그러게. 난 왜 웃기냐. 큭."

"좋단다. 그만 웃고 우선 밥부터 먹어. 요즘 독감 유행하는 거 알지? 일반 독감이랑 달라. 이번 독감은 걸리면 일단 몸에…… 최라엘?"

간만에 의사다운 지식을 뽐내던 종인은 갑자기 방으로 들어간 라엘을 보며 소리쳤다.

"너 밥 먹고 약 먹으라니까 설마 또 자러 간 건 아니지?"

라엘은 종인의 말이 끝나기도 전에 완전무장을 하고 방에서 나왔다.

"가자!"

"가자니 어딜?"

"등산. 나도 답답해서 산 좀 타려고."

서울에 있는 산에 도착한 두 사람은 정상에 있는 쉼터에 멈췄다.

"야호! 야호오~ 콜록콜록."

옆에서 야호를 외치는 등산객을 따라 호기롭게 외치던 라엘의 야호는 기침 소리로 마무리됐다.

"거봐라. 내가 뭐랬어? 너 기침할 거라 했지? 너 그러다 진짜 독감 걸린다."

"콜록! 기침 몇 번 한 거 갖고 오버는. 내 몸은 내가 잘 알아. 감기 기운 있어도 그 정도는 아니네요."

"올라오는 동안 계속 기침했으면서 그게 몇 번이야? 산 타는 거 그렇게 싫어하는 애가 왜 갑자기 따라와서 고생하냐고."

"고생 아닌데? 그리고 네가 준 약 먹고 한결 좋아졌어. 야, 야! 종인아, 저기 봐봐."

자리에서 벌떡 일어선 라엘은 구름 한 점 없이 맑게 펼쳐진 하늘 아래 보이는 서울의 풍경을 휴대폰에 담았다.

"춥긴 해도 이렇게 올라오니까 좋긴 하네. 서울 시내가 한눈에 보인다. 사진 잘 나왔지?"

라엘은 본인이 찍은 풍경에 상당히 만족했다. 얼마나 만족스러운지 휴대폰을 옆으로 들이댔지만, 돌아오는 종인의 시선은 어쩐지 유하지가 못했다.

"뭐야, 그 눈빛은? 나 뭐, 잘못했냐? 네 눈빛 너무 따가운데."

"최라엘, 너 어제 울었지?"

"아니. 이틀 연속 자기 전에 라면 먹어서 더블로 부은 건데? 너 내가 우는 거 봤어?"

누가 봐도 울어서 부은 눈을 하고선 끝까지 아니란다.

"너 그거 병이야."

"무슨 소리야. 갑자기 병이라니."

"씩씩하고 당차고 똑똑하고, 다 좋아. 그게 네 매력이기도 하니까. 근데 때론 네 씩씩함이 너무 거북해."

"……."

평소보다 몇 배는 더 씩씩하게 활짝 웃으며 말하는 라엘이 종인은 못마땅했다.

"특히 지금같이 힘들 때. 넌 힘들면 힘들수록 일부러 더 웃고 더 씩씩한 척을 해. 그 씩씩함을 방패 삼아 자꾸 뒤로 숨잖아."

"숨긴 내가 뭘 숨었다고. 도대체 무슨 얘기 하는 거야?"

"라엘이 너 지금 되게 가식적인 거 알아?"

"야, 너 진짜 왜 그래……."

정상까지 걸어오느라 라엘은 생각보다 꽤 힘이 들었지만 막상 올라와서 아래를 내려다보니 무겁게 가라앉아 있던 마음이 한결 나아졌다. 그런데 아까부터 자꾸만 긁어대는 종인의 말이 겨우 진정시킨 마음을 눈치 없이 건드렸다.

"그렇게 씩씩하면 누가 잘했다고 상이라도 줘? 벙어리 냉가슴 앓아? 정도껏 해."

"야, 김종인. 너 말이 좀 지나치잖아."

고등학교를 졸업한 이후 라엘은 종인과 단 한 번도 싸운 적이 없었다. 워낙에 사람 마음을 잘 알고 눈치도 빠른 녀석이라 부딪힐 일이 없었기 때문이다. 그런데 오늘은 마치 일부러 싸움을 거는 것만 같았다.

"하고 싶은 말이 뭔데. 빙빙 돌리지 말고 말해."

"최라엘?"

"왜? 말해."

"너 이수혁 씨한테 고백받았지?"

"……!"

라엘은 고백받았다고 온 동네방네 떠들고 다닌 것도 아니고 누구에게 말한 적도 없었다. 그런데 종인이 정확히 알고 있었다.

"어떻게 알았냐고? 금요일 집에 오던 길에 우연히 봤어. 너랑 그 사람."

동기들 모임을 끝내고 집으로 돌아오던 종인은 집으로 들어가다 골목 한복판에 서 있는 수혁과 라엘의 모습을 우연히 보게 됐다. 굵은 눈송이 때문에 두 사람의 표정까지 볼 순 없었지만 마주 선 그들에게서 느껴지는 분위기로 짐작할 수 있었다.

"함박눈은 쏟아지고 가로등 불빛 아래 운치 있는 골목은 조용하고 두 사람은 마주 보고 서 있고. 자연이 선물한 로맨틱 배경 아래 이수혁 씨가 고백하지 않을까 싶었지. 어때, 내 말 틀려?"

꿀 먹은 벙어리마냥 도톰한 입술을 굳게 닫은 라엘이 여전히 침묵으로 일관했다. 대답 대신 작은 고개가 위아래로 천천히 움직였다.

"작은 숙박업체 대표라고 소개했던 남자의 정체는 사실 그 유명한 셀튼호텔 이수혁 본부장이라며? TV에 나온 거 보고 알았어."

"어. 맞아."

"내가 사무실 찾아간 그날, 그 남자가 나한테 그러더라. 너 좋아한다고."

"그 사람이 그런 말을 했어?"

"어. 그것도 단호하게 정확히 했어."

어찌나 당당하던지, 그날 종인에게 수혁은 적진에서 승리하고 돌아온 장군의 모습처럼 당당했다. 그가 내뿜는 아우라에 살짝 기가 눌리기도 했다.

"라엘이 너도 그 사람 좋아하잖아."

"……."

"너, 고민하는 거 그 사람이랑 신분 차이 때문이지?"

오랜 시간 친구란 타이틀로 함께한 종인은 라엘의 표정만 봐도 그녀의 고민을 알 수 있었다.

"티 났어……?"

"당연히 티 나지. 내가 널 몰라?"

"역시 그래도 친구가 최고네. 내 마음도 알아주고."

지금까지 억지로 웃고 있던 라엘은 이제야 답답한 속을 내비치며 아주 조금은 편하게 웃었다.

"사람 마음이 참 웃기더라. 그렇게 아옹다옹하던 사람이 언제 이렇게 좋아졌는지……. 어느 순간 그 사람한테 내 마음이 물들었던 거 같아."

꽉 막힌 마음의 실타래를 풀며 말하던 라엘은 고개를 들어 하늘 위로 시선을 올렸다. 깨끗한 하늘 위로 보고 싶은 수혁의 얼굴이 아른거리는 것만 같았다.

"그 사람 손을 덥석 잡고 싶다가도 그냥 뒷걸음질 치고 싶기도 하고……. 아무튼 나도 잘 모르겠어. 어떻게 해야 할지."

"라엘아, 만약 사람들이 태어날 때부터 자신의 수명을 알고 있다면 어느 누가 삶을 열심히 살아가려고 할까? 당장 삶이 하루가 채 남지 않은 사람은 아무 기대도 미련도 없이 마음은 이미 죽은 사람처럼 계속 불안해하며 떨고 있을 거야. 사랑도 마찬가지야. 너도 알잖아. 사랑을 시작하는 어느 누구도 그 끝을 정해두고 시작하진 않아."

도저히 부정할 수 없는 말 앞에 그녀는 아무 말도 하지 않았다.

"단지 시작된 설렘에 두근거리고 서로를 향한 감정에 충실하면 되지 않을까. 이미 감정을 서로 주고받은 마음은 상대에게 향하는 그 길을 막을 수가 없어. 내 의지대로 생각하는 머리는 그 길을 단절할 수 있을지 몰라도 마음은 또 다른 길을 만들어 상대에게 향할걸. 그게 사랑이니까."

지금 라엘의 마음이 딱 그랬다. 애써 그 사람은 아니라고 생각한 그다음부터 이상하게 수혁을 향한 마음이 더 뜨거워지고 더 간절해지고 있었다.

"야! 최상또! 너답지 않게 왜 이렇게 겁내? 너 대학교 때까지 주구장창 외치고 다니던 좌우명 벌써 잊었어?"

"……안 잊었어. 현재에 충실히, 내일은 후회 없이."

라엘이 고등학교 때부터 다이어리 앞에 붙여둔 문구로 현재에 충실해야 내일은 후회가 없다는 뜻이었다. 지금까지 충실히 살아왔는데 요 며칠은 늘 후회의 연속이었다.

"아, 맞다. 그리고 너 이건 정신과 의사로서 충고하는데. 힘들 땐 울어도 돼. 어른은 힘들 때 울지 말란 법이라도 있냐?"

"뭐래. 나 지금 안 울고 있거든? 누가 보면 대성통곡이라도 한 줄 알겠네."

"힘들 때 울면 마음속의 응어리가 나와서 감정적으로 치유되는 효과가 있어. 그러니까 힘들면 힘들다고 티 좀 내. 친구로서 보기 불편하다."

"아자!"

지금까지 가만히 앉아 있던 라엘이 자리에서 벌떡 일어나 큰 소리로 외쳤다.

"아, 깜짝아."

"내가 누구냐? 어? 울 아부지 엄마 딸이라고, 내가."

"그렇지. 그리고 멋진 상또이기도 하지."

"종인아, 나 최라엘이야. 내가 최라엘이다."

"야, 야, 상또야. 나 이제 슬슬 창피하거든. 기합 좀 적당히 넣을래."

기운을 차린 것까진 좋은데 그다음이 문제였다. 두 주먹을 불끈 쥐고 만세 삼창을 하듯 제자리에서 방방 뛰며 격한 파이팅을 외치는 라엘의 모습을 보며 지나가는 사람들이 힐끔거리며 웃고 있었다.

"어, 그래그래. 너 최라엘인 거 지나가는 사람들 이제 다 아니까 그만해라."

"가자. 내가 저녁 사줄게."

"당연하지. 나 지금 너한테 고급 상담 해준 거야. 나 비싼 몸이라고."

"알았어. 비싸고 맛있는 거로 사줄게."

앞으로 두 시간 동안 올라온 길을 또다시 내려가야 했지만, 라엘의 발걸음은 올라올 때와 달리 눈에 띄게 가벼웠다.

'그래. 내가 언제부터 이렇게 수동적이었다고……'

라엘은 산을 내려오면서 계속 생각하고 또 생각했다. 미리 겁내지 말자고. 늘 하던 대로 당당하게 표현하자고.

"상또야, 난 네가 어떤 선택을 하든 네 의견을 존중할 거다. 근데 그거 아냐?"

"또 무슨 소리를 하려고."

"지금 이 순간에도 네 선택을 기다리는 그 사람의 마음은 촛불 심지처럼 바짝 타들어가고 있을걸."

"김종인 선생님, 알았으니…… 에, 에취!"

"쯧쯧, 거봐. 내가 너 산 타면 분명 감기 심해질 거라고 했지? 내일 아침에 꼭 병원 가라."

라엘은 3일 동안 괴롭혔던 고민은 잡았지만 아무래도 지독한 감기는 잡지 못한 것 같다.

"수업을 못 하다니, 그게 무슨 소리야? 뭐! 촉새가 아프다고?"

역시나 김 여사의 예측대로 라엘의 소식을 들은 수혁은 잔뜩 예민해졌다.

"누구 마음대로. 어디가 어떻게 얼마나 아픈데? 알았어. 일단 집으로 갈게."

-그럼 마지막으로 우리 20, 30대 여성분들이 뽑은 남자 친구한테 감동한 순간 베스트 1위를 알아보겠습니다.

"죄송합니다, 도련님."

알프레도가 알려준 대로 휴대폰 동영상을 차량 내비게이션 화면에 연결한 기사는 전화를 끊는 타이밍에 맞춰 볼륨을 높였다.

"제가 기다리면서 영상을 봤는데 버튼을 잘못 눌렀나 보네요.

금방 끄겠습니다."

"아니, 잠시만. 볼륨 좀 높여봐."

김 여사가 던진 낚시에 월척이 걸리는 순간이었다.

-그럼 대망의 1위는 바로! 아픈 날 남자 친구가 간호해줄 때.

-맞아요. 저도 저렇게 적었어요.

화면 속에는 젊은 연예인이 자신의 주장을 어필하고 있었다.

-제가 감기 몸살이 심해서 공연도 취소되고 집에서 골골대고 있는데, 글쎄 남자 친구가 찾아와서 밥도 해주고, 저 그날 너무 감동해서 운 거 있죠?

-맞아. 나도 그런 적 있어. 이 사람이 날 위해 뭔가를 해줬다고 생각하니까 막 울컥하고 그러더라.

여성 진행자의 부연 설명을 마지막으로 짧은 영상은 끝났다. 룸미러를 통해 수혁의 표정을 주시하고 있던 기사는 조용히 시동을 걸며 고개를 돌렸다.

"도련님? 자택으로 출발할까요?"

동영상이 끝남과 동시에 휴대폰을 폭풍 검색하던 수혁이 기사를 쳐다보며 단호하게 말했다.

"아니. 노량진 수산 시장으로 가."

"아고고고."

"아고, 저걸 어째."

"소, 소, 손 조심."

도마를 내려치는 소리가 들릴 때마다 두더지게임기에 올라오는 두더지마냥 쌍방울 댁과 기자가 번갈아가며 자리에서 일어났다.

"뭐야! 이거?"

전복죽을 만든다고 찹쌀을 불린 것까지는 좋았는데, 그다음 채소 손질이 문제였다.

"왜 이렇게 안 잘리지?"

휴대폰에 나와 있는 레시피를 보면서 당근을 잘게 잘라 다져야 하는데 문제는 생각보다 당근이 너무 단단했다. 결국 손쉽게 채소 손질법이란 동영상을 나노 단위로 쪼개본 결과 어렵게 당근 손질을 마칠 수 있었다. 하지만 가장 큰 문제는 오늘의 주인공이나 다름없는 전복이었다.

"악!"

전복은 늘 주방 앞에 서는 주부에게도 쉽지 않은 재료였다. 하물며 식칼을 잡은 지 한 시간밖에 되지 않은 초짜 요리사에겐 거의 끝판왕 수준이었다.

"아, 따거."

"전복 손질 저거 만만치 않은데. 도련님, 제발 조심하세요."

늘 맛있는 냄새와 소리가 가득하던 다이닝룸에선 전복 때문에 외마디 외침이 빗발쳤다. 또 전복 껍질에 손을 살짝 베인 수혁은 무슨 큰일이라도 난 것처럼 최대한 불쌍한 표정으로 손을 감싸 쥐고 식탁 쪽을 쳐다봤다.

"수혁아, 괜찮니?"

"그럼요. 문제없어요."

"혹시 우리가 도와주랴?"

도와주겠다는 말에 순식간에 화색이 돈 수혁이 '네'라고 대답을 하기도 전에 김 여사의 뒷말이 이어졌다.

"그래도 라엘이가 먹을 거라고 혼자 만든다고 했는데 우리가 도와주면 수혁이 자존심 상하지 않겠니? 안 그래?"

그 자존심은 이미 전복에게 굴복한 지 30분째였다.

"그럼요. 혼자 할 수 있어요. 근데 할머니, 저 여기 두 번째 손가락 마디 베였어요. 걱정하실까 봐 말씀드렸어요."

키 187센티가 훌쩍 넘는 다 큰 남자가 손가락 살짝 베였다고 하소연하는 중이었다. 그만큼 수혁은 지금 도움이 절실했다.

"괜찮아, 인석아. 원래 처음에 요리하다 보면 상처도 생기고 그래."

"아니, 여사님, 자꾸 왜 그러세요?"

"맞아요. 그만 좀 놀리세요. 도련님 지금 도와달라고 신호 보내고 계시잖아요."

보다 못한 별채특공대와 알프레도가 김 여사를 말리며 한마디씩 건넸다.

"수혁이 저러는 거 귀엽지 않나? 라엘이 때문에 고삐 빠진 망아지 같아서 얼마나 귀여운지 몰라."

"아휴, 전 더 이상 불안해서 안 되겠네요."

결국 수혁이 손이라도 다칠까 봐 전전긍긍하던 기자가 자리에서 벌떡 일어서 싱크대로 향했다.

"도련님, 지금부터 제가 알려드리는 대로만 하세요. 우선 전복에 있는 이빨을 제거해야 하니까 왼손으로 단단히 고정해서 잡으세요."

"이렇게?"

"그렇죠. 잘하셨어요. 그리고 가위를 조금만 벌려서 반대쪽 끝에 있는 검은색을 찾으세요."

수혁은 요리 장인인 기자의 설명을 하나라도 놓칠세라 바른 자세로 경청하며 열중했다. 비록 아주 많이 서툰 솜씨지만 가르침을 따라 하나씩 요리가 완성되고, 그는 그녀를 생각하며 그 안에 정성까지 담았다.

"드디어 완성이네."

그리고 장작 몇 시간에 걸친 사투 끝에 도시락이 완성됐다.

"이봐?"

식탁에 앉아 흐뭇함이 폭발한 수혁을 보던 김 여사가 알프레도를 불렀다.

"네, 여사님."

"수혁이 출발하기 전에 상처 난 손에 밴드 몇 개씩 더 붙여줘. 티 나게."

"밴드를 더요? 왜죠?"

안 그래도 알프레도는 수혁이 손에 밴드를 붙여야겠다고 생각하던 중이었다. 그런데 왜 굳이 몇 개를 더 붙여야 하는 건지 이유가 궁금했다.

"왜긴, 감정을 더 자극하기 위해서지."

14화. 빗물에 몸이 녹아내릴 만큼

"아……."

약 기운에 취해 잠들었던 라엘은 무거운 눈꺼풀을 올리며 시간을 확인했다. 어느새 작은 바늘이 8시를 넘어가고 있었다.

"벌써 시간이 저렇게 됐네. 아고, 팔다리야."

라엘은 작은 손으로 허벅지를 두드리며 침대 헤드에 등을 기대 앉았다. 빗소리에 창밖으로 향했던 고개가 벽에 걸린 거울에 멈췄다. 안 그래도 하얀 얼굴이 심한 독감으로 더 하얘졌고, 붉은 입술은 살짝 핏기가 없어 보였다. 정수리 가까이 포니테일로 질끈 묶어 올린 머리카락은 고무줄 밖으로 삐져나와 있었다.

라엘은 거울에 비친 제 모습에 헛웃음이 났다.

"아주 가관이네……."

갈증을 느낀 라엘이 침대 옆에 있는 작은 테이블을 향해 상체를 틀었다. 라준이 사다준 이온 음료를 집기 위해 손을 뻗었지만, 그녀의 손에 집힌 건 휴대폰이었다. 부재중 연락이 왔는지 계속해서 상단에 불빛이 깜빡이고 있었다. 확인해보니 부재중 전화 세 통과 메시지 한 통이 휴대폰 알림창에 떠 있었다.

"누구지?"

왠지 라준이나 종인일 거라고 생각하며 메시지를 클릭했다. 그런데 간결하게 써진 메시지에 시선이 닿은 순간, 자리를 박차고 일어난 라엘이 현관문을 열고 밖으로 뛰쳐나갔다.

[촉새! 너, 누가 허락도 없이 아프고 그래. 신경 쓰이게……. 독감 걸리면 푹 쉬고 잘 먹어야 낫는 거 알지? 아무것도 하지 말고 아무 생각도 하지 말고 잘 먹고 푹 쉬어. 대문 앞에 죽 갖다놨어. 먹고 기운 차려. 라엘아, 보고 싶다.]

라엘은 거울을 볼 새도 없이 옷을 갈아입을 새도 없이 침대에 누워 있던 모습 그대로 우산을 들고 대문 밖으로 나왔다. 정말 대문 바로 앞에 제법 큰 도시락이 놓여 있었다. 그것도 슈퍼에서 흔히 볼 수 있는 과자 박스 안에 담겨 있었다. 도시락에서 아직 따듯한 온기가 느껴졌다. 재빨리 휴대폰을 확인한 라엘은 부재중 전화와 메시지가 온 시간부터 한 시간이 지났다는 걸 알았다.

여기, 이곳에 수혁이 왔었다. 그것도 한 시간 전에. 좀 더 일찍 일어났으면 그를 볼 수 있었을 텐데. 라엘은 답답한 마음에 대문을 벗어나 골목 주변을 두리번거렸다. 빗물을 가득 머금은 아스팔트 위를 스치는 슬리퍼 소리가 골목 안에 울렸다. 몇 번을 더 서성이던 라엘이 안타까운 표정으로 고개를 돌려 집으로 향하려는 그때였다.

"촉새야?"

너무나 익숙한 목소리가 그녀의 고개를 골목으로 돌려놨다.

"……!"

가로등 밑에 주차된 어느 봉고차 뒤에서 수혁이 골목으로 걸어 나오고 있었다. 그녀도 그를 향해 조금씩 걸어갔다.

"수혁 씨……."

서로를 향해 걸어온 두 사람은 일정한 간격을 두고 마주 섰다.

"누가 잠옷 바람으로 밖에 나오래."

"미쳤어."

그녀의 마음과 달리 격양된 목소리가 그에게 닿았다.

"설마, 한 시간 동안 여기서 기다린 거예요?"

라엘은 문득 수혁이 골목에서 한 시간 넘게 자신을 기다렸다는 사실을 깨달았다. 이 추운 겨울날, 더군다나 비까지 내리고 있었다.

"전화 안 받으면 그냥 가지……. 날도 춥고 비도 오는데 뭐하러 한 시간씩 기다려요. 기다리길."

가로등 불빛이 이어진 골목 끝까지 그의 차는 보이지 않았다. 그걸 확인한 순간 반가운 마음 위로 속상한 마음이 빗물처럼 쏟아졌다.

"한 시간이 뭐, 어쨌다고. 넌 3일 동안 계속 아팠잖아. 내 고백 때문에……."

"……."

"네 얼굴 보려고 한 시간 기다리는 거, 그거 아무것도 아니야. 더한 것도 할 수 있어. 그만큼 나한테 있어 넌 누구보다 가치 있는 여자니까."

일정한 거리를 두고 서 있던 그의 발걸음이 경계선을 넘었다.

"잠깐! 오지 마요. 거기서 말해요. 나 독감 걸렸어요."

"알아. 그래서 온 거야."

"알았으면 그만 와요. 수혁 씨 독감 옮아요."
라엘이 단호하게 외치며 뒷걸음질 쳤지만,
"상관없어."
더 단호한 발걸음이 그녀에게 향했다. 그 덕에 두 사람의 거리는 제법 가까워졌다.
"아니, 잠시만……."
수혁이 끝까지 다가올 걸 알고 있는 라엘은 더 이상 뒷걸음질 치는 걸 포기했다. 대신 우산을 얼굴 밑으로 살짝 내렸다. 그가 왔다는 사실에 집에서 정신없이 뛰쳐나오느라 잠시 망각하고 있던 사실이 번뜩하고 떠올랐기 때문이다. 독감에 걸려 생기 없는 얼굴도, 집에서 편하게 입는 무릎 나온 추리닝도, 발에 걸리는 대로 신고 나온 슬리퍼까지. 그야말로 지금 상태가 총체적 난국이었다.
'미쳤어, 최라엘. 진짜 내가 미쳐.'
현관 벽에 달린 거울이라도 보고 나올걸, 하는 소용없는 후회가 밀려왔다.
"얼굴 좀 보여줘."
갈급함을 토로한 목소리가 빗속을 뚫고 들려왔다.
안 그래도 제법 내리는 빗줄기 때문에 선명하게 보이지 않던 라엘의 얼굴이 우산에 가려져 더 보이지 않았다.
"라엘아……."
내리는 빗줄기가 녹아내릴 정도로 따뜻한 음성이 이어졌다.
우산을 잡고 있던 작은 손이 움찔하며 흔들렸고, 그 탓에 뒤로 밀려난 우산 밑으로 라엘의 얼굴이 조금 더 보였다.
"나한테 오길 망설인 이유, 알아."
라엘은 수혁이 종인을 만났다는 걸 짐작할 수 있었다.

"살면서 누군가를 이렇게 좋아한 게 처음이라서 어떻게 내 감정을 전달해야 할지 나도 잘 몰랐어. 그래서 내 감정만 너무 앞세웠던 것 같아. 미안하다."

수혁은 종인에게 이야기를 듣는 동안 자신의 감정에만 급급했던 건 아닌지 생각했다. 왜 좀 더 그녀의 마음을 헤아리지 못했는지 미안한 마음이 밀려왔다.

"수혁 씨가 뭐가 미안해요."

"그거 알아? 네가 생각하는 것보다 내가 널 많이 좋아해. 그때 읽어줬던 '심장' 책 기억나? 연인을 좋아하는 이유를 묻는 말에 히로키 작가는 이렇게 대답했어. 끝없이 펼쳐진 하늘을 원고지 삼아 가득 채울 만큼 이유를 셀 수 없다고. 너를 향한 내 마음도 그래."

그랬다. 누군가는 누군가를 좋아하는 데 있어 이유가 없다고 했지만 수혁은 반대였다. 라엘을 좋아하는 데 있어 이유가 없는 게 아니라 그 이유가 너무 많았다. 측량할 수 없는 바다의 질량처럼 뜨거운 마음 안에 이유가 넘쳐났다.

"네가 뭘 걱정하는지 알아. 근데, 나만 믿고 그냥 따라와주라. 내가 이런 말까지는 안 하려고 했는데……."

어울리지 않게 괜한 헛기침을 하던 수혁은 잠시 망설이는가 싶더니 이내 자신 있게 말을 이었다.

"며칠 전에 기사에서 그러더라. 20, 30대 사람들이 가장 만나고 싶은 유명인 1위, 앞으로 기대되는 젊은 CEO 1위, 그리고 가장 잘생긴 경영인 1위. 게다가 자고 일어나면 헤드라인으로 이름을 붙인 기사가 쏟아지고 미팅을 하려면 적어도 일주일 전에는 연락을 취해야 하는 사람. 그 사람이 바로 나, 이수혁이야."

바짝 긴장하며 집중해서 듣고 있던 라엘은 저도 모르게 '피식' 하고 웃어버렸다.

"그런 대단한 사람이야. 내가."

지금까지 감미로움과 감동이 감돌던 분위기에 취해 울컥하던 감정이 순식간에 유쾌해졌다.

"알아요. 수혁 씨 대단한 사람인 거."

"그럼 앞으로는 이것도 기억해. 그런 대단한 남자가 죽도록 좋아하는 여자도 너 하나라는 거."

그는 살짝 웃음을 지으며 분위기를 풀더니 이내 평소처럼 자신감 넘치는 모습으로 그녀에게 멋짐을 주입시켰다.

"그리고 나보다 더 대단한 사람이 바로 너야. 최라엘 눈빛 하나에도 내 마음은 하루에도 수없이 천당과 지옥을 오가니까. 이거 보여?"

한껏 멋짐을 터트리던 그가 이번에는 대뜸 손을 쭉 뻗었다.

"손!"

그녀가 서 있는 하늘색 우산 안으로 커다란 손이 쑥 들어왔다.

"……왜 그런 거예요?"

그러고 보니 라엘은 기다란 손가락에 밴드가 붙어 있다는 걸 이제야 알았다.

"설마, 수혁 씨가 직접 요리했어요?"

"너 주려고 앞치마 두르고 처음으로 주방에 서서 내가 직접 요리했어."

수혁의 모습은 마치 주인에게 칭찬받고 싶어 꼬리를 흔드는 대형견처럼 보였다.

"……고마워요."

라엘은 앞치마를 두르고 요리하는 그의 모습을 상상하며 흐뭇한 표정을 지었다. 감동시켰다가 웃겼다가, 이제는 귀엽기까지 한 수혁이 정말 사랑스러웠다.

"라엘아, 내가 널 좋아한다는 이유만으로 앞으로 그 누구도 너한테 함부로 하지 않을 거야. 아니, 못 해. 왜? 내가 가만 안 있으니까."

단호한 그의 결심이 좁은 골목을 가득 메웠다.

"그러니까 너답게, 씩씩한 최라엘답게 나한테 와. 내가 다 막아줄게. 라엘아…… 사랑해."

그때였다.

하늘색 우산이 허공 위로 떠오른 뒤 빗물이 고인 아스팔트 위로 떨어졌다. 그리고 동시에 라엘이 그의 우산 속으로 들어와 그와 눈을 마주했다. 라엘이 수혁의 우산 속으로 들어갔다는 건 어찌 보면 그렇게 고민하던 그녀가 드디어 그의 세상 속으로 들어갔다는 걸 의미하기도 했다.

독감에 초췌해진 얼굴도, 핏기 없는 입술도, 무릎 나온 추리닝 차림도, 그 어떤 것도 중요치 않았다. 지금 라엘에게 있어 가장 중요한 건 자신의 마음을 전달하는 것, 오직 그것뿐이었다. 더 이상 망설일 이유는 그 어디에도 없었다.

"야! 이수혁."

라엘은 총명한 눈빛으로 까만 눈동자를 직시하며 수혁의 이름을 불렀다. 그러더니 까치발을 들고 천천히 그의 넥타이를 잡아당겼다.

두 사람 사이의 공간이 좁혀지고 서로의 얼굴이 맞닿을 때쯤,

"너…… 이제 내 거야."

당당하게 외치며 그의 입술에 입맞춤을 했다. 그리고 숨결이 닿을 듯한 미세한 틈만 허락한 채 서서히 입술을 떼어내며 참아왔던 마음을 온전히 터뜨렸다.

"사랑해. 사랑해요."

라엘은 해사하게 미소를 그리며 다시 한번 그에게 입맞춤했다.

물론 이 사랑의 결말이 행복한 장밋빛일 수도, 반대로 서로의 미래를 응원하며 손을 흔들 수도 있다. 드라마가 아닌 현실이기에 대단하다는 말로 표현하기도 부족한 수혁의 배경과 평범한 자신의 배경이 부딪힐 수도 있다. 또한 생각지도 못한 이유가 생길 수도 있다.

하지만 지금 당장은 앞으로 일어나지 않을지도 모르는 일을 앞서 걱정하지 않기로 마음먹었다. 라엘은 스스로 겁쟁이란 타이틀을 달 필요는 없다고 생각했다. 그저, 매 순간 이 남자의 눈을 보고 마음껏 웃어주고 그 감정을 솔직히 표현하며 더 많이 안아주기로 마음먹었다. 우리의 결말이 어떤 식으로 나든 지금 느끼는 이 감정에 충실해야 소중한 이 사랑에 후회가 없을 거라 생각했기 때문이다. 라엘은 할 수 있는 한 충실하고 후회 없이, 더 많이 수혁을 사랑할 거라고 다짐했다.

"사랑해요, 수혁 씨."

그토록 기다리던 그녀의 고백을 듣는 순간 그는 심장이 멎을 것만 같았다.

"이제……."

그때였다. 두 사람을 막아주던 검은색 우산이 순식간에 바닥에 떨어졌다. 수혁은 한 손으로 라엘의 허리를 감싸고 제 품 안으로 바짝 끌어안아 밀착하며, 나머지 한 손으론 그녀의 머리를 감싸 안았다.

"못 참아."

그리고 낮게 깔린 목소리를 토해내며 라엘에게 사랑하는 마음을 담아 열렬히 키스했다. 얼굴 위로 쏟아지는 빗물과 함께 뜨거운 숨결이 빠르게 교차하며 입술 안으로 밀려 들어왔다. 라엘은 수혁에게 입술을 열며 눈을 감고 그의 목을 끌어안았다. 거칠 것 없이 강하게 들어온 그의 혀는 마치 불도저처럼 그녀를 몰아붙였다. 일순간 온몸에 전기가 저릿하게 관통하며 아찔한 파동이 발끝까지 전이돼 내려가며 빗물에 몸이 녹아내릴 만큼 그의 키스가 온몸에 전율을 일으켰다.

라엘은 저도 모르게 손에 힘을 주며 수혁의 목을 더 꽉 끌어안았다. 다리에 힘이 쫙 풀려버렸다. 아마도 그가 허리를 지탱하지 않았다면 그대로 바닥에 주저앉고 말았을 것이다. 이성을 함락시킨 그의 키스는 상상할 수 없을 만큼 아찔하고 중독적일 만큼 달콤했다.

수혁은 라엘이 몹시 사랑스러워 견딜 수 없었다. 꽃을 쫓는 나비처럼, 달을 그리는 별처럼 그녀의 달콤한 숨결을 전부 빨아들였다.

"하……."

맞닿은 입술이 완벽한 자리를 찾아 움직이자 라엘의 입에서 얕은 숨소리가 멋대로 흘러나왔다. 그러자 수혁은 한순간에 봄바람처럼 느릿하게 다가가 부드럽게 그녀를 달랬다. 꼭 붙어버린 입술과 뜨거운 속살로 스며든 빗물 때문에 옷이 전부 젖을 때까지도 서로에게 취한 두 사람은 온전히 키스에 몰두하며 입술을 강렬히 탐닉했다.

작은 골목. 아스팔트 위에 고인 빗물조차 숨을 죽인 작은 공간 속 가로등 불빛 아래서 수혁과 라엘은 그렇게 황홀한 키스를 나눴다. 얼마간의 시간이 지나고 격정의 키스를 끝낸 그가 그녀의 귓가에 나지막이 속삭였다.

"사랑해."

빗줄기가 약해지긴 했지만 두 사람은 여전히 비를 맞고 있었다.

"최라엘!"

로맨틱한 키스를 끝내자마자 휘청거리는 라엘을 보며 수혁이 깜짝 놀랐다.

"괜찮아?"

"괜찮아요."

말은 괜찮다고 했지만, 독감에 걸린 상태에서 그런 엄청난 키스 세례를 받으니 라엘은 마치 몸이 붕 뜨는 것만 같았다. 게다가 이런 게 바로 본능의 이끌림인지,

'아, 미쳤나 보다…….'

한 치의 거짓 없이 정말, 단 1%의 의지와는 전혀 상관없이 자꾸만 수혁의 입술로 시선이 갔다.

더군다나 완벽한 슈트 차림인 그가 비에 젖어 흐트러진 머리카락과 물기를 머금은 모습은 섹시함 그 자체였다. 새삼 그가 얼마나 잘생겼는지 라엘은 순간 두 눈을 깜빡이며 다시 한번 깨달았다.

"……엘, 최라엘!"

수혁은 바닥에 떨어진 우산을 들고 그녀의 얼굴 위로 흘러내리는 빗물을 훔치며 비에 젖은 어깨를 감쌌다.

"라엘아? 왜 그래."

"아니……."

라엘은 내 남자가 너무 잘생기고 섹시해서라는 속마음을 죽어도 말할 수 없어 대충 둘러댔다.

"아무것도 아니에요."

"정말 괜찮아?"

흐릿한 눈빛을 마주한 수혁은 안 그래도 독감에 걸린 라엘이 비를 너무 오래 맞은 탓이라고 걱정했다.

"그보다 옷이 전부 젖어서 어떡해요. 이거 비싼 옷인데……."

본인이야 집에서 늘 입던 추리닝을 입고 있어서 젖어도 상관없지만 고급 슈트를 입고 있는 수혁의 경우는 달랐다.

"괜찮으니까 신경 쓰지 마. 너도 흠뻑 젖었잖아."

"그러네. 전부 젖었네."

라엘은 고개를 숙였다 올리며 수혁과 자신의 모습을 번갈아 확인했다. 그러곤 조금씩 웃기 시작하더니 급기야 고른 치아까지 드러내고 눈을 반달로 접으며 활짝 웃었다.

"뭐야, 갑자기."

"그냥요. 우리 상태가 좀 웃겨서요."

서로의 마음을 확인하며 비 오는 골목에서 영화 같은 키스를 나눴던 방금 전과는 달리 지금 두 사람의 꼴이 물에 빠진 생쥐 같아 자꾸만 웃음이 터져 나왔다.

"최라엘, 너 내가 그렇게 웃지 말라고 했지?"

"왜요? 또 못생겼다고 놀리게요?"

"아니. 너무 예뻐서."

그렇게 말한 그는 웃고 있는 그녀에게 귀엽게 입을 맞췄다. 감히 누구 여친인데 못생겼을 리가. 그녀가 웃을 때면 주변이 모두 환해지는 기분이다. 이 미소는 언제 어느 곳에서 어떤 형태로 보아도 참으로 사랑스럽기 그지없다.

"예뻐요? 나 지금 좀 추한데."

늘 못생겼다고 놀리던 그가 막상 대놓고 예쁘다고 해주니 라엘은 왠지 기분이 묘했다. 게다가 지금 홀딱 젖은 생쥐 꼴을 하고선 그 소리를 들으니 더 그랬다.

"하나도 안 추해. 내 눈에 넌 늘 항상 예뻐."

아무래도 예쁘다는 말은 여자에게 있어선 마법 같은 말이 분명했다. 굳이 듣고 싶다고 생각하지 않았는데 좋아하는 그에게 예쁘다는 말을 들으니 라엘은 정말 좋았다. 마치 마음에 꽃이 피는 기분이었다.

"나 정말 예뻐요?"

"당연하지. 우리 촉새가 제일 예뻐."

"고마워요. 수혁 씨도 꽤 멋있어요."

"나도 알아."

"어휴, 진짜 뻔뻔해."

"근데 그게 또 매력이잖아. 안 그래?"

"음……. 인정."

뭐가 그렇게 좋은지 두 사람은 꼭 붙어서 서로를 향해 배실배실 웃었다.

"에, 에……."

기분 좋게 웃고 있던 라엘의 입에서 느닷없이 재채기가 터졌다.

"에이취!"

긴장이 풀렸는지 몸에 오한이 들기 시작한 라엘은 자신이 독감에 걸린 상태라는 것을 그제야 깨달았다.

"안 되겠다. 그만 들어가봐."

"네. 아무래도 그래야 할 것 같아요."

파르르 떨리는 어깨를 보며 그녀를 보내줘야 한다고 말했지만, 수혁의 눈빛은 같이 있고 싶은 눈치가 역력했다.

"수혁 씨도 가야죠."

"어? 어. 가야지. 나도 가야지."

애써 표정 관리를 하며 아쉬워하고 있던 찰나,

"잠깐…… 들어올래요?"

믿을 수 없는 말이 들려왔다.

"정말?"

"그러고 갈 순 없잖아요."

라엘은 쫄딱 젖은 수혁을 그대로 보낼 순 없었다.

잔뜩 물에 젖은 옷을 입은 채로 가다간 당연히 감기에 걸릴 게 뻔했기 때문이다. 하지만 이때 알았어야 했다. 자신이 말한 '잠깐 들어올래요?'란 말이 얼마나 어마어마한 나비효과를 불러오게 될지. 얼마나 마음을 졸이는 일이 생길지 눈치챘어야 했다. 수혁은 드디어 라엘의 집에 입성했다.

"들어와요. 여기가 우리 집이에요."

오래된 철문에서 나는 정겨운 소리가 두 사람을 반겼다. 한눈에 들어오는 작은 마당도, 오래된 2층 건물도 저택에 있는 직원 휴게실보다도 작은 평수였지만 수혁은 오히려 사람 냄새 나는 따뜻한 분위기가 느껴져 좋았다.

"1층은 아빠가 운영하시는 철물점이고 집은 2층이에요. 수혁 씨, 미안한데 여기서 잠깐만 기다려줄래요?"

라엘은 현관 앞에 정리 못 한 재활용이 자꾸만 신경 쓰였다.

"여기서 하루 종일 기다릴 수도 있으니까 걱정 말고 들어가."

"그렇게 오래 안 걸려요."

2층으로 올라가려는데 낯선 남자의 체취를 느낀 태백이가 개집에서 냉큼 뛰쳐나왔다.

월, 월, 아르르!

"태백이, 앉아! 태백아, 형아한테 짖으면 안 돼. 알았지?"

월!

"우리 태백이 착하네."

주인의 말을 알아들은 태백이는 짖는 걸 멈추고 대신 조금씩 수혁에게 접근했다.

"네가 태백이구나. 잘생겼네."

수혁이 마음에 들었는지 태백이는 그의 손등을 쓰다듬으며 꼬리치기 시작했다.

"내가 라엘이 누나 남자 친구야. 태백아, 앞으로 형아 자주 볼 테니까 우리 빨리 친해지자."

잠시 뒤, 태백이는 점점 더 수혁에게 치대며 그의 다리에 격하게 머리를 비비고 냄새를 맡기 시작했다.

"태백아……?"

그리고 아무도 예상 못 한 태백이의 깜짝 행동에 2층에서 내려오던 라엘은 소리쳤고, 그의 다리는 순식간에 경직됐다.

"촉새야! 제발 얘 좀 말려줘."

"안 돼! 태백아, 제발…… 제발 하지 마."

"태백아, 형이 이태리산 개껌 사줄게."

마음이 급한 수혁은 관우처럼 사람 말을 정확히 알아듣지도 못하는 태백이에게 개껌까지 운운하며 달래기 바빴다.

하지만 안타깝게도 동물적 본능에 충실한 태백이는 수혁에게 거사를 치르고 말았다.

“수혁 씨…… 괜찮아요? 한 번도 이런 적이 없었는데. 태백아, 너 왜 그랬어?”

자신이 얼마나 대단한 일을 저질렀는지 전혀 모르는 태백은 두 사람 곁을 번갈아가며 뿌듯한 표정으로 꼬리치기 바빴다.

“미안해서 어떡해요. 일단 들어가서 얼른 옷부터 갈아입어요.”

“네가 왜 미안해.”

오늘 저택을 나설 때부터 라엘에게 잘 보이고 싶은 마음에 평소보다 더 힘줘서 옷을 고른 그였다. 구두부터 슈트, 코트는 물론 시계에다 행커치프까지. 하다못해 우산까지 유명 디자이너에게 선물 받은 새 우산을 들고 올 정도로 어느 것 하나 고심하지 않은 아이템이 없었다.

수혁은 마지막으로 집을 나서기 전 거울을 확인하며 본인의 멋진 모습을 보고 상당히 만족했었다. 물론 비에 젖었지만 비에 젖은 모습조차 스스로 멋지다고 생각할 정도였다. 그만큼 수혁은 오늘 라엘에게 자신 있었다. 그런데 마지막까지 멋져야 했는데, 이 완벽한 상황에서 태백이가 바지에 실례를 한 것이다.

“아무래도 태백이는 수혁 씨가 무척 마음에 들었나 봐요. 아, 수혁 씨, 우선 이걸로 얼굴부터 닦아요.”

집에 들어온 라엘은 미리 꺼내놓은 수건을 들고 현관 앞에 서 있는 수혁에게 다가갔다. 그리고 까치발을 들고 손을 뻗어 젖은 머리칼을 이마에서 떼어낸 뒤 그의 얼굴에 흐르는 빗물을 닦아줬다.

“감기 걸리겠다. 저기 화장실에 수건이랑 갈아입을 옷 갖다놨어요. 일단 코트부터 벗어두고…….”

추위에 하얗게 질려 부산하게 움직이던 작은 손이 커다란 손에 잡혀 허공에서 내려왔다.

"너부터……."

자신의 머리 위에 놓인 새하얀 수건을 작은 머리 위로 옮긴 수혁은 홍조 띤 두 뺨에 놀아나는 빗방울을 정성스레 닦았다.

"난 괜찮으니까 너부터 따뜻한 물에 몸 좀 녹여."

"난 됐어요. 수혁 씨 이제 회사도 복귀해야 하는데 그러다 감기라도 걸리면 어쩌려고요."

걱정하는 말을 듣는 건지 마는 건지, 수혁은 사랑스러운 눈빛으로 수건 안에 싸인 그녀의 얼굴에서 시선을 떼지 못했다.

어쩜 이리도 사랑스러울 수 있을까?

작은 빗방울을 털어내는 풍성한 속눈썹이 깜빡이고 도톰한 아랫입술이 꼬물거릴 때마다 그의 입꼬리는 중력을 거부한 채 끝없이 올라갔다.

"수혁 씨 내 말 듣고 있어요?"

"아니. 하나도 안 듣고 있어."

"뭐라고요? 수혁 씨!"

이 표정이다. 라엘은 가끔씩 심기가 불편해질 때마다 한쪽 눈썹을 내리며 눈에 힘을 주곤 했다. 그는 일부러 그녀의 표정을 최대한 똑같이 따라 했다.

"최라엘, 지금 네 표정이 이래. 너 심통 날 때마다 이런 표정 짓고 있는 거 알아?"

"지금 장난해요? 난 이미 독감에 걸린 상태잖아요."

"독감 예방주사도 맞고 비타민도 챙겨 먹었어. 그리고 난 원래 감기 잘 안 걸려."

"건강은 자신하는 게 아니라고 했어요. 주사 맞아도 걸릴 수도 있고, 그리고 아까 우리 둘이……."

키스라는 단어가 나쁜 것도 아니건만 조금 전 골목에서 그와 나눈 키스가 떠오른 라엘은 왠지 끝까지 말을 잇기 힘들었다.

"갑자기 왜 말을 하다 말아. 무슨 말인데? 키 뭐라고 한 거 같은데?"

"몰라요. 아무튼 나한테 감기 옮을 수 있으……."

방금 전엔 자의로 말문이 막혔던 라엘이 이번엔 타의로 말문이 막혀버렸다. 그가 경쾌한 소리를 내며 꼬물거리는 입술에 입을 맞춘 것이다.

"지금부터 고집부리고 버티면 말할 때마다 뽀뽀할 거야. 그래도 안 되면 키스할 거고."

뽀뽀와 키스로 협박하는 남자는 이 세상에 오직 이 남자밖에 없을 거다.

"뭐, 뽀뽀를 하고 싶으면 계속 말해도 돼. 그래 주면 나야 고맙지."

수혁의 능청스러움에 라엘은 헛웃음을 터트렸다.

"참 나. 사람이 기껏 생각해줬더니 무슨 소리예요. 누가 뽀뽀 받고 싶다고 했나?"

"글쎄. 나야 모르지."

"나도 모르거든요. 알았어요. 빨리 씻고 올 테니까 코트 여기 바구니에 넣고 기다려요."

젖은 추리닝을 입고 화장실을 향해 빠르게 걸어가던 라엘은 뭔가 두고 갔는지 다시 등을 돌렸다. 그리고 다시 제자리로 빠르게 걸어와 수혁의 입술에 '쪽' 하고 입맞춤을 하고 그 어떤 말도 하지 않고 화장실로 꽁무니를 뺐다.

"훗! 하여간에 귀엽다니까."

수혁이 샤워를 할 동안 라엘은 머리를 말리고 젖은 옷을 갈아입었다. 한껏 꾸미고 아끼는 립스틱을 바를까도 생각했지만 결국 또 추리닝을 선택했다. 바깥으로 데이트를 나온 것도 아니고 집에서 편안한 차림으로 자연스럽게 있는 게 더 좋을 것 같다는 생각 때문이었다. 그래도 이번에는 양심상 무릎 나온 추리닝 대신 얼마 전 새로 구입한 추리닝을 골라 입었다.

"또 열이 나는 건가……."

라엘은 살짝 느껴지는 오한과 함께 열이 나는 듯하여 이마를 짚었다. 아무래도 비를 맞아서 그런 것 같았다.

독감 때문에 몸이 무겁긴 했지만 그래도 수혁과 함께 있어 기분이 좋았다.

"최라엘?"

"나왔어…… 풋!"

식탁 위에 숟가락을 놓던 라엘은 등 뒤에서 들려온 수혁의 목소리에 고개를 돌렸다. 그런데 그의 모습을 마주한 순간 예상 못 한 비주얼에 더 이상 말을 잇기 힘들었다.

"최라엘, 웃지 말고 똑바로 봐. 너 지금 나 놀리는 거지?"

"놀리다뇨. 전혀 아닌데. 근데…… 큭. 자꾸 웃음이…… 아, 미안해요. 다시 한번 말하지만 나 놀리는 거 아니에요."

수혁이 입고 온 옷이 비에 젖었기 때문에 일단 급한 대로 갈아입을 옷으로 라준의 옷을 줬다. 그런데 옷의 길이가 문제였다. 라준도 키가 작은 편은 아니었지만 180센티를 훌쩍 넘는 모델같이 커다란 수혁이 입기엔 티와 바지가 좀 많이 짧았다.

"그만 웃어."

특히 일반 사람들보다 긴 팔다리 탓에 팔목과 발목 위로 올라간 옷맵시가 꼭 어른이 아이 옷을 입은 것 같았다.

"안 웃었어요."

"나도 지금 내 모습 충분히 웃긴 거 알거든. 그러니까 웃지 마."

"전혀 안 웃겨요."

거짓말이다. 실은 웃겼다. 그것도 꽤 많이 웃겼다. 늘 패셔너블하게 완벽한 모습을 보다가 쉽게 볼 수 없는 차림의 수혁을 보니 웃음이 절로 나왔다. 꼭 잘생긴 빙구 같았다. 라엘은 언제 또 저런 모습을 볼까 조심스럽게 핸드폰을 들었지만 금세 그에게 제지당했다.

"야, 촉새, 너 사진 찍으려고 했지?"

"아닌데요? 그냥 시간 좀 확인한 건데……!"

식탁을 사이에 두고 이쪽저쪽 왔다 갔다 반복하던 라엘은 결국 긴 팔에 붙들려 그의 품에 갇혀버렸다. 수혁은 백허그로 그녀를 안으며 도망치지 못하게 양손을 깍지 꼈다. 얼마나 꼭 끌어안았으면 등 뒤로 느껴지는 단단한 근육의 떨림까지 라엘에게 전해질 정도였다.

느릿하게 흘러내린 뜨거운 숨결이 매끄러운 자태를 자랑하는 뒷목에 내려앉자 그녀의 어깨가 미세하게 떨렸다.

"수혁 씨, 우리 도시락 먹을까요?"

"조금만 더 안고 있으면 안 될까?"

"그럼…… 조금만이에요."

라엘은 자신의 손을 부드럽게 감싸는 커다란 손을 물끄러미 쳐다봤다.

"수혁 씨 손, 참 크다."

"내 생각엔 네 손이 작은 것 같은데?"
"그런가?"
한쪽 손을 들어 수혁의 손바닥과 마주 대고 손 크기를 재던 라엘이 순간 크게 움찔했다.
"왜?"
수혁은 꽤 크게 들썩이며 반응한 그녀에게 물었지만 아무런 대답이 없었다.
"라엘아?"
"순간 이상한 소리가 들려서요."
"소리? 아무 소리도 못 들었는데."
"아무래도 내가 잘못 들은 것 같아요."
그럴 리가 없다고 속으로 생각하던 순간,
"라엘아~~아? 최라엘! 상또야?"
지천을 흔드는 개또의 목소리가 마당으로부터 현관문을 뚫고 들려왔다. 여행 간다고 신나게 집을 나섰던 사람이 왜 돌아왔는지 도무지 모르겠지만 라준의 목소리가 분명했다.
"오빠! 어떡해! 개또 목소리다."
"뭐, 개또…… 윽!"
순간 당황한 라엘이 급하게 수혁의 품에서 벗어나려고 자세를 취하다가 수혁의 코와 입술에 머리를 박았다.
"어머! 수혁 씨 괜찮아요?"
"어, 괜찮아."
"아니야. 일단 우리 지금 상당히 안 괜찮아요. 어떡해……. 어떡하지?"
수혁에게 미안했지만 지금은 미안해할 겨를조차 없었다. 라엘은 그의 손을 붙잡고 거실 이쪽저쪽을 살피며 빠르게 머리를 굴렸다.

"라엘아? 최라엘!"

하지만 공포영화처럼 라준의 목소리가 더 가까이 다가오고 있었다. 로맨틱한 분위기가 감돌던 거실이 순식간에 전쟁터를 방불케 하며 아수라장으로 변했다.

"내 동생 상또야? 자니?"

여전히 그의 손을 잡고 있던 라엘은 더 이상 시간이 없음을 직감했다.

"아니, 이럴 때일수록 침착하자. 최라엘, 너 상또야. 침착해."

"최라엘? 무슨 일인데 그래? 너 왜 그래?"

수혁은 도대체 지금 무슨 일이 벌어진 건지 전혀 알지 못한 채 계속해서 혼잣말로 중얼거리는 그녀에게 물었지만, 당연히 라엘에겐 그 어떤 말도 들리지 않았다.

"어디…… 어디, 아!"

그렇게 네 개의 발걸음이 거실을 방황하고 두 개의 눈동자가 마하의 속도로 사방을 헤매던 그때였다.

"그래! 저기가 딱이야."

라엘의 시선이 정확히 냉장고와 싱크대 사이에 있는 작은 공간에 멈췄다.

"수혁 씨, 일단 빨리 이쪽으로 와서 숨어요."

커다란 몸이 이끌린 곳은 주방 한쪽에 남는 공간이었다. 이래저래 그 공간을 그냥 두기 아까웠던 라엘의 엄마 덕희는 그곳을 수납공간으로 만들었다. 작은 공간에 5층짜리 선반을 벽에 붙인 그곳엔 그릇과 김, 계란, 라면같이 주방에서 사용하는 것들이 정리되어 커튼이 쳐져 있었다.

"……여길?"

수혁은 믿을 수 없다는 표정과 함께 손가락으로 확실히 짚어가며 되물었지만, 물어본 게 민망할 정도로 라엘은 딱따구리 버금갈 반동으로 고개를 끄덕거렸다.

"나보고 지금 여길 들어가서 숨으라고?"

"맞아요. 제발…… 어서요."

물론 그 공간은 많이 작았다. 여자라면 모를까 큰 키에 성인 남자가 들어가기엔 확실히 좁은 공간이긴 했다. 하지만 몸을 오므리고 잘 숙인 채 선반에 바짝 붙이면 완전히 불가능한 것도 아니었다.

"혹시, 지금 문밖에서 들려오는 목소리가 형님 목소리야?"

"네. 오빠예요. 아까 여행 간다고 나갔는데 왜 갑자기 돌아온 건지 모르겠어요. 그러니까 일단……."

"근데 내가 왜 숨어야 하는데. 그냥 인사드리면 되잖아."

낑낑거리는 강아지 같은 라엘과 달리 수혁의 반응은 놀랄 정도로 당당했다. 너무나도 태연하고 쿨하게 인사를 드리자고 했다.

"갑작스럽긴 하지만 어차피 앞으로 언젠가 인사도 드려야 하고, 솔직히 내가 숨어야 할 만큼 나쁜 행동을 한 것도 없잖아."

어느 것 하나 틀린 구석이 없는 말이었다. 하지만 그럼에도 불구하고 그녀는 단호했다.

"맞아요. 다 맞는데, 그래도 지금은 안 돼요. 지금 우리 상황을 좀 봐요."

인사를 하는 건 상관없지만 진짜 문제는 따로 있었다. 지금 수혁이 입고 있는 옷은 라준의 옷이었을뿐더러 두 사람은 누가 봐도 금방 샤워를 한 티가 나는, 오해하기 딱 좋은 상황이었기 때문이다.

그때였다.

"뭐야? 라엘아, 문 좀 열어봐. 상또 자니? 최라엘!"

라준은 2층 현관 앞에 올라와 잠긴 문을 붙잡고 흔들며 동생의 이름을 애타게 부르기 시작했다.

"저 소리 들리죠? 오빠 바로 문 앞에 있단 말이에요. 아무튼 내 말은 이유야 어찌 됐든 여동생을 가진 오빠의 입장에서는 그리 유쾌한 상황은 아닐 거예요. 괜히 수혁 씨에 대해 선입견이 생길 수도 있고, 우리 오빠 보통 아니거든요. 네?"

라엘은 지금 이 순간만큼은 그 어떤 래퍼보다 빠르고 정확하게 비트와 리듬을 타며 속사포처럼 설명을 쏟아냈다.

"아! 옷과 샤워."

설명을 듣고 나서야 수혁은 그녀의 말을 이해할 수 있었다.

"이해된 거죠? 알았으면 빨리 들어가요. 수혁 씨는 키가 왜 이렇게 큰 거예요? 아, 고개 좀 숙여봐요. 좀!"

"아, 최라엘! 이게 최선이거든. 그리고 너 지금 터치가 너무 적극적인 건 알아?"

마치 마술사가 작은 상자에 미녀를 숨기는 마술을 선보이는 것처럼 그에게 닿는 손길은 거침없었다.

"상또야? 오빠 난리 났다. 자는데 미안하지만 얼른 문 좀 열어줘."

라엘이 자고 있다고 생각한 라준은 좀 더 목소리를 높이며 문을 두드렸다.

"수혁 씨는 지금부터 여기서 숨소리도 내지 말고 쥐 죽은 듯 있어야 해요. 알았죠?"

"그래도 그렇지, 숨소리 못 내면 죽어."

"쉿!"

그의 엄살에 검지를 입술에 붙여 조용하라는 단호한 리액션을 선보인 라엘이 커튼을 쳤다. 그리고 식탁 위에 펼쳐놓은 도시락 찬합을 빠르게 포개 냉장고가 아닌 전자레인지에 넣었다. 워낙 정신이 없다 보니 냉장고에 넣을 당연한 생각조차 하지 못한 것이다. 그렇게 거실 정리가 끝나고 부산한 발걸음이 현관으로 향했다.

"어, 오빠? 여행 간 거 아니었어?"

"동생아?"

문이 열리자마자 라준이 쏜살같이 들어왔다.

"미안. 아파서 자는데 오빠가 깨웠지? 어쩔 수 없었어."

"아냐. 괜찮아."

정면을 바라보며 라준을 보고 서 있었지만 라엘의 신경은 온통 주방에 쏠려 있었다.

"그게 글쎄, 정 선생님 줄 목걸이가 없어졌거든."

"뭐, 진짜!"

"그래서 혹시나 집에 있나 해서 찾아보려고…… 근데, 너 목욕했어?"

"어? 어."

"안 그래도 독감 걸려 발발 떠는 애가 비까지 오는데 무슨 목욕을 했어?"

"그, 그게 너무 몸이 으슬으슬해서 뜨거운 물에 좀 녹이려고."

"하긴 원래 몸이 무거울 때 뜨거운 물에 지지면 한결 낫지. 잘했어. 뭐 좀 먹었어? 냉장고에……."

목걸이를 찾으러 왔다가 아픈 동생을 보니 또 걱정이 밀려든 라준은 이러다가 밥까지 차려줄 기세였다.

"오빠! 목걸이? 목걸이 찾아야지."

"내 정신 좀 봐. 그래. 목걸이를 찾아야지. 동생아, 정말 미안한데 너도 같이 찾아봐주면 안 될까?"

"당연하지. 나도 찾아볼게."

라엘은 라준이 행여 커튼 뒤를 확인할까 봐 찾아보지 말라고 해도 찾아볼 생각이었다.

"거실에는 없고, 부엌에서 떨어드렸나?"

살짝 허리를 숙인 라준이 주방으로 향하자 덩달아 라엘의 모든 촉각이 뒤를 따랐다.

"아무래도 방에 있지 않을까?"

"글쎄……. 나도 그럴 것 같긴 한데 일단 찾아보려고."

라준의 말을 들으면서 자연스레 수혁이 있는 곳으로 시선을 옮긴 라엘은 순간 너무 놀라 소리를 지를 뻔했다.

"……!"

수혁의 동그란 엄지발가락이 커튼 밖으로 삐져나와 존재감을 과시하는 게 아닌가. 아무래도 키 큰 사람이 작은 공간에 억지로 들어가서 그런 것 같았다. 라엘은 빠르게 냉장고 옆으로 다가가 살포시 발가락을 툭 쳤다. 그러자 갑작스러운 터치에 놀란 수혁이 반응하며 그의 어깨와 라면 봉지가 부딪치는 바스락 소리가 들렸다.

"뭐지? 방금 뭔 소리 나지 않았어?"

"무슨 소리! 오빠 지금 목걸이 때문에 신경이 예민한가 보다."

"아냐. 바스락거리는 소리 들은 것 같은데. ……야! 상또, 이거 혹시 쥐 소리 아냐? 우리 집에 쥐새끼 있는 거 아냐?"

있다. 쥐새끼는 아니지만 잘생긴 늑대 한 마리가 어쩔 수 없이 숨어 있는 상황이다. 목걸이에 정신 팔린 상황에서도 작은 소리 하나 놓치지 않는 라준의 예민함이 돋보이는 순간이었지만 반대로 라엘의 속은 타들어갔다.

"쥐라니 무슨 소리야?"

"괜히 너 혼자 있는데 쥐라도 나오면 어쩌려고. 분명 이쯤 어디서 들린 것 같은데……."

"우리 집에 쥐가 어디 있다고 그래."

왠지 모르게 이대로 가만있으면 안 되겠다 싶은 라엘이었다.

결국 커튼 끝으로 수납공간에 쑥 손을 넣었고, 숨죽여 있던 수혁은 갑자기 출몰한 손 때문에 깜짝 놀라며 움찔했다.

"오빠? 혹시 라면 봉지 소리 아냐?"

마치 그에게 신호를 보내듯 라면까지 운운하던 라엘은 미친 듯이 손을 움직였다. 그런데 그녀의 손이 닿은 곳이 하필이면 수혁의 단단한 복근이었다.

'헉! 촉새…… 너 지금 어딜 만지는 거야! 거긴 아니야.'

게다가 라면을 찾기 위해 파닥거리던 손이 복근에 부딪히더니 급기야 아래쪽을 향하는 것이 아닌가!

'수혁 씨, 빨리 라면 봉지 좀…….'

커튼을 사이에 둔 수혁과 라엘은 그야말로 고요 속에 외침을 울부짖으며 소리 없는 아우성으로 위기의 순간을 보내고 있었다.

"라면 봉지?"

"응. 내가 방금 이쪽 찾아보느라 만졌거든."

'라면 봉지! 빨리!'

아주 간발의 차로 손을 뻗어 라면 봉지를 집은 수혁은 점점 내려가는 그녀의 손에 라면 봉지를 쥐여줬다.

'큰일 날 뻔했네……. 땀난다.'

다행히 아찔한 위기에 상황을 잘 넘길 수 있었다.

"봐? 라면 봉지 소리 맞지?"

"어, 그러네."

"오빠? 그러지 말고 침대 밑을 보자. 응? 내 생각에는 거기 있을 것 같아."

일단 라준을 주방에서 내보내는 게 우선이었다.

"그래. 그게 좋겠다."

라엘의 의견에 적극 동의하며 방으로 들어간 라준은 잠시 뒤 소리를 지르며 방을 나왔다.

"아싸! 찾았다. 역시 내 동생. 라엘아, 이거 봐라."

라준은 은색으로 된 원통을 손에 쥐고 금을 캔 사람처럼 환호성을 질렀다.

"찾았어?"

"어. 책상 밑으로 떨어졌나 봐. 암튼 너 때문에 살았다."

"다행이다. 그럼 이제 어서 가봐야지. 응? 정 선생님 계속 기다리잖아."

"그래. 오빠 이만 가볼게. 약 꼭 챙겨 먹고, 밥도……."

"알았어. 약도 꼭 먹고 밥도 먹고 이불도 잘 덮고 잘 테니까 걱정 말고 오빠 연애나 잘 챙겨. 정 선생님 너무 오래 기다리잖아."

"이 자식. 이렇게까지 오빠의 연애를 생각해주다니. 눈물이 앞을 가린다."

빨리 집 밖으로 나가길 바라는 남의 속도 모르고 라엘이 자신을 걱정한다고 생각한 라준이었다.

"아! 그리고 이거 비타민 음료인데 출발하기 전에 한 병씩 먹어. 밤 운전 조심하고."

한껏 감동한 손에 음료수를 쥐여준 라엘은 자연스럽게 라준의 등을 현관으로 밀었다.

"오빠 간다. 올 때 맛난 거 사올게."

"어. 조심해."

라엘은 대문이 닫히고 차가 출발하는 것까지 확인한 후에야 집으로 들어왔다.

"휴! 드디어 갔네."

도대체 오늘 하루 동안 몇 번이나 크게 놀랐는지, 간이 콩알만 해진 기분이었다.

"어쨌든 다행이다……."

너무 신경을 쓴 탓인지 긴장이 풀린 라엘은 거실 소파에 깊숙이 등을 기대앉았다.

"아! 내 정신 좀 봐."

몸이 옆으로 점점 기울여지는 찰나, 수납공간에 찌그러져 있는 수혁이 생각났다.

"최라엘……. 라엘아?"

아니다 다를까, 뭔가 다급함이 느껴지는 목소리가 거실에 울려 퍼졌다.

"고생 많았죠. 이제 나와도 돼……!"

빠른 걸음으로 주방에 도착한 라엘은 그를 걱정하며 커튼을 열다 말문이 막히고 말았다.

"최라엘!"

좁은 공간에 딱 틀어박혀 있던 수혁은 엉거주춤한 상태로 선반에 등을 붙인 채 가만히 있었지만 그의 이목구비는 육상선수처럼 상당히 급해 보였다.

"수혁 씨……."

어찌 된 영문인지 가장 윗 선반에 있던 설탕 통이 옆으로 넘어진 상태였다.

그 때문에 살짝 벌어진 뚜껑 틈으로 쏟아진 하얀 설탕가루가 수혁의 머리 위에 쌓였고, 또다시 그의 얼굴 앞으로 떨어지는 중이었다.

"세상에……. 이게 어떻게 된 일이에요?"

"혹시나 오해할까 봐서 하는 얘긴데 내가 한 거 아니야. 그러니까…… 이것 좀 어떻게 해봐."

"알았어요. 불편하더라도 잠시만 그대로 있어요. 수혁 씨, 눈 좀 감고 있어요."

작은 플라스틱 통을 가져온 라엘은 넘어진 설탕 통을 세우고 수혁의 머리 위에 쌓인 설탕을 치웠다.

"이제 거의 됐어요. 후!"

깨끗한 수건이 스쳐 가고 따뜻한 입김이 얼굴에 닿을 때마다 그는 작게 웃음을 터트렸다.

"큭큭!"

"이게 웃겨요?"

"어이없으니까 자꾸 웃음이 나오네."

"그러게. 어이가 없네요. 다 됐다. 눈 따갑지 않아요?"

"괜찮아. 형님은 완전히 가신 거야?"

"네. 완전히 갔어요."

"그럼 이제 우리 도시락 먹을까?"

수혁은 자신의 얼굴 위를 넘나드는 작은 손을 감싸며 자연스럽게 깍지를 꼈다.

"맞다. 도시락! 수혁 씨 배고프죠?"

"내가 아니라 너 밥 먹이려고. 감기 걸렸을 땐 더 잘 먹어야 돼. 아까 네가 한 말 기억하지?"

"……?"

방금 전까지 정신이 없었기에 라엘은 자신이 무슨 말을 했는지 기억이 나질 않았다.

"밥 잘 먹고 약 먹고 이불도 잘 덮는다고 했잖아."

"아하! 네. 기억나요. 근데 그게 왜요?"

"형님도 걱정하시니까 내가 우리 촉새 밥 잘 먹고 약 잘 먹고 또 이불 잘 덮고 자나 지켜보려고."

"그러니까 지금 수혁 씨가 나 간호해준다는 얘기 하는 거예요?"

"원래 이런 건 남자 친구가 하는 거야. 내가 최라엘 남자 친구니까."

남자 친구란 타이틀이 얼마나 좋았으면 수혁은 몇 번이나 그 단어만 콕콕 집어서 강조했다. 전자레인지에 숨겨둔 도시락을 꺼낸 두 사람은 식탁에 마주 보고 앉아 함께 저녁을 먹었다. 두 사람이 먹고도 남을 도시락은 그야말로 시장을 통째로 옮겨놓은 듯 각종 요리들로 가득했다. 살짝 구운 새송이버섯과 달콤한 버터를 발라 오븐에서 통째로 구운 로브스터. 그리고 전복죽과 천혜향과 딸기를 비롯해 상큼한 과일이 가득했다. 마치 무슨 요리 프로그램처럼 보는 것만으로도 기분이 좋아지는 풍경이었다.

"맛있는 게 너무 많아서 뭐부터 먹어야 할지 모르겠어요."

"다 먹어. 하나씩 천천히 꼭꼭 씹어서 전부 다 먹어봐."

음식을 마주한 그녀의 얼굴에 화색이 돌자 덩달아 그의 기분도 수직상승했다.

"근데 이거 정말 수혁 씨가 만든 거 맞아요?"

"당연하지. 이거 보이지, 손!"

굳이 강조하지 않아도 잘 보이는 밴드 붙인 손을 수혁은 눈높이까지 들어서 다시 한번 티를 냈다.

"내 모든 집중력을 쏟아서 열심히 만들었어."

"고생 많았겠다. 정말 고마워요. 잘 먹을게요. 사실 나 아까 도시락 보고 많이 감동했어요."

라엘은 다른 사람도 아닌 그가 오롯이 자신을 위해 만들었다는 사실이 꽤나 감동스러웠다.

"그럼 감동한 의미로, 자!"

감동의 의미를 찾던 그는 그녀에게 본인의 머리가 보이도록 고개를 숙였다. 그러더니 식탁 위에 놓인 라엘의 손을 자신의 머리 위에 올려놓았다.

"이래도 몰라? 드라마 같은 데 보면 나오잖아. 쓰담쓰담 해달라고."

"쓰담쓰담이요?"

"그래. 어서."

그제야 그의 제스처를 이해한 라엘은 못 말리겠다는 표정과 함께 부드러운 머리칼을 연신 쓸어내렸다.

"수혁 어린이, 참 잘했어요. 치! 이제 만족해요?"

"아니. 마무리가 상당히 부족해."

아직도 만족이 안 됐다고 외친 수혁은 자리에서 일어나 맞은편을 향해 상체를 숙였다. 그리고 손을 뻗어 그녀의 턱을 유려하게 그러쥐더니, 지체 없이 입술을 내렸다.

깜짝 키스에 놀란 라엘의 눈이 순식간에 커다래졌지만 이내 스르르 감겨버렸다. 식탁 위에 펼쳐진 도시락에서 풍기던 맛있는 분위기가 가득했던 주방은 어느새 두 사람에게서 뿜어지는 사랑스러운 분위기로 갈아입었다. 부드러운 봄바람으로 다가와 거대한 폭풍처럼 휘감았던 빗속의 키스와 달리 이번 키스는 처음부터 강한 폭풍으로 다가와 그녀의 달콤한 입 속을 탐닉했다.

라엘은 조금 전에도 느꼈지만 그는 키스를 참 잘한다고 생각했다. 순식간에 몰아친 키스였지만 너무나도 완벽한 키스에 어떤 의구심 없이 온전히 그에게 빨려 들어갔다. 순서를 모두 건너뛰고 곧바로 결말에 도착한 듯 시작부터 강렬했지만, 라엘은 그 강렬한 이끌림을 계속 따라갈 수밖에 없었다. 쏘아올린 불꽃이 가파르게 정점에 도착해 머릿속을 아찔하게 수놓았다.

키스를 하면 귓가에 종소리가 울린다는 말도 안 되는 문구가 완벽히 이해되는 순간이었다. 완벽한 키스를 선사한 수혁은 그녀의 입술에 '쪽' 소리를 내며 입맞춤을 한 뒤에야 고개를 들었다.

"이제 만족해."

15화. 넌 살았네. 아깝다

즐거운 저녁 식사를 마친 두 사람은 방으로 들어왔다. 라엘은 침대 헤드에 기대앉아 있었고 수혁은 책상 의자를 가져와 침대 옆에 앉아 있었다.

"꼭 봐야겠어요?"

"꼭 봐야겠어."

"별로 재미없을 텐데."

"아니. 난 보기도 전에 벌써 재미있어. 그리고 꼭 보고 싶어."

수혁은 저녁을 먹는 동안 계속해서 앨범이 보고 싶다고 졸랐었다.

결국 굳은 의지와 함께 라엘의 손에 들린 빛바랜 앨범이 그의 손으로 옮겨갔다. 마치 미지의 동굴을 발견한 탐험가처럼 앨범을 마주한 수혁의 얼굴은 설렘과 흥분감이 묘하게 섞여 있었다.

"귀여워."

앨범을 열자 엄마 품에 안긴 돌 때 사진이 보였다. 오동통한 볼

살과 보름달같이 커다란 눈이 그의 시선을 사로잡았다.
"표정 보니까 딱 심통 났네. 이건 몇 살 때야?"
라엘이 뾰로통한 얼굴로 카메라를 노려보는 사진이었다.
"아마 유치원 때였을 거예요."
"그럼 이건?"
그런데 이 남자, 아까부터 궁금하다는 명목 아래 슬금슬금 침대로 다가오더니 어느새 엉덩이 반쪽을 아슬아슬하게 침대 끝자락에 걸터앉고 있었다. 라엘은 귀여운 접근에 자신의 옆자리를 손으로 가리키며 그를 불렀다.
"수혁 씨, 같이 앉을래요?"
"그건 아니지."
예상과 달리 진지한 표정과 말투로 다시 의자에 앉는 수혁이었다.
"여자 친구가 독감에 시달리고 있는데 아무리 나 좋자고 옆에 같이 앉으면 불편하잖아."
"그런가? 하긴 괜히 수혁 씨 감기 옮고 그러면 그게 더 안 좋겠네요. 그럼 어쩔 수 없네요."
감기 걸린 여자 친구를 배려하는 멋진 남자 친구의 모습을 보이려고 살짝 튕겼던 수혁은 라엘이 자리를 정리하려 하자 얼른 옆으로 옮겨 앉았다.
"그건 아니지! 사람이 두 번은 권해야지. 실은 아까부터 이렇게 앉고 싶었어."
그는 두툼한 이불을 그녀의 턱밑까지 끌어올린 뒤 긴팔을 뻗어 살포시 안고 다시 앨범에 집중했다.
"촉새야, 이거 설마 땜빵이야?"

"아, 이 사진은 보지 마요. 이건 안 돼."

수혁이 큰 소리로 웃어가며 보고 있던 사진은 중학교 1학년 때 사진이었다. 라준의 실수로 껌이 라엘의 머리카락에 붙었고 그 때문에 머리에 땜빵이 생겨 어쩔 수 없이 1년 동안 부분 가발을 쓰고 학교를 다녀야 했다. 한마디로 이 사진은 라엘의 흑역사였다.

"형님께서 장난이 심하셨나 보네. 하하!"

"아! 진짜, 그만 넘기라니까."

"왜, 귀엽기만 한데."

"자꾸 그러면 나 화낼 거예요."

"알았어. 근데 나 이 사진 달라고 하면…… 당연히 안 주겠지. 다른 사진 볼게."

그는 따가운 눈빛에 깨갱하며 조용히 사진을 넘겼다. 한 장 한 장 앨범이 넘어갈 때마다 그의 얼굴에 퍼지는 미소 또한 점점 더 짙어졌다. 고작 앨범 하나에 저리 좋을까 싶은 라엘은 수혁의 미소를 보면서 신기한 듯 조용히 속삭였다.

"별거 없는데……."

"이게 어떻게 별게 아니야."

수험생 못지않은 집중력을 발휘하던 와중에도 그는 그녀의 말을 놓치지 않았으며 여전히 앨범을 응시한 채 말했다.

"내가 모르는 너의 어린 시절이 전부 들어 있는데. 그건 돈으로도 살 수 없는 귀한 추억이잖아."

수혁은 앨범을 보는 게 좋았다. 이 사진 안에 담겨 있는 라엘의 추억을 함께 공유할 수 있으니까. 그녀가 간직한 소중한 추억의 기억을 자신 또한 나눠 가질 수 있다는 사실에 뭔가 가슴 한편이 따뜻해지기까지 했다.

본인이 한 말에 꽤나 뿌듯함을 느낀 수혁은 어깨를 한껏 으쓱하며 라엘의 얼굴을 내려다봤다. 분명 감동받은 눈빛을 하고 있을 거라 생각했지만 감기 기운에 나른함이 몰려온 그녀는 떨어지는 눈꺼풀과 사투를 벌이고 있었다.

"라엘아, 자는 거야?"

다정한 음성과 실크보다 부드러운 손길이 라엘의 얼굴을 쓰다듬었다.

"음……. 안 자요."

하긴 독감에 걸린 몸으로 오늘 하루 종일 버라이어티하게 보냈는데 충분히 피로감이 쌓였을 거다. 그는 앨범을 바닥에 내려놓았다. 그리고 협탁 위에 놓인 약봉지를 손에 쥐었다.

"약 먹고 자야지."

"조금 이따……."

"안 돼. 지금 먹고 자."

결국 수혁은 감기약을 자신의 입에 털어 넣고 입 안 가득 물을 마신 뒤 라엘에게 입술을 맞대고 직접 먹여줬다. 착한 아이처럼 거부하지 않고 그녀 역시 그가 준 감기약을 전부 삼켰다. 붉은 입술 밖으로 살짝 흘러내린 물기를 손끝으로 닦은 수혁은 조심스럽게 작은 머리를 자신의 팔에 뉘였다. 그리고 비스듬히 누워 라엘이 불편하지 않게 자세를 잡은 뒤 그녀가 자는 모습을 바라봤다.

"잘 자네."

얼마 지나지 않아 깊은 잠에 빠진 고른 숨소리가 기분 좋게 들려왔다.

"근데 라엘아, 너 그거 알아? 다음엔 그냥 안 재울 거야."

어미 품으로 파고드는 새끼 강아지처럼 제 품으로 파고드는 그녀를 꼭 끌어안은 수혁은 더없는 행복함과 괴로움을 함께 느끼며 소리 없이 미소 지었다.

한편 알프레도는 사무실에 앉아 오늘 하루 일과를 정리하며 수혁의 스케줄을 확인하고 있었다.

Rrrrrrrrr.

분주하게 움직이던 손은 만년필을 내려놓고 진동하는 휴대폰을 집어 들었다.

[알프레도, 나야. 지금 라엘이 간호 때문에 오늘은 여기 있어야 할 것 같아.]

"도련님과 최 선생님이 드디어……. 잘됐군. 여사님이 아시면 기뻐하시겠어."

항상 침착함을 잃지 않던 알프레도는 너무 기쁜 나머지 수혁이 보낸 문자를 보자마자 자리에서 벌떡 일어나 저도 모르게 손뼉을 치며 감격했다.

[라엘이가 독감이 좀 심한데, 거기에 나 때문에 오늘 비까지 맞았어.]

"도련님 때문에 비를 맞으셨다고? ……무슨 일이지?"

알프레도는 살짝 고개를 갸웃거리며 다시 휴대폰에 집중했다.

[그래서 말인데 알프레도, 부탁이 있어. 내가 촉새한테 해주고 싶은 게 있는데…….]

"암, 그렇고말고요. 도련님께서는 뭐든 다 해주고 싶으시겠죠."

[갑자기 미안하지만, 지금부터 내가 적은 것들 좀 준비해줘. 하나도 빠짐없이 전부 다.]

"그럼요, 도련님. 이런 부탁은 얼마든지 하셔도 됩니다. 가만있

자. 도련님이 말씀하신 것들이…… 에?"

수혁이 마지막으로 보낸 메시지를 확인하던 알프레도의 표정이 어째 점점 굳어지는 것만 같았다.

"공기청정기 세 대와 옷을 다리고 살균시켜주는 가전제품, 그리고 천연 소재 반려견 간식까지…… 이걸 전부 다? 이거, 아무래도 도련님께서 과하신 것 같은데."

[주소: 서울시 강동구 xx동……. 아침까지 부탁해. 아! 그리고 혹시라도 촉새한테 미리 알려주지 마. 절대.]

그는 라엘의 주소를 옮겨 적으며 고개를 절레절레 흔들었다.

"분명 최 선생님께 꾸지람을 들을 것 같은데……."

칼바람이 살을 에는 겨울밤의 새벽은 어느 계절보다 춥고 더 어둡다. 바쁘게 돌아가던 열차도 잠시 눈을 붙이는 시간. 서울역 골목으로 연식이 느껴지는 소형차가 속도를 줄였다. CCTV가 없는 불 꺼진 허름한 식당 앞에 주차된 차에서 모자를 푹 눌러쓴 두 남자가 내렸다.

"가자."

"네, 사장님."

한 명은 이지철이었고 다른 한 명은 그의 심복 조피복이었다. 음흉스럽기 짝이 없는 희뿌연 입김을 가르며 두 사람은 익숙한 발걸음을 재촉했다.

"내가…… 왕년에 진짜 잘나갔다고. 시발."

"형님, 저도 잘 알죠. 에라, 이 더러운 세상. 퉤!"

서울역과 가까워질수록 차디찬 땅바닥에 몸을 기댄 사람들의 거친 소리가 앙칼지게 들려왔다. 그 소리의 주인공들은 전부 노숙자들이었다. 모자 안에 숨겨진 눈매가 날카롭게 그들을 관찰한다.

이지철이 이곳을 찾은 이유는 단순했다. 적당한 사람을 찾기 위해서였다. 일전에 조피복을 통해 사람을 알아보라고 했지만 데려온 놈들이 하나같이 전부 마음에 들지 않았다. 본능적으로 수혁에게 위기감을 느낀 이지철은 직접 자신의 발로 완벽한 개를 찾기로 한 것이다.

"이 개 같은 세상이 나를 이 지경으로 만든 거야!"

"사장님, 저기 저놈은 어떨까요?"

조피복의 손짓이 가리킨 곳에는 중년 노숙자가 술병을 손에 쥐고 화단 밑에서 바람을 피하고 있었다.

"저런 놈은 안 돼."

독한 소주 한 병을 친구 삼아 쥐 죽은 듯 가만히 있는 사람들은 딱 두 부류다. 하나는 노숙 세계에 발을 들인 지 얼마 되지 않는 사람. 그리고 나머지 하나는 나름 사회에서 고학력자였거나 좋은 직장을 갖고 있다 어쩔 수 없는 현실에 등 떠밀려 이곳까지 내려온 사람이었다. 이 두 부류의 노숙자들은 뒤탈이 생길 위험이 크기 때문에 괜히 잘못 일을 맡겼다간 발목이 붙잡힐 수 있어 거르는 것이 좋다.

"작년에 트럭 기사놈 생각나지?"

"네. 그럼요. 제가 구해온 놈이잖아요.

"그 새끼는 마지막에 주제 파악도 없이 너무 욕심을 부렸어. 이번에는 말수가 적은 놈이면 좋겠는데……."

마치 명품을 고르는 사람처럼 이지철과 조피복은 굉장히 신중을 기했다.

"음……. 으음!"

"이, 시발. 미친놈아! 이 벙어리 새끼가 더럽게. 어디서 겸상을 하려고 들어!"

한참을 돌아다니던 그때 서넛쯤 모여 있는 노숙자 틈바구니에서 작은 남자가 똑같은 소리만 반복하며 김밥을 구걸하고 있었다.

"빙고! 찾았다. 피복아, 저 말 못하는 놈으로 하자."

이지철의 눈빛이 활기를 띠며 노숙자들 사이에서 구박을 받고 있는 남자에게 향했다.

"아이, 형님도 참. 벙어리라뇨. 저놈 사고로 말을 못하는 거지 벙어리 아니에요."

"그게 벙어리지. 그리고 노숙자라고 다 같은 노숙자인 줄 알아. 노숙도 급이 있는 거야, 급이."

"우리 같은 놈들한테도 상병신 취급 받고 가엾잖아요."

"가엾긴! 저 벙어리 새끼가 내 밥그릇에 몇 번이나 손을 댔는데. 꺼져! 드러운 새끼야."

무리의 우두머리로 보이는 남자가 터진 김밥을 땅바닥에 던지자 구걸하던 남자는 얼른 김밥을 들고 조금 떨어진 쓰레기통 뒤쪽으로 뛰어갔다.

"사장님, 저놈 말씀하시는 건가요?"

노숙자들의 대화를 주시하던 조피복의 시선이 쓰레기통으로 향했다.

"그래."

"저놈이면 괜찮겠는데요?"

"괜찮은 정도가 아니라 아주 제격이지. 그래도 테스트를 해볼까?"

완벽한 먹잇감을 발견한 야수의 입에서 떨어지는 침처럼, 욕망을 집어삼킨 이지철의 입에서도 보이지 않는 침이 떨어지고 있었다.

날카롭게 찢어진 눈동자가 쓰레기통에 기대앉아 미친 듯이 김밥을 먹고 있는 남자에게 닿았다.

이지철은 살짝 무릎을 굽힌 뒤 남자와 시선을 맞췄다.

"당신 이름이 뭐야?"

"으음…… 으."

갑작스럽게 다가온 이지철의 행동에 남자는 자신의 김밥을 뺏으려는 줄 알고 흠칫 놀라며 잔뜩 몸을 움츠렸다.

"들리지? 일단 말을 못하니까 함부로 주둥이를 털 일은 없어."

"그러네요."

좀 더 상체를 앞으로 기울인 이지철이 잔뜩 움츠린 남자의 손에서 김밥을 빼앗자 그가 격하게 반응했다. 곁에 있던 조피복이 추위에 살갗이 터진 팔목을 잡아 비틀자 남자의 얼굴이 순식간에 일그러졌다.

"아! 아!"

"봤지? 체격도 작고 힘도 없으니까 그때 그 트럭기사처럼 함부로 까부는 일도 없을 거야. 어때? 이 정도면 테스트 통과 아닌가?"

"완벽한 통과네요."

점점 더 괴로움을 호소하던 남자의 손목에서 고통이 사라졌다. 48시간 만에 처음 먹는 끼니를 잃을 수 없던 그가 김밥을 향해 손을 뻗었지만, 바닥에 떨어진 김밥은 이지철의 신발에 무참히 짓이겨지고 말았다.

"이봐! 음식이 필요해?"

허기를 채우는 것 외에는 전혀 관심이 없는 남자는 손을 떨며 바닥에 떨어진 김밥을 주워 먹기 시작했다.

"야! 이 새끼야, 사장님이 질문하시잖아."

남자의 머리가 조피복의 무력으로 앞뒤로 흔들렸지만, 허기가 더 무서운 그는 오롯이 김밥에 집중했다. 우리에 갇힌 동물을 보는 눈빛으로 지켜보던 이지철은 자신의 재킷에서 현금 뭉치를 꺼내 들었다.

"너, 내 말 잘 들으면 이깟 싸구려 김밥이 아니라 이 돈 전부 줄 수 있는데. 어떻게, 갖고 싶지 않아?"

자신의 갈라진 뺨을 내리치는 돈의 냄새를 맡은 남자의 동공이 삽시간에 팽창했다. 그리고 고개가 격하게 위아래로 흔들리며 땅으로 바짝 내려갔다.

"그래, 그래. 착하지. 이제부터 내가 시키는 일만 잘하면 이 돈의 곱절을 너한테 줄 거야. 어려운 일 아냐. 할 수 있지?"

이지철의 신발에 머리를 조아리던 남자는 주머니에서 볼펜을 꺼내 자신의 손바닥에 몇 마디를 적었다.

〈시키는 건 뭐든지 다 하겠습니다. 그 돈만 제게 주세요.〉

누가 쫓아오기라도 하듯이 급하게 휘갈겨 쓴 글자가 이 남자에게 돈이 얼마나 절실한지를 대변하고 있었다.

"음……. 으음!"

"순식간에 충성스런 개가 생겼네. 이래서 돈이 좋은 거야."

이지철은 현금 뭉치에서 만 원짜리 몇 장을 남자의 손에 꼭 쥐여주고 그를 차에 태운 뒤 서울역을 떠났다.

라엘은 수혁이 알프레도를 통해 가져온 엄청난 물건들 중 공기청정기와 태백이 간식만 받기로 했다. 안 그랬다간 출근도 미루고 여기서 꼼짝을 안 한다는 그의 으름장 때문이었다. 그렇게 기분 좋은 소란을 피우던 그가 회사로 출근하고 라엘은 향긋한 믹스커피 향이 가득한 찻잔을 식탁 위에 내려놓았다.

"집사장님 입맛에 맞을지 모르겠어요."

"무슨 말씀을요. 이 믹스커피가 얼마나 맛있는데요."

알프레도는 라엘의 부탁으로 잠시 집에 남았다.

"두 분께서 잘되셔서 저를 포함한 별채특공대가 얼마나 좋은지 모릅니다. 김 여사님께서도 누구보다 기뻐하셨습니다."

"감사합니다. 사실 알 집사님께는 죄송한 마음도 있어요."

"그런 말 마세요. 그나저나 저한테 따로 하실 말이 있으시다고요."

"네. 실은 제가 저번부터 곰곰이 생각한 게 있는데 알 집사님과 상의를 하면 어떨까 해서요."

짐짓 심각해진 표정을 보며 알프레도는 들고 있던 찻잔을 내려놓았다.

"말씀해보세요."

"이지철에 관한 이야기예요."

"이지철이요?"

"네."

이지철의 이름이 들리자 알프레도의 눈빛이 상당히 흔들렸다.

"최 선생님, 이지철은 상당히 위험하고 악랄한 인간입니다. 다른 건 모르겠지만 최 선생님께서 그 인간한테만큼은 관심을 두지 않으셨으면 좋겠습니다."

라엘은 알프레도를 마주하면서 단 한 번도 온화함을 벗어난 표정을 보지 못했다. 그런데 지금은 처음으로 단호함을 박제한 듯한 표정으로 그가 고개를 가로저었다.

"제가 저번에 휴가를 간 사이 이지철이 최 선생님 사무실을 찾아갔었다는 이야기를 듣고 가슴이 다 철렁했습니다. 이지철은 최 선생님이 도련님에게 중요한 사람이라는 걸 이미 눈치챘을지도 모릅니다."

"알 집사님께서 어떤 부분 때문에 그러시는지도, 그리고 절 걱정해주셔서 그러시는 것도 다 알고 있어요."

알프레도는 단호하게 철벽을 치며 이야기를 들을 생각조차 하지 않았지만, 라엘은 오히려 침착하게 대응하며 물러서지 않았다.

"이지철에게 제가 직접 찾아가 그날의 일을 따져 묻겠다거나 그 사람에게 관심을 주려는 게 아니에요. 분명 이지철이 중심에 있는 사건이긴 하지만 제 관심은 다른 사람이에요."

"다른 사람이요?"

"네. 일단 제 얘기를 들어주세요. 수혁 씨가 그날 그 사건에 대해 저에게 많은 이야기를 해줬어요."

이지철이 저택에 찾아와 그의 심기를 건드리던 그날. 라엘은 수혁에게서 그동안 듣지 못했던 사고의 일을 들을 수 있었다. 공항에서 집으로 향하던 길에 갑작스럽게 사고가 터지고 공포에 휩싸여 병원에서 핏빛으로 눈을 뜰 때까지. 그리고 사랑하는 형이 숨을 달리하는 잊지 못할 아픔의 순간까지. 그날 그가 겪고 기억하는 모든 순간을 라엘은 전부 들었다.

그런데 수혁은 유독 확실하지 않은 두 개의 기억에 퍼즐이 있다고 했다. 하나는 트럭과 정면으로 부딪히던 그 찰나의 순간 자신이 절규에 가까운 소리로 왜 브레이크라고 외쳤는지 모르겠다고 했다. 그리고 또 하나는 병원으로 실려 와 간신히 눈을 떴을 그때, 바쁘게 오고 가는 의료진들 사이로 처참한 수호의 모습을 보기 전 처음 본 사람은 우연히 스친 이지철의 모습이었다고 했다. 어렴풋한 기억이지만 이지철이 함께 타고 있던 운전기사의 침대 앞을 맴돌다 수혁에게 다가와 다음과 같이 말했다고 했다.

'넌 살았네. 아깝다…….'

소름 끼치는 그 속삭임 뒤로 수혁은 곧장 혼절을 했고 깨어났을 때는 수호의 사망 선고 시간이었다고 했다. 수혁은 어느 정도 정신을 차린 후 어머니인 연이에게 자신이 본 것을 말했지만 병원 CCTV에도 그의 모습은 보이지 않았다고 했었다. 게다가 그 당시에는 목숨을 부지한 수혁보다 허망하게 떠난 수호를 잃은 충격으로 가족들은 더 이상 자신의 말에 귀를 기울이지 않았었다고 했다.

그저 사고를 당한 후유증이라 치부하며 수혁을 외면했고 시간이 갈수록 그 역시 사고로 인한 잘못된 환영을 본 건 아닌지 점점 헷갈렸다고 한다. 그렇게 수혁은 형을 죽음으로 몰아넣었다는 죄책감에 자신을 괴롭히게 됐다고 그녀에게 전했다. 긴 설명이 끝난 뒤에도 신중하게 침묵을 지키는 알프레도를 향해 라엘은 다시 한 번 조심스럽게 입을 열었다.

"수혁 씨의 이야기를 듣고 제가 관심을 갖게 된 사람은 바로 그날 그 차에 함께 동승했던 기사예요."

기사!

알프레도 역시 이야기를 들으며 어느 정도 짐작했다. 그때 당시 수혁의 말을 듣고 자신 또한 기사와 따로 대화를 했었으니까.

"제가 듣기로는 그날 두 번째 휴게소까지는 기사님이 운전을 했다고 들었어요. 그러다가 수혁 씨가 운전대를 대신 잡았다고 들었고요."

공항에서부터 평소처럼 운전대를 잡았던 기사는 운전하던 도중 갑자기 배탈 증세를 보였었다.

"맞습니다. 수호 도련님도 오 기사를 편히 쉬게 해주려고 뒷좌석으로 보내고 수혁 도련님 옆인 보조석으로 옮겨 앉으셨다고 들었습니다."

휴게소를 들러 급한 불을 껐지만 배의 통증은 사라지지 않았고 결국 기사를 걱정한 수혁이 대신 운전대를 잡다가 사고를 당한 것이었다.

"결국 돌아가신 형님분과 수혁 씨를 배제하면 그 사고의 키를 쥐고 있는 건 제가 생각하기에는 그 기사님뿐이에요."

"후……."

정말 땅이 꺼진다는 표현이 어울릴 정도의 깊은 한숨이 흘러나왔다.

"저 역시 기사에게 초점을 맞추고 뭐라도 좋으니 생각나는 게 있으면 제발 말해달라고 했었습니다. 아니, 애원했다는 표현이 더 맞겠군요. 하지만 기사는 절 볼 때마다 숨이 끊어질 듯 울기만 하고 아무 말도 하지 않았어요. 그러다 결국 사모님의 지시로 더 이상 기사에게 사고 때 이야기를 꺼내지 못하게 되었습니다."

"사모님의 지시요?"

"네. 뒤늦게 안 사실이지만 오 기사의 아들이 심장병으로 병원에 입원 중이라는 소식을 듣게 됐거든요."

소식을 들은 연이는 어린 아들이 아파서 병상에 누워 힘든 오 기사를 그만 괴롭히라고 했다. 수호는 세상을 떠나고 수혁까지 아프니 부모로서 제정신이 아닌 그 마음을 알기에 더 이상 그를 추궁할 수 없었다.

"사모님은 미리 알지 못해 미안하다고 하시면서 오 기사 아들의 수술비를 전액 지원하고 가족의 생계까지 지원해주시면서 자연히 그 친구를 보내줬습니다."

라엘은 몰랐던 기사의 이야기를 접하며 어쩐지 연이의 마음이 이해됐다. 하지만 사정은 알겠지만 그렇다고 지난 1년 전처럼 그냥 지나칠 순 없었다.

"알 집사님, 만에 하나…… 정말 만에 하나 그 기사님이 그 당시에는 말하지 못한 무언가가 있다면 수혁 씨에게 큰 도움이 되지 않을까요? 전 충분히 도움이 될 거라고 생각해요."

"최 선생님 마음은 저도 이해합니다. 그래도 이 일에 최 선생님까지 끼어드시는 건 곤란합니다."

일부러 끼어든다는, 남을 대하듯 불편한 단어를 들먹인 알프레도는 여전히 단호한 입장을 고수했다.

"그래도. 저 역시 곤란해요. 알 집사님, 지금 수혁 씨는 이지철 일과 본사 복귀 그리고 코앞으로 다가온 부산 테마파크 준비로 하루가 눈코 뜰 새 없이 바빠요."

요즘 수혁이 자는 시간까지 쪼개서 많은 일을 소화한다는 걸 라엘은 누구보다 잘 알고 있었다. 그럼에도 불구하고 그는 늘 자신에게 더 좋은 것, 더 맛있는 걸 주려고 한다. 처음 대면했을 때 본인이 라엘을 힘들게 했다며 자신의 힘든 일은 전혀 내색하지 않는다. 라엘은 수혁의 그 점이 안타까웠다.

"수혁 씨는 제가 사랑하는 사람이고 소중한 사람이에요. 그 사람, 혼자서 너무 많은 걸 안고 있잖아요. 무리하는 건 아닌지 걱정돼요. 제가 기사님을 한 번만 만나서 대화만 해볼게요."

"이번 크리스마스 시즌은 확실히 작년 대비 투숙객 수치가 상당히 올랐어."

멋진 체크무늬의 슈트를 입은 수혁은 며칠 전 미국 지사에서 들어온 김 비서와 함께 업무 대화를 하고 있었다.

"네. 수입 면에서도 만족할 만한 결과가 나왔습니다. 뿐만 아니라 본부장님 지시로 본사에서 실시한 이벤트도 좋은 성적이 나왔어요. 최근에 한 실장님과 통화했는데 회장님께서 굉장히 흡족해하셨다고 전하셨습니다."

"아버지께서 흡족하다 하신 건 아마도 못마땅하던 내가 이제야 밥벌이는 한다고 생각하신 거겠지."

별다른 설명을 덧붙이진 않았지만 수혁은 마치 속마음을 투시라도 하는 듯 정확히 이 회장의 생각을 예측했다.

"본부장님, 그런 뜻이 아닐 겁니다."

"괜찮아. 아버지께서 어떻게 생각하시든지 크게 상관없어. 나 역시 아버지를 이해시켜야 하는 입장이기 때문에 지금보다 더 완벽한 모습을 보여드리면 돼. 본인의 생각이 언제나 정답은 아니라는 걸 이제는 알려드려야지."

수호의 사고와 라엘과의 관계까지. 수혁은 두 사람을 위해서라도 이 회장이 정의 내린 자신의 모습을 뛰어넘기로 다짐했다.

"맞다. 이벤트 하니까 생각났는데 내년 상반기는 커플 이벤트를 진행해보면 어떨까 싶어."

"커플 이벤트요?"

최근 몇 년간 주로 가족 단위 이벤트만 진행했기에 김 비서는 갑자기 커플 이벤트를 꺼낸 수혁의 발언이 조금 의아했다.

"요즘 세계 주요 관광지 호텔의 추세가 커플 이벤트로 수익을 내고 있으니까 그들보다 더 좋은 스토리 만들면 괜찮을 것 같아."

"정말 그렇게……."

"뭐야. 왜 말끝을 흐려."

"들었습니다. 소식."

"갑자기 무슨 소리야. 듣다니, 뭘?"

"본부장님께서 요즘 연애를 하신다고요. 혹시나 연애 호르몬 때문에 그런 계획을 생각하신 건 아닌가 해서요."

방금 김 비서의 발언은 수혁이 아니라면 절대 눈치채지 못할 무뚝뚝한 부하 직원의 친근한 표현법이라고 할 수 있다. 김 비서는 예나 지금이나 사람이 참 높낮이 없이 늘 한결같은 사람이다. 더군다나 필요한 말을 빼고는 쓸데없는 말을 일절 하지 않는 성격 탓에 좀 재미없는 스타일이었다.

"어느 책에서 읽었는데 연애를 하면 뭐든 이성의 중심이 상대를 기준으로 돌아간다고 하길래 농담 한번 해봤습니다."

그런데 그런 김 비서가 먼저 연애 얘기를 꺼내며 수혁을 놀리기까지 하다니. 이 정도면 정말 장족의 발전이라 할 수 있었다. 그동안 대놓고 표현하진 않았지만 김 비서 역시 자신감을 찾은 수혁의 모습을 보며 누구보다 반가워하고 있었다.

"싱거운 소리 그만해. 그리고 본사 들어가기 전에 한 시간 정도 들를 곳이 있으니까 그렇게 알아둬."

"혹시 여자 친구분을 만나러 가시려는 겁니까?"

"어, 맞아. 나 지금 내 여자 친구가 너무 보고 싶어. 그래서 잠깐이라도 봐야겠어."

부산 일정도 있고 앞으로 바빠서 보기 힘들 거라고 말한 사람은 수혁이었다. 그런데 막상 앞으로 며칠 동안 진짜로 못 본다고 생각하니 라엘을 보지 않고는 도저히 참을 수 없을 것만 같았다. 그래서 일정을 소화하기 전 잠시라도 보고 갈 생각으로 김 비서에게 스케줄을 조정해달라고 한 것이다.

"왜, 또 재미없는 농담 하려고?"

"아니요. 당당하게 표현하는 게 본부장님다워서요. 그럼 전 밑에 내려가 있겠습니다."

"똑똑."

김 비서가 나가자마자 마치 기다렸다는 듯이 관우가 부리로 문을 두드렸다.

"관우야, 발코니로 들어와."

"열려라, 참깨."

관우는 수혁의 방으로 들어올 때 주로 발코니 쪽 창을 통해 들어왔다. 답답한 복도로 드나드는 걸 별로 좋아하지 않았기 때문에 일부러 작은 통로를 만들어 편하게 출입할 수 있게 해줬다. 그러나 관우는 가끔 자신에게 관심이 줄어들었다고 느낄 때면 오늘같이 수혁의 주의를 끌기 위해 방문을 이용하기도 했다.

"형 바빠."

웬만해서는 관우의 귀여운 응석을 받아줬지만 오늘같이 중요한 업무를 처리할 때면 쉽게 응해주지 않았다.

"똑똑. 수혁아, 문 열어."

"응. 안 열어."

"열려라, 참깨."

"닫혔다."

"수혁이, 수혁이! 나빠."

"다음에 놀아줄게."

안 그래도 라엘을 보러 가기 위해서 빨리 확인하던 자료를 마무리 지어야 하는데 눈치 없는 관우 때문에 자꾸만 집중력이 흐트러지고 있었다. 더 이상 수혁이 아무런 반응을 보이지 않자 관우는 부리를 세워 문을 쪼아대기 시작했다.

콕! 콕! 콕!

분노의 양치질에 버금가는 분노의 부리질을 계속 했다가는 문이 뚫려버릴 것만 같았다.

결국 참다못한 수혁이 자리에서 일어나 문을 향해 빠르게 걸어갔다.

"관우! 너 정말 계속 그러면……!"

닫힌 문을 활짝 열며 살짝 굳어진 눈매가 관우를 찾으려는 그 순간,

"서프라이즈!"

일하는 동안 눈앞에 아른거리던 그녀의 얼굴이 실체가 되어 나타났다. 그것도 해사하게 예쁜 미소를 가득 담고서.

"라엘아!"

"놀랐어요?"

좀처럼 볼 수 없는 살짝 경직된 표정이 그가 얼마나 놀랐는지를 대변했다.

"수혁이, 미워! 문 안 열었어."

"관우야, 고마워. 관우 때문에 수혁이 형아 놀래켰어."

"관우 잘했어?"

"응. 우리 관우 잘했어."

라엘은 푸드득 소리와 함께 칭찬을 갈구하며 자신의 어깨에 앉은 관우의 머리를 쓰다듬었다.

"어떻게 된 거야?"

한 손에 잡히는 가느다란 손목을 부드럽게 그러쥔 수혁은 문을 닫고 그녀와 방 안쪽으로 들어갔다.

"내가 간다고 했잖아."

"수혁 씨 바쁜데 일부러 사무실까지 오면 시간 뺏길 것 같아서. 그래서 내가 직접 왔어요."

"그럼 아까 통화할 때 사무실이 아니라……."

"오는 중이었어요. 수혁 씨 놀래주려고 일부러 사무실이라고 말한 거예요."

다부지게 맞물린 입술이 움찔하더니 한쪽 끝자락이 슬며시 그의 광대를 밀어 올렸다.

"왜요?"

수혁의 미세한 표정 변화도 라엘은 단번에 캐치했다.

"예뻐서."

"뭐야……. 요즘 수혁 씨 예쁘다는 말 자주 하는 거 알아요?"

"안 그래도 일하는 동안 계속 보고 싶어서 빨리 사무실에 가려고 했거든. 근데 이렇게 직접 와주니까 얼마나 예뻐."

"관우도 같이 하자."

뭘 같이 하자는 건지.

수혁이 손을 뻗어 라엘의 얼굴을 잡으려는 순간, 마침 간식을 다 먹은 관우가 두 사람 사이로 쏙 날아 시야를 방해했다.

"뭐 하는 거야?"

"관우 간식 다 먹었어?"

"다 먹었다. 같이 놀자."

자꾸만 눈치 없이 끼어드는 관우 때문에 수혁은 살짝 열이 오르고 있었다. 그러더니 '잠시만'이라는 말과 함께 관우의 그네 횃대 근처로 가서 주의를 두리번거렸다.

"수혁 씨, 뭐 찾아요?"

"관우 장난감이 있었는데 안 보여서."

수혁은 갑자기 정색한 얼굴로 관우 장난감을 꽤 진지하게 찾았다.

"아! 나한테 있어요. 관우 주려고 장난감 몇 개 사왔거든요. 여기."

장난감을 건네받은 수혁은 소리를 내며 관우의 관심을 끌었다.

"관우야, 이거 봐."

"관우 거다. 줘라."

딸랑거리는 방울 소리를 유난히 좋아하는 관우는 바로 반응을 보였다.

"이리 와. 줄게."

수혁은 조금씩 장난감을 흔들며 관우를 유인하더니 순식간에 창문 밖으로 장난감을 던졌고, 그와 동시에 관우가 날아가자 곧장 창문을 걸어 잠갔다.

"왜 그래요?"

"저 녀석이 자꾸 방해하잖아."

"수혁 씨 설마 관우 질투해요?"

"질투해. 난 내가 아닌 다른 걸 쳐다보는 네 모든 시선을 질투해."

가끔 그가 자신을 향해 이렇게 거침없이 솔직한 감정을 드러낼 때마다 라엘은 당황스러움과 기분 좋음이 묘하게 공존했다.

"안 그래도 오늘 가면 며칠 못 볼 텐데……. 나한테만 집중해주라. 다른 어떤 이야기도 하지 말고."

"알았어요."

커다란 두 손이 차갑게 시린 두 뺨 위로 내려앉았다.

"얼굴 얼었다. 춥지?"

"수혁 씨 손이 따뜻해서 이제 안 추워요."

따뜻한 방 안의 온도보다 더 따뜻한 그의 온도 때문에 차가운 얼굴이 빠르게 녹아내린다. 마치 어린아이처럼 라엘은 자신의 얼굴을 감싼 커다란 손에 고개를 살짝 흔들더니 한쪽 손에 입을 맞췄다. 손바닥에 닿는 차가운 붉은 입술의 감촉이 수혁의 감정을 기분 좋게 다스렸다.

그 역시 붉은 입술에 입을 맞추며 라엘에게 화답했다.

"신기해."

"뭐가요?"

그는 잔뜩 궁금한 표정으로 질문하는 라엘의 머리를 쓰다듬으며 그녀의 맑은 눈을 바라봤다. 사실 방금 전까지 일을 하면서도 수혁은 머릿속이 조금 복잡했다. 막상 그동안 준비했던 부산 프로젝트와 그토록 바라던 형의 사건을 목전에 두니 저도 모르게 스스로를 압박했다.

완벽한 결말을 위해 그 어떤 실수도 하면 안 된다는 생각에 사로잡혀 생각지도 못한 긴장감을 느끼고 있었던 것이다. 그런데 라엘의 얼굴을 보는 순간 언제 그랬냐는 듯 마음을 누르던 불편한 이질감이 거짓말처럼 사라졌다. 그리고 분명 잘될 거라는 확실한 믿음이 깊게 뿌리내렸다.

"도대체 어떤 마법을 부렸길래 이렇게 볼 때마다 더 좋을 수가 있을까 싶어서."

"몰랐어요?"

사랑하는 사람이 자신을 보면 볼수록 더 좋다는 말보다 기분 좋은 말이 있을까. 라엘은 자꾸만 올라가는 입꼬리를 애써 무시하며 아무렇지도 않은 표정으로 수혁에게 물었다.

"뭘!"

"내가 실은 마법을 좀 부리긴 했는데……."

도대체 무슨 말을 하려는지 살짝 머뭇거리며 민망한 미소를 보이던 라엘은 에라 모르겠다는 심정으로 뻔뻔하게 밀고 나갔다.

"최라엘 콩깍지라고. 근데 어떡하나. 그거 한번 씌면 절대 안 벗겨지는데?"

"그거 잘됐네. 나도 평생 벗을 생각 없는데?"

서로 지지 않고 뻔뻔하게 받아치던 두 사람은 간질거리는 말장난에 누가 먼저라고 할 것 없이 동시에 웃음을 터트렸다.

"으흐! 못 하겠다."

"왜? 난 좋은데 더 해보지."

"봤죠? 내가 이렇게 애교가 없어요."

본인 입으로는 애교가 없다고 했지만 자신과 둘이 있을 때면 가끔씩 튀어나오는 아이 같은 그녀의 모습이 수혁은 깨물어주고 싶을 정도로 귀여웠다.

"나 수혁 씨한테 줄 거 있어요."

"나한테?"

"열어봐요."

라엘은 가방에서 얇은 상자를 가져와 그에게 건넸다.

"이거!"

상자 안에는 두 개의 넥타이핀이 꽂혀 있는 넥타이가 들어 있었다. 그것도 두 사람이 처음 만난 날 라엘의 머리카락에 걸려 잘렸던 수혁의 넥타이가 원상태 그대로 상자 안에 담겨 있었다.

"이 넥타이 기억하죠?"

"당연히 기억하지."

처음 별채에 왔을 때 라엘은 넥타이를 전해주려고 했지만 대단했던 그와의 재회 때문에 미처 전해주지 못했고, 계속 시기를 놓치다 자연스레 잊고 있었다. 그러다가 얼마 전 수혁에게 뭔가 의미 있는 선물을 주고 싶어서 고민하던 차에 넥타이가 생각났다. 알프레도에게 도움을 요청해 나머지 반쪽을 받았고 온라인에서 유명한 수선집을 찾아가 최대한 티 안 나게 원상복구를 시켰다.

"넥타이핀이 두 개네."

상자에서 넥타이를 꺼낸 수혁은 나란히 꽂혀 있는 넥타이핀으로 시선을 옮겼다.

"하나는 원래 수혁 씨 거고, 나머지 하나는 내가 준비한 거예요. 뒤에 보이죠?"

라엘은 선물한 넥타이핀을 꺼내 뒷면이 보이도록 뒤집었다.

"A man of pluck."

넥타이핀 뒷면에는 멋진 영어 필기체로 '용기 있는 사람'이라는 문구가 적혀 있었다. 이미 완벽하게 복장을 갖춰 입고 있던 수혁은 셔츠에 매고 있던 넥타이를 단숨에 거침없이 풀어헤쳤다. 그리고 원래 있던 넥타이핀을 상자에 넣고 작은 손에 들린 핀을 다시 넥타이에 꽂아 셔츠에 두른 뒤 그녀에게 고개를 내렸다.

"네가 해줘."

라엘은 고개를 끄덕이며 셔츠 깃을 세워 넥타이를 정리했다. 이제는 너무나도 익숙한 그의 알싸한 향이 코끝에 진동할 때마다 좋은 기분에 사로잡혔다.

"알죠? 수혁 씨는 나에게 빛나는 사람이고 소중한 사람이며 용기 있는 사람이에요."

반듯하게 일어난 셔츠 깃 속으로 넥타이를 숨긴 라엘은 선물한 핀으로 넥타이를 셔츠에 고정시켰다. 그리고 두 팔을 벌려 단단한 허리에 손을 감고 넓은 가슴에 얼굴을 묻으며 그를 꼭 끌어안았다.

"그러니 아무것도 걱정하지 말아요. 다 잘될 거예요."

더 이상 무슨 말이 필요할까. 라엘을 향한 수혁의 마음은 군주를 향하는 마음같이 절대적이다. 그녀가 전한 응원의 말을 듣는 순간 강력한 칼을 수여받은 기사처럼 무너지지 않는 자신감과 용기가 솟아올랐다.

"내 옆에 네가 있는데 무슨 걱정을 하겠어. 아무것도 걱정하지 않아."

수혁은 실크처럼 부드러운 그녀의 머리 위에 입을 맞춘 뒤, 한동안 아무 말 없이 라엘을 꼭 끌어안고 그녀에게 집중했다.

서울에서 가까운 경기도 어느 공터에 자리한 커다란 컨테이너 밖으로 둔탁한 소리가 흘러나왔다.

"이 새끼야? 그만큼 얘기를 해줬으면 알아 처먹어야 할 거 아냐?"

조피복의 감방 동생인 갈치가 최근 이지철이 데려온 노숙자의 머리를 가차 없이 내려치고 있었다.

"아! 야마 도네. 새끼, 이거 말 병신인 줄 알았더니 지능도 떨어지잖아."

전날 이지철에게 심하게 폭행을 당한 말 못하는 노숙자의 얼굴에는 파란 멍이 서려 있었고 주변에 혈흔이 묻은 수건도 널려 있었다. 그는 갈치의 의미 없는 손짓에도 공포에 떨며 두 손을 맞대고 싹싹 빌었다.

"오늘처럼 또 실수하면 그땐 진짜 죽여버린다. 내가, 너 같은 거지새끼 때문에……."

퍽. 퍽.

"너 때문에 걸릴 뻔했잖아!"

"어어…… 음!"

갑자기 부아가 치밀었는지 갈치는 말 못하는 노숙자에게 발길질을 했고 남자는 잔뜩 몸을 웅크렸다.

"이 추운 날 컨테이너에서 개고생이잖아."

"선생님? 고정하세요."

지금까지 숨소리도 죽이며 가만히 있던 또 다른 노숙자가 갈치의 비위를 맞추며 조심스럽게 입을 열었다.

"제가 잘 알아듣게 얘기하겠습니다. 그러니까 제발 그만 때리세요. 이러다 이 사람 죽으면 더 골치 아프시잖아요."

조금 혈색이 좋아 보이는 이 사람은 이지철의 지시로 조피복이 급하게 서울역에서 낚은 또 다른 노숙자였다.

완벽한 개라고 생각했던 말 못하는 남자는 의사소통에 문제가 있었고, 이지철은 혹여 이 사람이 일을 그르칠까 싶어 말을 알아먹을 만한 새로운 개를 한 마리 더 구하게 했다.

"나 전화 받고 올 동안 네가 교육시키고 있어. 알겠어?"

"당연하죠. 걱정하지 마세요."

담배에 불을 붙이며 휴대폰을 챙긴 갈치가 밖으로 나가자 남자는 말 못하는 노숙인의 상체를 일으켜 물을 건넸다.

"형씨, 괜찮아요? 정신 좀 차리고 어서 물 좀 먹어요. 나도 노숙

생활만 10년째인데, 돈에 눈멀어서 저 사람들 쫓아오긴 했는데 아무래도 이 사람들 무서운 사람들 같아요. 내 생각에는 일단 시키는 일만 마치면 돈 주고 보내준다고 했으니까 그때까지 눈치껏 나만 따라 해요. 내 말 알겠어요?"

말 못하는 남자는 손가락으로 바닥에 고맙다는 말과 함께 알았다는 사인으로 고개를 끄덕였다.

수호의 기사였던 오 기사의 행방을 찾던 알프레도는 김 씨의 도움으로 오 기사의 연락처를 알게 됐다.

"……사님?"

김 씨가 건네주고 간 쪽지를 쳐다보던 알프레도는 라엘이 몇 번을 부르고 서야 고개를 들었다.

"알 집사님?"

"잠시 생각을 하느라…… 죄송합니다."

"제가 드린 말씀 생각해보셨어요?"

"그 전에 저랑 약속부터 해주세요."

"약속이요?"

"처음이자 마지막입니다. 더 이상 그 어떤 것도 이 일에 관해서는 관심을 끄셔야 합니다. 대답해주세요."

"그렇게 할게요."

단호하게 거절당해도 끝까지 설득할 생각이었던 라엘은 알프레도의 허락을 받고 마음이 한결 가벼워졌다.

하지만 그녀와 달리 지금 이 순간에도 알프레도의 마음은 결코 편치 않았다. 행여 무슨 일이라도 생기면 어떡하나 싶은 걱정이 가득했다. 그럼에도 불구하고 함께 가기로 결정한 건 라엘 때문이었다. 라엘의 진취적인 성격상 여기서 안 된다고 거절하면 분명 혼자서라도 이 일에 뛰어들 것만 같았다. 차라리 그럴 바에는 둘이 함께 갔다 오는 게 좋겠다고 판단됐다.

“알 집사님, 저 때문에 마음 불편하신 거 알아요. 죄송하고 감사해요.”

“분명 도련님께 혼날 걸 아는데…… 최 선생님께 설득당하고 말았습니다. 아무도 어쩔 도리 없던 도련님을 설득했던 것처럼 왠지 모르게 최 선생님과 함께 가면 오 기사가 뭔가 말을 해주지 않을까 하는 생각이 들더군요. 도련님을 생각하다 보니까 저도 어쩔 수가 없었습니다.”

“그런 말씀 마세요. 그리고 저도 부탁이 있는데, 제가 함께 갔다 왔다는 사실은 수혁 씨에…….”

“아니요. 도련님께 전부 말씀드릴 겁니다.”

“알 집사님!”

“그래야 최 선생님께서 다시는 이 일에 가까이하지 않으실 테니까요. 최 선생님도 도련님께 혼날 각오 하셔야 할 겁니다.”

“각오는 이미 하고 있어요.”

“아니, 근데 갑자기 이게 무슨 일이랍니까?”

“누가 아니래요. 소식 듣고 놀랐습니다.”

“전 심지어 외부 미팅이 있어 주차장에 내려갔다가 비서 연락받고 부랴부랴 뛰어오는 길입니다.”

외부 일로 멀리 있거나 출장을 간 임원들을 제외한 주요 임원들은 수혁이 본사에 왔다는 소식을 듣자마자 그의 사무실로 직행했다.

넓은 사무실이 순식간에 임원들로 인해 꽉 들어찼다.

"본부장님 오셨습니다."

"안녕하셨습니까? 본부장님."

"잘 오셨습니다."

삼삼오오 모여 웅성거리던 임원들은 빠르게 회사를 둘러보고 들어온 수혁을 보며 일제히 인사를 건넸다. 이미 수혁이 셀튼그룹의 차기 후계자로 내정된 이상 임원들 입장에선 눈도장을 찍을 필요가 있었다. 그 때문에 상무와 이사진들은 자신들보다 직급은 낮았지만 누구도 그에게 말을 낮추는 사람이 없었다.

"다들 오랜만에 뵙습니다."

실로 오랜만에 보는 인물들이었지만, 수혁은 전혀 긴장하지 않았다. 군중 앞에 선 리더처럼 책상 앞으로 걸음을 옮기며 자연스럽게 자신의 자리를 찾아갔다.

"본부장님께서 갑자기 오실 줄은 몰랐습니다."

"이렇게 환대해주시니 감사합니다."

"무슨 말씀이세요. 미리 연락을 주셨더라면 마중이라도 나갔을 텐데요."

"아닙니다. 그렇지 않아도 바쁘실 텐데 괜히 저 때문에 신경들 쓰실까 봐 일부러 연락을 안 드렸습니다."

그는 안부를 묻는 말에 하나하나 놓치지 않고 답을 하면서 사무실에 모인 임원들의 얼굴을 자연스럽게 살폈다. 그런데 뭔가 조금 이상한 점이 있었다. 워낙 경계심과 불편한 감정이 있어서 그런 걸지도 모르겠지만, 묘하게 이지철을 중심으로 그 주위에 있는 몇몇 이사진들이 자신을 쳐다보는 눈빛이 그리 밝지 않았다. 분명 웃고는 있지만 그 웃음이 어딘가 모르게 억지웃음에 가까웠을뿐더러 이지철은 이따금씩 비아냥거리는 표정을 짓고 있었다.

뭔가 또 다른 일을 계획하고 있는 게 틀림없었다.

"여기까지 오신 것도 감사한데 괜찮으시면 차 한잔씩 하면서 이야기를 나누면 어떨까요."

"그거 좋죠."

임원들은 수혁을 따라 작은 회의실로 자리를 옮겼다. 하나둘씩 자리에 앉고 이지철 역시 자연스럽게 무리를 따라 들어와 의자에 앉으려는데 커다란 손이 의자를 가로막았다.

고개를 돌린 이지철은 자신의 바로 옆에 서 있는 수혁을 확인했다.

"우리 본부장님께서 직원들을 생각하시는 마음이 참 따뜻하십니다."

살짝 당황한 이지철은 이내 부드러운 표정을 지으며 수혁을 쳐다봤다.

"제 의자까지 직접 빼주시려 하니 제가 몸 둘 바를 모르겠습니다."

갑작스럽게 찾아온 눈에 띄는 친절함에 의문을 품던 이지철은 최대한 자연스럽게 멘트를 던졌다.

그리고 자리에 앉기 위해 다시 한번 의자를 뒤로 빼내려 했지만, 수혁의 커다란 손에 붙들린 의자는 어쩐지 꼼짝하지 않았다.

"……본부장님, 그만 의자를 놔주셔야 제가 앉을 것 같은데요."

"아, 그렇군요. 그런데……."

짙은 눈썹 아래 분노를 조절한 까만 눈동자 속에는 평정심이 돋보였다. 수혁은 훤칠한 키를 이용해 우월하게 이지철을 내려다봤다.

"외람되지만 실장님께서는 여기 앉으실 필요가 없을 것 같아서요."

"……네? 그게 무슨 말씀이신지."

이지철은 진심으로 당황한 표정으로 되물었다.

"이런, 우리 실장님께서 당황하셨나 봅니다. 오해는 하지 마세요."

수혁은 철저하게 아랫사람을 대하듯 이지철의 어깨를 한 손으로 토닥이며 대수롭지 않게 말했다.

"제가 여기 계신 임원분들에게 따로 할 얘기가 있어서요."

딱히 중요하게 따로 전달사항이 있거나 한 건 아니었다. 그저 자꾸만 자신의 위치도 모르고 기어오르는 이지철에게 일부러 모멸감을 주기 위해서였다. 회사는 철저하게 계급으로 사람을 대하는 곳이다. 그리고 대기업이라면 그 점이 더 명확해진다.

"아쉽지만 나가주셔야겠습니다, 이지철 실장님."

방금 수혁의 한마디로 의자에 앉아 있는 임원들에게 이지철은 졸지에 주제도 모르고 눈치 없이 끼어드는 아랫사람으로 분류된 것이다. 심지어 조금 전 이지철에게 메시지를 보냈던 임원도 슬쩍 고개를 돌리며 어쩔 줄 몰라 했다.

"이거 아쉽지만 우리 이 실장님이 나가셔야겠습니다."

"아니, 왜 안 나가고 서 있는 거야."

"뭐지? 본부장님이 이 실장 별로 안 좋아하시나?"

"그러게요. 분위기가 묘한 것 같기도 하네요."

여기저기에서 수군거리는 소리에 이지철은 순간 민망함을 느끼고 화끈 달아오른 표정을 감추며, 애써 담담한 척, 침착한 척 회의실 밖으로 나갔다.

"실장님!"

그리고 곧바로 회의실에서 따라 나온 수혁이 그에게 다가갔다.

"부르셨습니까, 본부장님."

"네. 따로 자리를 갖고 말씀을 드리려고 했는데 아무래도 일정 때문에 지금 말씀드려야 할 것 같습니다."

"뭘 말씀이신지?"

"시간이 지나긴 했지만 고마움을 모르고 지나치면 안 될 것 같아서요."

뜬금없이 고마움을 전한다는 소리에 이지철은 무슨 소리를 하는 건지 전혀 알 수 없었다.

"1년 전 사고 때 말입니다. 저 역시 미국 지사에서 적응하느라 바빴는데, 그 당시 누구보다 부모님께 도움을 주셨다고 들었습니다."

뜬금없이 시작된 사고 이야기에 이지철은 자신을 떠보는 수혁의 의중을 눈치 빠르게 파악했다.

"무슨 말씀이세요, 본부장님. 다른 사람도 아니고 두 분의 사고 소식을 듣고 제가 어떻게 가만있을 수가 있겠습니까? 아직도 돌아가신 이수호 사장님을 생각하면 자식 있는 아비로서 얼마나 마음이 찢어지는지 모릅니다."

브라운관에 나오는 배우처럼 얼굴 가득 거짓된 안타까움을 드러낸 이지철은 계속해서 세 치 혀를 놀렸다.

"그날, 응급실에서 피투성이로 누워 있는 본부장님조차 죽는 건 아닌지……. 지금 생각해도 울컥합니다."

조용히 듣고 있던 수혁은 이지철의 말이 끝나자마자 터져 나오는 웃음을 간신히 참으며 숨을 죽였다.

"그런 말이 있죠? 세 치 혀를 잘못 놀리면 죽는다고."

전혀 예상 못 한 반응에 이지철은 순간적으로 말문이 덜컥 막혔다.

"참 신기하네. 그날 병원에는 우리 가족들만 온 걸로 알고 있는데, 그런데 어떻게 내가 응급실에서 피투성이로 누워 있던 걸 이 실장이 알지? 마치 보기라도 한 사람처럼 말이야."

"……제가요? 이, 이거 아무래도 본부장님께서 잘못 들으신 거 같습니다. 전 들었다고 했지 봤다는 표현은 하지 않았습니다."

도망자처럼 위기를 모면하기 위해 깃털보다 가벼운 혓바닥이 빠르게 움직였다.

세 발자국. 정확히 세 발자국의 간격을 두고 이지철을 압박하며 서 있던 수혁이 그를 향해 걸어갔다.

"이지철 실장님, 제가 지난 1년 동안 수없이 생각했던 게 있습니다."

그리고 차갑고 건조한 말투로 낮게 읊조렸다.

"마치 누가 일부러 사고를 낸 건 아닌가 하는 의문점이요. 그리고 이건 비밀인데, 그 누구를 이제 곧 잡을 수 있을 거라는 거죠."

찬물을 끼얹은 듯 온몸에 소름 끼치는 감각이 죄인의 몸을 휘감았다.

"아니, 표정이 왜 그러십니까."

사람은 원래 흥분하면 흥분할수록 자신도 모르는 사이에 실수를 저지른다.

"누가 보면 이 실장님이 범인이라도 되는 줄 알겠습니다. 표정 좀 푸세요."

수혁은 일부러 이지철을 더 도발하여 그가 실수를 하도록 쐐기를 박았다.

"농담입니다. 농담."

"무, 무슨 그런 살벌한 농담을 하십니까? 오랜만에 기분 좋게 본사로 복귀하셨는데 말씀이 상당히 지나치시네요."

"농담을 너무 진지하게 받으시는 것 아닙니까? 이를 어쩌나. 좀 더 상대해드리고 싶지만 이만 들어가 봐야 할 것 같군요. 맛있는 커피는 방으로 따로 갖다드리겠습니다. 그럼."

회의실로 들어가는 수혁의 뒷모습을 보던 이지철의 얼굴이 순식간에 일그러졌다. 그는 수혁이 자신을 조롱하고 있다는 것을 확신했고 치를 떨며 분노를 느꼈다.

쾅.

옥상 철문을 발로 걷어찬 이지철은 담배를 입에 물며 커다란 환풍구 뒤로 걸어가 조피복에게 전화를 걸었다.

-네, 사장님.

“너 지금 어디야?”

-부산 일 마치고 올라가는 중입니다.

“부산 건은 확실히 한 거야?”

이미 부산을 방문한 이지철은 조피복에게 무언가를 지시해놓은 상태였다.

-제가 직접 움직였으니까 걱정하지 않으셔도 됩니다. 이수혁이 알지 못할 겁니다.

“그럼 지금 당장 청주로 가서 오 기사 그놈 좀 살펴봐.”

-지금요?

“그래. 지금 당장. 이수혁 그 새끼 낌새가 이상해. 분명 뭔가 눈치챘어. 어디까지 알고 있는 건지 알아야겠어.”

확신에 찬 수혁의 눈빛과 말투를 되짚으며 분명 오 기사가 떡밥을 줬다고 생각했다.

-사장님도 그렇고 저 역시 찾아가 알아듣게 말했잖아요. 그런데 지금까지 입 다물고 있던 오 기사가 이수혁한테 입을 열었을까요?

“혹시 몰라. 그사이 늙은 영감이 찾아왔을 수도 있으니까.”

-어떻게 할까요?

“찾아가서 영감이나 이수혁이 다녀간 건 아닌지 확인해보고 이상한 점 없는지 체크해. 와이프랑 애들 빌미로 협박하면 끝까지 입 다물진 않을 거야.”

-사실이면 어떡할까요?

“어떡하긴 뭘 어떡해!”

이지철은 바닥에 떨어진 꽁초를 구둣발로 짓이겼다.

“입을 함부로 놀린 대가를 치러야지. 애새끼를 죽여.”

-알겠습니다.

전화를 끊은 이지철은 이를 으득 갈며 악에 받쳐 중얼거렸다.

“이수혁! 네까짓 게 나를 능멸해? 두고 봐. 진실을 찾을수록 다치는 건 너야. 오 기사 다음엔 그 여자를 손봐줄 거야. 네놈이 사랑하는 그 여자. 최라엘!”

사람의 탈을 쓴 악마의 머릿속에 라엘의 얼굴이 떠올랐다. 그리고 라엘과 알프레도가 청주로 내려간 사이 이지철의 사주를 받은 조피복 역시 청주로 향하고 있었다.

-2권에서 계속-